Hippocrene
Practical Dictionaries

Russian-English
English-Russian ·

Hippocrene
Practical Dictionaries

Russian-English
English-Russian

HIPPOCRENE BOOKS, *New York*

First Hippocrene Edition, 1987

Copyright © Hippocrene Books.

For information, address: Hippocrene Books, Inc., 171 Madison Avenue, New York, NY 10016

ISBN 0-87052-336-8   NOV 0 2 1987

Printed in the United States by Hippocrene Books, Inc.

ОТ ИЗДАТЕЛЬСТВА

Настоящий карманный русско-английский словарь является одним из серии русско-иностранных и иностранно-русских карманных словарей. Издание этой серии начато Издательством ввиду широкого развития туристских поездок советских граждан за границу и иностранцев в Советский Союз.

Данный словарь в основном ставит своей целью помочь советским гражданам при их устном общении с иностранцами, говорящими по-английски. В словарь включено ограниченное число слов (8000), наиболее употребительных в быту, в путешествии, необходимых при посещении культурных, научных, хозяйственных учреждений и т. п. При словах дается небольшое количество широко распространенных словосочетаний и готовых фраз.

В словаре приводятся названия большинства национальностей и языков мира, много места отведено спорту. Список географических названий расширен и вынесен в конец словаря.

В словаре дается частичная транскрипция английских слов, особенно тех, в которых наблюдается отклонение от общепринятых орфоэпических норм современного английского языка. В разделе «О пользовании словарем» даются краткие сведения о фонетической транскрипции и орфоэпические таблицы.

Словарь такого типа не ставит своей целью научить владеть языком, а служит только справочным пособием при живом общении представителей разных народов, ввиду чего грамматические сведения даны крайне ограниченно.

Издательство просит направлять все замечания по адресу: 103009, Москва, К-9, Пушкинская ул., 23, издательство «Русский язык».

О ПОЛЬЗОВАНИИ
СЛОВАРЕМ

Слова, имеющие общую основу, как правило, объединены в гнезда, если это не нарушает алфавитного порядка. Знак ~ (тильда) заменяет неизменяемую часть основного (черного) слова, отделенную знаком ‖ (параллельными линиями), а также все слово целиком при повторении его в словосочетании, напр.:

> патрио́т *м* pátriot; ~и́зм *м* pátriotism...

> перевя́зк‖а *ж* dréssing; сде́лать ~y bándage (читай: сде́лать перевя́зку).

Омонимы (т. е. слова, одинаково звучащие и пишущиеся, но имеющие разные значения) выделяются в отдельные гнезда и обозначаются римскими цифрами, напр.:

> по́чка I *ж анат.* kídney
> по́чка II *ж бот.* bud.

При русских существительных указывается род.

Разные значения одного и того же слова и разные части речи обозначаются арабскими полужирными цифрами с точкой.

В некоторых случаях после цифры дается стилистическая помета или пояснение (курсивом в скобках), напр.:

> труд *м* **1.** lábour, work [wə:k]... **2.** (*забо́ты, хло́поты*) trouble [trʌ-]... **3.** (*нау́чное сочине́ние*) (scientific [saɪən'tɪ-]) work [wə:k]

> этю́д *м* **1.** *шахм., муз.* etúde [eɪ'tjuːd], éxercise **2.** *лит., иск.* sketch, stúdy ['stʌ-].

При переводе слова близкие значения отделяются друг от друга запятой, более далекие значения разделены точкой с запятой.

В круглых скобках даются:

1. два или более русских слова, употребляющиеся в данной конструкции, и соответствующие им английские переводы;

2. вариант перевода;

3. факультативное (необязательное) слово, а также часть слова или выражения.

Перевод русских глаголов дается при форме совершенного вида, при несовершенном виде дается ссылка на совершенный вид.

Специфическое употребление слов в словосочетаниях дано за ромбом (◇).

На всех русских словах, кроме односложных, дается ударение.

Ключ к произношению читатель найдет в нижеследующих таблицах, где приводятся некоторые наиболее типичные буквенные сочетания английского языка. Как в таблицах, так и в словаре произношение дается в международной фонетической транскрипции.

ЗНАКИ ФОНЕТИЧЕСКОЙ ТРАНСКРИПЦИИ

I. Согласные

[p] — п

[b] — б

[m] — м

[w] — звук, образующийся с положением губ, как при б, но с маленьким отверстием между губами, как при свисте

[f] — ф

[v] — в

[θ] — (без голоса) ⎱ при произнесении этих звуков
[ð] — (с голосом) ⎰ кончик языка помещается между передними зубами

[s] — с

[z] — з

[t] — т ⎱ кончик языка не у зубов, а у десен
[d] — д ⎰

[n] — н ⎱ кончик языка не у зубов, а у десен
[l] — л ⎰

[r] — звук, несколько похожий на очень твердый русский ж; произносится без вибрации кончика языка в отличие от русского р

[ʃ] — мягкий русский ш

[ʒ] — как русский ж в слове «вожжи»

[tʃ] — ч

[dʒ] — озвонченный ч

[k] — к

[g] — г

[ŋ] — заднеязычный н, произнесенный при подъеме задней части спинки языка

[h] — простой выдох

[j] — й

8

II. Гласные и дифтонги (двугласные)

[i:] — долгий и
[ɪ] — краткий открытый и
[e] — как э в слове «экий»
[æ] — более открытый, чем э
[ɑ:] — долгий глубокий а
[ɔ] — краткий открытый о
[ɔ:] — долгий о
[u] — краткий у со слабым округлением губ
[u:] — долгий у без сильного округления губ
[ʌ] — краткий гласный, приближающийся к русскому а в словах «варúть, бранúть». Английский гласный [ʌ] почти всегда стоит под ударением
[ə:] — долгий гласный, несколько напоминающий немецкий ö в слове hören, но со слабым округлением губ
[ə] — безударный гласный, напоминающий русский гласный в словах «нýжен, водянóй»

[eɪ] — э^й
[əu] — о^у
[aɪ] — а^й
[au] — а^у

[ɔɪ] — о^й
[ɪə] — и^а
[ɛə] — э^а
[uə] — у^а

ОРФОЭПИЧЕСКИЕ ТАБЛИЦЫ

Согласные
Произношение некоторых буквенных сочетаний и букв

Букв. сочет. и буквы	Произношение
ch	[tʃ]
ck	[k]
kn	[n]
ng	[ŋ]
ph	[f]
sh	[ʃ]
th	[θ], [ð]
wh	[w]
wr	[r]
j	[dʒ]
x	[ks]

Позиция Буквы или буквенные сочетания	Перед буквами или букв. сочет.	Между двумя гласными; перед немым e	Произношение
c	e, i, y		[s]
c	a, o, u, согл.		[k]
g	e, i, y		[dȝ]
g	a, o, u, согл.		[g]
gu	гласн.		[g]
qu	гласн.		[kw]
s		music	[z]
th		other	[ð]
w	a + согл.		[wɔ]
wh	a + согл.		[wɔ]
w	a + r		[wɔ:]
y (в начале слова)	гласн.		[i]

Диграфы

	a	e	i	o
a			ai [ei] rain	
e	ea [i:] meat	ee [i:] meet garantee	ei [i.] receive	
i		ie [i:] field		
o	oa [əu] boat		oi [ɔi] boil	oo[u:] spoon

11

	u	y	w
a	au [ɔ:] autumn	ay [eɪ] day	aw [ɔ:] draw
e	eu [ju:] Europe	ey [eɪ] they	ew [ju:] few
i			
o	ou [au] round	oy [ɔɪ] boy	ow [au] now

Гласные

Позиция / Буква	(открытый слог) + согл. + гласн. (+ немое e)	(закрытый слог)	
		+ конечн. согл.	+ неск. согл.
a	[eɪ] make making	[æ] cat	[æ] catch
e	[i:] meter	[e] met	[e] kept
i	[aɪ] fine	[ɪ] is	[ɪ] ink
o	[əu] home	[ɔ] pot	[ɔ] long frost
u	[ju:] tune	[ʌ] cut	[ʌ] fuss
y	[aɪ] dynamo	[ɪ] gym	[ɪ] gypsum

Позиция Буква	В конце односл. слова	В безударном полож.	
		в начале или в серед. сл.	в конце сл.
a		[ə] abóut	
e	[i:] he	[ɪ] begín	не произн. case
i			
o	[əu] go	[ə] contról	[əu] sopráno
u		[ə] cúcumber	
y	[aɪ] by	[ɪ] sýnonym	[ɪ] fúlly

Гласные и диграфы + некоторые согласные

	+gh	+nd	+r	+r+согл. (кроме rr)	+re
a			[α:] car	[α:] partner	[ɛə] care
ai			[ɛə] pair		
au	[ɔ:] taught				
e			[ə:] her	[ə:] serve	[ıə] here
ea				[ə.] learn	
ei	[eı] eight				
i	[aı] high	[aınd] mind	[ə:] sir	[ə:] firm	[aıə] fire
o			[ɔ:] for	[ɔ:] horse	[ɔ:] more
oa				[ɔ:] coarse	
ou	[ɔ:] thought			[ɔ:] source	
u				[ə:] turn	

14

	sk +sp st	+ld	+lf	+lm	+l(l)	+lk
a	[ɑ:] ask grasp past	[ɔ:] bald	[ɑ:f] half	[ɑ:m] calm	[ɔ:l] all	[ɔ:k] talk
ai						
au						
e						
ea						
ei						
i		[arld] child				
o		[əuld] cold			[əul] roll	
oa						
ou						
u						

Произношение
отдельных
слов и их формы

be [bi:], am [æm], are [ɑ:], is [ɪz], was [wɔz], were [wə:],
   been [bi:n], being ['bi:ɪŋ];
do [du:], does [dʌz], don't [dəunt], doesn't [dʌznt], did
   [dɪd], done [dʌn], doing ['du:ɪŋ];
have [hæv], has [hæz], had [hæd], having ['hævɪŋ];
shall [ʃæl], should [ʃud], shan't [ʃɑ:nt], shouldn't [ʃudnt];
will [wɪl], would [wud], won't [wəunt], wouldn't [wudnt];
we [wi:], us [ʌs]; our [auə];
you [ju:]; your [jɔ:];
they [ðeɪ], them [ðem]; their [ðɛə];
this [ðɪs], these [ði:z];
another [ə'nʌðə], other ['ʌðə];
there [ðɛə];
where [wɛə];
who [hu:], whom [hu:m]; whose [hu:z];
to [tu:, tu, tə];
one [wʌn];
two [tu:].

Произношение
некоторых
окончаний

-age [-ɪdʒ]
-able [-bl]
-(s)sion [-ʃn]
-tion [-ʃn]
-ture [-tʃə]

Произношение
окончаний
прош. вр. глаголов

глухой + (e)d = [t]
звонкий + (e)d = [d]
d + ed = [dɪd]
t + ed = [tɪd]

16

УСЛОВНЫЕ СОКРАЩЕНИЯ

ав. авиация
авто автомобилизм, автомобильный туризм
амер. американизм
анат. анатомия
безл. безличная форма
биол. биология
бокс бокс
бот. ботаника
брит. употребляется в Великобритании
бухг. бухгалтерия
вводн. сл. вводное слово
воен. военный термин
вопр. вопросительное (местоимение)
в разн. знач. в разных значениях
геогр. география
гл. глагол
дат. пад. дательный падеж
дип. дипломатический термин
ед. (ч.) единственное (число)
ж женский род
ж.-д. железнодорожное дело
жив. живопись
инф. инфинитив
канц. канцелярский термин
карт. термин карточной игры

кино кинематография
кто-л. кто-либо
куда-л. куда-либо
кул. кулинария
м мужской род
мат. математика
мед. медицина
мест. местоимение
мин. минералогия
мн. (ч.) множественное (число)
мор. морской термин
муз. музыка
нареч. наречие
наст. вр. настоящее время
ол. олимпийский
особ. особенно
относ. относительное (местоимение)
перен. переносное значение
полит. политический термин
преим. преимущественно
прил. прилагательное
притяж. притяжательное (местоимение)
прош. вр. прошедшее время
радио радиотехника
разг. разговорно
с средний род
см. смотри
собир. собирательно

2 Русско-англ. сл.

РУССКИЙ АЛФАВИТ

Аа	Ии	Сс	Ъъ
Бб	Йй	Тт	Ыы
Вв	Кк	Уу	Ьь
Гг	Лл	Фф	Ээ
Дд	Мм	Хх	Юю
Ее	Нн	Цц	Яя
Ёё	Оо	Чч	
Жж	Пп	Шш	
Зз	Рр	Щщ	

A

a but; and; **a и́менно** namely; that is; **a (не) то...** or else; ótherwise

абажу́р *м* (lámp-)shade

абонеме́нт *м* séason--ticket

абрико́с *м* ápricot [ˈeɪprɪ-]

аванга́рд *м* vánguard, van; **быть в ∼e** be in the van of

ава́нс *м* advánce [-ˈvɑːns]; **∼ом** in advánce [-ˈvɑːns]

авансце́на *ж* proscénium [-ˈsiːnj-]

ава́ри‖я *ж* áccident [ˈæksɪ-]; **потерпе́ть ∼ю** meet with (be in) an áccident

а́вгуст *м* Áugust

авиаба́за *ж* áir-base [-s]

авиакомпа́ния *ж* áirline

авиали́ния *ж* (áir-)route [-ruːt]

авиапо́чт‖а *ж* áirmail; **отпра́вить ∼ой** post by áir(mail)

авиацио́нный aviátion, áircraft; **∼ заво́д** áircraft fáctory; **∼ пра́здник** aviátion paráde

авиа́ция *ж* aviátion, áircraft; **гражда́нская ∼** cívil aviátion

австрали́‖ец *м*, **∼йка** *ж* Austrálian

австрали́йский Austrálian

австри́‖ец *м*, **∼йка** *ж* Áustrian

австри́йский Áustrian

авто́бус *м* (*ре́йсовый, городско́й*) bus; (*тури́стский и да́льнего сле́дования*) coach

автовокза́л *м* bus términal

авто́граф *м* áutograph; **да́йте мне ваш ∼, пожа́луйста** give me your áutograph, please

автозаво́д *м* mótor works [wə-ks]; *амер.* áutomobile plant

автомати́ческ‖ий automátic [-ˈmæ-]; **∼ая (межпланéтная) ста́нция** space probe

автомоби́ль *м* mótor--car; *преим. амер.* áutomobile; **легково́й ∼** (pássenger) car; **грузово́й ∼** lórry; *амер.* truck; **мы пое́дем на автомоби́ле** we'll take a car; **∼ный мótor(-)**; *амер.* auto-

автоно́м‖ия *ж* autónomy [-ˈtɔ-]; **∼ный** autónomous [-ˈtɔ-]; **∼ная о́бласть** autónomous région; **∼ный о́круг** autónomous área

2*

19

автопортре́т м sélf-pórtrait

а́втор м áuthor [ˈɔ:θə]; (литературного произведения) writer; (музыкального произведения) compóser; (пьесы) pláywright, drámatist [ˈdræ-]

авторите́т м prestíge [-ˈti:ʒ]; authórity [-ˈθɔ-]

авторучка ж fóuntain-pen

автосто́п м hítch-hiking

автостра́да ж (súper-) híghway

автотра́нспорт м mótor tránsport

аге́нтство с ágency; телегра́фное ~ news ágency

агита́тор м propagándist

агита́ция ж propagánda

агити́ровать (за, про́тив) make propagánda (for, against); ~ за кандида́та cánvass for

агитпу́нкт м propagánda céntre; (при избирательном участке) cánvassing céntre

агресси́вный aggréssive

агре́ссия ж aggréssion

агре́ссор n aggréssor

агроно́м м agrónomist

агроно́мия ж agrónomy

агроте́хника ж cúltural práctices; agrotéchnics

ад м hell

адвока́т м láwyer; перен. ádvocate: (выступающий в суде) bárrister; амер. attórney [əˈtə:nɪ]

администрати́вный admínistrative [-ˈmɪ-]

администра́тор м admínistrator [-ˈmɪ-]; mánager [ˈmæ-]

администра́ция ж administrátion; mánagement [ˈmæ-]

адмира́л м ádmiral

а́дрес м addréss; пожа́луйста, скажи́те (мне) ваш ~ tell me your addréss, please; доста́вить (письмо́) по ~у delíver (a létter) to the right addréss

адреса́т м addressée

адресова́ть addréss

а́збука ж ABC; (алфавит) álphabet

азербайджа́н‖ец м, ~ка ж Azerbaijánian

азербайджа́нский Azerbaiján; ~ язы́к Azerbaijánian, the Azerbaijánian lánguage

азиа́тский Asian [ˈeɪʃ-], of Ásia [ˈeɪʃə]

азо́т м nítrogen [ˈnaɪ-]

а́ист м stork

акаде́мик м mémber of an Acádemy [-ˈkæ-]; academícian [-ˈmɪʃn]

академи́ческий acadèmic [-ˈde-]

акаде́мия ж acádemy [-ˈkæ-]; ~ нау́к Acádemy of Sciences; ~ медици́нских нау́к Acádemy of Médical Sciences; ~ педагоги́ческих нау́к Acádemy of Pedagógic Scíences; сельскохозя́йственная ~ Agrícultural Acádemy

аквала́нг м scúba, áqualung; ~и́ст м skín-diver;

(*профессиональный тж.*) frógman

акваре́ль *ж* (*краска и* (*картина*) wáter-colour ['wɔ:təkл-]

аккомпанеме́нт *м* accompaniment [ə'kлm-]; под ~ to the accómpaniment (of)

аккомпани́ровать accómpany [ə'kлm-]

аккордео́н *м* accórdion

аккредити́в *м* létter of crédit ['kre-]

аккура́тный 1. (*точный*) áccurate ['ækju-]; (*о времени прихода и т.п.*) púnctual 2. *опрятный*) neat, tídy

акроба́т *м* ácrobat

акроба́тика *ж* acrobátics [-'bæ-]

акт *м* 1. (*действие, тж. театр.*) act 2. (*документ*) deed

актёр *м* áctor

акти́вный áctive

актри́са *ж* áctress

акце́нт *м* áccent ['æksənt]

акционе́рн‖ый jóint-stock; ~ое о́бщество jóint-stock cómpany

а́кция *ж* share

албáн‖ец *м*, ~ка *ж* Albánian

албáнский Albánian; ~ язы́к Albánian, the Albánian lánguage

алжи́р‖ец *м*, ~ка *ж* Algérian

алжи́рский Algérian

алкого́ль *м* álcohol

алле́я *ж* álley; ávenue ['ævɪ-]

алло́! hulló ['hл'ləu]!; ~! Петро́в у телефо́на! hulló! Petróv spéaking!

алма́з *м* díamond ['daɪə-]

алта́рь *м* áltar ['ɔ:l-]

алфави́т *м* álphabet, ABC

альбо́м *м* álbum; (*для рисования* skétch-book

альпини́зм *м* mountainéering, móuntain ['mauntɪn] clímbing ['klaɪmɪŋ]

альпини́ст *м* mountainéer, móuntain ['mauntɪn] clímber ['klaɪmə]

альт *м* 1. (*инструмент*) vióla 2. (*голос*) álto

алюми́ний *м* alumínium [-'mɪ-]; alúminum [-'lju:-]

америка́н‖ец *м*, ~ка *ж* Américan [ə'me-]

америка́нск‖ий Américan [ə'me-]; US; ~ая а́рмия US Army

амни́стия *ж* ámnesty

амфитеа́тр *м* ámphitheatre; circle; (*амер*) partérre [pɑ'tɛə]

ана́лиз *м* análvsis [-'næ-]; ~ кро́ви blóod-test

анана́с *м* píne-apple

анато́мия *ж* anátomy [-'næ-]

анги́на *ж* quínsy, angína tæn'dʒaɪnə]

англи́йск‖ий English ['ɪŋglɪʃ]; Brítish ['brɪ]; ~ язы́к English, the English lánguage; ~ая делега́ция Brítish delegátion

англича́н‖ин *м* Englishman ['ɪŋglɪʃ]; он ~ he is

Énglish; ~ка ж Énglish-woman ['ɪŋglɪʃwu-]; она ~ка she is Énglish

анкéт||а ж form, question-náire; заполнить ~y fill in (out) a form

ансáмбль м ensémble [ɑ:n'sɑ:-]; ~ пéсни и пля́ски sóng-and-dánce group

антéнна ж anténna, áerial ['ɛə-]

антивоéнный ánti-war; (пацифистский) pácifist ['pæ-]

антиимпериалисти́ческий ánti-impérialist

антиквáрный antiquárian [-'kwɛə-]; ~ магази́н antíque shop

антифаши́стский ánti-fáscist [-'fæʃ-], ánti-Názi ['nɑ:tsɪ]

антрáкт м interval; break; intermíssion[-'mɪʃn]; ~ про-дли́тся 15 минýт the ínter-val will last fíftéen mínutes

апельси́н м órange ['ɒrɪ-]

аплоди́ровать appláud, clap one's [wʌnz] hands

аплодисмéнты мн. ap-pláuse

аппарáт м 1. apparátus; телефóнный ~ télephone set; фотографи́ческий ~ cámera ['kæm-] 2. machínery; госудáрственный ~ machínery of state

аппендици́т м appendicítis

аппети́т м áppetite; при-я́тного ~a! enjóy your food!, bon appetít [bɒnɑ:pe-

'tɪ]!; y меня́ нет ~a I'm not húngry, I don't feel like éating

апрéль м Ápril ['eɪp-]

аптéка ж chémist's ['ke-] shop; phármacy; амер. drúg-store; где (ближáйшая) ~? where's the néarest chém-ist's?

аптéчка ж médicine ['me-] chest (cábinet ['kæ-]); до-рóжная ~ fírst-aid kit (óutfit)

арáб м Árab ['ærəb]; ~ка ж Arábian

арáбский Árab ['ærəb]; (об Арáвии) Arábian; ~ язы́к Árabic, the Árabic lánguage

арбýз м wáter-melon ['wɔ:təme-]

аргенти́н||ец м, ~ка ж Argentínian

аргенти́нский Argentíne

арéн||а ж aréna; ring; на междунарóдной ~e on the intérnátional aréna (scene)

áрия ж ária ['ɑ:rɪə], air

áрка ж arch; (проéзд) árchway; триумфáльная ~ triúmphal [trɑɪ'ʌm-] arch

áрмия ж ármy; Совéт-ская Á. the Sóviet Ármy

армяни́н м, армя́нка ж Arménian

армя́нский Arménian; ~ язы́к Arménian, the Arméni-an lánguage

артéль ж artél; team; сельскохозя́йственная ~ agricúltural co-óperative

артéрия ж анат. ártery

22

артист *м* artíste [ɑ:'ti:st]; ~ балéта bállet-dancer; ~ дрáмы áctor; заслýженный ~ Hónoured Artíste; нарóдный ~ People's Artíste; ~ка *ж* artíste [ɑ:'ti:st]; ~ка балéта ballerína, bállet-dancer; ~ка дрáмы áctress; заслýженная ~ка Hónoured Artíste; нарóдная ~ка People's Artíste

áрфа *ж* harp

археóлог *м* archaeólogist [ɑ:kɪ'ɔlə-]

археолóгия *ж* archaeólogy [ɑ:kɪ'ɔlə-]

архитéктор *м* árchitect ['ɑ:kɪ-]

архитектýра *ж* árchitecture ['ɑ:kɪ-]

аспирáнт *м*, ~ка *ж* póst-gráduate ['pəust'græ-] (stúdent); reséarch [-'sə:-] stúdent

аспирантýр‖а *ж* póst-gráduate ['pəust'græ-] course; я учýсь в ~е I am táking a póst-gráduate course

ассамблéя *ж* assémbly; Генерáльная А. Géneral Assémbly

ассистéнт *м* assístant

ассоциáция *ж* association

áстра *ж* áster

астронóм *м* astrónomer [-'trɔ-]

астронóмия *ж* astrónomy [-'trɔ-]

атáка *ж* attáck

атаковáть attáck

атеúст *м* átheist ['eɪθ-]

ательé *с* 1. *фото* stúdio 2. (*пошивочное*) dréssmaker's; (*мужской одежды*) táilor's

áтлас *м* átlas; ~ автомобúльных дорóг róad-book

атлéт *м* áthlete

атлéтика *ж* athlétics [-'le-]; лёгкая ~ track and field athlétics; тяжёлая ~ héavy athlétics

атмосфéра *ж* átmosphere

áтом *м* átom ['æt-]; ~ный atómic [-'tɔ-]; ~ный ледокóл núclear(-pówered) ['nju:-] íce-breaker

атташé *м* attáche [ə'tæʃeɪ]

аттестáт *м* certíficate [-'tɪ-]; ~ зрéлости Géneral Education Certíficate

аттракциóн *м* ride; (*представление*) show [ʃəu]; ~ы *мн.* pláyground

аудитóрия *ж* 1. (*помещение*) auditórium [-'tɔ:-]; (*в школе, институте*) (cláss)room 2. (*слушатели*) áudience

аукциóн *м* áuction

афгáнец *м* Áfghan

афгáни *ж* (*денежная единица Афганистана*) Áfghani

афгáнка *ж* Áfghan

афгáнский Áfghan; ~ язык Áfghan, the Áfghan lánguage

афúша *ж* pláy-bill, póster

африкáнец *м* Áfrican

африкáнский Áfrican

аэрóбус *м* áir-bus

аэродро́м *м* áirfield
аэрозо́ль *м* áerosol
['ɛərəusɔl], spray
аэропо́рт *м* áirport
Аэрофло́т *м* Áeroflot
['ɛərəflɔt]

Б

ба́бочка *ж* bútterfly
ба́бушка *ж* grándmother
[-mʌ-]; *разг.* gránny
бага́ж *м* lúggage; *амер.*
bággage; ручно́й ~ hand
lúggage (*амер.* bággage);
сдава́ть (ве́щи) в ~ régister
one's lúggage (*амер.* bággage), have one's [wʌnz]
lúggage (*амер.* bággage)
régistered
бага́жный lúggage; *амер.*
bággage
бадминто́н *м* bádminton
ба́за *ж* base [beɪs]; лы́ж-
ная ~ ski dépot ['depəu]
база́р *м* márket; кни́ж-
ный ~ book fair
ба́зис *м* básis ['beɪsɪs]
байда́рка *ж* káyak
['kaɪæk]; ~-дво́йка *ж ол.*
káyak double [dʌ-]; ~-оди-
но́чка *ж ол.* káyak single;
~-четвёрка *ж ол.* káyak
four
бак *м* tank; cístern
бакале́я *ж* grócery
ба́кен *м* buoy [bɔɪ]
баклажа́нн‖ый: ~ая ик-
ра́ égg-plant (áubergine
paste [peɪst]

бактерио́лог *м* bacteriól-
ogist [-'ɔlə-]
бактериоло́гия *ж* bacteri-
ólogy [-'ɔlə-]
бакте́рия *ж* bactérium
(*мн. ч.* bactéria)
бал *м* ball; dáncing párty
бала́нс *м* bálance ['bæl-
əns]
балери́на *ж* bállet-dancer
['bæleɪ-], ballerina [bælə'riː-
nə]
бале́т *м* bállet ['bæleɪ]
балко́н *м* bálcony; *только
театр.* úpper circle
бал-маскара́д *м* fáncy-
-dress ball
балы́к *м* balýk (*cured
fillet of sturgeon, etc*)
ба́мпер *м авто брит.*
fénder, *амер.* búmper
бана́н *м* banána [bə'nɑːnə]
ба́нда *ж* gang, band
бандеро́ль *ж* prínted mátter; заказна́я ~ régistered
prínted mátter; проста́я ~
non-régistered prínted mátter; отпра́вить ~ю send by
bóok-post
ба́нджо *c* bánjo
банк *м* bank; госуда́рст-
венный ~ the State Bank
ба́нка *ж* (*стеклянная*
jar; (*жестяная*) tin; *амер.*
can; ~ консе́рвов tin
(*амер.* can)
банке́т *м* bánquet ['bæŋk-
wɪt]; públic dínner; дать ~
give [gɪv] a bánquet
ба́нки *мн.* cups; cúpping-
-glasses; ста́вить ~ applý
cups (to)

бант *м* bow [bəu]
ба́ня *ж* báth-house ['bɑ:θ-]; фи́нская ~ sáuna
бар *м* bar; refréshment room
бараба́н *м* drum
бара́н *м* ram
бара́нина *ж* mútton
бара́нки *мн.* baránkas (*ring-shaped rolls*)
барелье́ф *м* bás-relief ['bæsrɪli:f]
барито́н *м* báritone ['bærɪ-]
баро́метр *м* barómeter [-'rɔ-]; ~ па́дает (поднима́ется) the barómeter fálling (rísing)
ба́рхат *м* vélvet
барье́р *м* bárrier; *спорт.* hurdle; взять ~ *спорт.* clear a hurdle
бас *м* bass [beɪs]
баскетбо́л *м* básket-ball; ~и́ст *м*, ~и́стка *ж* básket-ball pláyer
баскетбо́льн‖ый básket-ball; ~ая кома́нда (пло-ща́дка) básket-ball team (ground); ~ мяч básket-ball
бассе́йн *м* 1. básin; ~ реки́ ríver básin 2. pool; закры́тый ~ índoor (cóvered) pool; откры́тый ~ óutdoor (ópen-air) pool; пла́вательный ~ swímming-pool; (*небольшой*) swímming-bath 3.: каменно-у́гольный ~ cóal-field
бастова́ть strike, be on strike

бато́н *м* loaf
баттерфля́й *м* (*стиль плавания*) bútterfly
башмаки́ *мн.* shoes [ʃu:z]
ба́шня *ж* tówer; (*дом*) high-rise ['haɪ-] (apártment building ['bɪl-])
бая́н *м* Rússian accórdion
бег *м* run, rúnning; *спорт. тж.* race; ~ на 100 ме́тров 100 métres race; состяза́ние в ~е race; барье́рный ~ *сп.* húrdles, húrdling; ~ по пересечённой ме́стности cróss-country race; ~ с препя́тствиями *сп.* stéeple-chase; эстафе́тный ~ reláy (-race); ~ трусцо́й jógging
бега́ *мн.* hárness rácing
бе́гать run; ~ трусцо́й jog
бегов‖о́й: ~а́я доро́жка rúnning track; (*на ипподроме*) rácecourse; ~ы́е коньки́ speed skates
бего́м at a run; rúnning
бегу́н *м* rúnner; ~ на дли́нные диста́нции dístance rúnner; ~ на сре́дние диста́нции míddle-distance rúnner; ~ на коро́ткие диста́нции sprínter
бе́дный poor [puə]
бедро́ *с* hip
бежа́ть run; ~ трусцо́й be jógging
без without [wɪð-]; ~ исключе́ния withóut excép-tion; ~ сомне́ния beyónd doubt; ~ пяти́ (десяти́) мину́т шесть (семь, во́семь) five (ten) mínutes to

six (seven, eight); *амер.* ~ пяти минут (четверти) три five minutes (a quarter) of three

безвкусный tásteless ['teɪst-]

безвредный hármless

бездействовать be ináctive; do nóthing ['ʌ-]

беззащитный únprotécted; defénceless

безнадёжный hópeless

безопасность *ж* sáfety; secúrity; коллективная ~ colléctive secúrity

безопасный safe

безработица *ж* únemplóyment

безработный únemplóyed

безразлично indifferently; (мне) ~ it's all the same (to me)

безразличный indifferent

безукоризненн‖ый pérfect, fláwless; irrepróachable; ~ое исполнение pérfect perfórmance; (*художественного произведения*) pérfect execútion

безусловно cértainly; undóubtedly [-'daut-]; вы ~ правы of course, you are right

безуспешно in vain; únsuccéssfully [-sək'ses-]

бекон *м* bácon

белка *ж* 1. squírrel 2. (*мех*) squírrel-fur

беллетристика *ж* fíction

белок *м* 1. (*яйца, глаза*) the white 2. *биол.* prótein

белорус *м*, ~ка *ж* Byelorússian

белорусский Byelorússian; ~ язык Byelorússian, the Byelorússian lánguage

белуга *ж* belúga [bɪ'lu:gə] (*white sturgeon*)

белый white

бельги‖ец *м*, ~йка *ж* Bélgian

бельгийский Bélgian

бельё *с* clothes; línen ['lɪnɪn]; нижнее ~ únderwear; постельное ~ béd-línen [-'lɪ-]

бельэтаж *м* 1. (*дома*) first floor [flɔ:] 2. *театр.* dress circle; *амер.* bálcony

бенгал‖ец *м*, ~ка *ж* Bengáli [beŋ'ɔ:lɪ]

бенгальский Bengáli[beŋ-'gɔ:lɪ]; ~ язык Bengáli ◊ ~ огонь Béngal light

бензин *м* (*горючее*) pétrol; *амер.* gásoline ['gæs-], gas

бензоколонка *ж* fílling-station, pétrol-station; *амер.* gas státion

бенуар *м*: ложи ~a stall bóxes

берег *м* (*реки*) bank; (*моря*) shore; (*побережье*) coast; на ~у on the bank; on the shore

берегись: ~ автомобиля! watch out for the car!

берёза *ж* birch

беременная prégnant

беременность *ж* prégnancy

берет *м* béret ['bereɪ]

бере́чь 1. (*заботиться*) take care of **2.** (*сохранять*) keep; maintáin **3.** (*щадить*) spare; вы себя́ не бережёте you don't take care of yoursélf; ~ся be cáreful

бесе́д‖а *ж* talk, conversátion; chat; дру́жеская ~ fríendly talk; провести́ ~у о ... give [gɪv] a talk on ...

бесе́довать talk; chat; о чём вы бесе́дуете? what are you tálking abóut?

бесконе́чный éndless

бескоры́стн‖ый disínterested; sélfless, únsélfish; ~ая по́мощь disínterested aid

беспарти́йный **1.** nón-párty **2.** *м* nón-párty man

беспла́тн‖о free of charge, grátis; ~ый free (of charge), grátis

беспоко́ить **1.** (*волновать*) wórry ['wʌ-]; меня́ беспоко́ит... I'm worried by... **2.** (*мешать*) distúrb; trouble [trʌ-]; вас не беспоко́ит..? do you mind ..?; «не ~!» (*надпись*) „do not distúrb!“; ~ся **1.** (*волноваться*) wórry ['wʌ-], be ánxious; я беспоко́юсь (о нём) I'm wórried (abóut him); не беспоко́йтесь! don't wórry! **2.** (*утруждать себя*) bóther ['bɔðə]; не беспоко́йтесь! don't bóther!

беспоко́йный **1.** (*тревожный*) únéasy **2.** (*причиняющий беспокойство*) tróublesome ['trʌ-]; (*о человеке*) réstless

беспоко́йство *с* **1.** (*тревога*) anxíety [æŋ'zaɪ-]; únéasiness **2.** (*нарушение покоя*) trouble [trʌ-]; прости́те за ~ I'm sórry to trouble you

бесполе́зный úseless

беспо́мощный hélpless

беспоря́док *м* disórder

беспо́шлинный dúty-frée

беспреста́нно contínually [-'tɪ-]; incéssantly

беспристра́стн‖ый impártial; únbíased; unpréjudiced; ~ая оце́нка impártial asséssment

бессме́ртн‖ый immórtal; ~ое произведе́ние undýing másterpiece

бессо́нниц‖а *ж* insómnia, sléeplessness; страда́ть ~ей súffer from insómnia

бесспо́рный indispútable, unquéstionable [-'kwestʃə-]

бессро́чный pérmanent

бесстра́шный féarless

бесхозя́йственность *ж* mismánagement

бесчи́сленн‖ый cóuntless, innúmerable; ~ые вопро́сы a flood of quéstions

бесшу́мный nóiseless

бето́н *м* cóncrete

биатло́н *м* *ол.* biáthlon; эстафе́та по ~у (4×10 км) biáthlon reláy (40 km)

библиогра́фия *ж* bibliógraphy

библиоте́ка *ж* líbrary ['laɪ-]; публи́чная ~ púb-

lic líbrary; ~-передвижка
ж trávelling líbrary

библиотéкарь м librárian
[-'brɛə-]

библия ж the Bible
[baɪbl]

бигудй мн. (hair) cúrlers,
róllers

билéт м 1. tícket; вход-
ной ~ (éntrance) tícket;
сезóнный (транзйтный,
обрáтный) ~ séason
(through, retúrn) tícket; ~
на пóезд (на автóбус и
т. п.) ráilway (bus, etc)
tícket; приглашейтельный ~
invitátion card; два ~а
тудá и обрáтно, пожáлуй-
ста! two retúrns, please!;
«Все ~ы прóданы» "Sórry,
we are all bóoked up" 2.
(докумéнт) card; проф-
сою́зный (члéнский) ~
tráde-únion (mémbership)
card

билья́рд м bílliards

бинóкль м fíeld-glass;
театрáльный ~ ópera-
-glass(es)

бинт м bándage

бинтовáть bándage

биогрáфия ж biógraphy

биóлог м bíologist [-'ɔl-]

биолóгия ж bíology [-'ɔl-]

би́ржа ж exchánge
[-'tʃeɪ-]; фóндовая ~ stock
exchánge

бирмáн‖ец м, ~ка ж
Búrmese, Búrman

бирмáнский Búrmese,
Búrman; ~ язы́к Búrmese,
the Búrmese lánguage

бисквит м spónge-cake

бисквитн‖ый: ~ое пи-
рóжное spónge-cake

битки́ мн. round ris-
sóles

бить (удáрить) hit; strike;
~ся 1. (за что-л.) strúggle
(for), fight (for) 2. (о сéрдце,
пýльсе) beat

бифштéкс м (натурáль-
ный) steak [-eɪk]; (рýбле-
ный) hámburger (steak)

благодари́ть thank; бла-
годарю́ вас thank you

благодáрность ж gráti-
tude ['græ-]; вы́разить ~
(комý-л. за что-л.) expréss
(one's [wʌnz]) grátitude (to
smb for smth)

благодáрный: óчень вам
благодáрен thank you véry
['verɪ] much, thank you éver
so much, véry much oblíged
to you

благодаря́ thanks to,
due [djuː] to; ~ вáшей
пóмощи thanks to your
help; ~ томý, что due to
the fact that

благополýчно well; я по-
éхал ~ I had a good [gud]
jóurney

благополýчный succéss-
ful

благоприя́тн‖ый fávour-
able; ~ая погóда fávour-
able wéather ['weðə]; ~
отвéт fávourable ánswer

благорóдный nóble
[nəubl]

благосостоя́ние с wéll-
-béing [-'biː-], wélfare

благоустроенный cómfortable ['kʌ-], with módern ['mɔ-] convéniences

бланк *м* form; ~ для почтового перевода póstal órder form; телеграфный ~ télegraph form; пожалуйста, заполните ~ fill in the form, please

бледный pale; вы (сегодня) очень бледный you look véry ['verɪ] pale (todáy)

блеск *м* lústre; brílliance

блестеть shine, glítter

блестящ‖ий brílliant; shíning; ~ие достижения brílliant achíevements

ближайш‖ий néarest ['nɪə-]; (*непосредственно следующий*) next; ~ее почтовое отделение néarest póst-office; ~ рестора́н (*кинотеатр*) néarest réstaurant (cínema); ~ая стоя́нка такси (*автобусная остановка*) néarest táxi-stand *или* táxi-rank (bus stop)

ближе néarer ['nɪə-]; как ~ всего́ пройти́ к..? what's the shórtest way to..?

близ close [-s] to, near [nɪə]

близк‖ий 1. (*в простра́нстве и во времени*) near [nɪə], close [-s]; самый ~ путь the shórtest way 2. (*сходный*) símilar ['sɪ-], alike 3. (*об отношениях*) íntimate; ~ друг íntimate friend

близко near [nɪə] (by),

close [-s] (to); мы ~ знакомы we are clósely acquáinted

близнецы́ *мн.* (*двойня*) twins, (*тройня*) tríplets

близору́кий néar-síghted ['nɪə-], *тж. перен.* shórt-síghted

близость *ж* 1. proxímity [-'ksɪm-] 2. (*об отношениях*) íntimacy

блинчики *мн.* (small) páncakes, frítters

блины́ *мн.* páncakes

блиц *м фото* (electrónic) flash

блок *м* (*группировка*) bloc

блокнот *м* wríting-pad; nóte-book

блондин *м* fáir-háired man; ~ка *ж* blonde

блу́зка *ж* blouse

блю́до *с* 1. (*посуда*) dish, plátter 2. (*часть обеда, ужина и т. п.*) cóurse; обед из трёх блюд thrée-cóurse dínner

блю́дце *с* sáucer

бобслей *м спорт.* ол. bóbsledding (*вид спорта*); bob, bóbsleigh [-sleɪ], bóbsled (*сани*); двухместный (четырёхместный) ~ twó-man (fóur-man) bob

бобы́ *мн.* beans

бог *м* God

богатый rich; ~ урожай abúndant hárvest, búmper crop

богослужение *с* divíne sérvice

29

бóдрый brisk

бóйк‖ий lively, smart; ~ая торгóвля brisk trade

бойкóт *м* bóycott

бок *м* side; по ~áм on each side; на ~ý on the side

бокáл *м* glass, góblet; поднять ~ raise one's [wʌnz] glass to

боковóй láteral ['læ-], side

бóком sídeways

бокс *м* bóxing

боксёр *м* bóxer; ~-средневéс *м* middle-weight bóxer

болгáр‖ин *м*, ~ка *ж* Bulgárian

болгáрский Bulgárian; ~ язык Bulgárian, the Bulgárian lánguage

бóлее more; ~ или мéнее more or less; ~ тогó móreover; (всё) ~ и ~ more and more; тем ~ all the more; не ~, чем... not more than...

болéзненный 1. (*нездорóвый*) unhéalthy [-'he-], sickly 2. (*причиняющий боль*) páinful

болéзнь *ж* illness; (*определённое, особ. длительное или хроническое заболевание*) diséase [-'zi:z]

болéльщик *м спорт.* fan

болéть 1. (*чем-л.*) to be ill with, to be down with; я болéю гриппом I have the flu 2. (*о теле, части тела и т. п.*) ache [eɪk], hurt; у меня болит головá (зуб) I have a héadache (tóothache); у меня болит рукá my hand hurts 3. *разг.* (*за кого-л.*) be a fan; root (for); он болéет за эту футбóльную комáнду he's this fóotball team's suppórter

болеутоляющее *с* (*срéдство*) sóothing (drug), ópiate; *разг.* páin-killer

боливи́‖ец *м*, ~йка *ж* Bolívian [-'lɪ-]

боливийский Bolívian [-'lɪ-]

болóто *с* swamp [-ɔ-], bog, marsh

боль *ж* pain, ache [eɪk]; (*рéзкая внезáпная*) pang; бóли в желýдке cólics; головнáя ~ héadache; зубнáя ~ tóothache

больни́ца *ж* hóspital

бóльно *безл.* it is páinful; мне ~ it hurts me; ~ удáриться hurt onesélf [wʌn-] bádly

больнóй 1. sick 2. *м* pátient ['peɪʃ-]

бóльше 1.: этот зал ~ тогó this hall is lárger than that one 2.: как мóжно ~ as much as póssible; спасибо, я ~ не хочý no more, thanks

большеви́к *м* Bólshevik

большинствó *с* majórity [-'dʒɔ-]

большóй 1. big, large 2. *перен.* great [greɪt]

бóмба *ж* bomb [bɔm]; áтомная ~ atómic bomb,

30

A-bomb; водоро́дная ~ hýdrogen bomb, H-bomb; нейтро́нная ~ neutron bomb

боре́ц м **1.** (*сторонник*) chámpion; борцы́ за мир chámpions of peace **2.** *спорт.* wréstler ['reslə]; ~-средневе́с м míddle-weight wréstler ['reslə]

бо́рн‖ый: ~ая кислота́ bóric ácid; ~ вазели́н bóric váseline

борода́ ж beard [bɪəd]

борона́ ж hárrow [-əu]

борони́ть hárrow [-əu]

боро́ться 1. fight, strúggle; ~ за мир strúggle (work[wə:k]) for peace; ~ за пе́рвое ме́сто compéte for the chámpionship **2.** *спорт.* wrestle [resl]

борт м board [bɔ:d]; на ~у́ on board; пра́вый ~ stárboard; ле́вый ~ port

борщ м borsch (*beetroot and cabbage soup*)

борьба́ ж **1.** strúggle; ~ за свобо́ду и незави́симость strúggle for fréedom and indepéndence; кла́ссовая ~ class strúggle **2.** *спорт.* wréstling ['resl-]; во́льная ~ free style wréstling; класси́ческая ~ Gráeco-Róman wréstling

босико́м bárefoot

босо́й bárefooted; на босу́ но́гу with no stóckings (socks) on, bárefooted

босоно́жки мн. (ópen-toe [-təu]) sándals

бота́ник м bótanist ['bɔ-]

бота́ника ж bótany ['bɔ-]

ботани́ческий: ~ сад botánical [-'tæ-] gárdens

боти́нки мн. boots; *амер.* high shoes [ʃu:z]

бо́чка ж bárrel

боя́знь ж fear [fɪə]

боя́ться be afráid (of), fear [fɪə]; я не бою́сь I'm not afráid; я не бою́сь за него́ I'm not afráid for him; бою́сь, что... I'm afráid (that)...

брази́лец м Brazílian [-'zɪ-]

брази́льский Brazílian [-'zɪ-]

бразилья́нка ж Brazílian

брак I м márriage; вступи́ть в ~ to get márried

брак II м (*в производстве*) réjects

брасле́т м brácelet; (*запя́стье*) bangle

брасс м (*стиль плавания*) bréast-stroke ['bre-]

брат м bróther ['brʌ-]

бра́тск‖ий brótherly ['brʌ-], fratérnal; ~ая дру́жба fratérnal friendship; ~ приве́т fratérnal gréeting

брать take; ~ биле́т buy (book) a ticket; ~ нача́ло originate (in, from); ~ приме́р с fóllow an exámple of

бревно́ с *спорт. ол.* bálance ['bæ-] beam

бред м delírium [-'lɪ-]

бре́дить be delírious [-'lɪ-], rave; *перен.* be mad (abóut, on)

31

брезе́нт *м* tarpáulin

брек *бокс* (*команда*) break [breɪk]

брига́да *ж* team; кон-це́ртная ~ cóncert tóuring group

бригади́р *м* team-léader

бриллиа́нт *м* (cut) diamond [ˈdaɪə-]

брита́нский British [ˈbrɪ-]

бри́тва *ж* rázor; без-опа́сная ~ sáfety rázor; электри́ческая ~ eléctric sháver

бри́твенн‖ый: ~ прибо́р sháving-set; ~ые принад-ле́жности sháving things

брить shave; ~ся (*само-му*) shave; (*у парикмахера*) have a shave

бро́ви *мн.* éyebrows [ˈaɪ-brauz]

броди́ть (*ходить*) wánder [ˈwɔndə], roam, stroll

бро́нза *ж* bronze; (*из-делия*) brónzes

бро́нзовый bronze

бронхи́т *м* bronchítis [brɔŋˈkaɪtɪs]

броса́ть, бро́сить 1. (*ки-нуть*) throw [-əu]; ~ мяч throw the ball **2.** (*оставить*) abándon, leave **3.** (*пере-стать*) give [gɪv] up, stop; я бро́сил кури́ть I gave up smóking; бро́сьте! stop it!, *разг.* drop it!

бро́ситься 1. throw [-əu] onesélf (wʌn-) (on, upón) **2.**: ~ бежа́ть start rúnning ◇ мне бро́силось в глаза́ it struck me

бросо́к *м спорт.* throw [-əu]

брошь *ж* brooch [brəutʃ]

брошю́ра *ж* bóoklet, pám-phlet

бру́сья *мн. спорт. ол.* bars; паралле́льные ~ párallel bars; разновысо́кие ~ únéven (párallel) bars; упражне́ния на ~х éxer-cises on bars

брю́ки *мн.* tróusers

брюне́т *м* dárk(-háired) man; ~ка *ж* brunétte

бу́блики *мн.* bóubliks; [ˈbu:-] (*thick ring-shaped rolls*)

бу́бны *мн. карт.* díamonds: [ˈdaɪə-]

будди́зм *м* Búddhism [ˈbu-]

будди́ст *м* Búddhist [ˈbu-]

буди́льник *м* alár(u)m--clock; заведа́те ~ set the alárum

буди́ть wake up; не на́до ́ его́ ~ don't wake him up

бу́дка *ж* box, cábin [ˈkæ-], booth

бу́дни *мн.* **1.** (*не празд-ничные дни*) wéek-days **2.** (*обыденная жизнь*) húm-drum life; dáily routíne

бу́дто as íf, as though [ðəu]

бу́дущ‖ее *с* the fúture; в (ближа́йшем) ~ем in the (néarest) fúture

бу́дущ‖ий fúture; next; в ~ем году́ next year; на ~ей неде́ле next week

бу́ква *ж* létter

буква́льный líteral ['lɪ-]

буква́рь *t* school [sku:l] prím-r, ABC-book

буке́т *м* bouquét [bu:'keɪ], bunch of flówers; **~ик** *м* nósegay

букинисти́ческий: **~ мага́зин** sécond-hánd bóokshop

букси́р *м* (*судно*) túg (-boat)

булава́ *ж спорт.* Índian club

була́вка *ж* pin; **англи́йская ~** sáfety pin

бу́лка *ж* roll

бу́лочка *ж* roll; **сдо́бная ~** bun

бу́лочная *ж* báker's; ákery

бульва́р *м* bóulevard ['bu:lvɑ:]

бульо́н *м* bóullion ['bu:jɔ:ŋ], clear [klɪə] soup [su:p], broth; **кури́ный ~** chícken-broth; **мясно́й ~** beef tea

бума́га *ж* páper; **папи́росная ~** tíssue-paper; **почто́вая ~** létter-paper, nóte-paper; **туале́тная ~** tóilet-paper

бума́жник *м* wállet ['wɔ-]; **я забы́л до́ма ~** I've left my wállet at home

бунт *м* ríot, mútiny

буржуази́я *ж* bourgeoisie [buəʒwɑ:'zi:]

буржуа́зный bóurgeois ['buəʒwɑ:]

бу́рн||ый stórmy, víolent ['vaɪə-]; **~ые аплодисме́нты** storm of applause

бу́ря *ж* storm

бу́сы *мн.* beads, nécklace [-lɪs]

бутербро́д *м* sándwich; **~ с икро́й (с сы́ром, с ветчино́й, с колбасо́й)** cáviar (cheese, ham, sáusage) sándwich

буто́н *м* bud

бу́тсы *мн.* boots

буты́лка *ж* bottle; **~ кефи́ра (молока́, сли́вок, вина́)** a bottle of búttermilk (milk, cream, wine)

буфе́т *м* 1. (*мебель*) síde-board [-bɔ:d] 2. (*на вокзале и т. п.*) refréshment room, bar; **пойдёмте в ~!** let's go to the refréshment room!

бухга́лтер *м* bóok-keeper, accóuntant [ə'kau-]

бухгалте́рия *ж* 1. (*занятие*) bóok-keeping 2. (*помещение*) accóuntant's óffice

бу́хта *ж* bay

бы: **я бы охо́тно посети́л...** I would like to vísit ['vɪzɪt]...; **я хоте́л бы** I would like; **вы бы присе́ли!** sit down, won't you?; **е́сли бы я знал (вы зна́ли)** (*наст. вр.*) if I (you) knew; (*прош. вр.*) had I (you) known

быва́ть 1. (*случаться*) occúr [ə'kə:], háppen; **быва́ет!** it does háppen sómetimes!, such things do háppen!, it may háppen to ánybody! 2. (*посеща́ть*) vísit ['vɪzɪt]; **он там быва́ет**

B

ежедне́вно he is there évery ['evrɪ] day; вы ча́сто быва́ете в теа́тре? do you óften go to the théatre ['θɪə-]? **3.** (*происходить*) be held

бы́вший fórmer; **ех-**

бык *м* bull [bul]

бы́ло: он чуть ~ не упа́л he had néarly fállen, he was on the point of fálling

быстрохо́дный high--speed, fast

бы́стрый quick; fast; rápɪ ⌐

быт *м* **1.** (*уклад жизни*) mode (way) of life **2.** (*повседневная жизнь*) (fámily) life; ~**овóй 1.:** ~**овóй сéктор** (*профкома*) wélfare commíssion **2.:** ~**овáя тéхника** home appliánces [-'aɪə-]

быть be; где вы бы́ли? where have you been? ⟡ как ~? what shall I (you, *etc*) do?; так и ~! all right!; бу́дьте (так) добры́ would you be so kind as; быть в состоя́нии be able; бу́дьте здоро́вы! (*до свидания!*) góod-býe ['ɡud-]!

бюдже́т *м* búdget

бюллете́нь *м* **1.** búlletin ['bu-]; избира́тельный ~ vóting-paper, bállot(-páper) **2.** (*больничный лист*) médical ['me-] certíficate [-'tɪ-]; он на ~е *разг.* he is on sick-leave (on the síck-list)

бюро́ *с* óffice, buréau [bju'rəu]; спра́вочное ~

inquiry-óffice; туристи́ческое ~ tóurist ágency

бюст *м* (*скульптура*) bust

В

в in; at; to; ínto ['ɪntu]; в теа́тре (*в здании*) in the théatre ['θɪə-]; (*на представлении*) at the théatre; в Москве́ in Móscow; в 2 часа́ дня at two p.m.; в 1981 году́ in 1981; в поне-де́льник on Mónday; во вто́рник on Túesday; в про́шлый раз last time; войти́ в дом énter a house; éхать в Москву́ go to Móscow; в па́мять (о) in mémory (of); в не́скольких киломе́трах от some kílometres from; в не́сколько дней within séveral days; длино́й в 5 ме́тров five métres long; в не́сколько раз бо́льше séveral times as mány ['menɪ] (*о сущ. во мн. ч.*); séveral times as much (*о сущ. в ед. ч.*); в два ра́за ме́ньше half; half the size; в не́сколько раз ме́ньше séveral times less; в соста́ве делега́ции on the delegátion; в спи́ске on the list; пье́са в трёх де́йствиях a play in three acts, a thrée-act play; быть и́збранным в... be elécted to...; в слу́чае in case of;

в том числе́ inclúding; в тече́ние dúring; for; withín; в зави́симости от depénding **on**

ваго́н м cárriage [ˈkærɪdʒ]; *амер.* car; бага́жный ~ lúggage van; *амер.* bággage--car; купи́рованный ~ compártment cárriage; спа́льный ~ sléeping-car, sléeper; мя́гкий ~ sóft-seated cárriage, ~-рестора́н м díning--car, díner

вагоновожа́тый м trám--driver

ва́жн‖ый impórtant; ~ое де́ло (изве́стие) impórtant búsiness [ˈbɪz-] (news)

ва́за ж vase [vɑːz]

ва́ленки мн. felt boots

валериа́нов‖ый: ~ые ка́пли tíncture of valérian

вале́т м *карт.* knave

вальс м waltz [-s]

валю́т‖а ж cúrrency; золота́я ~ gold cúrrency; обме́н ~ы cúrrency exchánge; обрати́мая ~ convértible cúrrency

вам you; мы к ~ зайдём we'll call on you; мы ~ пока́жем we'll show [ʃəu] you

ва́ми by (with) you; мы пойдём с ~ we'll go alóng with you; мы за ~ зайдём we'll come[kʌm] to fetch you

ва́нн‖а ж bath [bɑːθ]; приня́ть ~у take a bath; со́лнечная ~ sún-bath

ва́нная ж báth-room [ˈbɑː-θ-]

ва́режки мн. míttens

варе́ники мн. varéniks (*curd or fruit dumplings*)

варе́нье с presérve(s) (*pl*)

вари́ть boil; (*гото́вить*) cook; ~ся be bóiling, be on

варьете́ с varíety [və-ˈraɪəti] show [ʃəu]

вас you; рад ~ ви́деть glad to see you; нет ли у ~..? can you spare..?; мы о ~ вспомина́ли we've thought abóut you

василёк м córnflower

ва́та ж cótton (wool)

ватру́шка ж curd tart

ва́фли мн. wáfers *pl*; wáffles *pl*

ва́хт‖а ж watch; на ~e on dúty

ваш your; yours; ~ друг your friend, a friend of yours

вблизи́ near [nɪə] by, near

вбок sídeways

введе́ние с introdúction; (*предисло́вие тж.*) préface [ˈpre-]

ввезти́ см. ввози́ть

вверх up, úpwards; ~ по ле́стнице up the stairs, úpstairs; ~ по тече́нию upstréam, up the ríver [ˈrɪ-]

вверху́ at the top

ввести́ introdúce; bring in; ~ в га́вань pílot (a ship) ínto [ˈɪntu] hárbour; ~ в эксплуата́цию put ínto operátion ◇ ~ в заблужде́ние misléad ввиду́: ~ того́, что... as, since, in view of the fact that...

вводи́ть см. ввести́

ввоз м ímport

ввози́ть impórt

вглубь deep (into ['ɪntu]); ~ страны́ inlánd

вдалене́, вдали́ in the dístance

вдво́е twice, double [dʌ-]; twice as mány ['menɪ] (с сущ. во мн. ч.); twice as much (с сущ. в ед. ч.); twice as (с прилагательным); увели́чить ~double; уме́ньшить ~ halve

вдвоём the two of us (them, you); togéther

вдвойне́ double [dʌ-]; twice; twófold ['tu:-]

вдева́ть, вдеть pass (through [θru:]); ~ ни́тку в иго́лку thread [θred] a needle

ВДНХ (Вы́ставка достиже́ний наро́дного хозя́йства) СССР the USSR Nátional ['næ-] Ecónomy [-'kɔ-] Fair

вдоба́вок besídes, in addítion; ínto ['ɪntu] the bárgain

вдова́ ж wídow ['wɪdəu]

вдове́ц м wídower ['wɪdəuə]

вдо́воль 1. (в изобилии) in plénty 2. (до полного удовлетворения) to one's [wʌnz] heart's [hɑ:-] contént

вдого́нку áfter ['ɑ:ftə], in pursúit [pə'sju:t] of; пуска́ться ~ rush áfter

вдоль alóng; идти́ ~ бе́рега (реки́) go alóng the bank

вдох м breath [breθ]

вдруг súddenly

вегетариа́нск||ий: ~ое блю́до vegetárian dish

ве́дома: без (его́) ~ a) withóut létting (him) know; б) (без разрешения) withóut (his) consént

ве́домство с depártment

ведро́ с pail, búcket ['bʌ-]

веду́щ||ий: ~ая кома́нда léading (tópping) team

ведь but, why; я ~ вам говори́л but I told you; ~ изве́стно, что... why, it's cómmon knówledge that...

ве́ер м fan

ве́жлив||ость ж cóurtesy ['kə:-], politeness; долг ~ости políteness requíres...; ~ый políte, cóurteous ['kə:-], cívil ['sɪ-]

везде́ éverywhere ['evrɪ-]

везти́ 1. (груз) cárry; (кого-л. на автомобиле и т.п.) drive, take; (тележку) draw 2. безл.: ему́ везёт he is lúcky; ему́ не везёт he has no luck

век м 1. (столетие) céntury ['sentʃurɪ] 2. (эпоха) age 3. (жизнь) life

ве́ко с éyelid ['aɪ-]

вели́к: э́ти ту́фли (перча́тки и т. п.) мне ~и́ these shoes [ʃu:z] (gloves, etc) are too big for me

велика́н м giant

вели́кий great [-eɪt]

великоле́пный spléndid, éxcellent, fine

вели́чественный majés-tic; magníficent [-'nɪ-]

величин‖а́ ж **1.** size; тако́й ~ы such size **2.** *мат.* válue ['væljuː]

велого́н‖ка ж bícycle ['baɪsɪkl], cycle [saɪ-] race; ~щик м rácing cýclist ['saɪ-], bícycle ['baɪsɪkl] rácer

велодро́м м cycle [saɪ-] track

велосипе́д м bícycle ['baɪsɪkl], bike; ~и́ст м cýclist ['saɪ-]

ве́на м vein

венге́рка I ж Hungárian [-'gɛə-], Mágyar [-gjɑː]

венге́рка II ж (*танец*) Hungárian [-'gɛə-] dance [dɑːns]

венге́рский Hungárian [-'gɛə-], Mágyar [-gjɑː]; ~ язы́к Hungárian, the Hun-gárian lánguage

венгр м Hungárian [-'gɛə-], Mágyar [-gjɑː]

венесуэ́л‖ец м, ~ка ж Venezuélan [-'zweɪlən]

венесуэ́льский Venezué-lan [-'zweɪlən]

вено́к м wreath [riːθ], gárland; (*на голову*) cháplet; **возлага́ть** ~ lay (place) a wreath

вентиля́тор м fan

вентиля́ция ж ventilátion

ве́ра ж **1.** faith; belief **2.** (*вероисповедание*) relígion [-'lɪdʒ-], creed; ~ в бо́га relígious belief; христиа́н-ская ~ Chrístian relígion (faith)

вера́нда ж veránda(h); *амер.* porch

верблю́д м cámel ['kæ-]

верёвка ж cord; twine; (*толстая*) rope; (*бечёвка*) string

ве́рить belíeve; я вам ве́рю I belíeve you; я э́тому не ве́рю I don't belíeve it; ~ на́ сло́во take one's [wʌnz] word [wəːd] for..., take on trust

вермише́ль ж vermicélli

ве́рно (*правильно*) right, corréctly; соверше́нно ~! quite right!

верну́ть retúrn, give [gɪv] back; ~ся retúrn, come [kʌm] back; верни́тесь, по-жа́луйста! come back, please!

ве́рн‖ый 1. (*преданный*) true [truː], fáithful, lóyal; ~ друг true friend [frend] **2.** (*надёжный*) relíable [-'laɪə-]; из ~ых исто́ч-ников from relíable sóurces **3.** (*правильный*) corréct, right; ~ое реше́ние corréct decision; у вас ~ые часы́? is your watch right?

вероисповеда́ние с см. ве́ра 2

вероя́тно próbably ['prɔ-]; он, ~, придёт he is likely to come [kʌm]

вероя́тност‖ь ж: по всей ~и in all probábility

вертика́льный vértical

верфь ж dóckyard

верх *м* 1. top; откидной ~ (*автомобиля*) fólding top 2. (*высшая степень*) height [haɪt]; ~ совершéнства the pink of perféction ◇ одержáть ~ gain (*или* get [get]) the úpper hand

вéрхн‖ий úpper; ~ее плáтье clóthes, gárments, appárel; ~ этáж úpper floor

верхóвный supréme

верхов‖óй: ~áя ездá ríding

верхóм on hórseback; éздить ~ ride

верши́на *ж* top, súmmit, peak

вес *м* weight [weɪt]; какóй у вас ~? now much do you weigh [weɪ]?; прибáвить в ~е gain weight; сбрóсить ~ loose weight

весели́ться enjóy onesélf [wʌn-], have a good [gud] time, make mérry, have fun

весёлый mérry, gay, chéerful

весéнний spring

вéсить weigh [weɪ]

веслó *с* oar [ɔ:]; (*парное*) scull; (*гребок*) paddle

веснá *ж* spring

веснóй in spring; бýдущей (прóшлой) ~ next (last) spring

весов‖óй: ~áя категóрия *спорт.* wéight-class [weɪt-]

вести́ 1. lead; кудá вы нас ведёте? where are you táking us?; кудá вэдёт эта

дорóга? where does this road lead to? 2. (*собрание*) presíde óver, take the chair [tʃɛə] at 3. (*автомашину*) drive 4. (*мяч*) dribble 5.: ~ переговóры negótiate; ~ разговóр have a talk ◇ ~ себя́ beháve (onesélf [wʌn-])

вэстибюль *м* lóbby, hall

весть *ж* news

весы́ *мн.* scales, bálance ['bæl-]

весь all; ~ день all day long

вéтер *м* wind [wɪnd]

ветерáн *м* véteran ['ve-]

ветеринáр *м* véterinary ['vetərɪnərɪ] súrgeon

вéтка *ж* branch [brɑ:-]

вéтреный wíndy ['wɪn-]

ветчин‖á *ж* ham; яйчница с ~óй ham and eggs

вéчер *м* 1. (*вечернее время*) évening; дóбрый ~! good [gud] évening!; по ~áм я всегдá дóма in the évening I am álways in 2. (*вечеринка*) (évening-) party, sócial ['səuʃ-]; вы пойдёте на ~? are you góing to atténd the sócial?

вечéрн‖ий évening; ~ее плáтье évening dress; ~яя шкóла níght-school [-sku:l]

вéчером in the évening; at night; вчерá (зáвтра) last (tomórrow) night; сегóдня ~ toníght

вéчн‖ый etérnal; ~ая мерзлотá pérmafrost

ве́шалк‖**а** ж **1.** (для одежды) peg; stand; (плечики) hánger; да́йте мне ~у! will you give [gɪv] me a hánger? **2.** (у одежды) tab, hánger; у меня́ оборвала́сь ~ the tab of my coat is torn off

ве́шать hang; ~ пальто́ hang up one's [wʌnz] coat

вещество́ с súbstance

ве́щи мн. things, belóngings; где мой ~? where are my things?, (о багаже тж.) where is my lúggage?; упако́вать ~ do the pácking

вещь ж thing

ве́ялка ж wínnow [-əu-], wínnowing-fan [-əu-]

ве́ять wínnow [-əu-], fan

взаи́мный mútual, recíprocal

взаимоотноше́ние с (ínter)relátion, relátionship

взаимопо́мощ‖**ь** ж mútual assístance; ка́сса ~и mútual bénefit fund

взаймы́: брать ~ bórrow; дава́ть ~ lend

взаме́н in exchánge [-'tʃeɪ-], in retúrn

взби́т‖**ый:** ~ые сли́вки whipped cream

взволнова́ть excíte, ágitate ['ædʒɪ-]; (расстроить) upsét; (растрогать) move [muːv]; ~ся get [get] wórried ['wʌ-] (excíted)

взгляд м **1.** look, glance [glɑːns]; с пе́рвого ~a at first sight; бро́сить ~ cast a glance **2.** (мнение) opínion [-'pɪ-]; óutlook; на мой ~ in my view

вздохну́ть sigh [saɪ]; take a breath [-eθ]; ~ свобо́дно breathe fréely

вздра́гивать, вздро́гнуть start, give [gɪv] a start

вздыха́ть sigh [saɪ]

взима́ться be lévied ['le-], be colléctéd; тамо́женный сбор не взима́ется dúty-free; взима́ется штраф a fine is set (on)

взлета́ть, взлете́ть fly up; (о самолёте) take off

взлётн‖**ый:** ~ая доро́жка táke-off strip, rúnway

взмах м flap, stroke; (руки́) wave

взма́хивать, взмахну́ть 1. (крыльями) flap **2.** (руко́й, платко́м и т. п.) wave

взмо́рье с séashore; séaside

взнос м páyment; чле́нский ~ mémbership dues; вступи́тельный ~ éntrance fee

взро́слый ádult ['ædʌ-], grówn-up ['grəun-]

взрыв м explósion; ~ аплодисме́нтов burst of appláuse; ~ сме́ха óutburst of láughter ['lɑː f-]

взыска́ние с **1.** (наказа́ние) pénalty ['pe-]; púnishment ['pʌ-]; наложи́ть ~ impóse a pénalty (on) **2.** (взимание) exáction; ~ по́шлины colléction of dúty

взя́тка ж карт. trick

взять take; ~ с собо́й take aló́ng (with); ~ на себя́ take upón onesélf [wʌn-]; возьми́те! here you are! ◇ ~ себя́ в ру́ки pull onesélf togéther; ~ся: ~ся за́ руки join hands; ~ся за де́ло get [get] down to búsiness ['bɪz-]

вид м 1. (*внешность*) appéarance [-'pɪə-], look 2. (*местности и т. п.*) view [vjuː]; краси́вый ~ béautiful lándscape ◇ при ~е at the sight (of); име́ть в ~у́ a) bear, in mind; б) (*намереваться*) inténd, mean

видеоза́пись ж (*процесс*) vídeo-recórding ['vi:-]; (*результат*) vídeo-tape

ви́деть see; я хорошо́ (пло́хо) ви́жу my éyesight ['aɪ-] is good [gud] (poor); вы ви́дите? can you see?; я не ви́жу I cánnot see

ви́димо évidently ['evɪ-]

ви́дно one can see; бы́ло хорошо́ ~ one could see quite well; его́ еще не ~ he is not yet in view [vju:]

видоиска́тель м *фото* víew-finder ['vju:faɪ-]

ви́з||а ж vísa ['vi:zə]; ~ на въезд (вы́езд) éntrance (éxit) vísa; вы́дать ~у grant a vísa; получи́ть ~у get [get] a vísa; транзи́тная ~ tránsit (through [θru:]) vísa

визи́т м vísit ['vɪzɪt], call; ~ ве́жливости cóurtesy vísit (call); официа́льный

~ call, dúty-call; нанести́ ~ pay a vísit; (*коро́ткий, официа́льный*) pay a call; отда́ть ~ retúrn a vísit

ви́лка ж fork

вина́ ж guilt [gɪ-]; fault

винегре́т м Rússian sálad ['sæ-]

вино́ с wine; бе́лое ~ white wine; кра́сное ~ red wine; сухо́е ~ dry wine; полусухо́е ~ sémi-dry wine; сла́дкое (десе́ртное) ~ sweet wine

виногра́д м grapes

виногра́дарство с víticulture ['vɪ-]

виногра́дник м víneyard ['vɪnjəd]

виногра́дн||ый grape; ~ое вино́ (grape)wine

виноде́лие с wíne-making

винт м screw [-ru:]

винто́вка ж rifle [raɪfl]

виолонче́ль ж violoncéllo [-'tʃeləu], 'cello

виртуо́з м virtuóso

висе́ть hang

ви́ски с whísky; шотла́ндское ~ S-otch

виско́зный: ~ шёлк ráyon ['reɪɔn]

висо́к м temple

високо́сный: ~ год léap-year

витами́ны мн. vítamins

витри́на ж 1. shop wіndow [-əu] 2. (*в музее*) shów-case ['ʃəu-]

ви́ться 1. (*о реке, доро́ге и т. п.*) wind [waɪnd] 2. (*о волоса́х*) curl

вишнёв‖ый: ~ сад chérry órchard; ~ сироп chérry sýrup; ~ого цвета chérry--colour [-kʌ-]

вишня ж chérry; (*дерево тж.*) chérry-tree

вклад м depósit [-'pɔz-]; invéstment; ~ в дело мира contribútion to the cause [kɔːz] of peace

включать(ся) *см.* включить(ся)

включая, включительно inclúding [-'kluː-]; *после сущ.* inclúded

включить 1. (*ввести в состав*) inclúde [-'kluːd]; ~ в состав делегации (команды) inclúde in the delegátion (team) 2. (*ввести в действие*) switch on, turn on; включите радио (телевизор) turn on the rádio (the TV); ~ся join in; énter

вкратце bríefly, in short

вкус м taste [teɪ-]; быть горьким на ~ taste bítter

вкусно: (как) ~! how tásty ['teɪ-] it is!, it is véry ['verɪ] delícious [-'lɪʃəs]

вкусный tásty ['teɪ-], delícious [-'lɪʃəs]; ~ обед good [gud] (nice) dínner

владелец м ówner ['əu-]

владеть 1. own [əun], posséss; я владею (не владею) английским языком I know [nəu] (don't know) Énglish; каким языком вы владеете? what lánguage do you know? 2.: ~ собой contról onesélf [wʌn-]

власти *мн.* authórities [-'θə-]

власть ж 1. pówer; authórity [-'θɔ-] 2. (*владычество*) rule [ruːl]

влево to the left; ~ от to the left of

влияние с ínfluence; оказать ~ ínfluence, exért ínfluence (on); иметь ~ have ínfluence (on)

влиять ínfluence

ВЛКСМ (Всесоюзный Ленинский Коммунистический Союз Молодёжи) L.Y.C.L.S.U. (Léninist Young [jʌŋ] Cómmunist League [liːg] of the Sóviet Únion)

влюбиться, влюбляться fall in love [lʌv] (with smb)

вместе togéther [-'geðə]; ~ со мной (с ним, с вами) togéther with me (him, you); выйдем ~ let's go out togéther; ~ с тем at the same time

вместительный: ~ зал spácious hall

вместо instéad [-'sted] (of)

вмешаться, вмешиваться interfére (in); meddle (in); step in

вначале at first, in (at) the beginning

вне out of, óutside, beyónd [-'jɔnd]; ~ конкурса hors concóurs [ɔːkɔːŋ'kuː] ◇ ~ себя besíde onesélf [wʌn-] (with)

внезапно súddenly

41

внеочередно́й 1. out of turn **2.** (*о заседании и т. п.*) extraórdinary [ɪks'trɔːdnrɪ]

внести́ 1. bring in, cárry in; **внеси́те** (э́то) сюда́! bring (it) óver here! **2.** (*уплатить*) pay in; ~ де́ньги pay the móney **3.** (*включить*) inclúde [-'kluːd], énter; ~ в спи́сок énter on a list **4.** (*о предложении*) move [muːv], submít; ~ предложе́ние make a propósal; (*в конкретной формулировке*) move a mótion

вне́шн‖ий óutward, extérnal; ~ вид look, (óutward) appéarance [-'pɪə]; ~яя торго́вля fóreign trade

вне́шность *ж* extérior; (*о человеке*) look, appéarance [-'pɪə-]

вниз down, dównwards; ~ по ле́стнице down the stairs, dównstáirs

внизу́ belów [-'ləu]; dównstáirs; подожди́те меня́ ~ wait for me dównstáirs

внима́ни‖е *с* **1.** atténtion; ~! atténtion! **2.**: приня́ть во ~ take ínto ['ɪntu] considerátion (ínto accóunt); обрати́те ~ на... pay atténtion to...; не обраща́йте ~я take no nótice (of), don't pay atténtion (to)

внима́тельный 1. atténtive **2.** (*заботливый*) consíderate [-'sɪ-]; вы о́чень внима́тельны you are véry 'verɪ] consíderate

42

вничью́: игра́ ко́нчилась ~ the game was drawn, the game énded in a draw

вновь agáin

вноси́ть *см.* внести́

внук *м* grándson [-sʌn]

вну́треннее (*о лекарстве*) for intérnal use [juːs]

вну́тренн‖ий ínnɛr; ínside; intérnal; ~яя торго́вля home (doméstic) trade

внутри́ ínside; in

внутрь ínwards; ínto ['ɪntu]; ínside

вну́чка *ж* gránddaughter

вня́тный distínct; áudible

вовлека́ть, вовле́чь draw in (ínto ['ɪntu])

во́время in time; не ~ inópportunely; at the wrong time

во-вторы́х sécondly ['se-]

вод‖а́ *ж* wáter ['wɔːtə]; холо́дная ~ cold wáter; горя́чая ~ hot wáter; кипячёная ~ boiled wáter; газиро́ванная ~ aeráted wáter; минера́льная ~ míneral ['mɪ-] wáter; питьева́я ~ drínking (fresh) wáter; нельзя́ ли попроси́ть (у вас) стака́н ~ы́? may I have a glass of wáter?

водеви́ль *м* váudeville ['vəudəvɪl], cómic ['kɔ-] sketch

води́тель *м* dríver

води́ть *см.* вести́

во́дка *ж* vódka

во́дн‖ый: ~ спорт aquátics, aquátic sports; ~ тра́нспорт wáter ['wɔːtə] tránsport; ~ая ста́нция aquatic sports céntre ['sentə]; ~ое по́ло *сп.* wáter pólo

водола́з *м* díver

водопа́д *м* wáterfall ['wɔ:tə-]

водопрово́д *м* 1. (*в кварти́ре*) rúnning wáter ['wɔ:tə] 2. (*в го́роде*) wáter-supply

водоро́д *м* hýdrogen ['haɪ-]; пе́рекись ~а *см.* пе́рекись

водохрани́лище *с* réservoir [-wɑ:]

вое́нн||ый 1. war(-); mílitary ['mɪ-]; ~ая слу́жба mílitary sérvice 2. *м* sérvice-man; он ~ he is in the ármy

возврати́ть retúrn, give [gɪv] back; возврати́те мне э́то retúrn it to me; ~ся retúrn, come [kʌm] back; когда́ мы возврати́мся? when do we get [get] back?

возвраща́ть(ся) *см.* возврати́ть(ся)

возвраще́ние *с* retúrn; ~ домо́й retúrn home; hóme-coming [-kʌm-]

возвыше́ние *с* 1. (*проце́сс*) rise 2. (*помо́ст*) plátform 3. (*на ме́стности*) elevátion

возвы́шенность *ж* hill, elevátion

возгла́вить, возглавля́ть head [hed], be at the head (of); делега́цию возглавля́ет... the delegátion is héaded (by)...

во́зглас *м* exclamátion; shout; ~ы одобре́ния

cheers of appróval; ~ы удивле́ния (восто́рга) shouts of surprise (enthúsiasm)

воздвига́ть, воздви́гнуть eréct

воздержа́ться, воздер́живаться keep onesélf [wʌn-] (from), abstáin (from)

во́здух *м* air

возду́шн||ый air; ~ое сообще́ние air sérvice; ~ые гимна́сты áerialists ['ɛə-]

воззва́ние *с* appéal; proclamátion

вози́ть *см.* везти́ 1

во́зле near [nɪə], by; ~ до́ма near the house

возмо́жн||о 1. *безл.* it is póssible; вполне́ ~ it is quite póssible 2. *вводн. сл.* perháps; póssibly; ~, бу́дет дождь it may rain; ~ость *ж* possibílity [-'bɪ-]; (*удо́бный слу́чай*) opportúnity, chance; дать ~ость give [gɪv] a chance (an opportúnity), enáble; име́ть ~ость have a chance (an opportúnity), to be able, to be in a posítion to; ~ый póssible; ~ый победи́тель póssible winner

возмути́ться, возмуща́ться be indígnant (at)

вознагради́ть, вознагражда́ть rewárd [-'wɔ:d]; (*материа́льно*) remúnerate, récompense

вознагражде́ние *с* 1. (*награ́да*) rewárd [-'wɔ:d] 2. (*опла́та*) remunerátion

43

возника́ть, возни́кнуть arise; spring up; (появля́ться) appéar; come [kʌm] into ['ɪntu] béing ['bi:-]; у него́ возни́кла мысль it occúrred to him

возобнови́ть, возобновля́ть resúme

возража́ть см. возрази́ть

возраже́ние с objéction; у вас нет возраже́ний? have you got ány objéctions?, you don't object, do you?

возрази́ть object (to), raise an objéction (agáinst)

во́зраст м age; в ~е (от... до...) áged (from... to...)

войн‖а́ ж war; Вели́кая Оте́чественная ~ the Great Patriótic war; гражда́нская ~ cívil war; мирова́я ~ world [wə:ld] war; вести́ ~у́ wage war

войти́ go in; come [kʌm] in; énter; ~ в зал énter a hall; войди́те! come in!

вокза́л м (ráilway) státion; términal; речно́й ~ boat státion (términal)

вокру́г aróund; round; ~ го́рода aróund the cíty ['sɪ-]

волейбо́л м vólleyball ['vɔ-]; ~и́ст м, ~и́стка ж vólleyball ['vɔ-] pláyer

волейбо́льн‖ый vólleyball ['vɔ-]; ~ая площа́дка vólleyball court; ~ мяч vólleyball; ~ая се́тка vólleyball net

волк м wolf [wulf]

волн‖а́ ж wave; длина́ ~ы wáve-length; на дли́нных (коро́тких, сре́дних) ~а́х long (short, middle) wave (transmíssion)

волне́ние с excítement; emótion

волнова́ть excíte; wórry ['wʌ-]; меня́ волну́ет... what wórries me is...; ~ся 1. (быть возбуждённым) be excíted 2. (беспоко́иться) be wórried ['wʌ-]

волоки́та ж red tape

во́лосы мн. hair

во́л‖я ж will; си́ла ~и will-power

вон I: ~ там óver there

вон II: out; awáy; ~ отсю́да! get [get] out!

во́на ж (коре́йская де́нежная едини́ца) won

вообще́ génerally ['dʒe-]; on the whole [həul]; (с отрица́нием) at all

воодушевле́ние с enthúsiasm

вооруже́ни‖е с ármament, arms; го́нка ~й arms drive (race); ármaments drive (race); сокраще́ние ~й redúction of ármaments; контро́ль над ~ями arms contról [-'əul]

во-пе́рвых fírstly, in the first place

вопреки́ in spite of, despíte, cóntrary to

вопро́с м quéstion ['kwestʃən]; ~ в том, что... the point is that...; э́то ещё ~ that is to be seen; разреши́те задáть ~ may I ask a quéstion?

вор *м* thief

воробéй *м* spárrow [-əu]

вóрон *м* ráven ['reɪ-]

ворóна *ж* crow [-əu]

ворóт‖а *мн.* 1. gate 2. *спорт.* goal; мяч в ~ах a goal is scored; в ~ах стоúт... the goal is kept by...

воротнúк *м* cóllar ['kɔ-]

воротничóк *м* cóllar ['kɔ-]

восемнáдцать eightéen ['eɪ'tiːn]

вóсемь eight [eɪt]

вóсемьдесят éighty ['eɪtɪ]

восемьсóт eight [eɪt] húndred

воск *м* wax

восклúкнуть excláim

восклицáние *с* exclamátion

восклицáть *см.* восклúкнуть

воскресéнье *с* Súnday [-dɪ]

воспалéние *с* inflammátion; ~ лёгких pneumónia; ~ пóчек nephrítis

воспитáние *с* educátion; úpbringing

воспитáть, воспúтывать bring up; éducate ['ed-]

воспóльзоваться use [juːz], make use [juːs] of; мóжно ~ (вáшим)... ? may I use (your)... ?

воспоминáние *с* mémory ['me-], recolléction

воспоминáния *мн.* mémoirs ['memwɑːz]

воспроизведéние *с (звука)* pláy-back

восстанáвливать *см.* восстановúть

восстáние *с* rebéllion, revólt

восстановúть 1. restóre 2. *(силы, здоровье)* recóver [-'kʌ-]

восстановлéние *с* restorátion; recóvery

восстáть rise (agáinst), revólt

востóк *м* east; Блúжний Востóк Middle (Near) East; Дáльний Востóк Far East

востóрг *м* rápture ['ræptʃə], delíght; я в ~е от... I am delíghted with...

востóчный east; éastern; oriéntal

восхитúть(ся) *см.* восхищáть(ся)

восхищáть delíght, enrápture [-'ræp-], enchánt [-'tʃɑː]; ~ся admíre; be cárried awáy (by), be delíghted (with); я восхищён I am delíghted

восхищéние *с* admirátion; прийтú г ~ be delíghted (with)

восхóд *м* rise; ~ сóлнца súnrise

восхождéние *с* ascént (of)

восьмёрка *ж* 1. *ол. (академическая гребля)* eight [eɪt]; распашнáя ~ с рулевы́м eight with cóxswain ['kɔksn] 2. *карт.* eight; ~ пик и

45

m. *n.* the eight of spades, *etc*

восьмóй eighth [eɪtθ]

вот here; there; ~ этот this one

впервы́е for the first time; я здесь ~ I've néver been here befóre

вперёд fórward

впереди́ 1. in front [frʌ-] of; ahéad [ə'hed] (of); встáнем ~ let's take a stand in front 2. (*в будущем*) befóre; in store

впечатле́ние c impréssion; произвести́ ~ make (prodúce) an impréssion (on)

вплоть: ~ до... down to, up to

вполго́лоса in a low [ləu] voice; говори́ть ~ speak in an úndertone

вполне́ quite, pérfectly

впóру: это пальтó мне ~ (не ~) this óvercoat fits (doesn't fit) me

впосле́дствии áfterwards ['ɑ:ftə-], láter on

впрáво to the right; ~ от to the right of

впрóчем howéver [-'evə], but

впускáть, впусти́ть let in

впятеро́м the five of them (us)

враг *м* énemy ['en-]

враждéбный hóstile, inímical [-'nɪ-]

врáжеский énemy's ['en-]

вратáрь *м* góalkeeper

врач *м* physícian [fɪ'zɪʃn], dóctor

врачéбн||ый médical ['me-]; ~ая пóмощь médical aid

вред *м* harm, ínjury; (*ущерб*) dámage ['dæ-]; причини́ть ~ harm, do harm (to), ínjure

врéдный hármful, bad; (*для здоровья*) házardous ['hæ-]; unhéalthy [-'he-]

врéменный témporary; provísional [-'vɪʒ-]

врéм||я c time; зáвтра в это ~ this time tomórrow; ~ гóда séason; скóлько ~ени? what time is it?; в то же ~ at the same time; в то ~ как just when, while; в настоя́щее ~ at présent; на ~ for a while; с течéнием ~ени in time, evéntually; егó ~ his time; показáть лýчшее ~ *спорт.* make the best time; тем ~енем méanwhile: у нас ещё есть ~ we've still got time

врóде like, such as

врóзь apárt, séparately ['se-]

вручáть *см.* вручи́ть

вручéние c hánding; delívery [-'lɪ-]; ~ нагрáд bestówal of awárds; ~ призóв prízing (of the competítion)

вручи́ть hand in, delíver [-'lɪ-]; разреши́те вам ~ ... may I presént to you...

вряд ли hárdly; он ~ пойдёт he is not líkely to go there

всáдник *м* hórseman

все all; éverybody ['evrɪbədɪ]; ~ здесь? is éverybody here?

всё all; éverything ['evrɪ-] ~ равнó (it's) all the same; ~ ещё still; ~ ещё не not yet

всевозмóжный all kinds of; of évery ['evrɪ] descríption, várious ['veə-]

всегдá álways

всемúрный world [wə·ld]; Всемúрный конгрéсс сторóнников мúра World Peace Cóngress

всенарóдн‖ый nátional ['næʃ-]; ~ прáздник (день) nátional hóliday; (празднование) nátional celebrátion; ~ое обсуждéние nátion-wide discússion

всеóбщ‖ий géneral ['dʒe-], univérsal; ~ее одобрéние géneral appróval; ~ее обучéние univérsal educátion

всесоюзный nátional ['næʃ-]; (of) the USSR

всесторóнний thórough ['θʌrə]; détailed; áll-róund

всё-таки nevertheléss [ne-], yet, still

всецéло entírely, whólly ['həu-]

вскáкивать см. вскочúть

вскипятúть boil

вскóре soon; ~ пóсле soon áfter ['ɑ:ftə]

вскочúть jump up; ~ нá ноги jump up, jump to one's [wʌnz] feet

вскрúкивать, вскрúкнуть cry out, scream

вслед áfter ['ɑ:ftə]; ~ за (о событиях и т. п.) fcllowing

вслéдствие ówing ['əu-] to; in cónsequence of; ~ этого ówing to this

вслух alóud

вспоминáть, вспóмнить recolléct, remémber, recáll; я вспóмнил, что... I've just remémbered that...

вставáть см. встать

встáвить, вставлять insért; put [put] in; ~ стеклó в очкú set a glass in a pair of spéctacles

встать 1. stand up, rise; встáньте, пожáлуйста stand up, please; ~ из-за столá rise from the table 2. get [get] up; я ужé встал 1 am up alréady

встрéтить (кого-л.) meet; где я вас встрéчу? where shall I meet you?; я встрéтил I met; ~ся meet (with); (случайно) come [kʌm] acróss; где мы (с вáми) встрéтимся? where shal we meet?

встрéча ж 1. méeting, дрýжеская (тёплая) ~ friendly (warm) méeting 2. (приём) recéption 3. спорт. match; сегóдня состоúтся ~ комáнд (совéтских и францýзских футболúстов) a match betwéen the (Sóviet and the French fóotball) teams is táking place todáy

встречáть(ся) см. встрéтить(ся)

встреча́ющ∥ий м: бы́ло мно́го ～их ма́ny ['menı] people came to meet...

встре́чный: ～ по́езд the ón-coming [-кл-] train

вступа́ть см. вступи́ть

вступи́тельн∥ый: ～ое сло́во ópening áddress

вступи́ть énter; ～ в чле́ны join

вступле́ние с introdúction (тж. муз.)

всю́ду éverywhere ['evrı-]

вся all, whole [həul], entíre; ～ страна́ all the cóuntry ['кл-]

вся́к∥ий (любо́й) ány ['enı];(ка́ждый) évery['evrı]; во ～ое вре́мя at ány time ◇ во ～ом слу́чае at ány rate, ányhow

в тече́ние dúring ['djuə-]; for

втори́чно for the sécond ['se-] time

вто́рник м Túesday ['tju:zdı]

второ́е с (блю́до) sécond ['se-] (main) course

второ́й sécond ['se-]

второпя́х in a húrry, in haste [heı-]

в-тре́тьих thírdly

втро́е three times; thréefold;～ бо́льше three times as mány ['menı] (с сущ. зо мн. ч.), three times as much (с сущ. в ед. ч.)

втроём the three of us (of them)

вуз м (вы́сшее уче́бное заведе́ние) hígher educa-tional estáblishment; cóllege ['kɔlıdʒ]

вулка́н м volcáno

вход м 1. (дверь и т. п.) éntrance; гла́вный ～ main éntrance; служе́бный ～ staff [stɑ:f] éntrance 2.: ～ воспрещён! no éntrance!; вхо́да нет! no admíttance!; ～ по биле́там éntrance by tícket; ～ беспла́тный éntrance free, admíssion free 3.: ～ в пло́тные сло́й атмосфе́ры ré-éntry

входи́ть см. войти́

ВЦСПС (Всесою́зный Центра́льный Сове́т Профессиона́льных Сою́зов) The Céntral Cóuncil of Trade Únions of the USSR

вчера́ yésterday [-dı]; ～ у́тром yésterday mórning; ～ днём yésterday after-noon; ～ ве́чером last night

вчера́шн∥ий yésterday('s) [-dı(z)]; во ～ей газе́те in yésterday's páper

вче́тверо four times; fóur-fold

вчетверо́м the four of us (of them)

въезд м 1. éntrance 2. (путь, ведущий к чему-л.) appróach

въезжа́ть, **въе́хать** 1. énter; (в экипа́же) drive ínto ['ıntu]; (верхо́м, на велосипе́де) ride ínto 2. (в кварти́ру) move [mu:v] ínto

вы you; ～ гото́вы? are you réady?

выбира́ть 1. choose, seléct; выбира́йте! take your choice! 2. (*голосовать*) eléct

вы́бор *м* choice; на ~ at one's [wʌnz] choice

вы́боры *мн.* eléction(s)

выбра́сывать *см.* вы́бросить

вы́брать *см.* выбира́ть

вы́бросить throw [-əu] out; throw awáy

выбыва́ть, вы́быть leave, quit; вы́был из игры́ left the game

вы́везти 1. take out 2. expórt

вы́веска *ж* sign(board)

вы́вести 1. lead out; (*исключить*) expél, exclúde [ɪksˈkluːd]; ~ войска́ withdráw the troops; ~ из соста́ва кома́нды expél from the team 2. (*уничтожить*) extérminate; (*пятна*) remóve [-ˈmuːv], take out

вы́вих *м* dislocátion

вы́вихнуть díslocate, put [put] out of joints

вы́вод *м* (*заключение*) conclúsion [-ˈluːʒn]; сде́лать ~ draw a conclúsion

выводи́ть *см.* вы́вести

вы́воз *м* éxport

вывози́ть *см.* вы́везти

вы́гладить íron [ˈaɪən]; press; вы́гладьте мне пла́тье (руба́шку) would you íron my dress (shirt)?; отда́йте, пожа́луйста, ~моё пла́тье please get [get] my dress pressed

вы́глядеть look; вы хорошо́ (пло́хо) вы́глядите you look well (bad)

вы́глянуть look out

выгова́ривать 1. reprimánd 2. pronóunce, artículate [-ˈtɪ-]; вы пра́вильно (непра́вильно) выгова́риваете... you pronóunce... corréctly (wrong)

вы́говор *м* 1. (*порицание*) réprimand 2. (*произношение*) pronunciátion; у вас хоро́ший (плохо́й) ~ your pronunciátion is good [gud] (bad)

вы́говорить *см.* выгова́ривать

вы́годный prófitable [ˈprɔ-]

выгружа́ть, вы́грузить unlóad

выдава́ть, вы́дать 1. give [gɪv] out; distríbute [-ˈtrɪ-]; ~ де́ньги give (pay) the móney 2. ((*предавать*) betráy

вы́дача *ж* 1. delívery [-ˈlɪ-]; distribútion 2. (*преступника*) extradítion

выдаю́щийся outstánding; (*о человеке тж.*) próminent [ˈprɔ-]

выдвига́ть, вы́двинуть 1. (*теорию и т. п.*) put [put] fórward, advánce [-ˈvɑː-] 2. (*на должность и т. п.*) promóte 3. (*предлагать к избранию и т. п.*) nóminate [ˈnɔ-]

вы́держанн‖ый: ~ое вино́ old [əuld] wine; ~

сыр (табáк) séasoned cheese (tobácco)

вы́держать, выдéрживать bear [bɛə], endúre [-ˈdjuə]; stand; ~ нáтиск протѝвника *спорт.* get [get] through [θruː] the oppónent's attáck; ~ боль endúre pain

вы́держка I *ж* (*из статьи и т. п.*) éxtract

вы́держк‖а II *ж* 1. (*самообладáние*) self-contról [-ˈtrəul], fírmness 2. *фото* expósure [-ˈpəuʒə]; с большóй ~ой with long exposure; с ~ой... секýнд expósed for... séconds [ˈse-]

вы́дэх *м* expirátion

вы́думать invént

вы́думка *ж* invéntion

вы́думывать *см.* вы́думать

вы́езд *м* depárture

вы́ездк‖а *ж спорт.* dréssage [-sɑːʒ]; лѝчное пéрвенство по ~е на рóзыгрыш Большóго прѝза *ол.* indivídual[-ˈvɪ-] Grand Prix [priː] dréssage; комáндное пéрвенство по ~е *ол.* team dréssage

вы́езжáть, вы́ехать leave; depárt; мы сейчáс выезжáем we are léaving now; онѝ ужé вы́ехали they have left alréady

вы́жать, выжимáть *спорт.* press; ~ однóй рукóй (двумя́ рукáми)... кг press... kg by one hand (by two hands)

вы́звать 1. (*заказáть*) call; ~ таксѝ (машѝну) call a táxi [ˈtæksɪ] (a car); ~ врачá call in a dóctor 2. (*звать*) ask (to); call; вы́зовите, пожáлуйста, (к телефóну) please ask to (the télephone) 3. (*возбудѝть*) cause, stir; ~ интерéс excíte ínterest

выздорáвливать *см.* вы́здороветь

выздорáвливающий convaléscent

вы́здороветь recóver [-ˈkʌ-], get [get] well

вы́зов *м* 1.: ~ по телефóну télephone call 2. chállenge [ˈtʃæ-]; ~ на состязáние chállenge to compéte

вызывáть *см.* вы́звать

вы́играть, выѝгрывать win; ~ состязáние win the cóntest

вы́игрыш *м* prize; gain

вы́игрыш‖ный (*имéющий преимýщество*) advantágeous; в ~ом положéнии in an advantágeous position

вы́йти 1. go out; вы́йдем на ýлицу let's go out (into [ˈɪntu] the street); все вы́шли? has éverybody [ˈevrɪ-] gone out?; ~ из машѝны get [get] out of the car 2. (*появѝться*) appéar [əˈpɪə]; be out, be íssued [ˈɪʃuːd]; кнѝга тóлько что вы́шла (из печáти) the book has just come [kʌm] out 3. (*удáться*) come out, turn out;

из него вы́йдет хоро́ший спортсме́н he will make a good [gud] spórtsman; из э́того у меня́ ничего́ не вы́шло I fáiled to do it ◇ ~ за́муж márry

выключа́тель м switch

выключа́ть, вы́ключить turn off, switch off

вы́кройка ж páttern

вы́лет м start; táke-off

вылета́ть, вы́лететь start, leave; take off; мы вылета́ем в 6 часо́в we leave at 6 o'clóck; когда́ мы вылета́ем? when do we leave?

выле́чивать, вы́лечить cure (of)

вылива́ть, вы́лить pour [pɔ:] out

вы́мыть wash; вы́мойте мне го́лову I want a shampóo, please; ~ посу́ду do the díshes; ~ся wash (onesélf [wʌn-])

вы́нести 1. cárry out; ~ ве́щи bring out the things 2. (терпеть) endúre [-'djuə]; stand

вынима́ть см. вы́нуть

выноси́ть вм. вы́нести

выно́сливый hárdy

вы́нуть take out

вы́пад м (в фехтова́нии) lunge, thrust

выпада́ть, вы́пасть 1. fall out; (о волосах и т. п.) come [kʌm] out; вы́пасть из рук slip through [θru:] one's [wʌnz] fingers; fall out of one's hands 2. (об оса́д-

ках) fall; вы́пал снег there was a fall of snow [snəu]

выпива́ть см. вы́пить

вы́писать, выпи́сывать write out; órder; subscríbe (to); ~ кни́гу órder a book; каки́е газе́ты и журна́лы вы выпи́сываете? what pápers and magazínes do you subscríbe to?

вы́пить drink; вы́пейте вина́ drink some wine; вы́пейте ча́шку ко́фе (ча́ю) have a cup of cóffee (tea)

вы́плата ж páyment

выполне́ние с 1. (обязан-ностей и т. п.) execútion 2. (решения, плана и т. п.) implementátion; realizátion

вы́полнить, выполня́ть cárry out, ímplement, fulfíl; éxecute ['eksɪ-]

вы́пуск м 1. (денег и т. п.) íssue ['ɪʃu:]; emíssion; ~ ма́рок íssue of stamps 2. (группа учащихся) co-gráduates [-'græ-]; весе́н-ний ~ spring graduates

выпуска́ть см. вы́пус-тить

выпускни́к м gráduate ['græ-], alúmnus (pl alúmni [-aɪ]); выпускники́ 1981 го́да class of 1981

выпускни́ца ж gráduate ['græ-], alúmna (pl alúmnae [-i:])

вы́пустить 1. let out; вы́-пустите меня́ let me out 2. (издать) íssue ['ɪʃu:]; ~ но́вую кни́гу íssue a new book; ~ но́вую моде́ль

4 *

автомобиля prodúce a new make of a car 3. (*исключить*) omít; ~ часть текста omit a pórtion of the text

выработка ж 1. manufácture; ~ шёлка (шерсти) manufacture of silk (wool) 2. (*продукция*) óutput [-put]

выражать *см.* выразить

выражение *с* expréssion; ~ лица look, cóuntenance

выразительный expréssive

выразить expréss; ~ удовольствие (сожаление) show [ʃəu] pléasure (regrét)

вырастать, **вырасти** grow [-əu]

вырваться break [breik] loose [lu:s], get [get] free; ~ вперёд dash fórward

вырезка ж 1. (*из газеты*) préss-clipping, préss-cutting 2. (*кусок мяса*) fíllet, ténderloin

выручать, **выручить** help smb out; (*спасти*) réscue; save

вырываться *см.* вырваться

высадить 1. (*на берег*) land, disembárk; (*из автомобиля*) drop, set down 2. (*растение*) plant [-ɑ:-]; ~ся land, disembárk (*тж. из самолёта*)

высаживать(ся) *см.* высадить(ся)

высказать speak out; ~ мнение expréss an opínion; ~ предположение suggést; surmíse; ~ся decláre; ~

за speak for; ~ против speak agáinst, oppóse

высказывание *с* státement, pronóuncement

высказывать(ся) *см.* высказать(ся)

выслушать, **выслушивать** 1. listen ['lɪsn] (to); hear [hɪə] 2. *мед.* sound

высокий high; (*рослый*) tall

высоко high (up); alóft

высота ж height [haɪt]; (*тж. над уровнем моря*) áltitude

высотн∥**ый**: ~ое здание múlti-storied (tall) búilding

выспаться: я хорошо выспался I've had a good [gud] sleep; я не выспался I am still sléepy

выставить 1. (*картины и т. п.*) exhíbit [ɪg'zɪ-]; ~ команду place the team on the éntry 2. (*кандидатуру*) nóminate ['nɔ-]

выстав∥**ка** ж 1. exhibítion [eksɪ'bɪ-]; exhíbit [ɪg'zɪ-]; fair; промышленная (сельскохозяйственная) ~ indústrial (agricúltural) exhibítion (*или* fair); в музее новая ~ картин there is a new exhíbit of páintings in the muséum [mju:'zɪəm]; ~ собак dóg-show [-ʃəu]; 2. (*витрина*) shów-case; на ~ке in the shów-case

выставлять *см.* выставить

выстраивать *см.* выстроить 2

вы́стрел *м* shot

вы́строить 1. (*построить*) build [bɪld]; ~ теа́тр (шко́лу, заво́д) build a théatre ['θɪə-](school [skuːl], fáctory) **2.** (*в ряды́*) draw up; form; ~ уча́стников пара́да form the participants of the paráde

вы́ступ *м* projéction, protúberance; (*горы тж.*) jut

выступа́ть, вы́ступить come [kʌm] fórward; ~ пе́ред микрофо́ном speak óver the mike; ~со статьёй come out with an árticle

выступле́ние *с* **1.** (*в печати*) árticle; (*устное*) speech; (*в прениях*) intervéntion **2.** (*на сцене*) perfórmance; *спорт.* demonstrátion

вы́сш||ий higher; the highest; the supréme; ~его ка́чества of supérior (éxtra) quálity

вы́тереть, вытира́ть wipe; вытира́йте но́ги! wipe your feet (on the mat)!

вы́учить 1. (*что-л.*) learn; ~ наизу́сть learn by heart [hɑːt] **2.** (*кого-л.*) teach, train

вы́хлоп *м авто* exháust [ɪgˈzɔː-]

вы́ход *м* éxit ['eksɪt]; *перен.* way out; вы́хода нет (*объявление*) no éxit; друго́го ~а нет it's the ónly way out

выходи́ть *см.* вы́йти

выходно́й: ~ день day off, rést-day, day of rest

вы́честь *мат.* subtráct

вычита́ние *с* subtráction

вычита́ть *см.* вы́честь

вы́ше 1. higher; (*с росте*) táller **2.** abóve [əˈbʌv]; ~ нуля́ abóve zéro

вы́шивка *ж* embróidery

вышина́ *ж* height [haɪt]

вы́шка *ж* (wátch-)tówer; парашю́тная ~ párachute tówer

вы́яснить find [faɪnd] out; ~ся turn out; как вы́яснилось as it turned out; э́то сего́дня вы́яснится todáy it will becóme clear

вы́ясня́ть(ся) *см.* вы́яснить(ся)

вьетна́м||ец *м*, ~ка *ж* Vietnamése

вьетна́мский Vietnamése; ~ язы́к Vietnamése, the Vietnamése lánguage

вью́га *ж* snów-storm ['snəu-]; (*пурга*) blízzard ['blɪ-]

Г

га *м* héctare (*2,47 акра*)

габарди́н *м* gáberdine ['gæ-]

гава́йск||ий Hawáiian [hɑːˈwaɪən]; ~ая гита́ра ukuléle [juːkəˈleɪlɪ]

га́вань *ж* hárbour; войти́ в ~ énter a hárbour

газ I *м* gas

53

газ II м (*ткань*) gauze [gɔːz]

газе́та ж néwspaper, páper; у́тренняя (вече́рняя) ~ mórning (évening) páper; стенна́я ~ wall néwspaper

газифика́ция ж 1. (*превращение в газ*) gasificátion 2. (*города и т. п.*) installátion of gas pípelines and supplýing gas

га́зовый gas

газо́н м lawn

газопрово́д м gás-main

гайя́н‖ец м, ~ка ж Guyanese

гайя́нский Guyánan [gaɪˈænən]

галантере́йный: ~ магази́н haberdáshery

галантере́я ж haberdáshery

галере́я ж gállery [ˈgæ-]; карти́нная ~ pícture gállery

га́лка ж daw, jáckdaw

гало́п м gállop [ˈgæ-]; ~ом at a gállop

гало́ши мн. galóshes, óvershoes [-uːz]; амер. rúbbers

га́лстук м (néck)tie [-taɪ]; ~-ба́бочка м bów-tie [ˈbəu-]

гамби́т м шахм. gámbit

га́нгстер м gángster

гандика́п м hándicap

ганте́ли мн. dúmb-bells [ˈdʌm-]

гара́ж м gárage [-ɑːdʒ]

гаранти́ровать guarantée

гара́нти‖я ж guáranty [ˈgæ-]; wárranty; с ~ей на... guaranteed for...

гардеро́б м 1. (*шкаф*) várdrobe 2. (*помещение*) clóak-room; амер. chéck-room; где ~? where is the clóak-room?

гармо́ника ж 1. (*гармонь*) accórdion 2. (*концертино*) concertína [-ˈtiːnə]

гарни́р м trímmings, gárnish

гарниту́р м 1. (*комплект*) set 2. (*мебель*): спа́льный ~ bédroom suite 3. (*бельё*): шёлковый ~ ládies' sílken twó-piece (thrée-piece) únderwear

гаси́ть 1. put [put] out, extínguish; ~ электри́чество turn off the light 2. спорт.: ~ мяч kill the ball

гастро́ли мн. tour [tuə]

гастроно́м м (*продовольственный магазин*) food store

гастрономи́ческий: ~ магази́н см. гастроно́м

гастроно́мия ж delicatéssen

гватема́л‖ец м, ~ка ж Guatemálan [-ˈmɑː-]

гватема́льский Guatemálan [-ˈmɑː-]

гвозди́ка ж 1. (*цветок*) carnátion 2. (*пряность*) clove

гвоздь м 1. nail 2.: ~ сезо́на hit of the séason

где where; ~ вы бы́ли? where have you been?; ~ гла́вный почта́мт (театра́ль ная ка́сса, спра́вочное бюро́, рестора́н, туале́т)? where is the Céntral Póst-Office (bóx-óffice, inquíry-óffice, réstaurant, lávatory)?; ~ моё пальто́? where is my coat?

где́-либо, где́-нибудь, где́-то sómewhere ['sʌmwɛə]; ánywhere ['enɪwɛə]

гекта́р м см. га

генера́л м géneral ['dʒe-]

генера́льн‖ый géneral ['dʒe-]; ~ая репети́ция dress rehéarsal

гениа́льный of génius ['dʒi:njəs], great [-eɪ-]; ~ челове́к a man of génius

гео́граф м geógrapher

геогра́фия ж geógraphy

гео́лог м geólogist

геоло́гия ж geólogy

геоме́трия ж geómetry

георги́н м dáhlia ['deɪ-]

герб м arms; госуда́рственный ~ nátional ['næʃ-] émblem

герма́нский Gérman

геро́иня ж héroine ['he-]

геро́й м héro; Геро́й Сове́тского Сою́за Néro of the Sóviet Únion; Геро́й Социалисти́ческого Труда́ Héro of Sócialist Lábour

ги́бкий fléxible; supple

гига́нт м gíant

гигие́на ж hýgiene

гигиени́ческ‖ий: ~ая салфе́тка sánitary ['sæ-] nápkin

ги́дро‖самолёт м flýing boat, hýdroplane; ~ста́нция

ж wáter ['wɔ:-] (hýdro-eléctric) pówer-station

гимн м ánthem; госуда́рственный ~ nátional ['næʃ-] ánthem; ~ демократи́ческой молодёжи Fréedom Song

гимна́ст м gýmnast; выступле́ния ~ов gymnástics displáy

гимна́стика ж gymnástics; спорти́вная ~ compétitive gymnástics; худо́жественная ~ callisthénics, free stánding éxercises

гимнасти́ческ‖ий: ~ зал gymnásium, gym; ~ие упражне́ния gymnástic éxercises, gymnástics; ~ костю́м léotard ['li:ə-]

гимна́стка ж gýmnast

гипс м pláster (of Páris); (минерал) gýpsum

ги́псов‖ый of pláster; ~ая повя́зка pláster (of Páris) bándage

гирля́нда ж gárland, festóon; украша́ть ~ми deck with gárlands

ги́ря ж weight [weɪt]

гит м сл. (вид трековой велогонки): ~ на 1 км 1,000 métre time tríal

гита́ра ж guitár [gɪ-]

глава́ 1. м и ж (старший) head [hed]; ~ делега́ции head of the delegátion 2. ж (книги) chápter

гла́вн‖ый main, chief; príncipal; ~ го́род страны́ cápital; ~ врач head [hed] physícian; ~ почта́мт Céntral Póst-Office ◇ ~ым óбразом máinly

гла́дить 1. stroke, caréss 2. (*утюгом*) press, íron ['aɪən]

гла́дкий smooth; (*о тка-ни*) plain

глаз *м* eye [aɪ]

глазн||о́й: ~ врач óculist ['ɔk-]; ~а́я лече́бница éye--hospital [-'aɪ-]; ~о́е я́блоко éyeball

глазу́нья *ж* fried eggs, sunny-side úp

гли́на *ж* clay

гли́ссер *м* hýdroplane

глота́ть swállow [-əu]

глото́к *м* gulp; sip

глубин||а́ *ж* depth; на ~е́ 10 ме́тров at the depth of ten métres; измеря́ть ~у́ sound (*на мо́ре*)

глубо́к||ий deep; *перен. тж.* profóund; ~ое о́зеро deep lake; ~ая о́сень late áutumn; ~ая ста́рость vénerable age

глубоко́ deep, déeply; здесь ~? is it deep here?; я ~ взволно́ван I am déeply moved [muːvd]

глу́п||ость *ж* fóolishness, stupídity [-'pɪ-]; ~ый fóolish, sílly, stúpid

глухо́й 1. deaf [def] 2. *м* deaf man

глухонемо́й 1. déaf-and--dúmb ['defən'dʌm] 2. *м* déaf-múte

глуши́тель *м авто* múffler

гляде́ть look; гляди́те! look!

гна́ться pursúe; ~ за мячо́м run áfter ['ɑːftə] the ball

гнев *м* ánger, wrath [rɔθ]

гнёт *м* oppréssion; (*иго*) yoke

гнило́й rótten; decáyed

гобеле́н *м* góbelin tápestry ['tæ-]

гобо́й *м* háutboy ['əubɔɪ], óboe ['əubəu]

говори́ть speak, talk; вы говори́те по-англи́йски? do you speak English?; говоря́т, что... they say (that)...; что вы говори́те! you don't say so! ◇ со́бственно говоря́ as a mátter of fact

говя́дина *ж* beef

год *м* year; ~ (два го́да) тому́ наза́д a year (two years) agó; теку́щий ~ this year; уче́бный ~ académic year; (*в шко́ле*) school [skuːl] year; че́рез ~ (два го́да) in a year (two years); из го́да в ~ year in, year out; кру́глый ~ all the year round; Но́вый ~ New Year; с Но́вым го́дом! Háppy New Year!

годи́ться do, be súitable ['sjuː-]; э́то (никуда́) не годи́тся that won't do

годи́чный ánnual

го́дный súitable ['sjuː-]; fit; ~ для питья́ drínkable; fit to drink

годово́й ánnual

годовщи́на *ж* annivérsary

гол *м* goal; заби́ть ~ score a goal

голла́нд‖ец _м_ Dútchman; ~ка _ж_ Dútchwoman [-wu-]

голла́ндский Dutch; ~ язы́к Dutch, the Dutch lánguage

голова́ _ж_ 1. head [hed] 2. (_скота_) head; 50 голо́в скота́ fífty head of cattle

головн‖о́й: ~а́я боль héadache ['hederk]; ~ убо́р hat; héad-dress

головокруже́ние _с_ gíddiness ['gɪ-]

голо‖гра́мма _ж_ hólogram ['hɔ-]; ~гра́фия _ж_ hológraphy [-'lɔ-]

го́лод _м_ húnger; (_бедствие_) fámine ['fæmɪn]; испы́тывать ~ be húngry

голода́ть starve

голо́дный húngry; я го́лоден I am húngry

гололе́дица _ж_ glazed frost, glaze (_амер._), sleet, íce-crusted ground

го́лос _м_ 1. voice 2. _полит._ vote; пра́во ~а súffrage; the vote; реша́ющий ~ (_при разделе́нии голосо́в_) cásting vote; пра́во реша́ющего (_совеща́тельного_) ~а vóting (spéaking) right

голосова́ние _с_ vóting; vote; (_та́йное_) bállot ['bæ-]; поста́вить вопро́с на ~ put [put] the quéstion ['kwestʃən] to the vote; провести́ ~ по да́нному предложе́нию have (_или_ take) a vote on the mótion

голосова́ть (за, про́тив) vote (for, agáinst)

голубо́й blue [-u:], ský--blue

голубцы́ _мн._ stuffed cábbage-rolls

го́лубь _м_ pígeon ['pɪdʒɪn], dove [dʌv]; ~ ми́ра the dove of peace

го́лы‖й náked [-kɪd] ◊ ~е фа́кты bare facts

гомеопати́ческ‖ий: ~ая апте́ка homoeopáthic chémist's; ~ие сре́дства homoeopáthic rémedies

гонг _м_ gong

гондура́с‖ец _м_, ~ка _ж_ Hondúran [-'djuə-]

гондура́сский Hondúran [-'djuə-]

го́нк‖и _мн. спорт._ ráce(s); автомоби́льные ~ mótor ráce(s); па́русные (гребны́е) ~ regátta; _ол._ (_велоспо́рт_) ли́чное пе́рвенство в шоссе́йных ~ах indivídual [-'vɪ-] road race; индивидуа́льная (кома́ндная) ~a пресле́дования indivídual (team) pursúit [-'sju:t] (race); спри́нтерская ~ с выбыва́нием match sprint; кома́ндная ~a на 100 км 100 km team (race); _ол._ (_лы́жи_) ~ по пересечённой ме́стности cróss-country ['-kʌ-] evénts

гонора́р _м_ fee

го́ночный: ~ автомоби́ль rácing car, rácer; ~ велосипе́д rácing bícycle, rácer

го́нщик _м_ rácer; rácing dríver

57

горá ж móuntain [-tɪn]; в гóру úphill; пóд гору dównhill; катáться с горы (на санках) tobóggan

горáздо much, far; ~ бóльше (мéньше) much more (less); ~ лýчше (хýже) much bétter (worse), bétter (worse) by far

горбýша ж (рыба) húmp-backed sálmon ['sæmən]

горбýшка ж crust

гордúться be proud of; я горжýсь I am proud of

гóрдость ж pride

гóре с grief

горéть (об огне) burn

гóрец м mountainéer [-tɪ-]; Híghlander (главным образом кавказский и шотландский)

горизóнт м horízon

горизонтáльный horizóntal

горúстый móuntainous [-tɪ-], hílly

гóрло с throat; у меня болúт ~ I have a sore throat

горн м муз. bugle [bjuːgl]

гóрничная ж maid, hóusemaid; (в гостинице) chámbermaid ['tʃeɪ-]

горнолыжный: ~ спорт móuntain [-trn] skíing ['skiː-]; ол. Álpine ['ælpaɪn] skíing

гóрн‖ый móuntain(ous) [-tɪn-]; ~ая болéзнь móuntain síckness; ~ая промышленность míning índustry

горняк м míner

гóрод м town; cíty ['sɪ-]; мы из одногó ~a we are from the same town, we are féllow-tównsmen; жить зá ~ом live out of town, (работая в городе) be a commúter, commúte; ~-герóй м Héro Cíty ['sɪ-]

городкú мн. спорт. gorodki (a kind of skittles)

городскóй úrban; town(-); munícipal [-'nɪ-]; ~ трáнспорт munícipal (cíty ['sɪ-]) tránsport

горожáнин м tównsman

горóх м peas

горóшек м: душúстый (зелёный) ~ sweet (green) peas

горсовéт м (городскóй совéт) Town (Cíty ['sɪ-]) Sóviet; Town (Cíty) Cóuncil

горсть ж hándful

горчúца ж mústard

горчúчник м mústard pláster; стáвить ~ applý a mústard pláster (to)

горчúчница ж mústard-pot

гóр‖ы мн. móuntains [-ɪnz]; в ~áx in the móuntains

гóрький bítter

горючее с fúel; (тж. для автомашины) pétrol; амер. gás(oline)

горячий hot; (о встрече) warm

госбáнк м (государственный банк) the State Bank

го́спиталь *м* hóspital

господа́ *мн.* géntlemen; (*в обращении: дамы и господа*) ládies and géntlemen

господи́н *м* 1. (*при фамилии*) Mr ['mɪstə]; (*в обращении*) sir 2. (*хозяин*) máster

госпо́дство *с* suprémacy [-'pre-] dominátion; rule[ru:l]

госпожа́ *ж* 1. lády 2. (*при фамилии*) Mrs ['mɪsɪz]; (*о незамужней женщине*) Miss; (*в обращении*) Mádam

гостеприи́м‖ный hóspitable; ~ство *с* hospitálity [-'tæ-]; оказа́ть ~ство show [ʃəu] hospitálity; play host

гости́ная *ж* dráwing-room

гости́ниц‖а *ж* hotél [həu-]; inn; останови́ться в ~е put up (stay *или* stop) at a hotél

гости́ть stay (with smb); (*в городе, стране*) be on a vísit ['vɪz-] (to), be vísiting

гост‖ь *м* guest; vísitor ['vɪz-]; дороги́е го́сти dear guests; быть в ~я́х (у) be on a vísit (to); встреча́ть ~е́й wélcome one's [wʌnz] guests; идти́ в го́сти go vísiting, pay a vísit; позва́ть в го́сти invíte smb; приходи́те (к нам) в го́сти! come [kʌm] to see us!

го́стья *ж* (lády) guest, vísitor ['vɪ-]

госуда́рственный state; nátional ['næʃ-]

госуда́рство *с* state; (*страна*) cóuntry ['kʌ-], nátion

гото́вить 1. (*подготавливать*) prepáre, make réady ['re-]; ~ конце́ртную програ́мму work [wə:k] at a cóncert prógramme 2. cook; ~ обе́д cook (make) dínner; ~ся prepáre (for), get [get] réady ['re-] (for); ~ся к встре́че be prepáring to recéive...; get réady for a méeting

гото́вый réady ['re-]; вы гото́вы? are you réady?; мы гото́вы вести́ перегово́ры we are prepáred to negótiate; обе́д гото́в dínner is sérved; всегда́ гото́в! álways réady! ◇ ~ к услу́гам (*в письме*) yours fáithfully

гравю́ра *ж* engráving, print; (*офорт*) étching

град *м* hail; идёт ~ it is háiling

гра́дус *м* degrée; 20 ~ов тепла́ (моро́за) twénty degrées abóve (belów) zéro; ско́лько сего́дня ~ов? what is the témperature todáy?

гра́дусник *м* thermómeter

граждани́н *м*, гражда́нка *ж* cítizen ['sɪ-]; права́, свобо́ды и обя́занности гра́ждан the rights, fréedoms and dúties of cítizens

гражда́н‖ский cívil ['sɪ-]; (*подобающий граждани-*

ну) cívic ['sı-]; (*штатский*) civílian [-'vı-]; ∼ство с cítizenship ['sı-]; nationálity [næʃə'næ-]; приня́ть ∼ство be náturalized, join cítizenship

грамза́пись *ж* grámophone ['græ-]) recórding

грамм *м* gram(me)

гра́мот‖а *ж* 1. réading and wríting 2. (*документ*): вери́тельные ∼ы credéntials; похва́льная ∼ Certíficate of Encóuragement; почётная ∼ Diplóma of Hónour ['ɔnə]

гра́мотный (*о человеке*) líterate ['lı-], éducated

грана́т I *м бот.* pómegranate

грана́т II *м мин.* gárnet

грандио́зный grándiose; imménse, vast

грани́т *м* gránite ['græ-]

грани́ц‖а *ж* 1. bórder; (*государственная*) fróntier ['frʌ-]; (*города*) bóundary; за ∼ей abróad; из-за ∼ы from abróad; ∼ футбо́льного по́ля line of the fóotball field 2. (*предел*) límit ['lı-]; э́то перехо́дит все ∼ы it is strétching the límit

грани́чить (*с чем-л.*) bórder (on, upón); *перен.* verge [vɔ:dʒ] (on)

гра́фика *ж* gráphic arts, bláck-and-whíte art

графи́н *м брит.* decánter; *амер.* pítcher

грацио́зный gráceful

грач *м* rook

гребёнка *ж*, гре́бень *м* comb [kəum]

гребе́ц *м* óarsman ['ɔ:z-mən], rówer ['rəuə]

гре́бля *ж ол.* rówing ['rəu-]; академи́ческая ∼ rówing; ∼ на байда́рках и кано́э canóeing [-'nu:-ıŋ]

гребо́к *м спорт.* stroke

грек *м* Greek

гре́лка *ж* hót-water [-wɔ:tə] bottle, fóotwarmer

греме́ть rattle; (*о громе*) thúnder

гренки́ *мн.* tóast-squáres; (*для супа*) síppets

грести́ row [rəu]

греть 1. warm; heat; ∼ ру́ки (но́ги) warm one's [wʌnz] hands (feet) 2. give [gıv] out warmth; со́лнце си́льно гре́ет it's véry ['verı] warm in the sun; ∼ся warm onesélf [wʌn-]; ∼ся у ками́на warm onesélf by the fire-place

гре́цкий: ∼ оре́х wálnut

греча́нка *ж* Greek

гре́ческий Greek; (ново-) гре́ческий язы́к Módern Greek

гречи́ха *ж* búckwheat

гриб *м* múshroom; мари-но́ванные ∼ы píckled múshrooms; собира́ть ∼ы go múshrooming

грим *м* máke-up

гримирова́ть, ∼ся make up

грипп *м* flu[flu:], influénza [-flu-], grippe

гроза́ *ж* thúnderstorm, storm

гром *м* thúnder; ~ греми́т it thúnders; ~ аплодисме́нтов storm of appláuse

грома́дн‖ый huge, enórmous [-'nɔ:-]; vast; я получи́л (от конце́рта *и т. п.*) ~ое удово́льствие I enjóyed (the cóncert, *etc.*) imménsely

гро́мк‖ий loud; ~о loud, lóudly, alóud; не говори́те так ~о don't speak so loud

громкоговори́тель *м* loud-spéaker

гро́мче: говори́те ~ speak lóuder; speak up

гроссме́йстер *м* grand máster

гро́хот *м* crash; rumble; rattle

груб‖ость *ж* rúdeness ['ru:d-]; *спорт.* (unnécessary[-'ne-]) róughness ['rʌf-]; допусти́ть ~ commit rough [rʌf] play; ~ый rough [rʌf], coarse [kɔ:s]; (*невежливый*) rude [ru:d]; (*об оши́бке, наруше́нии*) gross; (*об изде́лии, рабо́те*) crude [-u:-]; (*о го́лосе*) harsh, gruff; ~ая игра́ *спорт.* rough play

груди́нка *ж* bácon

грудно́й: ~ ребёнок báby

грудь *ж* breast [-e-]; (*грудна́я кле́тка*) chest; (*бюст*) bósom ['buzəm]

груз *м* load; (*су́дна*) cárgo

грузи́н *м*, ~ка *ж* Géorgian ['dʒɔ:-]

грузи́нский Géorgian ['dʒɔ:-]; ~ язы́к Géorgian, the Géorgian lánguage

грузи́ть load

грузови́к *м* lórry ['lɔ-]; *амер.* truck

грузов‖о́й: ~о́е движе́ние goods' [gudz] tráffic

гру́зчик *м* lóader, stévedore ['sti:vrdɔ:]

грунт *м* 1. (*по́чва*) soil 2. *жив.* ground

гру́ппа *ж* group [-u:-]; ~ зри́телей clúster of spectátors

грусти́ть be sad

гру́стный sad

гру́ша *ж* (*плод*) pear [pɛə]; (*де́рево*) péar-tree

гря́дка *ж* (végetable-)bed

гря́зн‖о: на у́лице сего́дня ~ it's múddy óutside; ~ый dirty, filthy

грязь *ж* dirt; filth; (*сля́коть*) mud

гуа́шь *ж* gouáche [gu'ɑ:ʃ]

губа́ *ж* lip; ве́рхняя (ни́жняя) ~ úpper (lówer) lip

гу́бка *ж* sponge [spʌndʒ]

губн‖о́й: ~а́я гармо́ника móuth-organ; ~а́я пома́да lipstick

гуде́ть (*об автомоби́ле*) hoot

гудо́к *м* hóoter; (*фабри́чный*) (fáctory) whistle; (*автомоби́льный тж.*) horn

гу́льден *м* (*денежная единица Нидерландов*) gúlden ['gu-], gúilder ['ɣɪ-]

гуля́нье *с* wálking: наро́дное ~ públic mérry-making

гуля́ть walk, go for (*или* take) a walk; ~ по го́роду (па́рку) walk abóut th cíty ['sɪ-] (in the park)

гуля́ш *м* *кул.* góulash ['gu:læʃ], stew [stju:]

гума́нный humáne [-'meɪn]

густ‖о́й thick; dense; ~ лес dense fórest; ~о́е населе́ние dense populátion; ~ суп thick soup

гусь *м* goose (*мн. ч.* geese)

гутали́н *м* shoe [ʃu:] pólish ['pɔ-]; blácking ['blæ-]

ГЭС (гидроэлектроста́нция) hýdro-eléctric pówer-station

Д

да I yes; да, я зна́ю! yes, I know [nəu]!

да II *союз* 1. (*соединительный*) and 2. (*противительный*) but; да я там был but I've been there

да III: да здра́вствует! long live!

дава́ть *см.* **дать** ◇ дава́йте пойдём! let ᴜs go!; ~ сло́во (*обещать*) give [gɪv] one's [wʌnz] word [wə:d]

давле́ние *с* préssure [-ʃə];

кровяно́е ~ blóod-pressure

давно́ long agó [ə'gəu]; for a long tíme; я вас о́чень ~ не ви́дел I haven't seen you for áges

да́же éven

да́лее: и так ~ etc, and so on, and so forth

далеко́ far awáy, a long way off; нам ещё ~ идти́ (е́хать)? have we much fárther ['fɑ:ðə] to go?

дальне́йш‖ий fúrther ['fə:ðə]; в ~ем láter on

да́льний dístant; ~ путь dístant jóurney

дальнови́дкый fár-síghted

дальнозо́ркий lóng-síghted

да́льше fúrther ['fə:ðə]; fárther ['fɑ:ðə]; пойдёмте ~ let's go on (fúrther); а ~ что? and then what?

да́ма *ж* 1. lády; (*в танцах*) pártner 2. *карт.* queen; ~ пик the queen of spades

да́мк‖а *ж* king; проводи́ть в ~и crown; проходи́ть в ~и be crowned

да́мск‖ий: ~ зал ládies' háirdressing salóon; ~ая ко́мната ládies' room

да́нные *мн.* facts, dáta; у него́ хоро́шие спорти́вные ~ he's got the mákings of a good [gud] spórtsman

да́нн‖ый this; given; в ~ое вре́мя at présent, at the móment; в ~ом слу́чае únder the círcumstances

дань _ж_ tríbute ['trɪ-], contribútion

дари́ть make a présent ['preznt]; ~ на па́мять give [gɪv] smb smth as a kéepsake

дарова́ние _с_ tálent ['tæ-], gift [gɪ-]

да́т‖а _ж_ date; поста́вить ~у date (a létter, dócument)

да́тский Dánish; ~ язы́к Dánish, the Dánish lánguage

датча́н‖ин _м_, ~ка _ж_ Dane

дать 1. give [gɪv]; да́йте им знать let them know [nəu]; да́йте, пожа́луйста... (_в магазине_) I want ...; (_за столом_) pass..., please; ~ согла́сие give one's [wʌnz] consént; ~ конце́рт give a cóncert 2. (_позволить_) let; да́йте, пожа́луйста, пройти́ let me pass, please да́ч‖а _ж_ súmmer-house, búngalow; я живу́ на ~е I live out of town, I live in the cóuntry ['kʌ-]

два two

двадца́тый twéntieth

два́дцать twénty

два́жды twice

двена́дцать twelve

дверь _ж_ door [dɔ:]; входна́я ~ éntrance

две́сти two húndred

дви́гатель _м_ éngine; _амер._ mótor

дви́гать(ся) move [mu:v движе́н‖ие _с_ móvement ['mu:v-]; у́личное ~ tráffic; ~ за мир Peace Móvement;

во́льные ~ия free éxercise, floor éxercise; правосто- ро́ннее (левосторо́ннее) ~ right-hand (left-hand) tráffic; односторо́ннее ~ óne-way ['wʌn-] tráffic

дви́нуть(ся) _см._ дви́гать (-ся)

дво́е two; у меня́ ~ дете́й I have two children

двоебо́рье _с ол._ (_лыжи_) cross-cóuntry [-'kʌ-] and júmping evént

дво́йка _ж_ 1. _спорт._ double [dʌ-]; (_ялик_) whiff; па́рная (распашна́я) ~ double scull (pair) 2. (_отметкс_) two 3. _карт._ two, deuce [dju:s]; ~ пик _и m. n._ the two of spades, _etc._

двойно́й double [dʌ-]

двор _м_ yard, court; проходно́й ~ communicáting cóurtyard; на ~é тепло́ (прохла́дно, хо́лодно, жа́рко) it's warm (cool, cold, véry ['verɪ] warm) óutside

дворе́ц _м_ pálace ['pæ-]; Д. пионе́ров Pionéer Pálace; Д. культу́ры Pálace of Cúlture

дво́рник _м_ dvórnik; cáretaker; _амер._ jánitor

двою́родн‖ый ~ брат, ~ая сестра́ cóusin ['kʌ-]

двухэта́жный twó-stóried

дебю́т _м_ 1. début ['deɪbu:], first appéarance 2. _шахм._ ópening

дева́ть _см._ деть

де́вочка _ж_ (little) girl

63

де́вушка *ж* girl

девяно́сто ninety

девяно́стый ninetieth

девя́тка *ж карт.* nine; ~ пик *и т. п.* the nine of spades, *etc*

девятна́дцать ninetéen

девя́тый ninth [nainθ]

де́вять nine

девятьсо́т nine húndred

дед *м* grándfather [-fɑ:ðə], grándad

Дед-Моро́з *м* Fáther ['fɑ:ðə] Christmas ['krɪsməs], Sánta Claus [-ɔ:z]

де́душка *м см.* дед

дежу́рить be on dúty

дежу́р∥**ый** 1. *м* one on dúty 2. on dúty ◇ ~ое блю́до todáy's [-'deɪz] spécial ['speʃ-]

дежу́рство *с* dúty

де́йствие *с* 1. áction, deed 2. (*влияние*) efféct; оказа́ть ~ efféct 3. *театр.* act; второ́е ~ начнётся че́рез 5 мину́т the sécond act will begin in five mínutes

действи́тельност∥**ь** *ж* reálity; в ~и in fact, in reálity

де́йствовать 1. (*функциони́ровать*) act, work[wə:k]; (*о маши́не*) run; телефо́н (радиоприёмник, телеви́зор) не де́йствует the télephone (rádio, TV-set) is out of órder 2. (*влиять*) efféct. tell on; лека́рство хорошо́ де́йствует the médicine is véry ['verɪ] efféctive

де́йствующ∥**ий:** ~ее лицо́ cháracter ['kærɪktə]

дека́брь *м* Decémber

дека́да *ж* tén-day périod

дека́н *м* dean

деканат *м* dean's óffice

деклама́ция *ж* recitátion

деклара́ция *ж* declarátion

декора́ция *ж* scénery ['si:n-]

декре́т *м* decrée

декре́тный: ~ о́тпуск matérnity leave

де́лать do; make; ~ сообще́ние make a repórt; ~ попы́тку make an attémpt; что нам ~? what shall we do?; по́езд де́лает 70 км в час the train makes 70 km an hóur; ~ (*происходи́ть*) háppen; что здесь де́лается? what is góing on (háppening) here? 2. (*станови́ться*) becóme [-'kʌm]

делега́т *м* délegate ['delɪgɪt]

делега́ц∥**ия** *ж* delegátion [delɪ-]; в соста́ве ~ии on the delegátion

деле́ние *с* division [-'vɪʒn]

деле́ц *м* búsiness ['bɪz-] man

дели́ть divíde; ~ на гру́ппы divíde into ['ɪntu:] groups [-u:-]; ~ся 1. be divíded 2. (*с кем-л.*) share (with); ~ся впечатле́ниями tell one's [wʌnz] impréssions, compáre notes

де́л||о с 1. affáir, búsiness ['bɪz-]; concérn; как ва́ши ~а́? how are you gétting ['get-] on? 2. (*посту́пок*) deed 3. (*цель, интере́сы*) cause [kɔːz]; ~ ми́ра cause of peace 4. *юр.* case; возбуди́ть ~ про́тив кого́-л. bring an áction against smb 5. *канц.* file ◇ ~ в том, что... the point is that...; в чём ~? what is the mátter?; ~ не в э́том that's not the point; в са́мом ~е? you don't mean it!, réally?; пе́рвым ~ом the first thing to be done is...

делов||о́й búsiness ['bɪz-]; búsiness-like; ~о́е свида́ние búsiness appóintment; ~ челове́к búsiness-like man

де́льный efficient [ɪ'fɪʃ-], práctical; ~ сове́т práctical advíce

дельфи́н *м* dólphin

демилитариза́ция *ж* démilitarizátion

демобилиза́ция *ж* démobilizátion

демократи́ческий democrátic [-'kræ-]

демокра́тия *ж* demócracy [dɪ'mɔk-]; социалисти́ческая ~ sócialist ['sǝuʃ-] demócracy

демонстра́ция *ж* 1. paráde; march; полити́ческая ~ political [-'lɪ-] manifestátion [mæ-] 2. (*пока́з*) displáy, show [ʃǝu]; ~ фи́льма film-show; ~ моде́лей гото́вого пла́тья fáshion--show

де́нежный: ~ перево́д móney ['mʌ-] órder

день *м* day; до́брый ~! (*до полу́дня*) good [gud] mórning!; (*после полу́дня*) good áfternóon!; в 2 часа́ дня at two p. m.; ~ рожде́ния bírthday; це́лый ~ all day long; ~ о́тдыха day of rest, day off; че́рез ~ évery ['evrɪ] óther day; (*послеза́втра*) the day áfter ['ɑːftǝ] tomorrów

де́ньги *мн.* móney ['mʌ-]; ме́лкие ~ (small) change; кру́пные ~ big bánk-notes; игра́ть не на ~ *карт.* play for love [lʌv]

депута́т *м* députy ['dep-]; пала́та ~ов Chámber of Députies; наро́дный ~ People's ['piːplz] Députy

дере́вня *ж* víllage; олимпи́йская ~ Olýmpic víllage

дере́в||о с 1. tree 2. (*материа́л*) wood; э́то сде́лано из ~а this is made of wood; кра́сное ~ mahógany; чёрное ~ ébony ['e-]

деревя́нный wóoden

держа́ва *ж*: вели́кая ~ Great [-eɪ-] Pówer

держа́ть hold; keep; ~ за́ руку hold by the hand; ~ в рука́х hold smb in one's [wʌnz] hands; ~ся (*за что́-л.*) hold on (to); держи́тесь за пери́ла hold on to the bánisters 2. (*на* чём-л.) be supported by ◇ ~ся вме́сте keep togéther [-'geðə]

десе́рт *м* dessért [-'zə:t]; на ~ for dessért

десятибо́рец *м* decáthlonist

десятибо́рье *с ол.* (*лёгкая атле́тика*) decáthlon

деся́тка *ж карт.* ten; ~ пик *и т. п.* the ten of spades, *etc.*

деся́ток *м* ten; *перен.* score

деся́тый tenth

де́сять ten

дета́ль *ж* détail; (*маши́ны*) part

дета́льно in détail

де́ти *мн.* chíldren ['tʃɪ-]; *разг.* kids

де́тский child's; chíldren's ['tʃɪ-]; ~дом chíldren's home; (*для сиро́т*) órphanage; ~ сад kíndergarten; núrsery school [sku:l]

де́тство *с* chíldhood

деть put [put]; куда́ вы де́ли каранда́ш? where have you put the péncil?

дефи́с *м* hýphen

дёшево cheap; э́то о́чень ~ it's véry ['verɪ] cheap

дешёвый cheap

де́ятель *м:* госуда́рственный ~ státesman; обще́ственный ~ públic fígure ['fɪgə], públic wórker ['wə:kə]; полити́ческий ~ públic fígure; ~ность *ж* 1. activities [æk'tɪv-] 2. (*заня́тие*) occupátion; ~ный ác-

tive, energétic [enə'dʒe-]; ~ный руководи́тель an aggréssive mánager ['mænɪ-]

джаз *м* jazz

джа́зов||ый jazz; ~ая му́зыка jazz músic

джаз-орке́стр *м* jazz band

джем *м* jam

дже́мпер *м* púll-over ['pul-], júmper, jérsey ['dʒə:-zɪ]

дзюдо́ *с ол.* júdo

диа́гноз *м* diagnósis

диагра́мма *ж* díagram ['daɪəg-]

диале́кт *м* díalect ['daɪə-]

диале́ктика *ж* dialéctics [daɪə'lek-]

диалекти́ческий dialéctical [daɪə'lek-]

диа́метр *м* diámeter [daɪ'æ-]

дива́н *м* sófa; ~-крова́ть *м* sófa bed, convértible (sófa)

дие́т||а *ж* díet ['daɪət]; быть на ~е be on a díet

диети́ческ||ий: ~ магази́н dietétic food shop; ~ая столо́вая dietétic réstaurant

дизентери́я *ж* dýsentery ['dɪs-]

диктату́ра *ж* dictátorship; ~ пролетариа́та dictátorship of the proletáriat

диктова́ть dictáte

ди́ктор *м радио* annóuncer; *амер.* bróadcaster ['brɔ:-]

диктофо́н *м* dictáting machíne [-'ʃi:n], dictophóne

дина́мик м (loud) spéak-er

дина́р м (*денежная еди-ница Югославии*) dinár [di:'nɑ:]

диоптри́я ж dióptre [daɪ'ɔ-]

дипло́м м diplóma; он получи́л университе́т-ский ~ he is a univérsity gráduate

диплома́т м díplomat

дипломати́ческий diplo-mátic [-'mæ-]; ~ ко́рпус diplomátic corps

дире́ктор м diréctor; mán-ager ['mæni-]; ~ шко́лы príncipal; (*мужчина*) head [hed] máster; (*женщина*) head místress; ~ инсти-ту́та príncipal; ~ фа́брики (заво́да) fáctory mánager

дире́кция ж mánagement, ['mænidʒ-]; diréctor's óf-fice

дирижёр м condúctor

дирижёрск‖ий: ~ая па́-лочка báton ['bæ-]

дирижи́ровать condúct; дирижи́рует N condúcted by N

диск м díscus; мета́ние ~a díscus thrówing

дисквалифика́ция ж *спорт.* disqualificátion

дисквалифици́ровать dis-quálify; *спорт. тж.* (*на время*) suspénd

дискредити́ровать dis-crédit

дискуссия ж discússion, debáte

диспансе́р м prophyláctic céntre ['sentə]

ди́спут м debáte; органи-зова́ть ~ spónsor a debáte

диссерта́ци‖я ж thésis ['θi:sɪs], dissertátion; защи-ща́ть ~ю maintáin a thésis, defénd a dissertátion

диста́нция ж *спорт.* dís-tance

дисципли́на ж díscipline ['dɪsɪplɪn]

дитя́ с child

дичь ж 1. game 2. (*жар-кое*) fowl

длин‖а́ ж léngth; в ~у́ léngthwise; ~о́й в 5 ме́тров five métres ['mi:təz] long

дли́нный long

дли́тельный lásting; long; prolónged

дли́ться last

для for; to; ~ же́нщин for wómen ['wɪmɪn]; ~ мужчи́н for men; ~ него́ э́то уда́р it is a blow to him; я прие́хал сюда́ ~ ... I have come [kʌm] here (+ *гл. в инф.*); ~ того́, что́бы in órder to

дневни́к м díary

дневно́й day(-)

днём by day; in the dáy-time; за́втра ~ tomór-row áfternóon; сего́дня ~ this áfternóon; вчера́ ~ yésterday [-dɪ] áfternóon

дно с bóttom; на ~е at the bóttom; пей до дна! bóttoms up!

до 1. (*пространствен-ный и т. п. предел*) (up,

down) to; до го́рода 5 км it's five km to the town; ско́лько остано́вок до..? how many ['menɪ] stops are there to..?; до 30 челове́к up to thirty pérsons 2. (*временно́й преде́л*) to, till. until; от 5 до 10 дней from five to ten days; я ждал вас до двух часо́в I waited for you till two o'clóck; я отложу́ э́то до ва́шего возвраще́ния I'll postpóne it until your retúrn 3. (*ра́ньше*) befóre; до ва́шего прие́зда befóre your arríval; до револю́ции befóre the revolútion ◇ до сих пор so far

доба́вить, добавля́ть add

доба́вочный 1. addítional [-'dɪ-] 2. м (*телефо́нный но́мер*) exténsion; ~ 23, пожа́луйста exténsion 23, please

добива́ться seek, strive for

доби́ться get[get] achíeve; obtáin, win; ~ своего́ get (one's [wʌnz]) own way

добро́: ~ пожа́ловать! wélcome!

доброво́лец м voluntéer
доброво́льный vóluntary ['vɔlən-]

доброжела́тельн‖ый kind; well-dispósed; ~ое отноше́ние benévolence, góodwill ['gud-]

доброка́чественный of high (good [gud]) quálity

добросо́вестный conscíentious; hónest ['ɔnɪ-]

до́брый kind; good [gud] ◇ бу́дьте добры́! be so kind!; всего́ до́брого! góod--býe!

добы́ча ж óutput

довезти́ take to; я вас довезу́ до... I'll take you to... (as far as...)

дове́ренность ж pówer of attórney [ə'tə:nɪ]; wárran:

дове́рие с trust; cónfidence

дове́рить, доверя́ть 1. (*что-л.*) entrúst 2. (*ком.)-л.*) trust; confíde in (*та́йну*)

довести́ lead (up to, to); (*привести́ к чему́-л.*) bring; я вас доведу́ до... I'll see you to...; доведи́те меня́... would you take me to..?

до́вод м árgument, réason

доводи́ть *см.* довести́
довози́ть *см.* довезти́

дово́льно 1. quite, fáirly; ~ хо́лодно prétty cold 2. (*доста́точно*) enóugh[ɪ'nʌf]; э́того ~ it's enóugh; ~! that will do!

дово́льный: я о́чень дово́лен! I'm véry ['verɪ] glad!, I'm híghly pleased!

дово́льствоваться(*чем-л.*) contént, sátisfy ['sæ-] onesélf [wʌn-] (with)

до востре́бования póste réstante['pəust'restɑ:nt]; пиши́те мне ~ write me póste réstante

догада́ться, дога́дываться guess; suspéct (*подозревать*)

догна́ть óvertake; catch up (with)

догова́риваться *см.* договори́ться

до́гово́р *м* 1. agréement; tréaty; ~ о взаимопо́мощи (о ненападе́нии) mútual assistance (nón-agréssion) pact; ~ о части́чном запреще́нии я́дерных испыта́ний pártial tést-ban tréaty, Móscow tréaty 2. cóntract

договори́ться come [kʌm] to an agréement; мы договори́лись о встре́че we've made an appóintment

догоня́ть *см.* догна́ть

доезжа́ть, дое́хать reach; как вы дое́хали? did you have a good [gud] jóurney?

дождь *м* rain; идёт (проливно́й) ~ it's ráining (póuring)

дои́ть milk

дойти́ reach; письмо́ (не) дошло́ the létter reached (didn't reach)

док *м* dock

доказа́тельств‖о *с* proof; *юр.* évidence ['evɪ-]; приводи́ть ~a show [ʃəu] (give [gɪv]) proof; fúrnish évidence

доказа́ть prove [pru:v]

дока́зывать árgue, try to prove [pru:v]

до́кер *м* dócker

докла́д *м* repórt; lécture; ~ (не) состои́тся the repórt (the lécture) will (not) take place; де́лать ~ a) delíver a lécture (a repórt); б) (*научный*) read a páper

докла́дчик *м* lécturer, spéaker; (*подкомиссии и т. п.*) rapportéur [-'tə:]

докла́дывать *см.* доложи́ть

до́ктор *м* dóctor, (*врач тж.*) physícian [fɪ'zɪʃn]; ~ нау́к Dóctor of Scíence (*сокр.* D. Sc.)

докуме́нт *м* dócument ['dɔ-], páper

долг *м* 1. (*обязанность*) dúty 2. (*денежный*) debt [det]

до́лг‖ий long; ~ое вре́мя (for) a long time

долгоигра́ющ‖ий: ~ая пласти́нка lóng-playing récord

долгота́ *ж геогр.* lóngitude [-dʒɪ-]

до́лжен: я ~ э́то сде́лать I must do it; я ~ вам сказа́ть I must tell you ◇ должно́ быть appárently [-'pæ-]; должно́ быть, он бо́лен he must be ill

до́лжность *ж* post [pəu-], posítion [-'zɪ-], *разг.* job

доли́на *ж* válley ['vælɪ]

до́ллар *м* dóllar ['dɔlə]

доложи́ть 1. (*сообщить*) infórm; repórt 2. (*о ком-л.*) annóunce; ~ о прихо́де... annóunce the arríval of...

доло́й! down with..!

до́льше lónger

до́ля *ж* (*часть*) share

дом *м* (*здание*) house; (*дома́шний оча́г*) home; ~ культу́ры house of cúlture; ~ о́тдыха rést-home; hóliday céntre ['sentə]; ~ те́хники téchnical propagánda céntre

до́ма at home; его́ нет ~ he is not in; он ~? is he at home?

дома́шний house(-); home; doméstic [dəu-]

домино́ *с* 1. (*игра*) dóminoes ['dɔ-] 2. (*маскара́дный костю́м*) dómino ['dɔ-]

до́мна *ж* blást-fúrnace

домо́й home; пойдёмте ~ let's go home; пора́ ~ it's time to go home

донг *м* (*де́нежная едини́ца Вьетнама*) dong

допла́та *ж* additional [-'dɪʃ-] charge (pay)

доплати́ть, **допла́чивать** pay éxtra; pay in addítion [-'dɪʃ-]; ско́лько ну́жно доплати́ть? how much have I to pay éxtra?; я доплачу́ I'll make up the difference

дополни́тельный suppleméntary, additional

допо́лнить, **дополня́ть** add

допра́шивать *см.* допроси́ть

допро́с *м* interrogátion; перекрёстный ~ cróss-examinátion

допроси́ть intérrogate

допуска́ть, **допусти́ть** 1. admit; ~ оши́бку commít an érror 2. (*предположить*)

assúme; допу́стим, что... let's assúme (that)...

доро́г||**а** *ж* 1. road; way; нам по ~е we are góing the same way; прегради́ть ~y bar the way (to); уступи́ть ~y make way (for) 2. (*путеше́ствие*) trip; jóurney ['dʒə:-]; отправля́ться в ~y start on a trip; я про́был в ~е 3 дня the trip took me three days

до́рого dear [dɪə]; (*о сто́имости тж.*) expénsive

дорого́й on the way

дорого́й 1. (*це́нный*) expénsive; ~ пода́рок expénsive présent ['preznt] 2. (*ми́лый*) dear [dɪə]; ~ друг dear friend [frend]

дорожи́ть appréciate

доро́жка *ж* path; га́ревая ~ cínder-track, cínder-path; тарта́новая ~ tártan (track); ледяна́я ~ speed skáting-track

доро́жный road; trávelling ['træ-]; ~ велосипе́д róadster; ~ знак róad-sign

доса́да *ж* aggravátion; кака́я ~! what a núisance!

доса́дно: как ~! what a shame!

доска́ *ж* 1. board; кла́сcная ~ bláckboard 2.: ~ почёта hónour roll; ~ объявле́ний nótice board

досло́вный word [wə:d] for word, líteral; ~ перево́д word for word translátion

достава́ть *см.* доста́ть

доста́вить 1. (*препроводить*) delíver [-'lı-]; доста́вьте поку́пки в гости́ницу delíver (send) the púrchases to the hotél 2. (*причинить*) give [gıv], cause; ~ ра́дость (*удовольствие*) give pléasure

доста́вк‖**а** *ж* delívery [-'lı-]; с ~ой на́ дом to be delívered home, home delívery

доставля́ть *см.* доста́вить

доста́точно enóugh [ı'nʌf]; э́того ~ that will do

доста́ть 1. (*дотянуться*) reach 2. (*приобрести*) get [get] 3. (*вынуть*) take out

достига́ть *см.* дости́чь

достиже́н‖**ие** *с* achievement; мировы́е ~ия *спорт.* world [wə:ld] récords

дости́чь reach

достове́рн‖**ый** reliable; trústworthy [-wə:ðı]; ~ые све́дения relíable informátion

досто́йный wórthy ['wə:ðı], desérving to; ~ внима́ния desérving (wórthy of) atténtion

достопримеча́тельност‖**ь** *ж* sights; ~и го́рода sights of the cíty ['sı-]; cíty's pláces of ínterest

достоя́ние *с* próperty ['prɔpə-]; всенаро́дное ~ nátional ['næʃ-] próperty

до́ступ *м* áccess ['æks-]; ~ откры́т... is ópen to the públic

досу́г *м* léisure ['leʒə]; на ~e at (one's [wʌnz]) léisure

дотра́гиваться, дотро́нуться touch [tʌtʃ]

дохо́д *м* íncome [-kʌm]; трудово́й ~ éarned íncome; (*особ. государственный*) révenue ['revı-]

доходи́ть *см.* дойти́; не доходя́... just befóre you reach...

доце́нт *м* dócent, lécturer

дочь *ж* dáughter

дошко́льный pré-schóol [-sk-]

доя́рка *ж* mílkmaid

драгоце́нности *мн.* jéwelry ['dʒu:əlrı]

драгоце́нн‖**ый** précious ['preʃəs]; ~ые ка́мни précious stones, gems

драже́ *с* súgar-plum, drops

дра́ма *ж* dráma ['drɑ:-]

драмати́ческий dramátic [-'mæ-], dráma ['drɑ:-]; ~ теа́тр dráma théatre ['θıə-]

драмату́рг *м* pláywright, drámatist ['dræ-]

драп *м* (thick) cloth

дра́хма *ж* (*денежная единица Греции*) dráchma [-k-]

дре́вний áncient ['eınʃ-]

дрема́ть doze

дрессирова́ть train

дрессиро́вка *ж* tráining

дрессиро́вщик *м* tráiner

дрожа́ть tremble; shíver ['ʃı-]

друг I *м* friend [frend]; среди́ друзе́й amóng friends

друг II: ~ дру́га each óther ['ʌðə]; ~ за дру́гом one áfter ['ɑːftə] anóther; ~ про́тив дру́га face to face; agáinst each óther; ~ с дру́гом with each óther
друг||о́й 1. anóther (мн. ч. óther ['ʌðə]); (в) ~ раз anóther time; с ~ стороны́ on the óther hand; нет ли у вас ~и́х значко́в? have you ány óther bádges? 2. (следующий) next; на ~ день the next day; спроси́те кого́-нибудь ~о́го ask sómeone else
дру́жба ж friendship ['fre-]; ~ наро́дов internátional [-'næʃ-] friendship
дружелю́бный friendly ['fre-]
дру́жеский, дру́жественный friendly ['fre-]
дружи́ть 1. be friends [fre-] 2. (школьное, разг.) go stéady ['ste-]
дру́жно unánimously [juː'næ-]; (о работе и т. п.) hámmer and tongs [toŋz]
дру́жный (единодушный) unánimous [juː'næ-]; (о семье и т. п.) close [-s], clóse-knit
дуб м oak
дубли́ровать dúplicate; ~ кинофи́льм dub (double [dʌbl]) a film; ~ роль double (únderstudy) a part
дубо́в||ый oak(-); ~ая ро́ща óak-grove
ду́мать think; (намереваться) inténd; я ду́маю, что... I think (that)...; я ду́маю за́втра уе́хать I think of léaving tomórrow

дупло́ с 1. (в дереве) hóllow 2. (в зубе) cávity ['kæ-]
дуть blow [-əu]; ду́ет (сквозит) there is a draught [drɑːft] here
дух м 1. spírit ['spɪ-]; в ~е дру́жбы in the spírit of friendship ['fre-] 2.: быть (не) в ~е be in a good [gud] (bad) mood, be in high (low [ləu]) spírits
духи́ мн. pérfume, scent [sent]
духове́нство с clérgy
духов||о́й: ~ орке́стр brass band; ~ы́е инструме́нты wínd-instruments ['wɪnd-]
духота́ ж clóseness, stúffiness
душ м shówer; (я хочу́) приня́ть ~ (I'd like to) take a shówer
душ||а́ ж soul [səul]; всей ~о́й with all (one's [wʌnz]) heart [hɑːt]; от всей ~и́ from the bóttom of my heart
души́стый frágrant ['freɪ-]; swéet-scénted
ду́шн||о: здесь о́чень ~ it's véry ['ve-] close [-s] (stúffy) here; ~ый stúffy, close [-s]
дуэ́т м duét [djuː'et]
дым м smoke
дымохо́д м flue [fluː]

ды́ня *ж* mélon ['me-], múskmelon; cántaloupe [-lu:p]

дыха́ние *c* breath [-e-]; перевести́ ~ catch (hold) one's [wʌnz] breath

дыша́ть breathe; дыши́те глу́бже breathe déeper

дю́жина *ж* dózen ['dʌ-] ◇ чёртова ~ báker's dózen

дя́дя *м* uncle

Е

ева́нгелие *c* góspel

евре́й *м*, ~ка *ж* Jew [dʒu:]

евре́йский Jéwish ['dʒu:-]; ~ язы́к а) (*идиш*) Yíddish; б) (*иврит*) Hébrew ['hi:bru:]

европе́ец *м* Européan

европе́йский Européan; (*исключая Англию*) continéntal

еги́петский Egýptian [ɪ'dʒɪpʃn]

египтя́н‖ин *м*, ~ка *ж* Egýptian [ɪ'dʒɪpʃn]

его́ I him; (*для неодушевл. предметов*) it; вы ~ не ви́дели? haven't you seen him?

его́ II *притяж. мест.* his; (*для неодушевл. предметов*) its; э́то ~ ме́сто this is his seat

еда́ *ж* food; (*завтрак, обед и т. п.*) meal; за едо́й while éating; перед едо́й befóre meals; по́сле еды́ áfter ['ɑ:tə] meals; сы́тная ~ substántial (héarty ['hɑ:tɪ]) meal

едва́ hárdly; scárcely; ~ ли it's dóubtful (whéther, that); ~ слы́шно hárdly áudible; э́того ему́ ~ хвати́ло it was scárcely enóugh [ɪ'nʌf] for him

едини́ца *ж* 1. únit 2. (*цифра*) one

единогла́сно unánimously [ju:'næ-]; приня́ть ~ pass (cárry) unánimously

единоду́шие *c* unanímity [-'nɪ-]

еди́нство *c* únity; ~ де́йствий únity of áctions

еди́ный 1. (*объединённый*) united; ~ фронт united front 2. (*общенациональный и т. п.*) national ['næʃ-], single 3. (*неделимый*) indivísible [-'vɪ-]

её I her; (*для неодушевл. предметов*) it; я ~ то́лько что ви́дел I have just seen her

её II *притяж. мест.* her, hers; (*для неодушевл. предметов*) its; её ве́щи здесь her things are here

ежего́дник *м* yéar-book

ежего́дн‖о évery ['evrɪ] year; ~ый ánnual; yéarly

ежедне́вн‖о évery ['evrɪ] day, dáily; по́езд отхо́дит (прихо́дит) ~ в 10 the train leaves (arríves) at ten dáily; ~ый dáily; ~ая газе́та dáily (páper)

73

ежеме́сячн‖о évery ['evrɪ] month [mʌ-], mónthly ['mʌ-]; ~ый mónthly ['mʌ-]

еженеде́льник *м* wéekly **еженеде́льн**‖о évery ['evrɪ] week, wéekly; ~ый wéekly

езд‖а́ *ж* dríving; я люблю́ бы́струю ~у́ I love [lʌv] fast dríving; в двух часа́х ~ы́ от... twó-hour's drive from...

е́здить go (by); (*на автомоби́ле*) drive; (*верхо́м*) ride; (*путеше́ствовать*) trável ['træ-]; ~ на велосипе́де go cycling ['saɪ-]

ей her, to her; (*для неодушевл. предметов*) it, to it; сообщи́те ей об э́том infórm her abóut it

ёлка *ж* fír-tree; нового́дняя (рожде́ственская) ~ New Year's (Chrístmas ['krɪsməs]) tree

ель *ж* fír-tree

ему́ him, to him; (*для неодушевл. предметов*) it, to it; я ~ скажу́ I'll tell him; переда́йте ~ приве́т give [gɪv] him my regárds

е́сли if, in case; ~ то́лько províded, if ónly ['əʊ-]; ~ бы то́лько if ónly; ~ хоти́те if you like

есте́ственный nátural ['nætʃ-]

естествозна́ние *с* nátural ['nætʃ-] science ['saɪ-]

есть I (*ку́шать*) eat

есть II (*име́ется*) is (aváilable); there is, there are; ~ ли у вас..? have you got..? у меня́ ~... I have...; у нас всегда́ ~ вы́бор... a choice of... is álways aváilable here

ефре́йтор *м* lánce-córporal

е́хать go (by); (*на автомоби́ле*) drive; (*верхо́м*) ride; ~ по́ездом (в метро́) go by train (únderground); куда́ вы е́дете? where are you góing?; я е́ду за́втра I'm léaving tomórrow [-əʊ]; ещё some [sʌm] more; yet; still; else; повтори́те ~ раз, пожа́луйста will you repéat it once [wʌns] more, please; мы ~ успе́ем туда́ we still can get [get] there in time; я ~ не гото́в I'm not réady ['re-] yet; да́йте мне ~ give [gɪv] me some more, please; покажи́те мне что́-нибудь ~! show [ʃəʊ] me sómething else, please! ◇ ~ бы! I should think so!, and how!; *амер.* you bet!

е́ю (by, with) her; е́ю о́чень дово́льны they are híghly pleased with her

Ж

жа́воронок *м* (ský)lark

жа́дный gréedy

жа́жд‖а *ж* thirst; испы́тывать ~y be thírsty; утоля́ть ~y quench (slake) one's [wʌnz] thirst; ~ зна́-

ний thirst for knówledge ['nɔlɪdʒ]

жакéт *м* jácket

жалéть 1. (*кого-л.*) píty, ['pɪtɪ], feel sórry for 2. (*сожалеть*) be sórry; я жалéю, что... I'm sórry (that)... 3. (*щадить*) spare

жáлко *см.* жаль

жáлоба *ж* compláint; кни́га жáлоб и предложéний compláint and suggéstion book

жáловаться compláin; на что вы жáлуетесь? what are your compláints?, what do you compláin of?; ～ на (головнýю боль) compláin of (a héadache ['hedeɪk])

жаль píty ['pɪtɪ]; как ～ what a píty; óчень ～, что вы... too bad you...

жанр *м* genre [ʒɑː-]

жар *м* 1. heat; *перен. тж.* árdour ['ɑːdə] 2. (*повышенная температура*) féver, high témperature; у меня́ (у негó) ～ I have (he has) got a féver

жарá *ж* heat

жáреный (*в духовке*) roast; (*на сковороде*) fried; (*на открытом огне*) broiled, grilled

жáрить, ～ся (*в духовке*) roast; (*на сковороде*) fry; (*на открытом огне*) broil, grill

жáрк‖ий hot; *перен.* héated; ～ая погóда hot wéather ['weðə]; ～ спор héated discússion

жáрко hot, warm; сегóдня ～ it's hot todáy; мне ～ I do feel warm

жаркóе *с* roast; meat course

жаропонижáющее *с* (*средство*) fébrifuge; *разг.* ánti-féb

жáтва *ж* hárvest

жать I 1. (*давить*) press; pinch; тýфли (мне) жмут (my) shoes [ʃuːz] pinch 2. (*пожимать*): жму вáшу рýку (*в письме*) with best wishes

жать II *с.-х.* reap

ждать wait (for); expéct; когó вы ждёте? whom are you wáiting for?; он не ждал такóго большóго успéха he didn't expéct such a great [greɪt] succéss

же I *союз* but; and; я же знáю, что... but I know [nəu]...

же II *усил. част.*: когдá же? when (on earth)?

же III *част.* (*означает тождество*); тот же, э́тот же, такóй же the same; здесь же, там же at the same place; тудá же to the same place; в то же врéмя at the same time

жевáть chew [tʃuː]

желáн‖ие *с* 1. wish; (*стремление*) desíre; при всём ～ии as much as I want to; прóтив ～ия agáinst (one's [wʌnz]) wíshes 2. (*просьба*) requést [ɪ-'kwest]; по ～ию by requést; по егó ~ию at his requést; прóтив ~ия agáinst one's will

желáть wish; want; желáю успéха (счáстья)! good [gud] luck'

желé с jélly

железá ж gland

желéзная дорóга ráilway; *амер.* ráilroad

железнодорóжник *м* ráilwayman

железнодорóжн‖ый ráilway; *амер.* ráilroad; ~ая вéтка bránch-line ['brɑ:-]; ~ое движéние ráilway tráffic; train sérvice; ~ ýзел júnction

желéзный íron ['aɪən]

желéзо с íron ['aɪən]

железобетóн *м* réinfórced ['ri:ɪn'fɔ:st] cóncrete ['kɔn-kri:t]

желтóк *м* yolk [jəuk]

жёлтый yéllow [-əu]

желýдок *м* stómach ['stʌmək]

жёлудь *м* ácorn ['eɪ-]

жéмчуг *м* pearl [pə:l]

женá ж wife

женáтый márried; я женáт I am márried

женúться márry

женúх *м* fiáncé [fɪ'ɑ:nseɪ], brídegroom; онú ~ и невéста they are engáged

жéнский 1. (*для женщин*) lády's, wómen's ['wɪmɪnz] 2. féminine ['femɪnɪn]; fémale

жéнщина ж wóman ['wu-] (*мн. ч.* wómen ['wɪ-])

жеребёнок *м* foal, colt

жéртва 1. ж sácrifice 2. *м и ж* (*пострадавший*) víctim

жéртвовать sácrifice

жест *м* gésture; объяснять(ся) ~ами expréss in (convérse by) géstures; язык ~ов sign [saɪn] lánguage

жёстк‖ий hard; ~ая водá hard wáter ['wɔ:tə]

жестóкий cruel [kruəl]; *перен.* sevére

жечь burn

жúво 1. (*оживлённо*) lívely; ~ расскáзывать reláte vívidly ['vɪ-] 2. (*быстро*) quíckly

жив‖óй 1. alíve; жив и здорóв safe and sound 2. (*оживлённый*) vívid ['vɪ-], lívely; ~áя бесéда lívely talk

живопúсный picturésque [-'resk]

жúвопись ж páinting

живóт *м* 1. (*желудок*) stómach ['stʌmək]; у меня болúт ~ I have a stómach-ache[-eɪk] 2. abdómen, bélly; рáна в ~ an abdóminal wound [wu:-]

животновóд *м* cáttle-breeder; ~ство с cáttle-breeding, ánimal ['ænɪ-] húsbandry

живóтное с ánimal ['ænɪ-]

жúдк‖ий 1. liquid 2. (*не густой*)] thin, weak; ~ кóфе weak cóffee; ~ие вóлосы thínning hair; ~ость ж líquid

жизнера́достный chéerful, jóyful, full of life

жизнеспосо́бный víable, of great [-eɪ-] vitality

жизнь ж life; обще́ственная ~ públic life; о́браз жи́зни way (mode) of life

жиле́т м wáistcoat, vest

жиле́ц м lódger, ténant ['te-]

жили́шн‖ый hóusing; ~ое строи́тельство hóusing (schemes), hóuse-búilding

жил‖о́й inhábited [-'hæ-]; fit to live [lɪv] in; ~о́е помеще́ние hábitable prémises ['pre-]

жим м спорт. press

жир м fat; grease; ры́бий ~ cód-liver oil

жи́рный fat; (о супе и т. п.) rich

жи́тель м inhábitant [-'hæ-]; городско́й ~ tównsman; коренно́й ~ nátive; ~ство с ме́сто ~ства résidence ['rez-]; (временное) sójourn

жить live [lɪv]; я живу́ в... I live in...; где вы живёте? where do you live?

жне́йка ж hárvester

жонглёр м júggler

жре́бий м lot; тяну́ть (броса́ть) ~ draw (cast) lots

жук м beetle; амер. bug

журна́л м 1. magazine [mæɡə'ziːn], jóurnal ['dʒɜː-]; номера́ ~a íssues of the magazíne; ~ мод fáshion--magazíne 2.: кла́ссный ~

(class) régister; ~и́ст м, ~и́стка ж jóurnalist ['dʒɜː-]; (о мужчине тж.) préssman

жюри́ с júry ['dʒuərɪ]

З

за 1. (о местоположении): (позади) behínd; (за пределами, вне) beyónd [-'jɔnd]; (по ту сторону) acróss; за вокза́лом behínd the státion; за реко́й acróss (beyónd) the ríver ['rɪ-]; за не́сколько киломе́тров от... a few kílometres (awáy) from... 2. (вслед) áfter ['ɑːftə]; пошли́те за... send for... 3. (ради, во имя кого-л., чего-л.; вместо) for; благодарю́ вас за... thank you for... 4. (о времени) dúring ['djuər-]; in, withín; сде́лать э́то за не́сколько часо́в do it in séveral hóurs; за не́сколько часо́в до... a few hóurs befóre ◇ держи́тесь за пери́ла hold on to the rail

забасто́вка ж strike; всео́бщая ~ géneral strike

забе́г м спорт. heat; (круг соревнований) round; (предварительный) trial ['traɪəl]

забива́ть см. заби́ть

забинтова́ть, забинто́вывать bándage

забить 1. (*гвоздь и т. п.*) dríve in; ~ ящик nail down a box 2.: ~ гол *см.* гол

заблудиться lose [lu:z] one's [wʌnz] way, get [get] lost

заблуждение *с* érror, mistáke; misconcéption

заболевание *с* diséase [-'zi:z]

заболевать, заболеть fall ill; (*о части тела*) hurt, ache [eɪk]; у меня заболела голова I have a héadache ['hedeɪk]

забор *м* fence

забота *ж* care; concérn; (*беспокойство, хлопоты*) trouble [-ʌ-]; ~ всех о благе каждого и ~ каждого о благе всех the concérn of all for the good [gud] of each and the concérn of each for the good of all

заботиться take care of

заботливый consíderate [kən'sɪd-], thóughtful

забрасывать *см.* забросить, забросать

забраться: ~ на get [get] on (ónto); ~ в get in (into ['ɪntu])

забросать shówer ['ʃau-] (on), pelt (with); ~ цветами (вопросами) pelt with flówers (quéstions ['kwest-ʃənz])

забросить: ~ мяч throw [-əu] a ball (into ['ɪntu])

забывать *см.* забыть

забыт‖ый forgótten; ~ые вещи lost things

забыть forgét [-'get]; не забудьте don't forgét; вы ничего не забыли? you've táken éverything ['evrɪ-] with you, haven't you?

заведение *с*: высшее учебное ~ higher educátional estáblishment

заведовать mánage ['mæ-]; be in charge of

заведующий *м* mánager ['mæ-], chief, head [hed]

заверить assúre [ə'ʃuə]; он меня заверил в том, что... he assúred me that...

завернуть, завёртывать 1. wrap up; заверните, пожалуйста... wrap (it) up, please 2.: ~ за угол turn the córner

заверш‖ать, заверш‖ить complète, accómplish; bring to a close; ~иться (*чем-л.*) end in (*smth*)

завести 1. bring smb sómewhere ['sʌmweə] 2. (*начать*)) start; ~ разговор start a conversátion; ~ (с ним) знакомство make (his) acquáintance 3. (*часы и т. п.*) wind up; ~ мотор start a mótor

завивать(ся) *см.* завить (-ся)

завивка *ж* wave

завидовать énvy, be énvious of

зависеть depénd (on; это зависит от... it depénds on...; это от меня

не зависит it doesn't depénd on me, I can't help it
зависимост‖ь ж depénd-ence; в ～и от... depénding on...

завить wave, curl; ～ся (у парикмахега) have one's [wʌnz] hair waved (curled)

завод I м fáctory; works [wɔ:ks]; plant [-ɑ:-]; mill

завод II м: у мойх часов кóнчился ～ my watch has run down

заводить см. завести

завоевáть 1. cónquer [-kə] 2. (добиться) win; ～ пéрвое мéсто win the first place

зáвтра tomórrow [-əu]; ～ ýтром tomórrow mórning; ～ днём tomórrow áfternóon; ～ вéчером tomórrow night

зáвтрак м bréakfast ['bre-]; что сегóдня на ～? what have we for bréakfast todáy?; за ～ом at bréakfast

зáвтракать have bréakfast ['bre-]

завязáть, завязывать 1. tie [taɪ] up; (узлóм) knot; завяжите, пожáлуйста tie (it) up, please 2.: ～ разговóр start a conversátion

загáдка ж riddle, puzzle

загáр м tan, súnburn

заглáвие с title [-aɪ-]

заглушáть, заглушить muffle; (о чувстсах) suppréss; (о голи) still

заглядывать, заглянýть peep; look in

зáговор м plot, conspíracy [-'spɪ-]

заголóвок м héadline ['he-]

загорáть см. загорéть

загорéлый súnburnt, sún-baked

загорéть tan, get [get] súnburnt

зáгородн‖ый cóuntry ['kʌ-]; subúrban; ～ая прогýлка óuting, trip to the cóuntry

заготóвить, заготовлять lay in, store up, stock up

заграница ж fóreign ['fɔrɪn] cóuntries ['kʌ-]; поéхать за границу go abróad; за границей abróad

заграничный fóreign ['fɔrɪn]; ～ пáспорт pássport

загрязнéние с: ～ окружáющей среды pollútion

загрязнять pollúte; make dírty

загс м (отдéл зáписи áктов граждáнского состоя́ния) régistry óffice

задавáть см. задáть

задавить crush; (автомобилем и т. п.) run óver

задáние с task; (плановое) tárget

задáток м depósit [-'pɔ-]

задáть set; ～ вопрóс ask a quéstion ['kwestʃən]

задáча ж próblem; (цель) task

задевáть см. задéть

задержáть detáin; (отсрóчить) deláy; ～ отвéт

deláy the ánswer; он был задéржан he was detáined; ~ся be deláyed; stay too long; не задéрживайтесь don't stay too long; я немнóго задержýсь I'll be deláyed a bit

задéрживать(ся) *см.* задержáть(ся)

задéрж‖ка *ж* deláy; без ~ки withóut deláy; из-за чегó произошлá ~? what caused the deláy?

задéть touch [-ʌ-]

зáдн‖ий back; rear [rɪə]; ~ие местá seats in the back

задохнýться choke, súffocate

задýматься muse

задýмчивый thóughtful

задýмываться *см.* задýматься

задыхáться súffocate; (*тяжело дышать*) pant

заéзд *м спорт.* race, heat, round

заём *м* loan; госудáрственный ~ góvernment ['gʌv-] loan

зажéчь 1. (*огонь и т. п.*) set fire to (*smth*); set smth on fire 2. (*свет и т. п.*) light up; turn on; зажгúте свет (газ), пожáлуйста turn on the light (the gas), please

зажигáлка *ж* (cigарétte sɪgə-]) líghter

зажигáть *см.* зажéчь

зашкáться stámmer, stútter

заинтересовáть, заинтересóвывать interest, excíte curiósity [kjuərɪ'ɔ-]; меня заинтересовáл... I took interest (in)...

зайтú 1. drop ínto ['ɪntu]; drop in on smb, drop at some [sʌm] place, call on; зайдём в кафé (в ресторáн, в кинó, в магазúн, на пóчту) let's drop ínto the café (réstaurant, cínema, shop, póst-office); я за вáми зайдý I'll call for you, I'll come [kʌm] to fetch you 2. (*о солнце*) set

закáз *м* órder; на ~ made to órder; стол (отдéл, бюрó) ~ов órder cóunter; delívery óffice (*с доставкой на дом*)

заказáть órder; ~ обéд (зáвтрак, ýжин) órder dínner (bréakfast ['bre-], súpper); ~ билéт book a tícket

закáзчик *м* cústomer

закáзывать *см.* заказáть

закáлывать *см.* заколóть

закáнчивать *см.* закóнчить

закáт *м* súnset; *перен.* decline; на ~e at súnset

заклéивать, заклéить stick up; (*конверт*) seal

заключáть *см.* заключáть

заключéние *с в разн. знач.* conclúsion ['-'lu:ʒn]; ~ догóвора conclúsion of a tréaty. я сдéлал ~, что... I arríved at a conclúsion that... ◇ в ~ in conclúsion

заключи́тельн‖ый final; ~ конце́рт final cóncert; ~ое сло́во clósing speech

заключи́ть conclúde; (*оконча́ть*) close down; ~ соглаше́ние (до́говор, сою́з) conclúde an agréement (a tréaty, an allíance)

зако́лка ж (*для воло́с*) háirpin

заколо́ть (*что-л.*) pin (up); ~ була́вкой fásten with a pin

зако́н м law

зако́нность ж legálity [-'gæ-]; социалисти́ческая ~ sócialist ['səuʃ-] law (legálity)

зако́нный légal, láwful; (*о пра́ве насле́дования, ребёнке*) legítimate [-'dʒɪ-]

законода́тельный législative ['ledʒɪs-]

законопрое́кт м bill

зако́нчить finish ['fɪ-]

закрепи́тель м *фо́то* fíxing ágent

закрепи́ть, **закрепля́ть** fix, fásten [-sn]; ~ результа́ты consólidate the succéss; ~ за кем-л. resérve (for)

закрыва́ть *см.* **закры́ть**

закры́т‖ый closed; в ~ом помеще́нии indóors; ~ спекта́кль closed perfórmance; (*просмо́тр*) préview

закры́ть 1. shut, close; закро́йте дверь (окно́) shut the door (window [-əu]) 2.

close; закры́то closed (*о магази́не*); ~ собра́ние close the méeting; заседа́ние объявля́ю закры́тым the méeting is adjóurned [-'ə:nd]

заку́ривать, **закури́ть** light up; ~ папиро́су light a cigarétte [sɪgə-]; разреши́те закури́ть? would you mind my smóking?

закуси́ть have a snack

заку́с‖ка ж snack; (*перед обе́дом*) hors-d'óeuvre [ɔ:'də:vr]; áppetizer ['æpɪ-]; горя́чая ~ hot áppetizer; холо́дная ~ hors-d'óeuvre; на ~ку for an hors-d'óeuvre; to begin with

заку́сочная ж snack bar

заку́сывать *см.* **закуси́ть**

заку́таться, **заку́тываться** muffle (wrap) onesélf [wʌn-] up

зал м hall; зри́тельный ~ hall; ~ ожида́ния wáiting-room; чита́льный ~ réading-room

зали́в м bay, gulf

заливно́е с jélly

заме́длить, **замедля́ть** slow [sləu] down

заме́на ж 1. (*де́йствие*) substitútion 2. (*то, что заменя́ет*) súbstitute

замени́ть, **заменя́ть** súbstitute (for)

замерза́ть, **замёрзнуть** freeze (up)

замести́тель м députy ['de-], více-; ~ председа́-

теля vice-cháirman, více-présidént [-'prez-]

заме́тить 1. (*увидеть*) nótice **2.** (*сказать*) remárk, obsérve; я заме́тил, что... I obsérved that...; заме́тьте, что... mind you that...

заме́т∥ка *ж* páragraph; note; (*в газете*) short ítem; де́лать ∼ки make (take) notes

заме́тн∥ый nóticeable; ∼ая ра́зница marked dífference

замеча́ние *с* remárk, observátion; (*выговор*) reprimánd; сде́лать ∼ reprimánd

замеча́тельно wónderfully ['wʌ-], remárkably

замеча́тельный wónderful ['wʌ-], remárkable; splén-did

замеча́ть *см.* заме́тить

замеща́ть repláce; (*исполнять обязанности*) act for

за́мок *м* castle [kɑ:sl]

замо́к *м* lock; (*висячий*) pádlock

замолча́ть becóme [-'kʌm] sílent

за́морозки *мн.* slight frosts

за́муж: вы́йти ∼ márry **за́мужем** márried

за́мысел *м* scheme [ski:m]; (*намерение*) inténtion

за́навес *м* cúrtain; ∼ подня́лся (опусти́лся) the cúrtain raised (fell)

занести́ 1. (*принести*) bring **2.** (*вписать*) put [put] down; put on récord ['re-]; ∼ в спи́сок énter on a list; ∼ в протоко́л take down (énter) in the mínutes ['mɪnɪ-], put on récord

занима́ть *см.* заня́ть I, II

занима́ться 1. do; go in for; (*в данный момент*) be búsy ['bɪ-] dóing...; чем вы занима́етесь? a) (*сейчас*) what are you dóing?; б) (*кем работаете*) what are you?; ∼ спо́ртом go in for sports **2.** (*учиться*) stúdy ['stʌ-]; где вы занима́етесь? where do you stúdy?

за́ново anéw

зано́за *ж* splínter

заноси́ть *см.* занести́

заня́тие *с* **1.** occupátion [ɔk-] **2.** (*учебное*) lésson **замят∥ия** *мн.* clásses; stúdies ['stʌ-]; часы́ ∼ий school [sku:l] hóurs

за́нятый búsy ['bɪ-]; вы за́няты? are you búsy?; я сего́дня за́нят I'm búsy todáy; э́то ме́сто за́нято this seat is óccupied ['ɔk-] (táken); за́нято (о телефо́не) engáged, the line is búsy

заня́ть I (*деньги*) bórrow [-əu]

заня́ть II 1. óccupy ['ɔk-]; take; (*делом*) keep búsy ['bɪ-]; займи́те места́! take your seats!; ∼ пе́рвое ме́сто be placed first; э́то займёт немно́го вре́мени it won't take much time 2. (*развлека́ть*) entertáin; ~ся см. занима́ться

зао́чно by correspóndence

зао́чн‖ый: ~ое обуче́ние correspóndence course

за́пад *м* west

за́падный west, wéstern

запа́с *м* stock, supplý

запаса́ть(ся) *см.* запасти́(сь)

запа́ска *ж разг. авто* spare

запасно́й: ~ игро́к súbstitute

запа́сный: ~ вы́ход emérgency éxit

запасти́ store, stock up; ~сь lay in; ~сь биле́тами на (в)... book the tíckets to... in advánce

за́пах *м* smell; ódour

запере́ть lock (in, up); запри́те дверь lock the door

запеча́тать, запеча́тывать seal (up)

запира́ть *см.* запере́ть

записа́ть take down; (*торопли́во*) jot down; ~ а́дрес take down the addréss; ~ на плёнку recórd on tape

запи́ск‖а *ж* note; посла́ть ~y send a word [wɜːd]

запи́ски *мн.* mémoirs [-wɑːz]; учёные ~ transáctions

записн‖о́й: ~а́я кни́жка nótebook, wríting-pad

запи́сывать *см.* записа́ть

за́пись *ж* éntry; récord ['re-]

заплати́ть pay (for)

заплы́в *м* swim, meet, event, round; ~ кро́лем (баттерфля́ем, во́льным сти́лем) на сто ме́тров húndred métres' crawl (bútterfly, fréestyle) swim

запове́дник *м* nátional ['næʃ-] park

запо́лнить, заполня́ть fill (in, up); запо́лните, пожа́луйста, анке́ту fill in the form, please

запомина́ть, запо́мнить. mémorize; remémber

запо́мниться stick in one's [wʌnz] mémory

за́понки *мн.* cúff-links; studs

запо́р I *м* lock; дверь на ~e the door is locked

запо́р II *м мед.* constipátion

запра́вить, заправля́ть 1. *авто* fill up; *амер. тж.* buy gas 2. (*ле́нту в магнитофо́н и т. п.*) thread (*the tape, etc*)

запра́шивать *см.* запроси́ть

запрети́ть, запреща́ть forbíd; prohíbit [-'hɪ-], ban

запреще́ние *с* prohibítion, ban; ~ термоя́дерного (а́томного) ору́жия bán on H-(A-)wéapons

запро́с *м* inquíry; сде́лать ~ make inquíries (abóut)

запроси́ть inquíre; ~ а́дрес inquíre abóut the addréss (at)

зараба́тывать, зараба́тать earn, make; ско́лько вы зараба́тываете? how much do you earn?

за́работок м éarnings

заража́ть см. зарази́ть

зараже́ние с inféction; ~ кро́ви blóod-poisoning

зарази́ть inféct; ~ся catch (an íllness)

зара́нее in advánce [-'va:-]; befórehand

зарегистри́ровать régister; ~ биле́т (при посадке в самолёт) check in; ~ся be régistered

зарпла́та ж (за́работная пла́та) pay; wáges; sálary (у служащих)

зарубе́жный fóreign ['fɔrɪn]

зар||я́ ж (утренняя) dawn; (вечерняя) súnset, évening glow [-əu]; на ~é at dáwn

заряди́ть 1. load; ~ фотоаппара́т (винтовку) load the cámera ['kæ-] (rifle [raɪfl]) **2.** эл. charge; ~ батаре́ю авто charge the báttery

заря́дк||а ж спорт. sétting-up éxercises; mórning éxercises; де́лать у́треннюю ~у do one's [wʌnz] mórning éxercises

заряжа́ть см. заряди́ть

заседа́ние с méeting; séssion; sítting; откры́ть ~ ópen a méeting (séssion); закры́ть ~ close a méeting (séssion)

заседа́тель м: наро́дный ~ people's [pi:plz] asséssor

заседа́ть sit; be in séssion

заслу́га ж mérit ['me-]

заслу́женный meritóri-ous; mérited ['me-]; hónoured ['ɔnəd]; ~ де́ятель нау́ки Mérited Scíence ['saɪ-] Wórker ['wə:kə]; ~ де́ятель иску́сств Mérited Art Wórk-er; ~ ма́стер спо́рта Hónoured Máster of Sports

заслу́живать, заслужи́ть desérve; be wórthy ['wə:ðɪ] of

засмея́ться burst out láughing ['la:f-]

засну́ть fall asléep

заста́ва ж **1.** town gate (way) **2.**: пограни́чная ~ fróntier guards' post

застава́ть см. заста́ть

заста́вить, заставля́ть make, force, compél; он заста́вил себя́ ждать he made (us) wait; я не заста́вил себя́ ждать? I haven't kept you wáiting, have I?

заста́ть find, catch; я вас заста́ну (до́ма)? shall I catch you (at home)?; я его́ не заста́л I missed him

застёгивать(ся) см. застегну́ть(ся)

застегну́ть bútton (up); (на крючки) hook (on, up); (молнию) zip (up); (пряж-

ку) buckle (up); застегни́те ремни́ (*в самолёте*) fásten [ˈfɑːsn] seat belts; ~ся bútton onesélf [ˈsʌmwʌnz] up

засте́жка *ж* fástening [-sn-]; ~-мо́лния *ж* zípper

заступа́ться, заступи́ться stand up (for); take sómeone's [ˈsʌmwʌnz] part

за́сух||а *ж* drought [draut]; борьба́ с ~ой cómbatting drought

засыпа́ть *см.* засну́ть

зате́м áfter [ˈɑːftə] that; then

затме́ние *с* eclípse; со́лнечное ~ eclípse of the sun

зато́ ah, but; but then

зато́р *м* jam; tráffic jam

затра́гивать *см.* затро́нуть

затра́та *ж* expénse; expénditure

затро́нуть afféct; touch [-ʌ-]; ~ вопро́с о... touch upón the quéstion [ˈkwestʃən] of...

затрудне́н||ие *с* difficulty; hitch; вы́йти из ~ия get [get] out of trouble [trʌ-], find a way out

затрудни́ть, затрудня́ть trouble [trʌ-]; (*кого́-л.*) embárrass; вас не затрудни́т... would you mind...

заты́лок *м* back of one's [wʌnz] head [hed]

зау́чивать, заучи́ть mémorize; learn by heart [hɑːt]

зафикси́ровать fix; ~ вре́мя clock the time; time

захвати́ть, захва́тывать 1. seize; óccupy [ˈɔk-] 2. (*брать с собо́й*) take, bring

захло́пнуть slam, bang; ~ дверь slam the door; ~ся close with a bang

захо́д *м* 1. (*о со́лнце*) súnset 2. (*о су́дне*) call; с ~ом в... with a call to...

заходи́ть *см.* зайти́

заче́м (*почему́*) why; (*для чего́*) what for; ~-то for some réason or óther

зачёркивать, зачеркну́ть cross out; strike out

зачёт *м* crédit [ˈkre-], test; сдать ~ pass a (crédit) test

зачётн||ый: ~ые соревнова́ния válid [ˈvæl-] (secúrity) competítions

зачи́слить, зачисля́ть enróll; enlíst (*в а́рмию*), take on the staff [-ɑːf] (*в штат*)

зашива́ть, заши́ть sew [səu] (up); mend (*чини́ть*)

зашнурова́ть, зашнуро́вывать lace up

защи́т||а *ж* defénce; protéction; в ~у ми́ра in defénce of peace

защити́ть *см.* защища́ть

защи́тник *м* 1. protéctor, defénder 2. *юр.* cóunsel for the defénce, defénce cóunsel 3. *спорт.* back

защища́ть defénd; protéct; back; stand up for (with); ~ честь свое́й кома́нды defénd the cólours of one's [wʌnz] team; ~ся defénd onesélf [wʌn-]

заяви́ть decláre, state

зая́вка *ж спорт.* éntry

заявле́ние *с* státement; (*ходатайство*) applicátion; сде́лать ~make a státement

заявля́ть *см.* заяви́ть

за́яц *м* hare

зва́ние *с* rank, title [taɪ-]; почётное ~ hónorary title; учёное ~ (académic [-'de-]) rank

звать 1. call; вас зову́т you're wánted **2.**: как вас зову́т? what's your name?; меня́ зову́т... my name is... **3.** (*приглашать*) invíte

звезда́ *ж* star

звене́ть ring

зверь *м* (wild) beast

звон *м* rínging; (*колоколов*) toll, tólling

звони́ть ring; ~ по телефо́ну phone, ring up, call up

зво́нкий clear [-ɪə]; rínging; ~ смех rínging láughter ['lɑ:ftə]

звоно́к *м* (*на двери*) bell; (*звук*) ring; ~ по телефо́ну télephone call

звук *м* sound

звукоза́пис‖ь *ж* sóund-recording; сту́дия ~и sóund-recording stúdio; конце́рт передаётся в ~и the cóncert was pré-recórded ['pri:-]

звуча́ть sound

зву́чный rínging

зда́ние *с* búilding ['bɪl-]; ~ университе́та univérsity búilding

здесь here; вы ~? are you here?; я ~! I am here!

зде́шний lócal; я не ~ I'm a stránger here

здоро́ваться greet; ~ за́ руку shake hands

здоро́вый héalthy ['he-]; я (вполне́) здоро́в I'm quite all right; бу́дьте здоро́вы! (*при прощании*) góod-býe! ['gud-]; (*при чиханье*) keep well!; God bless you!

здоро́вье *с* health [he-]; как ва́ше ~? how are you?; за ва́ше ~! (to) your health!; спаси́бо! — на ~! thank you! — you're wélcome!

здра́вница *ж* health [he-] resórt

здравоохране́ние *с* públic health [he-]

здра́вствуйте how do you do?

здра́вый: ~ смысл cómmon sense

зева́ть 1. yawn **2.** (*пропускать*) miss; let slip

зелёный green

зе́лень *ж* **1.** (*растительность*) vérdure ['və:dʒə] **2.** (*овощи*) greens; све́жая ~ fresh végetables

землевладе́лец *м* lándowner [-əunə]

земледе́лец *м* fármer, húsbandman ['hʌzbənd-]

земледе́лие *с* ágriculture, fárming

землетрясе́ние *с* éarthquake

земля ж 1. earth; land 2. (почва) soil, ground 3. (земной шар) the globe

земляк м (fellow-['feləu-]) countryman ['kʌ-]

землянйка ж wild stráwberry

земнóй éarthly; ~ шар the globe

зéркало с mírror, lóoking-glass

зéркальце с pócket mírror

зернó с grain

зерновые мн. céreals, grain crop

зернохранйлище с gránary ['græ-]

зимá ж winter

зймний winter; ~ сезóн winter séason

зимовáть winter (at, in)

зимóв‖**ка** ж winter stay; (жильё) pólar státion; на ~ке at a pólar státion

зимóй in winter: бýдущей (прóшлой) ~ next (last) winter

злáки мн. céreals

зло évil; wrong; добрó и ~ right and wrong

злободнéвный búrning; ~ вопрóс the íssue of the day, búrning íssue

злой wícked [-ɪd]; bád-témpered; ángry

злоупотребйть, **злоупотреблять** abúse [ə'bju:z]; take advántage [-'vɑ:-] of

змея ж snake

знак м sign [saɪn], mark; в ~ дрýжбы in tóken of friéndship ['frend-]; опозна-

вáтельный ~ identificátion mark

знакóмить 1. (с кем-л.) introdúce 2. (с чем-л.) acquáint (with), let smb know [nəu] smth; ~ с прогрáммой show [ʃəu] the prógramme ['prəugræm]; ~ся (с кем-л.) meet; (с чем-л.) ge- [get] to know [nəu]; знакóмьтесь! meet..!

знакóмст‖**во** с acquáintance. (знание) knówledge ['nɒlɪdʒ] of; нóвые ~ва new (récent) acquáintances

знакóмый 1. м acquáintance; это мой нóвый ~ he's a new acquáintance of mine 2. familiar [-'mɪ-]; егó лицó мне знакóмо his face is familiar to me

знаменáтельн‖**ый** signíficant ‿sɪg'nɪ-]; ~ая дáта signíficant date

знаменйтый fámous; ~ артйст fámous áctor

знаменóсец м stándard-béarer [-'bɛə-]

знáм‖**я** bánner; flag; переходящее ~ prize bánner: под ~енем... únder the bánner of...

знáни‖**е** с knówledge ['nɒlɪdʒ]; со ~ем дéла skílfully, with éxpert knówledge; приобрестй ~я acquíre knówledge

знáтн‖**ый** wéll-knówn [-'nəun]; noble [nəu-]; ~ые лю́ди renówned péople [pi:pl]; públic fígures ['fɪg-]

87

знато́к м éxpert, connois-séur [konə′sə:]; ~ жи́во-писи (му́зыки, литерату́ры) éxpert in páinting (músic, líterature); он ~ своего́ де́ла he knows [nəuz] his búsiness [′bɪz-]

знать know [nəu]; дать ~ let hear [hɪə] (know); я его́ зна́ю I know him

значе́ние с 1. (смысл) méaning 2. (важность) signíficance [sɪg′nɪ-]; име́ть ~ be of impórtance; придава́ть ~ attách impórtance

значи́тельный (большо́й) consíderable; (важный) impórtant; signíficant [sɪg′nɪ-]

зна́чить mean; sígnify; что э́то зна́чит? what does it mean?

значо́к м badge; (поме́тка) sign [saɪn], mark

зноби́ть: меня́ зноби́т I feel chílly

золо́вка ж (сестра́ му́жа) síster-in-law

зо́лото с gold

золот‖**о́й** gold; перен. gólden; ~а́я середи́на the gólden (háppy) mean, the háppy médium; ~о́е кольцо́ gold ring; ~а́я меда́ль gold médal [′me-]

зо́на ж zone, área; безъя́дерная ~ núclear [′nju:k-] free zone

зонт, зо́нтик м umbrélla; súnshade, parasól (от со́лнца)

зооло́гия ж zoólogy [zəu′ɔl-]

зоопа́рк ж Zoo

зооте́хник м zootechní-cian

зо́ркий sharp-síghted, lýnx-eyed [-aɪd]

зрачо́к м púpil (of the eye [aɪ])

зре́лище с sight; (театра́льное) perfórmance

зре́лищ‖**ный**: ~ые предприя́тия pláces of entertáin-ment; entertáinment índustry

зре́лый 1. ripe 2. matúre [-′tjuə]; ~ ма́стер matúre ártist

зре́ние с éyesight [′aɪ-]; у меня́ хоро́шее (плохо́е) ~ my sight is good [gud] (poor)

зреть rípen

зри́тель м spectátor; ón-looker

зря in vain; for nóthing [nʌ-]; for no réason at all

зуб м tooth (мн. ч. teeth); у меня́ боли́т ~ I have a bad tooth

зубн‖**о́й**: ~а́я щётка tóoth-brush; ~ врач déntist

зубоврачéбный: ~ кабине́т the déntist's

зубочи́стка ж tóothpick

зябь ж с.-х. plóughland [′plau-]

зять м 1. (муж до́чери) són-in-law [′sʌn-] 2. (муж сестры́) bróther-in-law [′brʌ-ðə-]

и and; и вот and now; и вы и я both you and me; и так да́лее etc [ɪt'setrə]; and so on, and so forth

и́ва ж willow [-əu]

и́го с yoke

иго́лка ж needle

игр‖а́ ж 1. game; play 2. *спорт.* game; ~ око́нчилась со счётом... the game énded with the score...; в ~é in play; вне ~ы́ off side

игра́ть 1. play; ~ в футбо́л (те́ннис, хокке́й) play fóotball (ténnis, hóckey); ~ на гита́ре (скри́пке, роя́ле) play the guitár (the víolin, the piáno) 2. (*об актёрах*) act, perfórm

игро́к м pláyer; (*в азартные игры*) gámbler

игру́шка ж toy, pláything

идеологи́ческий ideológical [aɪ-]

идеоло́гия ж ideólogy [aɪ-]

иде́я ж idéa [aɪ'dɪə]

идти́ 1. go; ~ пешко́м walk, go on foot; идёмте! let's go!; вы идёте? are you góing? 2. run; авто́бус идёт до... the bus runs as far as... 3. (*о представлении*) be on; *амер.* be shówing ['ʃəu-]; что сего́дня идёт? what is on (*амер.* shówing) tonight? 4. (*к лицу*) suit

ие́на ж (*денежная едини́ца Японии*) yen (*мн. ч.* yen)

иеро́глиф м híeroglyph ['haɪərəuglɪf], cháracter ['kæ-]

из 1. (*откуда*) from; out of (*изнутри*); я прие́хал из Ло́ндона I've come [kʌm] from Lóndon; пить из стака́на (из ча́шки) drink from a glass (from a cup) 2. (*при обозначении части от целого; о материале*) of; э́то оди́н из мои́х друзе́й he is one of my friends [fre-]; из чего́ э́то сде́лано? what is it made of?

изба́ ж log cábin ['kæ-]; cóttage, hut, péasant ['pe-] house

изба́вить save (smb from); rid (smb of); delíver [-'lɪ-]; ~ся get [get] rid of

избавля́ть(ся) *см.* изба́вить(ся)

избега́ть *см.* избежа́ть

избежа́ние с: во ~ to avóid

избежа́ть avóid; escápe; ~ опа́сности escápe from dánger

избира́тель м vóter; *брит.* eléctor

избира́тельн‖ый: ~ое пра́во súffrage; ~ая систе́ма eléctoral sýstem; ~ бюллете́нь vóting páper

избира́ть *см.* избра́ть

и́збранн‖ый chósen, selécted; (*выбранный*) elécted; ~ые сочине́ния selécted works [wəːks]

избра́ть choose; (*на вы-борах*) eléct; ~ представи́теля на... eléct a délegate to...

избы́т||ок *м* excéss; с ~ком in plénty

изве́ст||ие *с* news; получи́ть ~ get [get] a méssage; после́дние ~ия látest news, news of the hóur

извести́ть infórm, nótify, let smb know [nəu]; вас извести́ли? have you been infórmed?

изве́стно it is known [nəun]; вам ~, что..? do you know that..?; are you awáre that..?; как ~ it is known that; наско́лько мне ~ as far as I know; наско́лько мне ~ — нет not that I know of

изве́сти||ость *ж* reputátion; по́льзоваться ~остью be well known [nəun]; ~ый **1.** (*знамени́тый*) wéll-knówn [-'nəun] **2.** (*определённый*) cértain; в ~ых слу́чаях in cértain cáses

извеща́ть *см.* извести́ть

извеще́ние *с* notificátion; (*повестка*) súmmons [-z]

извине́н||ие *с* excúse; apólogy [-'rɔ-]; приношу́ ~ия I apólogize, I óffer my apólogy

извини́ть: извини́те! excúse me!, (I) beg your párdon!

извини́ться, извиня́ться apólogize [-'rɔ-] (to); изви-ня́юсь! *разг.* (I'm) sórry!; párdon me!

извне́ from óutside

изврати́ть distórt, twist; ~ фа́кты distórt the facts

и́згородь *ж* fence; живáя ~ hedge

изготовле́ние *с* manufácture

издава́ть *см.* изда́ть

издалека́, и́здали from afár; мы прие́хали издалека́ we've come [kʌm] from far off

изда́ние *с* **1.** publicátion; ~ газе́т (журнáлов) públishing of néwspapers (magazínes) **2.** (*книги и т. п.*) edítion [-'dɪʃ-]; второ́е ~ э́той кни́ги sécond edítion of this book

изда́тель *м* públisher; ~ство *с* públishing house, públishers

изда́ть 1. públish; кни́га и́здана в 1981 году́ the book was públished in 1981; ~ зако́н íssue a law **2.** (*звук*) útter

изде́л||ие *с* próduct ['prɔ-]; (manufáctured) árticle; кустáрные ~ия hándicraft árticles

изде́ржки *мн.* expénses; (*государственные*) expénditure(s)

изжо́га *ж* héartburn ['hɑ:-]

из-за: ~ грани́цы from abróad [ə'brɔ:d]; встать ~ стола́ get [get] up from

90

the table [teɪbl]; ∼ этого becáuse of this

излага́ть, изложи́ть state; expóund; ∼ свою́ мысль state one's [wʌnz] idéa [ɪɪ'dɪə]

изме́на ж tréason, betráyal; ∼ ро́дине high tréason

измене́н‖ие с change; organ-изацио́нные ∼ия strúctural chánges; (частичное) alterátion; без ∼ий as it was, únchánged

измени́ть 1. (менять) change; álter ['ɔ:l-]; ∼ маршру́т álter the itínerary; ∼ мне́ние change one's [wʌnz] opínion 2. (чему-л., кому-л.) betráy; be únfáithful to; ∼ся change; вы о́чень измени́-лись you have changed a lot

изме́нник м tráitor

изменя́ть(ся) см. измени́ть(ся)

изме́рить, измеря́ть méasure ['meʒə]; ∼ темпера-ту́ру take the témperature

измышле́ние с invéntion

измя́ть crumple; (платье и т. п.) rumple

изнутри́ from withín; on the ínside

изоби́лие с abúndance

изобража́ть см. изобрази́ть

изображе́ние с 1. (действие) portráyal 2. (образ) pícture

изобрази́тельн‖ый: ∼ые иску́сства fine arts

изобрази́ть represént; depíct

изобрести́ invént

изобрета́тель м invéntor

изобрета́ть см. изобрести́

изобрете́ние с invéntion

из-под from únder; коро́бка ∼ конфе́т cándy-box; ∼ стола́ from benéath the table [teɪbl]

изра́ильский Isráeli [ɪz-'reɪlɪ]

израсхо́довать use (up); (деньги) spend

и́зредка now and then; from time to time

изуми́тельный wónderful ['wʌ-], amázing

изуми́ть amáze, astónish [-'tɔ-]; ∼ся be amázed

изумля́ть(ся) см. изуми́ть(ся)

изумру́д м émerald ['em-]

изуча́ть stúdy, learn; я изуча́ю англи́йский язы́к I stúdy English ['ɪŋɡlɪʃ]

изуче́ние с stúdy; (вопро-са) examinátion

изучи́ть learn

изю́м м ráisins

изя́щный gráceful, élegant ['elɪ-]

ика́ть híccup, híccough ['hɪkʌp]

ико́на ж ícon

икра́ I ж 1. (рыбья) roe [rəu] 2. (кушанье) cáviare ['kæ-]; зерни́стая ∼ (soft) cáviare; па́юсная ∼ pressed cáviare; чёрная ∼ (black) cáviare; кето́вая

~ red cáviare 3. (*из ово-*
щей) paste [peɪst]

икра́ II *ж* (*ноги*) calf
[kɑːf]

и́ли or; ~... ~... éither
['aɪðə]... or...; ~ же or else

иллюмина́ция *ж* illuminátion

иллюстра́ция *ж* illustrátion; нагля́дная ~ gráphic
illustrátion

иллюстри́рованный: ~
журна́л pictórial

им I *дат. пад. от* они́
them; э́то им ска́зано
they were told this; скажи́те
им, что... tell them that...

им II *твор. пад. от* он
(by) him; э́то сде́лано им
it is done by him

и́менно just; a ~ námely;
exáctly; such as; вот ~
that's it

име́ть have; я име́ю воз-
мо́жность... I have a chance
(an opportúnity) of...; име́е-
те ли вы возмо́жность..?
can you..?, have you a
chance of..?; э́то не име́ет
никако́го значе́ния it
doesn't mátter at all;~ успе́х
be a succéss; ~ся: име́ется
there is; there are; в про-
да́же име́ется... ...sold here

и́ми by (with) them; ~
ещё ничего́ не сде́лано
they haven't done a thing yet

иммигра́нт *м* ímmigrant

иммигри́ровать ímmi-
grate

империали́зм *м* impérial-
ism

империалисти́ческий im-
périalist

и́мпорт *м* ímport

импорти́ровать impórt

импрессиони́зм *м* imprés-
sionism

иму́щество *с* próperty
['prɔ-]

и́мя *с* 1. (*фамилия*)
name 2. Chrístian ['krɪs-]
(first) name; *амер.* gíven
name; как ва́ше и́мя (и
фами́лия)? what is your
first (and last) name?; и́ме-
ни... named áfter...; до́брое
~ good [gud] name, reputátion

ина́че 1. (*по-другому*)
dífferently, in anóther way;
э́то на́до сде́лать ~ it
must be done in anóther
way 2. (*в противном слу-
чае*) or, ótherwise ['ʌðə-];
~ мы не успе́ем óther-
wise we won't be in
time

инвали́д *м* ínvalid ['ɪnvə-
lɪd]; ~ труда́ (войны́) disábled wórker ['wəːkə] (sóldier)

инвента́рь *м*: спорти́в-
ный ~ sports equípment

инде́ец *м* (Américan
[ə'merɪ-]) Índian

инде́йка *ж* túrkey(-hen)

инде́йский (Américan
[ə'merɪ-]) Índian

индиа́нка *ж* Índian

индивидуа́льный indi-
vídual [-'vɪdjuəl]

инди́ец *м* Índian

инди́йский Índian

индонези́ец м, **индонези́йка** ж Indonésian [ɪndəu-'ni:zjən]

индонези́йский Indonésian [ɪndəu'ni:zjən]

инду́с м, **~ка** ж Híndú ['hɪn'du:]

инду́сский Híndú['hɪn'du:]

индустриализа́ция ж industrializátion

инду́стрия ж índustry; лёгкая (тяжёлая) ~ light (héavy) índustry

и́ней м hóarfrost, rime

инжене́р м enginéer [endʒɪ'nɪə]; **~-меха́ник** м mechánical [-'kæ-] enginéer

инжи́р м fig

инициа́лы мн. ínitials [ɪ'nɪʃəlz]; как ва́ши ~? what are your ínitials?

инициати́в‖а ж ínitiative [ɪ'nɪʃɪətɪv]; прояви́ть **~у** show [ʃəu] ínitiative

инкруста́ция ж ínlay

иногда́ sómetimes ['sʌm-], once [wʌns] in a while, at times

ино́й óther ['ʌðə], anóther; sómeone['sʌm-] else; ины́ми слова́ми in óther words [wə:dz] ◇ ~ раз at times

иностра́н‖ец м, **~ка** ж fóreigner ['fɔrɪnə]

иностра́нный fóreign ['fɔrɪn]

институ́т м cóllege ['kɔlɪdʒ]; ínstitute; нау́чно-иссле́довательский ~ reséarch ínstitute; педагоги́ческий ~ Téacher-tráining Cóllege

инстру́ктор м instrúctor, coach

инстру́кция ж instrúction

инструме́нт м tool; (*музыка́льный, то́чный, хиру́ргический*) instrument; на како́м ~е вы игра́ете? what ínstrument do you play?

интеллиге́нция ж intelléctuals [ɪntɪ'lektju-], the intelligéntsia

интервью́ с ínterview [-vju:]; взять ~ ínterview; дать ~ give [gɪv] smb an ínterview

интере́с м ínterest ['ɪntrɪst]; с ~ом with ínterest

интере́сн‖о (it is) ínteresting ['ɪntrɪst-]; éсли вам ~ if you find it ínteresting; ~ знать... I wónder; **~ый** 1. ínteresting ['ɪntrɪst-]; 2. (*краси́вый*) góod-lóoking ['gud'luk-], attráctive

интересова́ть ínterest ['ɪntrɪst]; меня́ интересу́ет... a) I'm ínterested in...; б) I wónder, if...; **~ся** be ínterested ['ɪntrɪst-] in

интерна́т м bóarding-school ['bɔ:dɪŋsku:l]

Интернациона́л м (*гимн*) Internationále [ɪntənæʃə'nɑ:l]

интернационали́зм м ínternátionalism [ɪntə:'næʃnəl-ɪzm]; пролета́рский ~ proletárian internátionalism

интернациона́льный internátional [ɪntə:'næʃnl]

Интури́ст м Intóurist [-'tuə-] Ágency

инфекцио́нный inféctious [-ʃəs], contágious

инфе́кция ж inféction

информацио́нн‖ый: ～ое бюро́ informátion (búreau [ˈbjuərəu])

информа́ция ж informátion

информи́ровать infórm

инциде́нт м íncident

и. о. (исполня́ющий обя́занности) ácting

ипподро́м м rácecourse

ира́кский Iráqi [-ˈɑːkɪ]

ира́н‖ец м, ～ка ж Iránian

ира́нский Iránian

ирла́нд‖ец м Írishman; ～ка ж Írishwoman [-wu-]

ирла́ндский Írish; ～ язы́к Írish, the Írish lánguage

ирони́ческий irónic(al) [aɪˈrɔn-]

иро́ния ж írony [ˈaɪərə-]

иск м áction, suit [sjuːt]

иска́ть look for, search; я ищу́... I'm lóoking for...; что (кого́) вы и́щете? what (whom) are you lóoking for?

исключа́ть см. исключи́ть

исключа́я excépt

исключе́н‖ие с excéption; (откуда́-л.) expúlsion; в ви́де ～ия as an excéption; за ～ием excépt; без ～ия withóut excéption

исключи́тельн‖ый excéptional; в ～ых слу́чаях in unúsual cáses

исключи́ть (кого́-л.) expél; (что-л.) exclúde [ɪks-

ˈkluːd]; ～ из соста́ва кома́нды exclúde from the team

ископа́емые мн.: поле́зные ～ mín rals [ˈmɪ], míneral resóurces [-ˈsɔː-]

и́скренн‖ий sincére; ～ость ж sincérity [-ˈser-]

иску́сный skílful, cléver [ˈklevə], éxpert

иску́ственн‖ый artifícial [-ˈfɪʃl]; ～ же́мчуг imitátion pearls [pəːlz]; ～ые зу́бы false teeth; ～ шёлк ráyon

иску́сств‖о с 1. art; произведе́ние ～a work [wəːk] of art 2. (умение) skill

исла́м м Íslam [ˈɪzlɑːm]

исла́нд‖ец м, ～ка ж Ícelander

исла́ндский Íceland, Ícelándic; ～ язы́к Icelándic, the Icelándic lánguage

испа́н‖ец м, ～ка ж Spániard [ˈsp -]

испа́нский Spánish [ˈspæ-]; ～ язы́к Spánish, the Spánish lánguage

испо:лко́м м (исполни́тельный комите́т) exécutive ɪgˈze-] (committee)

исполне́н‖ие с 1. exécution; в э́кспортном ～ии made for éxport 2. (пьесы и т. п.) perfórmance; (инструмента́льного и вока́льного произведе́ния) recítal; в ～ии... perfórmed by...

исполни́тел‖ь м 1. perfórmer; ко́нкурс ～ей cóntest of instruméntalists; ～

ро́ли... the áctor, pláying the part of...; соста́в ~ей *meamp.* cast 2. administrative [-'mı-] ófficer

испо́лнить 1. (*выполнить*) cárry out; éxecute ['eksı-]; испо́лните мою́ про́сьбу please do what I ask you 2. *meamp.* act, play; (*спеть*) sing, recíte; (*станцевать*) dance; ~ на роя́ле play on the piáno; ~ся 1. be fulfílled, come [kʌm] true [tru:] 2.: (*сегодня*) мне испо́лнилось 20 лет I'm twénty (todáy)

исполня́ть(ся) *см.* испо́лнить(ся)

испо́льзование *с* use [ju:s]; utilizátion [-laı'zeıʃn]

испо́льзовать use; emplóy

испо́ртить spoil; ruin [ruın]; corrúpt; я испо́ртил конве́рт (бланк) I've spoiled the énvelope (form); ~ся detériorate; be spoiled; go bad (*о продуктах*); моя́ авторучка испо́ртилась my fóuntain-pen is spoiled; пого́да испо́ртилась the wéather becáme bad

испра́вить, исправля́ть corréct; fix; (*починить тж.*) repáir; ~ оши́бку corréct (réctify) a mistáke; ~ положе́ние impróve [-'u:v] the situátion

испу́г *м* fright

испуга́ть scare, frighten; вы меня́ о́чень испуга́ли you scared me out of my wits; ~ся get [get] scared, get fríghtened

испыта́ние *с* trial ['traıəl]; test; вы́держать ~ stand the test

испыта́ть, испы́тывать 1. test; (*испробовать*) try; ~ (свои́) си́лы try one's [wʌnz] strength 2. (*ощутить*) expérience; я испыта́л большо́е удово́льствие I felt híghly pleased

иссле́довани‖е *с* investigátion; reseárch [rı'sə:-]; ~я косми́ческого простра́нства explorátions of (óuter) space

иссле́дователь *м* reséarch [rı'sə:-] wórker ['wə:-]; (*страны и т. п.*) explórer

иссле́довать exámine [ıg'zæ-]; ánalyse ['ænə-]; (*страну и т. п.*) explóre

и́стина *ж* truth [-u:θ]

исто́рик *м* histórian [-'tɔ:-]

истори́ческий histórical [-'tɔrı-]; (*имеющий историческое значение*) histórie [-'tɔrık]

исто́рия *ж* 1. history 2. (*рассказ*) stóry ['stɔ:rı]

исто́чник *м* 1. spring; минера́льный ~ mineral spring 2. source; из достове́рных ~ов from reliable sóurces

исче́знуть disappéar [dıs-], vánish ['væ-]

исче́рпыва‖**ющ**‖**ий** exháustive [ıg'zɔ:-]; ~ие све́дения exháustive informátion

ита́к so, and so

итальян||ец *м,* ~**ка** *ж* Itálian [ı'tæ-]

итальянский Itálian [ı'tæ-]; ~ **язык** Itálian, the Itálian lánguage

и т. д. (*и так далее*) etc, et cétera ['set-]

итог *м* **1.** bálance ['bæ-]; (*сумма*) sum; **общий** ~ (sum) tótal **2.** (*результат*) resúlt; ~**и соревнований** resúlts of the competítion; **в** ~**е** on bálance

итого tótally, all in all

и т. п. (*и тому подобное*) etc, et cétera ['set-]

их I them; **их здесь не было** they haven't been here; **вы видели их?** have you seen them?

их II *притяж. мест.* their; theirs; **это их места (вещи)** these seats (things) are theirs

июль *м* Julý [dʒu:'laı]

июнь *м* June [dʒu:n]

йеменский Yémeni ['je-]

йод *м* íodine ['aıəudi:n]

К

к **1.** to; (*в разн. знач.*) towárds; **идите к нам** come [kʌm] to us; **подойдём к ним** let's come up to them **2.** (*о времени*) by; **приходите к пяти (к двум) часам** come by five (two) o'clóck; **он придёт к трём** he will come by three (o'clóck) **3.** (*по отношению к*) for; **к чему?** what for?; **любовь к родине** love [lʌv] for one's [wʌnz] hómeland ◇ **к тому же** moreóver, besídes, in addítion; **к счастью** lúckily

кабачки *мн.* végetable ['vedʒı-] márrows ['mærəuz]; *амер.* squáshes ['skwoʃız]

кабина *ж* cábin ['kæb-]; (*для синхронного перевода*) booth; ~ **для голосования** pólling-booth; **душевая** ~ shówer-box; ~ **лифта** car; ~ **самолёта** cóckpit

кабинет *м* óffice; (*комната в квартире*) stúdy ['stʌ-]; ~ **директора** mánager's ['mænı-] (prívate) óffice; ~ **министров** cábinet ['kæ-]; **пройдите, пожалуйста, в пятый** ~ go óver to room five, please

каблук *м* heel; **на высоком (на низком, на среднем)** ~**é** high-heeled (lów-heeled, médium-heeled)

кавалер *м* **1.** (*в танцах*) pártner **2.:** ~ **ордена** béarer of the órder

кадр *м* **кино** (*на экране*) shot; (*одиночный*) frame; (*в фоторекламе*) still

кадр||ы *мн.* mánpower; personnél; **нехватка** ~**ов**

mánpower shórtage; отдёл ~ов personnél depártment; подготóвка и расстанóвка ~ов personnél tráining and appóintments pólicy ['pɔ-]

кáждый évery ['evrɪ]; ~ день évery day; ~из нас each of us

кáжется *см.* казáться

казáк *м* Cóssack

казáться 1. seem; мне кáжется it seems to me 2.: кáжется, что... it seems that...; я, кáжется, не опоздáл? I don't seem to be late, do I?

казáх *м* Kazákh

казáхский Kazákh; ~ язы́к Kazákh, the Kazákh lánguage

казáшка *ж* Kazákh

казнь *ж* execútion; смéртная ~ cápital púnishment

как 1.*вопрос.* how; what; ~ вам нрáвится..? how do you like..?; ~ пройти́ (проéхать)? can you tell me the way (to)?; ~ вáше и́мя?, ~ вас зовýт? what is your name?; ~ назывáется э́та ýлица (плóщадь)? what's the name of this street (square)?; ~ мне попáсть в (на, к)...? how can I get [get] to..? 2. *относ.* as; я ви́дел, ~ он ушёл I saw him góing ◇ с тех пор ~ since; ~ бýдто as if; ~ раз just, exáctly; ~ напримéр for exámple; ~ мне быть? what shall I do?

какáо *с* cócoa ['kəukau]

кáк-нибудь sómehow ['sʌm-]; (*когда-нибудь*) sométime ['sʌm-]

какóв: каковы́ результáты игры́? what is the score of the game?

как||óй what; which; ~и́м óбразом? how?; ~ýю кни́гу (~и́е духи́) вы мне рекомендýете? what book (pérfume) can you recomménd me?

какóй-нибудь some [sʌm]; ány ['enɪ]

какóй-то 1. ány ['enɪ]; some [sʌm] 2. (*похожий на*) a kind of

кáк-то: я э́того ~ не замéтил sómehow ['sʌm-] I haven't nóticed it; я ~ здесь был I was here one day

калéка *м и ж* crípple

календáрь *м* cálendar ['kælɪn-]; настóльный ~ lóose-leaf, table [teɪbl] cálendar; отрывнóй ~ téar-óff cálendar

кали́тка *ж* wícket(-gate)

кальсóны *мн.* dráwers; *брит.* pants

кáмбала *ж* flóunder

кáменный stone(-)

кáменщик *м* brícklayer

кáмень *м* stone; драгоцéнный ~ précious stone

кáмера *ж* 1. cell; chámber ['tʃeɪm-]; ~ хранéния багажá clóak-room 2. *фото* cámera ['kæmə-] 3. (*резиновая*): ~ мячá bládder;

автомоби́льная ~ hose; *амер.* tube

ка́мерн‖ый: конце́рт ~ой му́зыки chámber ['tʃeɪm-] músic cóncert

каме́я *ж* cámeo ['kæ-]

ками́н *м* fíre-place

кампа́ния *ж* campáign [-'peɪn]; избира́тельная ~ eléction campáign

камфара́ *ж* cámphor

кана́ва *ж* ditch; (*сточная*) gútter

кана́д‖ец *м*, ~ка *ж* Canádian

кана́дский Canádian

кана́л *м* (*естественный*) chánnel; (*искусственный*) canál; ороси́тельный ~ irrigátion canál

канализа́ция *ж* séwerage, séwers

кана́т *м* rope

кандида́т *м* cándidate; ~ нау́к Cándidate of Science ['saɪ-]

кандидату́ра *ж* cándidature

кани́кулы *мн.* vacátion; (*в школе*) hólidays ['hɔlədɪz]; *амер.* recéss; зи́мние (ле́тние) ~ winter (súmmer) vacátion

кани́стра *ж* cánister ['kæ-], can

кано́э *с спорт. ол.* canóe [-'nuː]; ~-дво́йка *ж ол.* Canádian double [dʌ-]; ~--одино́чка *ж ол.* Canádian single

канта́та *ж* cantáta [-'tɑː-]

кану́н *м* eve

канцеля́рия *ж* óffice

канцеля́рск‖ий: ~ие принадле́жности státionary

капе́лла *ж* (*хор*) chóir ['kwaɪə]

капита́л *м* cápital ['kæ-]

капитали́зм *м* cápitalism ['kæ-]

капитали́ст *м* cápitalist ['kæ-]

капиталисти́ческий cápitalist ['kæ-]

капита́льн‖ый cápital ['kæ-], fundaméntal; ~ое строи́тельство cápital constrúction

капита́н *м* cáptain [-tɪn]; ~ кома́нды *спорт.* cáptain of the team

ка́пл‖я *ж* drop; глазны́е ~и éye-drops ['aɪ-]

капро́н *м* kaprón (*kind of nylon*)

капу́ста *ж* cábbage; брюссе́льская ~ Brússels sprouts; ки́слая ~ sauerkraut; цветна́я ~ cáuliflower

кара́куль *м* astrakhán (fur)

каранда́ш *м* péncil; хими́ческий ~ indélible péncil; цветно́й ~ cráyon ['kreɪən]

каранти́н *м* quárantine [-tiːn]

кара́сь *м* crúcian ['kruː-ʃɪən]

карау́л *м* guard [gɑːd]; почётный ~ guard of hónour ['ɔnə]

каре́льск‖ий Karélian ◇ ~ая берёза silver birch

ка́рий brown

карикату́ра *ж* cartóon; (*злая сатира*) caricatúre [kærɪkə'tjuə]

карка́с *м* frámework

ка́рлик *м* dwarf, pýgmy

карма́н *м* pócket ['pɔkɪt]; положи́ть в ~ put [put] in the pócket

карма́нн‖ый: ~ слова́рь pócket ['pɔkɪt] díctionary; ~ые часы́ (pócket) watch

карнава́л *м* cárnival

карни́з *м* córnice; (*окна*) edge

карп *м* carp

ка́рт‖а *ж* 1. *геогр.* map 2. (*игральная*) card; игра́ть в ~ы play cards 3. (*меню*) ménu ['me-], bill of fare; ~ вин wíne-list

карти́на *ж* pícture ['pɪktʃə]; (*в живописи тж.*) páinting, cánvas

карто́н *м* cárdboard [-bɔːd]; ~ный: ~ная коро́бка cárton

карто́фель *м* potáto(es)

ка́рточка *ж* card; (*меню*) ménu ['me-]; визи́тная ~ (vísiting-)card; фотографи́ческая ~ phóto

карусе́ль *ж* mérry-go-round

карье́ра *ж* caréer

каса́ться 1. touch [tʌtʃ] *перен.* touch upón; э́того вопро́са мы не каса́лись we did not touch upón this próblem 2. (*иметь отно-*

шение) concérn ◇ что каса́ется as to ,as regárds

ка́сса *ж* páy-box, páy-desk; биле́тная ~ bóoking-office; театра́льная ~ bóx-office; сберега́тельная ~ sávings-bank; ~-автома́т *ж* slótmachine [-ʃiːn]

кассе́т‖а *ж* *фото* magazíne [mægə'ziːn]; (*магнитофонная*) cassétte; ~ный: ~ный магнитофо́н cassétte recórder

касси́р *м* cashíer [kæ'ʃɪə]

кастрю́ля *ж* sáucepan

катало́г *м* cátalogue ['kætəlɔg]; есть ли у вас ~? have you got a cátalogue?

ката́ние *с* *сл.*: фигу́рное ~ figure ['fɪgə] skáting; мужско́е (же́нское) одино́чное ~ men's (wómen's ['wɪ-]) singles; па́рное ~ pairs

ката́р *м* catárrh

ката́ться go for a ride; go for a drive; ~ на велосипе́де cycle [saɪ-]; ~ на конька́х skate, go skáting; ~ на ло́дке go bóating; ~ на ло́шади ride

катего́рический catególical; flat

катего́рия *ж* cátegory ['kætɪ-]

ка́тер *м* mótor boat

като́к *м* skáting-rink; ле́тний ~ artifícial íce-rink

като́лик *м* (Róman) Cátholic ['kæθ-]

католицизм м Róman-
-Cathólicism [-kə'0ɔ-]

катушка ж reel; bóbbin

каучук м cáoutchouc
['kautʃuk], rúbber

кафе с cáfe [-feɪ], cóffee-
-house; лётнее ~ ópen-
-áir cáfé

кáфедр‖а ж chair; depárt-
ment; заведующий ~ой
head of the chair (depártment)

кафе-морóженое с íce-
-cream cáfé [-feɪ]

качáлка ж rócking-chair

качáть 1. rock; swing;
shake 2. (насосом) pump;
~ся 1. rock; swing; ~ся
в кресле rock; ~ся в гама-
ке swing in the hámmock;
~ся на качелях swing 2.
(пошатываться) stágger

качели мн. swing; (доска
на бревне) séesáw

качеств‖о с quálity; выс-
шего (плохого) ~а best
(bad) quálity; выиграть
(пожертвовать) ~ шахм.
win (lose [luːz]) the exchánge

качк‖а ж pítching and
rólling; я не переношу ~и
I am a bad sáilor

каша ж (cooked) céreal,
pórridge; (жидкая) gruel
[gruəl]; гречневая ~ búckwheat pórridge; мáнная ~
cream of wheat; овсяная
~ pórridge; рисовая ~
cream of rice

кашель м cough [kɔf]; у
меня ~ I have a cough

кашлять cough [kɔf]

кашне с múffler

каштáн м chéstnut

каюта ж cábin ['kæb-]

квалифицированный skil-
led; expert; quálified

квартáл м 1. (города)
block 2. (четверть года)
quárter

квартет м quartét(te)

квартир‖а ж flat; амер.
apártment; ~ из трёх ком-
нат thrée-róom flat; от-
дельная ~ one fámily flat;
~áнт м lódger

квартплáта ж (квартúр-
ная плáта) rent

квас м kvass [-ɑː-]

квéрху up, úpwards

квинтет м quintét(te)

квитáнц‖ия ж recéipt
[-'siːt]; дáйте ~ию, по-
жáлуйста may I have a
recéipt, please; возьмúте
~ию, пожáлуйста take
the recéipt, please; багáжная ~ lúggage (амер. bág-
gage) tícket

квóрум м quórum

кегельбáн м bówling
['bəu-]

кекс м cake

кем: ~ вы работаете?
what is your occupátion?;
с ~ вы разговáривали?
whom were you tálking to?

кéмпинг м cámping

кéпи с képi ['keɪpɪ]

кéпка ж cap

кéта ж Sibérian [saɪ-]
sálmon ['sæmən]

кефáль ж grey múllet

кефир м búttermilk

кива́ть, кивну́ть nod

кида́ть см. ки́нуть

кило́ с, килогра́мм м kilogram(me)

киломе́тр м kílometre ['kɪ-]

кино́ с, cínema ['sɪnəmə]; *амер.* móvies ['mu:-]; ~актёр м film (screen) áctor; ~актри́са ж film (screen) áctress; ~журна́л м néws-reel]; ~звезда́ ж móvie ['mu:-] star; ~ка́мера ж (móvie ['mu:-] cámera ['kæ-]; ~карти́на ж film, mótion pícture; *амер. разг.* móvie ['mu:-]; ~коме́дия ж screen cómedy ['kɔmɪ-]; ~опера́тор м cámeraman ['kæm-]; ~режиссёр м prodúcer; ~сту́дия ж film stúdio; ~сцена́рий м film script, scenário[sɪ'nɑːrɪə]; ~съём-ка ж fílming, shóoting; ~теа́тр м cínema ['sɪnəmə]; *амер.* móvie ['mu:-] house, móvie théatre; ~фестива́ль м film féstival; ~фи́льм м film, mótion pícture; ~хро́ника ж néws-reel; специа́льный вы́пуск ~хро́ники spécial néws-reel

ки́нуть throw [-əu]

кио́ск м stall, stand, booth; газе́тный ~ néws-stand; кни́жный ~ bóok-stall; цвето́чный ~ flówer-stand; таба́чный ~ tobác-conist's

кипе́ть boil; ~ ключо́м seethe

киприо́т м Cýpriote ['sɪ-

ки́прский Cýprian ['sɪ-]

кипяти́ть boil

кипято́к м bóiling wáter ['wɔ:tə]

кирги́з м, ~ка ж Kirghíz

кирги́зский Kirghíz; ~ язы́к Kirghíz, the Kirghíz lánguage

кирпи́ч м brick

кирпи́чный brick(-)

кисе́ль м thin jélly

кислоро́д м óxygen['ɔksɪ-]

кислота́ ж ácid ['æsɪd]

ки́слый sóur ['sauə]

ки́сточка ж 1. brush; ~ для бритья́ sháving-brush 2. (*украшение*) tássel

кисть ж 1. (*руки*) hand 2. clúster, bunch; ~ виногра́да bunch of grapes 3. (*для рисования*) brush 4. (*украшение*) tássel

кита́ец м Chínése

кита́йский Chínése; ~ язы́к Chínése, the Chínése lánguage

кита́йнка ж Chínése (wóman ['wu-], girl)

кише́чник м bówels, in-téstines

клавиату́ра ж kéyboard ['ki:bɔ:d]

кла́виша ж key [ki:]

кла́дбище с cémetery ['se-], gráveyard

кла́няться bow; (*приветствовать*) greet; кла́няй-тесь ему́ от меня́ remémber me to him, please; give [gɪv] him my (best) regárds

кларне́т м clarinét

класс I *м* (*помещение*) cláss-room

класс II *м* (*общественный*) class; рабóчий ~ wórking ['wə:k-] class

класс III *м* (*разряд*) class; он спортсмéн мировóго ~a he is a wórld-ránking ['wə:ld-] spórtsman

клáссик *м* clássic

клáссическ‖ий clássical; ~ая мýзыка clássical músic; ~ балéт clássical bállet ['bæleɪ]

клáссовый class(-)

класть put [put], place

клéвер *м* clóver

клеветá *ж* slánder, cálumny ['kæ-]; (*наказуемая законом*) líbel

клеёнка *ж* óilcloth

клей *м* glue

клеймó *с* brand; фабрúчное ~ trade mark

клён *м* maple [meɪpl], máple(-tree)

клéтка *ж* **1.** cage **2.** *биол.* cell **3.** (*на материи*) check

клéтчатый checked

клёцк‖и *м мн.* dóugh-boys ['dəu-], dúmplings; суп с ~ами soup with dóugh-boys

клиéнт *м* clíent ['klaɪə-]; cústomer

клúмат *м* clímate; мягкий ~ mild clímate; континентáльный ~ continéntal clímate; сурóвый ~ inclément (rígorous ['rɪ-]) clímate

климатúческ‖ий: ~ие услóвия climátic condítions

клúника *ж* clínic ['klɪnɪk]

клинч *м спорт.* clinch

клóун *м* clown

клуб *м* club

клубнúка *ж* stráwberry; ~ со слúвками creamed stráwberry

клýмба *ж* flówer-bed

клюква *ж* cránberry

ключ I *м* key [ki:] (*тж. муз.*); кудá положúть ~? where shall I put [put] the key?; я забýл ~й I've left the keys

ключ II *м* (*источник*) spring

ключúца *ж* clávicle ['klæ-]

клюшка *ж* hóckey ['hɔ-] stick

клятва *ж* oath

кнúга *ж* book

кнúжный: ~ магазúн bóokshop (*амер.* bóokstore)

кнóпк‖а *ж* **1.** bútton; нажмúте ~у press the bútton **2.** (*канцелярская*) dráwing-pin; *амер.* thúmb-tack ['θʌm-] **3.** (*на одежде*) dréss-stud; *амер.* snáp-fástener [-'fɑːsnə]

коалúция *ж* coalítion

ковёр *м* cárpet; (*небольшой*) rug

кóврик *м* mat

когдá 1. *вопрос.* when; ~ начáло? when is the begínning?; ~ мы поéдем? when shall we go? **2.** *относ.:* мы пойдём, ~ все соберутся we'll leave when éveryone ['evrɪ-] is here

когда́-нибудь some [sʌm] day, some time; (о бу́ду-щем) one of these days; вы ~ бы́ли..? have you éver been to..?

когда́-то at one time, fórmerly

кого́ whom; ~ вы име́ете в виду́? whom do you mean?; ~ ещё нет? who is still míssing?

ко́декс м code; ~ зако́нов о труде́ lábour code

ко́е-где́ here and there
ко́е-ка́к 1. (небре́жно) ányhow ['enɪ-] 2. (с трудо́м) with dífficulty
ко́е-како́й some [sʌm]
ко́е-кто́ sómebody ['sʌm-bədɪ], some (people [pi:-])
ко́е-что́ sómething ['sʌm-]
ко́ж||а ж 1. skin 2. (материа́л) léather ['leðə]; сде́ланный из ~и made of léather

ко́жаный léather ['leðə]
коза́ ж goat; shé-goat
ко́зыр||ь м trump; объя́ви́ть ~я call one's [wʌnz] hand; покры́ть ~ем trump; ходи́ть ~ем lead (play) a trump

кокте́йль м cócktail
колбаса́ ж sáusage ['sɔsɪdʒ]; варёная ~ boiled sáusage; bológna [-'ləunjə]; копчёная ~ smoked sáusage; salámi [-'lɑːmiː]; ли́верная ~ líverwurst

колго́тки мн. tights pl; pántyhose
колеба́ни||е с 1. oscil-látion 2. (нереши́тельность) hesitátion [hezɪ-]; shílly-sháilying; без ~й withóut hesitátion
коле́нн||ый: ~ая ча́шка knée-pan
коле́но с knee
колесо́ с wheel
коли́честв||о с quántity ['kwɔ-]; amóunt; número; в ~е десяти́ ten in número
колле́гия ж board; су-де́йская ~ спорт. júdges, board of referées
колле́дж м cóllege ['kɔl-ɪdʒ]
коллекти́в м colléctive (bódy); staff [stɑːf]; group [-uːp]; трудово́й ~ work [wəːk] colléctive
коллективиза́ция ж col-lectivizátion
коллекти́вный colléctive; joint
коллекционе́р м colléctor
колле́кция ж colléction
коло́да ж (карт) pack
коло́дец м well
ко́локол м bell
колоко́льчик м 1. hánd-bell 2. бот. blúebell ['bluː-]
колониа́льный colónial
колониза́тор м colónial-ist; поли́тика ~ов colónial-ists' pólicy ['pɔ-]
колониза́ция ж coloni-zátion
коло́ния ж cólony ['kɔ-]

коло́нна _ж_ **1.** píllar; мра́морная ~ marble píllar **2.** cólumn ['kɔləm]; ~ спортсме́нов a cólumn of spórtsmen

колорату́рн‖ый: ~ое сопра́но coloratúra [kɔlərə-'tuərə] sopráno [sə'prɑ:nəu]

ко́лос _м_ ear [ɪə], spike

колумби́ец _м_, **колумби́йка** _ж_ Colómbian

колумби́йский Colómbian

колхо́з _м_ colléctive farm

колхо́зник _м_ colléctive fármer

колхо́зный colléctive farm

ко́льца _мн. ол._ (_гимнастика_); упражне́ние на ~х (éxercises ['eksəsaɪzɪz] on the) rings

кольцо́ _с_ ring

колю́чий príckly, thórny

коля́ска _ж_ cárriage; де́тская ~ pram; _амер._ (báby) cárriage

кома́нд‖а _ж_ **1.** (_приказ_) commánd; по ~е at the commánd (of) **2.** (_отряд_) detáchment **3.** _мор._ crew [kru:] **4.** _спорт._ team; сбо́рная ~ nátional ['næʃənl] team; сбо́рная ~ СССР по футбо́лу USSR Nátional Fóotball Team

командирова́ть send on a míssion

командиро́вка _ж_ míssion, búsiness ['bɪznɪs] trip

кома́ндн‖ый _спорт._ team; ~ое пе́рвенство (_гимнастика_) team chámpionship;

~ая го́нка на 100 км _ол._ (_велоспорт_) 100 km team (race)

кома́ндовать commánd

кома́р _м_ mosquito [məs-'ki:-]

комба́йн _м с.-х._ (hárvesting) cómbine

комба́йнер _м_ (hárvesting) cómbine óperator ['ɔp-]

комбина́т _м_ works [wə:ks]; plant; ~ бытово́го обслу́живания évery-dáy ['evrɪ-] sérvice céntre ['sentə]

комбина́ция _ж_ **1.** (_одежда_) slip, combinátions **2.** (_в спорте_) combinátion

комбинезо́н _м_ óveralls _pl_

коме́дия _ж_ cómedy ['kɔmɪ-]; музыка́льная ~ músical (cómedy)

комиссио́нный: ~ магази́н sécond-hand ['se-] shop

коми́ссия _ж_ commíttee [-'mɪtɪ]; commíssion; постоя́нная ~ stánding commíssion; медици́нская ~ médical board

комите́т _м_ commíttee; постоя́нный ~ stánding commíttee

коммента́тор _м_ cómmentator

комменти́ровать cómment (on, upón)

коммуни́зм _м_ cómmunism

коммуни́ст _м_ cómmunist

коммунисти́ческий cómmunist

коммуни́стка _ж_ cómmunist

коммута́тор м switch-board

ко́мната ж room; (*служебное помещение*) office

компа́ния ж cómpany ['kʌm-]

компа́ртия ж (коммунисти́ческая па́ртия) Cómmunist Párty

ко́мпас м cómpass

компле́кт м set

комплектова́ть compléte; form

комплиме́нт м cómpliment; де́лать ~ pay a cómpliment

компози́тор м compóser

компо́т м stewed fruit |fru:t], cómpote

комсомо́л м (коммунисти́ческий сою́з молодёжи) Kómsomol, YCL (Young [jʌŋ] Cómmunist League [li:g])

комсомо́л‖**ец** м, **~ка** ж (mémber of the) Kómsomol

комсомо́льский Kómsomol

кому́ whom; ~ вы пи́шете? whom are you writing to?; ~ принадлежи́т э́та кни́га? whose book is it?

комфорта́бельный cómfortable

конве́йер м convéyor (belt)

конве́рт м énvelope ['envələup]; cóver ['kʌvə]

конгре́сс м cóngress; convéntion; К. сторо́нников ми́ра Peace Cóngress

конди́терск‖**ая** ж conféctioner's, pástry ['peɪst-] shop; **~ий:** ~ие изде́лия conféctionery

кондиционе́р м áir-conditioner [-dɪ-]

конду́ктор м ж.-д. condúctor; guard

конево́дство с hórse-bréeding

коне́ц м end; я оста́нусь до конца́ I'll stay here till the end ◇ в конце́ концо́в áfter ['ɑ:ftə] all, fínally

коне́чно of course [kɔ:s]; ~ (да)! yes, of course!; ~ нет! of course, not!

коне́чн‖**ый** last, fínal; ~ая ста́нция términus, términal (státion); ~ая остано́вка last stop

конкре́тный cóncrete ['kɔnkri:t], specífic [-'sɪ-]

конкуре́нт м compétitor [-'petɪ-]

конкуре́нция ж competítion [-'tɪ-]

ко́нкурс м competítion [-'tɪ-]; cóntest

ко́нный: ~ спорт *ол.* equéstrian

консерва́тория ж consérvatoire [-twa:]; *амер.* consérvatory

консе́рвы *мн.* tinned food; *амер.* canned food; овощны́е ~ tinned végetables; мясны́е ~ tinned meat; ры́бные ~ tinned fish; фрукто́вые ~ tinned fruit

конститу́ция ж constitútion

констру́ктор *м* desígner [-'zaɪnə]

ко́нсул *м* cónsul

ко́нсульство *с* cónsulate; генера́льное ~ cónsulate géneral

консульта́нт *м* consúltant, advíser

консульта́ц‖ия *ж* **1.** (*совет*) consultátion; получа́ть ~ию get [get] a piece of advíce **2.** (*учреждение*): же́нская ~ matérnity céntre ['sentə]

консульти́ровать advíse; ~ся consúlt

конте́йнер *м* contáiner; crate; ~ово́з *м* contáiner ship; ~ный: ~ный термина́л contáiner términal

контине́нт *м* cóntinent, máinland

конто́ра *ж* óffice

контраба́с *м* dóuble-báss ['dʌbl'beɪs]

контра́кт *м* cóntract; agréement

контра́льто *с и ж* contrálto

контролёр *м* **1.** inspéctor **2.** *ж.-д., театр.* tícket-colléctor

контроли́ровать contról [-'trəul]; inspéct; check up

контро́ль *м* inspéction; наро́дный ~ people's [pi:-] inspéction; госуда́рственный ~ state inspéction

конферансье́ *м* máster of céremonies ['serɪmə-]

конфере́нция *ж* cónference

конфе́та *ж* sweet; *амер.* cándy

конфетти́ *с* confétti

конфли́кт *м* cónflict

конце́пция *ж* concéption

конце́рт *м* **1.** cóncert; дать ~ give [gɪv] a cóncert; пойдёмте на ~ let's go to the cóncert; вы бы́ли на ~e? have you been to the cóncert? **2.** (*музыкальное произведение*) concérto [-'tʃə:-]

концертме́йстер *м* **1.** cóncert-máster **2.** accómpanist

конча́ть, ко́нчить **1.** fínish ['fɪ-], end (up); be through [θru:]; вы ко́нчили? are you through?; я ещё не ко́нчил I've not fínished yet **2.** (*высшее учебное заведение*) gráduate ['græ-]; (*среднюю школу, техникум и т. п.*) fínish; что вы ко́нчили? what is your educátion?; ~ся end; be óver; ва́ше вре́мя ко́нчилось your time's up; конце́рт ко́нчился в 12 часо́в the cóncert énded at twelve

конь *м* **1.** horse **2.** *спорт.* váulting-horse; *ол.* pómmel horse **3.** *шахм.* knight

конькѝ *мн.* skates; бегов‮ы́е ~ rácing skates; ~ на ро́ликах róller-skates

конькобе́жец *м* skáter

конья́к *м* brándy, cógnac ['kɔnjæk]

ко́нюх *м* groom, stáble-man ['steɪ-]

коню́шня *ж* stable [steɪ-]

кооперати́в м 1. (*организа́ция*) co-óperatíve [kəu-'ɔpə-] society [sə'saɪə-] 2. (*магазин*) co-óperative store

коопера́ция ж 1. (*сотрудничество*) co-operátion 2. (*общественная организа́ция*) co-óperative [kəu-'ɔpə-] socíeties [sə'saɪə-]

копа́ть dig

копе́йка ж со́peck

ко́пи‖я ж со́ру ['kɔpɪ]; (*картины*) réplica; (*второй экземпляр*) dúplicate; снима́ть ~ю make a со́ру (of smth)

копчён‖ый smoked; ~ая селёдка red hérring; (*свежекопчёная*) blóater

копь‖ё с spear [spɪə], lance; мета́ние ~я́ jávelin thrówing [-'ɘu-]

кораблекруше́ние с shípwreck

кора́бль м ship; véssel; косми́ческий ~ space véhicle; spáceship, spácecraft

коре́ец м Koréan [-'rɪən]

коре́йский Koréan [-'rɪən]; ~ язы́к Koréan, the Koréan lánguage

коренно́й 1. rádical ['ræ-] 2. (*о жителе*) nátive

ко́рень м root

коре́йнка ж Koréan [-'rɪən]

корзи́на ж básket

коридо́р м córridor, pássage

кори́ца ж cínnamon

кори́чневый brown

корм м fódder

корм‖а́ ж stern; на ~é in the stern; aft

корми́ть feed; здесь хорошо́ ко́рмят you can get [get] good [gud] food here

коро́бка ж box; ~ конфе́т box of sweets; ~ спи́чек box of mátches; ~ переда́ч géar-box; автомати́ческая ~ переда́ч automátic transmíssion

коро́ва ж cow

короле́ва ж queen (*тж. шахм., карт.*)

коро́ль м king (*тж. шахм., карт.*)

коро́на ж crown

коро́тк‖ий short; ~ое замыка́ние short círcuit

ко́рпус м 1. (*здание*) búilding ['bɪl-]; я живу́ во второ́м ~е I live in búilding two 2. (*туловище*) bódy ['bɔ-]; ло́шадь опереди́ла други́х на два ~а the horse won by two lengths 3. (*приёмника и т. п.*) cábinet ['kæ-]

корреспонде́нт м correspóndent

корреспонде́нция ж correspóndence

корт м (*теннисный*) court

коса́ I ж с.-х. scythe [saɪð]

коса́ II ж геогр. spit

кос‖а́ III ж (*волос*) plait; tress, braid; заплести́ ко́су plait (tress, braid) one's [wʌnz] hair

коси́лка ж mówer ['məuə]

коси́ть *с.-х.* mow [məu]

космети́ческий: ~ каби-
не́т béauty ['bju:-] párlour

косми́ческий cósmic
['kɔz-]

космодро́м *м* cós-
modrome ['kɔz-]; (spácecraft)
láunching site

космона́вт *м* spáceman,
cósmonaut ['kɔz-], ás-
tronaut ['æs-]

ко́смос *м* (óuter) space

косну́ться *см.* каса́-
ться

костёр *м* bónfire

ко́сточка *ж* 1. bone 2.
(*плода*) seed, stone

кость *ж* bone

костю́м *м* cóstume, dress;
мужско́й (да́мский) ~ suit;
двубо́ртный (однобо́рт-
ный) ~ dóuble-bréasted
['dʌ-] (single-bréasted) suit;
~ для подво́дного пла́-
вания wet suit

косы́нка *ж* scarf

котёл *м* bóiler

котле́та *ж*: отбивна́я ~
chop; ру́бленая ~ cútlet

кото́рый (*о лю́дях*) who;
(*о живо́тных и неодушевл.
предме́тах*) which; that;
~ из них? which of them?;
~ час? what's the time?;
~ раз? which time?

котте́дж *м* cóttage

ко́фе *м* cóffee ['kɔfɪ]; ~
с молоко́м (со сли́вками)
cóffee with milk (cream);
чёрный ~ black cóffee

кофе́йник *м* cóffee-pot
['kɔfɪ-]

ко́фт‖а, ~очка *ж* (wóm-
an's ['wu-]) blouse

кочега́р *м* fíreman; stóker

кошелёк *м* purse [pə:s]

ко́шка *ж* cat

КПСС (Коммунисти́-
ческая па́ртия Сове́тского
Сою́за) CPSU (Cómmunist
Párty of the Sóviet Únion)

кра́б *м* crab; ~ы *мн.*
(*консе́рвы*) crabmeat

краеве́дческий: ~ музе́й
Muséum [mju:'zɪəm] of
Lócal Lore

край *м* 1. brim; edge;
на са́мом краю́ го́рода at
the óutskirts of the town
2. (*ме́стность*) région;
cóuntry ['kʌ-] 3. (*админис-
тративно-территориа́льная
едини́ца*) Térritory

кра́йне: я ~ удивлён
I'm útterly amázed

кра́йн‖ий extréme; К. Се́-
вер Far North ◇ по ~ей
ме́ре at least

кран *м* 1. (*водопрово́д-
ный*) tap; *амер.* fáucet
['fɔ:sɪt] 2. (*подъёмный*)
crane

краса́вец *м* hándsome
man

краса́вица *ж* béauty
['bju:-]

краси́вый béautiful
['bju:-]; hándsome

кра́сить paint; (*о мате́-
рии, волоса́х*) dye [daɪ]

кра́ска *ж* paint; (*для
мате́рии, воло́с*) dye [daɪ]

кра́ски *мн.* colours
['kʌləz]; акваре́льные ~

wáter-colours ['wɔ:-] мáсляные ~ óil-colours

крáсный red ◇ ~ уголóк recreátion and réading room

крáткий short; brief; concíse

кратковрéменный shórt-lived [-'lɪvd], shórt-term

крахмáл м starch

крахмáльный: ~ воротничóк stárched cóllar

кредúт м crédit ['kre-]; в ~ on crédit

крем м cream; ~ для óбуви shoe [ʃu:] pólish

крематóрий м crematórium

кремéнь м flint

Кремль м the Krémlin

крéндель м knót-sháped bíscuit ['bɪskɪt]

крепдешúн м crêpe de Chine ['kreɪpdə'ʃi:n]

крéпкий strong, firm; ~ чай strong tea

креплéния мн.: лыжные ~ ski [ski:] bínding

крéпость ж 1. (оплот) strónghold 2. (укреплённое место) fórtress

крéсло с árm-cháir; театр. stall

крест м cross

крестьáнин м péasant ['pe-]

крестьáнский péasant ['pe-]

кривóй curved; crooked

крúзис м crisis ['kraɪsɪs]; экономúческий ~ económic crísis

крик м shout, cry

кристáлл м crýstal

крúтик м crític ['krɪ-]

крúтика ж críticism ['krɪ-]

критиковáть críticize ['krɪ-]

кричáть shout, cry; (пронзúтельно) yell, scream

кровáть ж bed; cot; (без постéльных принадлéжностей) bédstead [-sted]

кровоизлияние с háemorrhage ['hemərɪdʒ]

кровообращéние с circulátion of the blood [blʌd]

кровотечéние с bléeding; háemorrhage ['hemərɪdʒ]; остановúть ~ stop the bléeding

кровь ж blood [blʌd]

крóлик м rábbit

кроль м (стиль плавáния) crawl (stroke)

крóме besídes, but, excépt, save; ~ тогó besídes (that), móreover

крóна ж (денéжная едúница Чехословáкии, Швéции, Норвéгии и Дáнии) crown

кросс м cróss-cóuntry [-'kʌn-] race

кроссвóрд м cróss-word [-wə:d] puzzle

крóшк||а ж 1. crumb [-ʌm]; ~и хлéба bréad-crumbs ['bredkrʌmz] 2. (малютка) little (one)

круг м 1. circle; беговóй ~ ráce-course 2. (среда) circle; в ~ý знакóмых (друзéй) amóng acquáintances (friends [frendz]); в семе́йном ~у in the fámily circle 3. (*сфера*) sphere [sfɪə]; range; ~ интере́сов range of ínterests [ˈɪntrɪsts]

кру́гл‖ый round ◇ ~ гоı the whole [həul] year; ~ые су́тки (all) day and night, round the clock, twénty-four hóurs

круго́м aróund; обойдём ~ let's go aróund ◇ он ~ винова́т it's his fault all the way through [θru:]

кру́жево *с* lace

кружи́ться whirl; spin (round); у него голова́ кру́жится he feels gíddy [ˈgɪ-]; *перен.* he's dízzy (with)

кру́жка *ж* mug; ~ пи́ва stein [staɪn] of beer

кружо́к *м* circle; socíety [səˈsaɪ-]

крупа́ *ж* groats

кру́пный 1. (*большой*) big; ~ виногра́д big grapes 2. (*видный*) great [-eɪ-]; próminent [ˈprɔ-]; э́то ~ учёный he is a próminent scíentist [ˈsaɪ-] (schólar)

круто́й 1. (*о спуске*) steep; ~ поворо́т sharp turn 2. (*внезапный*) súdden; (*резкий*) abrúpt

круше́ние *с* áccident [ˈæksɪ-], wreck; *перен.* ruin [ruɪn]; collápse

крыжо́вник *м* góoseberry

крыло́ *с* 1. (*тж. ав.*) wing 2. *авто* múd-guard; *тж. амер.* fénder

крыльцо́ *с* porch

кры́ша *ж* roof

кры́шка *ж* lid; cóver [ˈkʌ-]; top

крюк *м* 1. hook 2. (*окольный путь*) détour [ˈdi:tuə]; сде́лать ~ makə a détour

крючо́к *м см.* крюк 1

ксилофо́н *м* xýlophone [ˈzaɪ-]

кста́ти incidéntally, by the way; вы пришли́ о́чень ~ you came just at the véry right móment; э́то бы́ло бы ~ that might come [kʌm] in hándy; ~ об э́том tálking abóut this...; как, ~, его́ здоро́вье? by the way, how is he?

кто who; ~ э́то? who is he (she)?; ~ э́то сказа́л? who said it?

кто́-нибудь sómebody [ˈsʌmbədɪ], ánybody [ˈenɪ-]

куби́н‖ец *м*, ~ка *ж* Cúban

куби́нский Cúban

куб‖ок *м* cup; ро́зыгрыш ~ка cup tóurnament

кувши́н *м брит.* jug; *амер.* pítcher

куда́ where (to); ~ мы пойдём? where shall we go?; ~ он ушёл? where has he left for?; ~ идёт э́тот авто́бус? what's the route [ru:t] of the bus?

куда́-нибудь sómewhere [ˈsʌm-]

ку́дри *мн.* curls

кудря́вый cúrly

кузне́ц *м* blácksmith

ку́зница *ж* forge

ку́кла *ж* doll [dɔl]

ку́кольный: ~ теа́тр púppet-show(-théatre) [-ʃəu-ˈθɪə-]

кукуру́за *ж* máize; *амер.* corn

кула́к *м* fist

кулебя́ка *ж* pie [paɪ] (*with fish, meat, rice, etc*)

кули́с‖ы *мн.* wings, coulísses [ku:ˈli:sɪz]; за ~ами *перен.* behind the scenes

кулуа́ры *мн.* lóbby

культу́р‖а *ж* cúlture; ~ный cúltured

культу́ры *мн. с.-х.* crops; зерновы́е ~ céreal crops; техни́ческие ~ indústrial crops

куни́ца *ж* márten

купа́льн‖ый: ~ костю́м báthing [ˈbeɪð-] suit; ~ые трусы́ swimming trunks

купа́льня *ж* báth-house [ˈba:θ-]

купа́ние *с* báthing [ˈbeɪð-]

купа́ть bathe; ~ся bathe; (*в ванне*) take a bath [ba:θ]

купе́ *с* compártment

купи́ть buy [baɪ]; что вы купи́ли? what have you bought?

купле́т *м.* **1.** stánza, verse **2.** ~ы *мн.* tópical [ˈtɔ-] (satíric) song

ку́пол *м* cúpola, dome

курд *м* Kurd

ку́рдский Kurd; ~ язы́к Kurd, the Kurd lánguage

кури́льщик *м* smóker

кури́тельн‖ый: ~ая ко́мната smóking-room

кури́ть smoke; не ~!, ~ воспреща́ется! no smóking!

ку́рица *ж* hen; (*кушанье*) chícken

куропа́тка *ж* pártridge

куро́рт *м* health [he-] (hóliday [ˈhɔlədɪ]) resórt; (*с минеральными водами*) spa [spa:]: морско́й ~ séaside resórt

курс *м* **1.** (*направление*) course [kɔ:s], route [ru:t]; взять ~ на ... head [hed] for... **2.** (*учебный*) course; я на тре́тьем ку́рсе I'm in the third year **3.** (*валюты*) rate of exchánge [-ˈtʃeɪndʒ]; по ~у... at the rate...

курси́ровать ply; парохо́д курси́рует ме́жду... the ship plies from... to...

курс‖ы *мн.* cóurses [ˈkɔ:s-]; я учу́сь на ~ах англи́йского языка́ I atténd the Énglish clásses

ку́ртка *ж* jácket

курье́р *м* cóurier [ˈku-]

куря́щ‖ий *м* smóker; ваго́н для ~их smóking-cárriage

кусо́к *м* piece; (*о сахаре*) lump

кусо́чек *м* bit; переда́йте мне ~ хле́ба pass me óver a slice of bread, please

куст *м* bush [buʃ]

куста́рник *м* shrúbbery

куста́рн‖ый hándicraft, hóme-máde; ~ая промы́шленность cóttage índustry;

111

~ые изде́лия hándicraft wares

ку́хня *ж* 1. (*помеще́-ние*) kitchen 2. (*стол*) cóokery; францу́зская ~ French cuisíne [kwi:'zi:n]; здесь прекра́сная ~ they know [nəu] how to cook (serve éxcellent meals)

ку́шанье *с* dish

ку́шать eat; ку́шайте, пожа́луйста please have some [sʌm]...; please help yoursélf (to)...; почему́ вы не ку́шаете? why aren't you éating?; ~ по́дано dínner (súpper, *etc*) is served

куше́тка *ж* couch

Л

лабора́нт *м* labóratory [-'bɔɡə-] (lab) assístant [ə'sıs-]

лаборато́рия *ж* labóratory [-'bɔɡə-]

ла́вка I *ж* shop; *амер.* store; овощна́я ~ gréengrocery

ла́вка II *ж* (*скамья́*) bench

лавр *м* láurel

ла́вро́вый láurel; ~ вено́к crown of láurels; ~ лист láurel (bay) leaf

лавса́н lavsán [ləv'sɑ:n] (*kind of synthetic fabric*)

ла́герь *м* camp; альпини́стский ~ álpine [-aın]

camp; пионе́рский ~ pionéer súmmer camp; тури-сти́ческий ~ tóurist camp; ~ ми́ра camp of peace

ла́дно well, all right, o'káy; ~, я приду́ all right, I'll come [kʌm]

ладо́нь *ж* palm

ладья́ *ж шахм.* rook, castle

ла́зить climb [-aım]

ла́йка *ж* (*собака*) húsky

ла́йков||ый: ~ые перча́тки kíd-gloves [glʌ-]

лак *м* várnish; lácquer; ~ для ногте́й nail pólish

лакиро́ванн||ый várnished; ~ая шкату́лка várnished box; ~ая о́бувь pátent-léather shoes [ʃu:z]

ла́мпа *ж* lamp; ~ дневно́го све́та luminéscent lamp; насто́льная ~ désk-lamp

ла́мпочка *ж эл.* bulb; ~ перегоре́ла the bulb (has) fused

лао́сский Lao [lau]

лапша́ *ж* nóodles; кури́-ная ~ chicken (nóodle) soup; моло́чная ~ cream of nóodles (soup)

ларёк *м* stand, stall

ла́сковый afféctionate; ténder; sweet

ла́сточка *ж* swállow [-əu]

латви́йский Látvian

латы́ш *м*, ~ка *ж* Lett; ~ский: ~ский язы́к Lett, the Léttish lánguage

лауреа́т *м* láureate ['lɔ:rɪɪt]; prize wínner; ~Ле́нинской пре́мии Lénin ['le-] Prize Wínner; ~ междунаро́дного ко́нкурса Internátional [-'næʃ-] Cóntest Láureate

лгать lie [laɪ], tell lies [laɪz]

ле́бедь *м* swan

лев I *м* líon

лев II *м* (*де́нежная едини́ца Болгарии*) lev

ле́в‖ый 1. left; с ~ой стороны́ on the left side 2. *полит.* léft-wing

леге́нда *ж* légend ['ledʒ-]

легенда́рный légendary ['ledʒ-]

лёгкие *мн.* lungs

лёгк‖ий 1. light; ~ за́втрак light bréakfast ['bre-]; ~ое вино́ light wine 2. *спорт. ол.*: ~ая атле́тика track and field (evénts); ~ая весова́я катего́рия líght-weight [-weɪt] (*бокс, тяжёлая атлетика, дзюдо, борьба́*) 3. (*нетру́дный*) éasy; у меня́ ~ая рабо́та I've got an éasy job to do

легкоатле́т *м* (track and field) áthlete [-i:t]

легкове́с *м* light-weight [-weɪt]

легча́йш‖ий *спорт. ол.*: ~ая весова́я катего́рия bántamweight [-weɪt] (*бокс, тяжёлая атлетика, борьба́*)

лёд *м* ice; сухо́й ~ artifícial [-'fɪʃl] ice; поста́вить на ~ stand on ice; со льдом (*о напитке*) on the rocks

ледни́к *м* (*глетчер*) glácier ['glæs-]

ледоко́л *м* íce-breaker [-breɪ-]

ледохо́д *м* drífting ice

ледян‖о́й ícy; (*холо́дный тж.*) chílly; ~ое по́ле *спорт.* íce-rink

лежа́ть lie [laɪ]; где лежа́т мои́ ве́щи? where are my things?; он ещё лежи́т a) he is still in bed; б) (*бо́лен*) he is still laid up

ле́зви‖е *с* blade; ~я для безопа́сной бри́твы sáfety rázor blades

лей *м* (*де́нежная едини́ца Румынии*) léu ['leɪu:]

лейкопла́стырь *м* adhésive bándage

лейтена́нт *м* lieuténant [lef-; *амер.* lju:-]

лек *м де́нежная едини́ца Албании*) lek

лека́рство *с* médicine ['medsɪn]; прими́те ~ take the médicine; прописа́ть ~ write a prescríption

ле́ктор *м* lécturer, réader

ле́кц‖ия *ж* lécture; нача́ло ~ии в 3 часа́ the lécture begíns at three o'clóck; чита́ть ~ию delíver (give [gɪv]) a lécture; слу́шать ~ию atténd a lécture.

лён *м* flax

лени́вый lázy

ленинизм *м* Léninizm ['le-]

ленинский Lénin ['le-]; Léninist; Lénin's

лениться be lázy

лента *ж* **1.** ríbbon **2.** *тех.* band; tape; (*для записи изображения*) vídeo ['vɪ-] tape; магнитная ~ (magnétic) tape

лень *ж* láziness

лепить módel ['mɔ-]

лес *м* **1.** fórest ['fɔrɪst]; (*небольшой*) wood; в ~ý in the fórest **2.** (*материал*) tímber; *амер.* lúmber (*пиломатериалы*); сплавлять ~ raft tímber

леса *мн.* (*строительные*) scáffolding

лесно||й **1.** fórest ['fɔrɪst] **2.** (*о материале, промышленности*) tímber(-); *амер.* lúmber (*о пиломатериалах*) **3.:** ~е хозяйство fórestry

лестниц||а *ж* stáircase; stairs; (*приставная*) ládder; парадная ~ front stáircase; чёрная ~ báckstairs; подниматься по ~e go up the stairs; спускаться по ~e go down the stairs

лета *мн.* years; age; мне (ему, ей) 18 лет I am (he, she is) eightéen years old; мы одних лет we are the same age; сколько вам лет? how old are you?; я несколько лет не был там I haven't been there for séveral ['se-] years

летать, лететь fly

летний súmmer; ~ сезон súmmer séason

летн||ый: ~ая погода flýing wéather ['weðə]

лето *с* súmmer

летом in súmmer; будущим (прошлым) ~ next (last) súmmer

летчи||к *м*, ~ца *ж* pilot, flíer ['flaɪə], áviator

лечебница *ж* hóspital

лечебный médical ['me-]; cúrative

лечени||е *с* médical ['me-] tréatment; пройти курс ~я have (úndergo) a course [kɔ:s] of tréatment

лечить treat; его лечат от... he is tréated for...; ~ся be tréated; take a cure [kjuə]; где вы лечитесь? where do you take the course [kɔ:s] of tréatment?; у кого вы лечитесь? who is your dóctor?

лечь lie [laɪ] (down); ~ спать go to bed; *разг.* turn in; вы хотите ~? would you like to go to bed?; я скоро лягу I'll go to bed soon

лещ *м* bream

ли: возможно ли? is it póssible?; не пойти ли (не взять ли) нам...?shouldn't we go to (take)...?; знает ли он об этом? does he know [nəu] abóut it?; стоит ли..? is it worth [wə:θ] while to..?

ли́бо or; ~... ~... (éither ['aɪ-])... or...

либре́тто с librétto (мн. ч. librétti), book

лива́нский Lebanése [lebə'niːz]

ли́вень м (héavy ['he-]) shówer, dównpour

лива́йский Líbian ['lɪ-]

лиди́ровать be in the lead

ликвида́ция ж eliminátion; (отмена) liquidátion, abolítion [-'lɪʃ-]

ликвиди́ровать do awáy with; elíminate; ábolish [-'bɔ-]

ликёр м liquéur [-'kjuə]

лило́вый purple

лимо́н м lémon ['le-]

лимона́д м lémon ['le-] squash [-ɔ-]; lemonáde

лине́йка ж 1. rúler ['ruː-] 2.: ла́герная ~ róll-call

ли́ни‖я ж в разн. знач. line; за боковой ~ей спорт. out; ~ автобуса (метро́) bus (métro) line

линя́ть fade; (в воде) run; эта мате́рия не линя́ет this cloth does not fade

ли́па ж lime(-tree), línden

ли́ра ж (денежная единица Италии, Турции) líra ['lɪərə]

лири́ческий (о стиле) lýric ['lɪ-]; (о настроении и т. п.) lýrical ['lɪ-]

лиса́ ж, лиси́ца ж fox; черно-бу́рая ~ silver fox

лист м 1. leaf 2. (бумаги) sheet; да́йте мне ~ бума́ги, пожа́луйста give [gɪv] me a sheet of páper, please

листва́ ж fóliage['fəulɪɪdʒ]

ли́ственный: ~ лес léaf-bearing [-bɛə-] fórest

листо́вка ж kéttle-drum

лита́вры мн. kéttle-drum

лите́йный: ~ заво́д fóundry

лите́йщик м fóunder, cáster

литера́тор м man of létters; wríter

литерату́ра ж líterature ['lɪ-]; худо́жественная ~ fíction, bélles-léttres ['bel'letr]

литов‖ец м, ~ка ж Lithuánian [lɪθju:'eɪnjən]

лито́вский Lithuánian [lɪθju:'eɪnjən]; ~ язы́к Lithuánian, the Lithuánian lánguage

литр м litre ['liːtə]

лить pour [pɔː]; (кровь, слёзы) shed

лифт м lift; амер. élevator ['elɪ-]; там есть ~? do they have a lift there?; подни́мемся на ~e let's take the lift

лифтёр м lift óperator ['ɔpə-]; амер. élevator boy

лихора́дить: меня́ лихора́дит I am in a féver, I am féverish

лихора́дка ж féver

лиц‖о́ с 1. face; ва́ше ~ мне знако́мо your face is

familiar to me 2. (*человек*) pérson; на два ~á for two pérsons; действующие лица cháracters ['kæ-]

ли́чн||ый pérsonal, private; ~ая со́бственность pérsonal próperty; ~ое пéрвенство *спорт.* individual [-'vi-] chámpionship

лиша́ть, лиши́ть deprive of; ~ пра́ва уча́стия в соревнова́ниях disquálify

лиши́ться lose [lu:z]

ли́шн||ий 1. spare [spɛə]; éxtra; odd; у вас есть ~ каранда́ш? have you a péncil to spare? 2. (*ненужный*) unnécessary; not wánted ◇ три с ~им киломéтра до... three odd kílometres to (up to)...

лишь ónly ['əu-] ◇ ~ бы if ónly

лоб *м* fórehead ['fɔrid]

лови́ть catch; ~ ры́бу angle

ло́вкий adróit; smart

ло́вля *ж*: рыбная ~ fishing

ло́дк||а *ж* boat; мото́рная ~ mótor boat; ката́ться на ~e go bóating

ло́дочки *мн.* (*туфли*) pumps

ло́дочн||ый: ~ая ста́нция bóating státion (club)

лоды́жка *ж* ankle

ло́ж||а *ж* box; места́ в ~e seats in a box

ложи́ться *см.* лечь

ло́жка *ж* spoon; десéртная ~ dessért-spoon; сто-

ло́вая ~ táble-spoon ['teibl-]; ча́йная ~ téa-spoon

ложь *ж* lie [lai]

ло́зунг *м* slógan; (*девиз*) mótto

ло́коть *м* élbow [-əu]

лома́ть break [breik]

ло́мтик *м* slice; ~ хлеба (лимо́на *и т. п.*) slice of bread (lémon ['le-], *etc*)

лопа́та *ж* shóvel ['ʃʌvl], spade

лопа́тк||а *ж* shóulder-blade ['ʃəu-]; положи́ть на ~и *спорт.* throw [-əu]

лососи́на *ж* sálmon ['sæmən]

ло́сось *м* sálmon ['sæmən]

лотерéя *ж* lóttery; raffle

ло́шадь *ж* horse; бегова́я ~ rácehorse; верхова́я ~ sáddle-horse

луг *м* méadow ['med-]

лу́жа *ж* puddle

лужа́йка *ж* lawn

лук I *м* ónion ['ʌn-]; зелёный ~ green ónions *pl*, scállion ['skæ-]

лук II *м* (*оружие*) bow [bəu]; стрельба́ из лу́ка *сп.* árchery

луна́ *ж* moon

лунохо́д *м* lunokhód [lu:nə'kɔd]; moon róver

лу́па *ж* mágnifying glass

луч *м* ray, beam

лу́чше bétter; здесь ~ ви́дно (слы́шно) you can see (hear [hiə]) bétter from here; мне ~ I'm bétter now ◇ тем ~ all the bétter; ~ бы вы... you had bétter...; ~ не спóрить с ним it's bétter not to árgue with him; ~ всегó best of all лýчш‖ий bétter; the best; в ~ем слýчае at best; э́то ~ее представле́ние this is the best performance; всегó ~его! góod-býe ['gud-]!

лы́ж‖и *мн.* ski(s) [ski:(z)]; ходи́ть на ~ax ski, go skíing; во́дные ~ wáter ['wɔ:-] ski(s)

лы́жни‖к *м,* ~ца *ж* skíer ['ski:ə]

лы́жн‖ый ski [ski:]; ~ спорт *ол.* Nórdic skíing; ~ая мазь ski wax

лы́жня *ж* skí-track ['ski:-]

лы́сый bald

льди́на *ж* block of ice; ice-floe

любе́зн‖ый kind, oblíging, políte; бýдьте ~ы... be so kind as to...

люби́мец *м* pet; fávourite

люби́мый 1. dear [dɪə], loved [lʌ-], belóved [-'lʌ-]; *(предпочитаемый)* fávourite; ~ вид спóрта (áвтор *и т. п.*) fávourite sport (áuthor, *etc*) 2. *м* dárling

люби́тель *м* 1. lóver ['lʌ-] (of); fan; ~ мýзыки músic-lover 2. *(непрофессионал)* amáteur ['æmətə:]

люби́ть love [lʌv]; like; лю́бите ли вы мýзыку (спорт, тáнцы)? do you like músic (sport, dáncing)?

любова́ться admíre

любо́вь *ж* love [lʌv]; ~

к ро́дине love for one's [wʌnz] cóuntry ['kʌntrɪ]

любо́й ány ['enɪ]; ~из нас ány (each) of us

любопы́т‖ный cúrious ['kjuərɪəs], inquísitive [-'kwɪ-zɪ-]; ~ство *с* curiósity [kjuə-rɪ'ɔsɪtɪ]

лю́ди *мн.* people [pi:pl]

лю́дн‖ый crówded; ~ая ýлица crówded (búsy ['bɪzɪ]) street

люж *м ол.* luge (*см. тж.* са́нный спорт)

лю́стра *ж* chandelier [ʃændɪ'lɪə]

лягýшка *ж* frog

M

мавзоле́й *м* mausoléum [mɔ:sə'lɪəm], tomb [tu:m]

магази́н *м* shop; *амер.* store; ~ гото́вого пла́тья réady-máde ['re-] clothes shop; обувно́й ~ fóotwear shop; конди́терский ~ conféctionary (shop); продово́льственный ~ food stores; промтова́рный ~ drý-goods [-gudz] (shop); хозя́йственный ~ hárdware store; ювели́рный ~ jéweller's (shop)

магистра́ль *ж* híghway; железнодоро́жная ~ main line; водопрово́дная (гáзовая) ~ wáter ['wɔ:-] (gas) main

магнитофо́н *м* tápe-
-recorder; ~ный: ~ная
приста́вка tape deck

ма́зать 1. (*намазывать*)
smear [smɪə], spread [-e-]
(on); (*маслом*) bútter 2.
(*смазывать*) oil, lúbricate
['luː-]

мазь *ж* óintment; сапо́ж-
ная ~, ~ для о́буви blácking; shoe [ʃuː] pólish ['pɔ-]

май *м* May

ма́йка *ж* jérsey, fóotball-
-shirt; *амер.* T-shirt ['tiː-];
(*без рукавов*) athlétic [-'le-]
shirt

майоне́з *м* mayonnáise
[-'neɪz]

мак *м* ро́рру

макаро́ны *мн.* macaróni

маке́т *м* móck-up

мал: э́то пла́тье мне
мало́ this dress is too small
for me

мала́ец *м* Maláyan

малайзи́йский Maláysian

мала́йка *ж* Maláyan

мала́йский Maláy, Ma-
láyan; ~ язы́к Maláy, the
Maláyan lánguage

малахи́т *м* málachite
['mæ-]

мале́йш||ий least; slíght-
est; ни ~его сомне́ния
not the slíghtest doubt

ма́ленький 1. little; small
2. (*незначительный*) slight
3. *м* báby, child

мали́на *ж* ráspberry
['rɑːzb-]

мали́нов||ый 1. ráspberry
['rɑːzb-]; ~ое моро́женое

ráspberry íce-cream 2. (*цвет*)
crímson

ма́ло little (*с сущ. в ед.
ч.*); few (*с сущ. во мн. ч.*);
not much; (*недостаточно*)
not enóugh ['rʌf]; здесь ~
наро́ду there are few people
[piːpl] here; э́того сли́шком
~ this is too little ◇ ~
того́ more óver, more than
that

ма́ло-пома́лу grádually
['græ-], little by little

малосо́льн||ый: ~ые
огурцы́ new pickles

малочи́сленный not
númerous; scánty

ма́льчик *м* (little) boy

маля́р *м* (hóuse)painter

маляри́я *ж* maláría
[-'leərɪə]

ма́ма *ж* múmmy, mám-
ma, móther ['mʌðə]

мандари́н *м* mándarin;
tangeríne [-'iːn]

манда́т *м* mándate; vote;
credéntials

мандоли́на *ж* mándolin,
mandolíne [-'liː-]

мане́ж *м* ríding-house

мане́ра *ж* mánner; style;
~ исполне́ния style of
perfórmance (execútion)

мане́ры *мн.* mánners; хо-
ро́шие (плохи́е) ~ good
[gud] (bad) mánners

манже́ты *мн.* cuffs

маникю́р *м* mánicure
['mænɪ-]; де́лать ~ máni-
cure, do one's [wʌnz] nails

маникю́рша *ж* mánicurist

манифе́ст *м* manifésto

мантó с mantle; ópera-
-cloak

мануфактýра ж 1. téx-
tiles; drápery 2. эк. manu-
fáctory

марафóн м см. мара-
фóнский

марафóнский: ~ бег
спорт. ол. Márathon (race)

маргарúн м margaríne
[mɑ:dʒə'ri:n]

маринáд м 1. pickle 2.
(.маринованный продукт)
pickles

мариновáть pickle

марионéт‖ка ж mario-
nétte; púppet; теáтр ~ок
púppet-show [-ʃəu]

мáрка I ж 1. (почтовая)
(póstage ['pəust-]) stamp 2.
(фабричная) tráde-mark 3.
(вина, табака) brand

мáрка II ж (денежная
единица ГДР, ФРГ) mark;
(Финляндии) márkka

марксúзм м Márxism

марксúзм-ленинúзм м
Márxism-Léninism [-'le-]

марксúст м Márxist

марксúстский Márxist

мáрля ж gauze

мармелáд м cándied fruit
[fru:t] jélly

мароккáн‖ец м, ~ка ж
Moróccan

мароккáнский Moróccan

март м March

марш м march

маршрýт м route [ru:t];
itínerary [aɪ'tɪ-]; какóй у
нас ~? what is our itínerary?

маршрýтн‖ый: ~ое так-
сú fíxed-route [-ru:t] táxi;
~ пóезд through [-u:] train

мáска ж mask

маскарáд м fáncy-dress
ball

маслёнка ж bútter-dish,
bútter-plate

маслúна ж olive ['ɔlɪv]

мáсло с 1. (коровье)
bútter; (растительное) oil;
слúвочное ~ bútter; топ-
лёное ~ boiled bútter; подсóлнечное ~ súnflower-oil;
провáнское ~ ólive-oil;
рóзовое ~ áttar of róses
2.: картúна ~м óil-painting

мáсса ж 1. mass 2.
(множество) a lot of, plénty
(of); ~ нарóду a lot of
people [pi:pl]

массáж м mássage [-ɑ:ʒ];
дéлать ~ mássage; ~úст
м mássagist, masséur [-'sə:];
~úстка ж masséuse [-'sə:z]

мáссов‖ый mass(-); ~ая
организáция organizátion
with mass mémbership

мáстер м 1. (на заводе)
fóreman 2. (знаток) éxpert,
máster 3.: ~ спóрта Máster
of Sports

мастерскáя ж wórkshop
['wə:k-]; (художника) átelier
['ætəlɪeɪ], artist's stúdio

мастерствó с skill, más-
tery; mástership; высóкое
(спортúвное) ~ outstánding
(spórting) profíciency [-'fɪ-
ʃənsɪ]

масть ж карт. suit [sju:t];
ходúть в ~ fóllow suit

119

масшта́б *м* scale; в большо́м ~е on a large scale

мат *м* шахм. chéckmate; mate; сде́лать ~ mate

матема́тик *м* mathematícian [-'tɪʃn]

матема́тика *ж* mathemátics [-'mæ-]; разг. math

материа́л *м* 1. matérial; stuff 2. (ткань) cloth

материали́зм *м* matérialism

материали́ст *м* matérialist

материалисти́ческий materialíst(ic)

матери́к *м* cóntinent; máinland

матери́нство *с* matérnity

мате́рия *ж* 1. (ткань) cloth, matérial; stuff 2. (в философии) súbstance, mátter

матра́ц *м* máttress

матро́с *м* sáilor

матч *м* спорт. match

мать *ж* móther ['mʌðə]; ~-герои́ня *ж* Móther-Héroine

маха́ть, махну́ть wave; (крыльями) flap; ~ руко́й wave one's [wʌnz] hand (to)

ма́чеха *ж* stépmother [-mʌðə]

ма́чта *ж* mast

машбюро́ *с* týping pool

маши́на *ж* 1. machíne [-'ʃiːn]; éngine; шве́йная ~ séwing-machíne; стира́льная ~ wáshing-machíne 2. разг. (автомобиль) car, mótor-car; грузова́я ~ lór-

гу; амер. truck; легкова́я ~ (pássenger) car

машини́ст *м* éngine-driver ['endʒɪn-]; enginéer [endʒɪ-'nɪə]

машини́стка *ж* týpist

маши́нка *ж*: пи́шущая ~ týpewriter

мая́к *м* líghthouse; тж. перен. béacon

ма́ятник *м* péndulum ['pendju-]

МГУ (Моско́вский госуда́рственный университе́т) Móscow State Univérsity

ме́бель *ж* fúrniture; мя́гкая ~ uphólstered fúrniture

меблирова́ть fúrnish

мегафо́н *м* mégaphone ['megə-]

мёд *м* hóney ['hʌ-]

меда́ль *ж* médal ['me-]; (больша́я) золота́я ~ gólden médal; сере́бряная ~ sílver médal; бро́нзовая ~ bronze médal; вручи́ть ~ presént (give [gɪv]) a médal; получи́ть ~ get [get] a médal

медальо́н *м* lócket ['lɔkɪt], medállion

медве́дь *м* bear [bɛə]; бе́лый ~ pólar bear

медици́на *ж* médicine ['medsɪn]; médical ['me-] scíence ['saɪəns]

медици́нс‖кий: ~ институ́т médical ['me-] cóllege ['kɔlɪdʒ] (ínstitute); ~ая по́мощь médical aid; ~ое обслу́живание health [he-] sérvice

ме́дленно slow(ly) ['sləu-]; говори́те ме́дленнее, пожа́луйста speak slówer, please; don't speak so fast, please

медпу́нкт *м* (медици́нский пункт) fírst-áid post

медсестра́ *ж* (медици́нская сестра́) (médical ['me-]) nurse

медь *ж* cópper

ме́жду: ~ двумя́ и тремя́ (часа́ми) betwéen two and there (o'clóck); ~ дома́ми betwéen the hóuses ◇ ~ тем méanwhile, in the méantíme; ~ тем как while

междугоро́дный: ~ разгово́р trúnk-call; *амер.* lóng--dístance call

междунаро́дный intérnátional [-'næʃ-]; Междунаро́дный же́нский день Intérnátional Wómen's ['wɪmɪnz] Day; Междунаро́дный день защи́ты дете́й Intérnátional Day in Defénce of Chíldren; Междунаро́дный день студе́нтов Intérnátional Stúdents' Day

межконтинента́льный intercontinéntal

мексика́н‖ец *м*, **~ка** *ж* Méxican

мексика́нский Méxican

мел *м* chalk

ме́лк‖ий 1. (*некрупный*) small; *перен.* pétty; **~ие** я́блоки (гру́ши) small apples (pears) **2.** (*неглубокий*)

shállow [-əu]; **~ая река́** shállow ríver ['rɪ-]

мелкобуржуа́зный pétty--bóurgeois [-'buəʒwɑ:]

мело́дия *ж* mélody ['me-], tune

ме́лоч‖ь *ж* **1.** (*мелкие вещи*) small things; вся́кая ~ (all sorts of) odds and ends **2.** (*мелкие деньги*) change [tʃeɪndʒ]; у меня́ нет ~и I have no change **3.** (*пустяки*) trifle [-aɪ-]; э́то ~! that's a trifle!

мель *ж* shoal, shállow [-əu]; (*песчаная*) sándbank; сесть на ~ run agróund

мелька́ть flash, gleam

мелько́м in pássing; я его́ ви́дел ~ I caught a glimpse of him

ме́льница *ж* mill

мемориа́льн‖ый: ~ая доска́ memórial plaque [plɑ:k]

ме́нее less; не ~ двух (трёх, пяти́) часо́в (дней, неде́ль) not less than two (three, five) hóurs (days, weeks); всё ~ и ~ less and less ◇ тем не ~ nevertheléss

ме́ньше: э́тот зал (стади́он) ~ this hall (stádium) is smáller; здесь ~ наро́ду there are féwer people [pi:pl] here; как мо́жно ~ as little (few) as possible

ме́ньш‖ий smáller; по ~ей ме́ре at least

меньшинств‖о́ *с* minórity [maɪ'nɔ-]; оказа́ться в ~е́

(*при голосовании*) be óut-voted

меню́ *с* ménu ['menju:], bill of fare; да́йте ~ may I have the (ménu) card, please

меня́: у ~ есть... I have...; у ~ нет... I have no...; для ~ for me

меня́ть change [tʃeɪndʒ]; ~ ме́сто change the place (*в театре*: seat); ~ де́ньги change the móney ['mʌ-]

ме́р‖а *ж в разн. знач.* méasure ['meʒə]; ~ы длины́ (ве́са) méasures of length (weight [weɪt]); приня́ть ~ы take méasures ◇ по ~е возмо́жности as far as póssible; по кра́йней ~е at least; в изве́стной ~е to a degrée, to a cértain extént

мёрзнуть freeze; be chílly

ме́рить 1. (*измерять*) méasure ['meʒə]; ~ темпера́туру take the témperature 2. (*примерять*) try on

ме́рк‖а *ж* méasure ['meʒə]; снима́ть ~у (*с кого-л.*) take (*smb's*) méasure; по ~е made to méasure

мероприя́тие *с* méasure ['meʒə]

мёртвый dead [ded]

мести́ sweep

месткóм *м* (ме́стный комите́т профсою́за) lócal tráde-union commíttee [-mɪtɪ]

ме́стничество *с* localístic téndencies; paróchialism

ме́стность *ж* locálity [-'kæ-]; place; да́чная ~ cóuntry ['kʌ-] place; гори́стая ~ hílly place; móuntainous région

ме́стн‖ый lócal; по ~ому вре́мени lócal time

ме́ст‖о *с* 1. place; spot; заня́ть пе́рвое ~ be placed first, win the chámpionship 2. (*свободное пространство*) room, space 3. (*должность*) job 4. (*в театре и т. п.*) seat; (*спальное*) berth; ве́рхнее (ни́жнее) ~ úpper (lówer) berth; свобо́дное ~ vácant seat; все ~á за́няты all the seats are óccupied; уступи́ть ~ give [gɪv] up one's [wʌnz] seat to sómebody ['sʌm-] 5. (*местность*) place, locálity [-'kælɪ-]; в э́том ~е я ещё не́ был I haven't been yet to this place 6. (*багажное*) piece, thing

местонахожде́ние *с* locátion, locátion, the whéreabóuts

местоположе́ние *с* posítion, locátion, situátion; краси́вое ~ béautiful ['bju:-] site

местопребыва́ние *с* résidence ['rez-]; the whéreabóuts

ме́сяц *м* 1. (*часть года*) month [mʌnθ]; ~ тому́ наза́д a month agó; про́шлый (бу́дущий) ~ last (next) month 2. (*луна*) moon; молодо́й ~ new moon

ме́сячник *м* a month [mʌnθ] (of); ~ а́нгло-

-сове́тской дру́жбы a month of Ánglo-Sóviet friendship ['frend-]

ме́сячный mónthly ['mʌ-]; ~ за́работок (окла́д) mónthly pay (sálary) (básic wage)

мета́лл м métal ['me-]; ~и́ст м métal-worker ['metlwə:-]

металли́ческий metállic [-'tæ-], métal ['me-]

металлу́рг м metállurgist [me-]; stéel-worker [-wə:kə]

металлурги́ческий: ~ заво́д métal ['me-] (íron and steel) works [wə:ks]

металлу́ргия ж metállurgy [me-]; чёрная ~ férrous métal ['me-] índustry, íron ['aɪən] and steel índustry; цветна́я ~ nón-férrous métal índustry

мета́ние с спорт. thrówing ['θrəu-], throw; ~ копья́ (ди́ска, мо́лота) ол. jávelin-(díscus-, hámmer-)thrów

мета́ть спорт. throw [θrəu]; ~ копьё (диск, мо́лот) throw the jávelin (díscus, hámmer)

мете́ль ж snów-storm ['snəu-]

метеоро́лог м meteoról-ogist

метеорологи́ческ||ий: ~ая сво́дка wéather-repórt ['weðə-]; ~ая ста́нция meteorológic(al) státion, wéath-er-station

метеороло́гия ж me-teorólogy

ме́тка ж mark

ме́ткий wéll-áimed; перен. тж. póinted; (о стрельбе́) áccurate ['ækju-]

метла́ ж broom

ме́тод м méthod ['meθəd]

метр м métre ['mi:tə]

метро́ с, метрополите́н м únderground (ráilway); амер. súbway; разг. tube (в Ло́ндоне); (в Москве́) the Métro

мех м 1. fur; на ~у́ fúr-lined 2. мн. fúrriery ['fʌr-], furs

механи́зм м méchanism ['mek-]; gear [gɪə]; machínery [-'ʃi:n-]

меха́ник м mechánic [mɪ'kæ-], enginéer [-'nɪə]

меха́ника ж mechánics [mɪ'kæ-]

меховой fur; ~ воро́т-ни́к fúr-cóllar

меховщи́к м fúrrier ['fʌr-]

ме́ццо-сопра́но с mézzo-sopráno [-dzəusə'prɑ:-]

мечта́ ж dream

мечта́ть dream

меша́ть I (разме́шивать) stir; (сме́шивать) mix

меша́ть II 1. (препя́т-ствовать) prevént (from), hínder, hámper 2. (беспоко́ить) distúrb; не меша́йте don't interfére; не меша́ло бы... it wouldn't be bad...

мешо́к м sack, bag

миг м ínstant; в оди́н ~ in a jíffy, in no time

мизи́нец м (*на руке*) little finger; (*на ноге*) little toe [təu]

микрорайо́н м (úrban, residéntial) commúnity; residéntial cómplex; строи́тельство но́вого ~a hóusing devélopment próject

микрофо́н м mícrophone ['maɪ-]; *разг.* mike

миксту́ра ж míxture

милиционе́р м milítiaman [-'lɪʃə-]; постово́й ~ (*регулировщик*) tráffic milítiaman

мили́ция ж milítia [-'lɪʃə]

миллиа́рд м mílliard; *амер.* billion

миллио́н м míllion

ми́лост‖ь ж fávour; ~и про́сим! wélcome!

ми́лый 1. nice, sweet 2. м (*в обращении*) dear [dɪə]

ми́ля ж mile

мим м mime

ми́мика ж mímicry ['mɪmɪkrɪ]

ми́мо by, past; пройти́ (прое́хать) ~ pass by; ~! miss(ed)!

мимохо́дом in pássing; зае́хать ~ drop in when pássing by

минда́ль м 1. (*дерево*) álmond-tree ['ɑːmənd-] 2. (*плоды*) álmonds ['ɑːməndz]

минера́л м míneral ['mɪnərəl]

минерало́гия ж minerálogy [mɪnə'rælədʒɪ]

миниатю́ра ж míniature ['mɪnjə-]

министе́рство с mínistry ['mɪnɪstrɪ]; board; *амер.* depártment; М. вы́сшего образова́ния Mínistry of Hígher Educátion; М. здравоохране́ния Mínistry of Públic Health; (*в Великобритании и США*) Depártment of Health; М. иностра́нных дел Mínistry of Fóreign ['fɔrɪn] Affáirs; (*в США*) State Depártment; М. иностра́нных дел и по дела́м Содру́жества (*в Великобритании*) Fórein and Cómmonwealth Óffice; М. культу́ры Mínistry of Cúlture; М. торго́вли Mínistry of Trade; (*в Великобритании и США*) Depártment of Trade; М. просвеще́ния Mínistry of Educátion (*тж. в Великобритании*); (*в США*) Depártment of Educátion; М. социа́льного обеспече́ния Mínistry of Sócial Wélfare; М. фина́нсов Mínistry of Fináncе; (*в Великобритании и США*) Tréasury ['treʒərɪ]

мини́стр м mínister ['mɪnɪstə]; sécretary

минова́ть 1. (*проехать*) pass; мы минова́ли ... we passed ... 2. (*избежать*) escápe 3. (*пройти*) be óver; ле́то минова́ло the súmmer is óver

мину́т‖а ж mínute['mɪnɪt]; без двадцати́ мину́т четы́ре twénty to four; де́сять минут пя́того ten past four; сию́ ~y just a minute; мину́т че́рез пять in about five minutes

мир I *м* world [wə:ld]; во всём ~e throughóut the world, all óver the world

мир II *м* peace; защи́та (де́ла) ми́ра defénce of peace; ~ во всём ми́ре univérsal peace; борьба́ за ~ work [wə:k] (struggle) for peace; пусть мир и дру́жба восторжеству́ют! let (may) peace and friendship ['frend-] prevail!

ми́рн‖ый peace; péaceful; péaceable; péace-time; ~ догово́р peace tréaty; ~ая поли́тика (инициати́ва) péace pólicy (initiative [-'nɪʃ-]); ~ое урегули́рование (спо́ров) péaceful séttlement (of disputes)

мировоззре́ние *с* óutlook; creed

миров‖о́й world(-) [wə:ld]; ~а́я систе́ма социали́зма the world sýstem of sócialism ['səuʃ-]

миролюби́в‖ый péace-lóving [-'lʌv-]; ~ые наро́ды péace-lóving nátions

ми́ска *ж* bowl [bəul]; básin ['beɪsn]

ми́ссия *ж* 1. míssion; ~ дру́жбы míssion of friendship ['frend-] 2. *дип.* legátion

ми́тинг *м* méeting; (*массовый*) rálly ['ræ-]

митрополи́т *м* metropólitan

мише́нь *ж* tárget ['tɑ:ɡɪt]

младе́нец *м* ínfant; báby

мла́дш‖ий 1. (*по возрасту*) yóunger ['jʌŋ-]; са́мый ~ the yóungest; ~ая сестра́ yóunger síster; он мла́дше меня́ he is my júnior ['dʒu:-] 2. (*по положению*) júnior; ~ нау́чный сотру́дник júnior reséarch assistant

мне me, for me, to me; ~ жа́рко (хо́лодно) I'm hot (cold); да́йте ~ please give [ɡɪv] me...; э́то ~? is this for me?; э́то принадлежи́т ~ it belóngs to me

мне́н‖ие *с* opínion [ə'pɪnjən]; обме́ниваться ~иями exchánge opínions, discúss; по моему́ ~ию in my opínion, to my mind

мно́гие mány ['menɪ]; ~ из нас mány of us

мно́го much (*с сущ. в ед. ч.*); mány ['menɪ] (*с сущ. во мн. ч.*); plénty (of); a lot of; здесь ~ наро́ду there are plénty of people [pi:pl] here; э́того (сли́шком) ~ it's (too) much; ~ веще́й mány things

многобо́рье *с спорт. см.* двоебо́рье, троебо́рье, пятибо́рье, десятибо́рье

многоде́тн‖ый: ~ая мать móther ['mʌðə] of mány ['menɪ] children

многокра́тный repéated; ~ чемпио́н (ми́ра) mány ['menɪ] times (world [wə:ld]) chámpion

многоле́тний 1. of mány ['menɪ] years; of long stánding 2. *бот.* perénnial

многоуважа́емый dear [dɪə]

многочи́сленный númerous

мной, мно́ю by (with) me; вы пойдёте со мной в теа́тр? will you go to the théatre ['θɪə-] with me?; э́то мно́ю прове́рено it's checked up by me

моги́ла *ж* grave

могу́чий míghty, pówerful

могу́щество *с* might, pówer

мо́д‖а *ж* fáshion, vogue [vəuɡ]; быть в ~е be in fáshion (vogue); входи́ть в ~у come [kʌm] ínto ['ɪntu] fáshion; выходи́ть из ~ы go out of fáshion

моде́л‖ь *ж* módel ['mɔdl]; дом ~ей fáshion house; вы́ставка ~ей fáshion show [ʃəu]

модельéр *м* (dress) designer [-'zaɪnə]

мо́дный fáshionable; костю́м сты́лиш suit (dress)

мо́жет быть perháps, máybe; я, ~, пойду́ perháps I'll go

мо́жно one can; (*разрешено*) one may; ~ войти́ (взять)? may I come [kʌm]

126

in (have it)?; здесь ~ кури́ть? is smóking allówed here?; éсли ~ if póssible; как ~ скоре́е as soon as póssible

мозáика *ж* mosáic

мозг *м* brain

мозо́ль *ж* corn; (*волдырь*) blíster

мой my; mine; да́йте ~ чемода́н, пожа́луйста please give [ɡɪv] me my súitcase; э́то моя́ кни́га it's my book; моё ме́сто здесь my place is here

мо́йка *ж.* 1. sink 2. *авто* car wash

мо́крый wet

мол *м* pier [pɪə], bréakwater ['breɪkwɔ:-]

молдава́н‖ин *м*, ~ка *ж* Moldávian

молда́вский Moldávian; ~ язы́к Moldávian, the Moldávian lánguage

моли́тва *ж* práyer

моли́ться pray

мо́лни‖я *ж* 1. líghtning; сверка́ет ~ the líghtning is fláshing 2. (*застёжка*) zípper; ку́ртка с ~ей jácket with a zípper

молодёжный youth [ju:-θ]; ~ анса́мбль youth ensémble

мо́лодёжь *ж* youth [ju:θ], young [jʌŋ] people [pi:pl]; уча́щаяся ~ stúdents; рабо́чая ~ young wórkers ['wə:-]; демократи́ческая ~ democrátic youth молод||о́й young [jʌŋ]; ~ челове́к young man; ~о́е вино́ green wine

мо́лодость *ж* youth [juːθ]

молоко́ *с* milk; сыро́е ~ new (raw) milk; кипячёное ~ boiled milk; сгущённое ~ condénsed milk

мо́лот *м* hámmer

молоти́лка *ж* thréshing machine [-ˈʃiːn]

молоти́ть thresh

молото́к *м* hámmer

моло́чник *м* (*посуда*) créamer

моло́чн||ый milk; ~ые проду́кты dáiry próduce

молчали́вый tácitúrn [ˈtæsɪtəːn]; quíet [ˈkwaɪət], sílent

молча́ние *с* sílence; храни́ть ~ keep sílent; нару́шить ~ break [breɪk] the sílence

молча́ть be (keep) sílent

моль *ж* moth

мольбе́рт *м* éasel

моме́нт *м* móment; в оди́н ~ in a móment; в э́тот (са́мый) ~ at that (véry [ˈve-]) móment

монасты́рь *м* (*мужской*) mónastery [ˈmɔ-]; (*женский*) núnnery

мона́х *м* monk [mʌŋk]

мона́хиня *ж* nun

монго́л *м*, ~ка *ж* Móngol

монго́льский Mongólian; ~ язы́к Mongólian, the Mongólian lánguage

моне́та *ж* coin

моноло́г *м* mónologue [ˈmɔnəlɔg]

монопо́лия *ж* monópoly [-ˈnɔpəlɪ]

монта́ж *м* 1. assémbling, móunting 2. *кино* cútting; édititng [ˈe-]; ~ный: ~ный сто́лик *кино* édititor [ˈe-]

монтёр *м* electrícian [-ˈtrɪʃn]

монти́ровать assémble, fit, mount

монуме́нт *м* mónument [ˈmɔn-], memórial [mɪˈmɔːrɪ-]

монумента́льный monuméntal [mɔ-]

мора́ль *ж* mórals [ˈmɔrəlz] *pl*

мо́ре *с* sea

морко́вь *ж* cárrot

моро́жен||ое *с* íce(-créam); ~ с ва́флями íce-créam sándwich; по́рция ~ого an íce(-créam); сли́вочное ~ íce-créam; ~ в ва́фельном стака́нчике íce-créam cone

моро́з *м* frost; 10° ~а ten degrées belów zéro

мороси́ть drizzle; дождь мороси́т it's drízzling

морск||о́й sea(-); nával; ~а́я боле́знь séa-sickness

моря́к *м* séaman, sáilor

москви́ч *м*, ~ка *ж* Múscovite

моско́вский Móscow

Моссове́т *м* (Моско́вский Сове́т наро́дных депутáтов) Móscow Cíty Sóviet

мост *м* bridge; железнодорóжный ~ ráilway bridge

мосткú *мн.* gángway plank

мостовáя *ж* róad(way)

мотúв *м* 1. (*песни и т. п.*) tune; на ~... to the tune of... 2. (*побуждение*) cause [kɔ:z], mótive, ground

мотивирóвка *ж* réason, motivátion

мотокрóсс *м* mótocross

мотóр *м* éngine; mótor

мотоцúкл(ет) *м* mótorcycle [-saɪkl], mótor-bike

мотоциклúст *м* mótor-cyclist [-saɪk-]

мочáлка *ж* bást-wisp

мочь be able to; могý ли я пойтú? may I go?; могý ли я попросúть вас (помóчь вам)? may I ask you (help you)?; вы мóжете подождáть? can you wait?; я могý I can; я не могý I can't

мóщность *ж* pówer; míghtiness; *тех.* capácity [-'pæ-]; (*в лошадиных силах*) hórse-power

мóщный pówerful, míghty

мощь *ж* might

мрáмор *м* marble

мрáморн‖ый marble; ~ая стáтуя marble státue ['stæ-]

мрáчный glóomy; sómbre; (*угрюмый*) dísmal [-z-], dréary ['drɪə-]

муж *м* húsband ['hʌzbənd]

мýжество *с* cóurage ['kʌ-], fórtitude; проявúть ~ show [ʃəu] cóurage

мужск‖óй: ~ зал (*в парикмахерской*) men's háirdresser's; *амер.* bárber's; ~áя кóмната men's room

мужчúна *м* man (*мн. ч.* men)

музéй *м* muséum [mju:-'zɪəm]

музéй-усáдьба *м* (Nátional ['næʃ-] Históric Estáte (Site)

мýзыка *ж* músic

музыкáльн‖ый músic; músical; ~ая шкóла músic school [sku:l]

музыкáнт *м* musícian [-'zɪʃn]

мýка *ж* tórment

мукá *ж* flóur ['flauə]

мультипликациóнный: ~ фильм (ánimated) cartóon(s)

мундштýк *м* cigarétte-holder [sɪgə-]

муниципалитéт *м* municipálity [-'pæ-]

мýскул *м* muscle [mʌsl]

мýсор *м* rúbbish; *амер.* gárbage

мусоропровóд *м* dúst-line, rúbbish chute; *амер.* incínerator

мусульмáн‖ин *м* Mússul-

map; ~ка *ж* Mússulwoman
-wu-]; ~ский Móslem;
~ство *с* Íslam ['ızlɑ:m]

му́ха *ж* fly

му́чить tormént, tórture

мча́ться rush alóng, speed
alóng, tear [tɛə] alóng; ~ во
весь опо́р rush at full
speed

мы we; мы гото́вы we're
réady ['re-]; мы вас ждём
we're wáiting for you

мы́лить soap; láther
['lɑ:ðə]

мы́ло *с* soap; туале́т-
ное ~ tóilet soap

мы́льница *ж* sóap-box

мыс *м* cape

мысль *ж* thought [θɔ:t],
idéa [aɪ'dɪə]; э́то хоро́шая
~ it's a good [gud] idéa

мыть wash; ~ ру́ки
(лицо́) wash one's [wʌnz]
hands (face); ~ся wash
onesélf [wʌn-]; ~ся в
ва́нне (под ду́шем) take
a bath [bɑ:θ] (a shówer)

мы́шца *ж* muscle [mʌsl]

мышь *ж* mouse (*мн. ч.*
mice)

мягк‖ий soft; *перен.* mild,
gentle; ~ое кре́сло éasy
chair; ~ая вода́ soft wá-
ter ['wɔ:-]; ~ая поса́дка
soft (gentle) lánding

мясно́й meat; ~ суп
meat soup

мя́со *с* flesh; (*как еда́*)
meat; варёное (жа́реное)
~ boiled (roast) meat

мясокомбина́т *м* meat
and sáusage ['sɔs-] fáctory

мя́тый rúmpled

мяч *м* ball; пропусти́ть
~ miss the ball; спо́рный
~ referée ball; ручно́й ~
сп. (team) hándball

Н

на 1. (*сверху; тж. ука-
зывает на местополо-
жение*) on; на столе́ on
the table [teɪbl]; на афи́ше
on the pláy-bill; на реке́
on the river ['rɪ-] 2. (*указывает на местопребы-
вание*) in; at; на ю́ге in
the south; на како́й у́ли-
це вы живёте? what street
do you live [lɪv] in?; я живу́
на... у́лице I live in...
street; я был на стадио́не
(на конце́рте) I was at
the stádium (at a cóncert)
3. (*куда*) to; (*в направ-
лении*) towárds; на вос-
то́к to the east; я иду́ на
конце́рт (на стадио́н) I
go to the cóncert (to the
stádium) 4. (*при обозна-
чении способа передви-
жения*) by; in; е́хать на
авто́бусе go by bus; пое́-
дем на такси́ (на метро́)
let's take the táxi ['tæksɪ]
(the métro) 5. (*во время,
в течение*) dúring ['djuə-];
(*при обозначении года*)
in; (*при обозначении дня*)
on; на кани́кулах dúr-

ing the vacátion; на сле́дующий день on the next day, next day; на бу́дущей неде́ле next week **6.** (при обозначении срока) for; я прие́хал на две неде́ли I've come [kʌm] for two weeks; (назна́чить) на три часа́ (на за́втра) (fix) for three o'clóck (for tomórrow [-əu]) **7.:** на двух челове́к for two; на за́втрак (обе́д, у́жин) for bréakfast ['bre-] (lunch, súpper)

на́бережная ж embánkment, quay [ki:]

набива́ть см. наби́ть

набира́ть см. набра́ть

наби́ть: ~ тру́бку fill one's [wʌnz] pipe

наблюда́тель м obsérver [-'zə:və]

наблюда́тельный 1. observátion [-zə-]; ~ пункт observátion post **2.** (внимательный) obsérvant [-'zə:-]

наблюда́ть 1. watch; obsérve [-'zə:v]; ~ за пловца́ми watch the swímmers **2.** (надзирать) look áfter ['a:ftə]; súpervise

наблюде́н‖ие с **1.** observátion [-zə-]; по мои́м ~иям as I could nótice **2.** (надзор) supervision [-'vɪʒn]; под ~ием únder the supervision of

набо́р м **1.** (приём) admíssion **2.** (комплект) set; (деталей) kit; шокола́д-

ный ~ box of chócolates; ~ карандаше́й box of péncils; ~ «сде́лай сам» dó-it-yoursélf kit

набра́ть 1. gáther ['gæðə], colléct **2.** (вербовать) recrúit [-'kru:t] ◇ наби-ра́йте но́мер díal (the númber)

набро́сок м sketch

наве́рное 1. (несомненно) for cértain **2.** (вероятно) próbably ['prɔ-], líkely; он, ~, придёт (опозда́ет) he is líkely to come [kʌm] (to be late)

наве́рх up; úpwards ['ʌpwədz]; поднима́ться ~ go upstáirs

наверху́ abóve [ə'bʌv]; (на верхнем этаже) úpstáirs; я живу́ ~ I live upstáirs

навести́ (направить) diréct; point; ~ бино́кль на театр. aim one's [wʌnz] ópera-glass(es) at ◇ ~ спра́вки make inquíries

навести́ть, навеща́ть vísit ['vɪzɪt], call on, go to see

на́взничь báckwards [-dz]; упа́сть ~ fall on one's [wʌnz] back

наводи́ть см. навести́

наводне́ние с flood [-ʌ-]

наво́з м manúre [-'njuə]

на́волочка ж píllow-case [-əu-]

навсегда́ for éver ['evə], for good [gud]

навстре́чу towárds [tə-'wɔ:dz]; вы́йти (вы́ехать)

~ go to meet; пойти ~ *перен.* meet smb hálf-wáy

на́глость *ж* ímpudence

нагля́дн‖ый clear [-ɪə]; gráphic [ˈgræ-]; óbvious [ˈɔbvɪəs]; ~ые посо́бия vísual aids

награ́д‖а *ж* rewárd; prize; в ~y in rewárd; прави́тельственная ~ góvernment [ˈgʌv-] decorátion (awárd)

награди́ть, награжда́ть rewárd; awárd; décorate [ˈdekə-]; награди́ть о́рденом (меда́лью, значко́м) awárd an órder (médal, badge)

над óver, abóve [əˈbʌv]; реко́й abóve the ríver [ˈrɪ-]; ... ме́тров ~ у́ровнем мо́ря ... métres abóve the sea lével; ~ чем он рабо́тает? what is he wórking [ˈwəːk-] at?

надво́дн‖ый abóve-wáter [əˈbʌvwɔːtə]; ~ая часть су́дна dead works [wəːks], úpper works

надева́ть *см.* наде́ть

наде́жда *ж* hope

наде́ть put [put] on

наде́яться hope; я наде́юсь, что... I hope...; я наде́юсь уви́деть вас (с ва́ми уви́деться) (I) hope to see you agáin

на дня́х (*о будущем*) one of these days, some [sʌm] of these days, in a day or two; (*о прошлом*) the óther day; a day or two agó

на́до it's nécessary; one must; мне ~ уе́хать I must go awáy; нам ~ идти́ we must be góing

надоеда́ть, надое́сть bore; (*беспокоить*) bóther [ˈbɔðə], trouble [trʌbl]; мне э́то о́чень надое́ло! I'm sick and tíred of it!

надо́лго for a long time; вы ~ прие́хали? have you come [kʌm] for a long time?; how long will you stay here?

на́дпись *ж* inscríption

надува́ть *см.* наду́ть

надувн‖о́й: ~а́я ло́дка pneumátic [nju:-] boat; ~а́я поду́шка áir-cushion

наду́ть: ~ ка́меру pump up a tire; ~ мяч blow [bləu] up a ball

наедине́ alóne; in prívate

нае́здни‖к *м* hórseman; цирково́й ~ circus ríder; ~ца *ж* hórsewoman [-wu-]

нажа́ть press (on); push [puʃ]; нажми́те кно́пку press the bútton

нажи́м *м* préssure

нажима́ть *см.* нажа́ть

наза́д báck(wards); ... тому́ ~ ... agó; пройдёмте ~ let's go back a little

назва́ние *с* name; (*книги*) title [-aɪ-]

назва́ть call, name; назови́те мне... tell me the name(s)...

назнача́ть *см.* назна́чить

назначéн‖ие c 1. appóintment 2. (цель) púrpose ◇ мéсто ~ия destinátion

назнáчить 1. (на должность и т. п.) appóint 2. (устанавливать) fix; назнáчьте день ... fix the date ...

называ́ть см. назвáть

называ́ться be called; как называ́ется э́та у́лица (плóщадь)? what's the name of this street (square)?

наи́вный naíve [nɑːˈiːv]; (бесхитростный) ingénuous

наизнáнку: вы́вернуть (надéть) ~ turn (put [put]) smth ínside out

наизу́сть by heart [hɑːt]

наилегчáйш‖ий спорт. ол.: ~ая весовáя катего́рия flýweight [-weɪt] (бокс, тяжёлая атлéтика, борьба); пéрвая ~ая весовáя катего́рия light flýweight (бокс); páper weight (борьба)

наименовáние c name, denominátion

нáискось slánting, oblíquely [əˈbliːklɪ]

найти́ find [faɪnd]; я не нашёл... I couldn't find...; как мне ~..? how can I find..?

накáз м: ~ы избирáтелей eléctors' mándates

накану́не the day befóre; (перед каким-л. событием) on the eve (of); ~ вéчером the prévious night

накáпать drop, pour [pɔː] out; ~ лекáрства pour out some [sʌm] médicine [ˈmedsɪn]

накáт м авто cóasting; двигаться ~ом coast

наклони́ть bend, bow; ~ся bend óver

наклоня́ть(ся) см. наклони́ть(ся)

наконéц at last, fínally; ~-то! at last!

накорми́ть feed

накрывá́ть, накры́ть cóver [ˈkʌ-]; ~ на стол lay the table [teɪbl]

налáдить, налáживать arránge [əˈreɪndʒ]; put [put] smth right; ~ отношéния set up good [gud] relátions; estáblish cóntact; (после ссоры) patch up a quárrel

налéво to (on) the left; пройди́те (сверни́те) ~ pass (turn) to the left; ~ от вас on your left

налегкé 1. (без багáжа) with no lúggage, únencúmbered 2. (в лёгком костю́ме) lightly clad

налёт м: ~ авиáции air raid

наливáть см. нали́ть

нали́вка ж liquéur [-ˈkjuə]

нали́ть pour [pɔː] out; налéйте мне воды́ (чáя, кóфе, винá) pour me out some [sʌm] wáter [ˈwɔː-] (tea, cóffee, wine)

налицó: быть ~ (о человéке) be présent; (о

132

предмете) be aváilable; все ~ éverybody ['evrɪ-] is présent (here)

нали́чн∥ые *мн.* (*деньги*) cash, réady ['re-] móney ['mʌ-]

нало́г *м* tax

нало́женн∥ый: ~ым платежо́м cash on delívery (*сокр.* C.O.D.)

нам us, to us; где ~ выходи́ть? where must we get [get] off?; да́йте ~ 2 биле́та (э́ту кни́гу) we want two tíckets (this book)

намёк *м* hint

намека́ть, намекну́ть hint (at)

намерева́ться inténd; что вы намерева́етесь де́лать? what do you inténd to do?; я намерева́юсь пойти́ в теа́тр (в музе́й, на вы́ставку) I inténd to go to the théatre ['θɪə-] (to the muséum [mjuː'zɪəm], to the exhibítion [eksɪ'bɪ-])

наме́рен: что вы ~ы де́лать? what are you góing to do?; я ~... I am góing to...

наме́тить, намеча́ть 1. (*кандидатов*) propóse for nominátion 2. (*план*) óutline

на́ми (by, with) us; пойдёмте с ~ come [kʌm] with us

нанести́: ~ визи́т pay a vísit; ~ пораже́ние deféat; ~ уда́р deal (strike) a blow [bləu]

на́ново anéw

наноси́ть *см.* нанести́

наоборо́т 1. on the cóntrary; совсе́м ~ quite the cóntrary 2. (*не так, как следует*) the óther way round

наотре́з: отказа́ться ~ refúse póint-blánk

напада́ть *см.* напа́сть

напада́ющий *спорт.* 1. *м* fórward 2. attácking

нападе́ние *с* 1. attáck (*тж. спорт.*) 2. (*часть команды в футболе*) fórwards *pl*

напа́сть attáck (*тж. спорт.*); (*в боксе тж.*) rush, fight

напеча́тать print; (*на машинке*) type

написа́ть 1. write; напиши́те мне writə to me; напиши́те печа́тными бу́квами please, print; я вам напишу́ you will hear [hɪə] from me 2. (*картину*) paint 3. (*музыкальное произведение*) compóse

напи́т∥ок *м* drink, béverage ['be-]; спиртны́е ~ки alcohólic béverages; прохлади́тельные ~ки soft drinks

напи́ться 1. (*утолить жажду*) drink, quench one's [wʌnz] thirst 2. (*опьянеть*) get [get] drunk

наплы́в *м*: ~ зри́телей (посети́телей) flow of spectátors (vísitors ['vɪz-])

133

наполнить, наполнять fill; ~ бока́лы fill the glásses

напомина́ть, напо́мнить remínd (of); напо́мните мне... remínd me...

напра́вить diréct; send; меня́ напра́вили к вам I was sent to you; ~ся go, be bound for; куда́ мы напра́вимся? where shall we go?

направле́н‖ие с diréction; в како́м ~ии..? in what diréction..?; в ~ии... towárds...

направля́ть(ся) см. напра́вить(ся)

напра́во to (on) the right; пройди́те (сверни́те) ~ pass (turn) to the right; ~ от вас on your right

напра́сно in vain; for nóthing ['nʌθ-]; вы ~ беспоко́итесь you don't have to wórry ['wʌ-]

наприме́р for exámple [ɪɡ'zɑ:mpl], for ínstance; вот, ~... let's take for ínstance...

напрока́т (см. тж. прока́т) (о предлагаемых вещах) for hire, for rent; (о взятых вещах) on hire, híred; réntal; ло́дка, взя́тая ~ a híred boat; взять ~ hire, rent

напро́тив ópposite; я живу́ ~ I live [lɪv] in the house acróss the street ◇ совсе́м ~ quite the cóntrary

напряга́ть strain; ~ (все) си́лы (зре́ние) to strain évery nerve (one's [wʌnz] sight)

напряже́н‖ие с (усилие) strain; с больши́м ~ием strénuously ['stre-]

напряжённо‖сть ж strain, ténsion; разря́дка междунаро́дной ~сти deténte [deɪ'tɑ:nt], relaxátion of internátional [-'næʃ-] ténsion(s)

напря́чь см. напряга́ть

наравне́ on a par (with); on an équal fóoting; (подобно) just as, like

нарва́ть I (цветов и т. п.) pick, pluck

нарва́ть II см. нарыва́ть

наре́чие с díalect ['daɪə-]; ме́стное ~ lócal díalect

нарисова́ть draw

нарко́з м anaesthésia [-zjə]; под ~ом anáesthetized

наро́д м people [pi:pl]; ~ы ми́ра peoples (nátions) of the world [wə:ld]; на стадио́не бы́ло мно́го ~у there were crowds of people at the stádium

наро́дно-демократи́че-ский people's [pi:plz] democrátic [-'kræ-]

наро́дн‖ый people's [pi:plz], pópular ['pɔ-]; folk [fəuk]; ~ая пе́сня folk-song

народонаселе́ние с populátion

нарочно on púrpose: (*в шутку*) for fun ⟨ как ~ ! as luck would have it!

нарсу́д *м* (*народный суд*) people's [pi:plz] court

нару́жное (*о лекарстве*) for external use [ju:s]

нару́жность *ж* appéarance [-'pɪər-]

нару́жный extérnal, extérior [-'tɪərɪə]; ~ вид extérior

нару́жу on the óutside

наруша́ть *см.* нару́шить

наруше́ние *с* breach; (*законов, правил*) infríngement, violátion; (*тишины*) distúrbance;~ пра́вил у́личного движе́ния infríngement on (violátion of) tráffic regulátions

нару́шить break [-eɪk]; (*закон, правило*) infrínge, víolate ['vaɪə-]; (*тишину*) distúrb; ~ пра́вила игры́ break (infrínge upón, víolate) the rules of the game; ~ обеща́ние break one's [wʌnz] prómise

нары́в *м* ábscess

нарыва́ть: у меня́ нарыва́ет па́лец I have a sore fínger

наря́д *м* (*одежда*) dress, attíre

наря́дный smart; *разг.* dréssy

наряду́ side by side (with); alóng with

нас us; вы ~ прово́дите? will you see us off?; will you show [ʃəu] us the way?;

не забыва́йте ~ don't forget us

насеко́мое *с* ínsect

населе́ние *с* populátion

населённый: ~ пункт séttlement

насквозь: промо́кнуть ~ get [get] wet through

наско́лько as far as; ~ мне изве́стно... as far as I know [nəu]...

на́скоро hástily ['heɪ-], húrriedly

наслади́ться, наслажда́ться enjóy

насме́шка *ж* móckery ['mɔkə-]

насме́шливый mócking ['mɔ-], derísive [-sɪv]

на́сморк *м* cold (in the head [hed]); у меня́ ~ I have a cold (in the head)

насо́с *м* pump

наста́ивать insíst (on)

наста́ть come [kʌm]; наста́ло у́тро mórning came; ле́то наста́ло súmmer came (set in)

насто́йчивый persístent; préssing

насто́лько so; я ~ уста́л (за́нят), что... I'm so tíred (búsy) that...

насто́льн||ый: ~ая ла́мпа désk-lamp

настоя́ть have one's [wʌnz] way

настоя́щ||ий **1.** real [rɪəl]; ~ая дру́жба true fríendship ['frend-] **2.** (*о времени*) present ['pre-]; в ~ее вре́мя at présent

настроение *с* mood, frame of mind

наступать *см.* настать, наступить II

наступить I tread [-ed] on

наступить II *см.* настать

наступление I *с* cóming ['kʌ-], appróach; с ∼ием лета when súmmer comes; с ∼ием темноты at níghtfall

наступление II *с* offénsive; перейти в ∼ start an offénsive

насчёт as regárds, regárding, concérning; ∼ чего..? what abóut..?; ∼ этого on that score

насчитывать númber; ∼ся númber; их насчитывается... they númber...

насыпь *ж* embánkment; dam

наталкиваться 1. run agáinst 2. (*встречаться*) run acróss; meet with

натереть: я натёр себе ногу my foot is rubbed sore

натиск *м спорт.* push [puʃ], attáck

натолкнуться *см.* наталкиваться

натощак on an émpty stómach ['stʌmək]

натуральн∥ый: ∼ шёлк real [rɪəl] silk; в ∼ую величину life-sized

натюрморт *м* still life

натягивать, натянуть stretch; draw on; ∼ сетку fix the net tight

наугад at rándom

наука *ж* science ['saɪəns]

научить teach; ∼ся learn; я недавно научился говорить по-английски I learnt to speak English récently

научно-исследовательский: ∼ институт reséarch institute (céntre ['sentə])

научно-популярный: ∼ кинофильм pópular science ['saɪəns] film

научн∥ый scientífic [saɪən-'tɪ-]; ∼ая работа reséarch work [wɜːk]; ∼ый работник scientist, reséarch wórker

наушники *мн.* éar-phones ['ɪə-], héad-phones ['he-]

находить *см.* найти; ∼ся be; где находится..? where is..?

наход∥ка *ж* find; бюро ∼ок Lost and Found

находчивый resóurceful [-'sɔː-]

национализация *ж* nationalizátion [næʃnəlaɪ-]

национализировать nátionalize ['næʃnə-]

национально-освободительный nátional-liberátion ['næʃ-]

национальн∥ость *ж* nationálity [næʃə'næ-]; какой вы ∼ости? what is your nationálity?; ∼ый nátional ['næʃ-]; ∼ый костюм nátional cóstume

нация *ж* nátion, people [piːpl]

начал∥о *с* 1. beginning; óutset; в ∼е in the begínning; с са́мого ∼a from the véry ['verɪ] beginning; ∼ в ... часо́в утра́ (дня, ве́чера) ... is to begin at... a. m. (p. m.); в ∼е пя́того (ча́са) soon after ['ɑ:ftə] four (o'clóck) 2. (исто́чник) órigin ['ɒrɪ-]; source

нача́льник м chief; supérior [-'pɪə-]

нача́льн∥ый inítial [ɪ'nɪʃl]; first; eleméntary; ∼ое обуче́ние eleméntary education

нача́льство с supériors [-'pɪə-]

нача́ть begin, start; ∼ся begin, start; конце́рт уже́ нача́лся the cóncert has begún alréady

начина́ть(ся) см. нача́ть (-ся)

начи́нка ж fílling; stúffing

наш our; ours; где ∼и места́? where are our seats?; ∼и друзья́ our friends [fre-]; вот ∼ но́мер this is our room

нашаты́рный: ∼ спирт líquid ammónia

не not; я не зна́ю (не ви́жу) I don't know [nəʊ] (see); не на́до! don't!; не то́лько not ónly ['əʊ-] ◇ не раз more than once [wʌns]; не́ за что! (в ответ на благода́рность) don't méntion it!; not at all!, амер. you're wélcome; тем не ме́нее nevertheléss

неблагоприя́тный únfávourable

не́бо с sky

небольшо́й small; (о расстоя́нии, сро́ке) short; на ∼ высоте́ at low áltitude; ∼ переры́в short ínterval, break [-eɪk]

нева́жно: э́то ∼ it doesn't mátter; я чу́вствую себя́ ∼ I don't feel véry ['verɪ] well; ∼! néver mind!

неве́жливый impolíte, discóurteous [-'kə:tjəs]

неве́рн∥ый 1. wrong; ∼ое представле́ние wrong impréssion 2. (измени́вший) únfáithful

невесо́мость ж wéightlessness ['weɪt-]

неве́ста ж fiancée [fɪ'ɑ:nseɪ]; bride

неве́стка ж (жена́ сы́на) dáughter-in-law; (жена́ бра́та) síster-in-law

невзира́я: ∼ ни на что in spite of ánything ['enɪ-]

неви́димый invísible [-'vɪ-]

невку́сный unsávoury, insípid [-'sɪp-]

невмеша́тельство с nón-interférence [-tə'fɪərəns]; nón-intervéntion (in)

невозмо́жно: э́то ∼ it's impóssible

нево́льно invóluntarily [-'vɒ-]; úninténtionally

невреди́мый únhármed, úninjured, únhúrt, safe; це́лый и ∼ safe and sound

невыполни́мый imprácticable, únréalizable [-'rɪə-]

не́где nówhere; there's no room

него him: мы пойдём без ~ we'll go without him; у ~ нет времени he is busy

негодование с indignátion

негр м Négro ['ni:-]

негритянка ж Négro ['ni:-] (black) girl (wóman ['wu-])

негритянский Négro ['ni:-], black

недавно récently, not long agó; látely; я приехал (совсем) ~ I've come [kʌm] (quite) récently

недалёк||ий near [nɪə], not far off; в ~ом будущем in the near fúture; в ~ом прошлом not long agó

недалеко not far awáy; это ~? is it far from here?

недействительный 1. ineffective 2. юр. inválid [-'væ-]; null and void

недел||я ж week; через ~ю (две ~и) in a week (in two weeks, in a fórtnight); ~ю тому назад a week agó; два (три) раза в ~ю two (three) times a week

недоверие с distrúst, lack of cónfidence

недовольный disconténted, díssátisfied [-'sæ-]

недодержка ж фото únderexpósure [-зə]

недолго not long; я вас ~ задержу I shan't keep you long

недомогание с indisposítion: чувствовать ~ be únwéll, not to feel quite well

недопустимый intólerable [-'tɔ-]

недоразумение с misunderstánding; это (просто) ~ it's a (mere) misunderstánding

недорого at a low [ləu] price; это ~ it's cheap (inexpénsive)

недосмотр м óversight; по ~y by an óversight

недоставать lack

недостат||ок м 1. (нехватка) lack, shórtage; за ~ком времени for want of time 2. (дефект) deféct, shórtcoming

недоступный inaccéssible [ɪnæk'ses-]

нежелательн||ый úndesírable [-'zaɪərə-]; это ~о it's úndesirable

нежный ténder; (о вкусе,. красках и т. п.) délicate ['delɪkɪt]

незабудка ж forgét-me-not [fə'ɡət-]

независим||ость ж indepéndence; ~ый indepéndent

незадолго not long (befóre); shórtly (befóre); ~ до вашего приезда shórtly befóre your arríval

незачем no need; no use [ju:s]

нездоровый 1. (о человеке) síckly; я нездоров

I'm únwéll 2. (*о климате и т. п.*) únhéalthy [-'he-]

незнакóмый únfamíliar [-fɔ'mɪljə], unknówn [-'nəun]; мы незнакóмы we haven't met befóre

незначи́тельный (*маловажный*) insigníficant [-'nɪfɪkənt], únimpórtant; (*маленький*) slight

незре́лый únrípe; green; *перен. тж.* immatúre [-'tjuə]

неизбéжно inévitably

неизвéстно unknówn [-'nəun]; ~, смогу́ ли я прийти́ I don't know whéather I'll be able to come [kʌm]

неизве́стн||ый unknówn [-'nəun]; по ~ым причи́нам the réasons béing unknówn

неизлечи́мый incúrable [-'kjuə-]

неизмéнно inváriably

неиспрáвн||ый deféctive, out of órder; маши́на ~а the car is in dísrepáir ней her; вы с ~ незнакóмы? haven't you met her befóre?

нейлóн *м* nýlon

нейтралитéт *м* neutrálity [-'træ-]

нейтрáльный néutral

некогда: мне ~ I have no time

нéкотор||ый *a* cértain; some [sʌm]; ~ым óбразом sómehow, áfter ['ɑːftə] a fáshion; ~ые some

некстáти not to the point, irrélevant [-'re-]; out of place

нéкуда nówhere ['nəu-]

некуря́щ||ий 1. nón-smóking 2. *м* nón-smóker; вагóн для ~их nón-smóking cárriage (car)

нелётн||ый: ~ая погóда non-flýing wéather ['weðə]

нелóвк||ий áwkward; ~ое движéние áwkward móvement

нельзя́ (*невозможно*) it's impóssible; one can't; здесь ~ пройти́ there's no way through [θru:] here; ~ ли посети́ть вы́ставку (вы́ехать порáньше)? can't we vísit ['vɪzɪt] the exhibítion [eksɪ'bɪ-] (leave éarlier)?

нём him; я о ~ не слы́шал I haven't heard of him

немáло 1. (*перед сущ. в ед. ч.*) not a little, much; (*перед сущ. во мн. ч.*) not a few, quite a few 2. (*при глаголе*) a great [-eɪ-] deal, a lot

немéдленно immédiately, at once [wʌns], right awáy; мы ~ выезжáем we leave right awáy

нéмец *м* Gérman

немéцкий Gérman; ~ язы́к Gérman, the Gérman lánguage

нéмка *ж* Gérman (wóman ['wu-])

немнóго *a* little; few, some [sʌm]; ~ фру́ктов some fruit; ~ людéй few

139

people [pi:pl]; ~ вре́мени little time

немо́дный únfáshionable [-'fæʃ-], out of fáshion

немо́й 1. dumb [dʌm] 2. *м* dumb man

нему́ him; зайдём к ~ let's drop in on him

ненави́деть hate

не́нависть *ж* hátred ['heɪ-]

ненадо́лго not for long, for a short while; я прие́хал ~ I've come [kʌm] for a short while

необходи́м‖о it is néces-sary [ne-]; мне ~ ви́деть I must see; ~ый nécessary ['ne-], esséntial [ɪ'senʃəl]; ~ые све́дения the néces-sary information

необыкнове́нный extra-órdinary [ɪks'trɔːdnrɪ], re-márkable; ~ успе́х unúsual succéss

неограни́ченный unlím-ited [-'lɪ-], únrestrícted

неоднокра́тно repéatedly, more than once [wʌns]

неодобре́ние *с* disappróval

неожи́данный únexpécted

неосторо́жн‖ость *ж* cáre-lessness, incáutiousness [-'kɔːʃəs-]; imprúdence [-'pruː-]; ~ый cáreless; im-prúdent [-'pruː-]

неотло́жн‖ый úrgent; ~ая по́мощь first aid

непа́л‖ец *м*, ~ка *ж* Nepalése

непа́льский Nepalése

непобеди́мый invíncible, uncónquerable

неподходя́щий únfit, ún-súitable [-'sjuː-], inappró-priate

непоко́рный unrúly, rebél-lious

непо́лный incompléte

непонима́ние *с* incompre-hénsion; (*неправильное по-нимание*) mísunderstánd-ing

непоня́тный incompre-hénsible; мне непоня́тно... I don't understánd

непоря́док *м* disórder

непосре́дственный 1. im-médiate [-'miː-], diréct 2. (*естественный*) spontáneous

непостоя́нный incónstant; (*о погоде и т. п.*) chángeable ['tʃeɪ-]

непра́вда *ж* fálsehood, lie; э́то ~ it's not true

непра́вильный 1. (*невер-ный*) wrong, incorréct 2. irrégular [ɪ'regjulə]

непредви́денн‖ый unfore-séen; ~ая заде́ржка únfore-séen deláy

непреме́нно súrely ['ʃuə-], cértainly, without fail; я ~ приду́ I'm sure to come [kʌm]; ~ приходи́те come without fail

непривы́чн‖ый unúsual; ~ая обстано́вка unúsual situation

непригодный únfit; ún-súitable [-'sjuː-]

неприе́млем‖ый únac-céptable [-ək'sep-]; ~ые усло́вия únaccéptable con-ditions

неприкосновенность *ж* immúnity; ~ личности inviolability of the pérson; дипломатическая ~ diplomátic [-'æ-] immúnity

непринуждённ‖ый únconstráined; nátural ['næt͡ʃə-]; ~ая беседа free and éasy talk

неприятно: мне очень ~... I find it véry ['verɪ] unfortunate that...; I am véry sórry that...

неприятн‖ость *ж* trouble [-ʌ-]; núisance [nju:s-]; какая ~! what a píty!; ~ый unpléasant [-'ple-]; disagréeable; ~ ый вкус násty taste

непродолжительн‖ый short; ~ое время for a short time

непромокаем‖ый wáterproof ['wɔːtə-]; ~ое пальто ráin-coat, wáterproof coat

непрочный únstáble [-'steɪ-], not strong; (*о материи*) flímsy

нерабочий: ~ день day off; hóliday ['hɔ-]

неравенство *с* inequálity

неравный únéqual [-'iːkw-]

неразлучный inséparable [-'se-]

нераспространён‖ие *с*: договор о ~ии ядерного оружия nón-proliferátion tréaty

нерв *м* nerve; ~ный nérvous

нерушимос‖ть *ж*: принцип ~ти границ the prínciple of inviolability [-vaɪələ-'bɪ-] of fróntiers

несвежий not fresh; (*чёрствый*) stale

несвоевременный untímely; inópportune; unséasonable

несессер *м* dréssing-case

нескольк‖о 1. some [sʌm], séveral ['se-], a few; a little; ~ человек some people [piːpl]; ~ раз séveral times; в ~их словах in a few words [wəːdz] 2. (*в некоторой степени*) sómewhat ['sʌm-]; slíghtly; in a way

неслыханный unhéard of [-'həːd], únprécedented [-'presɪ-]

несмотря на in spite of, notwithstánding

несовершеннолетний 1. únder-age 2. *м* mínor

несправедлив‖ость *ж* injústice; ~ый únjúst

нести 1. cárry 2. (*переносить*) bear [bɛə]; ~ наказание (ответственность) bear púnishment (responsibílity)

несчастный unháppy, unlúcky, unfórtunate; ~ случай áccident

несчасть‖е *с* misfórtune, disáster; к ~ю unfórtunately

нет I no; not; вы его знаете? — Нет, не знаю do you know [nəu] him? — No, I don't; вовсе ~ not at all; ещё ~ not yet нет II (*не имеется*) there is no; there are no; у меня ~ времени I have no time; здесь никого ~ there's nóbody [-bədɪ] here; кого сегодня ~? who's ábsent todáy?; таких книг у нас ~ we don't have such books

нетерпéние *c* impátience [-ʃəns]

нетóчный ináccurate [-'ækju-]; inexáct

нетрудоспосóбный disábled [-'eɪbld]

неудáч‖а *ж* fáilure; терпéть ~y fail

неудáчн‖ый únsuccéssful [-sək'ses-]; ~ая попытка únsuccéssful attémpt

неудóбно uncómfortably [-'kʌm-]; в этом крéсле ~ сидéть this árm-cháir is uncómfortable to sit in; мне, прáво, ~ беспокóить вас I hate to bóther you

неужéли réally ['rɪə-]; ~ это прáвда? is it réally true?

неустóйчивый únstáble [-'steɪ-]; únstéady [-'ste-]; chángeable ['tʃeɪn-]

нефтепровóд *м* (oil) pípeline

нефть *ж* oil

нефтяник *м* óil-industry wórker ['wə:kə]

нечáянно accidéntally [æksɪ-]; úninténtionally; извините, я ~ sórry, I didn't mean it

нéчего I nóthing ['nʌ-]; мне ~ сказáть I have nóthing to say

нéчего II (*незачем*) no need; вам ~ спешить (беспокóиться) you needn't húrry (wórry ['wʌ-])

нечётный odd

неясный vague [veɪg]; результáты (ещё) неясны the resúlts are not clear [-ɪə] (yet)

ни: ни... ни... néither... nor...; ни бóльше, ни мéньше no less than...; как бы то ни было be it as it may

нигдé nówhere ['nəuwɛə]; егó ~ нет he's not to be found ánywhere ['enɪwɛə]; мы ещё ~ нé были so far we haven't been ánywhere

нидерлáнд‖ец *м*, ~ка *ж* Nétherlander

нидерлáндский Dutch, Nétherlands; ~ язык Dutch, the Dutch lánguage

нижний únder ['ʌndə]; lówer ['ləuə]; ~ этáж ground floor

ни за чтó by no means; not for the world [wə:ld]!

низкий 1. low [ləu] 2. (*подлый*) mean, base [-s]

низший lówer ['ləuə]; the lówest ['ləu-]; ~ сорт inférior quálity

никáк by no means; ~ не могу́ I réally ['rɪə-] can't

никогдá néver ['nevə]; я ~ здесь не был I've néver been here befóre; ~ в жизни néver in one's [wʌnz] life; почти ~ hárdly éver

никтó nóbody [-bədɪ], no one

никуда nówhere ['nəuwɛə]; я ~ не пойду I shan't go ánywhere ['enɪwɛə]

ним 1. him; я с ~ (не) виделся I have (not) seen him **2.** them; пойдём к ~ let's go to them, let's call on them

ними them; пойдём с ~ let's go with them

нитка ж, **нить** ж thread [θred]

них them; мы у ~ были we vísited ['vɪz-] them; я узнал о ~ много интересного I learnt a lot of interesting ['ɪntrɪst-] things abóut them

ничего nóthing [nʌ-]; у меня ~ нет I've nóthing ◇~! néver mind!; it doesn't mátter!

ничто nóthing ['nʌ-]

ничуть not at all, not a bit; я ~ не устал I'm not a bit tíred

ничь‖я ж спорт. a draw; сделать ~ю draw

но but; не только..., но и... not ónly ['əu-]..., but álso...

новатор м ínnovator; pionéer [paɪə-]

новинка ж nóvelty ['nɔ-]

новогодний New Yéar's

новолуние с new moon

новорождённый 1. new-born **2.** м (ребёнок) new-born báby

новоселье с hóuse-warming ['hauswɔ:mɪŋ] (párty)

новостройка ж **1.** new constrúction site **2.** (новое здание) néwly eréctеd building ['bɪl-]; (новый завод) néwly eréctеd plan

новость ж news

новый new; что нового? what news?, ány news?

нога ж (ступня) foot (мн. ч. feet); (выше ступни) leg ◇ идти в ногу keep in step

ноготь м nail; (на ноге) tóe-nail ['təu-]

нож м knife; столовый ~ táble-knife ['teɪbl-]

ножницы мн. scíssors ['sɪzɔz]

нокаут м knóck-out

нокдаун м knóck-down

ноль м zéro ['zɪərəu]; nought

номер м **1.** númber; ~ дома númber of the house **2.**: ~ обуви (перчаток) size of shoes [ʃu:z] (gloves [glʌ-]) **3.** (газеты и т. п.) íssue ['ɪʃu:]; númber **4.** (в концерте и т. п.) turn, ítem **5.** (в гостинице) room; у вас есть свободные ~а? have you ány vácant rooms?; в каком ~е вы живёте? in what room do you stay?; what is your room númber?; ключ от ~a key [ki:] of the room

норвеж‖ец м Norwégian [-'wi:dʒən]; ~ка ж Norwégian (wóman ['wu-])

норвежский Norwégian [-'wi:dʒən]; ~ язык Norwégian, the Norwégian lán-guage

но́рка *ж* mink

но́рм‖а *ж* quóta; rate; stándard; вы́полнить дневну́ю ~у prodúce the dáily quóta; ~ при́были rate of prófit

норма́льн‖ый nórmal; (*умственно полноценный*) sane; ~ая температу́ра nórmal témperature

нос *м* nose

носи́лки *мн.* strétcher

носи́льщик *м* pórter

носи́ть 1. cárry 2. (*одеж-ду*) wear [wɛə]

носки́ *мн.* socks

носо́к *м* (*ноги, обуви, чулка*) toe [tou]

но́та *ж в разн. знач.* note

но́т‖ы *мн.* músic; игра́ть без нот play withóut músic; игра́ть по ~ам play from músic

ночева́ть spend the night, stay óvernight

ночле́г *м* lódging for the night; устро́иться на ~ find a lódging for the night

ночно́й night(-)

ночь *ж* night; споко́йной но́чи! good [gud] night!; в 2 часа́ но́чи at two a. m.

но́чью at (by) night, in the night time; мы вернёмся по́здно ~ we'll be back late at night (*после полу́ночи* — in small hóurs, éarly in the mórning); наш по́езд прихо́диг ~ our

train arríves at night; сего́дня ~ (*до 24 ч.*) this night; (*после 24 ч.*) in the mórning; за́втра ~ (*до 24 ч.*) tomórrow night; (*после 24 ч.*) the day áfter [ˈɑːftə] tomórrow

ноя́брь *м* Novémber [nou-ˈvembə]

нра́виться: нра́вится ли вам..? do you like..?; мне не нра́вится... I don't like...

нра́вы *мн.* (*обычаи*) cústoms

нужда́ться (*в чём-л.*) need, be in need of, want; я нужда́юсь в сове́те (в о́тдыхе) I need advíce (rest)

ну́жно it is nécessary [ˈne-]; мне ~ идти́ I must go; что вам ~? what do you want?; мне не ~ э́того I don't need it

нырну́ть, выря́ть dive

ня́ня *ж* nurse; (*детская тж.*) nánny; báby-sitter

о, об 1. (*относительно*) abóut, of; о ком (о чём) вы говори́те? whom (what) are you tálking abóut?; не беспоко́йтесь об э́том! don't wórry [ˈwʌ-] abóut it!; ле́кция о жи́зни на плане́тах lécture on life on the plánets 2. (*при обозна-чении соприкосновения, столкновения*) agáinst, on, upón; я уда́рился о дверь I hit against the door

о́ба both [bəuθ]

обвести́ *спорт.* dodge

обвине́ние *с* 1. accusation [ækju:-]; charge 2. (*сторона в суде*) the prosecution

обвини́ть, обвиня́ть accúse [ə'kju:z] (of); charge (with)

обводи́ть *см.* обвести́

обвяза́ть, обвя́зывать tie [taɪ] (round); ~ верёвкой tie a rope round

обгоня́ть *см.* обогна́ть

обду́мать, обду́мывать think smth óver, consíder [-'sɪ-]

о́бе both [bəuθ]

обе́д *м* (*в середине дня*) lunch; (*поздний*) dínner; зва́ный ~ dínner-party; по́сле ~a in the afternoon

обе́дать have lunch (dínner); (*на званом обеде*) dine

обе́денный dínner; ~ стол dínner table [teɪbl]; ~ переры́в lunch break [breɪk]

обезья́на *ж* mónkey ['mʌ-]; (*человекообразная*) ape

обели́ск *м* óbelisk ['ɔbɪ-]

оберну́ть wrap up

оберну́ться turn (round)

обёртка *ж* wrápper; énvelope ['envələup]

обёртывать *см.* оберну́ть

обёртываться *см.* оберну́ться

обеспе́чен||ие *с* secúrity; guarantée [gærə-]; социа́льное ~ sócial ['səuʃ-] secúrity; ~ный 1. províded with 2. (*состоятельный*) wéll-to-dó, wéll-óff

обеспе́чивать, обеспе́чить 1. (*снабжать*) províde (with) 2. (*гарантировать*) secúre; ensúre [-'ʃuə]

обеща́ние *с* prómise ['prɔ-]

обеща́ть prómise ['prɔ-]

обже́чь burn; ~ся burn onesélf [wʌn-]

обжига́ть(ся) *см.* обже́чь (-ся)

обзо́р *м* súrvey; revíew [-'vju:]

оби́д||а *ж* offénce, ínsult; grudge; не дать себя́ в ~у be able to stand up for onesélf [wʌn-]

оби́деть offénd, hurt; ~ся be offénded, take offénce; be hurt

обижа́ть(ся) *см.* оби́деть (-ся)

оби́льный abúndant

обихо́д *м:* предме́ты дома́шнего ~a household uténsils

обко́м *м* (областно́й комите́т) régional commíttee

о́блако *с* cloud

о́бласть *ж* 1. région 2. (*отрасль*) field, sphere [sfɪə], domáin

о́блачный clóudy

облива́ть, обли́ть pour [pɔ:] (óver); (*нечаянно*) spill óver обло́жка *ж* со́ver ['kʌ-]: (*суперобложка*) dúst-jacket [-dʒæ-]

облока́чиваться, облокоти́ться lean one's [wʌnz] élbows [-əuz] (on); «не облока́чиваться» (*надпись*) "no léaning"

обма́н *м* fraud, decéption, húmbug

обману́ть, обма́нывать decéive, cheat

обма́хиваться fan onesélf [wʌn-] (with)

обме́н *м* exchánge [ıks'tʃeın-]; ~ мне́ниями exchánge of opínions; ~ о́пытом exchánge of expérience

обме́ниваться, обменя́ться exchánge [ıks'tʃeın-]

обморок *м* faint, swoon; па́дать в ~ faint

обнару́живать(ся) *см.* обнару́жить(ся)

обнару́жить 1. (*найти*) discóver [dıs'kʌ-] 2. (*проявить*) displáy; ~ся 1. (*отыскаться*) be found; turn up 2. (*выясниться*) appéar [ə'pıə], turn out

обнима́ть, обня́ть embráce

о́бо *см.* о

обогна́ть overtáke, outstrip

обогре́в *м* *тех.* héating

обо́дрить, ободря́ть encóurage [-'kʌ-]

обознача́ть, обозна́чить 1. (*помечать*) mark 2. (*значить*) mean; sígnify

обозрева́тель *м* cómmentator

обозре́ние *с* revíew [-'vju:]

обойти́ 1. (*вокруг*) go round 2. (*закон и т. п.*) eváde ◇ ~ молча́нием pass óver in sílence

обойти́сь 1. (*чем-л.*) mánage ['mænıdʒ]; (*без чего-л.*) do withóut 2. (*стоить*) cost, come [kʌm] to...; э́то обошло́сь до́рого (дёшево) this cost me a prétty pénny (a trifle) 3. (*обращаться*) treat

оборва́ть (*прекратить*) cut short; ~ся 1. break [-eık] 2. (*прерваться*) stop súddenly

оборо́на *ж* defénce [-s]

обороня́ть(ся) defénd (onesélf [wʌn-])

оборо́т *м* 1. (*речи*) turn of speech, phrase 2. *эк.* turnóver 3. *тех.* revolú́tion; пя́тый ~ вокру́г Земли́ fifth revolú́tion aróund the Earth 4.: на ~е on the back; смотри́ на ~е please turn óver (Р.Т.О.)

обору́дование *с* equípment; machínery [-'ʃi:n-]

обору́довать equip, fit out

обосно́ванный wéll-fóunded, wéll-gróunded

обоснова́ть, обосно́вывать substántiate, ground

обостри́ть, обостря́ть 1. inténsify, shárpen 2. ággravate; ~ отноше́ния strain relátions

обраба́тывать treat; (зем-
лю) till, cúltivate

обраба́тывающ‖ий: ~ая
промы́шленность manu-
fácturing índustries

обрабо́тать *см.* обра-
ба́тывать

обра́довать gládden, make
smb. háppy; ~ся be glad,
rejóice (at, in)

о́браз *м* 1. ímage ['ımıdʒ];
литерату́рный ~ cháracter
['kæ-] 2. (*способ*) mánner,
way; каки́м ~ом? how?;
таки́м ~ом thus; in that
way; гла́вным ~ом máinly,
príncipally; нико́им ~ом
by no means

образе́ц *м* módel ['mɔ-],
páttern; (*образчик*) sample
[sɑːmpl], spécimen ['spesı-
mın]

образова́ние I *с* formátion

образова́ние II *с* education; сре́днее (вы́сшее) ~
sécondary (hígher) educa-
tion; техни́ческое ~ téchnical educátion; наро́дное
~ públic education; полу-
чи́ть ~ be éducated ['edju:-]

образо́ванный (wéll-)
éducated [-'edju:-]

образова́ть make, form;
~ся be formed

образо́выв‖ать(ся) *см.* об-
разова́ть(ся)

образцо́вый módel['mɔdl]

обрати́ть: ~ внима́ние
(на) pay atténtion (to);
nótice; ~ чьё-л. внима́ние
(на) call (draw) smb's atténtion (to)

обрати́ться (*к кому-л.*)
addréss; ~ с призы́вом
appéal; ~ к врачу́ (go and)
see a dóctor

обра́тно back

обра́тн‖ый: ~ биле́т
retúrn ticket; ~ путь the
way back; в ~ую сто́рону
in the ópposite diréction

обраща́ть *см.* обрати́ть

обраща́ться 1. *см.* обра-
ти́ться 2. (*с кем-л.*) treat;
(*с чем-л.*) handle

обраще́ние *с* 1. (*к кому-
-либо*) addréss; appéal 2. (*с
кем-л.*) tréatment; (*с чем-
-либо*) hándling

обре́зать, обреза́ть cut
off

о́бруч *м* hoop

обры́в *м* (*крутой откос*)
précipice ['pre-]

обрыва́ть(ся) *см.* обор-
ва́ть(ся)

обря́д *м* rite, céremony
['serı-]

обсервато́рия *ж* obsérva-
tory

обсле́довать inspéct; in-
véstigate; (*больного*) exámine [ıɡ'zæ-]

обслу́живан‖ие *с* sérvice;
бюро́ ~ия Sérvice Buréau

обслу́живать *см.* обслу-
жи́ть

обслу́живающий:~персо-
на́л (staff of) atténdants

обслужи́ть serve, atténd
to

обстано́вка *ж* 1. (*мебель*)
fúrniture 2. (*положение дел*)
situátion; círcumstances *pl*

обстоя́тельств‖о *с* círcumstance; ~а измени́лись the circumstances have áltered; при любы́х ~ах in ány ['enɪ] case

обсуди́ть, обсужда́ть discúss, debáte

обсужде́ни‖е *с* discússion, debáte; предме́т ~я súbject únder discússion; point at íssue ['ɪʃu:]; внести́ на ~ вопро́с о... introdúce an ítem on...

обува́ться *см.* обу́ться

о́бувь *ж* fóotwear ['futwɛə]; shoes [ʃu:z], boots; де́тская (же́нская, мужска́я) ~ chíldren's (ládies', men's) shoes; рези́новая ~ rúbber óvershoes; моде́льная ~ fáshion shoes

обу́ться put [put] on one's [wʌnz] shoes [ʃu:z]

обуча́ть(ся) *см.* обучи́ть (-ся)

обуче́ние *с* tráining, instrúction; обяза́тельное ~ compúlsory educátion; совме́стное ~ có-education

обучи́ть teach, train; ~ся learn, be trained

обходи́ть *см.* обойти́

обходи́ться *см.* обойти́сь

обши́рный spácious, exténsive

обща́ться assóciate with; meet

общежи́тие *с* hóstel; *амер.* dórmitory; студе́нческое ~ stúdents' hóstel,

hall of résidence; *амер.* stúdents' dórmitory

общеизве́стный wéll--known

общенаро́дн‖ый públic; nátional ['næʃ-]; социалисти́ческое ~ое госуда́рство sócialist ['səuʃ-] state of the whole people [pi:pl]

обще́ние *с* cóntact; íntercourse; communicátion; ли́чное ~ pérsonal cóntact

обще́ственн‖ость *ж* públic; públic opínion [ə'pɪ-]; commúnity; мирова́я ~ world [wə:ld] públic opínion; ~ый públic, sócial ['səuʃ-]; ~ое мне́ние públic opínion; ~ое пита́ние públic cátering

о́бществ‖о *с* socíety [sə-'saɪ-]; commúnity; О. а́нгло--сове́тской дру́жбы British--Sóviet Fríendship ['frend-] Society; интере́сы ~а the ínterests ['ɪntrɪsts] of the commúnity

о́бщ‖ий 1. géneral ['dʒe-]; ~ее пра́вило géneral rule [ru:l] 2. cómmon; (*совме́стный*) mútual ['mju:tʃu-]; ~ие интере́сы cómmon ínterests ['ɪntrɪsts]; ◇ в ~ем on the whole [həul]

общи́тельный sóciable ['səuʃə-]

о́бщность *ж* commúnity; ~ интере́сов commúnity of ínterests ['ɪntrɪsts]

объедине́ние *с* 1. (*сою́з*) únion; associátion; pool 2. (*де́йствие*) unificátion; (*сли́ние*) amalgamátion, mérger объединённый united; combined

объедини́ть unite; combine; pool; consólidate ‌-'sɔ‌ɪ‌-]; ~ уси́лия join efforts; ~ся unite

объединя́ть(ся) см. объедини́ть(ся)

объе́зд м détour

объезжа́ть см. объе́хать

объекти́в м lens

объекти́вный objéctive

объём м vólume ['vɔ-]

объе́хать 1. (препя́тствие) go round; make a détour 2. (посети́ть) trável ['træ-] óver

объяви́ть decláre; announce

объявле́ние с 1. advértisement 2. (де́йствие) declarátion; annóuncement

объявля́ть см. объяви́ть

объясне́ние с explanátion

объясни́ть, объясня́ть expláin

объя́тие с embráce

обыгра́ть, обы́грывать beat smb; ~ кого́-л. со счётом... win with the score...

обыкнове́нный órdinary; úsual ['ju:ʒ-]

обы́чай м cústom

обы́чный см. обыкнове́нный

обя́занность ж dúty; всео́бщая во́инская ~ univérsal mílitary ['mɪ-] sérvice

обяза́тельно cértainly, without fail; он ~ придёт he is sure to come [kʌm]

обяза́ть 1. charge smb with the task (of dóing...) 2. (заста́вить) force 3. (сде́лать одолже́ние) oblíge; ~ся pledge onesélf [wʌn-]; commit onesélf

обя́зывать(ся) см. обяза́ть(ся)

овёс м oats pl

овладева́ть, овладе́ть seize; take hold of; (зна́ниями) máster

о́вод м gád-fly

о́вощи мн. végetables ['veʤɪ-]

овца́ ж sheep (мн. ч. sheep); (ове́чка) ewe [ju:]

овцево́дство с shéep-breeding

оглавле́ние с (table [teɪbl] of) cóntents

огласи́ть, оглаша́ть 1. annóunce 2. (предава́ть огла́ске) make smth públic

огляде́ться, огля́дываться look round

огляну́ться turn to look at smth, turn round; look back

огнетуши́тель м fíre-extínguisher

огова́риваться, оговори́ться 1. (ошиби́ться) make a slip (in spéaking) 2. (сде́лать огово́рку) make a reservátion

огово́рка ж 1. (обмо́лвка) slip of the tongue [tʌŋ] 2. (усло́вие) reservátion

ого́нь м 1. fire 2. (свет) light

огоро́д м kitchen-gárden; *амер.* truck gárden

огорча́ть(ся) *см.* огорчи́ть(ся)

огорче́ние с grief, sórrow [-əu]

огорчи́ть distréss; grieve; (*разочаровать*) disappóint; я огорчён, что... I'm disappóinted that...; **~ся** grieve; не огорча́йтесь! cheer up!

огра́да ж fence

ограниче́н‖ие с restríction; limitátion; без **~ия** withóut restríction

ограни́ченный 1. límited ['lɪm-] 2. (*неумный*) nárrow-minded [-əu'maɪn-]

ограни́чивать(ся) *см.* ограни́чить(ся)

ограни́чить límit ['lɪm-], restríct; **~ся** confíne onesélf [wʌn-] (to)

огро́мный huge, imménse; vast [-ɑ:-]

огры́зок м bit, end

огур‖е́ц м cúcumber; солёные **~цы́** sálted cúcumbers, píckled cúcumbers

одарённый gífted, tálented ['tæ-]

одева́ть(ся) *см.* оде́ть (-ся)

оде́жда ж clothes [-ðz]; ве́рхняя **~** stréet-clothes

одеколо́н м Éau-de-Cológne ['əudəkə'ləun]

одержа́ть, оде́рживать: **~** верх gain (get [get]) the úpper hand; **~** побе́ду gain (win) a víctory

оде́ть dress, clothe; **~ся** dress; put [put] smth on

одея́ло с blánket; (*стёганое*) quilt

оди́н 1. one 2. (*без други́х*) alóne

одина́ковый idéntical [aɪ'den-], the same

оди́ннадцать eléven [-'le-]

одино́кий lónely, sólitary ['sɔ-]; (*холостой*) single

одино́чество с sólitude

одино́чк‖а ж lone pérson; в **~у** alóne

одна́ *см.* оди́н

одна́жды once [wʌns]

одна́ко howéver [-'evə]; (and) yet

одно́: ~ и то́ же one and the same thing

одновре́ме́нно simultáneously, at the same time

однодне́вный óne-day ['wʌn-]

однообра́зный monótonous [-'nɔtn-]

односторо́нний óne-síded ['wʌn-]; úniláteral [-'lætə-]

однофами́лец м námesake

одноэта́жный óne-stóreyed ['wʌn'stɔ:-]

одобре́ние с appróval [ə'pru:-]

одобрить, одобря́ть appróve [ə'pru:-] (of)

одолже́ние с fávour; сде́лайте **~** do me a fávour

ожере́лье с nécklace [-lɪs]

ожесточённ‖ый bítter; fierce [fɪəs]; **~ая** борьба́ fierce struggle

оживле́ние с animátion

оживлённый ánimated ['ænɪ-], lively

ожида́н‖ие с wáiting, expectátion; в ~ии... pénding...; зал ~ия wáiting room

ожида́ть expéct; wait (for); я не ожида́л вас уви́деть I didn't expéct to see you

ожо́г м burn; (кипятко́м, паро́м) scald

о́зеро с lake

ози́м‖ый: ~ые хлеба́ winter crops

означа́ть mean, sígnify; что означа́ет э́то сло́во? what does this word [wəːd] mean?

озно́б м chill, (fit of) féver; у меня́ ~ I'm shívering ['ʃɪ-] (féverish)

озя́бнуть be chílly, be cold

оказа́ть rénder; show [ʃəu]; ~ по́мощь help, rénder assístance (aid); ~ гостеприи́мство show hospitálity; ~ся 1. turn out, prove [-uːv] (to be) 2. (очути́ться) find onesélf [wʌn-]

ока́зывать(ся) см. оказа́ть(ся)

океа́н м ócean ['əuʃən]; ~ский ócean ['əuʃən]

окла́д м sálary ['sæ-]; básic [-sɪk] wage

оклика́ть, окли́кнуть h ail, call (to)

окно́ с window [-dəu]

о́коло 1. (во́зле) near [nɪə], by; (ря́дом) next to **2.** (приблизи́тельно) abóut; в э́том за́ле ~ 500 мест this hall seats abóut five húndred

оконча́ние с **1.** (спекта́кля и т.п.) terminátion; end **2.** шахм. éndspiel [-ʃp-]

оконча́тельный final

око́нчить fínish ['fɪ-]; ~ шко́лу fínish school [skuːl]; ~ вуз gráduate at a cóllege ['kɔlɪdʒ]; конце́рт око́нчен the cóncert is óver; ~ся end; términate

о́корок м ham, gámmon

око́шко с window [-dəu]

окра́ина ж (го́рода) óutskirts pl

окра́сить, окра́шивать paint; (ткань и т. п.) dye [daɪ]; (слегка́) tíncture; осторо́жно, окра́шено! fresh paint!; амер. wet paint!

окре́стност‖ь ж environs pl [ɪn'vaɪə-]; в ~и in the néighbourhood

окро́шка ж ok-óshka (cold kvass soup)

о́круг м dístrict; избира́тельный ~ constítuency, eléctoral dístrict

окружа́ть см. окружи́ть

окруже́ние с (среда́) environment [ɪn'vaɪər-]

окружи́ть 1. surróund (by); дом был окружён забо́ром there was a fence round the house **2.** воен. encírcle [ɪn'səːkl]

октя́брь м Octóber

óкунь *м* perch

окýрок *м* (*папиросы*) cigarétte-end [sɪɡə-]

олáдьи *мн.* páncakes (*thick and small*), frítters

олéнь *м* deer (*мн. ч.* deer)

олимпиáда *ж спорт.* Olýmpiad

олимпúйск‖ий Olýmpic; ~ие úгры Olýmpic games; лéтние (зúмние) ~ие úгры Súmmer (Wínter) Olýmpics; ~ огóнь (девúз, сúмвол, флаг) Olýmpic flame (mótto, sýmbol, flag); ~ая клятва Olýmpic oath

омлéт *м* ómelette ['ɔmlɪt]

он he; (*для неодушевл. предм.*) it; он тóлько что вышел he has just gone out

онá she; (*для неодушевл. предметов*) it; онá бýдет в три часá she will come [kʌm] at three

онú they; ~ всегдá вам рáды they are álways glad to see you

онó it;   пожáлуйста, дáйте мне пальтó, ~ висúт в шкафý please give [ɡɪv] me my coat, it hangs in the wárdrobe

ООН   (Организáция Объединённых Нáций) *см.* организáция

опáздывать *см.* опоздáть

опáсн‖ость *ж* dánger ['deɪ-]; ~ый dángerous ['deɪ-]

óпера *ж* ópera ['ɔpərə]

операция *ж* operátion

опередúть,   опережáть outstríp; (*во времени*) forestáll

оперéтта *ж* músical (cómedy ['kɔ-]); operétta

оперúровать óperate (on)

óперный ópera ['ɔpərə]; ~ теáтр ópera-house; ~ певéц ópera-sínger

описáние *с* descríption

опúска *ж* slip of the pen

оплáта *ж* páy(ment); remunerátion

оплатúть pay

оплáченн‖ый: с ~ым отвéтом replý-paid

оплáчивать *см.* оплатúть

опоздáн‖ие *с* cóming ['kʌm-] late; únpunctuálity [-'ælɪ-]; (*задержка*) deláy; без ~ия in time; с ~ием на час an hour ['auə] late

опоздáть be late; ~ на 5 минýт be five mínutes late; ~ на пóезд miss the train; пóезд опáздывает the train is óverdue

опрáв‖а *ж* rim, frame; (*камня*) sétting; встáвить в ~у set, mount; очкú без ~ы rímless glásses

оправдáние *с* 1. justificátion; excúse [-s] 2. *юр.* acquíttal

оправдáть,   опрáвдывать 1. excúse 2. *юр.* acquít

определённый définite ['de-]

определúть, определять defíne; detérmine

опрокйдывать, опрокйнуть upset; overturn; topple down

опрос *м* interrogation; (*населения*) poll; ~ общéственного мнéния (públic opínion [-'pɪ-]) poll

опубликовáть, опубликовывать públish

опускáть(ся) *см.* опусти́ть(ся)

опустéǁть becóme [-'kʌm] émpty; зал ~л éverybody ['evrɪbɔdɪ] left the hall

опусти́ть 1. lówer ['ləuə]; ~ письмó drop a létter 2. (*пропустить*) omít; ~ся 1. fall; (*погрузиться*) sink; (*на колени*) kneel 2. (*морально*) degráde, degénerate [-'dʒe-]

óпухоль *ж* swélling; *мед.* túmour

óпыт *м* 1. (*навыки*) expérience [-'pɪər-]; произвóдственный ~ knów-how ['nəuhau] 2. (*эксперимент*) expériment [-'perɪ-]; test

óпытнǁый 1. (*о человеке*) expérienced [-'pɪər-] 2. (*относящийся к опытам*) experiméntal; ~ая устанóвка pílot plant

опя́ть agáin

орáнжевый órange

орапжерéя *ж* hóthouse [-s]

орáтор *м* spéaker

орáтория *ж* oratório

орби́тǁа *ж* órbit; промежýточная ~ párking órbit; выведéние на ~y plácing

(bóosting, pútting [put-]) into ['ɪntu] órbit

óрган *м* órgan; bódy ['bɔ-]; законодáтельный ~ législative bódy; исполни́тельный ~ exécutive bódy; ~ы влáсти the authórities

оргáн *м муз.* órgan

организáтор *м* órganizer

организáция *ж* organizátion; Организáция Объединённых Нáций the United Nátions (Organizátion)

организовáть órganize, arránge [-'reɪ-]

óрден *м* órder, decorátion; ~ Лéнина Órder of Lénin; ~ Крáсного Зна́мени Órder of the Red Bánner; ~ Крáсной Звезды́ Órder of the Red Star; ~ «Знак почёта» the Badge of Hónour; награди́ть ~ом décorate with an órder

орденонóсец *м* órder-bearer [-bɛərə]

орёл *м* eagle

орéх *м* 1. nut; земляно́й ~ péanut; кокóсовый ~ cóco-nut; грéцкий ~ wálnut 2. (*дерево*) nút-tree; (*материал*) wálnut

оригинáльный original [-'rɪdʒə-]

оркéстр *м* órchestra ['ɔ:kɪstrə]

орнáмент *м* órnament

ороси́ть, орошáть írrigate

орошéние *с* irrigátion

орýдие *с* 1. ímplement; tool; instrument 2. *воен.* gun

осадки *мн.* (*атмосфер-ные*) precipitátion

осва́ивать *см.* **осво́ить**

осве́домиться, осведом-ля́ться inquíre, make inquíries

освежа́ться, освежи́ться refrésh onesélf [wʌn-]; take an áiring

освети́ть, освеща́ть il-lúminate; light (up) *перен.* cast (throw [-əu]) light (upón)

освеще́ние *с* illuminátion; *перен.* elucidátion [ɪlu:sɪ-]; электри́ческое ~ eléctric light

освободи́тельн‖ый liber-átion; emancipátory; ~ое движе́ние liberátion móve-ment

освободи́ть, освобож-да́ть (set) free, líberate [ˈlɪ-]; reléase [-s]

освобожде́ние *с* liberá-tion; emancipátion; *юр.* reléase [-s]

освое́ние *с* mástering; ~ цели́нных земе́ль reclamá-tion of vírgin lands

осво́ить máster; assími-late [-ˈsɪ-]; ~ о́пыт assími-late the expérience; ~ся familiarize [fəˈmɪljə-] onesélf [wʌn-] with; feel éasy; ~ся с обстано́вкой fit onesélf ínto [ˈɪntu] the situátion

осёл *м* dónkey; ass

осе́нний áutumn [ˈɔ:təm]; ~ сезо́н áutumn séason

о́сень *ж* áutumn [ˈɔ:təm]; *амер.* fall

о́сенью in áutumn [ˈɔ:təm]; бу́дущей (про́шлой) ~ next (last) áutumn

осётр *м* stúrgeon

осетри́на *ж* stúrgeon

оси́на *ж* áspen [ˈæspən]

оскорби́ть insúlt, of-fénd

оскорбле́ние *с* ínsult, of-fénce

оскорбля́ть *см.* **оскор-би́ть**

ослабева́ть, ослабе́ть grow [grəu] week (feeble)

осла́бить, ослабля́ть 1. wéaken 2. (*уменьшать на-пряжение*) reláx

осложне́ние *с* complicá-tion

осма́тривать *см.* **осмо-тре́ть**

осме́ливаться, осме́-литься dare

осмо́тр *м* inspéction; ex-aminátion [ɪgzæmɪ-]; súrvey; ~ багажа́ examinátion of lúggage; медици́нский ~ médical examinátion

осмотре́ть inspéct, exám-ine [ɪgˈzæmɪn]; (*здание и т. п.*) go óver; ~ го́род go on a tour of a cíty [ˈsɪ-]; *разг.* do the cíty

осно́ва *ж* base [beɪs]; básis [-sɪs]; foundátion

основа́ние *с* 1. (*действие*) foundátion 2. (*причина*) grounds, réason

основа́тель *м* fóunder; ~ный 1. sólid [ˈsɔ-] 2. (*обоснованный*) wéll--gróunded, wéll-fóunded 3.

(*тщательный*) thórough ['θʌ-]

основа́ть found

основно́й fundaméntal, básic [-sɪk], príncipal

осно́вывать *см.* основа́ть; ~ся (*о предложении и т. п.*) be based (on)

осо́бенн‖о espécially [ɪs-'peʃ-], particularly, in particular; ~ый spécial ['speʃ-], particular

осо́бый spécial ['speʃ-]; particular; (*необычный*) pecúliar

о́сп‖а *ж* smállpox; приви́ть ~у кому́-л. váccinate smb

оспа́ривать dispúte, contést; ~ пе́рвое ме́сто conténd for the chámpionship (title [taɪtl])

остава́ться *см.* оста́ться

оста́вить, оставля́ть leave; (*покинуть*) abándon; ~ в поко́е leave smb alóne; ~ далеко́ позади́ leave far behínd; я оста́вил до́ма... I left... at home

остально́й the rest

остана́вливать(ся) *см.* остано́вить(ся)

остано́вить stop; put [put] an end (to); ~ся 1. stop; маши́на останови́лась у воро́т the car pulled [puld] up (stopped) at the gate 2. (*в гостинице и т. п.*) stay (at)

остано́в‖ка *ж* 1. stop; без ~ок withóut [wɪð-] ány

stops; ~ авто́буса (трамва́я, тролле́йбуса) bus (tram, trólley-bus) stop 2. (*перерыв в путешествии*) stóp-over; сде́лать ~ку в Варша́ве make a stóp-over in Wársaw

оста́ться 1. stay; remáin 2. (*быть оставленным*) be left; наш бага́ж оста́лся на перро́не we left the lúggage on the plátform; до отхо́да по́езда оста́лось де́сять мину́т the train leaves in ten mínutes

осторо́жн‖о cárefully; cáutiously ['kɔ:ʃəslɪ]; ~! look out!; ~ый cáreful, cáutious ['kɔ:ʃəs]

остри́ть (*говорить остро́ты*) joke, jest, crack jokes

о́стров *м* ísland ['aɪlənd]

острота́ *ж остроу́мное выраже́ние*) joke, witticism; *разг.* wísecrack

остроу́мный witty

о́стр‖ый 1. (*заострённый*) sharp 2. keen; acúte; ~ая боль acúte pain; ~ со́ус hot (píquant ['pi:kənt]) sauce

остыва́ть, осты́ть cool (down), get [get] cold

осуди́ть, осужда́ть 1. (*порицать*) blame 2. *юр.* séntence (to)

осуше́ние *с* dráinage

осуществи́ть, осуществля́ть cárry out, réalize ['rɪə-], fulfíl; ~ся: моя́ мечта́ осуществи́лась my dream **has** come [kʌm] true

от from; я получи́л письмо́ от родны́х I got a létter from my folks (rélatives); я узна́л э́то от него́ I learnt from him abóut it; к се́веру от to the north of; кто стои́т (сиди́т) сле́ва (спра́ва) от вас? who is stánding (sitting) on your left (right)?; да́йте мне что́-нибудь от головно́й бо́ли give [gɪv] me some [sʌm] rémedy for héadache [ˈhedeɪk]; от всего́ се́рдца, от всей души́ with all (from the bóttom of) one's [wʌnz] heart [hɑːt]; я в восто́рге от э́той пое́здки (от ва́шего предложе́ния) I'm delíghted with this trip (with your propósal); э́то от меня́ не зави́сит it doesn't depénd on me, I can't help it; э́то зави́сит от вас it lies with you

отбива́ть см. отби́ть

отбира́ть см. отобра́ть

отби́ть (отрази́ть атаку) beat off, repúlse, repél; (мяч) retúrn

отбо́рный seléct, choice

отвезти́ take awáy; drive

отверга́ть, отве́ргнуть reject, turn down; (голосова́нием) vote down; ∼ законопроéкт kill the bill

отверну́ться turn awáy (from), turn one's [wʌnz] back (on)

отвести́ 1. lead (take) asíde 2. (отклони́ть) reject

3. (уда́р и т. п.) párry 4. (помеще́ние и т. п.) allót

отве́т м ánswer [ˈɑːnsə]; replý; в ∼ (на) in ánswer (replý) (to)

отве́тить ánswer [ˈɑːnsə]; replý; ∼ на вопро́с ánswer a quéstion [ˈkwestʃən]

отве́тствен‖ность ж responsibílity [-ˈbɪ-]; ∼ный respónsible; (отвеча́ющий за) in charge of; ∼ный секрета́рь exécutive [-ˈze-] sécretary

отвеча́ть (за что́-л.) ánswer [ˈɑːnsə] for; (нести́ отве́тственность) be respónsible (ánswerable) for

отвлека́ть, отвле́чь distráct, divért; ∼ внима́ние distráct smb's atténtion

отводи́ть см. отвести́

отвози́ть см. отвезти́

отвора́чиваться см. отверну́ться

отвори́ть, отворя́ть ópen

отвраще́ние с disgúst, lóathing

отгада́ть, отга́дывать guess

отгова́ривать, отговори́ть dissuáde; talk smb out of dóing smth; ∼ся excúse onesélf [wʌn-]

отгово́рка ж excúse [-s], prétext

отдава́ть, отда́ть 1. give [gɪv]; (возврати́ть) retúrn, give back; я отда́л ему́ кни́гу I retúrned the book to him 2.: ∼ до́лжное rénder smb his due отде́л м séction; (*учрежде́ния тж.*) depártment

отделе́ние с 1. (*часть чего-л.*) séction; divísion [dɪ-'vɪʒn] 2. (*филиа́л*) depártment; branch; ~ мили́ции (lócal) milítia státion; почто́вое ~ póst-office 3. (*концерта*) part

отдели́ть séparate ['sepə-]; divíde; (*разъедини́ть*) disjóin; ~ся séparate ['sepə-]; (*о предме́те*) get [get] detáched

отде́лка ж (*украше́ние*) trímming

отде́льный séparate ['seprɪt]; indivídual [-'vɪd-]; ~ но́мер single room

отделя́ть(ся) *см.* отдели́ть(ся)

отдохну́ть rest, have (take) a rest

о́тдых м rest, repóse; reláxation; recreátion

отдыха́ть *см.* отдохну́ть

оте́ц м fáther ['fɑ:ðə]

оте́чественн‖ый nátional ['næʃ-]; home, doméstic [-'ks-]; ~ого произво́дства hóme-made

оте́чество с hómeland, mótherland ['mʌ-], nátive land

о́тзыв м (*сужде́ние*) opínion ['pɪ-]; réference ['ref-]; (*реце́нзия*) revíew [-'vju:]

отзы́в м (*посла́ и т. п.*) recáll

отзыва́ть(ся) *см.* отозва́ть(ся)

отзы́вчивый respónsive, sympathétic [sɪmpə'θetɪk]

отка́з м refúsal

отказа́ть, отка́зывать refúse; не откажи́те в любе́зности... be so kind as to...; ~ся 1. refúse; decline 2. (*от*) give [gɪv] up; не откажу́сь I won't say no

откидн‖о́й fólding ['fəu-]; ~о́е сиде́нье (кре́сло) collápsible seat, jump seat (chair [tʃeə])

откла́дывать *см.* отложи́ть

о́тклик м respónse [-s]

отклони́ть (*про́сьбу и т. п.*) decline, rejéct; ~ся move [mu:v] aside; defléct; déviate; (*от те́мы*) digréss (from)

отклоня́ть(ся) *см.* отклони́ть(ся)

открове́нный frank; (*о челове́ке тж.*) outspóken

открыва́ть *см.* открыть

откры́тие с 1. ópening; (*вы́ставки и т. п.*) inaugurátion 2. (*нау́чное*) discóvery [-'kʌ-]

откры́тк‖а ж póstcard ['pəu-]; ~и с ви́дами Москвы́ póstcards with views [vju:z] of Móscow

откры́тый ópen

откры́ть 1. ópen; откро́йте дверь ópen the door; музе́й откры́т с... the muséum [mju:'zɪəm] is ópen from... 2. (*торже́ственно*) ináugurate; (*па́мятник*) unvéil [-'veɪl] 3. (*собра́ние, пре́ния и т. п.*) ópen, start 4. (*обнару́жить*) find out; *(сделать открытие)* discóver [-'kʌ-]

откýда where... from; ~ вы? where are you from?; ~ вы это знáете? how do you know [nəu] it?

откýда-нибудь from sómewhere ['sʌmweə] or óther ['ʌðə]

откýпоривать, откýпорить úncórk, ópen

откусить, откýсывать bite off

отлёт *м* flýing awáy; *(о самолёте тж.)* depárture; start, take-óff

отлив I *м* ebb, low [ləu] tide

отлив II *м (оттенок):* с синим *(рóзовым)* ~ом shot with blue (pink)

отличáть см. отличи́ть; ~ся 1. см. отличи́ться 2. differ from 3. *(чем-л. характеризоваться)* be remárkable for

отличи́||ие *с* dífference; distínction; в ~ от... únlike; as distínct from; знáки ~ия insígnia

отличи́ть distínguish; ~ся *(выделиться)* distínguish onesélf [wʌn-] (by)

отличн||о éxcellent, pérfectly; it's éxcellent; ~! éxcellent!; ~ый 1. *(превосходный)* éxcellent, pérfect 2. *(другой)* different (from)

отлóгий slóping

отложенн||ый: ~ая пáртия *шахм.* adjóurned game

отложи́ть 1. *(положить в сторону)* lay asíde **2.** *(отсрочить)* put [put] off, deláy; *(заседание)* postpóne [pəu-]

отложнóй: ~ воротни́чóк túrn-down cóllar

отмéна *ж* abolítion [-'lɪ-]; *(закона)* abrogátion, revocátion; *(распоряжения)* cancellátion, cóuntermand; ~ эмбáрго lífting of the embárgo

отмени́ть, отменя́ть cáncel; abólish [-'bɔ-]; repéal

отмéтить mark; note

отмéтка *ж* mark; note

отмечáть см. отмéтить

отнести́ take (to); cárry (awáy)

отнимáть см. отня́ть

относи́ть см. отнести́

относи́ться 1. *(иметь отношение)* concérn; applý to **2.** *(обходиться с кем-л.)* treat

отношéн||ие *с* **1.** *(обращение)* tréatment; хорóшее *(плохóе)* ~ good [gud] (ill) tréatment **2.** *(связь)* relátion; в ~ии... in connéction with... **3.** *(позиция))* áttitude, stand **4.** *(документ)* létter; memorándum

отня́ть *(взять)* take awáy

ото см. от

отобрáть 1. *(отнять)* take awáy **2.** *(выбрать)* seléct, pick out

отовсю́ду from éverywhere ['evrɪ-]

отодвига́ть(ся) *см.* отодви́нуть(ся)

отодви́нуть, ~ся move [mu:v] (aside, back)

отозва́ть 1. (*в сторону*) take aside 2. (*посла*) recáll; ~ся (*ответить*) ánswer [ˈɑːnsə], replý; écho [ˈekəu]

отойти́ 1. move [mu:v] awáy; ~ в сто́рону step aside (from) 2. (*о поезде и т. п.*) leave 3. (*отстрани́ться*) withdráw

отопле́ние *с* héating; центра́льное (паровое) ~ céntral héating

оторва́ть 1. tear [tɛə] (awáy, from, off) 2. *перен.* distúrb; prevént (from); ~ся 1. come [kʌm] off; пу́говица оторвала́сь the bútton has come off; ~ся от земли́ (*о самолёте*) take off 2. (*отвлекаться от чего-л.*) tear [tɛə] onesélf [wʌn-] awáy (from) 3. *спорт.*: ~ся от проти́вника get [get] free of the oppónent

отосла́ть send awáy (off)

отпере́ть, отпира́ть ópen, únlóck

отплыва́ть sail

отплы́тие *с* sáiling; depárture

отплы́ть *см.* отплыва́ть

отпо́р *м* rebúff

отправи́тель *м* sénder

отпра́вить send, dispátch; ~ся set off, leave (for); по́езд отпра́вится в 5 часо́в the train leaves at five o'clóck

отправля́ть(ся) *см.* отпра́вить(ся)

о́тпуск *м* leave; (*регуля́рный*) hóliday [ˈhɔlədɪ]; *амер.* vacátion; ~ по боле́зни síck-leave; ~ по бере́менности и ро́дам matérnity leave; в ~е on leave

отпуска́ть, отпусти́ть 1. let go; set free 2. (*товар и т. п.*) serve

отравле́ние *с* póisoning

отража́ть *см.* отрази́ть

отраже́ние *с* 1. refléction 2. (*нападения*) repúlse

отрази́ть *спорт.* beat back

о́трасль *ж* branch, field; ~ промы́шленности an índustry

отре́з *м* 1. cút-off (line) 2. (*ткань*): ~ на костю́м (на пла́тье, на пальто́, на брю́ки) súiting (dréssgoods, cóating, tróusering)

отре́зать, отреза́ть cut off

отрица́ть dený

отрыва́ть(ся) *см.* оторва́ть(ся)

отры́вок *м* éxtract, frágment; pássage

отря́д *м* detáchment

отсе́к *м* séction, compártment, bay; módule [ˈmɔ-]; прибо́рный ~ ínstrument bay (compártment); лу́нный ~ lúnar [ˈluː-] módule

отсро́чивать, отсро́чить postpóne [pəu-], put [put] off

отставать, отстать 1. lag behind; *перен.* be backward (behind); не отставайте don't lag behind 2.: часы отстают на 10 минут the watch (clock) is ten minutes slow [sləu]

отстёгивать, отстегнуть únbútton; únfásten [-'fɑ:sn], úndó ['ʌn'du:]

отступать, отступить 1. step back; retréat 2. (*от правила и т. п.*) déviate (from)

отсутствие с 1. ábsence 2. (*неимение*) lack (of)

отсутствовать be ábsent

отсюда 1. from here 2. (*из этого*) hence

оттенок м shade; (*цвета*) tint, hue [hju:]

оттепель ж thaw

оттого thérefore; ~ что becáuse

оттуда from there

отход м 1. (*поезда*) depárture 2. (*отклонение*) deviation

отходить см. **отойти**

отчасти pártly

отчего why

отчество с patronýmic [-'nɪm-]; как ваше ~? what is your patronýmic?

отчёт м accóunt [ə'kau-]; (*доклад*) repórt

отчитаться, отчитываться give [gɪv] an accóunt [ə'kau-]; repórt

отъезд м depárture

официальный officíal [ə'fɪ-ʃəl]; fórmal

официант м wáiter; (*на самолёте, судне*) stéward; ~ка ж wáitress; (*на самолёте, судне*) stéwardess

оформить (*придать форму*) put [put] into ['ɪntu] shape

оформление с (*искусство*) móunting; сценическое ~ stáging; художественное ~ décorative desígn

оформлять см. **оформить**

охватить, охватывать envélop [-'ve-]; embráce; compríse

охладить, охлаждать cool (off)

охота ж húnting

охотиться hunt; *перен. тж.* chase

охотник м húnter

охотно willingly; gládly, réadily ['re-]

охрана ж 1. (*стража*) guard 2. (*действие*) gúarding; ~ материнства и младенчества móther]'mʌ-] and child welfáre; ~ труда lábour protéction

охранять guard (from), protéct (from)

охрипнуть get [get] hóarse [hɔ:s]

оценивать, оценить 1. (*определить цену*) éstimate 2. (*признаать достоинства*) apréciate [-pri:ʃ-]

оценка ж 1. (*определение цены*) estimátion; (*высокая*) appreciátion 2. (*отметка*) mark

160

очáг *м* hearth; *перен.* hótbed; ~ войны hótbed of war

очарова́тельный chárming

очеви́дец *м* éyewitness ['aı-]

очеви́дно évidently ['evı-]; (*вероятно*) appárently [-'pæ-]; соверше́нно ~ óbviously

о́чень véry ['verı]; (*с глаголами*) véry much; ~ вам благода́рен thank you véry much

о́чередь *ж* 1. turn; тепéрь моя́ ~ it's my turn now 2. (*людей*) line, queue [kju:]; (*список*) wáiting list

о́черк *м* sketch; éssay; (*в газете*) (féature) árticle

очи́стить, очища́ть 1. clean, púrify 2. (*овощи и т. п.*) peel

очки́ *мн.* spéctacles, éye-glasses ['aı-]

очко́ *с спорт.* point

очну́ться recóver [-'kʌ-]; regáin cónsciousness, come [kʌm] to one's [wʌnz] sénses

ошиба́ться, ошиби́ться be mistáken; make a mistáke

оши́бк‖а *ж* mistáke; (*заблуждение*) érror; грубая ~ blúnder; по ~е by mistáke

оштрафова́ть fine; *спорт.* púnish ['pʌ-]

ощути́ть, ощуща́ть sense, feel

ощуще́ние *с* sensátion

павильо́н *м* pavílion [-'vıljən]

павли́н *м* péacock

па́дать 1. fall 2. (*понижаться*) sink

паде́ние *с* 1. fall; drop 2. (*правительства*) dównfall

паке́т *м* pácket ['pæ-]; párcel

пакиста́н‖ец *м*, ~ка *ж* Pakistáni [-s'tɑ:nı]

пакиста́нский Pakistáni [-s'tɑ:nı]

пакт *м* pact; ~ о взаимопо́мощи mútual assístance pact; ~ о ненападе́нии nón-aggréssion pact

пала́та *ж* 1. (*в больнице*) ward 2. (*учреждение*) chámber ['tʃeı-]; (*законодательная тж.*) House; ~ ло́рдов the House of Lords, the Lords; ~ о́бщин the House of Cómmons, the Cómmons; ~ представи́телей *а мер.* the House of Represéntatives; Торго́вая ~ the Chámber of Cómmerce; Оруже́йная ~ Ármoury Muséum [mju:'zıəm]

пала́тка *ж* 1. tent 2. (*ларёк*) booth, stall

па́лец *м* (*руки*) fínger [-gə]; (*ноги*) toe [təu]; большо́й ~ (*руки*) thumb [θʌm]; (*ноги*) big toe;

указа́тельный ~ fórefinger, índex (fínger); безымя́нный ~ fourth fínger; (*на левой руке тж.*) ring-finger; сре́дний ~ middle (third) fínger

па́лка *ж* stick

па́луба *ж* deck; ве́рхняя (ни́жняя) ~ úpper (lówer) deck

па́льма *ж* palm(-tree); коко́совая ~ cóco, cóco-nut tree; фи́никовая ~ dáte(-palm)

пальто́ *с* (óver)coat; зи́мнее (ле́тнее, осе́ннее) ~ wínter (súmmer, áutumn [ˈɔ:təm]) óvercoat; мужско́е (да́мское, де́тское) ~ man's (lády's, child's) óvercoat

па́мятник *м* mónument [ˈmɔ-]; memórial [mɪˈmɔ:-rɪəl]; поста́вить ~ кому́-л. eréct a mónument to smb; заложи́ть ~ lay the foundátion of the mónument

па́мять *ж* 1. mémory [ˈmem-] 2. (*воспоминание*) recolléction, remémbrance; на ~ as a kéepsake; в ~ о на́шей встре́че in mémory (in commemorátion) of our méeting ◇ на ~ (*наизусть*) by heart [hɑ:t]; он без па́мяти he is uncónscious

панно́ *с* pánel [ˈpæ-]

пансио́н *м* 1. (*школа*) bóarding-school [ˈbɔ:dɪŋsk-] 2. (*гостиница*) bóarding-house; по́лный ~ board and lódging

пансиона́т *м* bóarding--house

па́па I *м* (*отец*) dád(dy), papá [pəˈpɑ:]

па́па II *м* (*глава католической церкви*) Pope

папиро́са *ж* cigarétte [sɪgə-]

пар I *м* steam

пар II *м* *с.-х.* fállow [ˈfæləu]

па́ра *ж* 1. pair; ~ боти́нок pair of shoes [ʃu:z] 2.: супру́жеская ~ márried couple

парагва́||ец *м*, ~йка *ж* Paragúayan [-ˈgwaɪən]

парагва́йский Paragúayan [-ˈgwaɪən]

пара́граф *м* páragraph [ˈpæ-]

пара́д *м* paráde; *воен.* reviéw [-ˈvju:]; принима́ть ~ recéive a reviéw

парашю́т *м* párachute [-ʃu:t]; ~и́ст *м* párachutist [-ʃu:t-], paráchute-júmper [-ʃu:t-]; ~ный: ~ная вы́шка párachute tówer; ~ный спорт párachute sport

па́рень *м* féllow [-əu]; chap; *амер.* guy [gaɪ]

пари́к *м* wig

парикма́хер *м* háirdresser; (*только мужской*) bárber

парикма́херская *ж* háirdressing salóon, the háirdresser's; (*мужская*) bárber shop

пари́льня *ж* stéam-room, Túrkish bath

парк *м* park; ~ культу́ры и о́тдыха park of cúlture and recreátion; amúsement park

парке́т *м* párquet [-keɪ]

парла́мент *м* párliament [-ləmənt]; nátional [ˈnæʃ-] assémbly; (*не английский тж.*) díet [ˈdaɪət]

парово́з *м* stéam-engine; *амер.* íocomotive

парово́й steam(-)

паро́дия *ж* párody [ˈpæ-]

паро́м *м* férry(-boat)

парохо́д *м* stéamer, (stéam-)ship; boat; мы пое́дем на ~е we'll take (go by) stéamer; ~ство *с:* Балти́йское ~ство Báltic Lines

партбиле́т *м* (парти́йный биле́т) Párty card

парте́р *м театр.* pit; (*передние ряды*) stalls; тре́тий ряд ~а third row of the stalls

партиза́н *м*, ~ка *ж* guerílla-fíghter [gəˈrɪlə-], partisán [-ˈzæn]

парти́йн‖ость *ж* (*принадлежность к партии*) Párty mémbership; ~ый 1. Párty; ~ый съезд Párty Cóngress 2. *м* Párty mémber

партиту́ра *ж муз.* score

па́ртия I *ж* párty; Коммунисти́ческая ~ Сове́тского Сою́за the Cómmunist Párty of the Sóviet Únion

па́рти‖я II *ж* 1. (*отряд*) párty; detáchment; пе́рвая ~ тури́стов уже́ вы́ехала the first group of tóurists has alréady left 2. (*товара*) batch; lot 3. *спорт.* game, set; сыгра́ем ~ю в те́ннис (в ша́хматы) let's have a set (a game of chess) 4. *муз.* part; ~ю роя́ля исполня́ет... at the piáno...

партнёр *м*, ~ша *ж* pártner

па́рус *м* sail; поднима́ть ~á set sail; идти́ под ~а́ми sail

па́русн‖ый: ~ое су́дно sáiling véssel, sáiler; ~ спорт sáiling (sport); *ол.* yáchting [ˈjɔtɪŋ]

парфюме́рия *ж* perfúmery

парфюме́рный: ~ магази́н perfúmer's shop

пас *м* pass

па́смурный: ~ день dull (místy) day

пасова́ть *спорт.* pass

па́спорт *м* pássport

пассажи́р *м* pássenger

па́ста *ж* paste [peɪst]; зубна́я ~ tóoth-paste

пасте́ль *ж жив.* pastél [-ˈtel]

пасти́ tend, shépherd [ˈʃepəd]

пастила́ *ж* frúit- [ˈfruːt-] (bérry-)swéetmeat

па́стор *м* mínister [ˈmɪ-], pástor

пасту́х *м* hérdsman

па́сха *ж* Éaster

пат *м шахм.* stálemáte; де́лать ~ stálemáte

пате́нт *м* pátent

патенто́ванн||ый pátent; ~ое сре́дство pátent médicine

патриа́рх *м* pátriarch ['peitriɑ:k]

патрио́т *м* pátriot; ~и́зм *м* pátriotism; ~и́ческий patriótic [-'ɔtɪk]

патро́н *м* cártridge

паха́ть plough [-au], till

па́хнуть smell (of); (*неприятно*) reek (of)

пацие́нт *м* pátient ['peɪʃnt]

па́чка I *ж* páckage; ~ папиро́с (*сигаре́т*) páckage (pack) of cigaréttes [sɪgə-]

па́чка II *ж* (*балери́ны*) tútu ['tu:tu:]

па́шня *ж* árable ['ær-] (land)

паште́т *м* meat pie [paɪ], pâté ['pɑ:teɪ]

пев||е́ц *м*, ~и́ца *ж* sínger

педаго́г *м* téacher; (*де́ятель образова́ния*) educátionist

педа́ль *ж* pédal ['pe-]

пейза́ж *м* lándscape

пельме́ни *мн.* pelméni (*meat dumplings*)

пе́на *ж* foam

пена́льти *м и с спорт.* pénalty

пе́ние *с* sínging

пе́нка *ж* (*на молоке́ и т. п.*) skin

пенсионе́р *м*, ~ка *ж* pénsioner ['penʃənə]

пе́нсия *ж* pénsion['penʃn]; персона́льная ~ pérsonal capácity [-'æ-] pénsion; ~ по инвали́дности (по во́зрасту) disabílity (retírement) pénsion; ~ по слу́чаю поте́ри корми́льца pénsion for loss of bréadwinner ['bred-]

пенсне́ *с* pínce-nez ['pænsneɪ]; éye-glasses ['aɪ-]

пе́пел *м* ásh(es)

пе́пельница *ж* ásh-tray

пе́рвенств||о *с* chámpionship; ~ ми́ра по футбо́лу (волейбо́лу) fóotball (vólleyball) world [wə:ld] chámpionship; завоева́ть ли́чное (кома́ндное) ~ win indivídual (team) chámpionship; ро́зыгрыш ~а страны́ по футбо́лу nátional ['næʃ-] fóotball chámpionship ◇ получа́ть (уступа́ть) па́льму ~а bear [beə] (yield) the palm

пе́рвое *с* (*блю́до*) first course [kɔ:s]; что на ~? what is there for the first course?

первокла́ссный fírst-ráte, fírst-cláss; *амер.* A1

перв||ый first; ~ое число́ the first of...; ~ час past twelve; в ~ом часу́ past twelve; полови́на ~ого half past twelve; ~ эта́ж ground floor; *амер.* main floor, first floor; Пе́рвое ма́я May Day; прийти́

~ым *спорт.* win, fínish
['fɪ-] first

перебива́ть, переби́ть interrúpt ◇ переби́ть поку́п-
ку óffer a hígher price
for a thing to get [get] it

перевезти́ transpórt; (*через реку*) put [put] (take)
acróss

переверну́ть turn óver,
overtúrn; ~ страни́цу turn
a page

переве́с *м* (*численный*)
superiórity; (*излишек веса*)
óverweight [-eɪt]

перевести́ 1. (*на другой
язык*) transláte; (*устно*)
intérpret; переведи́те, по-
жа́луйста! transláte, please!
2. (*деньги по почте*)
remít 3. (*в другое место*)
transfér; move [mu:v] 4.:
~ часы́ (впере́д, наза́д)
put [put] the watch (on,
back)

перево́д *м* 1. (*в другое
место*) tránsfer 2. (*на другой язык*) translátion; (*устный*) interpretátion; син-
хро́нный (*последователь-
ный*) ~ simultáneous (con-
sécutive) interpretátion 3.
(*почтовый*) póstal ['рəu-]
órder

переводи́ть *см.* перевес-
ти́

перево́дчик *м* (*письменный*) translátor; (*устный*)
intérpreter

перевози́ть *см.* перевезти́

переворо́тм revolútion,
uphéaval

перевы́боры *мн.* (ré-)
eléction(s)

перевяза́ть 1. (*рану*)
bándage; dress 2. (*связать*)
tie [taɪ] up

перевя́зк‖а *ж* dréssing;
сде́лать ~y bándage

перевя́зывать *см.* пере-
вяза́ть

перегна́ть outstríp, out-
rún

перегово́рный: ~ пункт
trúnk-call óffice

перегово́ры *мн.* negotiátions; talks; вести́ ~ negótiate (with); cárry on
negotiátions

перегоня́ть *см.* пере-
гна́ть

перегру́зка *ж* óverload

пе́ред 1. (*впереди*) be-
fóre, in front [frʌ-] of;
~ ва́ми карти́на... the
picture befóre you is... 2.
(*до*) befóre; ~ концéр-
том befóre the cóncert; ~
обéдом (за́втраком,
у́жином) befóre lunch (bréakfast ['bre-], súpper) 3.
(*в отношении*) to; я ~
ним извиню́сь I will apólogize to him

передава́ть *см.* переда́ть

переда́тчик *м радио*
transmítter, transmítting set

переда́ть 1. pass, give
[gɪv]; (*вручить*) hand; пе-
реда́йте, пожа́луйста, хлеб
pass me the bread, please;
переда́йте ему́ приве́т remémber me to him, give
him my regárds (love

[lʌv]); **2.** (*сообщить*) tell; give a méssage **3.** (*по радио*) bróadcast ['brɔ:d-]

переда́ча *ж радио* bróadcast ['brɔ:d-]

передвига́ть(ся) *см.* передви́нуть(ся)

передвиже́н‖ие *с* móvement ['mu:v-]; **сре́дства ~ия** means of convéyance

передви́нуть move [mu:v]; shift; **~ся** move [mu:v]

переде́лать, переде́лывать álter, remáke, change

переде́ржка *ж фото* óver-expósure [ɪks'pəuʒə]

пере́дний front [frʌ-]

пере́дняя *ж* hall, ánteroom ['ænti-]

передово́й advánced; progréssive; **~ челове́к** a progréssive

перее́зд *м* **1.** passage; (*по воде*) cróssing **2.** *ж.-д.* cróssing; (*на шоссе*) highway cróssing **3.** (*на другое место*) remóval [-'mu:v-]

переигра́ть, переи́грывать (*заново*) play anéw; **~ игру́** repláy the match

переизбира́ть, переизбра́ть (*снова выбрать*) ré-eléct

переизда́ние *с* reprínt

перейти́ 1. pass, cross, go óver; **перейдём на друго́е ме́сто** let's go over to some [sʌm] óther place; **~ у́лицу** cross the streets **2.** (*превратиться*) turn **3.** (*в другие руки*) pass (to)

пе́рекись *ж:* **~ водоро́да** hýdrogen ['haɪ-] peróxide

перекла́дина *ж* **1.** cróss-beam **2.** *спорт. ол.* (*гимнастика*) horizóntal bar

перекли́чка *ж* róll-call

переключа́тель *м* switch

перекрёсток *м* cróss-road(s); interséction

перелёт *м* **1.** flight **2.** (*птиц*) migrátion

перелива́ние *с:* **~ кро́ви** blood [blʌd] transfúsion

перело́м *м* **1.** (*кости*) frácture **2.** (*кризис*) crísis ['kraɪsɪs] **3.** (*поворотный пункт*) túrning-point

переме́на *ж* **1.** change [tʃeɪ-]; **~ декора́ций** change of scénery **2.** (*в школе*) ínterval, break [-eɪk], recéss

перемени́ть change [tʃeɪ-]; **~ костю́м** change; **~ся** change [tʃeɪ-]

перенести́, переноси́ть I 1. (*на другое место*) cárry; transfér **2.** (*отложить*) postpóne [pəust-], put [put] off; **соревнова́ние (конце́рт) перенесли́ на...** the cóntest (cóncert) is postpóned till...; **заседа́ние перенесено́ на...** (*более близкую дату*) the date of the méeting is advánced to...

перенести́, переноси́ть II (*боль и т. п.*) endúre [-'djuə], stand, bear [bɛə]

переобува́ться, переобу́ться change [tʃeɪ-] one's

[wʌnz] shoes [ʃuːz], boots, *etc*

переодева́ть(ся) *см.* переоде́ть(ся)

переоде́ть 1. (*кого-л.*) change [tʃeɪ-] smb's clothes **2.** (*что-л.*) change (smth); **~ся 1.** change [tʃeɪ-] (one's [wʌnz] clothes); мне на́до **~ся** I have to change "**2.** (*для маскировки*) dress up (as); disguíse oneself [wʌn-] as

переписа́ть (*за́ново*) ré-write; (*на маши́нке*) type

перепи́ск‖а *ж* **1.** (*де́йствие*) cópying ['kɔpɪ-]; (*на маши́нке*) týping **2.** (*корреспонде́нция*) correspóndence, létters; подде́рживать **~y** be in correspóndence

перепи́сывать *см.* переписа́ть; **~ся** correspónd (with); дава́йте **~!** let's write to each óther!

пе́репись *ж* (*населе́ния*) cénsus ['sensəs]

переплёт *м* bínding, (bóok)cóver ['kʌ-]; кни́га в **~e** (*без* **~a**) hard cóver (páper-back) edítion [ɪ'dɪʃn]

перепо́лнить, переполня́ть overfíll, overflów [-'fləu]

перепра́ва *ж* cróssing

переры́в *м* ínterval, break [-eɪk]; без **~a** withóut interrúption; **~** на 10 мину́т ten mínutes' break; **~** на обе́д dínner-hour

переса́дк‖a *ж* *ж.-д.* tránsfer, change [tʃeɪ-]; сде́лать **~y** change trains;

я опозда́л на **~y** I missed a connéction

переса́живаться *см.* пересе́сть

пересека́ть cross

пересели́ть, переселя́ть move [muːv]

пересе́сть 1. (*на друго́е ме́сто*) change [tʃeɪ-] seats; дава́йте переся́дем бли́же (да́льше) let's take seats clóser (fárther) **2.** (*в друго́й по́езд*) change trains; (*с самолёта нл самолёт*) take a connéct-ing flight

пересла́ть send; (*вслед*) fórward; перешли́те по по́чте send by post; mail

переспра́шивать, переспроси́ть ask agáin

переставá́ть stop, cease [-s]; переста́ньте разгова́ривать! stop tálking!; дождь переста́л the rain has ceased

переста́вить, перестав-ля́ть 1. (*перемеща́ть*) re-arránge [-'reɪ-]; move [muːv]; shift **2.** (*часы́*) put [put] (on, back); переста́вьте часы́ на час (на 2 часа́) наза́д (вперёд) put the clock one hóur (two hóurs) back (fórward)

переста́ть *см.* перестава́ть

пересыла́ть *см.* пересла́ть

пересы́лк‖a *ж* sénding; **~** това́ров cárriage; **~** де́нег remíttance; сто́имость ~и (по почте) póstage ['pəu-]

переу́лок м síde-street, bý-street ['baı-]; (в названиях) Lane

перехо́д м 1. pássage 2. (превращение) transítion [-'sıʒn]; convérsion; ~ от социали́зма к коммуни́зму transítion from sócialism to cómmunism

переходи́ть см. перейти́

пе́рец м pépper; кра́сный ~ cayénne; чёрный ~ pépper; с пе́рцем péppery, hot; фарширо́ванный ~ stuffed cápsicum

пе́речень м list

перечи́слить, перечисля́ть enúmerate; перечи́слите, пожа́луйста... enúmerate..., please

пе́речница ж pépper-pot

перешеек м ísthmus

пери́ла мн. ráil(ing); (лестницы) bánisters ['bænı-]

перио́д м périod ['pıə-]

перло́н м perlón (kind of nylon)

перманент м (завивка) pérmanent wave

перо́ с 1. (птицы) féather ['feðə] 2. (для письма) pen

перочи́нный: ~ нож pén-knife

перро́н м plátform

перс м Pérsian [-ʃn]

перси́дский Pérsian [-ʃn]; ~ язы́к Pérsian, the Pérsian lánguage

пе́рсик м peach

персия́нка ж Pérsian [-ʃn]

персона́л м personnél, staff [stɑ:f]; медици́нский ~ médical staff

перуа́н||ец м, ~ка ж Perúvian [-'ru:vjən]

перча́тки мн. gloves [-ʌ-]

песе́ц м pólar fox

пе́сня ж song; наро́дная ~ fólk-song ['fəuk-]

песо́к м sand

пёстрый mótley; gay

пету́х м cock

петь sing

печа́ль ж sórrow [-əu]; sádness; ~ный sad; sórrowful ['sɔrə-]

печа́тать print; ~ на маши́нке type

печа́ть I ж seal, stamp; ста́вить ~ stamp

печа́ть II ж (пресса) press

печёнка ж líver ['lı-]

пе́чень ж líver ['lı-]

печёнье с bíscuit ['bıskıt]

пе́чка ж см. печь I

печь I ж stove; (духовая) óven; mex. fúrnace

печь II ж 1. bake 2. (о солнце) scorch, parch

пешехо́д м pedéstrian

пешехо́дн||ый: ~ая доро́жка fóot-path; ~ый перехо́д pedéstrian cróssing

пешко́м: идти́ ~ walk, go on foot; пойдём(те) ~ let's walk

пеще́ра ж cave

пиани́но с úpright piáno [pı'ænəu]

пиани́ст *м*, ~ка *ж* piánist ['pɪə-]

пивна́я *ж* pub, ále-house; táproom; *амер.* bár-room, salóon

пи́во *с* beer [bɪə]; бо́чковое ~ draft beer

пиджа́к *м* coat

пижа́ма *ж* pyjámas [pə-'dʒɑ:məz]

пи́ки *мн. карт.* spades

пи́лка *ж*: ~ для ногте́й (náil-)file

пило́т *м* pílot

пилю́ля *ж* pill

пионе́р *м* pionéer [paɪə-'nɪə]; ~вожа́тый *м* pionéer [paɪə'nɪə] léader

пипе́тка *ж* pipétte [pɪ-]; *(для лекарства тж.)* (médicine ['medsɪn]) drópper

пирами́да *ж* pýramid ['pɪ-]

пиро́г *м* pie [paɪ]; ~ с капу́стой cábbage pie; ~ с мя́сом meat pie; я́блочный ~ ápple-pie; ~ с варе́ньем jam tart

пиро́жное *с* cake, pástry; слоёное ~ púff-pástry

пирож||о́к *м* pátty; ~ с мя́сом meat pátty; ~ки́ *амер.* (Rússian ['rʌʃ-]) pirózhki [-'rɔ:ʒki:]

писа́тель *м* wríter; áuthor

писа́ть 1. write; он давно́ мне ничего́ не пи́шет I haven't heard from him for a long time 2. *(в газетах, в журналах)* write (for); contríbute [-'trɪ-] (to)

3. *(красками)* paint 4. *(музыку)* compóse

пистоле́т *м* pístol

пи́сьменн||ый: ~ стол wríting-table, desk; ~ые принадле́жности wríting matérials; ~ прибо́р désk-set

письмо́ *с* létter; откры́тое ~ а) póst-card; б) ópen létter *(в газете)*; заказно́е ~ régistered létter; це́нное ~ létter with státement of válue

пита́ние *с* díet; nóurishment ['nʌ-]; nutrítion [nju:-'trɪ-]

пита́тельный nóurishing ['nʌ-], nutrítious [nju:'trɪ-]

пита́ться live [lɪv] (on), feed (on)

пить drink; я хочу́ ~ I'm thírsty; ~ за чьё-л. здоро́вье drink smb's health

пи́ща *ж* food

пла́ван||ие *с* 1. *спорт. ол.* swímming; ~ во́льным сти́лем на... ме́тров ...-métre fréestyle; ~ сти́лем брасс (ба́ттерфляй) bréaststroke ['brest-] (bútterfly); ~ на спине́ báckstroke; ли́чное пе́рвенство по ко́мплексному ~ию indivídual [-'vɪ-] médley; комбини́рованная эстафе́та по ~ию médley reláy; эстафе́та по ~ию во́льным сти́лем fréestyle reláy 2. *(на судах)* navigátion [nævɪ-]; *(путе-*

шествие) vóyage ['vɔɪɪdʒ], trip

пла́вать *см.* плыть

пла́вки *мн.* swímming trunks

пла́вленый: ~ сыр cream cheese

плака́т *м* póster ['pəu-]

пла́кать weep, cry

план *м* plan; пягиле́тний ~ Fíve-Year Plan

планёр *м* glíder

планери́зм *м* glíding

планери́ст *м* glíder-pilot

плане́та *ж* plánet ['plæ-]

планета́рий *м* planetárium [plænɪ'tɛərɪəm]

плани́ровать plan

пла́нка *ж спорт.* cróss-bar

пла́нов‖ый planned; ~ое хозя́йство planned económy

пласти́н‖ка *ж* plate; граммофо́нная ~ (grámophone) récord; долго-игра́ющая ~ lóng-pláying récord, álbum

пластма́сса *ж* plástic ['plæ-]

пла́стырь *м см.* лейко-пла́стырь

пла́та *ж* páyment; charge; (*за проезд*) fare; вход-на́я ~ éntrance fee

пла́тина *ж* plátinum ['plætɪnəm]

плати́ть pay; ~ по счёту pay the bill; settle the accóunt

плато́к *м* shawl; носо-во́й ~ hándkerchief

платфо́рма *ж* (*перрон*) plátform

пла́тье *с* 1. (*женское*) dress, gown; вече́рнее ~ évening dress 2. (*одежда*) clothes [kləuðz]; гото́вое ~ réady-made clothes

плацка́рта *ж ж.-д.* resérved seat; ~ сто́ит ... reservátion charge is ...

плацка́ртн‖ый: ~ ваго́н car with resérved (númbered) seats; ~ое ме́сто resérved seat

плащ *м* cloak; (*дожде-вик*) ráincoat

плева́тельница *ж* spittóon

плева́ть *см.* плю́нуть

плед *м* trávelling-rug ['træ-]; (*шотландский*) plaid [plæd]

племя́нн‖ик *м* néphew [-vju:]; ~ица *ж* niece [ni:s]

плёнка *ж фото, кино* film; цветна́я ~ cólour ['kʌ-] film; высокочувст-ви́тельная ~ high speed film

плеч‖о́ *с* shóulder ['ʃəu-]; пожа́ть ~а́ми shrug one's [wʌnz] shóulders

плиссиро́ванн‖ый: ~ая ю́бка pléated skirt

плита́ *ж* (*кухонная*) (kítchen)range; (*газовая*) gás-stóve

плов‖е́ц *м*, ~чи́ха *ж* swímmer

плод *м* fruit [fru:t]

плодово́дство *с* frúit-grówing ['fru:t'grəu-]

пломб‖а *ж* **1.** seal **2.** (*зубная*) stópping; *амер.* filling; ставить ~у stop a tooth; *амер.* fill a tooth

пломби́р *м* íce-créam

пломбирова́ть **1.** seal **2.** (*зуб*) stop; *амер.* fill

плоти́на *ж* dam; (*защитная*) dike, dyke

пло́тник *м* cárpenter

пло́тн‖о clóse(ly) ['klə-us-], tíghtly; ~ поéсть have a héarty ['hɑ:tɪ] meal; ~ый tight; (*о населении*) dense

пло́х‖о bád(ly); мне ~ I'm únwéll; я ~ себя́ чу́вствую I feel bad; ~ игра́ть play bádly; ~о́й bad; (*о качестве, здоровье*) poor [puə]

площа́дка *ж* **1.** ground **2.** (*для игр*) pláyground; (*спортивная*) sports ground; court **3.** (*лестницы*) lánding ◇ поса́дочная ~ lánding ground; де́тская ~ а) ópen-air pláyground; б) súmmer play céntre ['sentə]

пло́щадь *ж* **1.** square **2.** *мат.* área ['ɛərɪə]

плуг *м* plough [plau]

плыть **1.** swim; (*о предметах*) float **2.** (*на судах*) návigate ['nævɪgeɪt], sail, cruise [kru:z]

плю́нуть spit

пляж *м* beach

пляса́ть dance

пля́ска *ж* dance

по **1.** (*на поверхности*) on **2.** (*вдоль*) alóng; погуля́ем по у́лицам let's walk alóng the streets **3.** (*посредством; согласно*): посыла́йте по по́чте send by post; мне на́до поговори́ть по телефо́ну I must speak óver the télephone; он выступа́ет по ра́дио he speaks óver the rádio; по распоряже́нию by órder **4.** (*вследствие*) by; (*из-за*) through [θru:]; я по оши́бке взял ва́шу кни́гу I've táken your book by mistáke **5.** (*при обозначении времени*) in, at, on; по вечера́м in the évening **6.** (*в разделительном значении*): по́ два two each; in twos **7.** (*до*) to ◇ вы говори́те по-англи́йски? do you speak Énglish?

побе́д‖а *ж* víctory; одержа́ть ~у win a víctory

победи́тель *м* víctor; cónqueror ['kɔŋkərə]; *спорт.* winner

победи́ть, побежда́ть win; cónquer ['kɔŋkə]

побере́жье *с* sea coast

поблизости near [nɪə]; нет ли ~ телефо́на-автома́та? is there a públic télephone near by?

побри́ть shave; побре́йте, пожа́луйста! I want a shave, please!; ~ся (*самому*) shave; (*у парикмахера*) have a shave;

где мо́жно ~ся? where can I have a shave?

побыва́ть be, vísit ['vɪzɪt]; ~ в теа́тре (в музе́е) vísit the théatre ['θɪə-] (the muséum [mju:'zɪəm])

по́вар м chef [ʃef], cook

поведе́ние с beháviour, cónduct

поверну́ть turn; ~ нале́во (напра́во, за́ угол) turn left (right, the córner); ~ся turn; поверни́тесь! turn round!

пове́рх óver

пове́сить hang

пове́стка ж nótice; (в суд) súmmons ◇ ~ дня agénda, órder of the day

по́весть ж stóry ['stɔ:rɪ]

по-ви́димому appárently [ə'pærənt-]; он, ~, не придёт in all probábility he won't come [kʌm]

повинова́ться obéy; submít (to)

по́вод м occásion [ə'keɪʒn]; réason; ground; по ~у in connéction with; дать ~ give [gɪv] occásion (rise)

повора́чивать(ся) см. поверну́ть(ся)

поворо́т м (доро́ги) túrning; (реки́) bend; перен. túrning-point; второ́й ~ напра́во sécond túrn(ing) to the right; пра́вый (ле́вый) ~ а́вто right (left) turn

повреди́ть (что-л.) ínjure ['ɪndʒə], hurt; (маши́ну и т. п.) spoil; dámage

['dæmɪdʒ]; я повреди́л себе́ но́гу (ру́ку) I ínjured my foot (hand)

поврежде́ние с dámage ['dæmɪdʒ]; ínjury ['ɪndʒə-], получи́ть ~ be dámaged

повтори́ть, повторя́ть repéat; повтори́те, пожа́луйста! repéat it, please!

повы́сить, повыша́ть raise; ~ся rise

повя́зка ж bándage

погаси́ть put [put] out, extínguish [ɪks'tɪŋgwɪʃ]; погаси́те свет! turn off the light!

погово́рка ж sáying

пого́д||а ж wéather ['we-]; тёплая (жа́ркая, холо́дная) ~ warm (hot, cold) wéather; плоха́я (хоро́шая) ~ bad (good [gud]) wéather; прекра́сная (отврати́тельная) ~ fine (béastly, foul) wéather; прогно́з ~ы wéather fórecast; сво́дка ~ы wéather repórt

пограни́ч||ник м fróntier-guard ['frʌ-]; ~ный fróntier(-) ['frʌ-]; ~ная ста́нция fróntier státion

погрузи́ть 1. (грузи́ть) load 2. (погружа́ть) dip, plunge

погру́зка ж lóading

под 1. únder 2. (для) for 3. (о́коло) near [nɪə]; ~ Москво́й мно́го краси́вых мест there are mány béautiful ['bju:-] sights in the énvirons of Móscow 4.

(*накануне*) on the eve of
5. (*наподобие*) in imitátion; стéны отдéланы ~ мрáмор the walls are made in imitátion marble
6. (*в сопровождении*) to; ~ аккомпанемéнт роя́ля to the accómpaniment of the piáno 7. (*к*) ~ конéц towárds the end; ~ вéчер towárds évening

подавáть см. подáть
подавля́ющ||ий: ~ее большинствó overwhélming majórity

подáгра ж gout

подари́ть give [gɪv]; presént (smb with smth); ~ на пáмять give smth as a kéepsake

подáрок м gift [gɪft], présent ['preznt]

подáть 1. give [gɪv]; ~ пальтó help smb on with his (her) coat; ~ рýку hold out (óffer) one's [wʌnz] hand (to); обéд пóдан dinner is served; ~ мяч serve the ball 2.: ~ (маши́ну) назáд back the car

подáча ж спорт. sérvice; ínnings; (*манера*) pitch

подбородóк м chin

подвезти́ give [gɪv] smb a lift; вас ~? would you like a lift?

пóдвиг м feat, heróic deed, éxploit

подвигáть(ся) см. подви́нуть(ся)

подви́нуть move [mu:v];

~ся (*посторони́ться*) make room; ~ся бли́же draw néarer ['nɪə-]; подви́ньтесь, пожáлуйста! will you make a little room, please!

подвóдн||ый únderwater; ~ое плáвание skin díving

подвози́ть см. подвезти́
подвя́зка ж gárter; (*мужская*) suspénder

подготáвливать(ся) см. подготóвить(ся)

подготóвить prepáre; ~ся prepáre (for); get [get] réady ['re-] (for)

подготóвк||а ж preparátion; воéнная ~ mílitary tráining; без ~и withóut preparátion, óffhánd

поддержáть, поддéрживать suppórt; (*мнение*) back (up); ~ предложéние sécond a mótion

поддéржк||а ж suppórt; при ~е with the suppórt (of)

поджáренный 1. см. жáреный 2. browned; ~ хлéбец toast

поджáривать, поджáрить 1. см. жáрить 2. (*слегка*) brown; (*о хлебе*) toast

поджигáте||ль м: ~ли войны́ wármongers

подклáдка ж líning
подкýп м bríbery
подкупáть, подкупи́ть bribe

пóдлинник м original [ə'rɪ-]

173

подмести, подметать sweep

подмётк‖а ж sole; ставить ~и sole

поднимать(ся) см. поднять(ся)

поднóжк‖а ж 1. (вагона и т. п.) fóotboard, step 2. спорт. trip; дать (игрокý) ~y trip (the pláyer); дисквалифицировать за ~y disquálify for trípping

поднóс м tray

поднять lift, raise; ~ бокáл raise one's [wʌnz] glass (to); ~ флаг hoist a flag; ~ глазá uplíft one's eyes [aɪz]; ~ целинý plough up vírgin soil; ~ся 1. rise; ~ся с мéста rise to one's [wʌnz] feet 2. (повыситься) go up; у негó поднялáсь температýра his témperature rose

подóбн‖ый like; símilar ['sɪmɪlə]; в ~ых слýчаях in such cáses; ничегó ~ого nóthing of the kind

подождáть wait (for smb) a little; подождúте, пожáлуйста! wait a little, please!

подозревáть suspéct

подозрéние с suspícion [-'rɪʃn]

подойти 1. (приблизиться) come [kʌm] up to, appróach; подойдите сюдá! come aróund here! 2. (годиться) do; (кому-л.) suit

[sju:t]; э́то мне не подойдёт this won't suit me; не подхóдит! that won't do!

подóшва ж sole

подписáть(ся) sign [saɪn]

подпúска ж subscríption

подпúсыв ать(ся) см. подписáть(ся)

пóдпись ж sígnature

подполкóвник м lieuténant-cólonel [lef'tenənt-'kə:nl]; амер. [lju:'tenənt-'kə:nl]

подрóбн‖о in détail, at length; ~ости мн. détails; partículars [-'tɪ-]; ~ый détailed

подрóсток м téen-ager; adoléscent; (юноша) youth [ju:θ]; (девушка) young [jʌŋ] girl; разг. flápper

подрýга ж friend [fre-]

подружúться make friends [fre-]

подсóс м авто разг. choke

подстакáнник м gláss-holder

подтвердúть, подтверждáть confírm

подтя́жки мн. bráces; амер. suspénders

подýмать think

подýшка ж píllow [-əu]; (диванная) cúshion ['ku-]

подходúть см. подойти

подъéзд м éntrance, porch; пéрвый (вторóй и т. д.) ~ éntrance one (two, etc)

подъезжа́ть см. подъ-
е́хать

подъём м 1. (восхож-
дение) ascént [ə'sent] 2.
(развитие) upsúrge, uphéaval; амер. úpswing; на́-
ша промы́шленность на
~e our índustry is on the
úpgrade 3. (воодушевле-
ние) enthúsiasm

подъе́хать drive up (to);
pull [pul] up

по́езд м train; ско́рый
~ fast train; курье́рский
~ expréss train; пассажи́р-
ский ~ pássenger train;
това́рный ~ goods [gudz]
train; амер. freight train;
при́городный ~ subúr-
ban train

пое́здка ж jóurney ['dʒə:-
nı]; trip; (экскурсия) óuting; нам предстои́т ин-
тере́сная ~ we are in
for an ínteresting trip

пое́сть eat; have a meal;
(закусить) have a snack;
я уже́ пое́л I have éaten
alréady; я не успе́л ~
I've had no time to eat

пое́хать 1. go 2. разг. (о
чулках) run; у меня́ чу-
ло́к пое́хал I have a run
in my stócking

пожа́луй perháps, véry
['verı] líkely

пожа́луйста please; да́й-
те, ~, ... give [gıv] me...,
please; (разрешение) cér-
tainly!, with pléasure ['ple-
ʒə]!; (при угощении) have
some [sʌm]..., please.

пожа́р м fire; ~ный 1.
fire; ~ная кома́нда fíre-
-brigade 2. м fíreman

пожа́ть: ~ ру́ку shake
smb's hand

пожела́ние с wish

пожива́ть: как вы по-
жива́ете? how are you?,
how are you gétting ['get-]
on?

пожило́й élderly

пожима́ть см. пожа́ть

позавчера́ the day befóre yésterday [-dı]

позади́ behind; он ос-
та́лся ~ he stayed be-
hínd

позволе́н‖**ие** с permíssion,
leave; проси́ть ~ия ask
permíssion; с ва́шего ~ия
with your permíssion, by
your leave

позво́лить, позволя́ть al-
ló́w; позво́льте мне... let
me...

позвоно́чник м báckbone

по́здн‖**ий** late; ~o late;
~o ве́чером late at night;
~o но́чью (после 12
часов ночи) in the éarly
hours (éarly in the mórn-
ing); сего́дня уже́ ~o
туда́ идти́ it's too late
to go there todáy

поздра́вить congrátulate
[kən'grætju-] (on); позд-
равля́ю вас I congrátulate
you (on)

поздравле́ние с congrat-
ulátion

поздравля́ть см. поздра́-
вить

пози́ция *ж* stand, áttitude; (*спорт. тж.*) posítion [-'zɪʃn]

познако́мить introdúce (smb to smb else); ~ся meet; make the acquáintance [ə'kweɪn-] (of); рад с ва́ми ~ся glad to meet you

позо́рный shámeful, disgráceful

по́иск||и *мн.* search; в ~ах in search of

пои́ть give [gɪv] smb smth to drink; (*скот*) wáter ['wɔːtə]

пойма́ть catch

пойти́ go; пойдёмте (со мной) let's go (with me); ~ в теа́тр go to the théatre

пока́ 1. (*в то время как*) while 2. (*до тех пор пока*) till; (*до сих пор*) so far, for the présent ['preznt]; ~ что in the méantíme; я э́того ~ не зна́ю I haven't heard abóut it yet; побу́дьте ~ здесь can you stay here for a while?

показа́тель *м* эк. índicator

показа́ть, пока́зывать show [ʃəu]; покажи́те, пожа́луйста...! show me, please...!

покида́ть, поки́нуть abándon; (*уезжать*) leave

поклони́ться bow

поко́й *м* 1. rest, peace; ему́ ну́жен ~ he needs rest 2.: приёмный ~ (*в больнице*) recéption room

поко́йный late

поколе́ние *с* generátion

покро́й *м* cut

покры́шка *ж* (*шины*) tíre

покупа́тель *м* cústomer; *амер.* pátron ['peɪ-]; (*оптовый и т. п.*) púrchaser

покупа́ть buy [baɪ]; púrchase

поку́пк||и *мн.* púrchases; пойти́ за ~ами go shópping

пол I ,*м* floor [flɔː]

пол II *м биол.* sex

полага́ть suppóse, think; assúme; *амер.* guess; я полага́ю, что... I think...

полага́ться *см.* положи́ться

по́лдень *м* noon

по́ле *с* (*тж. спорт.*) field; бе́лое (чёрное) ~ *шахм.* white (black) square

полев||о́й field; ~ы́е рабо́ты field work

поле́зн||о úseful ['juːs-]; it is úseful; ~ для здоро́вья it is héalthy, it is whólesome; ~ый úseful ['juːs-]

полёт *м* flight

поликли́ника *ж* óutpatients' [-peɪʃnts] clínic ['klɪ-], polyclínic [pɔlɪ'klɪnɪk]

поли́тика *ж* pólitics ['pɔlɪ-]; (*линия*) pólicy ['pɔ-]; ми́рная ~ peace pólicy, the pólicy of peace

полити́ческий political [pə'lɪtɪkəl]

полка *ж* shelf; книжная ~ bóokshelf

полкóвник *м* cólonel ['kə:nl]

полномóчия *мн.* mándate; credéntials *pl*

пóлностью whólly ['həullı], complétely

пóлночь *ж* mídnight ['mıd-]

пóлный 1. (*наполненный*) full; зал (стадиóн) пóлон the hall (stádium) is packed; ~ бак, пожáлуйста! fill it up, please! (*на бензоколóнке*) 2. (*весь*) compléte 3. (*человек*) stout, plump

пóло *с:* вóдное ~ wáter ['wɔ:tə] pólo

половúна *ж* half [hɑ:f]; ~ трéтьего half past two; ~ игрý half

положéние *с* (*состояние*) condítion [-'dı-], state; situátion

положúть put [put]; ~ся relý [-'laı] (upón)

полосá *ж* 1. stripe 2. (*узкая*) strip 3. *геогр.* zone 4.: ~ частóт *радио* fréquency band

полоскáние *с* 1. (*действие*) rínsing [-s-]; (*гóрла*) gárgling 2. (*жидкость*) gargle

полоскáть rinse [-s-]; ~ гóрло gargle (one's [wʌnz] throat)

полотéнце *с* tówel; вýтрите рýки ~м wipe your hands on the tówel

полотнó *с* 1. línen ['lının] 2.: ~ желéзной дорóги ráilway bed, pérmanent way

полторá one and a half [hɑ:f]

полторáста one húndred and fífty

полуботúнки *мн.* (Óxford) shoes [ʃu:z]; *амер.* low [ləu] shoes

полугóдие *с* hálf-yéar ['hɑ:f-]

полузащúта *ж спорт.* hálf-backs ['hɑ:f-]

полузащúтник *м спорт.* hálf-báck ['hɑ:f-]

полулёгк||ий *спорт. ол.:* ~ая весовáя категóрия féather-weight ['feðəweıt], (*бокс, тяжёлая атлéтика, борьбá*)

полуóстров *м* península

полусрéдн||ий *спорт. ол.:* ~яя весовáя категóрия míddle-weight [-weıt] (*тяжёлая атлéтика*); wélter-weight (*борьбá*); light míddle-weight (*дзюдо*); вторáя (*пéрвая*) ~яя категóрия wélter-weight (light wélter-weight) (*бокс*)

полутяжёл||ый ·*спорт. ол.:* ~ая весовáя категóрия light héavy-weight ['hevıweıt] (*бокс, дзюдо, борьбá*); míddle héavy-weight (*тяжёлая атлéтика*)

полуфинáл *м спорт.* sémi-final ['semı-]; вúйти в ~ win a quárter-final

получáть,   получúть

recéive, get [get]; я получи́л письмо́ I have recéived a létter; ~ призна́ние be récognized

полушерстяно́й wool and cótton; ... % wool, ... % cótton

полчаса́ *м* half [hɑːf] an hóur ['auə]; за ~ до half an hóur before

по́льз‖а *ж* use [juːs]; bénefit ['be-] ◇ в ~y in fávour (of)

по́льзоваться (*использовать*) use, make use (-s) of; (*иметь*) enjóy; ~ слу́чаем take the opportúnity

по́лька I *ж* (*национальность*) Pole

по́лька II *ж* (*танец*) pólka ['pɔl-]

по́льский Pólish ['pəulɪʃ]; ~ язы́к Pólish, the Pólish lánguage

полюби́ть grow [grəu] fond of; (*влюбиться*) fall in love [lʌv] (with)

по́люс *м* pole

поля́ *мн.* (*шляпы*) brim

поля́к *м* Pole

поля́на *ж* glade

поля́рник *м* wórker ['wɔːkə] in the Árctic, Árctic wórker

поля́рный pólar, Árctic

пома́да *ж*: губна́я ~ lípstick

помести́ть place, put [put]; ~ся go in (squeeze in)

помеша́ть 1. (*воспрепятствовать*) hínder ['hɪndə]

2. (*побеспокоить*) distúrb; я вам не помеша́ю? am I distúrbing you?, am I in your way?

помеща́ть *см.* помести́ть; ~ся 1. *см.* помести́ться 2. (*находиться*) be sítuated ['sɪ-], be lócated

помеще́ние *с* 1. prémises ['pre-] 2. (*действие*) plácing

помидо́р *м* tomáto [-'mɑː-]

по́мнить remémber; вы по́мните? do you remémber?

помога́ть, помо́чь help; помоги́те мне, пожа́луйста! help me, please!

помо́щник *м* assístant; help; пассажи́рский ~ (капита́на) (*на судне*) púrser

по́мощ‖ь *ж* help; assístance; оказа́ть ~ give [gɪv] help; rénder aid; при ~и by means (of); пе́рвая ~ first aid; ско́рая ~ (*автомобиль*) ámbulance (car)

понеде́льник *м* Mónday ['mʌndɪ]

понемно́гу little by little

понижа́ть(ся) *см.* пони́зить(ся)

пони́зить lówer ['ləuə]; ~ся fall; sink

понима́ть *см.* поня́ть

поно́с *м мед.* diarrhéa [-'rɪə]; у меня́ ~ I've got a loose stómach ['stʌmək]

по́нчики *мн.* dóugh-nuts ['dəu-]

поня́тно clear [klɪə]; э́то ~ that's clear

П

ПОН ПОР

поня́ть understánd; я вас (не) понима́ю I (don't) understand you

поочерёдно by turns, in turn

попада́ть, попа́сть 1. *(куда-л.)* get [get]; *(на поезд и т. п.)* catch; как попа́сть на вокза́л? how can I get to the ráilway státion? 2. *(с цель)* hit

попере́к acróss

попола́м in two, in half [hɑ:f]; *амер.* fífty-fífty; дели́ть ~ halve

попра́вить *(ошибку)* corréct

попра́виться *(выздороветь)* recóver [-'kʌ-]

попра́вка *ж* 1. *(исправление)* corréction 2. *(к документу, законопроекту)* améndment

поправля́ться см. попра́виться

по-пре́жнему as úsual ['ju:ʒ-], as befóre

популя́рный pópular ['pɔpjulə]

попурри́ *с* pot-póurri [pəu-'puri:], médley

попы́тк||а *ж* attémpt; *спорт.* trial ['traɪəl]; пе́рвая (втора́я, тре́тья) ~ first (sécond, third) trial; сде́лать ~y make an attémpt; уда́чная ~ válid trial

пора́ 1. *ж* time; с каки́х пор? since when?; с тех пор since then; до сих пор а) *(о времени)* hítherto; б) *(о месте)* so far, up to here

2. *безл.* it's time; ~ идти́ it's high time to go

поража́ть см. порази́ть

пораже́н||ие *с* deféat; потерпе́ть ~ súffer a deféat; be deféated; *спорт.* lose; кома́нда идёт без ~ий the team didn't lose a síngle game

порази́тельный stríking; amázing

порази́ть 1. *(ударить)* strike; *(неприятеля)* deféat, ~ цель hit the tárget 2. *(удивить)* amáze

по-ра́зному dífferently, in dífferent ways

порва́ть 1. *(что-л.)* tear [teə] 2. *(с кем-л.)* break [-eɪ-] (with smb)

поре́зать cut; ~ ру́ку cut one's [wʌnz] arm (hand); ~ся cut onesélf [wʌn-]

по́ровну équally ['i:kwəlɪ]; раздели́ть что-л. ~ divíde smth into ['ɪntu] équal parts

поро́г *м* thréshold ['θreʃhəu-]

поро́ги *мн. (речные)* rápids ['ræ-]

поросёнок *м* súcking-pig, píglet

порошо́к *м* pówder; зубно́й ~ tóoth-pówder; стира́льный ~ detérgent

порт *м* port

по́ртить spoil; *(ухудшать)* mar; ~ся get [get] (be) spoilt; *(о продуктах)* go bad, rot; пого́да по́ртится the wéather ['weðə] is chánging for the worse

12 * 179

портни́ха *ж* dréssmaker

портно́й *м* táilor

портре́т *м* pórtrait [-rɪt], рícture

портсига́р *м* cigarétte--case [sɪgə-]

португа́л‖ец *м*, ~ка *ж* Portuguése [-tju:'gi:z]

португа́льский Portuguése [-tju:'gi:z]; ~ язы́к Portuguése, the Portuguése lánguage

портфе́ль *м* bríef-case; (*министерский*) portfólio

портье́ *м* dóorman ['dɔ:-]; *брит.* pórter

поруча́ть *см.* поручи́ть

поруче́н‖ие *с* commíssion; érrand; (*устное*) méssage; по ~ию áuthorized by; at smb's requést; (*от имени*) on behálf of

поручи́ть charge (with); commíssion; áuthorize ['ɔ:θə-]; (*вверять*) entrúst with

по́рци‖я *ж* pórtion, (*кушанья*) hélping; две ~и сала́та sálad for two

поря́док *м* órder; ~ дня (*работы*) agénda; órder of the day (of búsiness ['bɪz-])

посади́ть **1.** (*усадить*) seat; place **2.** (*растгние*) plant

поса́дк‖а *ж* **1.** (*в поезд и т. п.*) entráining; *амер.* bóarding; (*на пароход*) embarkátion; внима́ние! начина́ется ~! atténtion! pássengers are invíted to take their seats; объявля́ется

~ на самолёт, отлета́ющий ре́йсом № ... flight númber ... is now bóarding **2.** (*самолёта*) lánding; де́лать ~у make a lánding, land **3.** (*растений*) plánting

поса́дочн‖ый: ~ая полоса́ rúnway; (*поле*) lánding strip

по-сво́ему in one's [wʌnz] own [əun] way (mánner)

посвяти́ть, посвяща́ть **1.** devóte **2.** (*что-л. кому-л.*) dédicate ['dedɪ-]

посе́в *м* sówing ['səu-]

посевн‖о́й: ~а́я кампа́ния sówing campáign; ~а́я пло́щадь área under crop (cultivátion)

посели́ть settle; (*разместить*) lodge; ~ся (*в доме*) move [mu:v] in; (*в городе, стране*) settle, take up one's [wʌnz] résidence ['rezi-]

посёлок *м* séttlement; tównship

поселя́ть *см.* посели́ть

посереди́не in the middle (céntre ['sentə])

посети́тель *м* vísitor ['vɪzɪ-]; ча́стый ~ frequénter

посети́ть, посеща́ть **1.** vísit ['vɪzɪt]; call on **2.** (*лекцию и т. п.*) atténd

посеще́ние *с* **1.** vísit ['vɪzɪt]; (*о кратком официальном визите*) call **2.** (*лекций и т. п.*) atténdance

посе́ять sow [səu]

поскользну́ться slip

посла́нец м méssenger, énvoy; ~ ми́ра énvoy of peace

посла́нник м énvoy, mínister ['mɪ-]

посла́ть send; dispátch; ~ письмо́ post (send) a létter; *амер.* mail a létter; ~ приве́т send one's [wʌnz] gréetings, send one's (best) regárds

по́сле áfter ['ɑ:ftə]; áfterwards ['ɑ:ftəwədz], láter (on); об э́том мы поговори́м ~ we'll speak abóut it láter (on); ~ ле́кции бу́дет конце́рт (кино́) the lécture will be fóllowed by a cóncert (a móvie); он пришёл ~ всех he was the last to come [kʌm]; я не ви́дел его́ ~ возвраще́ния I haven't seen him since he retúrned

после́дн||ий 1. last; в ~ раз я здесь был в... last time I was here in...; за ~ее вре́мя récently, láte'y, of late 2. (*са́мый но́вый*) new, the látest

после́дствие с cónsequence

послеза́втра the day áfter ['ɑ:ftə] tomorrów [-əu]

посло́вица ж próverb ['prɔvə:b]

послу́шный obédient, dútiful

посо́бие с 1. relíef; grant 2. (*уче́бное*) téxt-book

посо́л м ambássador; чрезвыча́йный и полно-мо́чный ~ Ambássador Extraórdinary and Plenipoténtiary

посо́льство с émbassy

поспева́ть см. поспе́ть I, II

поспе́ть I (*созре́ть*) rípen, grow [grəu] (get [get]) ripe поспе́ть II (*успе́ть*) be in time; keep up

поспеши́ть см. спеши́ть 1

посреди́ in the míddle of; amíd

посре́дственный mediócre [mi:dɪ'əukə]; (*об отме́тке*) satisfáctory

посре́дством by means of

пост м post [-əu-]

поста́вить 1. put [put]; place; set; поста́вьте чемода́н сюда́ put the súit-case here 2. (*пье́су*) stage; prodúce; put on 3.: ~ усло́вия lay down (make) terms

поста́вка ж delívery [-'lɪvə-] of goods [gudz]

поставля́ть supplý (with)

постанови́ть pass a decísion; decrée

постано́вка ж 1. *теа́тр.* prodúction; (*пье́сы тж.*) stáging 2.: ~ де́ла way of dóing things 3.: ~ го́лоса voice tráining

постановле́ние с decísion [-'sɪʒn]; resolútion; (*прави́тельства*) decrée

постановля́ть см. постанови́ть

посте́ль ж bed; лечь в ~ go to bed; постели́ть ~ make a bed

131

посте́льн‖ый bed; ~ые принадле́жности bédding; ~ режи́м confínement to bed

посторо́нн‖ий 1. м stránger ['streɪn-], óutsíder; ~им вход воспрещён no admíttance; "staff ónly" 2. irrélevant [-'relɪ-]; óutsíde

постоя́нный cónstant; pérmanent; ~ áдрес pérmanent addréss

постри́чь cut smb's hair; ~ся have one's [wʌnz] hair cut; мне ну́жно ~ся I need a háircut

постро́ить build (up) [bɪ-], constrúct; eréct

постро́йка ж 1. (действие) búilding ['bɪ-]; eréction; constrúction 2. (здание) búilding

поступа́ть, поступи́ть 1. act; do 2. (на службу и т. п.) énter; take on (a job)

посту́пок м 1. act, áction 2. мн. beháviour

посу́да ж plates and díshes; ча́йная ~ téa-things

посыла́ть см. посла́ть

посы́лк‖а ж 1. (пакет) párcel; отпра́вить (получи́ть) ~y post (get [get]) a párcel 2. (действие) sénding

посы́льный м méssenger

пот м sweat [-et]

поте́ря ж loss; ~ вре́мени waste of time

потеря́ть lose [lu:z]

пото́к м stream, flow [-əu]

потоло́к м céiling

пото́м (затем) then; (после) áfterwards ['ɑ:ftə-]; (позже) láter on; ~ мы пойдём в теа́тр (в кино́, в музе́й) then we'll go to the théatre ['θɪə-] (cínema, muséum [mju:'zɪəm]); ~ ! not now!, láter on!

потому́, ~-то that's why; ~ что becáuse

потреби́тель м consúmer

потребле́н‖ие с consúmption; обще́ственный фонд ~ия sócial consúmption fund

потре́бность ж necéssity; need; (спрос) demánd

похвала́ ж praise

похо́д м march

похо́дка ж gait

похо́жий símilar ['sɪmɪ-] to, resémbling, like

по́хороны мн. fúneral

поцелова́ть kiss

поцелу́й м kiss

по́чва ж soil

почём (по какой цене) how much?; what is the price?; ~ я́блоки? how much are the apples?

почему́ why; ~ вы не́ были на конце́рте?; why did you miss the cóncert?

по́черк м hándwriting; у него́ хоро́ший (плохо́й) ~ he writes a good [gud] (a bad) hand

почёт м hónour ['ɔnə]; круг ~a спорт. hónour

tour (lap); пьедеста́л ~a hónorary ['ɔnə-] pedéstal

почётный hónorary ['ɔnə-]; ~ член hónorary mémber

почи́н *м* inítiative [ɪ'nɪ-]

почини́ть repáir; mend; мне на́до ~ ту́фли (зо́нтик) I must have my shoes [ʃu:z] (umbrélla) repáired

почи́нк‖**а** *ж* repáiring; repáirs; ménding; отда́ть в ~y have smth repáired

по́чка I *ж анат.* kídney

по́чка II *ж бот.* bud

по́чки *мн.* (*кушанье*) kidneys

по́чт‖**а** *ж* 1. post [pəust]; возду́шная ~ áir-mail; по ~e by post 2. (*почтовое отделение*) póst-office 3. (*корреспонденция*) mail

почтальо́н *м* póstman ['pəust-], létter-carrier

почта́мт *м* póst-office ['pəust-]; гла́вный ~ Céntral Póst-Office

почти́ álmost, néarly ['nɪə-]; я ~ гото́в I'm abóut (álmost) réady

почти́ть pay hómage ['hɔ-] (to); hónour ['ɔnə] (by); ~ па́мять встава́нием obsérve a mínute ['mɪ-] of sílence

почто́вый post [pəust], póstal ['pəu-]; ~ я́щик létter-box; ~ и́ндекс ZIP code

по́шлин‖**а** *ж* cústoms dúty; опла́ченный ~ой dúty paid; облага́ть ~ой

tax; уплати́ть ~y pay the cústoms dúty

по́шлый vúlgar

поэ́зия *ж* póetry ['pəuɪ-]

поэ́ма *ж* póem ['pəuɪm]

поэ́т *м* póet ['pəuɪt]

поэти́ческий poétic [pəu'et-]

поэ́тому thérefore ['ðɛə-]; (*итак*) and so; ~ я и пришёл and so I've come [kʌm]; я до́лжен побыва́ть в музе́е, ~ я спешу́ I have to vísit ['vɪzɪt] the muséum [mju:'zɪəm] that's why I'm in a húrry

появи́ться, появля́ться appéar [ə'pɪə]; show [ʃəu] up

по́яс *м* 1. belt 2. (*женское бельё*) gírdle 3. (*зона*) zone

поясне́ние *с* explanátion, elucidátion [-lu:sɪ-]

поясни́ть, поясня́ть expláin, elúcidate [-'lu:sɪ-]; (*примером*) exémplify

права́ *мн.*: води́тельские ~ dríver's license

пра́вда *ж* truth [tru:θ]; э́то ~? is it true [tru:]?; не ~ ли? isn't it so?

правди́вый trúthful ['tru:θ-]

пра́вил‖**о** *с* rule [ru:l]; ~a у́личного движе́ния tráffic regulátions; ~a вну́треннего распоря́дка regulátions

пра́вильный 1. right, corréct 2. (*регулярный*) régular ['reg-]

правительственный government; government ['ɡʌv-]; *амер.* (of) the administration

правительство *с* government ['ɡʌv-]; *амер.* administration

правле́ние *с* **1.** rule [ru:l]; government ['ɡʌv-] **2.** (*орган управления*) management ['mæ-], board (of directors)

пра́во *с* **1.** right; ~ на труд right to work [wə:k]; всео́бщее избира́тельное ~ univérsal suffrage **2.** *юр.* law; междунаро́дное ~ international [-'næʃ-] law

правопоря́д‖**ок** *м* law and order; охра́на ~ка maintenance of law and order

правосу́дие *е* justice

пра́в‖**ый 1.** right; с ~ой стороны́ to the right; on the right side **2.** *полит.* right-wing

пра́вящ‖**ий** rúling ['ru:-]; ~ие круги́ rúling circles

пра́зднество *с* festival; (*торжество*) celebration

пра́здник *м* holiday ['hɔlə-dɪ]; feast; всенаро́дный ~ national ['næ-] holiday

пра́зднование *с* celebration

пра́здновать celebrate; ['sel-]

пра́ктик‖**а** *ж* practice; на ~е in practice

пра́чечная *ж* laundry

пребыва́ние *с* stay; sojourn ['sɔʤə:n]

превзойти́, превосходи́ть surpass, outdo [-'du:]

превосхо́дн‖**ый** splendid, excellent; perfect; я сего́дня в ~ом настрое́нии I'm in a splendid mood today; ~ обе́д (за́втрак, у́жин) excellent dinner (breakfast ['bre-], supper)

превосхо́дство *с* superiority [sju:pɪərɪ'ɔr-]

превы́сить, превыша́ть exceed; surpass, outdo [-'du:]

предвари́тельн‖**ый** preliminary [-'lɪ-]; ~ая прода́жа биле́тов advance ticket sale; по ~ым подсчётам by rough calculation; ~ отчёт interim report

преде́л *м* limit ['lɪ-]

предисло́вие *с* preface ['prefɪs]

предлага́ть *см.* предложи́ть

предло́г *м* (*повод*) excuse [ɪks'kju:s], pretext

предложе́ние *с* **1.** proposal; (*совет*) suggestion; offer; приня́ть ~ accept an offer **2.** (*на собрании*) motion; внести́ ~ make a motion, move [mu:v] **3.** (*о браке*) proposal; сде́лать ~ propose (to smb) **4.** *эк.* supply [-'plaɪ]; спрос и ~ demand and supply

предложи́ть 1. propose (that); offer; (*советовать*) suggest (that) **2.:** ~ ру́ку и се́рдце propose to smb предме́стье *с* súburb ['sʌ-]

предме́т *м* 1. óbject; ~ы пе́рвой необходи́мости the necéssities 2. (*тема; тж. в препо давании*) súbject; ~ спóра point at íssue

предназнача́ть, предназна́чить inténd (for); помеще́ние предназна́чено для... the room is resérved for...

пре́док *м* áncestor, fórefather [-fɔ:ðə]

предоста́вить, предоставля́ть 1. (*давать*) give [gɪv] 2. (*позволять*) leave (to)

предполага́ть 1. (*думать*) suppóse; я предполага́ю, что... I think (belíeve) that... 2. (*намереваться*) inténd, propóse; когда́ вы предполага́ете уе́хать? when do you plan (propóse) to leave?

предположи́ть *см.* предполага́ть 1

предпосле́дний last but one

предпоче́сть, предпочита́ть prefér; я предпочита́ю я́блоки (мя́со, сухо́е вино́) I prefér apples (meat, dry wine); я предпочёл бы пойти́ в теа́тр (в кино́) I'd ráther go to the théatre ['θɪə-] (cínema)

предпринима́ть, предприня́ть undertáke

предприя́тие *с* 1. (*производственное*) fáctory, works [wə:ks]; plant 2. underták-

ing; énterprise; (*деловое*) búsiness ['bɪz-]; рискова́нное ~ vénture

предрассу́док *м* préjudice

председа́тель *м* (*собрания*) cháirman; (*какой-л. организации*) président ['pre-]

представи́тель *м* representátive; (*делегат, оратор от группы, представитель учреждения*) spókesman; полномо́чный ~ plenipoténtiary; ~ство *с* representátion; ~ство СССР при... USSR Míssion to...

предста́вить 1. introdúce; разреши́те ~ вам... let me introdúce to you...; предста́вьте, пожа́луйста, меня́... please introdúce me to... 2. (*вообразить*) imágine [ɪ'mædʒɪn]; ~ себе́. что-л. imágine smth 3- (*предъявить*) submít, presént; prodúce; ~ся introdúce onesélf [wʌn-]; разреши́те ~ся I beg to introdúce mysélf

представле́ние *с* 1. (*понятие*) idéa [aɪ'dɪə]; име́ть ~ have an idéa 2. *театр.* perfórmance, show [ʃəu] 3. (*документов и т. п.*) presentátion, submíssion

представля́ть 1. *см.* предста́вить 2. (*чьи-л. интересы*) represént 3. *театр.* perfórm, show [ʃəu]

предстоя́ть: мне предстои́т встре́титься с... I am to meet...

предупреди́ть, предупрежда́ть 1. (*уведомить*) let smb know [nəu] 2. (*предостеречь*) warn

предупрежде́ние *с* wárning; nótice; сде́лать ~ *спорт.* cáution; make (íssue [ˈɪʃuː]) a wárning

предъяви́ть, предъявля́ть prodúce; (*показать*) show [ʃəu]; предъяви́те биле́ты! show your tíckets!

пре́жде befóre; (*в прежнее время*) fórmerly; ~ на́до побыва́ть на вы́ставке the exhibítion should be done first; ~ и тепе́рь in the past and nówadays ◇ ~ всего́ first of all in the first place

президе́нт *м* président [ˈpre-]

прези́диум *м* presídium [prɪˈsɪdɪəm]

преиму́ществ‖о *с* advántage [-ˈvɑːntɪdʒ]; доби́ться ~a gain an advántage (óver); име́ть ~ have the advántage (of)

прекра́сный éxcellent; (*красивый*) béautiful [ˈbjuː-tɪ-]; fine, lóvely [ˈlʌ-]

прекрати́ть, прекраща́ть stop, cease; (*положить конец*) put [put] an end (to)

преле́стный chárming, lóvely [ˈlʌv-], delíghtful

пре́лесть *ж* charm

премирова́ть awárd a prize (bónus)

пре́ми‖я *ж* prize, bó-nus; (*награда*) rewárd; получи́ть (*присудить*) ~ю get [get] (awárd) a prize (bónus)

премье́ра *ж* first night

премье́р-мини́стр *м* prime mínister

пре́ния *мн.* debáte

преоблада́ть preváil; predóminate [-ˈdɔ-]

преодолева́ть *см.* преодоле́ть

преодоле́н‖ие *с:*~препя́тствий *ол.* (*конный спорт*) júmping; ли́чное пе́рвенство по ~ию препя́тствий на ро́зыгрыш Большо́го при́за indivídual Grand Prix [priː] júmping; кома́ндное пе́рвенство по ~ию препя́тствий team júmping

преодоле́ть overcóme [-ˈkʌm]

преподава́ние *с* téaching

преподава́тель *м* téacher

преподава́ть teach; что (где) вы преподаёте? what (where) do you teach?

препя́тствие *с* óbstacle; impédiment [-ˈpedɪ-]; *спорт.* hurdle; взять ~ clear the hurdle

прерва́ть, прерыва́ть (*что-л.*) break [-eɪk] off; (*кого-л.*) interrúpt; (*оборвать кого-л.*) cut smb short

пресле́довать (*гнаться за*) pursúe, chase [-s], be áfter [ˈɑːftə]

пре́сса *ж* press

пресс-конфере́нция *ж*, préss-cónference

пресс-папье́ *с* blótter

преступле́ние *с* crime

престу́пник *м* críminal ['krɪ-]; offénder

претенде́нт *м* cándidate; preténder; *спорт.* fávourite

прете́нз‖ия *ж* claim, preténsion; предъявля́ть ~ии (lay) claim (to); у меня́ нет никаки́х ~ий к... I have no claims to...

преувеличе́ние *с* exaggerátion

преувели́чить exággerate

при 1. (*около*) by, at, near [nɪə] **2.** (*в присутствии кого-л.*) in the présence ['pre-] of **3.** (*во время, в эпоху*) únder; in the time of **4.** (*при известных обстоятельствах*) when; ~ слу́чае я расскажу́ об э́том sómetime [sʌm-] I'll tell you abóut it **5.** (*с собой*) with, abóut; ~ мне нет карандаша́ I have no péncil abóut me **6.** (*в подчинении*) únder (the áuspices); attáched to; ~ Мини́стерстве культу́ры únder the áuspices of the Mínistry of Cúlture; ~ заво́де attáched to the fáctory ◇ ~ всём том они́ всё же проигра́ли and still (for all that) they lost

приближа́ться, прибли́зиться appróach, come [kʌm] néarer ['nɪərə] (clóser ['kləusə])

прибо́р *м* **1.** ínstrument; apparátus **2.** (*столовый*) cóver ['kʌ-]

прибыва́ть *см.* прибы́ть

при́быль *ж* prófit ['prɔ-]

прибы́тие *с* arríval (at, in)

прибы́ть arríve (at, in); по́езд прибыва́ет в час the train comes [kʌmz] at one o'clóck

прива́л *м* halt [hɔ:lt]

привезти́ bring

привести́ 1. (*куда-л.*) bring **2.** (*к чему-л.*) lead (to), resúlt (in) **3.** (*факты, данные*) cite, addúce **4.**: ~ в поря́док put [put] in órder; ~ в движе́ние set in mótion

приве́т *м* regárds; переда́йте ~... give [gɪv] my (best) regárds (to)...

приве́тливый fríendly ['fre-]

приве́тствие *с* gréeting

приве́тствовать greet; salúte [-'lu:t]; wélcome ['welkəm]

при́вкус *м* smack, flávour; име́ть ~ smack (of)

привлека́ть, привле́чь draw, attráct; ~ внима́ние attráct (arrést) atténtion; ~ к уча́стию draw in

приводи́ть *см.* привести́

привози́ть *см.* привезти́

привыка́ть, привы́кнуть get [get] accústomed [ə'kʌs-] (used [ju:st]) (to)

привы́чк‖а *ж* hábit ['hæ-]; по ~е by force of hábit, out of hábit пригласи́ть, приглаша́ть invíte; разреши́те ~ вас... let me invíte you...

приглаше́н‖ие с invitátion; по ~ию on the invitátion; я получи́л ~ I recéived an invitátion

пригово́р м séntence; (прися́жных) vérdict

пригоди́ться be of use [ju:s], prove [pru:v] úseful ['ju:s-]; come [kʌm] in hándy

приго́дность ж fítness, úsefulness

при́город м súburb ['sʌ-]

приготовить 1. prepáre, make réady ['re-] 2. (пищу) cook; ~ся get [get] réady ['re-]; prepáre (for), be prepáred; ~ся! внима́ние! марш! спорт. on your mark! get set! go!

приготовле́ние с preparátion; ~ пищи cóoking

приготовля́ть см. приготовить; ~ся get [get] prepáred

приду́мать, приду́мывать invént, think (of)

прие́зд м arríval (at, in); с ~ом! wélcome!

приезжа́ть см. прие́хать

приезжа́юш‖ий м vísitor ['vɪz-], néwcómer [-'kʌ-], arríval

прие́м м 1. recéption; оказа́ть тёплый ~ give [gɪv] a warm (héarty ['hɑ:tɪ]) wélcome; устро́ить ~ give a recéption 2. (способ)

méthod ['meθ-], way; de více з. (в члены) admíttance; enrólment [-'rəul-] 4. спорт. (борьба) hold

прие́мная ж wáiting-room; ánteroom

прие́мник м радио rádio (set), wíreless; транзи́сторный ~ transístor rádio

прие́мн‖ый 1. adópted; ~ сын fóster-son; ~ оте́ц fóster-father 2.: ~ые часы́ recéption hóurs

прие́хать arríve (at, in); come [kʌm]; когда́ вы прие́хали? when did you arríve?

приз м prize; получи́ть (пе́рвый, второ́й, тре́тий) ~ get [get] the (first, sécond, third) prize; утеши́тельный ~ consolátion prize

призва́ни‖е с vocátion, cálling; по ~ю by vocátion

приземли́ться, приземля́ться land; touch [tʌtʃ] down

призёр м спорт. príze-winner

признава́ть(ся) см. призна́ть(ся)

призна́ние с 1. (чего-л.) acknówledgement [ək'nɔlɪdʒ-]; recognítion [-'nɪʃn]; юр. admíssion [-'mɪʃn]; получи́ть ~ be récognized 2. (в чём-л.) conféssion; ~ в любви́ declarátion of love [lʌv]

188

призна́ть admit; ~ себ я́ побеждённым own one-self [wʌn-] béaten; *разг.* throw [-əu] up the sponge; ~ся conféss; ~ся в любви́ decláre one's [wʌnz] féelings

призов||о́й prize(-); ~о́е ме́сто prize plácing

призы́в *м* 1. appéal [ə'pi:l]; call 2. (*лозунг*) slógan 3. (*в армию*) cáll--up; conscríption

прийти́ come [kʌm]; (*прибыть*) arrive (at, in); ~ домо́й come home; ~ пе́рвым come in first; ~ к соглаше́нию come to an agréement

прика́з *м* órder

приказа́ть, прика́зывать órder

прика́лывать *см.* приколо́ть

прикаса́ться *см.* прикосну́ться

прикладн||о́й applied; ~о́е иску́сство applíed arts

приколо́ть (*булавкой*) pin; fásten [-sn] (attách) with a pin

прикоснове́ние *с* touch [tʌtʃ]

прикосну́ться touch [tʌtʃ]

прикрепи́ть, прикрепля́ть fásten [-sn], attách

прила́вок *м* cóunter

прили́в *м* 1. flow [fləu]; high [haɪ] tide; *перен.* surge; ~ и отли́в flow and ebb, high and low [ləu] tide 2. (*крови*) rush

прили́ч||ие *с* décency; пра́вила ~ия rules [ru:lz] of décency

приложе́ние *с* ánnex; súpplement

прилуне́ние *с* moon (lúnar ['lu:-]) lánding

прилуни́ться, прилуня́ться land on the Moon

при́ма-балери́на *ж* prim-a ['pri:mə] ballerína ['ri:nə]

примене́ние *с* applicá-tion, use [ju:s], emplóyment

примени́ть, применя́ть apply [-'laɪ], use [ju:z], emplóy

приме́р *м* exámple [ɪg'zɑ:mpl], ínstance; брать ~ с кого́-л. fóllow smb's exámple; подава́ть ~ set an exámple

приме́рить (*на себя*) try on; (*на другого*) fit; ~ костю́м try on a suit

приме́рк||а *ж* trýing-on; fítting; без ~и withóut trýing-on

примеря́ть *см.* приме́рить

примеча́ние *с* cómment; (*сноска*) fóotnote

принадлежа́ть belóng (to)

принести́ bring, fetch; ~ по́льзу be of use [ju:s]

принима́ть *см.* приня́ть

приноси́ть *см.* принести́

при́нцип *м* prínciple

принципиа́льный of príncíple; он ~ челове́к he is a man of príncíple

приня́ть 1. (кого-л.) re-
ceíve; take; когда́ он при-
нима́ет? when does he
receíve?; раду́шно ~ wél-
come héartily ['hɑ:t-]; ~ за
кого́-л. take for smb else
2. (что-л.) take; (резолю-
цию) pass; ~ ва́нну take
a bath; ~ лека́рство take
médicine; прими́те зака́з
take an órder 3. (в органи-
зацию) admít (to)

приобрести́, приобре-
та́ть 1. acquíre, gain 2.
(купить) buy [baɪ]

припе́в м chórus ['kɔ-];
refráin

припра́ва ж séasoning,
dréssing; rélish ['re-]

приро́д‖а ж náture ['neɪ-
tʃə]; от ~ы by náture

приро́ст м growth [grə-
uθ], íncrease [-s]; ~ насе-
ле́ния growth of the
populátion

присла́ть send; я пришлю́
вам письмо́ (пригла-
ше́ние) I'll send a létter
(an invitátion); пришли́те
э́то на́ дом, пожа́луйста
delíver it, please

прислони́ться, присло-
ня́ться lean (rest) agáinst;
не ~! do not lean!

присоедини́ть 1. join;
add 2. эл. connéct; ~ся
1. join; join in 2. (к мне-
нию, заявлению и т. п.)
subscríbe (to); assóciate
(with)

присоединя́ть(ся)   см.
присоедини́ть(ся)

приставать   см.   при-
ста́ть

при́стань ж pier [pɪə];
lánding-stage; амер. dock;
(товарная) wharf [wɔ:f]

приста́ть (к берегу) land,
come [kʌm] to shore

пристра́стный (добро-
желательный) pártial
['pɑ:ʃəl]; (предвзятый) ún-
fáir, préjudiced, bíased
['baɪəst] (agáinst, in fávour of)

при́ступ м attáck;
bout; (острый) ~ бо́ли
pang; лёгкий ~ touch [tʌtʃ]

приступа́ть, приступи́ть
start; set (to); присту́-
пим к де́лу let's get (get)
down to búsiness ['bɪz-]

присуди́ть, присуж-
да́ть 1. (премию) awárd;
~ пе́рвую пре́мию give
[gɪv] the first prize 2. (степень) confér (on)

прису́тств‖ие с présence
['pre-]; в ~ии кого́-л.
in smb's présence

прису́тствовать be pré-
sent ['pre-]; atténd; на приё-
ме прису́тствовало 60 че-
лове́к sixty people [pi:pl]
atténded the recéption

присыла́ть см. присла́ть

прито́к м 1. (реки) tríb-
utary ['trɪ-] 2. (наплыв)
flow [-əu], ínflux

притяже́ние с attráction

приходи́ть см. прийти́

прице́п м авто tráiler;
~-да́ча м cáravan, амер.
tráiler

прича́ливать, прича́лить moor

причеса́ть comb [kəum], do (arránge) the hair; ~ся do one's [wʌnz] hair; (*у парикма́хера*) have one's [wʌnz] hair done

причёск‖**а** *ж* (*мужска́я*) háircut; (*да́мская*) coiffúre [kwɑ:ʹfjuə]; háir-dó; сде́лать ~у have one's [wʌnz] hair done

причёсывать(ся) *см.* причеса́ть(ся)

причи́на *ж* cause [kɔ:z]; (*основа́ние*) réason

пришива́ть, приши́ть sew [səu] (on)

прия́тн‖**о** pléasant(ly) [ʹplez-]; it's pléasant; о́чень ~! (*при знако́мстве*) glad to meet you!; ~ый pléasant [ʹplez-], agréeable

про *about*, *of*

проб‖**а** *ж* 1. (*де́йствие*) tríal [ʹtraɪəl], test; (*актёра*) audition [-ʹdɪʃn] 2. (*образчик*) sample [sɑ:mpl] 3. (*клеймо́*) háll-mark; зо́лото 56-й (96-й) ~ы 14-cárat (pure *or* 24-cárat) gold

пробе́г *м* run; *спорт.* race **пробежа́ть** run; run by; он пробежа́л 100 ме́тров за... he clócked... in 100 métre race

проби́ть (*о часа́х*) strike

про́бка *ж* 1. cork 2. (*зато́р*) (tráffic) jam

пробле́ма *ж* próblem; э́то сло́жная ~ that is quite a chállenge

про́бовать try; attémpt; (*на вкус*) taste [teɪ-]

пробо́р *м* párting; прямо́й (косо́й) ~ middle (side) párting; де́лать ~ part one's [wʌnz] hair

про́бочник *м* córkscrew [-skru:]

пробы́ть stay, remáin; я там про́был не́сколько дней I stáyed there séveral days; ~ не́сколько дней в... spend séveral days in...

провонса́ль *м и ж*: капу́ста ~ pickled cábbage with sálad-oil

прове́рить check (up), vérify [ʹve-]

прове́рка *ж* (*контро́ль*) chéck-up, contról [-ʹtrəul]; verificátion; ~ паспорто́в examinátion of pássports

проверя́ть *см.* прове́рить

провести́ (*осуществи́ть*) cárry out; implement; ~ собра́ние hold a méeting; ~ в жизнь put into práctice, réalize

прове́тривать, прове́трить air; (*о помеще́нии тж.*) véntilate

проводи́ть I *см.* провести́; ~ поли́тику ми́ра pursúe the pólicy of peace

проводи́ть II (*кого́-л. куда́-л.*) see smb off; разреши́те ~ вас? may I accómpany you?; ~ домо́й see smb home; ~ на по́езд see off to the státion; проводи́те меня́ will you see me off?

проводни́к *м* 1. (*в гора́х и т. п.*) guide [gaɪd] 2. (*в по́езде*) guard [gɑ:d]; *амер.* condúctor

провожа́ть *см.* проводи́ть II

провожа́ющ‖ий *м*: бы́ло мно́го ~их ма́ny people [pi:pl] came to see (us) off

прово́з *м* transportátion; cárriage ['kærɪdʒ]

провозгласи́ть, провозглаша́ть procláim; ~ ло́зунг set forth a slógan; ~ тост (*за чьё-л. здоро́вье*) propóse the health (of)

провока́ция *ж* provocátion

прогно́з *м* fórecast, prognósis [-'nəusɪs]

проголода́ться get [get] húngry; я проголода́лся I'm húngry

програ́мм‖а *ж* prógramme ['prəugræm]; ~ конце́рта prógramme of the cóncert; ~ спорти́вных состяза́ний competítion cálendar ['kæ-]; да́йте мне ~у, пожа́луйста will you give [gɪv] me the prógramme, please; учёбная ~ sýllabus; телевизио́нная ~ TV guide (schédule ['ʃe-]); ~ радиопереда́ч rádio schédule

прогре́сс *м* prógress ['prəu-]

прогресси́вный progréssive

прогу́лка *ж* walk [wɔ:k]

прогуля́ться take (go for) a walk [wɔ:k], take a turn

продава́ть *см.* прода́ть

продаве́ц *м* (*в магази́не*) shóp-assistant; sálesman

продавщи́ца *ж* sálesgirl, shop-girl, sáleswoman [-wu-]

прода́жа *ж* sale

прода́ть sell

продово́льствие *с* provísions

продолжа́ть contínue [-'tɪnju:], go on; продолжа́йте! go on!; ~ся contínue [-'tɪnju:], last, go on, be in prógress ['prəu-]

продолже́ние *с* continuátion; séquel; ~ сле́дует to be contínued

продолжи́тельный long, prolónged; dúrable ['djuə-]

проду́кты *мн.* próducts ['prɔdʌkts]; моло́чные ~ dáiry próducts

проду́кция *ж* prodúction, óutput

прое́зд *м* pássage; пла́та за ~ fare; ~а нет по thóroughfare ['θʌ-]

прое́здом in pássing

проезжа́ть go (past, by); pass (by, through) [θru:])

прое́кт *м* próject ['prɔdʒekt], desígn [dɪ'zaɪn]; blúeprint; ~ резолю́ции draft resolútion; ~ зако́на bill

проéхать *см.* проезжáть

прожéктор *м* séarchlight; *театр.* límelight; *брит.* spótlight

прóза *ж* prose

прозевáть (*пропусти́ть*) miss, let smth slip

проигрáть 1. lose [lu:z]; комáнда проигрáла... очкóв... the team lost... points to... 2.: ~ пласти́нку play a (grámophone) récord ['re-]

проигрывáтель *м* récordplayer ['re-]; phónograph

проигрывать *см.* проигрáть

прóигрыш *м* loss; *спорт.* deféat; он остáлся в ~е he was the lóser

произведéние *с* work [wə:k]; ~ иску́сства work of art

произвести́ 1. prodúce 2. (*выполнить*) make, éxecute ['eksɪ-] ◇ ~ впечатлéние make (prodúce) an impréssion

производи́тельность *ж* productívity [-'tɪvɪtɪ]; ~ труда́ productívity of lábour

производи́ть *см.* произвести́

произвóдств‖о *с* 1. prodúction; спóсоб ~a mode of prodúction; срéдства ~a means of prodúction; ору́дия ~a ímplements of

prodúction 2. (*завод и т. п.*) works [wə:ks], fáctory; industry ['ɪnd-]

произнести́, произноси́ть pronóunce; ~ речь make a speech

произношéние *с* pronunciátion; áccent ['æksənt]; хорóшее ~good [gud] pronunciátion

произойти́, происходи́ть (*случаться*) háppen, occúr [ə'kə:], take place; что произошлó? what has háppened?; what's up?

происхождéние *с* órigin

происшéствие *с* íncident; (*несчастный случай*) áccident ['æksɪ-]; (*событие*) evént, occúrrence [ə'kʌ-]

пройти́ 1. go; pass; ~ ми́мо go (pass) by; пройди́те сюда́ come [kʌm] óver here 2. (*о времени*) pass, elápse, go by; прошлó 2 часá two hourspassed 3. (*состояться*) go off; концéрт прошёл удáчно the concert went off well 4. (*кончаться*) be óver; óсень прошлá the áutumn ['ɔ:təm] is óver

прокáт *м* (*см. тж.* напрокáт) hire; ~ автомоби́лей cars for hire; *амер.* «rent-a-cár»

прокурóр *м* públic prósecutor ['prɔsɪ-]; Генерáльный ~ Procurátor-Géneral

пролетариáт *м* proletáriat [prəulɪ'tɛərɪət]

пролета́р||ий *м* proletárian [prəuli'tɛərɪən]; ~ии всех стран, соединяйтесь! wórkers of the world, uníte!

пролета́рский proletárian [prəuli'tɛərɪən]

проли́в *м* strait(s)

пролива́ть, проли́ть 1. spill 2. (*слёзы, кровь*) shed; ~ся spill

про́мах *м* 1. (*при стрельбе*) miss 2. (*ошибка*) blúnder

промежу́ток *м* 1. (*времени*) ínterval 2. (*пространство*) space, gap

промока́ть, промо́кнуть get [get] wet; ~ до косте́й get drénched, get wet to the skin

промочи́ть drench; soak; ~ но́ги get [get] one's [wʌnz] feet wet

промы́шленн||ость *ж* índustry; ~ый indústrial; ~ый райо́н (центр) indústrial área (céntre ['sentə])

пропага́нда *ж* propagánda

пропаганди́ровать propagándize; ádvertize

пропада́ть *см.* пропа́сть

пропа́жа *ж* loss

пропа́сть 1. be lost 2. (*исчезнуть*) disappéar [-'pɪə] 3. (*проходить бесполезно*) be wásted ['weɪs-]

про́поведь *ж* sérmon

про́пуск *м* 1. (*документ*) pass 2. (*непосещение*) ábsence (from), non-atténdance (of) 3. (*пустое место*) gap, blank

пропуска́ть, пропусти́ть 1. (*кого-л. куда-л.*) let pass (through [θru:]); пропусти́те его́ let him pass 2. (*не явиться*) miss 3. (*недогляде́ть, упусти́ть*) miss

просвеще́ние *с* (géneral) educátion; enlightenment [-'laɪt-]

проси́ть ask; ~ разреше́ния ask permíssion; ~ извине́ния beg smb's párdon: прошу́ вас! please!; (*угощайтесь*) help yoursélf, please!

просмо́тр *м* súrvey; (*документов*) examinátion [ɪgzæmɪ'neɪʃn]; (*кинофильма и т. п.*) préview ['pri:-]

просмотре́ть 1. (*ознакомиться с книгой и т. п.*) look through [θru:] 2. (*пропустить*) miss, overlóok 3. (*пьесу и т. п.*) see

просну́ться wake up; awáke; ~ ра́но (по́здно) wake up éarly (late)

проспе́кт *м* 1. (*улица*) ávenue ['ævɪnju:] 2. (*программа*) prospéctus

прости́ть forgíve [-'gɪv], párdon; прости́те! sórry!, excúse me!, (I) beg your párdon!; ~ся say good-býe [gud'baɪ] (to)

прост||о́й simple; (*несложный*) éasy; (*обыкновенный*) cómmon, órdinary; ~ челове́к с о́бщим

194

man, man in the street; ~ые люди всего мира órdinary people [pi:pl] all óver the world [wə:ld]

простокваша ж yóghurt ['jɔgə:t]

простуда ж cold, chill простудиться catch cold; я простудился I caught cold

простыня ж sheet

просыпаться см. проснуться

просьба ж requést; у меня к вам ~ may I ask you a fávour?; ~ не курить! no smóking!

протест м prótest; заявить ~ lodge (make) a prótest (agáinst)

протестант м Prótestant

протестантизм м Prótestantism

протестовать protést (agáinst)

против 1. agáinst; кто ~? those agáinst? 2. (напротив) ópposite

противник м oppónent (тж. спорт.); (неприятель) énemy ['enɪmɪ]; достойный ~ wórthy oppónent

противоположн||ость ж cóntrast; ~ый ópposite; oppósing

противоречие с contradíction

противоречить contradíct

противостоять oppóse

протокол м mínutes ['mɪnɪts]; (дипломатический) prótocol; вести ~ keep the mínutes

профессиональн||ый proféssional [-'feʃ-]; occupátional; ~ое заболевание occupátional diséase

профессия ж (род занятий) occupátion; proféssion [-'feʃn]; (ремесло) trade

профессор м proféssor

профсоюз м trade únion; амер. тж. lábour únion профсоюзный trade-únion; ~ билет trade-union card

прохладн||о: сегодня ~ it's cool todáy; ~ый cool, fresh

проход м pássage; ~ закрыт no pássage; (между рядами) aisle [aɪl]

проходить см. пройти

прохожий м pásser-by

процент м 1. per cent; percéntage 2. (с капитала) ínterest

процесс м 1. prócess 2. юр. tríal, légal procéedings

прочный 1. (крепкий) strong, sólid ['sɔl-]; dúrable ['djuərəbl] 2. перен. lásting; ~ мир lásting peace

прочь awáy; руки ~! hands off!

прошлое с the past

прошл||ый past; last; ~ раз last time; на ~ой неделе last week; в ~ом году last year проща́й(те)! good-býe ['gud'baɪ]!

проща́ние с fárewéll; (*расставание*) párting; на ~ at párting; махну́ть руко́й на ~ wave good-býe [gud-'baɪ]

проща́ть(ся) см. прости́ть(ся)

проявитель м *фото* devéloper [-'ve-]

прояви́ть, проявля́ть 1. show [ʃəu]; displáy 2. *фото* devélop

пруд м pond

пры́гать, пры́гнуть jump; пры́гать с шесто́м póle-vault; ~ с упо́ром vault

прыжо́к м jump; spring; cáper; ~ с парашю́том párachute jump; прыжки́ в во́ду *сп.* diving; ~ в во́ду с трампли́на (с вы́шки) *сп.* spríngboard (plátform) dive; ~ в высоту́ *сп.* high jump; ~ в длину́ *сп.* long jump; broad jump (*амер.*); опо́рный ~ *сп.* (*гимнастика*) vault; ~ с шесто́м *сп.* póle-vault; ~ с ме́ста stánding jump; ~ с разбе́га rúnning jump; тройно́й ~ *сп.* triple jump; hop, step and jump (*брит.*); hop, skip and jump (*амер.*); ~ с (семидесятиметро́вого, девяностометро́вого) трампли́на *сп.* (*лыжи*) ski [ski:] júmping (70 métres, 90 métres)

пря́жк‖а ж buckle; застегну́ть ~у buckle up

пря́м‖о straight; иди́те ~ go straight; ~о́й 1. straight; ~а́я ли́ния straight line 2. (*непосре́дственный*) diréct 3. (*открове́нный*) frank; outspóken

пря́ники *мн.* gíngerbread ['dʒɪndʒəbred]

пря́ность ж spice

пря́тать hide; ~ся hide onesélf [wʌn-]

псевдони́м м pséudonym ['(p)sju:-]

пти́ца ж bird; дома́шняя ~ póultry ['pəul-]

птицево́дство с póultry ['pəul-] fárming; póultry ráising

птицефе́рма ж póultry ['pəul-] farm

ПТУ (профессиона́льно-техни́ческое учи́лище) vocátional trades school [sku:l]

пу́блика ж públic; (*в теа́тре, на ле́кции*) áudience

публикова́ть públish

публи́чный públic

пу́говица ж bútton

пу́дра ж pówder

пу́дреница ж pówder-case

пу́дрить pówder; ~ся pówder one's [wʌnz] face

пульвериза́тор м spráyer, púlverizer

пульс м pulse; щу́пать ~ feel one's [wʌnz] pulse

пункт м 1. point 2. státion; céntre ['sentə]; медици́нский ~ médical ['ine-] céntre; переговорный ~

trunk-call óffice; ~ пéрвой пóмощи first-aid post; контрóльно-пропускнóй ~ check point 3. (параграф, статья) item; ~ повéстки дня item of the agénda

пускáть, пустúть 1. (отпускать) let smb go; set smb free 2. (впускать) let smb in; пустúте егó сюдá let him in here ◇ ~ в ход машúну set a machine [-′ʃi:n] in mótion

пустóй 1. émpty 2. (о разговоре) idle [aɪdl]; (о человеке) shállow [-əu]

пусть: ~ он войдёт! let him in!

путёвка ж pérmit; accommodátion tícket (card); ~ в дом óтдыха vóucher to a rést-home; туристúческая ~ tóurist vóucher

путеводúтель м guide [gaɪd]; ~ по гóроду cíty (town) guide

путешéственник м tráveller [′træv-]

путешéствие с trável [′træ-], jóurney [′dʒə:nɪ]; (по морю) vóyage [′vɔɪɪdʒ]

путешéствовать trável [′træ-]; (по морю) vóyage [′vɔɪɪdʒ]

пут‖ь м 1. way, road; железнодорóжный ~ track; счастлúвого ~ú! háppy jóurney [′dʒə:nɪ]!; на обрáтном ~ú on the way back 2. (способ) means, way; какúм ~ём? in what

way?, by what means?; мúрным ~ём péacefully

пушúстый flúffy

пушнúна ж furs

пуэрториканец м Puérto-Rican [′pwə:təu′ri:kn]

пуэрториканский Puérto-Rican [′pwə:təu′ri:kn]

пчелá ж bee

пчеловóдство с bée-keeping

пшенúца ж wheat

пшенó с millet

пылесóс м vácuum-cléaner [′vækjuəm-]

пыль ж dust; ~ный dústy

пьéса ж театр. play; муз. piece

пьяный drunk

пюрé с púree [′pjuəreɪ]; картóфельное ~ mashed potátoes

пятёрка ж 1. (отметка) five 2. карт. five; ~ пик и т. д. the five of spades, etc

пятеро five

пятибóрец м pentáthlete

пятибóрье с pentáthlon; совремéнное ~ спорт. ол. módern pentáthlon

пятилéтка ж Five-Year Plan

пятилéтний five-year, of five years; (о возрасте) five-year-óld

пятка ж heel

пятнáдцать fiftéen

пятница ж Fríday [-dɪ]

пятнó с spot; stain

пятновыводи́тель *м* stáin-remóver [-'mu:və]

пя́тый fifth

пять five

пятьдеся́т fifty

пятьсо́т five húndred

Р

рабо́та *ж* work [wə:k]; job

рабо́тать work [wə:k]; где вы рабо́таете? where do you work?; кем вы рабо́таете? what are you?; what's your occupátion? телефо́н не рабо́тает the télephone is out of órder; над чем вы рабо́таете? what are you wórking at?

рабо́тница *ж* (wóman-) wórker [('wumən)'wə:kə]; дома́шняя ~ house-maid; *амер.* help

рабо́ч‖ий 1. *м* wórker ['wə:kə]; я ~ I'm a wórker 2. wórking ['wə:-]; ~ее движе́ние wórking-class móvement; ~ класс wórking class

ра́венство *с* equálity [i:'kwɔlɪtɪ]; суверé́нное ~ sóvereign ['sɔvrɪn] equálity

равнопра́вие *с* equálity [i:'kwɔlɪtɪ] (of rights)

ра́вный équal

рад glad; ~ вас ви́деть glad to see you

ра́ди for the sake of; ~ меня́ for my sake; ~ э́того

for the sake of this; ~ чего́ ~? what for?

ра́дио *с* rádio; по ~ by rádio; передава́ть по ~ bróadcast ['brɔ:d-]; слу́шать ~ listen to the rádio, listen in; ~веща́ние *с* bróad-casting ['brɔ:d-]

радиогра́мма *ж* rádio-gram; wíreless méssage; *амер.* rádiotélegram [-'te-] радио‖ла́мпа *ж* valve; *амер.* tube; ~люби́тель *м* rádio ámateur ['æmətə:]; ~переда́ча *ж* bróadcast ['brɔ:d-]; transmíssion; ~приёмник *м* wíreless (rádio) set; ~ста́нция *ж* bróad-casting ['brɔ:d-] (rádio)stá-tion

ради́ст *м* wíreless ópera-tor ['ɔrə-]

ра́диус *м* rádius

ра́довать gládden, make smb háppy (glad); ~ся be glad; rejóice (in, at)

ра́достный jóyful

ра́дость *ж* joy; с ~ю with joy

ра́дуга *ж* ráinbow [-bəu] раду́шный héarty ['hɑ:-]; córdial; ~ приём héarty (córdial) wélcome

раз 1. *м* time; вся́кий ~ évery ['evrɪ] time; не́-сколько ~ séveral times; в пе́рвый (во второ́й) ~ for the first (sécond) time; в друго́й ~ next time 2. (*при счёте*) one 3. (*если*) since; ~ вы э́того хоти́те since you want it ◇ как

~ just, exáctly; как ~ то the véry ['verɪ] thing

разбива́ть(ся) *см.* разби́ть(ся)

разбира́ть *см.* разобра́ть

разби́тый bróken

разби́ть 1. break [-eɪk] 2. *воен.* deféat; ~ся break [-eɪk]

разбо́рн‖ый: ~ые дома́ prefábricated hóuses

разбуди́ть wake; разбуди́те меня́ в 7 (8, 9) часо́в wake me up at séven ['sevn] (eight [eɪt], nine) o'clóck; когда́ вас ~? when shall I wake you up?

разва́лины *мн.* ruins [ruɪnz]

ра́зве réally ['rɪə-]; ~? réally?, is that so?; ~ он прие́хал? has he réally come [kʌm]?

разверну́ть 1. únfóld; únwráp; ~ газе́ту únfóld the páper; ~ паке́т únwráp the párcel 2. *перен.* devélop [dɪ'veləp]; ~ся únróll; únfóld

развёртывать(ся) *см.* разверну́ть(ся)

развесели́ть cheer [tʃɪə] smb up; bríghten; ~ся cheer [tʃɪə] up; bríghten

развести́ 1. (*вырастить*) (*о живо́тных*) breed; (*о расте́ниях*) grow [-əu], cúltivate 2. (*растворить*) dissólve [-z-]; ~сь divórce; be divórced

развива́ть(ся) *см.* разви́ть(ся)

разви́тие *с* devélopment [dɪ've-]; ~ культу́рных свя́зей exténsion of cúltural relátions (exchánges [-'eɪ-])

развито́й 1. (*физически*) wéll-devéloped [-dɪ've-] 2. (*умственно*) intélligent

разви́ть(ся) devélop [dɪ'veləp]

развлека́ть(ся) *см.* развле́чь(ся)

развлече́ние *с* amúsement, entertáinment

развле́чь entertáin, amúse; ~ся amúse onesélf [wʌn-]

разво́д *м* divórce

разводи́ть(ся) *см.* развести́(сь)

развяза́ть úndó ['ʌn'du:]; úntíe ◇ ~ войну́ únléash a war

развя́зывать *см.* развяза́ть

разгова́ривать speak, talk

разгово́р *м* conversátion, talk

разгово́рник *м* phráse-book

разгово́рчивый tálkative

раздава́ть(ся) *см.* разда́ть(ся)

разда́ть distríbute [-'trɪ-]; ~ся (*о звуке*) resóund

раздева́ть(ся) *см.* разде́ть(ся)

раздели́ть, разделя́ть 1. divíde; séparate ['sepə-] 2. (*участь, мнение*) share

разде́ть úndréss; ~ся úndréss; (*снять ве́рхнее*

платье) take off one's [wʌnz] hat and coat

раздýмать change [tʃeɪ-] one's [wʌnz] mind; я раздýмал I've changed my mind

раздýмывать 1. *см.* раздýмать **2.** (*размышлять*) pónder

разлúв *м* flood

разливáть, разлúть 1. (*пролить*) spill **2.** (*налить*) pour out

различáть *см.* различúть

различие *с* distínction

различúть distínguish; я не мог ~ их I couldn't tell one from anóther

разлúчный 1. (*неодинаковый*) different **2.** (*разнообразный*) divérse, várious ['vɛərɪəs]

разложúть 1. (*на составные части*) decompóse **2.** (*деморализовать*) corrúpt; demóralize **3.** (*расстелить*) lay out; spread [-e-] **4.** (*распределить*) distríbute [-'trɪ-]

размáх *м* (*деятельности и т. п.*) range [-eɪ-], scope

размéнивать, разменáть change [tʃeɪ-]

размéр *м* size; э́то не мой ~ this is not my size

размышлáть refléct, pónder

рáзница *ж* difference; какáя ~? what is the dif-ference?; какáя ~! (*всё равно*) it makes no dif-ference!; огрóмная ~ great [greɪt] difference

разноглáсие *с* disagrée-ment, difference (of opínion)

рáзное *с* (*пункт повестки дня*) ány ['e-] óther ['ʌðə] búsiness ['bɪz-]

разнообрáз‖ие *с* varíety [və'raɪə-], divérsity; для ~ия for a change [tʃeɪ-]

разноцвéтный párticol-oured [-кʌ-]; múlticoloured, of different cólours [кʌ-]

рáзный 1. (*неодинаковый*) different **2.** (*разнообразный*) divérse, várious ['vɛərɪəs]

разобрáть 1. (*на части*) take apárt, dismántle [-'mæ-] **2.** (*прочитать*) make out **3.** (*проанализировать*) ánalyse

разойгúсь leave; part, séparate ['sep-]; (*о мнениях*) differ

разорвáть 1. tear [tɛə] **2.** (*порвать*) break [-eɪk] off; ~ся **1.** break [-eɪk]; (*о материи*) tear [tɛə] **2.** (*взорваться*) explóde

разоружáться *см.* разо-ружúться

разоружéние *с* disárma-ment; всеóбщее и пóлное ~ géneral and compléte disármament

разоружúться disárm

разочаровáние *с* disap-póintment

разочаровáть disappóint; ~ся be disappóinted

разочарóвывать(ся) *см.* разочаровáть(ся)

разрéзать, разрéзать cut

разреша́ть *см.* разреши́ть

разреше́н‖**ие** *с* (*позволение*) permíssion; с ва́шего ~ия with your permíssion; проси́ть ~ия ask permíssion; получи́ть ~ get [get] permíssion; без ~ия withóut permíssion

разреши́ть (*позволить*) allów, permít; разреши́те (мне) allów (me); разреши́те войти́? may I come [kʌm] in?; разреши́те пройти́ let me pass; разреши́те закури́ть? — Пожа́луйста! would you mind my smóking? — Not at all!

разрыва́ть(ся) *см.* разорва́ть(ся)

разря́д *м* (*категория*) cátegory ['kæ-]

разря́дник *м* (*спортсмен, имеющий первый, второй или третий разряд*) (first, sécond, third) cátegory ['kæ-] spórtsman

разу́мный réasonable

разъедини́ть, разъедини́ть 1. (*разделять*) séparate ['sep-] 2. (*разговаривающих по телефону*) cut off

разыска́ть find [faɪnd]

разы́скивать look (for)

райко́м *м* (*районный комитет*) dístrict commíttee [-'mɪtɪ]

райо́н *м* dístrict; (*местность*) área ['ɛərɪə]

рак I *м* cráyfish

рак II *м* *мед.* cáncer

раке́т‖**а** *ж* rócket; запусти́ть ~у launch a rócket; баллисти́ческая ~ ballístic míssile; ~-носи́тель *ж* bóoster(-rócket), cárrier-rócket

раке́тка *ж* rácket

раке́тн‖**ый** rócket; ~ая те́хника rócket enginéering, rócketry

ра́ковина *ж* 1. shell 2. (*водопроводная*) sink

ра́мпа *ж театр.* fóotlights

ра́на *ж* wound [wu:nd]

ра́неный wóunded ['wu:ndɪd]

ра́нить wound [wu:nd]

ра́нн‖**ий** éarly; ~ие о́вощи (*фрукты*) éarly végetables ['vedʒɪ-] (fruits [fru:ts])

ра́но éarly; ещё ~ обе́дать it's too éarly to have dínner; ~ у́тром éarly in the mórning

ра́ньше 1. éarlier; приходи́те как мо́жно ~ come [kʌm] as éarly as póssible 2. (*когда-то*) fórmerly

рапи́ра *ж* foil

раска́лывать *см.* расколо́ть

раско́л *м* split; divísion [-'vɪ-]

расколо́ть split; cleave; (*орехи*) crack

раскрыва́ть(ся) *см.* раскры́ть(ся)

раскры́ть 1. ópen 2. *перен.* revéal; ~ся 1. ópen 2. (*обнаружиться*) come [kʌm] out

ра́сов‖ый rácial [ˈreɪʃəl]; ~ая дискримина́ция race discrimination

распакова́ть, распако́вывать únpáck

распа́хивать, распахну́ть throw [-əʊ] ópen, ópen wide

распашна́я: ~ дво́йка (четвёрка, восьмёрка) с рулевы́м (без рулево́го) ол. (академическая гребля) pair (four, eight [eɪt]) with (withóut) cóxswain [ˈkɔksn]

распеча́тать, распеча́тывать ópen, únséal

расписа́н‖ие с time-table [-teɪbl], schédule [ˈʃedjuːl]; ~ поездо́в train schédule; по ~ию accórding to the time-table, accórding to schédule

расписа́ться, распи́сываться sign [saɪn] (one's [wʌnz] name)

расплати́ться, распла́чиваться pay (off); settle accóunts [əˈkau-] (with)

располага́ть (иметь в распоряжении) have at one's [wʌnz] dispósal; вы располага́ете вре́менем? do you have time to spare?

расположе́ние с 1. (порядок) arrángement [-ˈreɪ-] 2. (настроение) mood

распоря́док м órder

распоряже́ние с órder, instrúction

распределе́ние с distribútion

распредели́ть, распределя́ть distribute [-ˈtrɪ-]; divide; assígn [əˈsaɪn]; распределя́ть вре́мя divide one's [wʌnz] time; распределя́ть выпускнико́в assígn gráduates to várious [ˈvɛərɪəs] jobs

распростране́ние с spréading [ˈspre-]; disseminátion

рассади́ть, расса́живать (поместить) seat; óffer seats

рассве́т м dawn; на ~е at dawn

рассерди́ться get [get] ángry (with)

рассе́янный ábsent-mínded

расска́з м (short) stóry [ˈstɔːrɪ], tale

рассказа́ть, расска́зывать tell; reláte; расскажи́те, пожа́луйста tell (me, us), please

рассма́тривать, рассмотре́ть exámine [ɪɡ ˈzæmɪn]; (дело) consíder [-ˈsɪ-]

рассо́льник м rassólnik (soup with pickled cucumbers)

расспра́шивать, расспроси́ть quéstion [ˈkwestʃən]; quéry (with); make inquíries

расстава́ться, расста́ться part (with)

расстёгивать, расстегну́ть únfásten [-ˈfɑːsn], úndó [ˈʌnˈduː]; (пуговицы) únbútton; (крючок) únhóok; (молнию) únzíp; (пряжку) únbúckle

расстоя́ние с dístance

расстра́ивать(ся) *см.* расстро́ить(ся)

расстро́ить **1.** (*что-л.*) disórder; (*пла́ны и т. п.*) frustráte; upsét **2.** (*кого-л.*) upsét; ～ся be upsét

рассчита́ть cálculate; count; он не рассчита́л свои́х сил he overéstimated his strength; ～ся settle accóunts [ə'kau-] (with); (*в рестора́не, отеле*) pay the bill

рассчи́тывать **1.** (*на кого-л.*) count on **2.** (*предполага́ть*) inténd, mean; я рассчи́тываю уви́деть вас... I hope to see you...

рассыпа́ть, рассыпа́ть scátter; spill

расте́ние *с* plant

растеря́ться be at a loss

расти́ grow [grəu]; incréase; (*о де́тях*) grow up

расти́тельность *ж* vegetátion

растя́гивать, растяну́ть **1.** stretch **2.** (*продли́ть*) prolóng **3.**: ～ му́скул (свя́зку) strain a muscle (a téndon)

расхо́д *м см.* расхо́ды

расходи́ться *см.* разойти́сь

расхо́довать spend

расхо́ды *мн.* expénse(s); (*госуда́рственные*) expénditure(s)

расцве́т *м* bloom; *перен.* prospérity [-'pe-]; héyday; в ～е сил in the prime of (one's [wʌnz]) life

расцве́тка *ж* cólours ['kʌ-]

расчёт ◇ **1.** calculátion; производи́ть ～ с кем-л. settle accóunts with smb; мы в ～е we are quits **2.** (*увольне́ние*): дава́ть ～ dismíss; *амер.* fire

расшире́ние *с* exténsion; expánsion; ～ культу́рных свя́зей exténsion of cúltural ties

расши́риться, расширя́ться widen; exténd

ра́унд *м* round

рафина́д *м* lump súgar ['ʃugə]

рационализа́ция *ж* impróvements [-'pru:v-]

рва́ный torn

рвать **1.** (*на ча́сти*) tear [tɛə] **2.** (*собира́ть*) pick **3.** (*выдёргивать*) pull out

реакцио́нный reáctionary [ri:'æ-]

реа́кция *ж* reáction [ri:'æ-]

реали́зм *м* réalism ['rɪə-]; социалисти́ческий ～ sócialist réalism

реа́льный real [rɪəl]

ребёнок *м* child; (*грудно́й*) báby

ребро́ *с* rib

ребя́та *мн.* chíldren ['tʃɪl-]; *разг.* kids

революционе́р *с* revolútionary [-'lu:-]

революцио́нный revolútionary [-'lu:-]

револю́ция *ж* revolútion [-'lu:-]; Вели́кая Октя́брь-

203

ская социалистическая ~ the Great Octóber Sócialist Revolútion

ре́гби с rúgby (fóotball)

регистра́ция ж: ~ пассажи́ров (*перед посадкой в аэропорту*) chéck-in

регла́мент м 1. regulátions 2. (*на собрании*) stánding órder

регули́ровать régulate ['reg-]; (*механизм тж.*) adjúst, set; (*уличное движение*) contról [-'trəul]

регуля́рный régular ['reg-]

редакти́ровать édit ['ed-]

реда́ктор м éditor ['ed-]; гла́вный ~ éditor-in-chief

реда́кция ж 1. (*помещение*) editórial [-'tɔ:-] óffice 2. (*коллектив*) editórial staff [stɑ:f]

реди́ска ж rádish ['ræ-]

ре́дкий 1. (*не густой*) thin, sparse 2. (*редко встречающийся*) rare; (*необычный*) uncómmon

ре́дко séldom, rárely ['reə-]; о́чень ~ véry ['verı] séldom

режи́м м regime [reı'ʒi:m]; ~ пита́ния díet

режиссёр м prodúcer

ре́зать cut

рези́на ж rúbber

рези́нка ж 1. (*для стирания*) eráser 2. (*тесьма*) elástic [ı'læ-] 3. (*подвязка*) suspénder, (*круглая*) gárter 4. (*жевательная*) chéwing-gum

рези́новый rúbber

ре́зкий sharp; harsh; (*внезапный*) abrúpt; acúte

резолю́ция ж resolútion [-'lu:-]

результа́т м resúlt; óutcome [-kʌm]; объяви́ть ~ы annóunce the resúlts

резьба́ ж cárving; ~ по де́реву (по ка́мню) wood (stone) cárving

рейс м trip; (*морской тж.*) pássage; ав. flight; но́мер ~a flight númber

река́ ж ríver ['rıvə]

рекла́ма ж (*объявление*) advértisement; ad; (*как мероприятие*) publícity [pʌb'lısı-]

реклами́ровать ádvertise

рекомендова́ть recomménd

реконстру́кция ж reconstrúction

реко́рд м récord ['re-]; поби́ть ~ break [-eı-] a récord; установи́ть ~ set (estáblish) a récord

рекордсме́н м récord-hólder ['re-]

религио́зный relígious [-'lıdʒəs]

рели́гия ж relígion [-'lıdʒ-]

реме́нь м strap; (*пояс*) belt; ~ безопа́сности *авто* seat belt

реме́сленник м cráftsman

ремесло́ с trade; hándicraft

ремо́нт м repáir(s); в ~e únder repáir

ремонти́ровать repáir

рентге́новский: ~ ка-
бине́т X-гáу room

репертуáр *м* répertoire
['repətwa:], répertory ['repə-]

репети́ция *ж* rehéarsal
[rɪ'həːsəl]; генерáльная ~
dréss-rehéarsal

ре́плика *ж* **1.** *театр.*
cue [kju:] **2.** (*замечание*)
remárk

репортáж *м* repórting

репродýктор *м* loud-
-spéaker

репродýкция *ж* repro-
dúction

ресни́цы *мн.* éyelashes
['aɪ-]

респýблика *ж* repúblic;
Совéтская Социалисти́чес-
кая Р. Sóviet Sócialist
Repúblic; автонóмная ~
autónomous [-'tɔ-] repúblic

ресторáн *м* réstaurant
['restərɔːŋ]; пойти́ в ~ go
to a réstaurant

рефóрма *ж* refórm

рецензéнт *м* revíewer
[-'vjuːə]

рецéнзия *ж* review [-'vjuː]

рецéпт *м* récipe ['resɪ-
pɪ]; *мед.* prescríption; вы́-
писать ~ prescríbe smth;
могý ли я заказáть ле-
кáрство по э́тому ~у?
can I have this prescríption
made up, please?; могý
ли я получи́ть это лекáр-
ство без ~а? can I buy
[baɪ] this médicine withóut
a prescríption?

речь *ж* **1.** (*беседа*)
speech; ~ идёт о том...

the quéstion ['kwestʃən] is...;
о чём ~? what are you
tálking abóut? **2.** (*выступ-
ление*) speech; вы́сту-
пить с ~ю make a speech;
привéтственная ~ speech
of wélcome

решáть *см.* реши́ть

решáющий decísive [-'saɪ-
sɪv]

решéние *с* **1.** decísion
[-'sɪʒn]; принимáть ~ make
(take) a decísion **2.** (*документ*) resolútion

реши́тельный **1.** (*решающий*) decísive [-'saɪsɪv]
2. (*твёрдый*) firm; (*о человеке*) résolute ['rezə-]

реши́ть **1.** decíde; я ещё
не реши́л I haven't yet
made up my mind **2.** (*проблему*) solve; э́то решáет
всё дéло it settles the
whole mátter

ринг *м* *спорт.* ring

рис *м* rice

рискнýть, рисковáть
run a risk; (*чем-л.*) risk

рисовáть draw

рисýнок *м* dráwing; ~
акварéлью wáter-colour
['wɔːtəkʌ-] (páinting); ~
карандашóм (пастéлью)
péncil (pástel) dráwing; ~
ýглем chárcoal

ритм *м* rhýthm ['rɪðəm]

рóбкий tímid ['tɪ-], shy

ровéсник *м* coéval [kəu-
'iːvəl]; мы ~и we are of
the same age

рóвн‖о (*точно*) sharp,
exáctly; ~ый **1.** (*гладкий*)

flat; éven **2.** (*равномерный*) éven; équal; équable

роди́льный: ~ дом matérnity hóspital, matérnity home

ро́дина *ж* hómeland, mótherland ['mʌðə-], nátive land

роди́тели *мн.* párents ['pɛə-]

[роди́ть give [gɪv] birth (to); ~ся **1.** be born; я роди́лся в Полта́ве I was born in Poltáva; я роди́лся в 1929 г. (1943 г., 1970 г.) I was born in 1929 (1943, 1970); где вы роди́лись? where were you born? **2.** (*возникнуть*) come [kʌm] into ['ɪntu] béing

родно́й own [əun]; ~ брат full brother

родны́е *мн.:* мой ~ my people [pi:pl], my folk (*разг.*)

ро́дственник *м* rélative ['re-], relátion

рожда́емость *ж* birth rate

рожде́н‖ие *с* birth; день ~ия bírthday; поздравля́ю вас с днём ~ия mány ['menɪ] háppy retúrns (of the day); ме́сто ~ия bírth-place

рождество́ *с* Chrístmas ['krɪsməs], Xmas ['krɪsməs]

рожь *ж* rye [raɪ]

ро́за *ж* rose

ро́зовый (*цвет*) pink

ро́зыгрыш *м* **1.** (*займа, лотереи*) dráwing **2.** (*пос-*редством жребия) tóssing (of) a coin **3.:** ~ ку́бка *спорт.* cup tóurnament

ро́лики *мн. спорт.* róller skates

роль *ж* role, part; в ро́ли Га́млета выступа́ет N N acts (plays) Hámlet

рома́н *м* nóvel ['nɔ-]

рома́нс *м* románce, song

рома́шка *ж* óx-eye ['ɔksaɪ] dáizy; *мед.* cámomile ['kæmə-]

ромб *м* rhomb(us), díamond ['daɪə-]

роса́ *ж* dew

ро́спись *ж* páinting; ~ стен wáll-painting

рост *м* **1.** height [haɪt]; высо́кого (ни́зкого) ~а tall (short)...; сре́днего ~а of médium (height) **2.** (*процесс*) growth [grəuθ]; *перен. тж.* íncrease [-s], devélopment [-'ve-]

ро́стбиф *м* roast beef

рот *м* mouth

ро́ща *ж* grove

роя́ль *м* piáno [pɪ'ænəu]; (*концертный*) grand piáno

руба́шка *ж* (*мужска́я*) shirt; (*женская*) chemíse [ʃə'mi:z]; ночна́я ~ (*мужская*) night-shirt; (*женская*) night-gown; ни́жняя ~ úndershirt

рубе́ц *м* **1.** (*шов*) hem; seam **2.** (*от раны*) scar

руби́н *м* rúby ['ru:bɪ]

руби́ть chop; mince; (*деревья*) fell

рубль *м* rouble [ru:-]

ругать scold, abúse; ∼ся
1. swear [swɛə], curse 2.
(ссориться) quárrel

ружьё c rifle [raɪfl], gun;
охотничье ∼ fówling-piece

рук||á ж (кисть) hand;
(от кисти до плеча) arm;
пожáть рýку shake hands
(with); «∼áми не трóгать!»
(надпись) «do not touch!»;
брать пóд ∼y take smb's
arm; идти пóд ∼y walk
árm-in-árm; протягивать
рýку stretch out (exténd)
one's [wʌnz] hand

рукáв м (одежды) sleeve

руководитель м léader;
head [hed]

руководить lead, guide
[gaɪd]

руководство c 1. léader-
ship; guídance ['gaɪ-]
2. (пособие) mánual [mæ-],
hándbook [-buk]

рýкопись ж mánuscript
['mæ-]

рукопожáти||е c hánd-
shake; обменяться ∼ями
shake hands (with)

рулев||óй 1. м hélms-
man, man at the wheel;
амер. quárter-master ['kwɔ:-
tə-]; спорт. cóxswain ['kɔ-
ksn] 2. stéering ['stɪə-]; ∼óe
устрóйство rúdder; stéer-
ing gear

руль||ь м helm; rúdder;
(y автомобиля) wheel; (y
велосипеда) hándle-bar; прá-
вить ∼ём steer [stɪə]

румы́н м, ∼ка ж
Ro(u)mánian [ru:'meɪ-]

румы́нский Ro(u)má-
nian [ru:'meɪ-]; ∼ язы́к
Ro(u)mánian, the Ro(u)-
mánian lánguage

румя́ный rósy; rúddy

рýпия ж rupée [ru:'pi:]

рýсская ж Rússian ['rʌʃ-]

рýсский 1. Rússian; ∼
язы́к Rússian, the Rússian
lánguage 2. м Rússian
[rʌʃ-]

ручáться vouch for; (за
кого-л.) ánswer ['ɑ:nsə] for;
(за что-л.) guarantée [gæ-
rən'ti:]; я ручáюсь, что...
I ensúre you that...; я за
э́то не ручáюсь I can't
guarantée it

ручéй м stream, brook

рýчка ж 1. (рукоятка)
handle 2. (для письма)
pen; шáриковая ∼ báll-
-point pen

ручнóй 1. hand(-) 2.
(прирученный) tame ◇ ∼
мяч сл. hándball

ры́ба ж fish

рыбáк м físherman

рыбáчить fish; (с удочкой) angle

ры́бный fish; ∼ суп
fish soup

рыболóв м físher; (с
удочкой) ángler

ры́жий red(-háired)

ры́нок м márket; мировóй ∼ world [wə:ld] már-
ket

рысь ж (аллюр) trot;
∼ю at a trot

рыть dig

рю́мка ж wine-glass

ряби́на *ж* móuntain [-tɪn] ash

ря́бчик *м* házel-hen, házel-grouse [-s]

ряд *м* 1. row [rəu]; line; сиде́ть в пе́рвом (тре́тьем, деся́том) ~ý sit in the first (third, tenth) row 2. *авто* lane; движе́ние в пра́вом ~ý right lane tráffic 3. (*серия*) a númber (of), a séries (of); у меня́ к вам ~ вопро́сов I want to ask you a númber of quéstions ['kwestʃənz]

ря́дом 1. (*один подле другого*) side by side; сиде́ть ~ с кем-л. sit next to smb; ся́дем ~ let's sit togéther [-'geðə] 2. (*по соседству*) next (to), near [nɪə]; я живу́ ~ I live [lɪv] close by, I live next door

С

с 1. with, and; вы с на́ми пойдёте? will you go with us?; ко́фе ç молоко́м cóffee with milk; с разреше́ния by permíssion (of) 2. (*откуда*) from; (*прочь тж.*) off; с Кавка́за from the Cáucasus; убери́те э́то со стола́ take this off the table [teɪbl] 3. (*с определённого момента*) since; from; со вчера́шнего дня since yés-

terday [-dɪ]; с бу́дущей неде́ли beginning with next week ◇ с нача́ла до конца́ from begínning to end

са́бля *ж* sábre ['seɪbə] (*тж. спорт. ол.*); та́нец с ~ми sábre dance

сад *м* gárden; городско́й ~ the gárdens; фрукто́вый ~ órchard

сади́ться *см.* сесть

садо́вник *м* gárdener

садово́дство *с* hórticulture; gárdening

сажа́ть 1. (*усаживать*) seat 2. (*растения*) plant [-ɑ:-]

саксофо́н *м* sáxophone ['sæksə-]

сала́т *м* 1. (*блюдо*) sálad ['sæ-] 2. (*растение*) léttuce ['letɪs]

са́ло *с* fat; grease [-s]; (*свиное*) lard

сало́н *м* (*в гостинице, на пароходе*) salóon; ~ жи́вописи ártist's atelíer ['æ-]; ~-ваго́н *м* lóunge-car

салфе́тка *ж* nápkin, serviétte [sə:vɪ'et]

са́льто *с* sómersault ['sʌ-]

салю́т *м* salúte [-'lu:t]; произвести́ ~ salúte

сам (*1 л.*) mysélf; (*2 л.*) yoursélf; (*3 л.*) himsélf, hersélf, itsélf ◇ само́ собо́й разуме́ется it goes withóut sáying

са́мбо *с* júdo ['dʒu:dəu]

са́ми oursélves [-'selvz]

самова́р *м* samovár

самодеятельность *ж*: художественная ~ ámateur arts (perfórmances)

самолёт *м* plane; áircraft; (*пассажирский*) air liner

самолюби́вый tóuchy ['tʌ-]; proud

самолю́бие *с* self-estéem; pride

самонадея́нный self-cónfident

самооблада́ние *с* self-contról [-'trəul]

самообслу́живани‖е *с* self-sérvice; пра́чечная ~я láundromat

самоопределе́ние *с* self-determinátion; пра́во на ~ right to self-determinátion

самостоя́тельный indepéndent

самоуби́йство *с* súicide

самоуве́ренный self-assúred [-ə'ʃuəd]; *разг.* cóck-súre [-'ʃuə]

самоуправле́н‖ие *с* self-góvernment [-'gʌv-]; óрганы (ме́стного) ~ия lócal (munícipal) authórities

самоучи́тель *м* self-instrúctor, Teach Yoursélf Book; ~ англи́йского языка́ Teach Yoursélf Énglish

самоцве́ты *мн.* précious [-'eʃ-] stones

самочу́вствие *с*: как ва́ше ~? how do you feel?

са́м‖ый 1. the véry ['verɪ]; тот же ~ the same; тот ~ the véry same; just the same; в ~ом нача́ле at the véry begínning (of); до ~ого ве́чера until night; до ~ого до́ма all the way home; в то же ~ое вре́мя just when...; just then, at the same time 2. (*для образова́ния превосхо́дной сте́пени многосло́жных прилага́тельных*) the most [məust]; ~ си́льный the stróngest ◇ в ~ом де́ле indéed, in fact

санато́рий *м* sanatórium

са́ни *мн.* sleigh [sleɪ], sledge

санита́р *м* hóspital atténdant

санитари́я *ж* hýgiene [-dʒiːn]; sanitátion

санита́рка *ж* júnior ['dʒuː-njə] nurse, (ward) atténdant

санита́рный sánitary ['sæ-]

са́нкция *ж* appróval [-'ruː-]

са́нный: ~ спорт *ол.* luge [luːʒ]

сантиме́тр *м* céntimetre ['sentɪmiːtə]

сапоги́ *мн.* (high) boots

сапо́жник *м* shóe-maker ['ʃuː-]

сапфи́р *м* sápphire ['sæfaɪə]

сарафа́н *м* sarafán [-'fæn]

сарде́льки *мн.* chain sáusage ['sɔsɪdʒ]; knáckwurst ['næk-]

сарди́ны *мн.* sardines [-'di:nz]

сати́нов‖ый: ~ое пла́тье cótton dress

сати́ра *ж* sátire ['sætaɪə]

са́хар *м* súgar ['ʃugə]

са́харница *ж* súgar-basin ['ʃugə-]

са́харный súgar- ['ʃugə-]; ~ песо́к gránulated súgar

сберега́тельн‖ый: ~ая кни́жка sávings-bank book

сбере́га́ть *см.* сбере́чь

сбереже́ния *мн.* sávings

сбере́чь save; ~ вре́мя save time; ~ си́лы spare one's [wʌnz] éfforts

сберка́сса *ж* (сберега́тельная ка́сса) sávings-bank

сбива́ть, сбить 1. knock down; сбить с ног knock smb off his (her) feet 2. (*с толку*) put [put] out

сбор *м* 1. colléction; ~ урожа́я hárvesting 2. (*собрание*) gáthering, méeting ◇ по́лный ~ *театр.* full house

сбо́рник *м* colléction; ~ расска́зов collécted stóries ['stɔ:rɪz]

сбра́сывать, сбро́сить throw [-əu] off

сбыва́ться *см.* сбы́ться

сбыт *м* sale, márket; ры́нок ~а éxport márket

сбы́ться come [kʌm] true [tru:]

сва́дьба *ж* wédding

сва́ливать, свали́ть 1. (*опроки́нуть*) throw [-əu]; knock down 2. (*дерево*) fell

све́ден‖ие *с* information; довести́ до ~ия bring to the nótice (of), inform; приня́ть к ~ию take into ['ɪntu] considerátion

све́ж‖ий fresh; ~ие проду́кты fresh food; ~ во́здух fresh (cool) air

свёкла *ж* béet(root); са́харная ~ súgar-beet ['ʃugə-]

свеко́льник *м* béetroot soup [su:p]; *амер.* borsch

сверка́ть, сверкну́ть spárkle; (*я́рко*) glítter; (*о мо́лнии и т. п.*) flash; (*ослепи́тельно*) glare

сверну́ть 1. (*в руло́н*) roll up 2. (*с пути́*) turn; ~ напра́во (нале́во) turn to the right (left)

свёрток *м* párcel

свёртывать *см.* сверну́ть 1

сверх (*в добавле́ние*) (óver and) abóve [ə'bʌv], in addition to; ~ пла́на óver and abóve the plan; ~ програ́ммы in addition to the prógramme; ~ ожида́ний beyónd all expectátions

сверхзвуково́й: ~ пассажи́рский самолёт supersónic [-'sɔ-] áirliner

сверхпла́новый (prodúced) abóve [ə'bʌv] the plan

210

свет *м* light; при ~е by the light (of)

светáть: светáет (the) day is dáwning (bréaking ['breɪk-])

светúть shine

свéтл‖ый light; (*ясный*) clear [klɪə]: *перен.* bright; ~ая кóмната light room; ~ костю́м líght-coloured [-kʌ-] suit

светов‖óй light; lúminous ['luːmɪ-]; ~áя реклáма illúminated signs [saɪnz]

светосúла *ж фото* díaphragm ['daɪə-] ópening

светофúльтр *м фото* filter

светофóр *м* tráffic-líghts

свеч‖á *ж* 1. cándle 2. *авто* (spark) plug ◇ лáмпочка в сто ~éй 100 watt eléctric bulb

свидáни‖е *с* (*деловое*) méeting; appóintment; (*любовное*) date; назнáчить ~ make an appóintment; make a date; до ~я good-býe ['gud-]

свидéтель *м* wítness

свинúна *ж* pork

свиновóдство *с* píg-breeding, swíne-breeding

свинья́ *ж* pig

свист *м* whistle [wɪsl]

свистáть, свистéть whistle [wɪsl]

свистóк *м* whistle [wɪsl]

свúтер *м* swéater ['swe-]

свобóда *ж* fréedom; líberty ['lɪ-]; ~ слóва (печáти, собрáний, сóвести) fréedom of speech (of the press, of assémbly, of cónscience)

свобóдн‖ый free; ~ дóступ free áccess; ~ое врéмя léisure, free time; вы ~ы? do you have time to spare? ◇ ~ костю́м loose dress

свóдка *ж* súmmary; repórt

своеобрáзный oríginal [-'rɪ-]; pecúliar

свой (*1 л.*) my; (*3 л.*) his, her, its; (*1 л. мн. ч.*) óur; (*2 л. мн. ч.*) your; (*3 л. мн. ч.*) their; я потеря́л свою́ кнúгу I've lost my book ◇ он сам не ~ he is not himsélf: в своё врéмя (*своевременно*) in due course [kɔːs]

свóйство *с* (*предметов*) próperty ['prɔ-]; (*людей*) quálity

свы́ше óver

связáть tie [taɪ]; bind; *перен.* connéct

свя́зк‖а *ж* 1. sheaf; bunch 2. *мн.:* голосовы́е ~и vócal chords [kɔːdz]

свя́зывать *см.* связáть

связ‖ь *ж* 1. tie [taɪ], bond; connéction; в ~и c... in connéction with...; культу́рные ~и cúltural ties 2. (*ж.-д., телеграфная и т. п.*) communicátion

свящéнник *м* priest

сгова́риваться, сгово-
ри́ться arránge [-'reɪ-] things
(with); come [kʌm] to an
agréement

сдава́ть(ся) см. сдать(ся)

сдать 1. hand in; give
[gɪv]; (помещение) let; ~
бага́ж на хране́ние ré-
gister (амер. check) one's
[wʌnz] lúggage (амер. bággage) 2.: ~ экза́мен pass
an examinátion 3. карт.
deal; ~ся surrénder, ca-
pítulate [kə'pɪtju-]

сда́ч||а ж (деньги) change
[tʃeɪndʒ]; дава́ть (по-
луча́ть) ~у give [gɪv] (get
[get]) change

сдвиг м 1. (смещение)
displácement 2. (прогресс)
impróvement   [-'pruːv-];
change [tʃeɪndʒ] for the
bétter

сде́лать make; do

сде́лка ж deal, bár-
gain [-gɪn]

сде́льный píece-work

сдержа́ть 1. (кого-л.)
restráin, hold back 2. (чувст-
ва) restráin; suppréss; 3.:
~ сло́во keep one's [wʌnz]
word [wəːd]; ~ся contról
[-'trəul] onesélf [wʌn-]

сде́рживать(ся) см. сдер-
жа́ть(ся)

сеа́нс м кино show [ʃəu]

себе́ (1 л.) to mysélf;
(2 л.) to yoursélf; (3 л.)
to himsélf, hersélf, itsélf;
(1 л. мн. ч.) to oursélves;
(2 л. мн. ч.) to yoursélves;
име́ть при ~ have with

(me, you, etc); «к ~» (надпись на двери) pull [pul];
«от себя́» (надпись на
двери) push [puʃ]

себесто́имость ж prime
cost, cost price

себя́ (1 л.) my sélf; (2 л.)
yoursélf; (3 л.) himsélf,
hersélf, itsélf; (1 л. мн. ч.)
oursélves; (2 л. мн. ч.)
yoursélves; (3 л. мн. ч.)
themsélves ◇ прийти́ в
~ come [kʌm] to (hersélf,
himsélf, etc)

сев м sówing ['səu-]
campáign

се́вер м north

се́верный north, nórth-
ern [-ðən]

се́веро-восто́к м nórth-
-éast

се́веро-за́пад м nórth-
-wést

севооборо́т м crop ro-
tátion

севрю́га ж sevrúga (kind
of sturgeon)

сего́дня todáy; ~ у́тром
(днём) this mórning (áf-
ternóon); ~ ве́чером to-
níght; не ~ — за́втра ány
day now

сего́дняшний   todáy's
[-'deɪz]

седло́ с saddle

седо́й gréy(-háired)

сезо́н м séason; разга́р
~a high séason

сейча́с 1. (теперь) now
2. (очень скоро) présent-
ly, soon; ~ же just (right)
now; ~! in a mínute!;

он ~ придёт he'll be here right now

секрéт м sécret ['si:-]

секретáрь м sécretary

секрéтный sécret ['si:-]

секс м sex

секýнд||а ж sécond ['se-]; сию ~у just a móment

секундомéр м stóp-watch

селёдка ж hérring

селéктор м íntercom

селó с víllage

сéльск||ий rúral ['ruə-], víllage; ~ое хозя́йство ágriculture

сельскохозя́йственный agricúltural

сельсовéт м (сéльский совéт) víllage sóviet (cóuncil)

семафóр м sémaphore ['seməfɔ:]

сёмга ж sálmon ['sæmən]

семéйный fámily ['fæ-]

семенá мн. seeds

семёрка ж карт. séven ['sevn]; ~ пик и т. д. the séven of spades, etc

семéстр м term

семинáр м seminár [-mɪ-]

семнáдцать seventéen ['se-]

семь séven ['sevn]

сéмьдесят séventy ['se-]

семьсóт séven ['sevn] húndred

семья́ ж fámily ['fæ-]

сéно с hay

сенокоси́лка ж (grass-) mówer [-'məuə]

сентя́брь м Septémber

серви́з м set; обéденный (чáйный) ~ dínner (tea) set

сердéчный 1. heart(-) [hɑ:-]; ~ при́ступ heart attáck 2. перен. héarty ['hɑ:-], córdial

серди́тый ángry, cross

серди́ть make smb ángry; ~ся be ángry, be cross (at smth, with smb)

сéрдц||е с heart [hɑ:t]; от всегó ~а from the bóttom of one's [wʌnz] heart

серебрó с sílver

серéбряный sílver

середи́н||а ж middle; в ~е in the middle

сержáнт м sérgeant ['sɑ:-dʒənt]

сéрия ж séries ['sɪəri:z]

серп м sickle; ~ и мóлот hámmer and sickle

серпанти́н м páper stréamers

сéрый grey

сéрьги мн. éar-rings ['ɪə-]

серьёзный sérious ['sɪə-rɪəs]; grave

сéссия ж séssion

сестрá ж síster; роднáя ~ full síster; медици́нская ~ (médical) nurse

сесть 1. sit down; ся́дь (-те), пожáлуйста! sit down, please! 2. (о солнце) set 3. (в вагон и т. п.) get [get] in, board; ~ на пóезд take the train

213

се́тка *ж* net; (*для ве-щей в вагоне*) rack; ~ для воло́с háir-net

сеть *ж* net

се́ялка *ж* séeder

се́ять sow [səu]

сжать I press; squeeze; (*зубы, кулаки*) clench

сжать II *с.-х.* reap

сжима́ть *см.* сжать I

сза́ди from behínd; (*позади*) behínd

сиби́рский Sibérian

сига́ра *ж* cigár

сигаре́ты *мн.* cigarét-tes [sɪgə-]; ~ с фи́льтром fílter-tipped cigaréttes

сигна́л *м* signal; (*автомобиля*) horn; дать ~ give [gɪv] a sígnal; (*об автомобиле*) hoot

сиде́лка *ж* (síck-)nurse; (*в больнице тж.*) ward atténdant

сиде́нье *с* seat

сиде́ть 1. sit; ~ за столо́м sit at the table [teɪbl]; ~ в кре́сле sit in an árm-cháir; оста́ться ~ remáin séated 2. (*о пла́тье*) fit; пла́тье хорошо́ на вас сиди́т the dress fits you nícely (véry ['verɪ] well)

си́ль|**а** *ж* strength; force; *тех.* pówer; Вооружённые Си́лы СССР Armed Fórces of the USSR; взаи́мный отка́з от примене́ния ~ы или угро́зы ~ой mútual renunciátion of the use *or* threat [θret] of force; пол-ный сил full of strength; изо всех сил with all one's [wʌnz] strength; with might and main; не по ~ам beyónd one's pówers; о́б-щими ~ами with combíned éffort; в си́лу... by force of...; ~ой (*насильно*) by force

си́лос *м* (*корм*) silage ['saɪlɪdʒ]

си́лосн|**ый**: ~ая ба́шня tówer sílo; ~ая я́ма pit sílo

си́льный strong; (*мощный*) pówerful

симфони́ческ|**ий** sym-phónic [-'fɔ-]; ~ая му́зыка symphónic músic; ~ кон-це́рт sýmphony cóncert; ~ орке́стр sýmphony órchestra

симфо́ния *ж* sýmphony

синаго́га *ж* sýnagogue ['sɪnəgɔg]

си́ний blue [blu:]

сино́д *м* sýnod ['sɪ-]

синхро́нный simultá-neous; ~ перево́д simultá-neous interpretátion

синя́к *м* bruise [-u:z]; (*под глазом*) black eye [aɪ]

сиро́п *м* sýrup ['sɪ-]; вода́ с ~ом sýrup and wáter ['wɔ:tə]

сирота́ *м и ж* órphan

систе́ма *ж* sýstem; ~ образова́ния sýstem of edu-cátion

си́тец *м* print; *амер.* cálico ['kæ-]

си́тцев|**ый**: ~ое пла́тье cótton dress

214

сказа́ть say; (что-л. кому-л.) tell; скажи́те, пожа́луйста tell (me, us), please; тру́дно ~ it's hard to say

ска́зк‖а ж tale, stóry ['stɔːrɪ]; fáiry-tale ['feə-]; наро́дные ~и folk tales

скака́ть 1. jump, leap 2. (на коне) gállop ['gæ-]

скала́ ж rock

скаме́йка ж, скамья́ ж bench

ска́терть ж táble-cloth ['teɪbl-]

ска́чки мн. ráces; ~ с препя́тствиями stéeple-chase

сква́жина ж (буровая) bórehole (bóring) well; буре́ние сква́жин wéll-bóring

сквер м públic gárden

сквози́ть: сквози́т (дует) there is a draught [drɑːft] here

сквозня́к м draught [drɑːft]

сквозь through [θruː]

скворе́ц м stárling

ски́дк‖а ж discóunt; redúction; со ~ой at a discóunt

скла́дка ж fold; pleat; (на брюках) crease [-s]

скла́дывать см. сложи́ть

скле́ивать, скле́ить glue smth togéther [-'geðə]; скле́ить (магни́тную) ле́нту (киноплёнку) splice the tape (film)

склон м slope

скло́нность ж inclinátion [-klɪ-]

сковорода́ ж frýing-pan

скользи́ть slide; (поскользну́ться) slip

ско́льзкий slíppery

ско́лько (с сущ. во мн. ч.) how mány ['me-]; (с сущ. в ед. ч.) how much; ~ раз how mány times; ~ э́то сто́ит? how much is it?; ~ вре́мени? what's the time?; ~ вам лет? how old are you?

ско́ро 1. (вскоре) soon; он ~ придёт he'll come [kʌm] soon 2. (быстро) quíckly, fast

скоростно́й hígh-spéed; ~ спуск на лы́жах сп. dównhill (skíing ['skiː-]); ~ бег на конька́х сп. speed skáting

ско́рост‖ь ж 1. speed; со ~ью 100 км в час at the speed (rate) of 100 km per hóur 2. авто разг. gear [gɪə]; на пе́рвой (второ́й и т. д.) ~и in the first (sécond ['se-], etc) gear

ско́р‖ый 1. (быстрый) quick, fast; ~ по́езд fast train 2. (близкий по вре́мени) near [nɪə]; в ~ом вре́мени befóre long; до ~ого свида́ния! see you agáin!

скот м cattle; кру́пный рога́тый ~ cattle; ме́лкий рога́тый ~ small cattle

скотово́дство с cáttle-breeding

скрипа́ч *м* víolinist ['vaɪə-lɪ-]; (*уличный*) fíddler

скрипа́чка *ж* víolinist ['vaɪə-]

скри́пк‖а *ж* violín [vaɪə-]; *разг.* fiddle; игра́ть пе́рвую ~у *перен.* play the first fiddle

скро́мный módest ['mɔd-ɪst]

скрыва́ть(ся) *см.* скры́ть (-ся)

скры́тый sécret ['si:-]

скрыть hide, concéal; ~ся hide (onesélf [wʌn-]) (from); (*убежать*) escápe

ску́ка *ж*: кака́я ~! what a bore!

ску́льптор *м* scúlptor

скульпту́ра *ж* scúlpture

ску́мбрия *ж* máckerel ['mæk-]

скупо́й stíngy

ску́тер *м спорт.* scóoter

скуча́ть be bored; (*грустить*) be lónely; (*по кому-либо*) miss

ску́чный dull, bóring ['bɔː-]

слаби́тельное *с мед.* purge, láxative ['læksə-]

слаб‖ость *ж* wéakness; ~ый weak, feeble; ~ое здоро́вье délicate (poor) health [helθ]

сла́ва *ж* fame, glóry ['glɔːrɪ]

сла́вный 1. glórious ['glɔː-rɪəs], fámous ['feɪməs] 2. (*милый*) nice

славяни́н *м* Slav [slɑːv]

славя́нский Slavónic [-'vɔ-]

сла́дкий sweet

сла́дости *мн.* sweet

сла́лом *м ол.* slálom ['sleɪ-]; гига́нтский ~ *ол.* gíant slálom; ~и́ст *м* slálom ['sleɪ-] rácer

сле́ва to (on) the left; ~ от to (on) the left of; ~ от него́ to (on) his left

слегка́ slíghtly

след *м* track; trace; (*ноги*) fóotprint

следи́ть 1. (*наблюдать*) watch; fóllow ['fɔləu] 2. (*присматривать*) look áfter ['ɑːftə]

сле́дователь *м* invésti-gator; *амер.* detéctive

сле́довательно thérefore, cónsequently

сле́довать 1. fóllow ['fɔləu]; по́езд сле́дует до Москвы́ the train is bound for Móscow 2.: сле́дует по́мнить it should be remém-bered 3.: ско́лько с меня́ сле́дует? how much do I owe (you)? ◇ как сле́дует well, próperly

сле́дствие *с* 1. (*результат*) cónsequence; efféct 2. *юр.* investigátion; ínquest

сле́дующий 1. next, fól-lowing ['fɔləu-]; на ~ день the next day; в ~ раз next time 2. *м*: ~! next, please!

слеза́ *ж* tear [tɪə]

слепо́й 1. blind 2. *м* blind man

слесарь м lócksmith; (*монтажник*) fítter

слёт м gáthering, rálly ['rælɪ]

слива ж plum

сливки мн. cream

слишк ом too (much), óver-; это ~ дорого (далеко) it is too expénsive (far)

словак м Slóvak, Slovák-ian [-'væ-]

словарь м díctionary; (*к определённому тексту*) vocábulary[-'kæ-]; (*по теме*) glóssary

словацкий Slovákian [-'væ-]; ~ язык Slovákian, the Slovákian lánguage

словачка ж Slóvak, Slovákian [-'væ-]

слово c 1. word [wə:d]; давать ~ give [gɪv] one's [wʌnz] word; честное ~ word of hónour ['ɒnə] 2.: ~ имеет N N has the floor [flɔ:]; взять ~ take the floor, rise to speak; ~ к порядку ведения собрания point of órder

слоёный: ~ пирог púff--pastry

сложение c addítion

сложить 1. (*газету и т. п.*) fold 2. (*в одно место*) put [put] togéther [tə'geðə] 3.: ~ вещи pack, do the pácking 4. *мат.* add (up), sum up

сложный 1. cómplicated; cómplex 2. (*составной*) cómpound

сломать(ся) break [-eɪk]

слон м 1. élephant ['el-] 2. *шахм.* bíshop

слонов||ый: ~ая кость ívory

слуга м sérvant

служащий м employée [-lɔɪ'i:]

служба ж sérvice; work [wə:k]

служить 1. serve 2. (*работать*) work [wə:k]

слух м 1. héaring ['hɪə-]; (*музыкальный*) ear [ɪə]; у него хороший ~ he has a good [gud] ear for músic 2. (*молва*) rúmour ['ru:-]

случ||ай м 1. case; ~ае in case (of); во всяком ~ае at ány rate; в любом ~ае in ány case; на всякий ~ (just) in case; ни в коем ~ае by no means; в худшем ~ае at the worst 2. (*возможность*) occásion, chance; при ~ае on occásion 3. (*событие*) occásion, evént 4. (*происшествие*) íncident; несчастный ~ áccident

случайн||о by chance, accidéntally [æksɪ-]; ~ость ж chance; по счастливой ~ости by a lúcky chance; ~ый chance, accidéntal [æksɪ-], cásual ['kæʒ-]; ~ая встреча chance méeting

случаться, случиться háppen; take place; что случилось? what has háppened?; what's up?

слу́шать (*кого-л.*) listen ['lɪsn] (to); слу́шаю! hulló!; вы слу́шаете? (*в телефо́нном разгово́ре*) are you there?; ~ся obéy

слы́шать hear [hɪə]; вы об э́том слы́шали? have you heard abóut it?; я ничего́ не слы́шу I can't hear ánything ['enɪ-]

слы́шно: мне не ~ I can't hear [hɪə]

сме́л||ость *ж* cóurage ['kʌ-]; dáring ['dɛər-]; ~ый courágeous [kəˈreɪ-], bold; dáring ['dɛər-]

сме́на *ж* 1. (*на заво́де*) shift 2. (*подраста́ющее поколе́ние*) young [jʌŋ] generátion 3.: ~ белья́ (*посте́льного*) change [tʃeɪndʒ] of línen

смерка́ться: смерка́ется it's gétting ['get-] dark

сме́ртность *ж* death [deθ] rate; mortálity [-'t ɜ-] (rate)

смерть *ж* death [deθ]

смета́на *ж* sóur ['sauə] cream

смех *м* láughter ['lɑːftə]

сме́шанный mixed

смешно́й fúnny

смея́ться laugh [lɑːf]

сморка́ться blow [bləu] one's [wʌnz] nose

сморо́дина *ж*: кра́сная (чёрная) ~ red (black) cúrrant

смотр *м* inspéction; ~ худо́жественной самоде́ятельности féstival of ámateur arts

смотре́ть 1. look; ~ на кого́-л. (на что-л.) look at smb (at smth) 2. (*за кем-л., чем-л.*) look áfter ['ɑːftə] ◇ как вы на э́то смо́трите? what do you think abóut it?; смотря́ по обстоя́тельствам it depends

смуще́ние *с* embárrassment [ɪmˈbæ-]

смущённый confúsed; (*растеря́вшийся*) embárrassed [ɪmˈbæ-]

смысл *м* sense; (*значе́ние*) méaning; нет ~а there is no sense (point) (in); в како́м ~е? in what sense?

смычо́к *м* bow [bəu], fíddlestick

снабди́ть, снабжа́ть províde with, supplý with, fúrnish with

снабже́ние *с* supplý

снару́жи on the óutside; (*с нару́жной стороны́*) from the óutside

снаря́д *м спорт.* apparátus

снача́ла 1. (*сперва́*) at first 2. (*сно́ва*) all óver agáin

снег *м* snow [snəu]; идёт ~ it's snówing

снегу́рочка *ж* Snow [snəu] Máiden

снести́ (*разру́шить*) pull [pul] down

сниже́ние *с* lówering ['ləu-]; decréase [-s]; (*ка́чества*) deteriorátion [dɪtɪə-rɪə-]; ~ цен price redúction

сни́зу from belów [-'ləu]

снима́ть *см.* снять

сни́мок *м* phóto(graph); (*моментальный*) snápshot

сни́ться dream

сно́ва agáin; начина́ть ~ start anéw, begín agáin

сноп *м* sheaf

снотво́рное *с* (*средство*) soporífic [-'rı-]

снять 1. take off; ~ шля́пу (*одежду, пальто́*) take off one's [wʌnz] hat (clóthes, coat); ~ урожа́й harvest; ~ ме́рку take smb's méasure ['meʒə] 2. (*помещение*) rent 3. *фото* take a phótograph; (*сделать моментальный снимок*) snápshot

со *см.* с

соба́ка *ж* dog

собесе́дник *м* interlócutor [-'lɔk-], compánion [-'pæ-]

собира́ть(ся) *см.* собра́ть (-ся)

соблюда́ть, соблюсти́ obsérve [-'zə:v]; keep

собо́й *тв. пад. от* себя́

соболе́знование *с* condólence; вы́разить ~ presént one's [wʌnz] condólences to smb

со́боль *м* sable [seıbl]

собо́р *м* cathédral [kə'θi:drəl]

собра́ние *с* 1. méeting, gáthering ['gæð-]; rálly ['rælı] 2. (*коллекция*) colléction

собра́ть 1. gáther ['gæðə]; colléct; (*ягоды*) pick; ~

ве́щи pack 2. (*машину*) assémble; ~ся 1. (*вместе*) gáther ['gæðə], meet; сове́т собира́ется за́втра the cóuncil meets tomórrow [-əu]; собрало́сь мно́го наро́ду there were mány ['menı] people [pi:pl] 2. (*намереваться*) be góing to; я собира́юсь е́хать в... I inténd to go to...; я не собира́лся I wasn't góing to...

со́бственность *ж* próperty ['prɔ-]; ównership; госуда́рственная ~ state próperty; общенаро́дная ~ próperty belónging to all the people [pi:pl]; nátional (people's) próperty; колхо́зно-кооперати́вная ~ colléctive fárm-and-coóperative próperty

собы́т‖ие *с* evént; теку́щие ~ия cúrrent evénts; latest devélopments [dı've-]

соверше́нно quite, ábsolutely; ~ ве́рно quite right; вы ~ пра́вы you are ábsolutely (quite) right

совершенноле́тний of age

соверше́нств‖о *с* perféction; в ~е pérfectly, to perféction

со́весть *ж* cónscience[-ʃns]

сове́т I *м* 1. (*орган госуда́рственной вла́сти в СССР*) Sóviet; (*местный тж.*) cóuncil; Верхо́вный С. СССР Supréme Sóviet of the USSR; С. Сою́за Sóviet (House) of the Únion; С. Национа́льностей Só-

viet (House) of Nationálities;
С. наро́дных депута́тов
Sóviet of People's Députies;
городско́й (райо́нный, по-
селко́вый, се́льский) С.
City ['sɪ-] (Dístrict, Séttlement, Víllage) Cóuncil 2.
(*администрати́вный и об-
ще́ственный о́рган*) cóuncil; С. Мини́стров Cóuncil
of Mínisters; С. Безопа́с-
ности Secúrity Cóuncil;
учёный ~ Académic [-'de-]
Cóuncil

сове́т II *м* (*наставле́ние*)
advíce [-s]; дать ~ give
[gɪv] smb a piece of advíce;
по его́ ~у on his advíce;
сле́довать ~у take (fól-
low ['fɔləu]) smb's ad-
více

сове́тник *м* advíser, cóun-
sellor

сове́товать advíse; ~ся
consúlt smb

сове́тск‖ий Sóviet; Со-
ве́тский Сою́з Sóviet Únion; ~ая власть Sóviet pówer

совеща́н‖ие *с* cónfer-
ence; быть на ~ии be in
cónference

совме́стный joint

совреме́нник *м* contém-
porary

совреме́нн‖ый contémpo-
rary; módern ['mɔ-]; úp-to-
-dáte; ~ое положе́ние
présent situátion

совсе́м quite, entírely; tótally

совхо́з *м* state farm

согла́с‖ие *с* consént; дать
~ give [gɪv] one's [wʌnz]
consént; получи́ть ~ get
[get] smb's consént

согласи́ться consént;
agrée (*с чем-л., с кем-л.* —
with; *на что-л.* — to)

согла́сно accórding [ə'kɔ:-]
(to)

согла́с‖ный: быть ~ным
agrée (to), consént (to); я
~ен I agrée

соглаша́ть(ся) *см.* согла-
си́ть(ся)

соглаше́н‖ие *с* agréement;
приходи́ть к ~ию come
[kʌm] to an agréement; по
(взаи́мному) ~ию с...
by (mútual) agréement
with...

согрева́ть(ся) *см.* со-
гре́ть(ся)

согре́ть warm; ~ во́ду
heat the wáter ['wɔ:tə]; ~ся
get [get] warm

соде́йств‖ие *с* assístance;
при их ~ии with their
assístance

соде́йствовать assíst

содержа́ние *с* 1. (*кни́ги
и т. п.*) cóntents; кра́ткое
~ súmmary; фо́рма и ~
form and cóntents 2. (*су́щ-
ность*) mátter, súbstance

содержа́ть 1. (*заклю-
ча́ть в себе́*) contáin 2. (*се-
мью́*) suppórt, maintáin

содру́жество *с* co-operátion [kəuɔpə-]; commúnity;
социалисти́ческое ~ на́-
ций sócialist commúnity of
nátions

220

сожале́н‖ие с regrét; (*жалость*) pity ['pɪtɪ] (for); к ~ию unfórtunately

сожале́ть regrét; píty ['pɪtɪ], be sórry; я о́чень сожале́ю, что... I áwfully regrét that..., I am véry ['verɪ] sórry that...

созва́ть call; (*тж.* съезд, конфере́нцию) convéne, convóke

создава́ть см. созда́ть

созда́ние с 1. (*действие*) création [krɪ:'eɪʃn] 2. (*существо*) créature ['kri:tʃə]

созда́ть créate [krɪ:'eɪt]

сознава́ть réalize ['rɪə-]; ~ся см. созна́ться

созна́ние с 1. cónsciousness ['kɔnʃəsnɪs] 2. (*чувство*) sénses; теря́ть ~ lose [luːz] cónsciousness; faint; прийти́ в ~ come [kʌm] to one's [wʌnz] sénses

созна́тельно cónsciously ['kɔnʃəs-] (*с умыслом*) déliberately [-'lɪ-]

созна́тельный 1. cónscious ['kɔnʃəs] 2. (*наме́ренный*) déliberate [-'lɪ-]

созна́ться conféss

созрева́ть, **созре́ть** rípen, matúre; (*о нары́ве*) come [kʌm] to a head [hed]

созыва́ть см. созва́ть

сойти́ 1. descénd, go down; ~ с ле́стницы go down the stairs; вы схо́дите на э́той остано́вке? are you gétting ['get-] off here? 2. (*о ко́же, кра́ске и т. п.*)

come [kʌm] off 3. (*за кого́-либо*) pass as

сок м juice [dʒuːs]; виногра́дный ~ grape juice

сокро́вище с tréasure ['tre-]

солда́т м sóldier ['səuldʒə]

солён‖ый salt [sɔːlt]; (*посо́ленный*) sálted; (*на вкус*) sálty; ~ые огурцы́ pickles

солида́рность ж solidári-ty [-'dæ-]

солида́рный sólidary ['sɔ-]

соли́ст м, ~ка ж sóloist

соли́ть 1. salt [sɔːlt] 2. (*грибы́, капу́сту и т. п.*) píckle

со́лнечный súnny

со́лнце с sun

со́ло с sólo

солове́й м níghtingale

соло́нка ж sált-cellar ['sɔːlt-]

соль ж salt [sɔːlt]

соля́нка ж solyánka (*soup with pickles and various sorts of meat*)

соля́рий м sun deck, solá-rium [səu'lɛərɪəm]

сомнева́ться doubt [daut]; мо́жете не ~ you may be sure; я не сомнева́юсь, что... I have no doubt that...

сомне́н‖ие с doubt [daut]; нет никако́го ~ия в том, что... there's no doubt whatéver that...

сон м sleep; (*сновиде́ние*) dream; ви́деть ~ (have a) dream; ви́деть во сне dream abóut

сообща́ть *см.* сообщи́ть

сообще́ние *с* **1.** communicátion; прямо́е ~ through [θru:] sérvice (way); возду́шное ~ air sérvice; авто́бусное ~ bus sérvice; железнодоро́жное ~ ráilway (train) sérvice; парохо́дное ~ stéamship lines; stéam(er) sérvice **2.** (*известие*) informátion, news (repórt); communicátion; телегра́фное ~ telegráph(ic) méssage

сообщи́ть infórm, repórt; commúnicate

сооруди́ть, сооружа́ть eréct, build [bɪld]

сооруже́ние *с* constrúction, búilding ['bɪ-]; strúcture

соотве́тствовать correspónd

сооте́чественник *м* cóuntryman ['kʌn-], compátriot [-'pæt-]

соотноше́ние *с:* ~ сил bálance ['bæ-] of fórces

сопе́рник *м* rível; *спорт.* oppónent

сопра́но **1.** *с* sopráno [-'rɑ:-] **2.** *ж* (*певица*) sopráno, sopránist [-'rɑ:-]

сопровожда́ть accómpany [ə'kʌm-]

сопротивле́ние *с* resístance; оказа́ть ~ put [put] up (show [ʃəu]) resístance

сопротивля́ться resíst

сорва́ть **1.** (*цветы и т. п.*) pick **2.** (*провалить*) frustráte; ~ся **1.** (*упасть*) fall **2.** (*не удаться*) fail

соревнова́ние *с* competítion [-'tɪʃn]; cóntest; (*спортивное тж.*) tóurnament ['tuə-], evénts; ~ в бе́ге rúnning race competítion; провести́ ~ hold a tóurnament; ~ легкоатле́тов an athlétics; ~ велосипеди́стов (конькобе́жцев, лы́жников, пловцо́в, фигури́стов, штанги́стов) cýcling (skáting, skíing, swímming, fígure skáting, wéightlifting) competítion; ~ боксёров (борцо́в, футболи́стов) bóxing (wréstling, fóotball) match; ~ по хокке́ю с ша́йбой íce-hockey chámpionship

соревнова́ться compéte

сори́ть lítter

со́рок fórty

соро́чка *ж* (*мужская*) shirt; (*женская*) chemíse [ʃɪ'mi:z]

сорт *м* **1.** (*разновидность*) sort, kind **2.** (*качество*) quálity; пе́рвый ~ first rate; *разг.* first chop; второ́го ~а sécond ['se-] rate; *разг.* sécond chop

сосе́д *м,* ~ка *ж* néighbour ['neɪbə]

сосе́дний néighbouring ['neɪbə-]; néighbour ['neɪbə]

сосе́дство *с* néighbourhood ['neɪbə-]

соси́ски *мн.* Páris sáusages ['sɔsɪdʒɪz]; fránkfurters

сосна́ *ж* pine-(tree)

соста́в *м* **1.** composítion [-'zɪʃn]; strúcture **2.** (*кол-*

222

лектив людей) staff [stɑ:f]; *театр.* (*исполнители*) cast; в ~е нашей делегации пятнадцать человек there are fifteen people [pi:pl] on our delegation; личный ~ personnel, staff

составить, составлять 1. put [put] together [tə'geðə]; make up 2. (*сочинить*) compose, compile

составной compound

состоян‖ие с (*положение*) condition [-'dɪʃn]; state; я не в ~ии I can't, I am unable; I am not in a position to...

состоять 1. (*заключаться*) consist (of) 2. (*быть в составе*) be; ~ членом спортивного клуба be a member of the sports club; ~ся take place; вечером состоится концерт a concert is on tonight

состязан‖ие с competition [-'tɪʃn], contest; спортивные ~ия athletic (sports) competition (events)

состязаться compete

сосуд м vessel; кровеносные ~ы blood-vessels

сосулька ж icicle

сосуществование с coexistence ['kəuɪg'zɪstəns]; мирное ~ peaceful coexistence

сосчитать count; ~ся (*свести счёты*) square accounts

сотня ж hundred

сотрудник м (*служащий*) employee, worker

['wə:kə]; научный ~ scientific worker

сотрудничать 1. co-operate [kəu'ɔpə-], collaborate [-'læbə-] 2. (*в газете и т. п.*) contribute [-'trɪ-] (to); write for

сотрудничество с co-operation [kəuɔpə-], collaboration; международное ~ international co-operation

соус м sauce; (*мясной*) gravy; (*к салату и т. п.*) dressing

сохранить, сохранять keep; preserve

социализм м socialism ['səu-]

социалист м socialist ['səu-]

социалистическ‖ий socialist ['səuʃəl-]; ~ое строительство socialist construction (upbuilding)

социально-бытов‖ой: ~ые условия welfare; ~ сектор welfare department; (*месткома и т. п.*) welfare commission

социальный social ['səuʃəl]

сочинен‖ие с (*произведение*) work [wə:k]; (*музыкальное*) composition [-'zɪʃn]; избранные ~ия selected works; полное собрание ~ий complete works (of)

сочный 1. juicy ['dʒu:sɪ] 2. (*о красках и т. п.*) rich

223

сочу́вствие с sýmpathy (with)

сочу́вствовать sýmpathize (with)

сою́з м 1. (*объединение*) únion; allíance [ə'laɪəns]; в ~е ... in únion with... 2. (*государственный*) Únion; Сове́тский Сою́з Sóviet Únion 3. (*общество*) únion, league [li:g]

сою́зник м álly ['ælaɪ]

сою́зн‖ый I Únion; ~ая респу́блика Únion Repúblic

сою́зн‖ый II allíed; ~ая держа́ва allíed pówer

со́я ж sóya ['sɔɪə] bean

спа́льный sléeping

спа́льня ж bédroom

спартакиа́да ж Spártakiade

спаса́тель м (*на пляже*) life-guard

спаса́тельн‖ый réscuing; life-saving; ~ая ло́дка life--boat; ~ по́яс life-belt; ~ая кома́нда réscue team

спаса́ть(ся) см. спасти́(сь)

спасе́ние с 1. (*действие*) réscuing, sáving 2. (*результат*) réscue

спаси́бо thanks!, thank you!; большо́е ~! thanks a lot!, mány ['menɪ]thanks!, thank you éver so much!

спасти́ save, réscue; ~сь escápe

спать sleep; ложи́ться ~ go to bed; я хочу́ ~ I'm sléepy

спекта́кль м perfórmance, show [ʃəu]; дневно́й ~ matinée ['mætɪneɪ]

спе́лый ripe

сперва́ at first

спе́реди in front [frʌnt] (of)

спеть I (*песню*) sing

спеть II (*зреть*) rípen

специали́ст м éxpert (in); authórity [-'θɔ-] (on)

специа́льн‖ость ж speciálity [-ʃɪ'ælɪ-]; ~ый spécial ['speʃəl]

спе́ции мн. spícery

спецоде́жда ж (wórking ['wə:k-]) óveralls pl

спеши́ть 1. (be in a) húrry; ~ на по́езд be in a húrry to catch the train 2. (*о часах*) be fast; ва́ши часы́ спеша́т your watch is fast

спе́шный úrgent

спина́ ж back

спи́ннинг м 1. (*ужение рыбы*) spínning 2. (*снасть*) spínning-reel

спирт м álcohol, spírit ['spɪ-]

спи́с‖ок м list; в ~ке on the list

спи́ч‖ки мн. mátches; коро́бка ~ек a box of mátches

споко́йный quíet ['kwaɪət]; calm [kɑ:m]

споко́йствие с cálmness ['kɑ:m-]; tranquíllity

спор м árgument; discússion; debáte

спо́рить árgue; dispúte; (*заключать пари*) bet

224

спо́р‖ный disputable, controvérsial [-ʃəl]; quéstionable

спорт м sport; во́дный ~ aquátics [əˈkwætɪks]; занима́ться ~ом go in for sport; дворе́ц ~а pálace of sports; олимпи́йский вид ~а an Olýmpic sport; велосипе́дный ~ ол. cýcling [ˈsaɪ-]

спорти́вн‖ый spórting, athlétic [-ˈle-]; ~ая площа́дка sports ground (field); ~ зал gymnásium, gym

спортклу́б м (спорти́вный клуб) sports club

спортсме́н м spórtsman

спортсме́нка ж spórtswoman [-wu-]

спо́соб м way, mánner; méthod [ˈmeθ-]; ~ произво́дства mode of prodúction; други́м ~ом in a different way

спосо́бный 1. (одарённый) gifted; able [eɪbl]; cléver [ˈkle-] 2. (к чему́-л.) cápable of

спосо́бствовать fúrther, promóte

споткну́ться, спотыка́ться stumble (óver)

спра́ва to (on) the right; ~ от to (on) the right of; ~ от него́ to (on) his right

справедли́в‖ость ж jústice; ~ый 1. fair, just 2. (пра́вильный) true; э́то ~о that's true

спра́виться 1. (осведомля́ться) ask (about), inquíre

2. (одоле́ть) cope (with), mánage [ˈmænɪdʒ]

спра́вка ж 1. (запрос) inquíry [-ˈkwaɪə-] 2. (документ) certificate [-ˈtɪ-] 3.: ~ по вопро́су о... báckground páper on...

справля́ться см. спра́виться

спра́вочник м réference [ˈre-] book, hándbook; guide [gaɪd]; карма́нный ~ vádemécum [ˈveɪdɪˈmiːkəm]; железнодоро́жный ~ ráilway guide

спра́шивать см. спроси́ть

спрос м 1. demánd (for); run (on); по́льзоваться ~ом be in demánd 2.: без ~а withóut permíssion

спроси́ть ask; разреши́те ~? may I ask you (a quéstion [ˈkwestʃən])?

спря́тать hide

спуск м 1. descént 2. (откос) slope; скоростно́й ~ спорт. run down; ол. dównhill

спуска́ть(ся) см. спусти́ть(ся)

спусти́ть 1. (вниз) let down; lówer [ˈləuə] 2. (о шине) defláte; у меня́ спусти́ла ши́на I have a púnctured tire; амер. I have a flat; ~ся go down, descénd

спустя́ áfter [ˈɑːftə], láter

спу́тник м 1. compánion [-ˈpæ-]; (по путеше́ствию

тж.) féllow-tráveller ['fe-ləu'træ-] 2. *астр.* sátellite ['sæ-]; искусственный ~ Земли artifícial sátellite of the Earth, spútnik, запустить ~ launch a sátellite; метеорологический (навигационный) ~ wéather ['we-] (navigátion) sátellite; ~ связи communicátion sátellite

сравнéн‖ие *с* compárison [-'ρæ-]; по ~ию *с...* as compáred with...

сравнивать compáre

сравнительно compár-atively

сравнить *см.* сравнивать

срáзу 1. at once [wʌns]; right awáy 2. (*одновременно*) at the same time

среда I *ж* (*окружение*) environment [in'vaiər-]; surróundings

среда II *ж* (*день недели*) Wédnesday ['wenzdi]

среди́ 1. amóng 2. (*посредине*) in the middle

средн‖ий 1. áverage ['ævə-]; (*находящийся посредине*) в ~ем on the áverage; ~их лет míddle-áged; 2. *спорт. ол.*: ~яя весовáя категория míddle-weight [-weit] (*дзюдо, борьба*); light héavy-weight ['heviweit] (*тяжёлая атлетика*); вторая (пéрвая) ~яя весовая категория míddle-weight (light míddle--weight) (*бокс*)

срéдств‖о *с* 1. means; ~а связи means of communicátion; ~а мáссовой информáции the mass média (of communicátion) 2. (*лекарство*) rémedy ['re-]

срок *м* 1. (*назначенное время*) date; term; в ~ in time 2. (*промежуток времени*) périod ['piə-]

срóчн‖ый úrgent; ~ за-кáз rush órder; ~ая телегрáмма expréss télegram

срывáть(ся) *см.* сорвáть (-ся)

ссóра *ж* quárrel ['kwɔ-]

ссóриться quárrel ['kwɔ-]

стáвить 1. put [put]; place; set; ~ стакáн на стол put a glass on the table [teibl]; ~ термóметр take smb's témperature ['temprit[ə]; ~ на голосовáние put to the vote 2. (*пьесу*) stage; prodúce; put on 3.: ~ услóвия lay down the terms

стадиóн *м* stádium

стáдия *ж* stage

стáдо *с* herd; (*коз, овец*) flock

стаж *м* senióriry [-'ɔri-], récord of sérvice; (*партийный*) stánding

стакáн *м* glass

стáлкиваться *см.* столкнýться

сталь *ж* steel

стандáртный stándard

становиться *см.* стать 1, 2

станóк м machine [-'ʃiːn] tool; bench; (*токарный*) lathe [leɪð]; (*ткацкий*) loom; (*печатный*) prínting-press

станóк-автомáт м (*токарный*) automátic [-'mæ-] lathe [leɪð]; (*фрезерный*) automátic mílling machíne [-'ʃiːn]

стáнция ж státion; вóдная ~ aquátic sports céntre

старáться try; endéavour [-'de-]; seek

старúк м old [əuld] man

стáрость ж old [əuld] age

старт м start; на ~! get [get] on your mark!

стартовáть start

старýха ж old [əuld] wóman [wu-]

стáрший 1. (*по возрасту*) élder; óldest; sénior [-njə]; (*среди родственников*) the éldest; сáмый ~ the óldest; ~ брат élder bróther; он на пять лет стáрше меня he is five years ólder than I, he is five years my sénior 2. (*по положению*) sénior; ~ нáучный сотрýдник sénior reséarch assístant; кто здесь ~? who is in charge here?

стáрый old [əuld]

статúстика ж statístics

статуэтка ж statuétte [stætju'et], figurine ['fɪgjuriːn]

стáтуя ж státue ['stæt-]

стать 1. stand; ~ в óчередь queue (up) 2. (*сделаться*) becóme [-'kʌm], get [get]; grow [grəu]; ~ учúтелем becóme a téacher; стáло хóлодно (темнó) it got cold (grew dark) 3. (*остановиться*) stop; часы́ стáли the watch stopped ◇ во что бы то ни стáло at ány price, at all costs

статья́ ж 1. (*в газете и т. п.*) árticle; передовáя ~ léading árticle, léader 2. (*договора*) clause, árticle

стеклó с glass

стекля́нный glass

стелúть spread [-ed]; ~ постéль make a bed

стенá ж wall

стенгазéта ж (*стеннáя газéта*) wall néwspaper

стеногрáмма ж verbátim récord ['re-]

стеногрáфия ж stenógraphy, shórthand

стéпен‖ь ж degrée; учёная ~ académic [-'de-] degrée; пéрвой (вторóй) ~и first (sécond ['se-]) degrée

степь ж steppe [step]

стереофонúческ‖ий stéreo, stereophónic; ~ прóигрыватель (*магнитофóн*) stéreo récord-player ['re-] (*tápe-recorder*); ~ая пластúнка stéreo récord

стеснúть, стесня́ть 1. (*затруднять*) hínder, hám-

pay, я вас не стесню?
am I not in your way?
2. (смущать) embárrass
стесняться be (feel) shy,
be (feel) ashámed; не стес-
няйтесь! don't stand on
céremony!

стиль м style

стипендиат м grantée;
(получающий повышенную,
именную стипендию) schól-
ar ['sko-]

стипендия ж grant;
(повышенная, именная)
schólarship ['sko-]; (аспиран-
тская) féllowship [-əu-]

стирать I wipe off;
eráse

стирать II (бельё) wash

стихи мн. póems ['pəu-
ımz], póetry ['pəuɪtrɪ]

стихнуть calm [ka:m]
down

стихотворение с póem
['pəuɪm]

стлать см. **стелить**

сто húndred

стог м stack

стоимость ж cost; válue ['væljuː]

стоить **1.** cost; сколько
это стоит? how much is
it? **2.** (заслуживать) desérve; be worth [wəːθ] ◇
не стоит благодарности
don't mention it, not at
all; амер. you're welcome

стойка ж **1.** (бара) bar
2. спорт. stance

стол м table [teɪbl]; за
~óм at the table; накры-
вать на ~ lay the table

столб м píllar; (фонар-
ный) lamp post

столетие с (век) céntury
[-tʃ-]; (годовщина) centenary

столик м (в ресторане)
table [teɪbl]

столица ж cápital ['kæ-]
столичный metropólitan

столкновение с collísion;
(перен. тж.) cónflict

столкнуться collíde (with);
run ínto ['ɪntu] перен. clash
(with)

столовая ж **1.** (комната) díning-room **2.** réstaurant ['restərəŋ]; (в учреждении) cantéen; cafe-
téria

столько so mány ['menɪ]
(о сущ. во мн. ч.); so
much (о сущ. в ед. ч.);
~ же as mány as; as much
as

столяр м jóiner

стоп! stop!

стоп-кран м emérgency
brake

сторона ж **1.** side; с
правой ~й from the right;
на той ~é (улицы) acróss
(the street); в ~é asíde
2. (в споре) párty

сторонник м suppórter;
adhérent; ádvocate; ~и
мира peace suppórters (de-
fénders, lóvers), chámpi-
ons of peace; он ~ мир-
ного урегулирования he
ádvocates the idéa [aɪ-
'dɪə] of péaceful séttle-
ment

стоя́нка ж 1. stop 2. (автомобиля) párking lot; ~ маши́н запрещена́ no párking

стоя́ть stand; по́езд стои́т 10 мину́т the train stops ten mínutes; сто́йте! stop!; (погоди́те) just (wait) a mínute!; ~ за (защища́ть) be (stand) for; be in fávour of

страда́ть súffer

страна́ ж cóuntry [ˈkʌ-]

страни́ца ж page

стра́нный strange [streindʒ], odd; разг. fúnny, rum

страх м fear [fɪə]

страхка́сса ж (ка́сса социа́льного страхова́ния) sócial insúrance [-ˈʃuər-] fund

страхова́ние с insúrance [-ˈʃuər-]; ~ жи́зни (иму́щества) life (próperty) insúrance; социа́льное ~ sócial insúrance

стра́шный térrible; dréadful [ˈdred-]; féarful [ˈfɪə-]

стре́лка ж 1. (часо́в) hand; (ко́мпаса) needle 2.. ж.-д. ráilway point, switch

стрело́к м shot; ме́ткий ~ márksman; он плохо́й ~ he is a poor [puə] shot (márksman)

стре́лочник м ж.-д. s witch-man

стрельба́ ж ол. shóoting; ~ из мелкокали́берной винто́вки из положе́ния лёжа (из трёх положе́ний) smállbore rifle [raɪfl]

prone (three posítions); скоростна́я ~ из писто́ле́та rápid [ˈræ-] fire pístol; ~ из произво́льного пистоле́та free pístol; ~ по бегу́щему оле́ню móving [ˈmuː-] tárget [-ɡɪt]; ~ на кру́глом (транше́йном) сте́нде trápshooting (skéet shóoting)

стреля́ть shoot

стреми́ться strive (for), seek; (стра́стно жела́ть) long (for)

стри́женый (о челове́ке) shórt-haired; (ко́ротко) bobbed

стри́жка ж (воло́с) háir-cut

стричь cut; ~ся have one's [wʌnz] hair cut

стро́гий strict; (суро́вый) stern; sevére [sɪˈvɪə]

строе́ние с 1. (постро́йка) búilding [ˈbɪ-], constrúction 2. (структу́ра) strúcture

строи́тель м búilder [ˈbɪ-]; ~ный búilding [ˈbɪ-]; ~ство с constrúction; ~ство коммуни́зма úpbuilding [-ˈbɪ-] of cómmunism

стро́ить build [bɪ-], constrúct

строй м sýstem, órder

стро́йка ж búilding [ˈbɪ-]; constrúction (site)

стро́йный slénder, slim

строка́ ж line

струна́ ж string

стру́нный: ~ инструме́нт string ínstrument; ~

229

оркéстр string órchestra
['ɔ:kɪstrə]

студéнт *м*, ~ка *ж*
úndergráduate [-'græljuɪt]
(stúdent), stúdent

стýдия *ж* stúdio

стук *м* knock; (*тихий*)
tap; ~ в дверь knock at
the door

стул *м* chair [tʃɛə]

ступéнь *ж* (*стадия*) stage

ступéнька *ж* step

стучáть(ся) knock; (*громко*) bang; (*тихо*) tap

стыд *м* shame

стыдúться be ashámed of

стыкóвка *ж* línk-up,
cóupling

стíоард *м* stéward; ~éсса
ж stéwardess, air hóstess

суббóта *ж* Sáturday ['sætədɪ]

сувенúр *м* sóuvenir ['su:vənɪə]

сугрóб *м* snów-drift['snəu-]

суд *м* 1. court (of law
или of jústice); нарóдный
~ Péople's [pi.plz] Court
2. (*процесс*) tríal ['traɪəl]

судáк *м* zánder

судúть 1. (*кого-л.*) try
2. (*отзываться, обсуждать*) judge 3. *спорт.* referée

сýдно *с* véssel; ship;
~ на подвóдных крыльях hýdrofoil ['haɪ-]; ~ на
воздýшной подýшке hóvercraft

судохóд‖ный návigable
['nævɪ-]; ~ство *с* navigátion [nævɪ-]

судьбá *ж* fate; déstin

судья́ *м* judge; *спорт*
referée [re-]; (*главный*)
úmpire; нарóдный ~ péople's [pi:plz] judge; ~ на
лúнии línesman

сукнó *с* cloth

сýмерки *мн.* twilight

сýмка *ж* bag; дáмская
~ (hánd) bag; хозя́йственная ~ shópping bag

сýмма *ж* sum

суп *м* soup [su:p]

супероблóжка *ж* wrápper; dúst-jacket

супрýг *м* húsband ['hʌzbənd]; ~а *ж* wife

сурóв‖ый sevére [sɪ'vɪə];
~ые мéры drástic méasures ['meʒəz]

сустáв *м* joint

сýтки *мн.* day (and
night), twénty-four hóurs;
крýглые ~ round the
clock

сухарú *мн.* toasts; rusks

сухóй dry

сушёный dried [draɪd]

сушúть dry

существó *с* 1. béing,
créature 2. (*суть*) éssence,
gist

существовáть exíst

сýщность *ж* éssence;
~ дéла gist of the mátter

схватúть, схвáтывать
seize; grasp; catch

сходúть 1. *см.* сойтú
2. (*куда-л.*) go; ~ за
чем-л. (go and) fetch; ~
посмотрéть go and see;
~ся (*идти навстречу*) meet

230

сходство *c* líkeness, resémblance

сцен‖а *ж* **1.** (*подмостки*) stage; вращáющаяся ~ revólving stage **2.** (*акт*) scene [si:n]; мáссовые ~ы crowd scenes.,

сценáрий *м* scenário [sɪ-'nɑ:rɪəu]; (screen) script

счастлúвый háppy; fórtunate, lúcky

счáстье *c* háppiness; (*удача*) luck

счёт *м* **1.** *бухг.* accóunt [ə'kau-] **2.** (*за товар, в ресторане*) bill; *амер.* check; платúть по ~y séttle the accóunt, pay the bill **3.** *спорт.* score; какóй ~? what is the score?

счетовóд *м* bóok-keeper, accóuntant [ə'kau-]

считáть **1.** count **2.** (*полагать*) think, belíeve **3.** (*кого-л. чем-нибудь*) consíder [-'sɪdə]; ~ся **1.** take into considerátion **2.** (*слыть*) be consídered, be repúted

сшивáть *см.* сшить 2

сшить **1.** (*сделать*) make; (*у портнихи*) have a dress made **2.** (*вместе*) sew [səu] togéther [tə'geðə]

съедáть *см.* съесть

съезд *м* cóngress

съéздить go; (*ненадолго*) make a short trip (to)

съезжáться *см.* съéхаться

съёмка *ж кино* fílming, shóoting

съестн‖óй: ~ые припáсы fóod-stuffs; víctuals ['vɪtlz], éatables

съесть eat (up)

съéхаться assémble; arríve

сыгрáть play

сын *м* son [sʌn]

сыпь *ж* rash

сыр *м* cheese; плáвленый ~ cream cheese

сырóй **1.** (*влажный*) damp **2.** (*неварёный*) raw

сырь‖ё *c* raw matérial(s); ~евóй: ~евые материáлы (prímary) commódities [-'mɔ-]; торгóвля ~евыми товáрами commódity trade

сýтный nóurishing ['nʌ-]; ~ обéд héarty ['hɑːtɪ] meal; я сыт I've ḫad enóugh [ɪ'nʌf]

СЭВ (Совéт Экономúческой Взаимопóмощи) CMEA (Cóuncil for Mútual Económic Assístance)

сюдá here; пожáлуйста, ~ this way, please

сюжéт *м* **1.** súbject; tópic ['tɔ-] **2.** (*романа*) plot

сюрпрúз *м* surpríse

Т

та that; та картúна that pícture; та жéнщина that wóman ['wu-]

табáк *м* tobácco; трýбочный ~ pipe tobácco

табле́тки *мн.* táblets, pills; ～ от головно́й бо́ли pills for héadache ['hedeɪk]

табли́ца *ж* table [teɪbl]; ～ умноже́ния multiplicátion table

табуре́тка *ж* stool

таджи́к *м* Tadjík [-ɑ:-]

таджи́кский Tadjík [-ɑ:-]; ～ язы́к Tadjík, the Tadjík lánguage

таджи́чка *ж* Tadjík [-ɑ:-]

таз I *м анат.* pélvis

таз II *м* (*посуда*) básin

тайко́м sécretly ['si:-]

тайм *м спорт.* half [hɑ:f]

та́йн‖а *ж* sécret ['si:krɪt]; mýstery ['si:krɪt]; ～ый sécret ['si:krɪt]

так 1. so, like that; like this; сде́лайте ～ do it like this (this way)! 2. (*утверждение*) just so; вот ～! that's the way!, that's right! 3. (*настолько*) so; бу́дьте ～ добры́... be so kind (as to)... ◇ та́к себе́ só-so

та́кже álso; too; as well; (*в отрицательных предложениях*) éither ['aɪ-]; я ～ пое́ду I'll go (there) too

так как as, since

так‖о́й such; ～и́м о́бразом thus; thérefore; в ～о́м слу́чае if that is so; что ～о́е? what's that?; what's the mátter?; кто э́то ～? who is it?; ～ же the same

такси́ *с* táxi ['tæksɪ]; вы́зовите ～, пожа́луйста! call a táxi, please!; стоя́нка ～ táxi-stand, táxi-rank

такт I *м* tact

такт II *м муз.* time; в ～ in time

тала́нт *м* tálent ['tæ-], gift [gɪft]

тала́нтливый gífted ['gɪ-], tálented ['tæ-]

там there

тамада́ *м* tóast-man

тамо́женн‖ый cústom(s); ～ досмо́тр cústoms examinátion; ～ая по́шлина cústoms dúty

тамо́жня *ж* cústom-house [-s]

та́нго *с* tángo

та́н‖ец *м* dance [dɑ:-]; ～вечер ～ев dáncing-party; совреме́нные ～цы báll-room dánces; ～цы на льду *ол.* ice dáncing

танцева́льн‖ый dáncing ['dɑ:-]; dance [dɑ:-]; ～ая му́зыка dance músic; ～ коллекти́в dance group

танцева́ть dance [dɑ:-]

та́почки *мн.* slíppers; *спорт.* sports shoes [ʃu:z]

таре́лка *ж* plate; ме́лкая ～ flat plate; глубо́кая ～ soup [su:p] plate

тари́ф *м* táriff ['tæ-], rate

тасова́ть *карт.* shúffle

ТАСС (Телегра́фное аге́нтство Сове́тского Сою́за) TASS (Télegraph Ágency of the Sóviet Únion)

232

тафта́ *ж* táffeta ['tæfɪtə]
тахта́ *ж* óttoman, couch
тащи́ть cárry; pull [pul], drag

та́ять melt; (*о льде, снеге*) thaw; сего́дня та́ет it's tháwing todáy

твёрдый hard; *перен. тж.* firm

твой your; yours; где ~ бага́ж? where is your lúggage?; э́то твои́ кни́ги? are these books yours?; твоя́ о́чередь! your turn!

твори́ть creáte [kri:'eɪt]
творо́г *м* curds
творо́жник *м* cheese páncake, curd frítter

тво́рческий creátive [kri:'eɪtɪv]

тво́рчество *с* creátion [kri:'eɪʃn]; (*creátive* [kri:-'eɪtɪv]) work [wɜːk]

те those; а где те кни́ги? (but) where are those books?

теа́тр *м* théatre ['θɪə-]; ~ опере́тты músical cómedy théatre; пойти́ в ~ go to the théatre, Большо́й теа́тр Bolshói Théatre

тебе́ you; мы о ~ говори́ли we spoke abóut you; ~ переда́ли письмо́? have you been gíven the létter?

тебя́ you; ~ в э́то вре́мя не́ было you were not there at the móment; я ~ ви́дел в теа́тре I saw you at the théatre ['θɪə-]

тёзка *м и ж* námesake

текст *м* text; words [wə:-]

тексти́льный téxtile

теку́щ‖**ий** cúrrent; ~ие дела́ cúrrent affáirs; (*на повестке дня*) cúrrent búsiness; ~ ремо́нт routíne repáirs

телеви́дение *с* télevísion ['telɪ-], TV ['ti:'vi:]

телеви́зор *м* TV ['ti:'vi:] (télevísion ['telɪ-]) set

телегра́мм‖**а** *ж* wire, télegram ['telɪ-]; cable[keɪbl]; дать ~y send a wire

телегра́ф *м* télegraph ['telɪ-]

телеграфи́ровать wire, télegraph ['telɪ-]; cable [keɪbl]

теле́жка *ж* cart
телёнок *м* calf [kɑːf]
телеобъекти́в *м* télephóto ['telɪ'fəʊtəʊ] (lens)

телепереда́ча *ж* télecast ['telɪ-], TV ['ti:'vi:] transmíssion [-'mɪʃn]

телесту́дия *ж* TV ['ti:'vi:] stúdio

телефо́н *м* (téle)phone ['telɪ-]; говори́ть по ~y speak óver the (téle)phone; позвони́ть по ~y (téle-)phone, ring smb up; вы́звать к ~y call to the phone; подойти́ к ~y ánswer ['ɑːnsə] the call; я у ~a! hulló!; мне ну́жно позвони́ть по ~y I want to make a télephone call; вас про́сят к ~y you're wánted on the phone

телефо́н-автома́т м 1. públic télephone ['telɪ-] 2. (*бу́дка*) públic cáll-box

телефони́стка ж (télephone ['telɪ-]) óperator ['ɔrə-]

телефо́нн∥ый télephone ['telɪ-]; ~ая тру́бка (télephone) recéiver; ~ая ста́нция (télephone) exchánge; ~ая кни́га télephone diréctory; ~ая бу́дка cáll-box

телефоногра́мма ж (phone) méssage

телеце́нтр м TV ['ti:'vi:] céntre ['sentə]

те́ло с bódy ['bɔdɪ]

теля́тина ж veal

тем I (*тв. пад. от* тот) by this; with this ◇ ~ вре́менем méanwhile

тем II (*дат. пад. от* те) them

те́ма ж 1. súbject, tópic ['tɔ-]; ~ разгово́ра súbject of the conversátion 2. *муз.* theme [θi:m]

темне́ть get [get] (grow [grəu]) dark; темне́ет it's gétting dark

темнот∥а́ ж dárk(ness); в ~е́ in the dárk(ness)

тёмный 1. dark 2. (*нея́сный*) obscúre [-'skjuə]; vague [veɪg]

темп м rate; pace; témpo

темпера́мент м témperament

температу́р∥а ж témperature ['temprɪtʃə]; повы́шенная ~ (*у больно́го*) high témperature; ме́рить ~у take the témperature

тени́стый shády

те́ннис м ténnis; насто́льный ~ táble-ténnis ['teɪbl-]; игра́ть в ~ play ténnis; ~и́ст м, ~и́стка ж ténnis-pláyer

те́нннис∥ый ténnis; ~ая площа́дка ténnis-court; ~ мяч ténnis-ball

те́нор м ténor ['tenə]

тен∥ь ж shade; (*чья́-л.*) shádow ['ʃædəu]; в ~и́ in the shade

тео́рия ж théory ['θɪərɪ]

тепе́рь now, at présent ['preznt]

тепл∥о́ 1. wárm(ly); it's warm; сего́дня ~ it's warm todáy; в ко́мнате ~ it's warm in the room; мне ~ I'm warm; одева́ться ~ dress wármly 2. с warmth; heat; 2 гра́дуса ~а́ two (degrées) abóve [ə'bʌv] zéro

теплохо́д м mótor ship; boat; ~ «Алекса́ндр Пу́шкин» отплыва́ет за́втра m/s ['em'es] "Alexánder Púshkin" sails tomórrow

тёпл∥ый warm; ~ приём héarty ['hɑ:tɪ] (warm) wélcome; ~ая оде́жда warm clóthing

термо́метр м thermómeter [-'mɔmɪ-]; поста́вить ~ take smb's témperature ['temprɪtʃə]

те́рмос м vácuum flask

терпели́вый pátient ['peɪʃ-]

терпе́ть endúre [ɪn'djuə]; súffer; bear [beə]; ~ пораже́ние súffer a deféat

терра́са ж térrace; verándah [-'rændə]; амер. porch

территориа́льн‖ый: ~ая це́лостность госуда́рства territórial intégrity of the state

террито́рия ж térritory

теря́ть lose [lu:z]; (напрасно тратить) waste [weɪst] ◇ ~ созна́ние faint, lose cónsciousness

те́сно: здесь ~ it's crówded here

те́сн‖ый 1. (о пространстве) cramped; (об одежде) tight; (об улице) nárrow [-əu]; (о помещении) small; ~ая о́бувь tight shoes [ʃu:z] 2. (узы и т. п.) close [-s], íntimate ['ɪntɪ-]

те́сто с dough [dəu]

тесть м fáther-in-law ['fɑ:-]

тетра́дь ж wríting-book; (школьная) cópy-book ['kɔpɪ-]; éxercise ['eksəsaɪz] book

тётя ж aunt [ɑ:nt]

те́хник м technícian [-'nɪʃn]

те́хника ж 1. téchnics ['tek-]; (промышленных предприятий) machínery [-'ʃi:-]; equípment; нау́ка и ~ science ['saɪ-] and technólogy, science and enginéering; ~ безопа́сности sáfety méasures ['me-] 2. (приёмы исполнения) techníque [tek'ni:k]; ~ перево́да translátion techníque

те́хникум м júnior ['dʒu:-] cóllege ['kɔ-], spécialised secóndary school [sku:l]

техни́ческий technical ['tek-]

тече́ни‖е с 1. (о времени) course [kɔ:s]; с ~ем вре́мени in the course of time; in (due) time, evéntually 2. (реки) cúrrent, stream; по ~ю with the stream; про́тив ~я agáinst the stream

течь 1. flow [fləu]; run 2. (пропускать воду) leak

тёща ж móther-in-law ['mʌ-]

тигр м tíger

типи́чный týpical ['tɪ-] (of)

типогра́фия ж prínting-house

тир м shóoting-range

тира́ж м print; ~ кни́ги edítion; print; ~ газе́ты circulátion of the páper; ~ за́йма dráwing of the loan

тиф м týphus ['taɪfəs]

ти́хий quiet ['kwaɪət], calm [kɑ:m]; (о голосе) low [ləu]

ти́хо quíetly ['kwaɪət-]; ста́ло ~ it becáme quiet; ~ говори́ть speak in a low [ləu] voice

ти́ше: говори́те ~! don't talk so loud!; ~! hush!, quiet ['kwaɪət]!

тишин‖а́ ж quiet ['kwaɪət]; calm [kɑ:m]; (молчание) silence; соблюда́йте ~у́! keep sílence!

ткань ж fábric, cloth

ткач *м*, **ткачи́ха** *ж* wéaver

то I (*ср. род от* **тот**) that; он узна́л то, что ему́ ну́жно he learnt what he wánted to

то II *союз* then; ótherwise; то... то... now... now...; то тут, то там now here, now there

тобо́й, тобо́ю (by, with) you; я пойду́ с ~ I'll go with you

това́р *м* wares, goods [gudz]; commódity [-'mɔ-]; хо́дкий ~ sálable goods; ~ы наро́дного потребле́ния consúmer goods

това́рищ *м* cómrade ['kɔmrɪd]; шко́льный ~ schóolmate ['sku:l-]

тогда́ 1. then 2.: ~ как whereás, while

то есть (т. е.) that is (to say); (*в письме́*) i.e. (*чита́ется* that is)

то́же also, too; я ~ пойду́ I'll go (there) too; мне нра́вится э́та кни́га. — Мне ~ I like this book. — So do I; я не зна́ю его́. — Я ~ не зна́ю I don't know [nǝu] him. — Néither do I

ток I *м эл.* cúrrent

ток II *м с.-х.* thréshing--floor [-flɔ:]

то́карь *м* túrner

толк *м* 1. (*смысл*) sense; сбить с ~y confúse; múddle; с ~ом with sense; без толку a) (*бестолково*)

sénselessly; б) (*напра́сно*) for nóthing ['nʌ-] 2. (*по́льза*) use [ju:s]

толка́ние *с*: ~ ядра́ *сп.* shót-put [-put]

толка́ть push [puʃ]; не толка́й меня́! don't push me!; ~ся push [puʃ] one anóther (each óther ['ʌðǝ]); не толка́йтесь! don't push!

толкну́ть push [puʃ]; ~ ядро́ put a shot

толпа́ *ж* crowd

то́лстый 1. thick 2. (*о челове́ке*) fat

толчо́к *м* push [puʃ]

то́лько ónly ['ǝun-]; е́сли ~ возмо́жно if it's ónly póssible; ~ вчера́ ónly yésterday [-dɪ]; лишь ~ as soon as

том *м* vólume ['vɔl-]

тома́т *м* tomáto [-'mɑ:-]; ~ный tomáto [-'mɑ:-]; ~ная па́ста tomáto paste; ~ный сок (со́ус) tomáto juice (sauce)

тон *м в разн. знач.* tone

то́нк||ий 1. thin; (*о фигу́ре*) slénder, slim; ~ие чулки́ thin (fine) stóckings 2. (*утончённый*) délicate ['de-]; ~ вкус délicate taste; ~ая рабо́та fine work [wǝ:k] 3. (*о слу́хе и т. п.*) keen

то́нна *ж* ton [tʌn]

тонне́ль *м* túnnel

тону́ть drown; (*о предме́те*) sink

топа́з *м* tópaz

то́пливо *с* fuel [fjuǝl]

то́поль *м* póplar

ТОП ТОЧ T

топо́р *м* axe [æks]

то́пот *м* stamping; tramping

торгова́ть (*с кем-л.*) trade (with); (*чем-л.*) deal in; магази́н торгу́ет до восьми́ часо́в ве́чера the shop is open till eight [eɪt] p. m.; магази́н сего́дня не торгу́ет the shop is closed today

торго́вля *ж* trade, commerce

торго́в∥ый trade, commercial; ~ое су́дно merchant ship

торгпре́д *м* (*торго́вый представи́тель СССР*) trade representative of the USSR

торгпре́дство *с* (*торго́вое представи́тельство СССР*) Trade Mission of the USSR

торже́ственн∥ый solemn ['sɔləm]; ~ое откры́тие inauguration; ceremonial opening; ~ое закры́тие ceremonial closing

торжество́ *с* (*праздник*) festival, celebration

то́рмоз *м* brake

тормози́ть brake, put [put] the brake on; *перен.* hinder ['hɪn-], hamper

тормозн∥о́й: ~а́я дви́гательная устано́вка retrorocket, braking rocket

торопи́ть hurry, hasten ['heɪsn]; не торопи́те меня́ don't hurry (press) me; ~ся (be in a) hurry, hasten ['heɪsn]; ~ся к по́езду hurry to catch the train; я тороплю́сь I'm in a hurry; торопи́тесь! hurry (up)!, be quick!; не торопи́тесь! take your time!, don't hurry!; не торопя́сь without haste

торт *м* cake; кусо́чек ~а tart

торф *м* peat

торше́р *м* floor [flɔ:] lamp

тоска́ *ж* 1. melancholy ['melənkəlɪ]; ~ по... longing for...; ~ по ро́дине homesickness 2. (*скука*) boredom

тоскова́ть 1. be sad, be melancholy ['melənkə-] 2. (*скучать*) be bored 3. (*по ком-л.*) miss; ~ по ро́дине be homesick

тост *м* toast, health [-e-]; провозгласи́ть ~ toast, give [gɪv] (propose) a toast, drink to the health (of)

тот that; ~ же са́мый the very ['verɪ] same; ~ и́ли друго́й either ['aɪ-]

то́чка *ж* 1. point 2. (*знак*) dot 3. (*знак препинания*) full [ful] stop ◇ ~ зре́ния point of view

то́чн∥о exactly [ɪg'zæk-]; (*о времени*) sharp; ~ в 5 часо́в at five o'clock sharp; ~ переводи́ть interpret (translate) accurately; ~ так же just as; ~ый exact [ɪg'zækt]; (*пунк-*

237

туальный) púnctual; ~ое время exáct time; ~ый человéк púnctual man; чтóбы быть ~ым to be precíse

тошни́ть: меня́ (их) тошни́т I (they) feel sick

трава́ *ж* grass

траге́дия *ж* trágedy ['trædʒɪ-]

тра́ктор *м* tráctor; ~и́ст *м* tráctor dríver

трамв||а́й *м* tram; *амер.* strèet-car; éхать на ~áe go by tram; сесть в ~ take the tram

трампли́н *м спорт.* spring-board

транзи́тн||ый tránsit, through [θruː]; ~ая ви́за tránsit vísa

трансля́ция *ж* bróadcast ['brɔːd-]; transmíssion

тра́нспорт *м* tránsport

трап *м мор.* ládder; *(сходни)* gáng-board, gángway; сходи́ть (поднима́ться) по ~y go down (up) the gángway

тра́тить spend; *(впустую)* waste [weɪ-]

тре́бовать 1. demánd; urge 2. *(нуждаться)* call (for); requíre; ~ся: на э́то тре́буется мно́го вре́мени it takes much time

тре́звый sóber

трек *м спорт.* track

тре́нер *м спорт.* tráiner, coach

трениро́ва́ть train, coach; ~ся be in tráining, train

oneself [wʌn-]; work [wəːk] out

трениро́вка *ж* tráining, cóaching

треска́ *ж* cod

тре́тий third; в тре́тьем часу́ áfter ['ɑːftə] two

тре́тье *с (блюдо)* third course [kɔːs]; sweets; dessért [dɪ'zəːt]; что на ~? what's for dessért?

тре́фы *мн. карт.* clubs

трёхэта́жный thrèe-stó-reyed

три three

трибу́на *ж* 1. róstrum; tríbune ['trɪ-] 2. *(на стадионе и т. п.)* stand 3. *перен.* fórum

тридца́тый thírtieth

три́дцать thírty

три́жды three times

трико́ *с* 1. *(ткань)* stockinét [stɔkɪ'net] 2. *(одежда)* tights

трикота́ж *м* 1. *(ткань)* knítted fábric 2. *(изделия)* knítted wear [weə] (gárments); hósiery ['həuzɪərɪ]

трина́дцать thírtéen

три́о *с муз.* trío ['triːəu]

три́ста three húndred

триу́мф *м* tríumph ['traɪəmf]

тро́гать 1. *(прикасаться)* touch [tʌtʃ]; «рука́ми не ~!» *(надпись)* "do not touch!" 2. *(беспокоить)* distúrb; trouble [trʌ-] 3. *(волновать)* touch, move [muːv]

тро́е three

троеборье *с ол.* (*конный спорт*): личное (командное) первенство в ~ three-day individual [-'vɪ-] (team) evént

тройка *ж карт.* three; ~ пик *и т. д.* the three of spades, *etc.*

тройной thréefold; triple; of three

троллейбус *м* trólley-bus

тромбон *м муз.* trombóne

тропа *ж* path

тропики *мн.* the trópics ['trɔ-] *pl*

тропинка *ж* path

тропический trópical ['trɔ-]

трость *ж* wálking-stick, cane

тротуар *м* pávement; *амер.* sídewalk

труба *ж* 1. pipe, tube 2. (*дымовая*) chímney; (*парохода, паровоза*) smóke-stack; fúnnel 3. *муз.* trúmpet; (*валторна*) horn; (*басовая*) túba

трубка *ж* 1. tube 2. (*для курения*) pipe 3. (*телефонная*) recéiver 4. (*для плавания*) snórkel

труд *м* 1. lábour, work [wə:k]; физический ~ mánual lábour; умственный ~ méntal lábour 2. (*заботы, хлопоты*) trouble [trʌ-]; без ~á without ány trouble (difficulty); не стоит ~á it's not worth

the trouble; с ~óм with difficulty; он с ~óм спасся he escáped by a nárrow márgin 3. (*научное сочинение*) (scientific [saɪ-ən'tɪ-]) work

трудиться work [wə:k]; (*тяжело*) work hard, toil ◇ не трудитесь! don't bóther!

трудный difficult, hard

трудовой wórking ['wə:k-]; lábour

трудодень *м* wórkday ['wə:k-] únit

трудолюбивый indústrious

трудоспособный áble-bódied ['eɪbl'bɔ-], able [eɪbl] to work [wə:k]; fit for work

трудящийся 1. wórking ['wə:k-] 2. *м* wórker ['wə:kə]

труппа *ж* troupe [-u:p], cómpany ['kʌm-]

трусы *мн.* shorts *pl*; (*нижние*) briefs *pl*; (*дамские*) pánties *pl*

трюфель *м* 1. (*гриб*) trúffle 2. (*конфета*) chócolate ['tʃɔ-] trúffle

трясти shake; (*при езде*) jolt

туалет *м* 1. (*одежда*) dress; вечерний ~ évening dress (gown) 2. (*одевание*) dréssing; занимáться ~ом make one's [wʌnz] tóilet 3. (*уборная*) lávatory ['læ-]; *амер.* tóilet; мужской ~ men's room; женский ~ ládies'

room; где здесь ~? *разг.*
where is the báth-room
['bɑ:θ-] here?

туалéт‖ный tóilet; ~ые
принадлéжности tóilet ár-
ticles; tóilet-set; ~ стóлик
dréssing-table; *амер.* drésser
тугóй tight

тýгрик *м (денежная еди-
ница Монголии)* túgrik
тулá there; ~ и сюдá
here and there; ~ и обрáтно there and back; билéт
~ и обрáтно retúrn tíck-
et, не ⌐! not that way!
туз *м карт.* ace
тумáн *м* mist; fog
тумáнн‖ый 1. místy;
fóggy; ~ая погóда fóggy
wéather ['weðə] 2. *(неясный)* vague [veɪg]; ob-
scúre

туннéль *м см.* тоннéль
тур *м* 1. *(танца)* turn
2. *спорт. (часть состяза-
ния, тж. перен.)* round
турбúна *ж* túrbine [-bɪn]
турéцкий Túrkish; ~
язык Túrkish, the Túrk-
ish lánguage
туризм *м* tóurism ['tuə-]
турист *м* tóurist ['tuə-]
турúстский tóurist ['tuə-];
~ класс tóurist class
туркмéн *м,* ~ка *ж*
Túrkman
туркмéнский Túrkmen; ~
язык Turkmen, the Túrk-
men lánguage
турнúр *м* tóurnament
['tuə-]
тýрок *м* Turk

турчáнка *ж* Turk
тут 1. *(о месте)* here;
кто ~? who's there? 2.
(о времени) here, now
◇ он (онá) ~ как ~!
here he (she) is!
тýфли *мн.* shoes [ʃu:z];
домáшние ~ slíppers; ла-
кирóванные ~ pátent léather shoes
тýча *ж* cloud
тушúть I *(гасить)* put
[put] (blow [bləu]) out;
turn (switch) off; ~ свет
put out the light
тушúть II *(мясо, ово-
щи)* stew
тщáтельный cáreful; thór-
ough ['θʌrə]
ты you
тыква *ж* púmpkin
тысяч‖а *ж* thóusand;
~и людéй thóusands of
people [pi:pl]; ~у изви-
нéний! a thóusand apólo-
gies!
тюбик *м* tube; ~ вазе-
лúна tube of váseline
тюк *м* bale
тяжелоатлéт *м спорт.*
héavy ['hevɪ] áthlete
тяжеловéс *м спорт.*
héavy-weight ['hevɪweɪt]
тяжёл‖ый 1. héavy ['he-
vɪ]; ~ чемодáн héavy
súit-case 2. *(мучительный)*
sad; páinful 3. *(трудный)*
hard, dífficult; ~ труд
hard work [wə:k] 4. *спорт.
ол.:* ~ая весовáя кате-
гóрия héavy-weight ['he-
vɪweɪt] *(бокс, дзюдо);* пéр-

240

У

вая (вторáя) ~ая весовáя категóрия héavy-weight (súper héavy-weight) (*тяжёлая атлетика, борьба*)

тя́жесть *ж* **1.** (*груз*) load; weight [weɪt] **2.** (*бремя*) búrden

тяну́ть 1. pull [pul], draw **2.** (*влечь*): меня́ тя́нет I wish (want, long for) ◇ не тяни́(те)! quick!, húrry up!; ~ся **1.** (*за чем-л.*) reach (for) **2.** (*простираться*) stretch; exténd **3.** (*о времени*) drag on

У

у 1. (*около, возле*) at, by, near [nɪə]; у сéверной трибу́ны near the nórthern stand; у гости́ницы near (by) the hotél **2.** (*у кого-л.*) at, with; (*в доме*) at smb's place; у нас with us; (*в доме*) at our place; (*в стране*) in our cóuntry [ˈkʌ-]; он у себя́ he is at his place (at home); he is in (*в кабинете и т. п.*)

убеди́ть persuáde, convínce; ~ся get [get] (be) convínced

убежда́ть(ся) *см.* убеди́ть(ся)

убежде́ние *с* **1.** convíction; belíef **2.** (*взгляды*) views [vjuːz], convíctions

убéжищ‖**е** *с* asýlum; СССР предоставля́ет прáво ~а the USSR grants the right of asýlum

убивáть kill; (*предумышленно*) múrder

убирáть *см.* убрáть

уби́ть *см.* убивáть

убóрка *ж* **1.** tídying up **2.** (*урожая*) hárvesting

убóрная *ж* **1.** lávatory [ˈlæ-]; *амер.* tóilet; *разг.* báth-room [ˈbɑːθ-]; мужскáя ~ men's room; жéнская ~ ládies' room **2.** (*актёрская*) gréen-room

убóрочн‖**ый:** ~ая кампáния hárvest campáign

убóрщица *ж* chárwoman [-wu-]

убрáть 1. (*прочь*) take awáy; (*спрятать*) put [put] awáy; ~ со столá clear [klɪə] the table [ˈteɪbl] **2.** (*комнату*) tídy; (*украсить*) décorate [ˈde-] **3.** (*урожай*) hárvest, bring in

уважáем‖**ый** respécted; (*в письме*) dear [dɪə]; ~ товáрищ! (*в обращении*) dear comrade [ˈkɔmrɪd]!; ~ коллéга hónourable cólleague; ~ые дáмы и госпо́дá! distínguished ládies and géntlemen!

уважáть respéct

уваже́ние *с* respéct (for); с и́скренним ~м (*в письме*) sincérely yours

увезти́ take awáy

увеличе́ние *с* **1.** íncrease [-s]; (*повышение*) rise; (*рас-*

ширение) exténsion 2. *фото* blów-up ['bləu-]

увели́чивать(ся) *см.* увели́чить(ся)

увеличи́тель *м фото* enlárger

увели́чить 1. incréase [-s]; (*повысить*) raise 2. (*расши-рить*) exténd; enlárge (*тж. фото*); ~ся incréase [-s]; (*повышаться*) rise; (*рас-ширяться*) enlárge

уве́ренн||о cónfidently, with cónfidence; ~ость *ж* cónfidence; с ~остью with cónfidence; в по́лной ~ости in the firm belief; ~ый (*в себе*) cónfident; (*в чём-л.*) cértain, sure [ʃuə]; быть ~ым be pósitive (sure); я уве́рен, что... I am sure that... ◇ бу́дьте уве́рены! you may be sure!

уве́рить 1. *см.* уверя́ть 2. convince

уверти́ора *ж* óverture

уверя́ть assúre [ə'ʃuə]; уверя́ю вас, что... I assúre you that...

увести́ take awáy

увида́ть, уви́деть see

увлека́тельный fásci-nating ['fæsɪ-]

увлека́ться *см.* увле́чь-ся

увлече́ние *с* 1. pássion ['pæʃn] 2. (*пыл*) enthú-siasm; (*влюблённость*) in-fatuátion (with)

увле́чься be cárried awáy (by); (*влюбиться*) fall in love [lʌv]

уводи́ть *см.* увести́

увози́ть *см.* увезти́

уво́лить dischárge, dis-míss, fire

увольне́ние *с* dischárge, dismíssal

увольня́ть *см.* уво́лить

угада́ть, уга́дывать guess [ges]

угнета́ть oppréss

угнете́ние *с* oppréssion

угова́ривать, уговори́ть persuáde; не угова́ривай-те меня́ don't try to persuáde me

уго́дно I: как вам ~ as you please; что вам ~? what can I do for you?, may I help you, please?

уго́дно II: кто ~ ány-body; что ~ ánything; как ~ ányhow; какой ~ ány; когда́ ~ whenéver you want (like); где ~ ánywhere

у́гол *м* 1. córner; на углу́ at the córner; в углу́ in the córner; за угло́м round the córner 2. *мат.* angle; о́стрый (тупо́й) ~ acúte (obtúse) angle

у́голь *м* (*каменный*) coal; древе́сный ~ chár-coal; бу́рый ~ brown coal

у́горь *м* (*рыба*) eel

угости́ть, угоща́ть treat (smb to smth); дава́йте пообе́даем (вы́пьем *и т.п.*). Я угоща́ю. Let me buy [baɪ] you a lunch (a drink, *etc*)

242

угоще́ние *с* 1. (*действие*) tréating (to) 2. (*еда*) treat; refréshments

угрожа́ть thréaten

угро́за *ж* threat [-е-], ménace ['me-]; ~ пораже́ния ménace of deféat

удава́ться *см.* уда́ться

удали́ть: ~ зуб extráct a tooth; ~ с по́ля *спорт.* disquálify; ~ся 1. move [mu:v] off (awáy) 2. (*уходить*) retíre; withdráw

уда́р *м* blow [bləu], stroke; свобо́дный ~ free kick; штрафно́й ~ diréct free kick; одиннадцатиметро́вый ~ pénalty kick; углово́й ~ córner kick; то́чный ~ wéll-pláced kick

уда́рить strike; deal a blow [bləu]; ~ся (*обо что-л.*) hit (agáinst)

уда́рник *м* (*в оркестре*) percússionist [-'kʌʃn-]

уда́рн‖ый: ~ые инстру́менты percússion ínstruments

ударя́ть(ся) *см.* уда́рить (-ся)

уда́ться 1. be a succéss [sək'ses] 2. *безл.*: мне не удало́сь... I failed...; мне удало́сь... I mánaged ['mæ-] to...

уда́ч‖а *ж* succéss [sək-'ses]; good [gud] luck; жела́ю ~и I wish you luck

уда́чн‖ый succéssful [sək-'ses-]; ~ое выступле́ние а) succéssful perfórmance; б) (*речь*) succéssful speech;

~ая попы́тка *спорт.* válid tríal

удиви́тельн‖ый wónderful ['wʌn-]; astónishing [-'tɔ-]; ничего́ ~ого small wónder, no wónder

удиви́ть surpríse; astónish [-'tɔ-]; ~ся (*чему-л.*) be surprísed (at); be astónished [-'tɔ-] (at)

удивле́н‖ие *с* surpríse; astónishment [-'tɔ-]; к мо-ему́ ~ию to my surprise

удивля́ть(ся) *см.* удиви́ть (-ся)

уди́ть: ~ ры́бу fish; angle

удо́бн‖о cómfortably ['kʌ-]; it's cómfortable ['kʌ-]; it's convénient; вам ~? are you cómfortable?; ~ ли прийти́ так по́здно?is it all right (próper) to come [kʌm] so late? ~ устро́иться make onesélf [wʌn-] cómfortable; ~ый cómfortable ['kʌ-]; (*подходящий*) convénient; súitable ['sju:-]; (*в пользовании*) hándy; (*уютный*) cósy

удобре́ние *с* fértilizer (*навоз*) manúre [-'njuə]

удо́бств‖о *с* convénience cómfort ['kʌ-]; э́то большо́е ~ it's véry ['verɪ] convénient; со все́ми ~ами with all convéniences

удовлетвори́ть sátisfy ['sæ-]; ~ жела́ние grátify a wish;~про́сьбу complý with á requést; ~ потре́бности sátisfy the requirements; meet the needs; ~ся be satisfied ['sæ-]; be contént (with)

удовлетворять(ся) *см.* удовлетворить(ся)

удовольстви||е *с* pléasure ['pleʒə]; с (большим) ~ем with (great) pléasure

удой *м* milk yield

удостоверение *с:* ~ личности identificátion card, I.D. ['aɪ'di:]

удочка *ж* físhing-rod

уезжать, уехать go awáy, leave; я сегодня уезжаю I'm léaving todáy; они уехали they've gone

ужасный térrible; áwful

уже alréady [-'re-]; ~ 12 часов it's twelve (o'-clóck) alréady; я ~ готов well, I'm réady ['re-]

ужин *м* súpper; что сегодня на ~? what's for súpper tonight?; ~ать have (take) súpper

узбек *м* Uzbék [u:z-]

узбекский Uzbék [u:-]; ~ язык Uzbék, the Uz-bék lánguage

узбечка *ж* Uzbék [u:z-]

уздечка *ж* bridle [braɪdl]

узел *м* 1. knot 2. (свёрток) bundle

узкий nárrow [-əu]; (об одежде) tight

узнавать, узнать 1. (получить сведения) hear [hɪə], learn; (выяснять) find [faɪnd] (out) 2. (признать) know [nəu], récognize ['rekə-]

узор *м* desígn [dɪ'zaɪn], páttern

узы *мн.* ties [taɪz], bonds; ~ дружбы ties of friendship ['fre-]

уйти go awáy; leave; depárt

указ *м* decrée; édict ['i:dɪ-]; ukáse [ju:'keɪz]

указатель *м* 1. índex ['ɪn-]; guide [gaɪd] 2. *тех.* índicator ['ɪnd-]; железно-дорожный ~ ráilway-guide

указать, указывать show [ʃəu]; índicate ['ɪnd-]; point out; ~ дорогу show the way

укачать make (séa-)sick; (в самолёте) make áir-sick; его укачало he's (sea-)sick

укладка *ж* (вещей) páck-ing; (волос) háir-setting

укладывать(ся) *см.* уло-жить(ся)

укол *м* мед. injéction; сделать ~ make an in-jéction

украдкой by stealth [ste-lθ]

украин||ец *м,* ~ка *ж* Ukráinian

украинский Ukráinian; ~ язык Ukráinian, the Ukrá-inian lánguage

украсить décorate ['de-kə-], adórn, órnament; ~ флагами (цветами) déco-rate with flags (flówers)

украсть steal

украшать *см.* украсить

украшение *с* 1. (дейст-вие) decorátion, adórning, ornamentátion 2. (предмет) decotárion, adórnment, órnament

укроти́тель *м*, **∼ница** *ж* támer

укрыва́ть(ся) *см.* укры́ть (-ся)

укры́ть 1. (*прикрыть*) cóver ['kʌ-] 2. (*спрятать*) shélter; (*скрыть*) concéal; **∼ся** 1. (*прикрыться*) cóver ['kʌ-] (wrap) onesélf [wʌn-] 2. (*спрятаться*) find [faɪnd] shélter; **∼ся от дождя́** shélter from rain

у́ксус *м* vínegar ['vɪn-]

ула́дить, ула́живать settle; arránge [ə'reɪ-]; fix up

ули́ка *ж* évidence ['evɪ-]

у́лиц∥а *ж* street; **на ∼e** in the street; (*вне дома*) out of doors; **я живу́ на... ∼e** I live [lɪv] in... street

у́личн∥ый street; **∼ое движе́ние** (street) tráffic

уло́в *м* catch, take

уложи́ть 1. lay; **∼ в посте́ль** put [put] to bed 2. (*упаковать*) pack (up); **∼ ве́щи** pack up one's [wʌnz] things; **∼ чемода́н** pack the bag; **∼ся** 1. pack (up) 2. (*уместиться*) go in (into ['ɪntu]) 3. (*в определённые пределы*) keep (within)

улучша́ть(ся) *см.* улу́чшить(ся)

улу́чшить impróve [-'pru:v] bétter; **∼ результа́т** impróve on his (her) prévious perfórmance; **∼ся**

impróve [-'pru:v]; **пого́да улу́чшилась** the wéather ['weðə] has impróved

улыба́ться smile

улы́бк∥а *ж* smile; **с ∼ой** with a smile

улыбну́ться give [gɪv] a smile

ум *м* mind; íntellect

уме́лый skílful

умере́ть die [daɪ]

уме́ть can; know [nəu] how

умира́ть *см.* умере́ть

умноже́ние *с* multiplicátion

у́мный cléver ['kle-]; intélligent

умыва́льн∥ик *м* wásh-stand; **∼ый: ∼ые принадле́жности** wáshing-set

умыва́ться, умы́ться wash (onesélf [wʌn-]); **умы́ться с доро́ги** wash onesélf áfter ['a:ftə] a trip; **я хочу́ умы́ться** I want to have a wash

унести́ cárry (take) awáy

универма́г *м* (*универса́льный магази́н*) the stores, depártment store

универса́льный univérsal; **∼ магази́н** *см.* универма́г

универса́м *м* súpermarket

университе́т *м* univérsity; **террито́рия ∼a** (univérsity) cámpus

уничтожа́ть, уничто́жить destróy; put an end to; (*упразднить*) abólish

уноси́ть *см.* унести́

упакова́ть pack (up); ~ ве́щи в чемода́н pack up things in a súitcase

упако́вка ж pácking ['pæ-]

упако́вывать см. упакова́ть

упа́сть fall (down)

упомина́ть, упомяну́ть méntion, refér (to); ~ вско́льзь méntion in pássing

упо́рн‖ый persístent; stúbborn; ~ая борьба́ за пе́рвое ме́сто stúbborn strúggle for the chámpionship

употребле́ни‖е с use [ju:s], úsage; спо́соб ~я diréctions for use; вы́йти из ~я get [get] out of use; «пе́ред ~ем взбалтывать» (надпись) "shake befóre úsing"

управле́ние с 1. (руководство) mánagement ['mæ-]; ~ эконо́микой económic [-'nɔ-] mánagement; (страно́й) góvernment ['gʌ-]; орке́стр под ~ м... the órchestra ['ɔ:kɪstrə] condúcted by... 2. (учрежде́ние) óffice; depártment; administrátion 3. тех. contról [-'trəul]; кно́почное ~ púsh-bútton ['puʃ-] contróls

управля́ть 1. (руководить) mánage ['mæ-], contról [-'trəul]; run; (страно́й) góvern ['gʌ-] 2. тех. óperate ['ɔpə-]; contról; (автомоби́лем) drive, (кораблём) steer [stɪə]

упражне́н‖ие с éxercise ['eksəsaɪz]; práctice ['præ-]; ~ на снаря́дах спорт. gymnástic éxercise on apparátus; во́льные ~ия ол. (гимна́стика) floor [flɔ:] éxercises; ~ия на коне́ (бревне́, перекла́дине) ол. (гимна́стика) pómmel horse (bálance ['bæ-] beam, horizóntal bar) éxercises

упражня́ться práctise

упрёк м repróach

упрека́ть repróach

у́пряжь ж hárness

упря́мый stúbborn; óbstinate

ура́! hurráh [hu'rɑ:]!

урага́н м húrricane

у́рна ж 1. (для му́сора) dúst-bin; амер. gárbage can 2. (с пра́хом) urn 3.: избира́тельная ~ bállot-box

у́ров‖ень м lével ['le-]; 7000 м над ~нем мо́ря 7000 m abóve sea lével; жи́зненный ~ living stándard; конфере́нция на са́мом высо́ком ~не tóp-level cónference, súmmit cónference

урожа́й м hárvest, crop, yield; собира́ть ~ hárvest

урожа́йность ж retúrns

уроже́нец м nátive (of)

уро́к м lésson; ~ англи́йского языка́ Énglish lésson

урони́ть drop, let fall; вы что́-то урони́ли! you've dropped sómething!; я урони́л платóк (кни́гу) I dropped my hándkerchief (the book)

уругвá‖**ец** *м*, **~йка** *ж* Uruguáyan [uruɡ'waɪən]

уругвáйский Uruguáyan [uruɡ'waɪən]

усади́ть, усáживать seat; ask smb to sit down

уси́ли‖**е** *с* éffort; óбщими **~ями** by joint (cómmon) éfforts

усили́тель *м* *радио* ámplifier

уси́лить stréngthen, incréase [-s], inténsify

усло́ви‖**е** condítion [-'dɪ-]; с **~ем**, при **~и** províded, on condítion (that); ни при каки́х **~ях** únder no círcumstances; по **~ям** догово́ра únder the terms of the tréaty

усло́виться, усло́вливаться agrée (upón); arránge [ə'reɪ-]; settle; усло́виться о дне отъéзда (о встрéче) fix the day of the depárture (arránge a méeting)

услу́г‖**а** *ж* sérvice; turn; оказáть **~у** do one a turn; к вáшим **~ам** at your sérvice; коммунáльные **~и** públic utílities

услыхáть, услы́шать hear [hɪə]; я тóлько что об э́том услы́шал I've just heard of it

усмотрéни‖**е** *с*: по **~ю** at one's [wʌnz] discrétion

усну́ть fall asléep

усоверше́нствовать impróve

успевáть, успéть be in time; **~** на пóезд be in time for the train; вы успéете... you will have time...

успéх *м* succéss [sək'ses]; желáю **~а** good [ɡud] luck to you; как вáши **~и**? how are you gétting on?; дéлать **~и** make prógress (advánce); пóльзоваться **~ом**, имéть **~** be a succéss; не имéть **~а** be a fáilure

успéшный succéssful [sək'ses-]

успокáивать(ся) *см.* успокóить(ся)

успокóить calm [kɑ:m], quíet ['kwaɪət]; soothe; **~ся** calm [kɑ:m] down, quíet ['kwaɪət] down; успокóйтесь! calm down!; there, there!; there now!

устáв *м* chárter, státute ['stæ-]; (*воинский*) regulátions; **~** пáртии Party Rules; **~** комсомóла Kómsomol Rules; **~** клу́ба club constitútion; **~** ООН UN Chárter

уставáть *см.* устáть

устáл‖**ость** *ж* tíredness, wéariness ['wɪə-]; чу́вствовать **~** be tíred; **~ый** tíred, wéary ['wɪə-]

устанáвливать, установи́ть 1. (*поставить*) place, set; mount; **~** микрофóн set a mike 2. (*учре-*

дить) estáblish, ínstitute, set up

уста́ть get [get] tíred; вы не уста́ли? aren't you tíred?; я уста́л I'm tíred

у́стный óral ['ɔ:rəl]

устра́ивать(ся) *см.* устро́ить(ся)

у́стрицы *мн.* óysters

устро́ить 1. (*организова́ть*) arránge [ə'reɪ-]; órganize; ~ банке́т (ве́чер) give [gɪv] a bánquet (a párty); ~ встре́чу spónsor a méeting 2. (*подойти́*) suit [sju:t]; устро́ит ли э́то вас? will that suit you?; ~ся 1. settle; как вы устро́ились? have you settled down? 2. (*нала́диться*) come [kʌm] out well (right)

устро́йство *с* 1. (*структу́ра*) páttern, strúcture; arrángement; обще́ственное ~ sócial sýstem 2. (*обору́дование*) equípment

уступа́ть, уступи́ть 1. yield, give [gɪv] in; уступи́ть доро́гу make way for smb; ~ ме́сто óffer one's [wʌnz] seat to smb 2. (*в цене́*) take off; abáte

усту́пк‖а *ж* concéssion [-'seʃn]; идти́ на ~и compromise; make concéssions; взаи́мные ~и mútual concéssions

у́стье *с* (*реки́*) mouth; (*эстуа́рий*) éstuary

усы́ *мн.* moustáche [məs'ta:ʃ]; (*у живо́тных*) whískers

утвержда́ть (*выска́зывать мне́ние*) affírm, assért, maintáin; (*в спо́ре*) conténd

утиха́ть, ути́хнуть quíet ['kwaɪət] down; (*успока́иваться*) calm [kɑ:m]; (*о шу́ме*) cease; (*о бу́ре, бо́ли*) abáte, subsíde

у́тка *ж* duck ◇ газе́тная ~ canárd [-'nɑ:d]

утоли́ть, утоля́ть (*жа́жду*) quench; (*го́лод*) sátisfy ['sæ-]

утоми́тельный tíring ['taɪə-]; exháusting; (*ну́дный*) tíresome

утоми́ть tíre; fatígue [-'ti:g]; ~ся get [get] tíred; wéary ['wɪə-] onesélf [wʌn-]

утомле́ние *с* fatígue [-'ti:g]

утомля́ть(ся) *см.* утоми́ть(ся)

утону́ть 1. (*о челове́ке*) be drowned 2. (*о су́дне*) sink, go down

у́тренний mórning; ~ за́втрак bréakfast

у́тренник *м театр.* matinée

у́тр‖о *с* mórning; в 9 часо́в ~á at nine (o'clóck) in the mórning, at nine a.m.; до́брое ~!, с до́брым ~ом! good [gud] mórning!; ~ом in the mórning; сего́дня (за́втра, вчера́) ~ом this (tomórrow, yésterday [-dɪ]) mórning

утю́г *м* íron [ˈaɪən]; электри́ческий ~ eléctric íron

уха́ *ж* (Rússian [ˈrʌʃn]) fish-soup [-su:p]

уха́живать 1. (*за больны́ми, за детьми́*) look áfter [ˈɑːftə], nurse 2. (*за же́нщиной*) court, make love [lʌv] (to)

у́хо *с* ear [ɪə]

ухо́д I *м* léaving, depárture; пе́ред са́мым ~ом just befóre léaving

ухо́д II *м* (*за кем-л., за чем-л.*) care; (*за больны́ми, за чем-л.*) núrsing

уходи́ть *см.* уйти́

ухудше́ние *с* detérioration, change [tʃeɪ-] for the worse [wəːs]

уча́ствовать take part (in); partícipate [-ˈtɪ-] (in); ~ в конце́рте take part in a cóncert

уча́ст||ие *с* 1. participátion; принима́ть ~ take part (in); 2. (*сочу́вствие*) sýmpathy (with); concérn (for); ~ник *м* 1. (*соревнова́ния*) contéstant; (*конце́рта*) partícipant [-ˈtɪ-]; (*съе́зда*) délegate [ˈdelɪɡɪt] 2. (*член*) mémber

уча́сток *м* 1. (*земли́*) plot; строи́тельный ~ constrúction site 2. (*администрати́вный*) dístrict; избира́тельный ~ eléctoral dístrict; *амер.* précinct [ˈpriːsɪŋkt]; (*ме́сто голосова́ния*) pólling státion

уча́сть *ж* déstiny, fate

уча́щийся *м* (*шко́льник*) púpil; (*мла́дших кла́ссов шко́лы*) schóolboy [ˈskuːl-]; (*ста́рших кла́ссов шко́лы, студе́нт*) stúdent

учёба *ж* stúdies; tráining

уче́бник *м* téxt-book [-buk]; mánual [ˈmæ-]; schóol-book [ˈskuːl-]; (*нача́льный*) prímer

уче́бн||ый school(-) [skuːl(-)]; ~ое заведе́ние educátional estáblishment, institútion of léarning; ~ год (*в шко́ле*) schóol-year; (*в ву́зе*) académic [-ˈde-] year; ~ план currículum [-ˈrɪ-]

уче́ние *с* 1. (*заня́тия*) stúdies [ˈstʌ-] 2. (*нау́чная тео́рия*) téaching, théory [ˈθɪərɪ]

учени́к *м* 1. púpil 2. (*после́дователь*) discíple [dɪˈsaɪpl]

учёный 1. léarned [-ɪd] 2. *м* scíentist [ˈsaɪ-]; man of scíence [ˈsaɪ-]; schólar [ˈskɔ-] (*осо́б. фило́лог*)

уче́сть take ínto [ˈɪntu] accóunt [əˈkau-] (considerátion); учти́те, что... mind you that...

учёт *м* registrátion; calculátion; закры́то на ~ closed for stóck-taking

учи́лище *с* school [skuːl]; профессиона́льно-техни́ческое ~ (ПТУ) vocátional trades school; медици́нское ~ núrsing school

учи́тель *м* téacher, schóolmaster [ˈskuːl-]; ~ та́нцев dáncing máster; ~ница *ж* téacher, schóolmistress [ˈskuːl-]

учи́тывать *см.* уче́сть

учи́ть 1. *(кого-л.)* teach **2.** *(изучать)* learn; ~ся stúdy [ˈstʌ-]; я учу́сь на пе́рвом ку́рсе универси́тета I'm a first-year stúdent (fréshman) at the univérsity

учрежде́ние *с (заведение)* institútion; estáblishment; госуда́рственное ~ state (nátional [ˈnæʃ-]) institútion; специализи́рованное ~ *(в системе ООН)* (UN) spécialized ágency

уши́б *м* ínjury

ушиба́ться, ушиби́ться hurt (onesélf [wʌn-])

уше́лье *с* gorge; ravíne [-ˈviːn]; cányon [ˈkæ-]

уще́рб *м* dámage

ую́тный cósy, cómfortable [ˈkʌ-]; *разг.* cómfy [ˈkʌ-]

фа́брика *ж* fáctory; mill

фа́кел *м* torch

факт *м* fact; приводи́ть ~ы addúce facts

факульте́т *м* fáculty [ˈfæ-], depártment; school [skuːl]

фами́лия *ж* name, súrname; как ва́ша ~? what's your (súr)name?; моя́ ~ ... my (súr)name is...

фанфа́ра *ж муз.* trúmpet, bugle [bjuːgl]

фа́ра *ж авто* héadlight [ˈhed-]

фа́ртук *м* ápron [ˈeɪprən]

фарфо́р *м* **1.** chína, pórcelain [ˈpɔːsəlɪn] **2.** *(изделия)* chína(ware)

фарширо́ванный stuffed

фаса́д *м* facáde [-ˈsɑːd]

фасо́ль *ж* háricot [ˈhærɪkəu] (beans); kídney beans

фасо́н *м* style; *(покрой)* cut

фа́уна *ж* fáuna

фаши́зм *м* fáscism [-ʃ-]

фаши́ст *м* fáscist [-ʃ-]

фа́янс *м* **1.** faíence [faɪˈɑːns]; póttery **2.** *(изделия)* délf(t)-ware [-wɛə]

февра́ль *м* Fébruary

федера́ция *ж* federátion; Всеми́рная федера́ция профсою́зов World [wəːld] Federátion of Trade Únions

фейерве́рк *м* fírework [-wəːk]

фельето́н *м* féuilleton [ˈfəːɪtɔːŋ], sketch

ферзь *м шахм.* queen

фе́рма *ж* farm; моло́чная ~ dáiry(-farm) [ˈdɛərɪ-]

фестива́ль *м* féstival; Всеми́рный ~ молодёжи и студе́нтов World [wəːld] Féstival of Youth [juːθ] and Stúdents

фетр *м* felt

фе́тров‖ый felt; ~**ая** шля́па felt hat

фехтова́льщик *м* féncer, máster of féncing

фехтова́н‖ие *с ол.* féncing; ли́чное (кома́ндное) пе́рвенство по ~**ию** на рапи́рах (шпа́гах, са́блях) indivídual [-'vɪ-] (team) foil (épée ['eɪpeɪ], sábre ['seɪbə])

фехтова́ть fence

фигу́р‖а *ж* 1. fígure ['fɪgə] 2. *шахм.* chéss-man, piece; поте́ря ~**ы** loss of a piece; разме́н фигу́р exchánge of píeces; поже́ртвовать ~**у** sácrifice a piece

фигури́ст *м*, ~**ка** *ж* fígure ['fɪgə] skáter

фигу́р‖ный fígured ['fɪgəd]; shaped; ~**ое** ката́ние (*на конька́х*) fígure skáting

фи́зик *м* phýsicist ['fɪzɪ-]

фи́зика *ж* phýsics ['fɪzɪks]

физиоло́гия *ж* physiólogy [-'ɔl-]

физи́ческ‖ий phýsical ['fɪzɪkəl]; ~**ие** да́нные phýsical quálities

физкульту́ра *ж* phýsical ['fɪzɪ-] cúlture

физкульту́рни‖к *м*, ~**ца** *ж* áthlete, gýmnast

филармо́ния *ж* Philharmónic [-'mɔnɪk] Society [sə'saɪ-]

филатели́ст *м* stámp-collector, philátelist [-'læ-]

филиа́л *м* branch; ~ библиоте́ки branch líbrary

фило́лог *м* philólogist [fɪ'lɔ-]

филоло́гия *ж* philólogy [fɪ'lɔ-]

фило́соф *м* philósopher [fɪ'lɔ-]

филосо́фия *ж* philósophy [fɪ'lɔ-]

фильм *м* film; худо́жественный ~ féature (film); документа́льный ~ documéntary; мультиплика́ционный ~ (ánimated) cartóons; цветно́й ~ cólour ['kʌ-] film; широкоэкра́нный ~ wide screen film; cinemascópe; снима́ть ~ film, shoot a film

фильтр *м* fílter

фина́л *м* 1. *муз.* finále [-'nɑːlɪ] 2. *спорт.* final; вы́йти в ~ win a sémi-final

фина́льн‖ый final; ~**ая** встре́ча final match

фина́нсы *мн.* finánces [faɪ-]; móney ['mʌ-]

фи́ниш *м* *спорт.* fínish ['fɪ-]

финиши́ровать: пе́рвым (вторы́м) финиши́ровал N N came first (sécond ['se-]) to the fínish ['fɪ-]

фи́нишн‖ый: ~**ая** пряма́я the straight [-eɪt]; the stretch (*амер.*)

фи́нка *ж* Finn

финн *м* Finn

фи́нский Fínnish; ~ язы́к Fínnish, the Fínnish lánguage

фиоле́товый víolet ['vaɪə-]

251

фи́рма ж firm

флаг м flag; **подня́ть ~** hoist a flag

флако́н м bottle; **~ духо́в** bottle of pérfume (scent)

фане́ль ж flánnel

флéйта ж flute [-u:-]

флот м fleet; marine [-'ri:n]; **вое́нно-морско́й ~** Návy; **торго́вый ~** mérchant maríne; **возду́шный ~** áir-force

флюс м (опухоль) swóllen cheek

фойе́ с fóyer ['fɔɪeɪ]; lóbby

фокстро́т м fóxtrot

фо́кус I м fócus; **не в ~е** out of fócus

фо́кус II м (трюк) trick; **~ник** м magícian [-'dʒɪ-]; cónjurer ['kʌn-]

фон м báckground; **на ~е...** agáinst the báckground of...

фона́р||ь м lántern; **электри́ческий ~** flásh-light, eléctric torch; **за́дние ~й** авто táil-lights

фонд м fund

фонта́н м fóuntain

фо́ринт м (денежная единица Венгрии) fórint

фо́рм||а ж 1. shape, form 2. (одежда) úniform; **спорти́вная ~** (костюм) sports dress 3. (состояние) form; **быть в ~е** спорт. be in form, be in éxcellent (pérfect, fíghting) trim; **э́та кома́нда в отли́чной спорти́вной ~е** this team is in éxcellent form

фортепья́но с (úpright) piáno [pɪ'ænəu]; úpright

фо́рточка ж ventilátion window [-əu] ópening

фото||аппара́т м cámera ['kæm-]; **~бума́га** ж photográphic [-'græf-] páper

фото́граф м photógrapher

фотографи́ровать phótograph, take píctures

фотогра́фия ж 1. photógraphy 2. (снимок) phóto, picture 3. (учреждение) photógrapher's

фото||корреспонде́нт м press photógrapher; **~плёнка** ж film; **~телегра́мма** ж phototélegram [-'telɪ-]; **~хро́ника** ж pictórial [-'tɔ:r-] revíew [-'vju:]

фра́за ж phrase

фрак м dréss-coat, táil-coat; разг. swállow [-əu] tails

франк м (денежная единица Франции, Бельгии, Швейцарии) frank

францу́женка ж Frénchwoman [-wu-]

францу́з м Frénchman

францу́зский French; **~ язы́к** French, the French lánguage

фрезеро́вщик м mílling-machine [-ʃi:n] óperator ['ɔp-]

фре́ска ж frésco

фронт м front [-ʌ-]

фрукто́в||ый fruit [fru:t]; **~ое де́рево** fruit tree; **~ сад** órchard

фру́кты *мн.* fruit [fruːt]; (*различные сорта*) fruits

фунда́мент *м* foundátion, base

фунт *м:* ~ сте́рлингов pound (stérling)

фура́жка *ж* (péak-)cap

фут *м* foot

футбо́л *м* fóotball; *ол.* sóccer [ˈsɔkə]

футболи́ст *м* fóotball-pláyer, fóotballer; *ол.* sóccer-player [ˈsɔkə-]

футбо́лка *ж* fóotball-shirt, T-shirt

футбо́льн‖ый fóotball; ~ мяч fóotball; ~ое по́ле field; ~ая кома́нда fóotball (sóccer [ˈsɔkə]) team

футля́р *м* case; (*для киноаппарата и т. п.*) (cárrying) case

фуфа́йка *ж* jérsey [-zɪ], swéater [ˈswe-]

X

хала́т *м* (*домашний*) dréssing-gown; (*купальный*) báthrobe [ˈbɑːθ-]; (*рабочий*) óveralls; (*врача*) dóctor's smock

хара́ктер *м* cháracter [ˈkæ-]; (*человека тж.*) témper, dispositión

характе́рн‖ый characterístic [kæ-] (of); (*типичный*) týpical [ˈtɪ-] (of); ~ая черта́ characterístic féature; ~

та́нец cháracter [ˈkæ-] dance [dɑːns]

хвали́ть praise

хвата́ть I (*схватывать*) seize [siːz]; grasp, catch hold (of)

хвата́ть II (*быть достаточным*) suffíce; be enóugh [ɪˈnʌf]; не ~ (*чего-л.*) be insuffícient [-ˈfɪʃ-]; lack; не хва́тит вре́мени there won't be time enóugh to; ... хва́тит! that'll do!

хвати́ть *см.* хвата́ть II

хво́йный coníferous [kəuˈnɪ-]; ~ лес coníferous fórest (wood)

хвост *м* tail

хи́мик *м* chémist [ˈke-]

хи́мия *ж* chémistry [ˈke-]

химчи́стка *ж* (химическая чистка) 1. drý-cleaning 2. (*мастерская*) drý-cleaner's

хиру́рг *м* súrgeon

хи́трый cúnning, sly

хладнокро́в‖ие *с* compósure [-ʒ-], présence [ˈpre-] of mind; ~ный cool compósed

хлеб *м* 1. (*печёный*) bread [-e-]; чёрный ~ brown bread, púmpernickel; бе́лый ~ white bread; све́жий ~ frésh-baked bread; ~ с ма́слом bread and bútter; чёрствый ~ stale bread 2. (*злаки, зерно*) corn, grain

хлев *м* cáttle-shed

хло́пать (*аплодировать*) clap, appláud

хло́пок *м* cótton

хлопо́к *м* clap

хлопчатобума́жн‖ый cótton; ~ая ткань cótton fábric

хму́рить, хму́риться knit one's brows, frown

ход *м* 1. (*движение*) mótion; speed; пусти́ть в ~ start; set góing; дать за́дний ~ back the car; ~ собы́тий course [kɔ:s] of evénts 2. (*проход*) pássage; (*вход*) éntry; ~ со двора́ éntry by the yard; чёрный ~ back éntrance 3. (*в игре*) *шахм.* move [mu:v]; *карт.* lead, turn; сде́лать ~ *шахм.* move a piece; ~ конём move of the knight

ходи́ть 1. go; walk; ~ на лы́жах ski; поезда́ хо́дят ка́ждые 2 часа́ there is a train évery third hóur; часы́ не хо́дят the watch stopped 2. (*в игре*) lead, play; *шахм.* move [mu:v]

ходьб‖а́ *ж* wálking; *спорт. ол.* walk [wɔ:k]; полчаса́ ~ы́ half [hɑ:f] an hóur walk

хозя́ин *м* máster; boss; (*владелец*) ówner ['əunə]; proprietor [-'praɪə-]; (*по отношению к гостям*) host [həu-]; (*по отношению к жильцам*) lándlord; ~ до́ма máster of the house; хозя́ева по́ля *спорт.* the home pláyers

хозя́йка *ж* (*по отношению к гостям*) hóstess ['həu-]; (*по отношению к жильцам*) lándlady; ~ до́ма místress of the house

хозя́йничать 1. (*вести хозяйство*) keep house 2. (*распоряжаться*) lord it, boss it

хозя́йство *с* 1. ecónomy [-'kɔ-]; наро́дное ~ nátional ['næʃ-] ecónomy; се́льское ~ ágriculture; подсо́бное ~ subsídiary [-'ɪ-] small-hólding 2. (*домашнее*) hóuse-keeping

хоккеи́ст *м* hóckey-pláyer ['hɔkɪ-]

хокке́й *м* hóckey ['hɔkɪ]; ~ с ша́йбой *ол.* ice hóckey; ~ с мячо́м Rússian ['rʌʃn] (style) hóckey; травяно́й ~ *ол.* field hóckey; grass hóckey; ~ная hóckey ['hɔkɪ]; ~ная кома́нда hóckey team; ~ная клю́шка hóckey stick; ~ный мяч hóckey ball; ~ная ша́йба puck

холм *м* hill

хо́лод *м* cold

холоди́льник *м* refrígerator [-'frɪ-]; *разг.* fridge; *амер. тж.* íce-box

хо́лодно cóld(ly); it's cold; сего́дня ~ it's cold todáy; в ко́мнате ~ it's cold in the room; мне ~ I'm cold; ~ встре́тить кого́-л. recéive smb cóldly, give [gɪv] smb the cold shóulder ['ʃəu-], cóld-shóulder smb

холо́дн‖ый cold ◇ ~ая война́ cold war

холост||о́й 1. (*человек*) single 2. (*заряд*) blank 3. *авто*: ~ ход ídling ['aɪd-]; рабо́тать на ~о́м ходу́ idle; ~я́к *м* báchelor ['bætʃələ]

холст *м* cánvas

хор *м* chóir ['kwaɪə]; chórus ['kɔ:-]; петь ~ом sing in chórus

хореографи́ческий choreográphic [kɔrɪə-]

хореогра́фия *ж* choreógraphy [kɔrɪ-]

хормейстер *м* léader (of a chórus ['kɔ:-])

хорово́||й chóral ['kɔ:-]; ~ коллекти́в chóir; ~óe пе́ние chórus sínging, sínging in chórus

хоро́ш||ий good [gud]; всего́ ~его! góod-býe!

хорошо́ well; о́чень ~! véry ['verɪ] well!; здесь ~ it's a nice place; ~ игра́ть play well

хоте́ть want; (*желать*) wish; хоти́те ча́ю? will you have a cup of tea?; я хочу́... I want (wish)...; что вы хоти́те? what do you want?; как хоти́те! as you like!; ~ся want, like; мне хо́чется уви́деть его́ I want to see him; мне хоте́лось бы... I would like to...; мне не хо́чется идти́ туда́ I don't feel like góing there

хоть, хотя́ though [ðou]

хо́хот *м* láughter ['lɑ:f-]; взрыв ~a burst of láughter

хохота́ть laugh [lɑ:f]; гро́мко ~ roar with láughter

хра́брый brave, courágeous [kə'reɪdʒəs]

хране́ние с ке́eping; (*о товарах*) stórage ['stɔ:rɪdʒ]; сдать ве́щи на ~ régister (clóakroom) one's [wʌnz] lúggage; *амер.* check one's bággage; пла́та за ~ stórage fee

храни́ть 1. keep; presérve 2. (*сберегать*) save; ~ся be kept

храп *м* snore

хрен *м* hórse-radish

хрестома́тия *ж* réader

христиа́нство с Christiánity [krɪstɪ'æ-]

хрома́ть limp

хро́ника *ж* 1. (*летопись*) chrónicle ['krɔ-] 2. (*газетная, радио, телевизионная*) látest news, news ítems; *кино, телевидение, радио* néws-reel

хроно́метр *м* chronómeter [krə'nɔmɪtə]; ~аж *м* tíming

хруста́ль *м* crýstal, cút-glass; ~ный crýstal, cút-glass; ~ная посу́да cút-glass ware

худо́жественн||ый artístic; ~oe произведе́ние work [wə:k] of art

худо́жник *м* ártist; (*живописец тж.*) páinter

худо́й I thin, lean

худо́й II (*рваный*) torn; (*дырявый*) hóley; (*поношенный*) worn out ◇ на

255

~ конец if the worst [wə:st] comes [kʌmz] to the worst

худш||ий worse [wə:s]; the worst [wə:st]; в ~ем случае at (the) worst

хуже worse [wə:s]; ~ всего worst [wə:st] of all; тем ~ so much the worse; ему ~ he is worse

хулиган м hóoligan

Ц

царапина ж scratch

цвести flówer

цвет м 1. flówer 2. (окраска) cólour ['kʌ-]

цветник м flówer gárden, partérre [-'tɛə]

цветн||ой cóloured ['kʌ-]; ~ая плёнка cólour film

цветок м flówer; (на кустах, деревьях) blóssom

цейтнот м шахм. time trouble [-ʌ-]

целиком whólly ['həu-], entirely, complétely

целин||а ж virgin soil; поднимать ~у plough up the virgin soil

целинн||ый: ~ые земли virgin lands

целиться aim (at)

целовать kiss smb; ~ся kiss

цел||ый 1. (полный) whole [həul]; ~ день all day (long) 2. (неповреж-

дённый) intáct; safe ◇ в ~ом on the whole

цель ж 1. (мишень) tárget [-gɪt] 2. aim; goal; óbject; в целях with the aim (of); с какой целью? for what púrpose?; с этой целью with this aim in view

цемент м cemént [sɪ'ment]

цена ж price; cost

ценить válue ['væ-]; apspréciate [ə'pri:ʃ-]

ценн||ость ж válue ['væ-]; ~ый váluable ['væ-]; ~ое письмо (~ая посылка) régistered létter (parcel) with státement of válue

центнер м 1. (метрический, принятый в СССР, равный 100 кг) (métric) céntner 2. (коммерческая мера веса в 50,8 кг): английский ~ húndredweight

центр м céntre ['sentə]; культурный ~ cúltural céntre; торговый ~ shópping céntre; в ~е внимания in the límelight, in the céntre of atténtion; в ~е города dówntown

централизм м: демократический ~ democrátic [-'æ-] céntralism

центральный céntral; Центральный Комитет Céntral Commíttee; ~ нападающий спорт. céntre-fórward

цепкий tenácious

цепь ж chain

перемо́ни||я *ж* céremony ['serɪ-]; без ~й withóut formálities, infórmally

це́рковь *ж* church

цех *м* shop

цивилиза́ция *ж* civili-zátion

цирк *м* círcus; ~ово́й circus; ~ово́й арти́ст círcus áctor; ~ово́е представле́ние círcus show [ʃəu]

цити́ровать quote; cite цiферблáт *м* díal ['daɪəl]; (*у часо́в тж.*) face

ци́фра *ж* fígure ['fɪgə]

цука́т *м* cándied fruit [-u:-]

цыплёнок *м* chícken ['tʃɪ-]

Ч

чай *м* tea; кре́пкий (сла́-бый) ~ strong (weak) tea

ча́йка *ж* (séa-)gull

ча́йник *м* (*для зава́рки ча́я*) téa-pot; (*для кипяче́ния*) kettle

час *м* 1. (*60 мину́т*) hóur ['auə]; полтора́ ~á an hóur and a half [ha:f]; че́рез ~ in an hóur 2. (*при обозначе́нии вре́мени*) o'-clóck; в 12~óв (в 2 ~á, в ~) дня at twelve noon (at two o'clóck, at one o'clóck in the áfternóon); в 8 ~óв ве́чера (утра́) at eight [eɪt] o'clóck in the áfternóon (in the mórning).

at eight p.m. (a.m.); уже́ пя́тый ~ it's past four alréady; кото́рый ~? what's the time?

часово́й I *м* séntinel; séntry

часо́в||о́й II 1. (*о часа́х*) watch(-), clock(-); ~ меха́ни́зм clóck-work 2. (*продолжа́ющийся час*) hóur--long ['auə-], an hóur's; ~щи́к *м* wátch-maker

ча́стный (*не обще́ственный*) prívate

част||о о́ften ['ɔfn]; fré-quently; э́то ~ встреча́-ется it háppens véry óften; ~ый 1. fréquent 2. (*густо́й*) thick; close [-s]

част||ь *ж* part; (*до́ля*) share; запасны́е ~и spare (compónent) parts; составна́я ~ part and párcel; бо́льшей ~ю móstly, for the most part

час||ы́ *мн.* clock; (*карма́нные, ручны́е*) watch; нару́чные ~ wríst-watch; ско́лько на ва́ших ~áх? what time is it by your watch?

ча́шка *ж* cup; ~ ко́фе (ча́ю) a cup of cóffee (tea)

ча́ще more óften ['ɔfn]; ~ всего́ móstly

чего́ what; для ~ э́то? what is it for?

чей whose [hu:z]; ~ э́то свёрток? whose párcel is it?

чек *м* cheque [tʃek]; *амер.* check

челове‖к м pérson, man; húman béing ['bi:ıŋ]; ~чество с humánity [-'mæ-]; mankínd [-'kaınd]

чéлюсть ж jaw

чем I (тв. пад. от что) what; ~ вы заняты? what are you dóing?

чем II союз than

чемодáн м súitcase ['sju:-], bag

чемпиóн м chámpion; títle-holder ['taı-]; ~ мúра world [wə:ld] chámpion; ~ по бóксу bóxing chámpion; абсолютный ~ áll-róund chámpion

чемпионáт м chámpion-ship, tóurnament ['tuə-]

чемý (to) what; ~ вы удивля́етесь? what are you wóndering (surprísed) at?

чéрви мн. карт. hearts [-ɑ:-]

червь м worm [wə:m]

чéрез 1. acróss; óver; (сквозь) through [θru:]; перепры́гнуть ~ ручéй jump óver the stream; дорóга идёт ~ лес the road goes through the fórest 2. (о времени) in; ~ два (три) часá (дня, мéсяца) in two (three) hóurs ['auəz] (days, months); ~ нéкоторое врéмя áfter ['ɑ:ftə]

чéреп м skull

черéшня ж 1. (плод) (sweet) chérry 2. (дерево) chérry-tree

черни́ка ж bílberry

черни́ла мн. ink

черни́льница ж ínkstand, ínk-pot

черновúк м rough [rʌf] cópy ['kɔ-]

чернозём м chérnozem, black earth

черносли́в м prune [-u:n]

чёрный black

чёрствый stale

чёрт м dévil ['de-]

черт‖á ж 1. (линия) line; в ~é гóрода withín the cíty ['sı-] bóundaries 2. (особенность) féature; trait; в óбщих ~áx róughly ['rʌf-]

чертёж м draught [drɑ:ft], díagram ['daıə-]; амер. draft [-ɑ:-]

черти́ть draw

чесáть scratch; ~ся scratch onesélf [wʌn-]; (об ощущении) itch ◇ у негó руки чéшутся сдéлать этo his fíngers itch to do it

чеснóк м gárlic

чéствовать célebrate ['se-lı-]

чéстн‖ость ж hónesty ['ɔnı-]; ~ый hónest ['ɔnıst]; ~oe слóво word [wə:d] of hónour ['ɔnə]

честолюби́вый ambítious

честь ж hónour ['ɔnə]; в ~ in hónour; с ~ю вы́полнить что-л. accómplish smth with crédit

четвéрг м Thúrsday [-dı]

четвёрка ж 1. спорт. ол. (гребля): пáрная ~ quádruple ['kwɔ-] scull; распашнáя ~ с рулевы́м

258

(без рулевого) four with (withóut) cóxswain ['kɔksn] 2. *карт.* four; ~ пик *и т. д.* the four of spades, etc

четверо four
четвёртый fourth
четверт‖ь *ж* quárter, one fourth; ~ чáса a quárter of an hóur ['auə]; ~ вторóго a quárter (fíftéen) past one; без ~и час a quárter (fíftéen) to one
чётный éven
четыре four
четыреста four húndred
четырнадцать fóurtéen
чех *м* Czech [tʃek]
чехóл *м* cóver ['kʌ-]; (*футляр*) case
чехословáцкий Czécho-slovák ['tʃekəu-]
чéшка *ж* Czech [tʃek] wóman ['wu-]
чéшский Czech [tʃek]: ~ язык Czech, the Czech lánguage
чили‖ец *м*, ~йка *ж* Chílian ['tʃi-]
чилийский Chílian ['tʃi-]
чинить I fix; (*обувь*) repáir, (*бельё*) mend
чинить II (*заострять*) point sharpen
числ‖ó *с* 1. númber 2. (*дата*) date; какóе сегóдня ~? what is the date (todáy)?; сегóдня пéрвое ~ todáy is the first ◇ в том ~é inclúding; в ~é прибывших... amóng those

arrived...; одúн из их ~á one of them
чистильщик *м* cléaner; ~ сапóг shóeblack ['ʃu:-]
чистить 1. clean; (*щёткой*) brush; ~ ботинки (*ваксой*) black shoes [ʃu:z]; ~ зубы clean (brush) teeth; ~ плáтье brush clóthes 2. (*фрукты, овощи*) peel; scrape
чистк‖а *ж* cléaning; (*уборка*) cléan-úp; отдáть что-л. в ~у send smth to the cléaner's
чистотá *ж* 1. cléanliness ['klenlinis] 2. (*опрятность*) néatness 3. (*отсутствие примеси*) púrity ['pjuəriti]
чист‖ый 1. clean; (*опрятный*) neat, tídy; ~ые рýки clean hands 2. (*без примеси*) pure [pjuə]; clear [kliə]; ~ое зóлото pure gold; ~ вóздух clear air; 3. (*о произношении, голосе*) clear 4. (*о прибылях, весе*) net; clear
читáльня *ж* réading-room
читáтель *м* réader
читáть read; ~ лéкции give [giv] (deliver) léctures
чихáть, чихнýть sneeze
член *м* (*организации*) mémber; действительный ~ (full-)mémber ~-корреспондéнт correspónding mémber
чрезмéрный excessive, inórdinate
чтéние *с* réading

что I what; ~ вы сказали? what did you say?; ~ вы хотите? what do you want (wish)?; ~ мы будем| делать? what shall we do?; ~ это такое? what is it? ◇ ни за ~! not for the world [wə:ld]!; ~ же (ладно)! why not!

что II that; он сказал, ~ не придёт he said (that) he wouldn't come [kʌm]

что III (почему) why; ~ ты так грустна? why are you so sad?

чтобы that; so that, so as to; in órder to; вместо того, ~ ... instéad of...

что́-либо, что́-нибудь (в вопросе) ánything ['enɪ-]; (в утверждении) sómething ['sʌm-]

что́-то 1. sómething ['sʌm-] 2. (как-то) sómehow ['sʌm-]; (с оттенком сомнения) it looks as if

чувстви́тельность ж: ~ плёнки фото speed of film

чу́вство с sense; (эмоция, ощущение тж.) féeling; без чувств úncónscious; лиши́ться чувств faint; привести́ в ~ bring smb round, bring smb to his (her) sénses

чу́вствовать feel; ~ го́лод (жа́жду, уста́лость) feel (be) húngry (thírsty, tired); ~ себя́ лу́чше (ху́же) feel bétter (worse [wə:s])

чуда́к м crank, eccéntric [ɪk'sen-]

чуде́сный, чу́дный wónderful ['wʌ-], márvellous

чужо́й 1. (посторонний) strange [streɪ-] 2. (принадлежащий другим) smb else's

чула́н м wálk-ín clóset ['klɔ-]

чуло́к м stócking ['stɔ-]

чу́ткий 1. sénsitive; (о слухе) keen; ~ сон light sleep 2. перен. táctful, délicate ['de-]

чуть hárdly; (с трудом) just

чуть-чу́ть álmost, néarly ['nɪə-]

чьё, чья whose

Ш

шаг м step; ~й fóotsteps

шага́ть pace; stride

шáгом at a fóot's pace, slówly ['sləu-]

шáйб||а ж спорт. puck; забро́сить ~y shoot the goal

шаль ж shawl

шампа́нское с champágne [ʃæm'peɪn]; разг. fizz

шанс м chance; иметь ~ы на успе́х (на вы́игрыш) stand to win; у него́ нет никаки́х ~ов на побе́ду he is quite out of the rúnning

260

шанта́ж *м* bláckmail

ша́пк‖а *ж* cap; без ～и cápless

шар *м* ball; sphere; возду́шный ～ ballóon

шарж *м* cáricature, cartóon

шарф *м* scarf, múffler; (*вязаный*) cómforter ['kʌm-]

ша́ткий unstáble; sháky

шах I *м* (*титул*) shah [ʃɑ:]

шах II *м* *шахм.* check; объяви́ть ～ check, put [put] in check

шахмати́ст *м*, ～ка *ж* chéss-player

ша́хматн‖ый chess; ～ турни́р chess tóurnament; ～ая доска́ chéss-board; ～ая па́ртия a game of chess

ша́хматы *мн.* chess

шахова́ть *шахм.* check

ша́хта *ж* mine; pit

шахтёр *м* míner

ша́шки *мн.* (*игра*) draughts [drɑ:fts]; *амер.* chéckers

шашлы́к *м* sháshlyk (*pieces of grilled mutton*)

швед *м*, ～ка *ж* Swede

шве́дский Swédish; ～ язы́к Swédish, the Swédish lánguage

швейца́р *м* pórter; dóor-keeper ['dɔ:-]; *амер.* dóorman

швейца́р‖ец *м*, ～ка *ж* Swiss

швейца́рский Swiss

шевели́ть, ～ся move [mu:v], stir

шеде́вр *м* másterpiece

ше́лест *м* rustle [rʌsl]

шёлк *м* silk; иску́сственный ～ ráyon

шёлков‖ый silk; ～ое пла́тье silk dress

шёлк-сыре́ц *м* ráw silk; floss

шёпот *м* whísper; ～ом in whísper, únder one's [wʌnz] breath [-eθ]

шепта́ть, ～ся whísper

шере́нга *ж* rank

шерсть *ж* wool; (*ткань*) cloth, wóollen matérial (stuff)

шерстяно́й wóollen

шест *м* pole

ше́ствие *с* procéssion; фа́кельное ～ torch procéssion

шестёрка *ж* *карт.* six; ～ пик *и т. д.* the six of spades, *etc*

ше́стеро six

шестна́дцать sixtéen

шесто́й sixth

шесть six

шестьдеся́т síxty

шестьсо́т six húndred

шеф *м* pátron ['peɪ-]; *разг.* chief; ～ство *с* pátronage

ше́я *ж* neck

ши́на *ж* týre, tíre; беска́мерная ～ túbeless tíre

шине́ль *ж* gréat-coat ['greɪtkəut]

шип *м* thorn

шипо́вник *м* dóg-rose

ширин||а́ *ж* width, breadth [-e-]; ~о́й в пять ме́тров five métres wide

ши́рма *ж* screen

широ́к||ий broad [brɔ:d]; wide; ~о́ wide, widely; ~о́ распространённый wíde-spread

широкопле́чий bróad-shouldered

широкоуго́льный: ~ объекти́в *фото* wíde-angle lens

широта́ *ж геогр.* látitude ['læ-]

шить sew [səu]

шифр *м* cípher ['saɪ-], code

ши́шка *ж* 1. lump; (*от ушиба*) bump 2. *бот.* cone

шкала́ *ж* scale

шкаф *м* cúpboard ['kʌbəd]; кни́жный ~ bóok-case; несгора́емый ~ safe; платяно́й ~ wárdrobe; посу́дный ~ sídeboard; (*кухонный*) drésser; стенно́й ~ búilt-in clóset ['klɔzɪt]

шко́ла *ж* school [sku:l]; нача́льная (сре́дняя, вы́сшая) ~ eleméntary (sécondary, hígher) school; бале́тная ~ bállet school; театра́льная ~ théatre ['ʊɪə-] school

шко́льник *м* shóolboy ['sku:l-]

шко́льница *ж* schóolgirl ['sku:l-]

шко́льный school [sku:l]; ~ учи́тель schóolmaster, schóol-teacher

шку́р(к)а *ж* skin

шлюз *м* lock

шлю́пка *ж* boat; гребна́я ~ púlling boat

шля́п||а *ж* hat; (*женская тж.*) bónnet; наде́ть (снять) ~y put [put] on (take off) one's [wʌnz] hat

шнур||о́к *м* lace; ~ки́ для боти́нок shóe-laces (-strings) ['ʃu:-]

шов *м* seam; без шва séamless

шокола́д *м* chócolate ['tʃɔkəlɪt]; пли́тка ~a bar of chócolate

шокола́дн||ый chócolate ['tʃɔkəlɪt]: ~ые конфе́ты chócolates

шо́рох *м* rustle [rʌsl]

шо́рты *мн.* shorts *pl*

шоссе́ *с* highway

шотла́ндец *м* Scótchman; Scótsman

шотла́ндка I *ж* Scótchwoman; Scótswoman [-wu-]

шотла́ндка II *ж* (*ткань*) tártan, plaid [-æ-]

шотла́ндский Scotch, Scóttish; ~ язы́к Scóttish (Scotch), the Scóttish (Scotch) lánguage

шофёр *м* dríver, cháuffeur ['ʃəufə]

шпа́га *ж спорт.* épée ['eɪpeɪ]

шпага́т *м* string, cord; twine

шпи́лька *ж.* háirpin

шпина́т *м* spínach [ˈspɪnɪdʒ]

шпио́н *м* spy

шприц *м* sýringe [ˈsɪ-]

шпро́ты *мн.* (*консервы*) smoked sprats in oil

шрам *м* scar

шрифт *м* print, type

штаб *м* héadquarters

шта́нг‖а *ж.* 1. bar; *спорт.* weight [weɪt]; (*ворот*) cróss-bar; взять ~у clear the weight 2. (*соревнования*) *сл.* wéight-lifting; ~и́ст *м* wéight-lifter [weɪt-]

штаны́ *мн.* tróusers

шта́пель *м* staple

штат I *м* *полит.* state

штат II *м* staff, personnél

шта́тский 1. cívil [ˈsɪ-] 2. *м* civilian [-ˈvɪ-]

штемпель *м* stamp; почто́вый ~ póstmark

ште́псель *м* (*вилка*) plug; (*розетка*) sócket

штиль *м* calm [kɑːm]

штопать darn; mend

што́пор *м* 1. córk-screw [-skruː] 2. *ав.* spin

што́р‖а *ж.* 1. (*гардина*) cúrtain, drápery 2. (*от солнца*) blind, shade; спусти́ть ~ы draw the blinds

шторм *м* storm

штраф *м* fine

штрафн‖о́й *спорт.*: ~ бросо́к free throw [-əu]

(*баскетбол*); pénalty (*водное поло*); pénalty throw (*ручной мяч*); pénalty shot (*хоккей с шайбой*); ~ углово́й бросо́к pénalty córner throw; ~о́е очко́ point (*конный спорт, современное пятиборье, тяжёлая атлетика*); ~а́я ли́ния pénalty line; ~а́я площа́дка pénalty área (*футбол*); ~ уда́р diréct free kick; ~ углово́й уда́р pénalty-córner; ~ нача́льный уда́р pénalty búlly (*травяной хоккей*)

штрафова́ть fine; *спорт.* púnish [ˈpʌ-]

шту́ка *ж.* piece; не́сколько штук séveral pieces: штук де́сять abóut a dózen [ˈdʌzn]

штукату́р *м* plásterer; ~ка *ж.* pláster

штурм *м* assáult

штурмн‖ый nóisy; ~ая прода́жа sale by the piece; ~ това́р piece-goods [-gudz]

шу́ба *ж.* fúr-coat

шум *м* noise

шуме́ть make noise

шу́мн‖ый nóisy; ~ успе́х loud (great [greɪt]) succéss; ~ое одобре́ние accláim

шу́рин *м* bróther-in-law [ˈbrʌ-]

шути́ть joke; я шучу́ I'm jóking

шу́тк‖а *ж.* joke; в ~у in jest, for fun; э́то не ~

it is no joke, it is not a láughing mátter

шутли́вый pláyful, húmorous, jócular ['dʒɔ-]

Щ

щаве́ль *м* sórrel

щади́ть spare

ще́дрый génerous, ópen-hánded

щека́ *ж* cheek

щётка *ж* brush; (*половая*) broom; платяна́я ~ clóthes-brush; сапо́жная ~ shóe-brush ['ʃu:-]; ~ для воло́с háirbrush

щи *мн.* cábbage soup [su:p]; ки́слые щи sáuerkraut soup

щи́колотка *ж* ankle

щипко́в‖ый *муз.* pizzicáto [pɪtsɪ'ka:təu]; ~ые инструме́нты pizzicáto músical ínstruments

щипцы́ *мн.* (pair of) tongs [tɔŋz]; (*клещи*) píncers; ~ для зави́вки cúrling-irons; ~ для оре́хов nút-cráckers; ~ для cáxapa súgar-tongs

щу́ка *ж* pike; морска́я ~ ling

щу́пать feel; touch [tʌtʃ]; ~ пульс feel the pulse

щу́рить: ~ глаза́ screw [skru:] up one's [wʌnz] eyes [aɪz]; ~ся blink, nárrow [-ɔu] one's [wʌnz] lids

Э

ЭВМ *см.* электро́нно-вычисли́тельный

эги́д‖а *ж*: под ~ой únder the áegis ['i:-], únder the áuspices

эква́тор *м* equátor

экза́мен *м* examinátion [ɪgzæmɪ'neɪʃn], exám; (*перен. тж.*) test; ~ на аттеста́т зре́лости Géneral Educátion Certíficate examinátions; держа́ть ~ take an exám; вы́держать ~ pass an exám; приёмные ~ы éntrance exáms

экзаменова́ть exámine [ɪg'zæmɪn]

экземпля́р *м* cópy ['kɔpɪ]; (*образец*) módel ['mɔ-]; spécimen ['spe-]

экипа́ж *м* (*команда*) crew [kru:]

эконо́мика *ж* 1. (*хозяйство*) ecónomy; económic [-'nɔ-] strúcture 2. (*наука*) económics [-'nɔ-]

экономи́ческий económic [-'nɔ-]

эконо́мия *ж* ecónomy

эконо́мный económical [-'nɔ-]; (*о человеке*) thrífty

экра́н *м* screen

экскава́тор *м* excavátor

экскурса́нт *м* excúrsionist [-'kə:ʃn-], tóurist

экску́рсия ж excúrsion [-'kə:ʃn], tour

экскурсово́д м guide [gaɪd]

экспеди́ция ж 1. expedition [-'dɪ-] 2. (в учреждении) dispátch óffice

эксперимéнт м expériment

эксперимента́льн‖ый experiméntal; ~ая програ́мма pílot próject

экспéрт м éxpert

эксплуата́ция ж 1. exploitátion 2. mex. exploitátion; rúnning, operátion

эксплуати́ровать explóit; use

экспози́ция ж exposítion [-'zɪ-]; (фото) expósure [-'pəuʒə]

экспона́т м exhíbit [ɪg-'zɪ-]

э́кспорт м éxport

экспорти́ровать expórt

экспрéсс м ж. -д. expréss

э́кстренный spécial ['speʃ-]; ~ вы́пуск spécial edítion (íssue)

эласти́чн‖ый stretch; ~ые брю́ки (носки́) stretch pants (socks)

элева́тор м élevator ['el-]

элега́нтный élegant ['el-], smart

электрифика́ция ж electrificátion

электри́ческий eléctric

электри́чество c electrícity [-'trɪ-]; заже́чь (по-

туши́ть) ~ turn on (turn off) the light

электро‖бри́тва ж (eléctric) sháver; ~во́з м eléctric locomótive; ~гита́ра ж eléctric guitár [gɪ-]

электро́нно-вычисли́тельн‖ый: ~ая маши́на (ЭВМ) (electrónic) compúter

электро́нный electrónic [-'trɔ-]

электро‖по́езд м eléctric train; ~полотёр м eléctric flóor-polisher ['flɔ:-pɔ-]; ~сва́рщик м electrícal wélder; ~ста́нция ж power-station; ~тéхник м electrícian [-'trɪʃn]; ~энéргия ж eléctrical énergy ['en-]

эмалиро́ванный enámelled [-'næ-]

эмблéма ж émblem

эмигра́нт м émigrant ['emɪ-], émigré ['emɪgreɪ]

энерги́чный energétic [-'dʒe-]

энéргия ж énergy ['en-]

энтузиа́зм м enthúsiasm [ɪn'θju:zɪæzm]

энциклопéдия ж encyclopáedia [ensaɪkləu'pi:djə]

эпидéмия ж epidémic [-'de-]

эпило́г м épilogue [-lɔg]

эпо́ха ж époch ['i:pɔk]; age; éra ['ɪərə]

э́ра ж éra ['ɪərə]

эскала́тор м éscalator, móving ['mu:-] stáircase

эски́з *м* sketch; draft [-ɑ:-]

эспадро́н *м* bа́ck-sword [-sɔ:d]

эста́мп *м* plate, print

эстафе́т‖а *ж спорт.* reláy (-race); переда́ть ~у pass (hand) the báton (to); ~ 4 × 100 ме́тров *ол. (бег)* 400-métres reláy

эсто́н‖ец *м,* ~ка *ж* Estо́nian

эсто́нский Estо́nian; ~ язы́к Estо́nian, the Estо́nian lánguage

эстра́д‖а *ж* 1. *(площад-ка)* stage, plátform; откры́-тая ~ о́pen stage (plátform) 2. *(вид искусства)* varíety [-ʹraɪə-] art; арти́ст ~ы varíety áctor

эстра́дн‖ый varíety [-ʹraɪə-]; ~ конце́рт, ~ое представле́ние varíety show [ʃəu]

э́та this, that; ~ кни́га моя́ that book is mine

эта́ж *м* floor [flɔ:], stórey [ʹstɔ:rɪ]; пе́рвый ~ ground floor; *амер.* main floor

этаже́рка *ж* what-nót; *(для книг)* bоok-stand

эта́п *м* stage

э́ти these; ~ места́ сво-бо́дны (за́няты) these seats are vácant (óccupied)

этике́т *м* etiquétte

этике́тка *ж* lábel

этно́граф *м* ethnо́gra-pher

этногра́фия *ж* etnо́-graphy

э́то this, that; ~ о́чень интере́сно! it's véry [ʹverɪ] interesting!; ~ пра́вда? is it true?

э́тот this, that; на ~ раз this time

этю́д *м* 1. *шахм., муз.* etúde [eɪʹtju:d], éxercise 2. *лит., иск.* sketch, stúdy [ʹstʌ-]

эфио́п *м,* ~ка *ж* Ethiо́p-ian [i:θ-]

эфио́пский Ethíopian [i:θ-]

эфи́р *м* 1. éther [ʹi:θə] 2.: в ~e on the rа́dio

эффе́кт *м* efféct

э́хо *с* écho [ʹekəu]

Ю

юа́нь *м (денежная еди-ница Китая)* yuán [ju:ʹæn]

юбиле́й *м* annivérsary, júbilee [ʹdʒu:bɪli:] *(особ. пятидесятилетний)*

юбиле́йный annivérsary

ю́бка *ж* skirt

ювели́р *м* jéweller [ʹdʒu:ə-lə]

ювели́рн‖ый jéwellery [ʹdʒu:ələrɪ]; ~ые изде́лия jéwellery

юг *м* south; пое́хать на юг go down South

ю́го-восто́к *м* sóuth-éast

ю́го-за́пад *м* sóuth-wést

югосла́вский Yúgoslávian [ˈjuːɡəuˈslɑːv-]

ю́жный south; sóuthern [ˈsʌð-]

ю́мор *м* húmour

юмористи́ческий húmorous, cómic [ˈkɔ-]; ∼ журна́л cómic magazíne (páper)

ю́ность *ж* youth [juːθ]

ю́ноша *м* youth [juːθ]

ю́ношеский youth [juːθ], yóuthful

ю́ношество *с* 1. (*пора, время*) youth [juːθ] 2. (*юноши*) young [jʌŋ] people [piːpl]

ю́ны||й young [jʌŋ], yóuthful [ˈjuːθ-]; с ∼х лет from youth

юриди́ческий jurídical [-ˈrɪ-]; légal

юри́ст *м* láwyer

юсти́ция *ж* jústice

Я

я I; я хочу́ есть I am húngry

я́блоко *с* apple; глазно́е ∼ éyeball

я́блоня *ж* ápple-tree

яви́ться, явля́ться appéar [əˈpɪə]; show [ʃəu] up

я́вный óbvious, évident [ˈevɪ-]

ягнёнок *м* lamb [læm]

я́года *ж* bérry

я́дерный núclear [ˈnjuː-]

ядро́ *с* 1. kérnel 2. *физ.* núcleus [ˈnjuːklɪəs] 3. *спорт.* shot

язы́к I *м кул.* tongue [tʌŋ]

язы́к II *м* 1. (*орган*) tongue [tʌŋ] 2. (*речь*) lánguage; я изуча́ю англи́йский ∼I stúdy English; родно́й ∼ nátive lánguage, móther [ˈmʌ-] tongue; иностра́нный ∼ fóreign [ˈfɔrɪn] lánguage ◇ ∼ же́стов sign [saɪn] lánguage

языкозна́ние *с* linguístics

яи́чница *ж* ómelet(te) [ˈɔmlɪt]; ∼-болту́нья *ж* scrambled eggs; ∼-глазу́нья *ж* fried eggs

яйцо́ *с* egg; круто́е ∼ hárd-boiled egg; ∼ всмя́тку sóft-boiled egg

я́корь *м* ánchor [ˈæŋkə]; бро́сить ∼ cast (drop) ánchor

я́ма *ж* pit; возду́шная ∼ áir-pocket

янва́рь *м* Jánuary [ˈdʒæn-]

янта́рь *м* ámber

япо́н||ец *м*, ∼ка *ж* Japanése [-ˈniːz]

япо́нский Japanése [-ˈniːz]; ∼ язы́к Japanése, the Japanése lánguage

я́ркий bright; ∼ приме́р stríking (gráphic) exámple

ярлы́к *м* lábel

я́рмарка *ж* fair; междунаро́дная ∼ Internátional Fair

яров||о́й spring; ∼ы́е (*хлеба*) spring corn

я́рост||ь *ж* fúry, rage; вне себя́ от ∼и besíde onesélf with rage

267

я́рус *м театр.* circle; tier [tɪə]

я́сли *мн.* **1.** (*детские*) crèche [kreɪʃ]; núrsery (school [skuːl]) **2.** (*для скота*) mánger ['meɪndʒə]

я́сн||о: совершéнно ~, что... it's pérfectly clear [klɪə] that...; ~ый clear [klɪə]; distínct; ~ая погóда fair (clear) wéather ['we-]; ~ое представлéние clear idéa [aɪ'dɪə]

я́хта *ж* yacht [jɔt]; ~ клáсса «Со́линг» («Тéмпест», «Летýчий Голлáн-

дец», «470», «Торнáдо», «Финн») *ол.* (*парусный спорт*) Sóling (Témpest, Flýing Dútchman, 470, Tornádo, Finn) class yacht

яхт-клýб *м* yácht-club ['jɔt-]

ячмéнь I *м* (*растение*) bárley ['bɑːlɪ]

ячмéнь II *м* (*на глазу*) sty

я́шма *ж* jásper

я́щерица *ж* lizard ['lɪzəd]

я́щик *м* **1.** box; почтóвый ~ létter-box **2.** (*выдвижной*) dráwer

ГЕОГРАФИЧЕСКИЕ НАЗВАНИЯ

Абиджа́н (*столица Берега Слоновой Кости*) Abidján

Абу́-Да́би (*столица Объединённых Арабских Эмиратов*) Abú Dhábi [ɑ:'buːˈðæbi:]

Австра́лия Austrália

А́встрия Áustria

Адди́с-Абе́ба (*столица Эфиопии*) Áddis Ábaba ['æb-]

Аден (*столица Народно-Демократической Республики Йемен*) Áden

Азербайджа́н Azerbaiján; Азербайджа́нская ССР Azerbaiján S.S.R.

А́зия Ásia ['eɪʃə]

Азо́вское мо́ре Sea of Ázov ['ɑːzɒv]

А́ккра (*столица Ганы*) Áccra

Алба́ния Albánia; Наро́дная Социалисти́ческая Респу́блика Алба́ния People's Sócialist Repúblic of Albánia

Алжи́р Algéria [-'dʒɪə-]

Алма́-Ата́ Álma-Ata ['ɑːlmɑ:'ɑːtə]

Алта́й Altái [-'taɪ]

Аль-Джаза́ир Al-jezáir

А́льпы Alps

Аля́ска Aláska

Амазо́нка Ámazon ['æm-]

Аме́рика América [ə'merɪkə]

Амма́н (*столица Иордании*) Ámman

Амстерда́м Ámsterdám

Амударья́ Amú Daryá [ɑ:r'jɑ:]

Аму́р Amúr [ə'muə]

Ангара́ Angará [ɑ:ŋgɑ:'rɑ:]

А́нглия Éngland ['ɪŋglənd]

Анго́ла Angóla; Наро́дная Респу́блика Анго́ла People's Repúblic of Angóla

Андо́рра Andórra

А́нды Ándes [-di:z]

Анкара́ (*столица Турции*) Ánkara ['æŋkərə]

Антананари́ву (*столица Мадагаскара*) Antananarívo

Антаркти́да Antárctic Cóntinent

Анта́рктика the Antárctic

Апенни́ны Ápennines ['æpɪ-]

Апиа (*столица Западного Самоа*) Apía [ɑ:'pi:ɑ:]

Арави́йское мо́ре Arábian Sea

Аргенти́на Argentína [-'ti:nə]

Армéния Arménia; Армянская ССР Arménian S.S.R.

Архáнгельск Arkhángelsk [-'kɑːn-]

Асуньсьóн (*столица Парагвая*) Asunción [əsunsɪ-'əun]

Атлантúческий океáн the Atlántic Ócean ['əuʃən]

Афганистáн Afghánistan

Афúны Áthens

Áфрика África

Ашхабáд Ashkhabád [-'bɑːd]

Баб-эль-Мандéбский пролúв Báb el Mándeb

Багáмские островá the Bahámas [bə'hɑːməz]

Багдáд (*столица Ирака*) Bág(h)dad

Байкáл Baikál [baɪ'kɑːl]

Бакý Bakú [-'kuː]

Балкáны Bálkans ['bɔːl-]

Балтúйское мóре Báltic ['bɔː-] Sea

Бамакó (*столица Мали*) Bamakó

Бангú (*столица Центральноафриканской Республики*) Bangúi [bɑːŋ'gi:]

Бангкóк (*столица Таиланда*) Bángkok

Бáнгладéш Bangladésh [bɑːŋlə'deʃ]

Бан(д)жýл (*столица Гамбии*) Banjúl

Барбáдос Barbádos [bɑː-'beɪdəuz]

Бáренцево мóре Bárents ['bɑːr-] Sea

Батýми Batúmi [bɑː'tuːmɪ]

Бахрéйн Bahráin [bə'reɪn]

Бейрýт (*столица Ливана*) Beirút [beɪ'ruːt]

Белгрáд Belgráde

Бéлое мóре White Sea

Белорýссия Byelorússia; Белорýсская ССР Byelorússian S.S.R.

Бéльгия Bélgium

Бенгáльский залúз Bay of Bengál [-'gɔːl]

Бенúн Benin [be'nɪn]

Бéрег Слонóвой Кóсти Ívory Cóast

Бéрингово мóре Béring ['be-] Sea

Берлúн Berlín (*столица Германской Демократической Республики*); Зáпадный Берлúн West Berlin

Берн Bern(e)

Бáрма Búrma

Бирмингéм Bírmingham ['bəː-]

Бисáу (*столица Гвинеи-Бисау*) Bissáu [bɪ'sau]

Боготá (*столица Колумбии*) Bogotá

Болгáрия Bulgaria [-'geə-]; Нарóдная Респýблика Болгáрия People's Repúblic of Bulgária

Болúвия Bolívia [bə'lɪvɪə]

Бомбéй Bómbay

Бонн Bonn

Босфóр Bósphorus

Ботнúческий залúв Gulf of Bóthnia

Ботсвáна Botswána bɔtswxːnə]

Браззавúль (*столица Нарóдной Респýблики Конго*) Brazzavílle

Бразúлиа (*столица Бразилии*) Brasília [-'zɪlje]

270

Брази́лия Brazil

Бри́джтаун (*столица Барбадоса*) Brídgetown

Брюссе́ль Brússels

Будапе́шт Búdapést

Бужумбу́ра (*столица Бурунди*) Bujumbúra [bu:dʒəm-'burə]

Буру́нди Burúndi [-'run-]

Бута́н Bhután [bu'tɑ:n]

Бухаре́ст Bucharést [bju:kə'rest]

Бу́энос-А́йрес Buénos Áires ['bwenəs'aɪərɪz]

Ваду́ц (*столица Лихтенштейна*) Vadúz [və'du:ts]

Валле́та (*столица Мальты*) Vallétta

Варшава Warsaw

Ватика́н Vátican

Вашингто́н Wáshington

Великобрита́ния Great [-eɪt] Brítain ['brɪtn]

Веллингто́н (*столица Новой Зеландии*) Wéllington

Ве́на Viénna

Ве́нгрия Húngary; Венге́рская Наро́дная Респу́блика Hungárian [hʌŋ'ɡɛərɪən] People's Repúblic

Венесуэ́ла Venezuéla [-'zweɪlə]

Ве́рхняя Во́льта Úpper Vólta

Викто́рия (*столица Сейшельских островов*) Victória

Ви́льнюс Vílnius

Ви́ндхук (*главный город Намибии*) Windhoek ['vɪnthu:k]

Ви́сла Vístula

Владивосто́к Vladivostók

Во́лга Vólga

Волгогра́д Volgográd

Вьентья́н (*столица Лаоса*) Vientiáne [-'tjɑ:n]

Вьетна́м Viét Nám ['vjet-'næm]; Социалисти́ческая Респу́блика Вьетна́м the Sócialist Repúblic of Viét Nám

Гаа́га Hague [heɪɡ]

Габо́н Gabón [ɡɑ:'bɔ:ŋ]

Габоро́не (*столица Ботсваны*) Gaboróne

Гава́йские о-ва́ Hawáiian Íslands [hɑ:'weɪɪən'aɪləndz]

Гава́на Havána [-'væ-]

Га́йти Háiti ['heɪ-]

Гайа́на Guyána [ɡaɪ'ɑ:nə]

Га́мбия Gámbia ['ɡæmbɪə]

Га́на Gháŋa

Ганг Gánges ['ɡændʒi:z]

Гваделу́па Guadelóupe [ɡwɑ:də'lu:p]

Гватема́ла (*страна и город*) Guatemála [ɡwæti-'mɑ:lə]

Гвине́я Guinea ['ɡɪnɪ]

Гвине́я-Биса́у Guínea-Bissáu ['ɡɪnɪbɪ'sau]

Герма́нская Демократи́ческая Респу́блика Gérman Democrátic Repúblic

Гибралта́рский проли́в Strait of Gibráltar [-'brɔ:ltə]

Гимала́и Himaláya(s) [hɪmə'leɪəz]

Гла́зго Glásgow

Гондура́с Hondúras [-'djuə-]

Го́рький Górky

Грена́да Grenáda [-'neɪ-]

271

Гренландия Gréenland
Греция Greece
Грузия Geórgia; Грузинская ССР Geórgian S.S.R.
Гудзонов залив Húdson Bay

Дакар (*столица Сенегала*) Dákar ['dæ-]
Дакка (*столица Бангладеш*) Dácca ['dækə]
Дамаск (*столица Сирии*) Damáscus
Дания Dénmark
Дарданеллы Dardanélles [dɑːdə'nelz]
Дар-эс-Салам (*столица Танзании*) Dár es Saláam, Dáressalám
Дели Délhi [-lɪ]
Джакарта (*столица Индонезии*) Djakárta
Джибути (*страна и город*) Djibóuti [-'buːtɪ]
Джорджтаун (*столица Гайаны*) Geórgetown
Днепр Dniéper
Доминиканская Республика Domínican [-'mɪnɪ-] Repúblic
Дон Don
Доха (*столица Катара*) Dóha ['dəuhə]
Дублин (*столица Ирландии*) Dúblin
Дунай Dánube ['dænjuːb]
Душанбе Dyushámbe

Европа Éurope ['juə-]
Египет Égypt
Енисей Yeniséi [jenɪ'seɪ]
Ереван Yereván [jere'vɑːn]

Женева Genéva [dʒɪ'niːvə]

Заир Zaíre [zə'iːrə]
Замбия Zámbia
Западное Самоа Wéstern Samóa
Зелёного Мыса, Острова Cape Verde [vəːd]
Зимбабве Zimbábwe [zɪm-'bɑːbwɪ] (*см.* Южная Родезия)

Иерусалим Jerúsalem
Израиль Ísrael ['ɪzreɪəl]
Индийский океан the Índian Ócean ['əuʃən]
Индия Índia
Индонезия Indonésia [-'niː-]
Иордания Jórdan
Ирак Iráq [ɪ'rɑːk]
Иран Irán [ɪ'rɑːn]
Ирландия Íreland ['aɪə-lənd]
Исламабад (*столица Пакистана*) Islámabad
Исландия Íceland ['aɪs-lənd]
Испания Spain
Италия Ítaly ['ɪtə-]

Йемен Yémen ['jemən] 1. Народная Демократическая Республика Йемен People's Democrátic Repúblic of Yémen 2. Йеменская Арабская Республика the Yémen Árab ['ærab] Repúblic

Кабул (*столица Афганистана*) Kábul ['kɔːbl]
Кавказ the Cáucasus
Казахстан Kazakhstán; Казахская ССР Kazákh S.S.R.

Кайр Cáiro ['kaɪə-]
Калькýтта Calcútta [kæl-'kʌtə]
Кáма Káma ['kɑ:m-ɪ]
Камерýн Cámeroon [-ru:n]
Кампучия Kampúchea [-'pu:tʃɪə]; Демократическая Кампучия Democrátic Kampúchea
Камчáтка Kamchátka
Канáда Cánada ['kænə-]
Кáнберра (столица Австралии) Cánberra
Карáкас (столица Венесуэлы) Carácas [-'rækəs]
Карáчи Karáchi [-'rɑ:tʃɪ]
Карибское мóре Caríbbean Sea
Карпáты Carpáthians [kɑ:'peɪθjənz]
Кáрское мóре Kára Sea
Каспийское мóре Cáspian Sea
Катáр Qatár [kæ'tɑ:]
Катмандý (столица Непала) Katmandú [kɑ:tmɑ:n-'du:]
Квебéк Quebéc [kwɪ'bek]
Кéмбридж Cámbridge ['keɪm-]
Кéния Kénya
Кигáли (столица Руáнды) Kigáli [kɪ'gɑ:lɪ]
Киев Kíev ['ki:ev]
Кингстон (столица Ямайки) Kíngston
Киншáса (столица Заира) Kinshása [kɪn'ʃɑ:sə]
Кипр Cýprus ['saɪprəs]
Киргизия Kirghízia [-'gi:z-]; Киргизская ССР Kirghíz [-'gi:z] S.S.R.

Китáй Chína; Китáйская Нарóдная Респýблика Chinése People's Repúblic
Кито (столица Эквадора) Quito ['ki:təu]
Кишинёв Kishinév
Кóвентри Cóventry ['kɔv-]
Колóмбо (столица Шри-Ланки) Colómbo
Колýмбия Colómbia
Комóрские острова the Cómoros ['kɔməurəuz]
Кóнакри (столица Гвинеи) Cónacry ['kɔnə-]
Кóнго: 1. Нарóдная Респýблика Кóнго People's Repúblic of the Cóngo 2. (река) the Cóngo
Копенгáген Copenhágen [kəupn'heɪgən]
Кордильéры the Cordilléras [kɔ:dɪ'ljeərəz]
Корéя Koréa [-'rɪə]; Корéйская Нарóдно-Демократическая Респýблика Koréan [-'rɪən] People's Demorátic Repúblic
Кóста-Рика Cósta Ríca ['ri:-]
Крáсное мóре Red Sea
Крым the Criméa [kraɪ-'mɪə]
Куáла-Лýмпур (столица Малайзии) Kuála Lúmpur ['kwɑ:lə'lumpuə]
Кýба Cúba
Кувéйт Kuwáit [ku'weɪt]
Кýйбышев Kúibyshev ['kujbɪ-]
Курильские о-вá Kuril [ku'ri:l] Íslands ['aɪləndz], the Kuríls

Ла́гос (*столица Нигерии*) Lágos ['leɪ-]

Ла́дожское о́зеро Lake Ládoga ['læ-]

Ла-Ма́нш Énglish Chánnel

Лао́с Laos [lauz]

Ла-Па́с (*столица Боливии*) La Páz [lɑ:'pæz] (*см. тж.* Су́кре)

Ла́птевых мо́ре Láptev Sea

Ла́твия Látvia; **Латви́йская ССР** Látvian S.S.R.

Ле́на Léna ['leɪnə]

Ленингра́д Léningrad ['lenɪngræd]

Лесо́то Lesótho [lə'səutəu]

Либе́рия Libéria [laɪ'bɪərɪə]

Либреви́ль (*столица Габона*) Librevílle [li:-]

Лива́н Lébanon ['lebənən]

Ливерпу́ль Liverpool ['lɪvəpu:l]

Ли́вия Líbia ['lɪ-]

Лило́нгве (*столица Малави*) Lilóngwe

Ли́ма (*столица Перу*) Líma ['li:mə]

Лисабо́н Lísbon ['lɪz-]

Литва́ Lithuánia; **Лито́вская ССР** Lithuánian S.S.R.

Лихтенште́йн Liechtenstéin

Ломе́ (*столица Того*) Lomé [lɔ:'meɪ]

Ло́ндон Lóndon ['lʌ-]

Лос-А́нджелес Los Ángeles [lɔs'ændʒɪli:z]

Луа́нда (*столица Анголы*) Luánda [lu:'ændə]

Луса́ка (*столица Замбии*) Lusáka

Люксембу́рг Lúxemburg ['lʌ-]

Маври́кий Mauritius [mə'rɪjəs]

Маврита́ния Mauritánia [mɔrɪ'teɪnjə]

Магелла́нов проли́в Strait of Magéllan [-'ge-]

Мадагаска́р Madagáskar; **Демократи́ческая Респу́блика Мадагаска́р** the Democrátic Repúblic of Madagáskar

Мадри́д Madríd

Мала́бо (*столица Экваториальной Гвинеи*) Malábo

Мала́ви Maláwi [mə'lɑ:wi]

Мала́йзия Maláysia [mə'leɪzɪə]

Ма́ле (*столица Мальдивов*) Mále ['mɑ:leɪ]

Мали́ Máli ['mɑ:lɪ]

Мальди́вские о-ва́ Máldive ['mɔ:ldɪv] Íslands ['aɪləndz]; **Мальди́вы** the Máldives

Ма́льта Málta ['mɔ:-]

Мана́гуа (*столица Никарагуа*) Manágua [mɑ:'nɑ:gwɑ:]

Мана́ма (*столица Бахрейна*) Manáma [-'næ-]

Мани́ла (*столица Филиппин*) Maníla [-'nɪlə]

Ма́нчестер Mánchester ['mæntʃɪstə]

Мапу́ту (*столица Мозамбика*) Mapúto [-'pu:-]

Маро́кко Morócco

Ма́серу (*столица Лесото*) Máseru [-zəru:]

274

Маскат (*столица Омана*) Múscat ['mʌskæt]

Мбабане (*столица Свазиленда*) Mbabáne [-'bɑ:nɪ]

Мексика México ['meksɪkəu]

Мексиканский залив Gulf of México ['meksɪkəu]

Мельбурн Mélbourne ['meɪbən]

Мехико México ['meksɪkəu] Cíty ['sɪtɪ]

Минск Minsk

Миссисипи Mississíppi

Миссури Missóuri [-'zuərɪ]

Могадишо (*столица Сомали*) Mogadíshu [-'dɪʃu:]

Мозамбик Mozambíque [-'bi:k]

Молдавия Moldávia; Молдавская ССР Moldávian S.S.R.

Монако Mónaco ['mɔnə-]

Монголия Mongólia; Монгольская Народная Республика Mongólian People's Repúblic

Монреаль Montreál [-rɪ'ɔ:l]

Монровия (*столица Либерии*) Monróvia

Монтевидео (*столица Уругвая*) Montevidéo [-'deɪəu]

Морони (*столица Коморских островов*) Moróni [-'rəunɪ]

Москва 1) (*город*) Móscow ['mɔskəu] 2) (*река*) the 'Moskvá [-'vɑ:]

Мурманск Múrmansk

Мюнхен Múnich ['mju:-nɪk]

Найроби (*столица Кении*) Nairóbi [naɪə'rəubɪ]

Намибия Namíbia [-'mɪbɪə]

Нассау (*столица Багамских островов*) Nássau ['næsɔ:]

Нджамена (*столица Чада*) N'Djaména [ndʒɑ:-'menə]

Нева Néva ['neɪvə]

Непал Nepál [nɪ'pɔ:l]

Ниамей (*столица Нигера*) Niaméy [njɑ:'meɪ]

Нигер Níger ['naɪdʒə]

Нигерия Nigéria [naɪ-'dʒɪə-]

Нидерланды the Nétherlands

Никарагуа Nicarágua [-'ræ-]

Никосия (*столица Кипра*) Nicosía

Нил Nile [naɪl]

Новая Зеландия New Zéaland

Новая Земля Nóvaya ['nɔ:vɑ:jɑ:] Zemlyá [-'ljɑ:]

Новосибирск Novosibírsk

Норвегия Nórway

Нуакшот (*столица Мавритании*) Nouakchótt [nwɑ:k'ʃɔt]

Нью-Йорк New York ['nju:'jɔ:k]

Объединённые Арабские Эмираты United Árab ['ærəb] Emírates [-'mɪə-]

Обь Ob

Одесса Odéssa

Оксфорд Óxford

Оман Omán [əu'mɑ:n]

Осло Óslo ['ɔzləu]

Отта́ва Óttawa
Охо́тское мо́ре Sca of Okhótsk

Па-де-Кале́ Straic of Dóver
Пакиста́н Pakistán [-'tɑ:n]
Пами́р the Pamírs [pə-'mɪəz]
Пана́ма Panamá [-'mɑ:]
Пана́мский кана́л Panamá [-'mɑ:] Canál [-'næl]
Па́пуа Но́вая Гвине́я Pápua ['pæpjuə] New Guínea ['gɪnɪ]
Парагва́й Páraguay [-gwaɪ]
Пари́ж Páris ['pæ-]
Пеки́н Pekín(g)
Перу́ Perú [-'ru:]
Пирене́и Pýrenees
Пномпе́нь (столица Кампучии) Pnompénh, Pnom-Pénh [nɔm'pen]
Полине́зия Polynésia [-zjə]
По́льша Póland; По́льская Наро́дная Респу́блика Pólish People's Repúblic
Порт-Луи́ (столица Маврикия) Port Lóuis ['lu:-ɪs]
Порт-Мо́рсби (столица Папуа Новой Гвинеи) Port Móresby
По́рто-Но́во (столица Бенина) Pórto-Nóvo
Порт-о-Пре́нс (столица Гаити) Port-au-Prince [-'præns]
Порт-оф-Спе́йн (столица Тринидада и Тобаго) Port-of-Spáin

Порт-Саи́д Port Sáid ['seɪd]
Португа́лия Pórtugal
Пра́га Prague [prɑ:g]
Пра́я (столица Островов Зелёного Мыса) Práia ['praɪə]
Прето́рия (столица Южно-Африканской Республики) Pretória
Пуэ́рто-Ри́ко Puérto Ríco
Пхенья́н Pyóngyáng ['pjə:ŋ'jɑ:ŋ]

Раба́т (столица Марокко) Rabát
Рангу́н (столица Бирмы) Rangóon
Ре́йкьявик Réykjavik
Рейн Rhine [raɪn]
Ри́га Ríga ['ri:gə]
Ри́жский зали́в The Gulf of Ríga
Рим Rome
Ри́о-де-Жане́йро Río de Janéiro ['ri:əudədʒə'nɪərəu]
Росси́йская Сове́тская Федерати́вная Социалисти́ческая Респу́блика (РСФСР) Rússian Sóviet Féderative Sócialist Repúblic (RSFSR)
Росси́я Rússia ['rʌʃə]
РСФСР см. Росси́йская Сове́тская Федерати́вная Социалисти́ческая Респу́блика
Руа́нда Rwánda [ru:-'ændə]
Румы́ния Ro(u)mánia [ru:'meɪ-ɪ; Социалисти́ческая Респу́блика Румы́ния Sócialist Repúblic of Ro(u)mánia

276

Сальвадо́р El Salvadór

Сана́ (*столица Йеменской Арабской Республики*) Saná [sɑːˈnɑː]

Сан-Мари́но San Maríno [ˈriː-]

Сан-Сальвадо́р (*столица Сальвадора*) San Salvadór

Са́нто-Доми́нго (*столица Доминиканской Республики*) Sánto Domíngo

Сан-Томе́ (*столица Сан-Томе и Принсипи*) São Tomé [səʊŋtuːˈme]

Сан-Томе́ и При́нсипи São Tomé and Príncipe [səʊŋtuːˈmeænd ˈpriːnsiːpɪ]

Сантья́го (*столица Чили*) Santiágo [sæntɪˈɑːgəu]

Сан-Франци́ско San Francísco

Сан-Хосе́ (*столица Коста-Рики*) San José [sɑːnhəuˈzeɪ]

Сан-Хуа́н (*главный город Пуэрто-Рико*) San Juán [sænˈhwɑːn]

Сау́довская Ара́вия Saúdi [ˈsaudɪ] Arábia

Сахали́н Sakhalín [sækəˈliːn]

Сва́зиленд Swáziland [ˈswɑː-]

Свердло́вск Sverdlóvsk [-ˈɔvsk]

Севасто́поль Sevastópol

Се́верное мо́ре North Sea

Се́верный Ледови́тый океа́н the Árctic Ócean [ˈəufən]

Сейше́льские острова́ Seychélles [seɪˈʃelz]

Сенега́л Senegál [-ˈgɔːl]

Сент-Джо́рджес (*столица Гренады*) Saint Geórge's

Сиби́рь Sibéria [saɪˈbɪərɪə]

Си́дней Sýdney

Сингапу́р Singapóre

Си́рия Sýria [ˈsɪ-]

Соединённое Короле́вство Великобрита́нии и Се́верной Ирла́ндии United Kingdom of Great [greɪt] Brítain [ˈbrɪtn] and Nórthern Íreland

Соединённые Шта́ты Аме́рики (США) the United States of América [əˈmerɪ-] (USA)

Со́лсбери (*главный город Зимбабве*) Sálisbury [ˈsɔːlzbərɪ]

Сомали́ Sɒmália [-ˈmɑːlɪə]

Со́фия Sófia

Со́чи Sóchi

Сою́з Сове́тских Социалисти́ческих Респу́блик (СССР) the Únion of Sóviet Sócialist Repúblics (USSR)

Средизе́мное мо́ре Mediterránean Sea

СССР см. Сою́з Сове́тских Социалисти́ческих Респу́блик

Стамбу́л Istanbúl [-ˈbuːl]

Стокго́льм Stóckholm [-həum]

Су́ва (*столица Фиджи*) Súva [ˈsuː-]

Суда́н Sudán [suː-]

Су́кре (*столица Боливии*) Súcre [ˈsuːkrə] (*см. тж.* Ла-Па́с)

Суэ́цкий кана́л Súez [ˈsuːɪz] Canál [-ˈnæl]

277

США см. Соединённые Штаты Америки

Сьéрра-Леóне Siérra Leóne [-lɪˈəun]

Таджикистáн Tadjikistán; **Таджикская ССР** Tadjík S.S.R.

Таилáнд Tháiland [ˈtaɪlænd]

Тайвáнь Taiwán [taɪˈwæn]

Тáллин Tállinn

Танзáния Tanzanía [tænzəˈnɪə]

Ташкéнт Tashként

Тбилúси Tbilísi [-ˈliːsɪ]

Тегерáн (*столица Ирáна*) Teh(ə)rán [tɪəˈrɑːn]

Тегусигáльпа (*столица Гондурáса*) Tegucigálpa [-ˈgɑːlpɑː]

Тель-Авúв Tel Avív [-ə-ˈviːv]

Тéмза Thames [temz]

Тирáна Tirána [-ˈrɑːnɑː]

Тúхий океáн the Pacífic [-sɪ-] Ócean [ˈəuʃən]

Тóго Tógo

Тóкио Tókyo

Тринидáд и Тобáго Trínidad and Tobágo

Трúполи (*столица Лúвии*) Trípoli

Тунúс 1. (*страна*) Tunísia [-z-] 2. (*город*) Túnis

Туркменистáн Turkmenistán; **Туркмéнская ССР** Turkmén S.S.R.

Тýрция Túrkey

Тхúмпху (*столица Бутáна*) Thímphu [ˈθɪmpuː]

Тянь-Шáнь Tien Shan [-ˈʃɑːn]

Уагадýгу (*столица Верхней Вольты*) Ouagadóugou [wɑːgəˈduːguː]

Угáнда Ugánda

Узбекистáн Uzbekistán; **Узбéкская ССР** Uzbék S.S.R.

Украúна Ukráine; **Украúнская ССР** Ukráinian S.S.R.

Улáн-Бáтор (*столица Монгóльской Нарóдной Респýблики*) Ulán-Bátor [-ˈɑːnˈbɑː-]

Ульянóвск Uliánovsk

Урáл Úral

Уругвáй Úruguay [ˈuruɡwaɪ]

Федератúвная Респýблика Гермáнии Féderal [ˈfe-] Repúblic of Gérmany

Фúджи Fijí [fiːˈdʒiː]

Филадéльфия Philadélphia [fɪləˈdelfjə]

Филиппúны Philippines [ˈfɪlɪ-]

Финляндия Fínland

Фúнский залúв Gulf of Fínland

Фрáнция France [frɑːns]

Фритáун (*столица Сьéрра-Леóне*)) Fréetown

Фрýнзе Frúnze [ˈfruː-]

Хабáровск Khabárovsk [-ˈbɑː-]

Ханóй Hanói

Хартýм (*столица Судáна*) Khart(o)úm [kɑːˈtuːm]

Хáрьков Khárkov [ˈkɑː-]

Хéльсинки Hélsinki

Хуанхэ́ Hwáng Ho

Центральноафрика́нская Респу́блика Céntral African Repúblic

Чад Chad
Чёрное мо́ре Black Sea
Чехослова́кия Czechoslovákia [-'væ-]; Чехослова́цкая Социалисти́ческая Респу́блика Czechoslovák Sócialist Repúblic
Чика́го Chicágo [ʃɪ'kɑː-gəu]
Чи́ли Chíle ['tʃɪlɪ]
Чуко́тское мо́ре Chúckchee ['tʃuktʃɪ] Sea

Швейца́рия Switzerland
Шве́ция Swéden
Шотла́ндия Scótland
Шри Ланка́ Sri Lánka

Экваториа́льная Гвине́я Equatórial Guinéa ['gɪnɪ]
Экуадо́р Ecuadór [ekwə-]
Эль-Куве́йт (столица Кувейта) Al Kuwáit [ælku-'weɪt]
Эр-Рия́д (столица Сау-довской Ара́вии) Riyádh [rɪ'jɑːd]
Эсто́ния Estónia; Эсто́нская ССР Estónian S.S.R.
Эфио́пия Ethiópia [i:ɔɪ-]

Юго-за́падная А́фрика Sóuth-West África (см. Намибия)
Югосла́вия Yúgoslávia ['ju:gəu'slɑː-]; Социалисти́ческая Федерати́вная Респу́блика Югосла́вия Sócialist Féderal Repúblic of Yugoslávia
Южная Роде́зия Sóuthern Rhodésia [-'di:zjə]
Ю́жно-Африка́нская Респу́блика Repúblic of South África

Я́ва Jáva ['dʒɑːvə]
Я́лта Yálta
Яма́йка Jamáica
Янцзы́ Yángtze ['jæŋtsɪ]
Япо́ния Japán [dʒə'pæn]
Япо́нское мо́ре Sea of Japán [dʒə'pæn]
Яунде́ (столица Камеруна) Yaoundé [jɑː:u:n'deɪ]

Формула перевода шкалы t° Цельсия в шкалу Фаренгейта

$$F° = \frac{9}{5} C° + 32$$

Формула перевода шкалы t° Фаренгейта в шкалу Цельсия

$$C° = \frac{5}{9}(F° - 32)$$

ТАБЛИЦЫ МЕР И ВЕСОВ

1. Меры длины

русское наимен.	санти-метр (см)	метр (м)	кило-метр (км)	дюйм	фут	ярд	миля
англ. наимен.	centi-metre	metre	kilo-metre	inch In.	foot Ft.	yard	mile
1 см =				0,39			
1 м =	100			39,4	3,28	1,09	
1 км =		1000				1094	0,6
1 дюйм =	2,54						
1 фут =	30,5	0,3		12			
1 ярд =	91	0,9		36	3		
1 миля =		1609	1,6			1760	

2. Меры веса

русское наимен.	грамм (г)	кило-грамм (кг)	тонна (т)	унция	фунт
англ. наимен.	gram (gr.)	kilogram (kg)	tonne	ounce Oz.	pound Lb.
1 г =				0,035	
1 кг =	1000				2,2
1 т =		1000			2204,6
1 унция =	28,3				
1 фунт =	454	0,45		16	

3. Меры ёмкости жидких тел

русское наимен.	литр (л)	пинта	галлон
англ. наимен.	litre	pint	gallon Gal.
1 л =		1,76	0,22
1 пинта =	0,57		
1 галлон =	4,54	8	

4. Важнейшие единицы мер, применяемых в сельском хозяйстве

а) Меры земельной площади

русское наимен.	кв. метр (кв. м)	гектар (га)	акр
англ. наимен.	sq. metre	hectare	acre
1 га =	10 000		2,47
1 акр =	4 000	0,4	

б) Единицы измерения пшеницы

русское наимен.	тонна (т)	пуд	кг	бушель	фунт
англ. наимен.	tonne	pood	kg.	bushel	Lb.
1 т =		62,5	1000	36,9	2214
1 пуд =	0,016		16	0,6	36
1 бушель =	0,027	1,66	27,2		60

English-Russian

ОТ ИЗДАТЕЛЬСТВА

Настоящий «Карманный англо-русский словарь» входит в серию русско-иностранных и иностранно-русских карманных словарей. Издание этой серии вызвано значительным расширением связей Советского Союза с различными странами мира.

Данный словарь в основном ставит своей целью помочь советским гражданам и иностранцам, говорящим на английском языке, при устном общении. В словарь включено ограниченное число слов (8000), наиболее употребительных в быту, в путешествии, необходимых при посещении культурных, научных, хозяйственных учреждений и организаций и т. п. В словаре достаточно широко представлены спортивные термины и выражения, в том числе — все олимпийские виды спорта. При словах дается небольшое количество широко распространенных словосочетаний и готовых фраз.

В словаре приводятся названия большинства национальностей и языков мира. Список географических названий дан в конце словаря.

Так как словарь такого типа не ставит своей целью помочь в овладении языком, а служит только справочным пособием при живом общении представителей разных народов, грамматические сведения даны минимально.

Издательство просит направлять все замечания по адресу: 103009, Москва, К-9, Пушкинская ул., 23. Издательство «Русский язык».

5

О ПОЛЬЗОВАНИИ
СЛОВАРЕМ

Все основные английские слова расположены в словаре в строго алфавитном порядке.

Тильда (~) заменяет основное (черное) слово или первую часть производного или сложного слова, отделенную от второй его части параллельными линиями (‖), напр.:

> **violent** [ˈvaiələnt] сильный, неистовый;
> ~ **strúggle** ожесточённая борьба
> **wall‖-painting** [ˈwɔːlpeintiŋ] роспись стен;
> ~**paper** [-peipə] обои *мн.*

Если в одном из значений слово пишется с прописной буквы, то вместо тильды в скобках дается соответствующая прописная буква с точкой. В примерах прописная буква дается без скобок, напр.:

> **congress** [ˈkɔŋgres] 1) съезд *м;* конгрéсс *м;*
> **Párty** C. съезд партии 2) (C.) конгрéсс США

При ведущем слове словарного гнезда в квадратных скобках дается его произношение по международной фонетической системе. При последующих основных словах словарной статьи транскрипция, как правило, дается частично, напр.:

> **build** [bild] (built) строить; ~**in** встраивать;
> ~**er** [-ə] строитель *м;* ...
> **yacht** [jɔt] яхта *ж;* ... ~**-club** [-klʌb] яхт-
> -клуб *м;* ...

При омонимах транскрипцией снабжается только первое слово. Ударение в транскрипции дается перед ударным слогом.

На двусложных и многосложных английских и русских словах, а также на английских дву‗

сложных словах со слоговым l или r даются ударения, напр.: wórker, английский, táble. На поясняющих (курсивных) словах ударение не дается. На русских односложных словах ударение ставится лишь в тех случаях, когда оно переходит со значащего слова на служебное, напр.: пóд руку, а также в некоторых оборотах, напр.: нé за что. Если в слове возможны два варианта ударения, даются оба, напр.: общúна.

Омонимы выделяются в отдельные гнезда и обозначаются полужирными римскими цифрами, напр.:

bat I [bæt] летучая мышь

bat II *спорт.* битá *ж*

Внутри гнезда разные части речи обозначаются полужирными арабскими цифрами с точкой. Разные значения одного и того же слова обозначаются светлыми арабскими цифрами со скобкой. Разные значения фразеологических и глагольно-наречных словосочетаний — русскими буквами со скобкой, напр.:

warm [wɔːm] ... **2.** *v* грéть(ся), нагревáть (-ся); **~ up** а) подогревáть; б) *спорт.* дéлать размúнку; ...

В тех случаях, когда английское слово (или одно из его значений) чаще всего употребляется в определенном словосочетании, а также когда для данного словаря важно дать его лишь в определенном словосочетании, после этого слова (или после соответствующей цифры) ставится двоеточие, за которым следует словосочетание и его перевод, напр.:

ball-point [ˈbɔːlpɔint]: **~ pen** шáриковал рýчка

Для разграничения британского и американского употребления и произношения слов, в словаре используются пометы *брит.* и *амер.*

Отдельные словосочетания, не относящиеся ни к одному из значений, данных в словарной статье, помещаются за знаком ромб (◈), напр.:

bit l [bit] кусóчек *м* ◈ wait a **~** подождúте немнóго; not a **~** ничýть

При переводе слова близкие значения отделяются друг от друга запятой, более далекие значения — точкой с запятой.

Слово, часть слова или выражения, взятые в круглые скобки, являются факультативными (необязательными), напр.:

aford [ə′fɔ:d] ... I can't ~ (to buy) it это для меня слишком дорого

В круглых скобках дается также вариант перевода или вариант словосочетания с соответствующим переводом, напр.:

hail II... 2) окликать; ~ a táxi остановить (подозвать) такси

winter [′wɪntə] зима́ ж; last (next)~ прошлой (будущей) зимой; ...

В ряде случаев значение слова или отдельное выражение снабжается стилистической пометой или пометой, указывающей область применения, напр.:

baton [′bætən; *амер.* bə′tɔn] 1) *муз.* дирижёрская па́лочка 2) *спорт.* эстафе́тная па́лочка; ...

В случае перевода английского слова многозначным русским словом при последнем дается пояснение или пример, напр.:

bulletin [′bulɪtɪn] бюллете́нь *м* (*официальное сообщение*)

Для того чтобы облегчить пользование словарем людям, говорящим по-английски, но слабо знающим русский язык, к различным значениям многозначных английских слов и омонимам даны пояснения на английском языке, напр.:

virtue [′və:tju:] 1) доброде́тель *ж* 2) достоинство *с* (*merit*)

Иногда вместо пояснения дается короткий пример.

В помощь иностранцам дается также расшифровка условных сокращений на английском языке (см. стр. 13—15).

8

Перевод глаголов, как правило, дается в несовершенном виде.

Неправильно образующиеся формы глаголов, степеней сравнения прилагательных и наречий, а также формы множественного числа имен существительных приводятся в скобках непосредственно после черного слова или соответствующей части речи в словарном гнезде, напр.:

come [kʌm] (came; come)...
good [gud] 1. *a* (bétter; best)...
goose [gu:s] (*pl* geese)...

Эти формы приводятся на своем алфавитном месте со ссылкой на основное слово.

При глаголах точкой с запятой разделены формы past и past participle, при наречиях и прилагательных — сравнительная и превосходная степени.

Если при глаголе дана лишь одна форма, это значит, что формы past и past participle совпадают.

Грамматическая помета множественного числа (*pl*) дается при тех английских существительных, которые согласуются с глаголами во множественном числе.

Предложное управление приводится лишь тогда, когда оно представляет трудность для перевода.

При русских словах указывается род.

NOTE TO THE
ENGLISH USER
OF THE
DICTIONARY

Every head-word is given in the dictionary in its alphabetical order. The tilde (~) substitutes the head-word, or the first part of a derivative and a compound, followed by the sign (‖), e.g.:

wall-painting ['wɔːlpeɪntɪŋ] роспись стен; ~paper [-peɪpə] обои *мн.*

If the word is capitalized when used in one of its senses, the capital letter is given in parentheses instead of the tilde. In phrases parentheses are omitted, e.g.:

congress ['kɔŋgres] 1) съезд *м;* конгресс *м;* Party C. съезд партии 2) (C.) конгресс США

Pronunciation of every head-word is given in the international phonetic transcription, the derivatives and compounds being transcribed as a rule only partly, e.g.:

build [bɪld] (built) строить; ~ in встраивать; ~er [-ə] строитель *м;* ...

The stress is applied both to Russian and English twosyllable and polysyllabic words as well as to English words with syllabic consonants.

The stress-mark in transcription is put before the syllable to be accented, e.g.: wórker, английский, táble. A monosyllabic preposition, when stressed in a phrase, bears the stress-mark, e.g.: пóд руку, as well as other monosyllabic words in certain phrases, e.g.: нé за что. Whenever either of the two stress variants is possible in a Russian word both are indicated, e.g.: óбщина.

The senses given are marked by arabic num -
bers: 1)... 2)... Whenever a phrase or a complex verb* is given in more than one sense, the
senses are indicated by letters of the Russian
alphabet: а)... б)...

It proves to be useful sometimes to include
in the Dictionary a phrase in which a certain
word is used most often. In this case the translation is given only of the phrase, e.g.:

    ball-point ['bɔ:lpɔɪnt]: ~ pen шариковая
    ручка

Specific usages of words and phrases are
preceded by the sign (◈), e.g.:

    bit I [bɪt] кусочек *м* ◈ wait a ~ подождите
    немного; not a ~ ничуть

When the head-word in one of its senses
is translated by more than one Russian word
synonyms in the translation are separated by
a comma, otherwise by a semi-colon.

To save space a possible version in phrase
translation is sometimes given in parentheses
e.g.:

    hail II ... 2) окликать; ~ a táxi остано-
    вить (подозвать) такси

The entry in which parentheses are used
both in the English sentence and its Russian
translation, e.g.:

    winter ['wɪntə] зима *ж*; last (next) ~ прош-
    лой (будущей) зимой; ...
should read as follows:

    last ~ прошлой зимой,
    next ~ будущей зимой.

Italics are used to indicate notes and abbreviations.

The Russian verbs are as a rule given in
the "imperfective aspect" (несовершенный вид).

---

    *) verb and an adverb, e.g. make up.

The Russian nouns are supplied with indications of gender (see Abbreviations Used in the Dictionary).

The choice of the correct Russian equivalent by the English user who has a poor command of the Russian language is facilitated by a number of notes, examples of usage and other indications, with which every polysemantic word is supplied.

The reader should consult the Abbreviations Used in the Dictionary to find their translations.

УСЛОВНЫЕ СОКРАЩЕНИЯ

Abbreviations Used in the Dictionary

Russian — русские

ав. авиация — aeronautics

австрал. употребительно в Австралии — used in Australia

авто автомобилизм, автотуризм — car travel

амер. американизм — American usage

анат. анатомия — anatomy

астр. астрономия — astronomy

биол. биология — biology

бокс бокс — boxing

бот. ботаника — botany

брит. употребляется в Великобритании — British usage

воен. военное дело, военный термин — military

г. город — city

геогр. география — geography

дат. п. дательный падеж — dative case

дип. дипломатический термин — diplomacy

ед. ч. единственное число — singular

ж женский род — feminine gender

ж.-д. железнодорожный транспорт — railway

иск. искусство — arts

карт. термин карточной игры — used in the game of cards

кино кинематография — cinematography

ком. коммерческий термин — commercial

косв. п. косвенный падеж — objective case

косм. космонавтика — space technology

м мужской род — masculine gender

мат. математика — mathematics

мед. медицина — medicine

мин. минералогия — mineralogy

мн. ч. множественное число — plural

мор. морское дело, морской термин — nautical

муз. музыка, музыкальный — music, musical

накл. наклонение — mood

наст. настоящее время — present tense

нескл. несклоняемое слово — indeclinable

о-в остров — island

ол. олимпийский — Olympic

особ. особенно — especially

парл. парламентский термин — Parliament(ary)

перен. — в переносном значении — used figuratively

полит. политический термин — politics

превосх. ст. превосходная степень — superlative degree

прош. прошедшее время — past tense

р. река — river

радио радиотехника — radio

разг. разговорное слово, выражение — colloquial(ly)

рел. религия — religion

род. п. родительный падеж —genitive case

с средний род — neutral gender

см. смотри — see

собир. собирательное (существительное), собирательно — collective(ly)

спорт. физкультура и спорт — sports

сравн. ст. сравнительная степень — comparative degree

сущ. имя существительное — noun

с.-х. сельское хозяйство — agriculture

тв. п. творительный падеж — instrumental case

театр. театральный термин — theatrical

текст. текстильное дело — textiles

тех. техника — engineering

тж. также — also

тлв. телевидение — television

тяж. атл. тяжелая атлетика — weight lifting

фехт. фехтование — fencing

физ. физика — physics

филос. философия — philosophy

фин. финансовый термин — finance

фото фотография — photography

футб футбол — soccer

хим. химия — chemistry

шахм. шахматы — chess

эк. экономика — economics

эл. электротехника — electrical engineering

14

юр. юридический термин — law

English — английские

a adjective — имя прилагательное
adv adverb — наречие
cj conjunction — союз
conjunct conjunctive (pronoun) — соединительное (местоимение)
demonstr demonstrative (pronoun) — указательное (местоимение)
etc et cetera — и так далее
inf infinitive — неопределенная форма глагола
interj interjection — междометие
interrog interrogative (pronoun) — вопросительное (местоимение)
n noun — имя существительное
num numeral — имя числительное
pl plural — множественное число
pp past participle — причастие прошедшего времени
prep preposition — предлог
presp present participle — причастие настоящего времени
pron pronoun — местоимение
relat relative (pronoun) — относительное (местоимение)
smb somebody — кто-либо
smth something — что-либо
v verb — глагол

АНГЛИЙСКИЙ
АЛФАВИТ

A a	G g	N n	U u
B b	H h	O o	V v
C c	I i	P p	W w
D d	J j	Q q	X x
E e	K k	R r	Y y
F f	L l	S s	Z z
	M m	T t	

A

a [eɪ] *неопределён-ный артикль (не переводится)* ◇ once a day (a year) раз в день (в год)

abandon [ə'bændən] 1) покидать, оставлять 2) отказываться от

abbey ['æbɪ] аббатство *с*; Wéstminster ~ Вестминстерское аббатство

abbreviation [əbri:-vɪ'eɪʃn] сокращение *с*, аббревиатура *ж*

ABC ['eɪbi:'si:] 1) алфавит *м*, азбука *ж* 2) основы *мн.*; ~ of chémistry основы химии; ~-book [-buk] букварь *м*

abdomen ['æbdəmen] брюшная полость, живот *м*

abduct [æb'dʌkt] похищать

ability [ə'bɪlɪtɪ] способность *ж*; умение *с*

able ['eɪbl] 1) способный 2) be ~ мочь, быть в состоянии; смочь; will you

be ~ to come? вы сможете прийти?

aboard [ə'bɔ:d] на борту; на корабле; *амер.* в поезде; all ~! *амер.* посадка окончена!

abolish [ə'bɔlɪʃ] отменять, упразднять

abolition [æbəu'lɪʃn] отмена *ж*, упразднёние *с*

A-bomb['eɪ'bɔm]атомная бомба

about [ə'baut] 1. *adv* 1) кругом; поблизости; sómewhere ~ где-то здесь 2) около, приблизительно; it's ~ two o'clock сейчас около двух часов 2. *prep* 1) о, относительно 2) по; walk ~ the streets бродить по улицам ◇ be ~ to + *inf* собираться (*что-л. сделать*); I am ~ to go я собираюсь уходить; what ~ dínner? как насчёт обеда?; I'll see ~ it я позабочусь об этом

above [ə'bʌv] 1. *prep* 1) над; ~ the sea lével

17

над уровнем моря
2) свыше; сверх; ~
measure сверх меры
❖ ~ all самое главное;
в первую очередь 2.
adv наверх

abroad [ə'brɔːd] за
границей; за границу; he's never
been ~ он никогда
не был за границей;
go ~ поехать за границу; from ~ из-за
границы

abrupt [ə'brʌpt] 1)
резкий, внезапный; ~
turn резкий (крутой)
поворот 2) крутой,
обрывистый *(steep)*

absence ['æbsəns] отсутствие *с*

absent ['æbsənt] отсутствующий; be ~ отсутствовать; ~-minded
[-'maindid] рассеянный

absolute ['æbsəluːt]
1) абсолютный, неограниченный; ~ monarchy неограниченная
монархия 2) полный; ~
trust полное доверие; ~ly
[-li] совсем; совершенно

abstain [əb'stein] воздерживаться; ~ from
voting воздержаться
при голосовании

abstract ['æbstrækt] отвлечённый, абстрактный

absurd [əb'səːd] нелепый, смешной; ~ity
[-iti] нелепость *ж*

abundance [ə'bʌndəns]
изобилие *с*

abundant [ə'bʌndənt]
обильный; ~ in smth
изобилующий чем-л.

abuse [ə'bjuːz] злоупотреблять

A.C. ['ei'siː] (alternating current) *эл.*
переменный ток

academic [ækə'demik]
академический; университетский; ~ freedoms академические
свободы *(права университетов и свобода
студенческого волеизъявления)*

academy [ə'kædəmi]
1) академия *ж;* the A.
Лондонская Академия
Художеств 2) (специальное) училище;
Military A. военное
училище

accelerate [ək'seləreit] ускорять(ся)

accelerator [ək'seləreitə] *авто* акселератор *м*

accent ['æksənt] 1)
ударение *с* 2) произношение *с,* акцент
м; foreign ~ иностранный акцент

accept [ək'sept] принимать; ~ a gift
принять подарок (дар);
~ed [-id] общепринятый

access ['ækses] доступ *м;* ~ible [ək'sesəbl] доступный

accident ['æksɪdənt] (несчáстный) слýчай; meet with (be in) an ~ попáсть в авáрию (катастрóфу), потерпéть авáрию; by ~ случáйно, нечáянно; ~al [æksɪ'dentl] случáйный; ány coíncidence is púrely ~al любóе схóдство являéтся чисто случáйным; ~ally[æksɪ'dentəlɪ]случáйно, нечáянно

accommodation [əkɔmə'deɪʃn] помещéние с; do you províde ~? предоставляете ли вы жильё?

accompaniment[ə'kʌmpənɪmənt] аккомпанемéнт м; to the ~ (of) под аккомпанемéнт

accompanist [ə'kʌmpənɪst] аккомпаниáтор м, концертмéйстер м

accompany [ə'kʌmpənɪ] 1) сопровождáть 2) муз. аккомпанировать

accomplish [ə'kɔmplɪʃ] выполнять; завершáть; ~ed [-t] закóнченный, совершéнный; ~ed musícian закóнченный музыкáнт

accordance [ə'kɔ:dəns]: in ~ with соглáсно, в соотвéтствии с

according [ə'kɔ:dɪŋ]: ~ to соглáсно; ~ly [-lɪ] соотвéтственно

accordion [ə'kɔ:djən] аккордеóн м

account [ə'kaunt] **1.** n 1) счёт м; cúrrent ~ текýщий счёт; séttle ~s оплатить счетá; рассчитáться 2) отчёт м; néwspaper ~ отчёт в газéте ◇ on ~ of из-за; take ínto ~ принимáть во внимáние **2.** v считáть; ~ for объяснять; is éverybody ~ed for? все ли налицó?

accuracy ['ækjurəsɪ] тóчность ж, прáвильность ж

accurate ['ækjurɪt] 1) тóчный; ~ translátion тóчный перевóд 2) мéткий (in shooting)

accusation [ækju:'zeɪʃn] обвинéние с

accuse [ə'kju:z] обвинять; ~ smb of smth обвинить когó-л. в чём-л.; he is ~d of ... он обвиняется в ...

accustom [ə'kʌstəm] приучáть; get ~ed to привыкáть к

ace [eɪs] 1) карт. туз м 2) первоклáссный лётчик, ас м

ache [eɪk] боль ж

achieve [ə'tʃi:v] достигáть; ~ment [-mənt] достижéние с

acknowledge [ək'nɔ-lɪdʒ] 1) признава́ть; ~ one's mistáke призна́ть оши́бку 2) подтвержда́ть; ~ the recéipt подтверди́ть получе́ние; ~ment [-mənt] призна́ние с

acoustics [ə'ku:stɪks] аку́стика ж

acquaint [ə'kweint] знако́мить; get ~ed with познако́миться с; ~ance [-əns] 1) знако́мство с; make sómeone's ~ance познако́миться с кем-л.; I'm véry háppy to make your ~ance о́чень прия́тно познако́миться 2) знако́мый м; an ~ance of mine мой знако́мый

acre ['eɪkə] акр м.

acrobat ['ækrəbæt] акроба́т м; ~ic [ækrəu'bætɪk] акробати́ческий; ~ic act акроба́тический но́мер; ~ics [ækrəu'bætɪks] акроба́тика ж

across [ə'krɔs] 1. prep че́рез; сквозь ◇ help (smb) ~ the street помо́чь (кому-л.) перейти́ у́лицу 2. adv поперёк

act [ækt] 1. n 1) посту́пок м; ~ of cóurtesy акт ве́жливости 2) постановле́ние с; зако́н м (document) 3) театр. акт м 2. v

1) де́йствовать 2) игра́ть; who's ~ing Hámlet? кто игра́ет Га́млета?; ~ as выступа́ть в ка́честве; ~ for замеща́ть; ~ing [-ɪŋ] 1. a вре́менно исполня́ющий обя́занности; ~ing mánager исполня́ющий обя́занности дире́ктора 2. n театр. игра́ ж

action ['ækʃn] 1) де́йствие с 2) юр. иск м; bring an ~ agáinst smb возбуди́ть де́ло про́тив кого-л. ◇ killed in ~ пал на по́ле бо́я

active ['æktɪv] де́ятельный, акти́вный

activity [æk'tɪvɪtɪ] 1) акти́вность ж 2) pl де́ятельность ж

actor ['æktə] актёр м

actress ['æktrɪs] актри́са ж

actual ['æktʃuəl] действи́тельный, факти́ческий; ~ly ['æktʃuəlɪ] 1) факти́чески, на са́мом де́ле 2) в настоя́щее вре́мя (now)

acute [ə'kju:t] о́стрый; ~ pain о́страя боль

ad [æd] = advértisement

adapt [ə'dæpt] 1) приспоса́бливать; ~ onesélf приспосо́биться 2) адапти́ровать; ~ed book адаптированная книга

add [æd] прибавлять; добавлять ◈ that doesn't ~ up to much это совсем немного

addition [ə'dıʃn] 1) добавление c 2) мат. сложение c ◈ in ~ to сверх, вдобавок

address [ə'dres] **1.** *n* 1) адрес *м*; give me your ~, please дайте мне, пожалуйста, ваш адрес 2) обращение *c*; речь *ж (speech)* **2.** *v* 1) адресовать, направлять; how do you ~ a letter in Russian? как написать адрес по-русски? 2): ~ smb обращаться к кому-л.; ~ee [ædre'si:] адресат *м*

adequate ['ædıkwıt] достаточный, удовлетворительный

adhesive [əd'hi:sıv]: ~ tape клейкая лента, „скотч" *м*

adjourn [ə'dʒə:n] 1) отсрочивать, откладывать; ~ed game *шахм.* отложенная партия 2) закрывать *(данное заседание в серии заседаний)*; the meeting is ~ed заседание объявляется закрытым 3) делать перерыв *(в заседа-*

ниях); the meeting is ~ed till... объявляется перерыв до...

adjust [ə'dʒʌst] 1) приводить в порядок; ~ your tie! поправьте галстук! 2) приспособлять *(adapt);* регулировать *(set)*

administration [ədmı-nıs'treıʃn] 1) управление *c*; администрация *ж* 2) *амер.* правительство *c*

admiral ['ædmərəl] адмирал *м*; ~ty [-tı] адмиралтейство *c*; the Admiralty Морское министерство *(в Англии)*

admiration [ædmə-'reıʃn] восхищение *c*, восторг *м*

admire [əd'maıə] восхищаться

admission [əd'mıʃn] 1) допущение *c* 2) признание *c (acknowledgement)* 3) вход *м*; "no ~!" „посторонним вход воспрещён!" *(надпись);* ~ free вход бесплатный

admit [əd'mıt] **1)** принимать *(to school, etc)* 2) допускать, пропускать; this ticket will ~ two to the concert это билет на концерт на двоих 3) допускать, признавáть; I ~ that... признаю, что...

adopt [ə'dɔpt] 1) усыновлять 2) принимáть; ~ a méthod принять метод

adorn [ə'dɔ:n] украшáть

adult ['ædʌlt] взрóслый; "~s ónly" „тóлько для взрóслых" (*надпись*)

advance [əd'va:ns] 1. *n* 1) прогрéсс *м*, подъём *м* (*of science, education, etc*) 2) фин. авáнс *м* ◇ A. bóoking-óffice кáсса предварительной продáжи билéтов; in ~ зарáнее 2. *v* 1) продвигáть(ся); успéшно развивáть(ся) 2): the date of the cónference is ~d to... конферéнция перенесенá на ... (*более рáнний срок*) 3) выдáть авáнс; давáть ссýду; can you ~ me some móney? не мóжете ли вы одолжить мне дéнег?; ~d [-t] передовóй

advantage [əd'va:ntidʒ] преимýщество *с*; have the ~ имéть преимýщество (over — над); take ~ of (*smth*) воспóльзоваться (*чем-л.*)

adventure [əd'ventʃə] 1) приключéние с

2) авантюра *ж* (*political, etc*)

advertise ['ædvətaiz] реклами́ровать; ~ment [əd'və:tismənt] объявлéние *с*; реклáма *ж*

advice [əd'vais] совéт *м*; take my ~ послéдуйте моемý совéту; give ~ дать совéт; on his ~ по егó совéту

advise [əd'vaiz] совéтовать; ~ on (*smth*) консультировать по (*проблеме, вопросу и т.п.*); ~r [-ə] совéтник *м*, консультáнт *м*; légal ~r юрисконсýльт *м*

advisory [əd'vaizəri] консультати́вный

advocate 1. *n* ['ædvəkit] сторóнник *м*; защи́тник *м* (*тж. юр.*) 2. *v* ['ædvəkeit] выступáть за; защищáть; he ~s the idéa of péaceful séttlement он сторóнник мирного урегули́рования

aerial ['ɛəriəl] 1. *n* антéнна *ж* 2. *a* воздýшный

"Aeroflot" ['ɛərəflɔt] „Аэрофлóт" *м* (*совéтское агéнтство воздýшных сообщéний*)

aesthetic [i:s'θetik] эстети́ческий; ~s [-s] эстéтика *ж*

affair [ə'feə] дело
c (matter); state of
~s состояние дел

affection [ə'fekʃn]
привязанность ж; ~
ate [-it] любящий;
нежный; ~ately [-itli]:
yours ~ately . . . лю-
бящий вас (тебя) . . .
(в письме)

affirm [ə'fə:m] ут-
верждать; ~ative[-ətiv]
утвердительный; án-
swer in the ~ative от-
ветить утвердительно

afford [ə'fɔːd] быть
в состоянии, позво-
лять себе; I can't
~ (to buy) it это
для меня слишком
дорого

Afghan ['æfgæn] **1.**
a афганский **2.** n
1) афганец м, афган-
ка ж 2) афганский
язык

afghani [æf'gænɪ] аф-
гани ж, нескл. (Af-
ghan monetary unit)

afraid [ə'freid]: be
~ бояться (of smb,
smth — кого-л., чего-л.;
for smb, smth — за
кого-л., что-л.)

afresh [ə'freʃ] заново,
ещё раз

African ['æfrɪkən] **1.**
a африканский **2.** n
африканец м, афри-
канка ж

after ['aːftə] **1.** prep
1) после; ~ break-
fast после завтрака
2) за; day ~ day
день за днём ◆ ~
all всё-таки, в конце
концов **2.** adv по-
том, затем **3.** cj после
того как; ~ we
arrived . . . после того,
как мы приехали . . .

afternoon ['aːftə'nuːn]
послеполуденное вре-
мя; this ~ сегодня
днём; in the ~ во
второй половине дня,
после обеда; ~
méeting дневное за-
седание; good ~!
добрый день!

afterwards ['aːftəwədz]
потом, впоследствии

again [ə'gen] опять,
снова; once ~ ещё раз

against [ə'genst] против; be ~ a pro-
pósal выступить про-
тив предложения; those
~? кто против?

age [eɪdʒ] 1) воз-
раст м; what is
your ~ and occu-
pátion? ваш возраст
и род занятий?; be
únder ~ быть не-
совершеннолетним 2)
век м; the Middle
Áges средние века

agency ['eɪdʒənsɪ]
агентство c; news ~
телеграфное агентство;
UN spécialized ~
специализированное уч-
реждение ООН

agenda [ə'dʒendə] повестка дня; be on the ~ стоять на повестке дня; item of the ~ пункт повестки дня

agent ['eidʒənt] агент *м*; представитель *м*

aggravate ['ægrəveit] усугублять, отягощать, ухудшать

aggression [ə'greʃn] агрессия *ж*

agitate I ['ædʒiteit]: be ~d волноваться, быть возбуждённым

agitate II агитировать (for — за)

agitation I [ædʒi'teiʃn] волнение *с* (excitement)

agitation II агитация *ж*

ago [ə'gəu] тому назад; two days ~ два дня тому назад

agrarian [ə'greəriən] аграрный; ~ reform земельная реформа

agree [ə'gri:] соглашаться; договариваться; I ~ with you я согласен с вами; I don't ~ to this я не согласен на это; let's ~ on the following давайте договоримся о следующем; ~able [ə'griəbl] приятный; ~ment [-mənt] 1) соглашение *с*, согласие *с*; come

to an ~ment прийти к соглашению 2) соглашение *с*, договор *м*; trade ~ment торговое соглашение

agricultural [ægri'kʌltʃərəl] сельскохозяйственный

agriculture ['ægrikʌltʃə] сельское хозяйство; I'm engaged in ~ я занимаюсь сельским хозяйством

ahead [ə'hed] вперёд; впереди; go straight ~ идите прямо вперёд; go ~! продолжайте!; who's ~? *спорт.* кто выигрывает?, кто ведёт?

aid [eid] **1.** *n* помощь *ж* **2.** *v* помогать

aim [eim] **1.** *n* цель *ж*; намерение *с*; take ~ целиться **2.** *v* 1) прицеливаться (in shooting) 2) стремиться (at — к) (strive)

air [eə] **1.** *n* 1) воздух *м*; go by ~ лететь самолётом; post by ~ послать авиапочтой 2) *муз.* ария *ж* ◇ what's on the ~ today? что сегодня передают по радио? **2.** *a* воздушный;

24

авиацио́нный; ~ sér-
vice возду́шное сооб-
ще́ние; ~ líner пасса-
жи́рский (ре́йсовый)
самолёт; ~ mail
авиапо́чта *ж* 3. *v*
прове́тривать; ~condi-
tioning[-kən'diʃəniŋ]кон-
дициони́рование во́з-
духа; ~craft [-kraːft]
1) самолёт *м*; the
TU-144 ~craft са-
молёт „ТУ-144" 2)
авиа́ция *ж*; the
énemy ~craft авиа́-
ция проти́вника; ~field
[-fiːld] аэродро́м *м*
(небольшой)
"Air France" ['ɛə-
'fraːns] „Эр Франс"
*(французская авиа-
компания)*
"Air India Inter-
national" ['ɛər'indjəin-
tə:'næʃənl] „Эр Ин-
дия Интернэ́шнл" *(ин-
дийская авиакомпания)*
air‖line ['ɛəlain] авиа-
ли́ния *ж*; ~pocket
[-pɔkit] *ав.* возду́ш-
ная я́ма; ~port [-pɔːt]
аэропо́рт *м*
aisle [ail] *амер.* про-
хо́д *м* *(между
рядами)*
alarm [ə'laːm] 1. *n*
трево́га *ж* 2. *v*
(вс)трево́жить; ~clock
[-klɔk] буди́льник *м*
Albanian [æl'beinjən]
1. *a* алба́нский 2. *n*
1) алба́нец *м*, ал-

ба́нка *ж* 2) алба́н-
ский язы́к
album ['ælbəm] 1)
альбо́м *м* 2) (грам-
мофо́нная) пласти́нка;
набо́р пласти́нок; her
látest ~ of folk
songs is all sold out
после́дняя пласти́нка
наро́дных пе́сен в
её исполне́нии рас-
про́дана
alcohol ['ælkəhɔl]
спирт *м*, алкого́ль *м*
alderman ['ɔːldəmən]
брит. 1) член город-
ско́го управле́ния *(in
a city)* 2) член
сове́та гра́фства *(in
a county)*
ale [eil] эль *м*,
све́тлое пи́во
Algerian [æl'dʒiəriən]
1. *a* алжи́рский 2. *n*
алжи́рец *м*, алжи́рка *ж*
alien ['eiljən] 1. *n*
иноподда́нный *м* 2.
a чу́ждый; иноземный
(foreign)
alike [ə'laik] 1. *a*:
be ~ быть похо́-
жим(и) 2. *adv* равно́,
одина́ково
alive [ə'laiv] 1)
живо́й *(living)* 2)
бо́дрый *(active)*
all [ɔːl] 1. *a* 1) весь,
вся, всё, все; ~ my
friends все мои́
друзья́ 2) вся́кий;
beyónd ~ doubt вне
вся́кого сомне́ния 2.

25

n. всё, все; ~ of them (us) все они (мы); that's ~ это всё; in ~ всего **3.** *adv* всецело, полностью ❖ ~ alóne один; ~ óver повсюду; ~ agáin всё сначала; ~ the bétter тем лучше; ~ the same всё равно; at ~ совсем, совершенно; I'll be there befóre eight if at ~ я буду там к восьми, если я вообще приду; thank you. — Not at ~ спасибо. — Не за что

allergy ['ælədʒı] аллергия *ж*

alley ['ælı] 1) аллея *ж*; 2) узкая улица, переулок *м* *(lane)*

alliance [ə'laıəns] союз *м*

allow [ə'lau] разрешать, позволять; ~ no deviátions не допускать отклонений; ~ance [-əns] годовое (месячное) содержание, пособие ❖ make ~ances for учитывать, делать скидку на

all right ['ɔ:l'raıt]: ~! хорошо!, ладно! (согласен!); it's ~ всё в порядке; I'm quite ~ у меня

всё в порядке; я цел и невредим

allude [ə'lu:d] намекать, ссылаться (to *smth* — на *что-л.*)

allusion [ə'lu:ʒn] 1) намёк *м* *(hint)* 2) ссылка *ж* *(reference)*

ally 1. *n* ['ælaı] союзник *м* **2.** *v* [ə'laı]: be allied with вступать в союз; объединяться

almost ['ɔ:lməust] почти; едва не; ~ all почти все

alone [ə'ləun] один, одинокий; can you do it ~? вы можете это сделать сами?; you ~ can do it только вы можете это сделать

along [ə'lɔŋ] вдоль по; let's walk ~ the street (давайте) пройдёмся по улице ❖ come ~! пошли!; get ~ with smb ладить с кем-л.; get ~ with smth делать успехи в чём-л.; ~side [-'saıd] вдоль ❖ ~side with наряду с

aloud [ə'laud] громко, вслух

alphabet ['ælfəbıt] алфавит *м*

Alpine ['ælpaın]: ~ skíing *сп.* горнолыжный спорт

already [ɔ:l'redɪ] уже́; the train has ~ left по́езд уже́ ушёл

also ['ɔ:lsəu] та́кже, то́же

altar ['ɔ:ltə] алта́рь *м*

alter ['ɔ:ltə] (видо-)изменя́ть(ся); ~ the itinerary измени́ть маршру́т; ~ a skirt переши́ть ю́бку; **~ation** [ɔ:ltə'reɪʃn] переде́лка *ж*

alternative [ɔ:l'tə:nətɪv] альтернати́ва *ж*, вы́бор *м*; I've got no ~ у меня́ нет вы́бора; I am in favour of the third ~ я за тре́тий вариа́нт

although [ɔ:l'ðəu] хотя́, несмотря́ на

altitude ['æltɪtju:d] высота́ *ж* (*тж.* над у́ровнем мо́ря); at high (low) ~ на большо́й (небольшо́й) высоте́

alto ['æltəu] *муз.* 1) контра́льто *с* (*lowest female voice*) 2) альт *м* (*highest male voice*)

altogether [ɔ:ltə'geðə] вполне́, всеце́ло; it's ~ different э́то соверше́нно друго́е де́ло; it's ~ bad э́то никуда́ не годи́тся

always ['ɔ:lweɪz] всегда́

am [æm] *1 л. ед. ч. наст. от* be

a.m. ['eɪ'em] (ánte merídiem) до полу́дня; 5 a.m. 5 часо́в утра́

amalgamated [ə'mælgəmeɪtɪd] объединённый, соединённый

amateur ['æmətə:] **1.** *n* люби́тель *м* **2.** *a* люби́тельский; ~ performances самодея́тельность *ж*; ~ theátricals самодея́тельный спекта́кль

amaze [ə'meɪz] изумля́ть; **~ment** [-mənt] изумле́ние *с*

ambassador [æm'bæsədə] посо́л *м*; A. Extraórdinary and Plenipoténtiary чрезвыча́йный и полномо́чный посо́л

ambiguous [æm'bɪgjuəs] нея́сный; двусмы́сленный

ambition [æm'bɪʃn] 1) честолю́бие *с* 2) стремле́ние *с* (*strong desire*)

ambitious [æm'bɪʃəs] честолюби́вый; an ~ plan грандио́зный план

ambulance ['æmbjuləns] ско́рая по́мощь (*автомаши́на*)

amendment [ə'mendmənt] попра́вка *ж* (*to a document*)

American [ə'merɪkən]
1. *a* американский
2. *n* американец *м*,
американка *ж*

amiable ['eɪmjəbl]
дружелюбный, милый,
любезный

amnesty ['æmnɪstɪ]
амнистия *ж*

among [ə'mʌŋ] между;
среди; you're
~ friends вы среди
друзей

amount [ə'maunt] **1.**
n 1) сумма *ж*, итог
м (*total*) 2) количество *с*
(*quantity*)
2. *v*: ~ to равняться, составлять сумму;
what does the bill
~ to? на какую
сумму счёт?

amphitheatre ['æmfɪθɪətə] амфитеатр *м*

ample ['æmpl] полный, достаточный;
просторный; there is
~ time yet ещё
много времени

amplifier ['æmplɪfaɪə]
радио усилитель *м*

amuse [ə'mju:z] забавлять, развлекать;
~ment [-mənt] развлечение *с*; ~ment
park парк с аттракционами

amusing [ə'mju:zɪŋ]
забавный, смешной

an [æn] *см.* a

anaesthe||**sia** [ænɪs-'θi:zjə] наркоз *м*,

анестезия *ж*; ~**tize**
[æ'ni:sθɪtaɪz] давать
наркоз, обезболивать

analyse ['ænəlaɪz]
анализировать, разбирать

analysis [ə'næləsɪs]
(*pl* analyses) анализ *м*

anchor ['æŋkə] якорь
м; cast (drop) ~
бросить якорь

ancient ['eɪnʃənt] старинный, древний; ~
art древнее искусство; ~ coin старинная монета

and [ænd] 1) и;
peace ~ friendship
мир и дружба; ~
so on и так далее 2)
a; I'll go ~ you stay
here я пойду, а вы
оставайтесь здесь; go ~ see пойди(те)
посмотри(те)

anew [ə'nju:] снова,
заново, по-новому

angel ['eɪndʒəl] ангел *м*

anger ['æŋgə] гнев *м*

angle I ['æŋgl]
мат. угол *м*; acute
(right, obtuse) ~
острый (прямой, тупой) угол

angle II ['æŋgl] **1.**
n крючок (*рыболовный*) **2.** *v* удить
рыбу; ~**r** [-ə] рыболов *м*

Anglican ['æŋglɪkən]
рел. англиканский

Anglo-Saxon ['æŋ-gləu'sæksən] **1.** *a* англосаксо́нский **2.** *n* англосакс *м*

Angolan [æŋ'gəulən] **1.** *a* анго́льский **2.** *n* анго́лец *м*, анго́лка *ж*

angry ['æŋgrɪ] серди́тый; be ~ with smb серди́ться на кого́-л.

animal ['ænɪməl] **1.** *n* живо́тное *с* **2.** *a:* ~ husbandry животново́дство *с*; ~ hóspital *амер.* ветерина́рная лече́бница

ankle ['æŋkl] лоды́жка *ж*, щи́колотка *ж*

annex 1. ['æneks] *n* приложе́ние *(to a paper, a book, etc)* **2.** [ə'neks] *v* присоединя́ть; аннекси́ровать; ~**ation** [ænek'seɪʃn] присоедине́ние *с*; анне́ксия *ж*

annihilation [ənaɪə'leɪʃn] уничтоже́ние *с*

anniversary [ænɪ'və:sərɪ] годовщи́на *ж*

announce [ə'nauns] **1)** объявля́ть; it is officially ~d... официа́льно объя́влено...; ~ the resúlts объяви́ть результа́ты **2)** докла́дывать *(о посетителях)*; ~ Mr. Smith доложи́ть о прихо́де г-на Сми́та; ~**ment** [-mənt] объявле́ние

с; ~**r** [-ə] ди́ктор *м*

annoy [ə'nɔɪ] досажда́ть; раздража́ть

annual ['ænjuəl] **1)** годово́й; ~ íncome годово́й дохо́д **2)** ежего́дный; ~ cónference ежего́дная конфере́нция

another [ə'nʌðə] **1)** друго́й; I don't like this room, may I have ~? мне не нра́вится э́тот но́мер, мо́жно получи́ть друго́й? **2)** ещё оди́н; please give me a cup of cóffee пожа́луйста, да́йте мне ещё (одну́) ча́шку ко́фе

answer ['ɑ:nsə] **1.** *n* отве́т *м*; in ~ to your létter of Jánuary first... в отве́т на ва́ше письмо́ от пе́рвого января́... **2.** *v* отвеча́ть; ~ a question (a létter) отве́тить на вопро́с (на письмо́)

ant [ænt] мураве́й *м*

antagonism [æn'tægənɪzm] вражда́ *ж*

antarctic [ænt'ɑ:ktɪk] антаркти́ческий

anthem ['ænθəm] гимн *м*; nátional ~ госуда́рственный гимн

antibiotic ['æntɪbaɪ'ɔtɪk] антибио́тик *м*

anticipate [æn'tısıpeıt] ожида́ть, предви́деть

anticipation [æntısı-'peıʃn] ожида́ние c; предвкуше́ние c; in ~ of в ожида́нии; thanking you in ~ зара́нее благода́рный ... (в письме)

anti-fascist ['ænti'fæ-ʃıst] **1.** a антифаши́стский **2.** n антифаши́ст м

antique [æn'ti:k] 1) дре́вний; стари́нный; ~ shop антиква́рный магази́н 2) анти́чный (of ancient Greece and Rome)

anxiety [æŋ'zaıətı] беспоко́йство c, трево́га ж

anxious ['æŋkʃəs] 1) озабо́ченный; встрево́женный (disturbed) 2) стра́стно жела́ющий (eager)

any ['enı] како́й-ни-будь; любо́й; in ~ case при любы́х обсто-я́тельствах; have you ~ móney? у вас есть (каки́е-нибудь) де́ньги?

any‖body ['enıbɔdı] кто́-нибудь; will ~ be at the státion to meet me? кто́-нибудь встре́тит меня́ на вок-за́ле?; ~how [-hau] 1) ка́к-нибудь 2) всё--таки; ~how I don't believe it и всё-таки я

не ве́рю; ~one [-wʌn] любо́й, вся́кий; кто́--нибудь; ~thing [-θıŋ] 1) что́-нибудь; is there ~thing for me? есть ли что́-нибудь для меня́? 2) что уго́дно; choose ~thing you like выбира́йте то, что вам нра́вит-ся; ~way [-weı] всё равно́; ~where [-wɛə] 1) где́-нибудь, куда́--нибудь 2) где уго́дно, куда́ уго́дно; you may come acróss it ~where вы мо́жете встре́тить э́то повсю́ду

apart [ə'pa:t] 1) в стороне́; set ~ от-ложи́ть 2) врозь, по́-рознь; pack them ~, please запаку́йте их, пожа́луйста, отде́льно ⬦ ~ from не счита́я, кро́ме; take smth ~ разобра́ть что-л.

apartment [ə'pa:t-mənt] 1) брит. обыкн. pl меблиро́ванные ко́м-наты мн. 2) амер. кварти́ра ж

ape [eıp] обезья́на ж (человекообразная)

apiece [ə'pi:s] за шту́ку; how much is it ~? ско́лько сто́ит шту́ка?

apologize [ə'pɔlədʒaız] извиня́ться (for smth — за что-л.; to smb — пе́ред кем-л.)

apology [ə'pɔlədʒɪ] извинéние c; make (offer) an ~ принести извинéние, извиниться

apparatus [æpə'reɪtəs] 1) прибóр м, аппарáт м 2) спорт. снарáд м

apparently [ə'pærəntlɪ] очевидно, по-видимому

appeal [ə'piːl] 1. n 1) призыв м; обращéние c; 2) юр. апелляция ж ◇ have ~ нрáвиться; the film has géneral ~ фильм нрáвится ширóкой публике 2. v (to smb for smth) взывáть (к кому-л. о чём-л.) (call upon)

appear [ə'pɪə] 1) выходить, появляться; this páper ~s évery óther day эта газéта выхóдит чéрез день 2) казáться (seem) 3) выступáть (on the stage, etc); ~ance [ə'pɪərəns] 1) появлéние c 2) нарýжность ж, (внéшний) вид (outward look) 3) выступлéние c (on the stage, etc)

appendicitis [əpendɪ'saɪtɪs] аппендицит м

appendix [ə'pendɪks] 1) приложéние c (to a book) 2) мед. аппéндикс м

appetite ['æpɪtaɪt] аппетит м; I have no ~ left у меня пропáл аппетит

appetizer ['æpɪtaɪzə] закýска ж

applaud [ə'plɔːd] аплодировать

applause [ə'plɔːz] аплодисмéнты мн.

apple ['æpl] яблоко c; ~ juice яблочный сок; ~-pie [-'paɪ] яблочный пирóг; ~-tart [-tɑːt] брит. яблочный пирóг; ~-tree [-triː] яблоня ж

appliance [ə'plaɪəns] приспособлéние c, прибóр м; eléctrical ~s электроприбóры; home ~s бытовáя тéхника

applicant ['æplɪkənt] проситель м; человéк, претендýющий на мéсто (должность); кандидáт м

application [æplɪ'keɪʃn] 1) заявлéние c 2) применéние c, употреблéние c (use)

applied [ə'plaɪd] прикладнóй; ~ arts прикладнóе искусство; ~ science прикладные наýки

apply [ə'plaɪ] 1) (to smb for smth) обращáться (к кому-л. по пóводу чего-л.) 2) (to smth) прилагáть; применять (к чему-л.);

~ a new méthod применить новый метод

appoint [ə'pɔint] (to a post) назначать (на должность); ~ment [-mənt] 1) назначение с; 2) должность ж (post) 3) (деловое) свидание, (деловая) встреча; I have an ~ment at six у меня свидание в шесть (часов); can you give me an ~ment for tomórrow? не смогли бы вы принять меня завтра?; keep (break) an ~ment прийти (не прийти) в назначенное время

appreciate [ə'pri:ʃieit] 1) понимать (estimate rightly) 2) ценить; быть благодарным (feel grateful for)

apprentice [ə'prentis] ученик м, подмастерье м; ~ship [ə'prentiʃip] ученичество с, учение с

approach [ə'prəutʃ] 1. v приближаться; подходить (come near) 2. n 1) приближение с; ~ of winter приближение зимы 2) подход м; ~ to a question подход к вопросу

appropriate 1. a [ə'prəupriit] подходящий, соответствующий 2. v [ə'prəuprieit] 1) присваивать 2) ассигновать (allocate)

approval [ə'pru:vəl] одобрение с

approve [ə'pru:v] одобрять; ~ the report утвердить доклад; ~ of the report одобрить доклад

approximate [ə'prɔksimit] приблизительный

April ['eiprəl] апрель м

apron ['eiprən] фартук м

apt [æpt] 1) подходящий 2) способный; ~ pupil способный ученик 3) склонный, подверженный (likely to)

aquatics [ə'kwætiks] pl водный спорт

Arab ['ærəb] 1. a арабский 2. n араб м; ~ian [ə'reibjən] аравийский; "~ian Nights" „Тысяча и одна ночь" (сказки); ~ic ['ærəbik] 1. a арабский 2. n арабский язык

arable ['ærəbl] пахотный; ~ land пахота ж

arbitrary ['ɑ:bitrəri] произвольный; ~ decision необоснованное решение

arch [ɑ:tʃ] арка ж

archaeology [ɑ:ki'ɔlədʒi] археология ж

archaic [a:'keιιk] устарелый, архаический

archbishop ['a:tʃ'bιʃəp] архиепископ м

archery ['a:tʃərι] *спорт. ол.* стрельба из лука

archipelago [a:kι'pelιgəu] архипелаг м

architect ['a:kιtekt] архитектор м; ~ure ['a:kιtektʃə] архитектура ж

arctic ['a:ktιk] полярный, арктический

ardent ['a:dənt] 1) горячий; ~ heat зной м 2) горячий, ревностный; ~ supporter горячий сторонник

ardour ['a:də] жар м, пыл м; рвение с

arduous ['a:djuəs] тяжёлый, напряжённый; ~ jobs тяжёлые работы

are [a:] *мн. ч. наст. от* be

area ['ɛərιə] 1) пространство с, площадь ж 2) район м, область ж; in the London ~ в районе Лондона

arena [ə'ri:nə] арена ж; on the international ~ на международной арене

aren't [a:nt] *разг.* = are not

Argentine ['a:dʒəntaιn] аргентинский; ~

an [a:dʒən'tιnjən] аргентинец м, аргентинка ж

argue ['a:gju:] 1) спорить *(dispute)*; 2) доказывать; убеждать *(try to prove)*

argument ['a:gjumənt] 1) довод м, аргументация ж *(reason)* 2) спор м *(controversy)*

aria ['a:rιə] ария ж

arid ['ærιd] засушливый, сухой

arise [ə'raιz] (aróse; arísen) возникать, появляться; ~n [ə'rιzn] *pp от* arise

arithmetic [ə'rιθmətιk] арифметика ж

arm 1 [a:m] рука ж *(от кисти до плеча)*; take smb's ~ взять под руку ◆ at ~'s length холодно; with open ~s с распростёртыми объятиями

arm II [a:m] 1. *n обыкн. pl* оружие с; ~s drive (race) гонка вооружений 2. *v* вооружаться; ~ ed fórces вооружённые силы; ~ ament [-əmənt] вооружение с

arm-chair ['a:m'tʃɛə] кресло с

Armenian [a:'mi:njən] 1. *a* армянский 2. *n* 1) армянин м, армянка ж 2) армянский язык

armistice ['a:mistis] перемирие с

army ['a:mi] армия ж

arose [ə'rəuz] *past om* arise

around [ə'raund] **1.** *prep* вокруг; ~ the city вокруг города **2.** *adv:* let's go ~ обойдём(те) кругом ◈ is there a phone ~ here? тут где-нибудь есть телефон?

arouse [ə'rauz] будить, пробуждать; ~ the interest вызвать интерес

arrange [ə'reindʒ] 1) приводить в порядок *(put in order)* 2) устраивать: can you ~ this trip? вы можете устроить эту поездку?; ~ment[-mənt] 1) устройство с, расположение с 2) *pl* приготовления *мн.*

arrest [ə'rest] **1.** *n* арест *м* **2.** *v* арестовывать

arrival [ə'raivəl] прибытие с; on her ~ по её прибытии

arrive [ə'raiv] прибывать (at, in); when did you ~? когда вы приехали?

arrogance ['ærəugəns] высокомерие с, надменность ж

arrow ['ærəu] стрела ж

art [a:t] искусство с

article ['a:tikl] 1) статья ж; newspaper ~ газетная статья 2) пункт *м*, параграф *м*; ~ of the Constitution статья конституции; main ~s of trade основные статьи торговли 3) *грам.* артикль *м*, член *м*

artificial [a:ti'fiʃəl] искусственный; ~ skating-rink летний каток

artist ['a:tist] художник *м*; ~ic [a:'tistik] художественный

as [æz] **1.** *cj* 1) так как; I must go as it is late я должен идти, так как уже поздно 2) в то время как, когда; did you see the monument as we passed the square? вы видели памятник, когда мы проходили по площади? ◈ as if как будто; as to что касается **2.** *adv* как; do as you please делайте, как вам угодно ◈ as well также; as well as так же как

ascent [ə'sent] восхождение с, подъём *м*

ash I [æʃ] 1) зола ж; пепел *м* 2) *pl* прах *м (remains of human body)*

ash II ясень *м*

ashamed [ə'ʃeɪmd]: be ~ (of) стыди́ться (чего́-л.)

ashore [ə'ʃɔ:] к бе́регу (to the shore); на берегу́ (at the shore); come ~ приста́ть к бе́регу

ash-tray ['æʃtreɪ] пе́пельница ж

Asian ['eɪʃn] азиа́тский; ~ cóuntries стра́ны А́зии

Asiatic [eɪʃɪ'ætɪk] азиа́тский

aside [ə'saɪd] в сто́рону; take smb ~ отвести́ кого́-л. в сто́рону

ask [a:sk] 1) спра́шивать; may I ~ your name? скажи́те, пожа́луйста, как вас зову́т? 2) осведомля́ться (abóut, áfter — о) 3) проси́ть; I ~ you to post the létter прошу́ вас, отпра́вьте э́то письмо́; ~ one to dínner пригласи́ть кого́-л. на обе́д

asleep [ə'sli:p]: be ~ спать; fall ~ засну́ть

aspect ['æspekt] 1) вид м (view) 2) аспе́кт м, сторона́ ж; ~ of the próblem сторона́ вопро́са

aspen ['æspən] оси́на ж

asphalt ['æsfælt] **1.** n асфа́льт м **2.** v асфальти́ровать

ass [æs] осёл м

assault [ə'sɔ:lt] **1.** n нападе́ние с; ата́ка ж; штурм м **2.** v напада́ть; штурмова́ть

assemble [ə'sembl] 1) собира́ть(ся) 2) тех. собира́ть, монти́ровать

assembly [ə'semblɪ] 1) собра́ние с; ассамбле́я ж 2): ~ line сбо́рочный конве́йер

assert [ə'sə:t] 1) утвержда́ть 2) отста́ивать, защища́ть; ~ onesélf отста́ивать свои́ права́; ~ion [ə'sɔ:ʃn] утвержде́ние с

assign [ə'saɪn] 1) назнача́ть; ~ a day назна́чить день 2) дава́ть (зада́ние); ~ a task (to smb) дать зада́ние (кому́-л.), поста́вить зада́чу (пе́ред кем-л.); ~ment [-mənt] 1) назначе́ние с 2) зада́ние с (task)

assist [ə'sɪst] помога́ть; соде́йствовать; ~ance [-əns] по́мощь ж; соде́йствие с; rénder ~ance ока́зывать по́мощь (соде́йствие); ~ant [-ənt] помо́щник м, ассисте́нт м

Associated Press [ə'səʊʃɪeɪtɪd' pres] Ассо-

шпэ́йтед Пресс *(те-
леграфное агентство)*
association [əsəusi-
'eɪʃn] о́бщество *с;* ас-
социа́ция *ж;* A. (fóot-
ball) *брит.* футбо́л *м*
assume [ə'sju:m] 1)
брать на себя́; при-
сва́ивать себе́; an ~d
name псевдони́м *м,*
вы́мышленное и́мя 2)
предполага́ть, допус-
ка́ть *(suppose)*
assure [ɔ'ʃuə] уве-
ря́ть
astonish [əs'tɒnɪʃ]
удивля́ть, изумля́ть;
~ment [-mənt] уди-
вле́ние *с,* изумле́ние *с*
astrakhan [æstrə'kæn]
кара́куль *м*
astronaut ['æstrənɔ:t]
космона́вт *м*
asylum [ə'saɪləm] 1)
прию́т *м;* убе́жище *с;*
grant political ~ пре-
доста́вить полити́ческое
убе́жище 2) *(тж.*
lúnatic asýlum) пси-
хиатри́ческая лече́б-
ница
at [æt] 1) в; at noon
в по́лдень 2) на; at
a fáctory на заво́де 3)
за; at dinner за обе́-
дом 4) при; у; at the
door у двере́й ◇ at
first снача́ла; at last
наконе́ц; at least по
кра́йней ме́ре; at once
сейча́с же, неме́дленно
ate [et] *past om* eat

atheist ['eɪθiɪst] ате-
и́ст *м*
athlete ['æθli:t] спорт-
сме́н *м;* атле́т *м*
athletic [æθ'letɪk]: ~
competítions спорти́в-
ные состяза́ния; ~s
[-s] *pl* атле́тика *ж;*
гимна́стика *ж*
atlas ['ætləs] *геогр.*
а́тлас *м*
atmosphere ['ætmɒs-
fɪə] атмосфе́ра *ж*
atom ['ætəm] а́том *м;*
~ic [ə'tɒmɪk] а́том-
ный; cívil (péaceful)
úses of ~ic énergy ми́р-
ное примене́ние а́том-
ной эне́ргии
atrocity [ə'trɒsɪtɪ]
зве́рство *с*
attach [ə'tætʃ] 1)
прикрепля́ть, присо-
диня́ть; ~ a stamp
прикле́ить ма́рку 2):
~ impórtance (to)
придава́ть значе́ние
attaché [ə'tæʃeɪ] ат-
таше́ *м, нескл.;* ~
case (пло́ский) чемо-
да́нчик для бума́г
attachment [ə'tætʃ-
mənt] привя́занность *ж*
attack [ə'tæk] **1.** *n*
1) ата́ка *ж;* нападе́-
ние *с* 2) припа́док *м,*
при́ступ *м (болезни);*
~ of appendicítis при́-
ступ аппендици́та;
heart ~ серде́чный
при́ступ **2.** *v* атако-
ва́ть; напада́ть

attain [ə'teɪn] достигнуть; добиться

attempt [ə'tempt] **1.** *n* 1) попытка *ж*; make an ~ сделать попытку 2) покушение *с* (up)ón — на) **2.** *v* пытаться

attend [ə'tend] 1) заботиться; will you ~ to the mátter? позаботьтесь об этом деле! 2) прислуживать (on, upón) 3) присутствовать; did you ~ the cónference? вы были на конференции?; ~ance [-əns] 1) уход *м*; médical ~ance медицинский уход 2) посещаемость *ж*; large ~ance многочисленная аудитория; ~ant [-ənt] служитель *м*

attention [ə'tenʃn] внимание *с*; pay ~ to... обратить внимание на...

attentive [ə'tentɪv] внимательный

attic ['ætɪk] чердак *м*

attitude ['ætɪtjuːd] 1) отношение *с*, позиция *ж* 2) поза *ж* (*posture of body*)

attorney [ə'təːnɪ] 1) поверенный *м*; адвокат *м* 2) *амер.* прокурор *м*; A. Géneral а) министр юстиции (*в США*); б) генеральный прокурор (*в Англии*)

attract [ə'trækt] притягивать, привлекать; ~ attèntion привлечь внимание; ~ion [ə'trækʃn] *физ.* притяжение *с*; ~ive [-ɪv] привлекательный; заманчивый

auction ['ɔːkʃn] аукцион *м*

audible ['ɔːdəbl] слышный; слышимый

audience ['ɔːdjəns] 1) аудитория *ж*, публика *ж*, слушатели *мн.* 2) аудиенция *ж*; grant an ~ дать аудиенцию

August ['ɔːgəst] август *м*

aunt [aːnt] тётя *ж*, тётка *ж*

auspice ['ɔːspɪs]: únder the ~s of the United Nátions при ООН

Australian [ɔs'treɪljən] **1.** *a* австралийский **2.** *n* австралиец *м*, австралийка *ж*

Austrian ['ɔstrɪən] **1.** *a* австрийский **2.** *n* австриец *м*, австрийка *ж*

author ['ɔːθə] автор *м*, писатель *м*

authority [ɔː'θɔrɪtɪ] 1) власть *ж*, полномочие *с* (*power*) 2) *pl* власти *мн.* 3) авторитет *м* (*prestige*)

37

authorize ['ɔ:θəraɪz]
уполномочивать

autobiography [ɔ:təu-baɪ'ɔgrəfɪ] автобиогра́фия *ж*

autograph ['ɔ:təgrɑ:f] авто́граф *м*; may I have your ~, please да́йте, пожа́луйста, авто́граф

automatic [ɔ:tə'mætɪk] автомати́ческий: ~ transmission *авто* автомати́ческая транс-ми́ссия·

automation [ɔ:tə'meɪʃn] автоматиза́ция *ж*

automobile ['ɔ:təməubi:l] *амер.* маши́на *ж*, автомоби́ль *м*; ~ inspéction *авто* техосмо́тр *м*; ~ re-páirs ремо́нт автомо-би́лей

autonomous [ɔ:'tɔnə-məsɪ] автоно́мный

autonomy [ɔ:'tɔnəmɪ] автоно́мия *ж*

autumn ['ɔ:təm] о́сень *ж*

available [ə'veɪləbl] досту́пный: нали́чный, име́ющийся в распо-ряже́нии; all ~ méa-sures все возмо́жные ме́ры; is he ~ for the job? а бу́дет ли у него́ возмо́жность взя́ться за э́ту рабо́ту?

avenue ['ævɪnju:] 1) *амер.* проспе́кт *м* 2) алле́я *ж* (*in a park*)

average ['ævərɪdʒ] 1.

n: at (on) an ~ в сре́д-нем 2. *a* сре́дний

avert [ə'və:t] (пред-) отвраща́ть

aviation [eɪvɪ'eɪʃn] авиа́ция *ж*; cívil ~ гражда́нская авиа́ция

avoid [ə'vɔɪd] избе-га́ть

awake [ə'weɪk] 1. *v* (awóke; awóke, awák-ed) буди́ть 2. *a:* be ~ бо́дрствовать, не спать

award [ə'wɔ:d] при-сужда́ть; награжда́ть; ~ the first prize при-суди́ть пе́рвую пре́-мию

aware [ə'wɛə] be ~ of знать; I am ~ that... мне изве́стно (я зна́ю), что...

away [ə'weɪ] 1) прочь: throw ~ вы-бросить 2): be ~ от-су́тствовать

awful ['ɔ:ful] ужа́с-ный; ~ly ['ɔ:fulɪ] I'm ~ly glad я о́чень рад

awkward ['ɔ:kwəd] неуклю́жий, нело́вкий

awoke [ə'wəuk] *past и pp om* awáke

axe [æks] топо́р *м*

axis ['æksɪs] (*pl* áxes) ось *ж*

Azerbaijanian [ɑ:zə:-baɪ'dʒɑ:nɪən] 1. *a* азер-байджа́нский 2. *n* 1) азербайджа́нец *м*.

азербайджа́нка *ж* 2) азербайджа́нский язы́к

B

BA [ˈbiːˈeɪ] (British Áirways) „Бритиш э́руэйз“ *(английская авиакомпа́ния)*

B.A. [ˈbiːˈeɪ] (Báchelor of Arts) бакала́вр иску́сств *(первая университетская степень по гуманитарным наукам)*

baby [ˈbeɪbɪ] ребёнок *м*, младе́нец *м*; ~ cárriage *амер.* де́тская коля́ска; ~-sitter [-sɪtə] приходя́щая ня́ня

bachelor I [ˈbætʃələ] холостя́к *м*

bachelor II бакала́вр *м*; B. of Arts (Médicine) бакала́вр иску́сств (медици́ны)

back [bæk] **1.** *n* 1) спина́ *ж*; behínd one's ~ за спино́й кого́-л. 2) спи́нка *ж*; the ~ of a chair спи́нка сту́ла 3) *спорт.* защи́тник *м* ~ of the head заты́лок *м* **2.** *a* за́дний; ~ éntrance чёрный ход **3.** *adv* наза́д; the way ~ обра́тный путь **4.** *v* 1) (up) подде́рживать, подкре-

пля́ть *(support)* 2) *(брит. тж.* back off; *амер. тж.* back up) оса́живать, отводи́ть; please ~ the car (off) пожа́луйста, пода́йте наза́д (маши́ну)

back‖bone [ˈbækbəun] позвоно́чник *м*; ~ground [-graund] фон *м*, за́дний план; agáinst the ~ground of на фо́не *(чего-л.)*; ~ground informátion спра́вочный материа́л; ~stop [-stɔp] *спорт.* подстрахо́вать; подстрахо́вывать; ~-sword [-sɔːd] эспадро́н *м*

backward [ˈbækwəd] отста́лый; ~ cóuntry отста́лая страна́; ~s [-z] наза́д

bacon [ˈbeɪkən] беко́н *м*

bad [bæd] (worse; worst) 1) плохо́й, скве́рный; ~ lánguage брань *ж* 2) испо́рченный; go ~ по́ртиться 3) больно́й; ~ knee больна́я коле́нка 4) си́льный, о́стрый; ~ pain о́страя боль; ~ cold си́льная просту́да

bad(e) [bæd (beɪd)] *past om* bid

badge [bædʒ] значо́к *м*

badger [ˈbædʒə] барсу́к *м*

badly [ˈbædlɪ] (worse;

worst) 1) пло́хо; play ~ пло́хо игра́ть 2) о́чень, кра́йне; I want it ~ мне э́то о́чень ну́жно

badminton [ˈbædmɪntən] бадминто́н м

bag [bæg] 1) мешо́к м (sack) 2) су́мка ж (handbag); чемода́н м (suitcase)

baggage [ˈbægɪdʒ] амер. бага́ж м; ~-car [-kɑ:] амер. бага́жный ваго́н; ~-rack [-ræk] амер. бага́жная по́лка; авто бага́жник м (на кры́ше автомоби́ля)

Bahraini [bəˈreɪniː] 1. a бахре́йнский 2. n бахре́йнец м, бахре́йнка ж

bait [beɪt] прима́нка ж

bake [beɪk] печь (что-л.); ~d púdding запека́нка ж; ~r [-ə] бу́лочник м; ~r's (shop) брит. бу́лочная ж; ~ry [-ərɪ] амер. бу́лочная ж

balance [ˈbæləns] 1. n 1) весы́ мн. (scales) 2) равнове́сие с; ~ of pówer полит. равнове́сие сил; ~ of trade эк. торго́вый бала́нс; ~ of térror полит. „равнове́сие стра́ха" 2. v балансиро-

вать; ~-beam [-biːm] спорт. бревно́ с; ол. тж. упражне́ния на бревне́

balcony [ˈbælkənɪ] 1) балко́н м (тж. теа́тр.) 2) амер. теа́тр. бельэта́ж м

bald [bɔːld] лы́сый; ~ spot лы́сина ж

ball I [bɔːl] 1) шар м 2) мяч м; a difficult ~ тру́дный мяч; ~ game амер. особ. бейсбо́л м 3): ~ of the eye глазно́е я́блоко; ~ of the knee коле́нная ча́шечка

ball II бал м; give a ~ дать бал; fáncy-dress ~ бал-маскара́д м

ballad [ˈbæləd] балла́да ж

ballerina [bæləˈriːnə] балери́на ж

ballet [ˈbæleɪ] бале́т м; ~-dancer [-dɑːnsə] арти́ст(ка) бале́та; ~-master [-mɑːstə] балетме́йстер м

balloon [bəˈluːn] возду́шный шар

ballot [ˈbælət] 1) баллотиро́вка ж 2) = bállot-paper; ~-box [-bɔks] избира́тельная у́рна; ~-paper [-peɪpə] избира́тельный бюллете́нь

ball-point [ˈbɔːlpɔɪnt]: ~ pen ша́риковая ру́чка

40

ball-room ['bɔːlrum] танцева́льный зал; ~ dánces совреме́нные та́нцы

bamboo [bæm'buː] бамбу́к *м*

ban [bæn] **1.** *n* запре́т *м*, запреще́ние *с*; ~ on... запре́т на... **2.** *v* запреща́ть, налага́ть запре́т; ~ núclear wéapons запрети́ть термойде́рное ору́жие

banana [bə'naːnə] бана́н *м*

band I [bænd] 1) ле́нта *ж (strip)* 2): B.-Aid *амер.* лейкопла́стырь *м (adhesive bandage)*

band II 1) (духово́й) орке́стр 2) ба́нда *ж*; а ~ of róbbers ба́нда грабителе́й

bandage ['bændɪdʒ] **1.** *n* 1) бинт *м (strip of gauze)* 2): adhésive ~ лейкопла́стырь *м* 3) повя́зка *ж* **2.** *v* перевя́зывать, бинтова́ть

bangle ['bæŋgl] брасле́т *м*, запя́стье *с*

banisters ['bænɪstəz] *pl* пери́ла *мн. (лестницы)*

banjo ['bændʒəu] *муз.* ба́нджо *с, нескл.*

bank I [bæŋk] бе́рег *м (реки́)*; on the ~ на берегу́

bank II [bæŋk] банк *м*; have a ~ accóunt име́ть счёт в ба́нке; ~er [-ə] банки́р *м*

bankrupt ['bæŋkrʌpt] банкро́т *м*; go ~ обанкро́титься

bankruptcy ['bæŋkrəpsɪ] банкро́тство *с*

banner ['bænə] зна́мя *с*; флаг *м* ◈ Star-Spángled B. *амер.* а) *(flag)* „Звёздное зна́мя“ *(государственный флаг США)*; б) *(anthem)* „Звёздное знамя“ *(государственный гимн США)*

banquet ['bæŋkwɪt] банке́т *м*

bantam-weight ['bæntəmweɪt] *спорт. ол. (весовая категория)* легча́йший вес *(бокс — до 54 кг; тяж. атл. — до 56 кг)*

baptize [bæp'taɪz] крести́ть

bar I [baː] **1.** *n* 1) брусо́к *м*; ~ of chócolate пли́тка шокола́да 2) препя́тствие *с*; let down the ~s устраня́ть препя́тствия **2.** *v* прегражда́ть

bar II 1) *(тж.* snáck-bar) заку́сочная *ж*; бар *м* 2) сто́йка ба́ра *(counter)*

bar III *юр.* 1) (the B.) адвокату́ра *ж* 2) *перен.* суд *м*

bar IV *спорт. о.т.* 1) *(тяж. атл.)* штáнга *ж;* horizóntal ~ *(гимнастика)* переклáдина *ж* 2) *pl (гимнастика)* брýсья *мн.;* párallel (unéven párallel) ~s параллéльные (разновысóкие) брýсья

Barbadian [ba:ˈbeidiən] 1. *a* барбадóсский 2. *n* барбадóсец *м,* барбадóска *ж*

barbecue [ˈba:bikju:] 1. *n* 1) жарóвня *ж,* мангáл *м;* an eléctric ~ электрическая жарóвня 2) жáреный цыплёнок (барáн *и т.п.* — на углях) 3): invíte to a ~ пригласи́ть на.... *(шашлык, жаркое и т.п.)* 2. *v* жáрить на углях

barber [ˈba:bə] парикмáхер *м (мужской);* ~ shop парикмáхерская *ж (мужская)*

bare [bɛə] гóлый; ~footed [-ˈfutid] босóй

barely [ˈbɛəli] едвá, лишь *(hardly);* ~ enóugh в обрéз; he is ~ áble to hear он éле слышит

bargain [ˈba:gin] 1. *n* сдéлка *ж;* strike a ~ прийти́ к соглашéнию; that's a ~! по рукáм! ◇ at that price it is a ~ за такýю цéну это óчень дёшево 2. *v* торговáться

barge [ba:dʒ] бáржа *ж*

baritone [ˈbæritəun] баритóн *м*

bark I [ba:k] корá *ж (дерева)*

bark II 1. *n* лай *м* 2. *v* лáять

barley [ˈba:li] ячмéнь *м*

bar‖maid [ˈba:meid] буфéтчица *ж;* ~man [-mən] буфéтчик *м;* бáрмен *м*

barn [ba:n] амбáр *м*

barometer [bəˈrɔmitə] барóметр *м;* the ~ is rising (fálling) барóметр поднимáется (пáдает)

barrel [ˈbærəl] бóчка *ж*

barren [ˈbærən] 1) бесплóдный; неплодорóдный 2) *перен.* бессодержáтельный, скýчный

barrier [ˈbæriə] барьéр *м;* прегрáда *ж* (to)

barrister [ˈbæristə] *брит.* адвокáт *м*

bartender [ˈba:tendə] *амер.* бáрмен *м*

base I [beis] 1) оснóвание *с (foundation)* 2) бáза *ж;* nával ~ воéнно-морскáя бáза

base II подлый, низкий *(mean)*

baseball ['beɪsbɔːl] *спорт.* бейсбол м

basement ['beɪsmənt] 1) фундамент м, основание с 2) подвал м *(cellar)*; first (second) ~ первый (второй) подвальный этаж *(считая от уровня земли)*

basic ['beɪsɪk] основной; ~ principles основные принципы

basin ['beɪsn] 1) таз м; миска ж 2) водоём м 3) бассейн м; coal ~ каменноугольный бассейн

basis ['beɪsɪs] *(pl* bases) 1) основание с, базис м *(foundation)* 2) база ж *(base)*

basket ['bɑːskɪt] корзин(к)а ж

basketball ['bɑːskɪtbɔːl] *а.* баскетбол м; ~ player баскетболист м; баскетболистка ж; ~ team баскетбольная команда

bas-relief ['bɑːrɪliːf] барельеф м

bass [beɪs] 1) бас м *(voice and singer)* 2) басы мн. *(low-pitched tones)*

bassoon [bə'suːn] *муз.* фагот м

bat I [bæt] летучая мышь

bat II *спорт.* бита ж

bath [bɑːθ] *брит.* ванна ж; have (take) a ~ принять ванну; room with a ~ номер с ванной

bathe [beɪð] купаться

bathhouse ['bɑːθhaus] баня ж

bathing ['beɪðɪŋ] купанье с; ~ suit купальный костюм; ~ trunks *pl* купальные трусы

bath-robe ['bɑːθrəub] *амер.* (купальный) халат; ~-room [-rum] ванная (комната); ~-tub [-tʌb] *амер.* ванна ж

baton ['bætɔn] *амер.* bə'tɔn] 1) *муз.* дирижёрская палочка 2) *спорт.* эстафетная палочка; pass (hand) the ~ (to) передать эстафету *кому-л.*

battle ['bætl] битва ж, бой м

bay [beɪ] *геогр.* бухта ж; залив м

bayonet ['beɪənɪt] штык м

BBC ['biːbiːsiː] (British Broadcasting Corporation) Би-би-си (Британская радиовещательная корпорация)

B.C. ['biːsiː] до н. э. (до нашей эры)

43

be [bi:] (*ед. ч.* was, *мн. ч.* were; been) 1) быть; существовать; находиться; "to be or not to be — that is the question" „быть и́ли не быть — вот в чём вопро́с"; he is in his room now он сейча́с у себя́ в ко́мнате 2) побыва́ть; I've been to the cinema todaý я сего́дня был в кино́ 3) находи́ться; where is it? где э́то нахо́дится? 4) *глагол-связка (в наст. не переводится):* he is a dóctor он врач 5) *служит для образова́ния глаго́льных форм:* I am leáving tomórrow за́втра я уезжа́ю; he was sent here by his trade únion он напра́влен сюда́ профсою́зом 6) *выража́ет долженствова́ние, возмо́жность, наме́рение:* I am to go there tonight я до́лжен пойти́ туда́ сего́дня ве́чером; the country-house is to let сдаётся да́ча; **be abóut** собира́ться; **be áfter** *(smth)* иска́ть; *(smb)* пресле́довать; **be awáy** отсу́тствовать; **be back** верну́ться; I'll be back in a mínute я верну́сь че́рез мину́ту; **be in**

находи́ться до́ма, на ме́сте; **be on** идти́ *(о представле́нии и m.n.);* what is on tonight? что сего́дня идёт?; **be out** вы́йти, появи́ться; **be óver** пройти́, око́нчиться ◆ how are you? как вы пожива́ете?; sólid as it was the wall gave a crack сколь ни была́ стена́ про́чной, тем не ме́нее она́ дала́ тре́щину; will you be so kind as... бу́дьте (так) добры́...; be góing собира́ться; be well awáy *спорт.* оторва́ться на ста́рте; оторва́ться от проти́вника; be in for *спорт.* уча́ствовать; is he in for the 100 metres? он бежи́т стоме́тровку?

beach [bi:tʃ] морско́й бе́рег, пляж *м*; взмо́рье *с*

beacon ['bi:kən] 1) сигна́льный ого́нь *(signal-fire)* 2) мая́к *м (lighthouse)*

bead [bi:d] 1) бу́сина *ж* 2) *pl* бу́сы *мн.* 3) *pl рел.* чётки *мн.*

beak [bi:k] клюв *м*
beam [bi:m] 1) луч *м (of light)* 2) *спорт.* бревно́ *с*

bean [bi:n] боб *м*
bear I [bɛə] медве́дь *м*

bear II (bore; borne) 1) выносить, терпеть; ~ **pain** выносить боль 2) носить, нести; **you skould ~ it in mind!** следует иметь это в виду! 3) (*pp* born) рождать

beard [bɪəd] борода́ *ж*

beast [bi:st] зверь *м*; ~ **of prey** хищный зверь; ~**ly** [-lɪ] ужа́сный; ~**ly héadache** (wéather) ужа́сная головна́я боль (пого́да)

beat [bi:t] **1.** *v* (beat; béaten) 1) бить 2) победить (*overcome*) 3) биться (*throb*); ~ **back** отразить; ~ **off** отбить **2.** *n* ритм *м*; **miss the ~** сбиться с ритма

beaten [ˈbi:tn] *pp от* beat 1

beautiful [ˈbju:təful] краси́вый, прекра́сный

beauty [ˈbju:tɪ] 1) красота́ *ж*; ~ **párlour** *особ. амер.* косметический кабине́т 2) краса́вица *ж* (*beautiful woman*)

beaver [ˈbi:və] бобр *м*

became [bɪˈkeɪm] *past от* becóme

because [bɪˈkɔz] потому́ что; так как; ~ **of** из-за, всле́дствие; ~ **of the heat** из-за жары́

become [bɪˈkʌm] (becáme; becóme) 1) станови́ться, де́латься; ~ **a téacher** стать учи́телем; **what has ~ of him?** что с ним случи́лось? 2) идти́, быть к лицу́; **this dress ~s her** ей идёт это пла́тье

bed [bed] 1) посте́ль *ж*, крова́ть *ж*; **a dóuble (a twin) ~** двуспа́льная (односпа́льная) крова́ть; **go to ~** ложи́ться спать 2) клу́мба *ж*; гря́дка *ж*; **a flówer ~** (цвето́чная) клу́мба

bedding [ˈbedɪŋ] посте́льные принадле́жности

bedroom [ˈbedru:m] спа́льня *ж*

bee [bi:] пчела́ *ж*

beech [bi:tʃ] бук *м*

beef [bi:f] говя́дина *ж*

beehive [ˈbi:haɪv] у́лей *м*

beekeeping [ˈbi:ki:pɪŋ] пчелово́дство *с*

been [bi:n] *pp от* be

beer [bɪə] пи́во *с*; **stein of ~, please** кру́жку пи́ва, пожа́луйста

beet [bi:t] свёкла *ж*; **white ~** са́харная свёкла

beetle [ˈbi:tl] жук *м*

before [bɪˈfɔ:] **1.** *prep* 1) пе́ред (*in*

front of) 2) до; ~ you arríve до вáшего приéзда 2. *adv* 1) впередú 2) рáньше; long ~ задóлго до 3. *cj* прéжде чем; ~hand [-hænd] зарáнее

beg [beg] просúть; ~ párdon просúть прощéния ◈ I ~ to differ позвóлю себé не согласúться

began [bɪ'gæn] *past om* begin

beggar ['begə] нúщий *м*

begin [bɪ'gɪn] (began; begún) начинáть (-ся) ◈ to ~ with во-пéрвых

beginning [bɪ'gɪnɪŋ] начáло *с*; in the ~ вначáле; at the ~ вначáле; в начáле; from the véry ~ с сáмого начáла

begun [bɪ'gʌn] *pp om* begin

behalf [bɪ'hɑːf] on (in) ~ of a) от úмени; б) для, рáди, в пóльзу

behave [bɪ'heɪv] вестú себя, поступáть; ~ yoursélf! ведúте себя как слéдует!

behaviour [bɪ'heɪvjə] поведéние *с*

behind [bɪ'haɪnd] 1. *prep* за; ~ the státion за вокзáлом 2. *adv* позадú, сзáди; leave ~ обогнáть

belfry ['belfrɪ] колокóльня *ж*

Belgian ['beldʒən] 1. *a* бельгúйский 2. *n* бельгúец *м*, бельгúйка *ж*

belief [bɪ'liːf] 1) вéра *ж*, вéрование *с (faith)* 2) убеждéние *с*; мнéние *с*; to the best of my ~ наскóлько мне извéстно 3) довéрие *с (trust)*

believe [bɪ'liːv] 1) вéрить 2) дýмать, полагáть; I ~ so я так дýмаю

bell [bel] 1) кóлокол *м* 2) звонóк *м*; ring the ~, please прóсьба звонúть; ~boy [-bɔɪ] посы́льный *м (в гостúнице)*; коридóрный *м*

belles-lettres ['bel'letr] *pl* худóжественная литератýра, беллетрúстика *ж*

bellow ['beləu] мычáние *с*

belly ['belɪ] 1) живóт *м* 2) желýдок *м (stomach)*

belong [bɪ'lɔŋ] принадлежáть; ~ings [-ɪŋz] *pl* вéщи *мн.*, пожúтки *мн.*, принадлéжности *мн.*

below [bɪ'ləu] 1. *adv* нúже, внизý 2. *prep* нúже, под; ~ zéro нúже нуля

belt [belt] 1) пóяс *м;*

ремéнь *м* 2) зóна *ж;* the fórest ~ зóна лесóв 2) *амер.* конвéйер *м (conveyer)*

bench [bentʃ] 1) скамéйка *ж* 2) верстáк *м,* станóк *м (working table)* 3) (the B.) *собир. юр.* сýдьи *мн.*

bend [bend] (bent) сгибáть(ся); ~ **down** нагибáться; ~ **óver** наклонáться

beneath [bɪ'niːθ] 1. *prep* под, нúже 2. *adv* внизý

beneficial [benɪ'fɪʃəl] благотвóрный

benefit ['benɪfɪt] 1) мúлость *ж (favour)* 2) вúгода *ж (advantage);* пóльза *ж (profit)* 3) *театр.* бенефúс *м* ◇ ~ **society** óбщество (кáсса) взаимопóмощи

benevolence [bɪ'nevələns] 1) благосклóнность *ж (goodwill)* 2) благотворúтельность *ж (charity)*

Bengali [beŋ'ɡɔːlɪ] 1. *a* бенгáльский 2. *n* 1) бенгáлец *м,* бенгáлка *ж* 2) бенгáльский язык

Beninese [benɪ'niːz] 1. *a* бенúнский 2. *n* бенúнец *м,* бенúнка *ж*

bent [bent] *past u pp om* bend

berry ['berɪ] ягода *ж*

berth [bəːθ] 1) спáльное мéсто; úpper (lówer) ~ вéрхнее (нúжнее) мéсто 2) *мор.* кóйка *ж*

beside [bɪ'saɪd] рáдом, óколо *(close to);* ~**s** [-z] крóме (тогó)

best [best] 1. *a (превосх. ст. от* good 1, well II) 2) (наи)лýчший; ~ inténtions наилýчшие намéрения 2. *adv (превосх. ст. от* well II 1) лýчше всегó; бóльше всегó ◇ at ~ в лýчшем слýчае; do one's ~ óчень старáться; ~ of luck! (желáю вам) всех благ!

bet [bet] 1. *n* парú *с, нескл.;* make a ~ держáть парú 2. *v* (bet) держáть парú; I ~, you did it держý парú, вы это сдéлали ◇ you ~! *разг.* конéчно!, ну ещё бы!

betray [bɪ'treɪ] предавáть; ~al [-əl] предáтельство *с*

better ['betə] 1. *a (сравн. ст. от* good 1, well II) 2) лýчший ◇ the ~ part (half) бóльшая часть 2. *adv (сравн. ст. от* well II 1) лýчше; so much the ~, all the ~ тем лýчше; you had ~... вы бы лýчше...

between [bɪ'twiːn] между; ~ two and three с (от) двух до трёх (часов)

beverage ['bevərɪdʒ] напиток *м*

beware [bɪ'wɛə] остерегаться; "~ of the car!" ,,берегись автомобиля!" *(надпись)*

beyond [bɪ'jɔnd] 1) по ту сторону, за; ~ the river за рекой 2) вне, сверх; ~ hope безнадёжно

Bhutanese [buːtə'niːz] 1. *а* бутанский 2. *n* бутанец *м*, бутанка *ж*

bias ['baɪəs] 1. *n* предвзятое мнение 2. *v*: ~(s)ed предубеждённый, тенденциозный; ~(s)ed opinion предвзятое мнение

blathlon ['baɪ'æθlɔn] *спорт. ол. (лыжи)* биатлон *м*; ~ relay эстафета по биатлону

Bible ['baɪbl] библия *ж*

bibliography [bɪblɪ'ɔgrəfɪ] библиография *ж*

bicycle ['baɪsɪkl] велосипед *м*

bicyclist ['baɪsɪklɪst] велосипедист *м*

bid [bɪd] (bad(e), bid; bidden, bid) 1) приказывать *(command)* 2) предлагать цену *(offer price)*

bidden ['bɪdn] *pp om* bid

big [bɪg] большой

bike [baɪk] *разг.* = bicycle

bill [bɪl] 1) законопроект *м*; билль *м*; B. of Rights Билль о правах 2) *амер.* счёт *м*; pay the ~ оплатить счёт 3) список *м* *(list)*; ~ of fare меню *с*; ~ of health карантинное свидетельство 4) *(тж.* playbill) афиша *ж* 5) *амер.* банкнота *ж*; dollar ~ один (бумажный) доллар

billiards ['bɪljədz] бильярд *м*

billion ['bɪljən] биллион *м*; *амер.* миллиард *м*

bind [baɪnd] (bound) 1) завязывать, привязывать 2) переплетать; ~ a book переплетать книгу 3) обязывать *(oblige)*; ~ing [-ɪŋ] 1. *n* переплёт *м* 2. *а (on smb)* обязывающий *(кого-л.)* обязательный *(для кого-л.)*

binoculars [bɪ'nɔkjuləz] *pl* бинокль *м*

biographic [baɪəu'græfɪk] биографический

biography [baɪ'ɔgrəfɪ] биография *ж*

biologist [baɪ'ɔlədʒɪst] биолог *м*

biology [baɪˈɔlədʒɪ] биология ж

birch [bəːtʃ] берёза ж

bird [bəːd] птица ж; ~ of prey хищная птица

birth [bəːθ] 1) рождение с 2) роды мн.; give ~ (to) родить (кого-л.) 3) происхождение (descent); ~day [-deɪ] день рождения; ~-place [-pleɪs] место рождения; ~rate [-reɪt] рождаемость ж

biscuit [ˈbɪskɪt] особ. брит. печенье с

bishop [ˈbɪʃəp] 1) епископ м 2) шахм. слон м

bit I [bɪt] кусочек м ◇ wait a ~ подождите немного; not a ~ ничуть

bit II удила мн.

bit III past и pp от bite 1

bite [baɪt] 1. v (bit; bit, bitten) кусать; ~ откусить 2. n укус м ◇ let's have a ~ давайте закусим

bitten [ˈbɪtn] pp от bite 1

bitter [ˈbɪtə] 1, a 1) горький 2) сильный, жестокий (холод и т.п.); ~ wind сильный ветер; ~ struggle упорная борьба 2. n брит. (горькое) бочковое пиво

black [blæk] 1. a чёрный; ~ coffee чёрный кофе 2. n негр м, негритянка ж; the Blacks негры мн., негритянское население

black-board [ˈblækbɔːd] классная доска

blackmail [ˈblækmeɪl] 1. n шантаж м 2. v шантажировать

black-out [ˈblækaut] затемнение с (тж. театр.); we had a two-hour ~ in our neighbourhood в нашем районе два часа не было света

blacksmith [ˈblæksmɪθ] кузнец м

bladder [ˈblædə] камера (мяча); a football ~ футбольная камера

blade [bleɪd] 1) лезвие с 2) лопасть ж; ~ of an oar лопасть весла

blame [bleɪm] 1. n 1) порицание с, упрёк м (reproof) 2) ответственность ж; вина ж; bear (take) the ~ взять вину на себя 2. v осуждать, винить; порицать; who's to ~? кто виноват?

blank [blæŋk] 1. n 1) пустое, свободное место 2) пробел м 2.

a пустой, незаполненный; ~ form чистый бланк

blanket ['blæŋkıt] (шерстяное) одеяло

blast [bla:st] **1.** *n* 1) порыв *м* 2) взрыв *м* (*explosion*) ◇ at full ~ полным ходом **2.** *v* взрывать (*blow up*); ~-furnace [-fɔ:nıs] доменная печь

blaze [bleɪz] **1.** *n* пламя *с*; of lights море огней **2.** *v* пылать, гореть, сверкать; ~r [-ə] блейзер, спортивный пиджак

bled [bled] *past и pp om* bleed

bleed [bli:d] (bled) истекать кровью; кровоточить; ~ing [-ıŋ] кровотечение *с*

blend [blend] смесь *ж*; ~er [-ə] „блендер" *м* (*кухонная машина для перемалывания и перемешивания пищевых продуктов*)

bless [bles] благословлять

blew [blu:] *past om* blow II

blind [blaɪnd] **1.** *n* штора *ж*; please pull down the ~ опустите, пожалуйста, штору **2.** *а* слепой; ~ man слепой *м* ◇ ~ alley тупик *м*

blink [blıŋk] мигать; щуриться

blister ['blıstə] волдырь *м*, водяной пузырь

blizzard ['blızəd] метель *ж*, пурга *ж*

bloc [blɔk] блок *м*, объединение *с*

block [blɔk] **1.** *n* 1) чурбан *м*; ~ of ice льдина *ж* 2) квартал *м*; one ~ further одним кварталом дальше 3): ~ letter печатная буква; write in ~ letters (~ letters, please) пишите (заполняйте) печатными буквами (*в анкете*) **2.** *v* преграждать; ~ up загородить; преградить

blockade [blɔ'keɪd] блокада *ж*

blond [blɔnd] **1.** *а* белокурый **2.** *n* блондин *м*

blonde [blɔnd] блондинка *ж*

blood [blʌd] кровь *ж*; ~ pressure кровяное давление; ~ test анализ крови; ~ transfusion переливание крови ◇ in cold ~ хладнокровно; преднамеренно; ~shed [-ʃed] кровопролитие *с*; ~-vessel [-vesl] кровеносный сосуд; ~y [-ı] кровавый ◇ ~y Mary коктейль „Кровавая Мэри" *(водка, разведённая томатным соком, со специями и кусочками льда)*: two ~y Máries, please! две ,,Кровáвых Мэ́ри", пожáлуйста!

bloom [blu:m] **1.** *n* цветéние *с;* расцвéт *м* **2.** *v* цвести, расцветáть

blossom ['blɔsəm] **1.** *n* цвет *м (на деревьях, кустах);* цветéние *с* **2.** *v* расцветáть; распускáться

blot [blɔt] 1) пятнó *с* 2) клякса *ж (ink spot)*

blotting-paper ['blɔtiŋpeipə] промокáтельная бумáга

blouse [blauz] блýз-(к)а *ж*

blow I [bləu] удáр *м*; at a ~ одним удáром, срáзу; deal (strike) a ~ нанести удáр

blow II (blew; blown) дуть; ~ awáy сдуть; ~ out задувáть; тушить; ~ up a) взрывáть *(explode);* б) надувáть; please ~ up this tíre! накачáйте шину, пожáлуйста!; в) *фото* увеличивать

blown [bləun] *pp om* blow II

blue [blu:] **1.** *a* 1) голубóй, синий 2): be ~ хандрить **2.** *n* 1): get the ~s, be in

the ~s хандрить 2) *pl* муз. блюз *м*

blue||bell ['blu:bel] колокóльчик *м;* ~print [-'print] 1) синька *ж (чертёж)* 2) план *м,* проéкт *м*

blunder ['blʌndə] (грýбая) ошибка

blunt [blʌnt] 1) тупóй 2) рéзкий, прямóй *(outspoken)*

blush [blʌʃ] (по)краснéть

board [bɔ:d] **1.** *n* 1) доскá *ж* 2) стол *м,* питáние *с;* ~ and lódging квартира и стол, пансиóн *м* 3) правлéние *с;* министéрство *с;* ~ of diréctors правлéние *с;* B. of Trade торгóвая палáта *(в США)* 4) мор., ав. борт *м;* on ~ the ship на бортý корабля **2.** *v* столовáться

boarding||-house ['bɔ:diŋhaus] пансиóн *м;* ~-school [-sku:l] интернáт *м,* пансиóн *м (школа)*

boast ['bəust] **1.** *n* хвастовствó *с* **2.** *v* хвáстать(ся) *(of smth — чем-л.)*

boat [bəut] **1.** *n* 1) лóдка *ж;* rówing ~ гребнáя лóдка 2) сýдно *с;* the next ~ sails tomórrow слéдующий рейс зáвтра **2.** *v:* go ~ing кататься на лодке **boat‖-house** ['bəut-haus] *спорт.* ангáр для лóдок и шлюпок; ~**-race** [-reɪs] гребные гóнки; ~**swain** ['bəusn] бóцман *м;* ~**-train** [-'treɪn] специáльный пóезд, подвозящий пассажúров к парохóду

bob [bɔb] *спорт.* бобслéй *м,* сáнки *мн.* **two-man** (**four-man**) ~ *ол. (бобслéй)* двóйка *ж* (четвёрка *ж);* ~**sledding** [-sledɪŋ] *ол.* бобслéй *м,* соревновáния по бобслéю; ~**sleigh** [-sleɪ] *см.* bob

body ['bɔdɪ] 1) тéло *с* 2) организáция *ж,* óрган *м;* public bódies обществéнные организáции 3) *авто* кýзов *м* ◆ in a ~ в пóлном состáве

boil I [bɔɪl] фурýнкул *м*

boil II [bɔɪl] кипéть; кипятúть(ся); варúть (-ся); ~ing wáter кипятóк *м;* ~**ed** [-d] варёный; ~**er** [-ə] котёл *м*

bold [bəuld] 1) смéлый; 2) нáглый *(shameless)*

Bolivian [bə'lɪvɪən] **1.** *a* боливúйский **2.** *n*

боливúец *м,* боливúйка *ж*

bologna [bə'ləunjə] *(тж.* bológna sáusage) болóнья *ж,* варёная колбасá

Bolshevik ['bɔlʃɪvɪk] **1.** *a* большевúстский **2.** *n* большевúк

bolt [bəult] *(тж.* thúnderbolt) удáр грóма

bomb [bɔm] **1.** *n* бóмба *ж* **2.** *v* бомбúть; ~**er** [-ə] *(самолёт)* бомбардирóвщик *м (aircraft)*

bond [bɔnd] 1) ýзы *мн.;* ~s of friendship ýзы дрýжбы 2) *фин.* облигáция *ж*

bone [bəun] кость *ж*

bonfire ['bɔnfaɪə] костёр *м*

bonnet ['bɔnɪt] 1) кáпор *м;* дáмская шляпа 2) *брит. авто* капóт *м*

bonus ['bəunəs] прéмия *ж*

book [buk] **1.** *n* кнúга *ж;* ~ of mátches „кнúжечка" спúчек **2.** *v* закáзывать (билéт); ~ two tíckets for tomórrow, please пожáлуйста, закажúте на зáвтра два билéта; ~**case** [-keɪs] кнúжный шкаф

booking-office ['bukɪŋɔfɪs] *брит.* билéтная кáсса

book‖-keeper ['buk-kiːpə] бухгалтер м; **~-keeping** [-kiːpɪŋ] бухгалтерия ж

booklet ['buklɪt] брошюра ж; книжечка ж

book‖seller's ['bukseləz], **~-shop** [-ʃɔp] *брит.* книжный магазин; **~-store** [-stɔː] *амер.* книжный магазин

boom [buːm] 1) бум м *(prosperity)* 2) шумиха ж, шумная реклама *(hullabaloo)*

booster ['buːstə] ракета-носитель ж

boot [buːt] 1) ботинок м; сапог м 2) *pl спорт.* бутсы *мн.*

booth [buːð] 1) будка ж; кабина ж *(in simultaneous interpretation)*; палатка ж, киоск м *(stall)* 2) кабина для голосования *(at election)*

border ['bɔːdə] 1. *n* 1) граница ж 2) край м *(edge)* 2. *v* граничить (on, upón *smth* — с чем-л.)

bore I [bɔː] 1) сверлить 2) бурить; **~-hole** [-həul] буровая скважина

bore II 1. *v* надоедать ◇ I'm ~d! надоело! 2. *n:* he is a ~! вот зануда!

bore III *past от* bear II

boring ['bɔːrɪŋ] скучный, занудный

born [bɔːn] 1. *pp от* bear II 3); be ~ родиться; I was ~ in London я родился в Лондоне 2. *а* рождённый; (при)рождённый

borne [bɔːn] *pp от* bear II 1) *и* 2)

borrow ['bɔrəu] занимать; ~ móney занимать деньги

bosom ['buzəm] грудь ж; ~ friend закадычный друг

boss [bɔs] хозяин м, босс м

botanical [bə'tænɪkəl] ботанический; ~ gárdens ботанический сад

botanist ['bɔtənɪst] ботаник м

botany ['bɔtənɪ] ботаника ж

both [bəuθ] 1. *pron* оба, обе; ~ of them они оба 2. *adv cj:* he speaks ~ English and German он говорит как по-английски, так и по-немецки

bother ['bɔðə] беспокоить(ся); надоедать *(annoy)*; don't ~! не беспокойтесь!

bottle ['bɔtl] бутылка ж

bottom ['bɔtəm] дно с; ~s up! пей до дна!

bought [bɔːt] *past и pp от* buy

boulevard [ˈbuːlvɑː] бульвар *м*

bound I [baund]: be ~ for направляться; the train is ~ for Lóndon поезд следует до Лóндона

bound II *past и pp от* bind

boundary [ˈbaundərɪ] граница *ж*

boundless [ˈbaundlɪs] безграничный

bountiful [ˈbauntɪful] щедрый; обильный

bounty [ˈbauntɪ] 1) щедрость *ж* (*generosity*) 2) (щедрый) дар (*gift*)

bouquet [buˈkeɪ] букéт *м*

bourgeois [ˈbuəʒwɑː] 1. *а* буржуа *м, нескл.* 2. *а* буржуазный

bourgeoisie [buəʒwɑːˈziː] буржуазия *ж*

bow I [bau] 1. *n* поклóн *м* 2. *v* клáняться

bow II [bəu] 1) лук *м* 2) *муз.* смычóк *м* 3) бант *м*; tie it in a ~, please завяжите, пожáлуйста, бáнтом

bow III [bau] нос *м* (*корабля*)

bowels [ˈbauəlz] *pl* кишéчник *м*; move one's ~ *мед.* имéть стул

bowl [bəul] 1) чáша *ж*; кýбок *м* (*сир*) 2) вáза *ж*; flówer ~ цветóчная вáза

bowling [ˈbəulɪŋ] кегельбáн *м*, бóулинг *м*; игрá в кéгли

bow-tie [ˈbəutaɪ] гáлстук-бáбочка *м*

box I [bɒks] 1) ящик *м*; корóбка *ж*; ~ of sweets корóбка конфéт; ~ of mátches корóбка спúчек 2) *театр.* лóжа *ж*; seats in the ~ местá в лóже 3) бýдка *ж*; télephone ~ телефóнная бýдка

box II [bɒks] 1. *n* 1) удáр *м*; ~ on the ear пощёчина *ж* 2) *спорт.* бокс *м* 2. *v* боксúровать; ~er [-ə] боксёр *м*; ~ing [-ɪŋ] *ол.* бокс *м*

boxing‖-gloves [ˈbɒksɪŋglʌvz] *pl* боксёрские перчáтки; ~-weights [-weɪts] *pl* бокс весовые категóрии

box‖-keeper [ˈbɒkskiːpə] капельдúнер *м*; ~-office [-ɔfɪs] театрáльная кáсса

boy [bɔɪ] мáльчик *м*, пáрень *м*

boycott [ˈbɔɪkət] 1. *n* бойкóт *м* 2. *v* бойкотúровать

bracelet [ˈbreɪslɪt] браслéт *м*

braces [ˈbreɪsɪz] *pl* *брит.* подтяжки *мн.*

bracket [ˈbrækɪt] скóбка *ж*

brahmin ['bra:mɪn] брамúн *м*

braid [breɪd] **1.** *n* косá *ж (волóс)* **2.** *v* плестú, заплетáть

brain [breɪn] 1) мозг *м*; 2) *pl разг.* ýмственные спосóбности; rack one's ~s ломáть себé гóлову; ~-drain [-dreɪn] „утéчка мозгóв“, отъéзд специалúстов *(из страны)*

brake [breɪk] **1.** *n* тóрмоз *м*; put the ~ on тормозúть **2.** *v* тормозúть

branch [bra:ntʃ] 1) ветвь *ж*, вéтка *ж* 2) óтрасль *ж*; a ~ of science óтрасль наýки 3) филиáл *м*; a ~ (of a) líbrary филиáл библиотéки ◆ ~ line железнодорóжная вéтка

brand [brænd] 1) фабрúчная мáрка *(trade-mark)* 2) сорт *м*; of the best ~ вýсшего сóрта; ~-new [-'nju:] совершéнно нóвый, с иглóчки

brandy ['brændɪ] коньяк *м*; налúвка *ж*, настóйка *ж*; chérry ~ вишнёвая налúвка (настóйка)

brass [bra:s] жёлтая медь, латýнь *ж*; ~ band духовóй оркéстр

brave [breɪv] хрáбрый, смéлый; ~ry

['breɪvərɪ] хрáбрость *ж*; мýжество *с*

bravo! ['bra:'vəu] брáво!

Brazilian [brə'zɪljən] **1.** *a* бразúльский **2.** *n* бразúлец *м*, бразильáнка *ж*

breach [bri:tʃ] 1) брешь *ж*; отвéрстие *с* 2) нарушéние *с (закóна и т. п.)*; ~ of prómise нарушéние обещáния

bread [bred] хлеб *м*; frésh-baked ~ свéжий хлеб; (our) dáily ~ хлеб (наш) насýщный

breadth [bredθ] ширинá *ж*

break [breɪk] **1.** *n* 1) перерýв *м*; cóffee ~ корóткий перерýв *(на зáвтрак, обéд и т.д.)* 2) *бокс* брек *м* **2.** *v* (broke; bróken) 1) ломáть(ся); разрушáть(ся); разбивáть (-ся); ~ a glass разбúть стакáн 2) нарушáть *(закóн и т. п.)*; ~ the rules нарýшить прáвила; ~ the world récord побúть мировóй рекóрд; ~ off отлáмывать; ~ out разразúться; вспýхнуть; ~ up расходúться *(о собрáнии)*; ~-down [-daun] 1) упáдок сил; nérvous

~-down нéрвное расстрóйство, перенапряжéние 2) *тех.* полóмка *эс*

breakfast ['brekfəst]: (ýтренний) зáвтрак

breakneck ['breiknek]: at ~ speed с головокружительной быстротóй

breakwater ['breikwɔ:tə] мол *м*

breast [brest] грудь *эс*; ~-stroke [-strəuk] *спорт.* брасс *м*

breath [breθ] дыхáние *с*; вздох *м*; be out of ~ запыхáться; catch one's ~ перевестú дух

breathe [bri:ð] дышáть; ~ déeper дышúте глýбже; ~ in вдыхáть

breathing ['bri:ðiŋ] дыхáние *с*

bred [bred] *past и pp от* breed 2

breed [bri:d] **1.** *n* порóда *эс* **2.** *v* (bred) 1) разводúть, выводúть; ~ cáttle разводúть скот

brevity ['breviti] крáткость *эс*, лаконúчность *эс*

bribe [braib] **1.** *n* взятка *эс* **2.** *v* подкупáть; ~ry ['braibəri] взяточничество *с*

brick [brik] **1.** *n* кирпúч *м* **2.** *a* кир-

пúчный; ~layer [-leiə] кáменщик *м*

bridal ['braidl]: ~ shop магазúн для новобрáчных

bride [braid] невéста *эс*, новобрáчная *эс*; ~groom [-grum] женúх *м*

bridge I [bridʒ] 1) мост *м* 2) перенóсица *эс* (*of the nose*)

bridge II брúдж *м* (*карточная игра*)

bridle ['braidl] **1.** *n* уздá *эс* **2.** *v* взнуздывать; ~ a horse взнуздывать лóшадь

brief [bri:f] крáткий; in ~ в двух словáх; ~-case [-keis] портфéль *м*

briefs [bri:fs] *pl* (корóткие) трусы; плáвки *мн.*

brigade [bri'geid] 1) *воен.* бригáда *эс* 2) комáнда *эс*, отряд *м* (*group*)

bright [brait] 1) яркий; свéтлый 2) блестящий; it's a ~ idéa! блестящая мысль! 3) смышлёный, ýмный (*clever*)

brilliant ['briljənt] блестящий; it's a ~ score *спорт.* счёт превосхóдный

brim [brim] 1) край *м*; full to the ~ напóлненный до краёв

2) поля́ *мн.* *(напр., шля́пы)*

bring [brıŋ] (brought) 1) приноси́ть 2) влечь за собо́й *(cause);* ~ **about** влечь за собо́й *(result in);* ~ **down:** ~ down prices сни-жа́ть це́ны; ~ **out** а) выявля́ть; б) опу-блико́вывать *(publish);* ~ **to** приводи́ть в чу́вство; ~ **up** а) воспи́тывать; б) под-нима́ть вопро́с; ~ it up when you talk to him когда́ бу́дете говори́ть с ним, под-ними́те э́тот вопро́с ◇ ~ to smb's nótice довести́ до чьего́-л. све́дения; ~ *smth* to an end положи́ть ко-не́ц *чему-л.*

brisk [brısk] 1) жи-во́й; прово́рный; ~ trade бо́йкая тор-го́вля 2) прохла́дный, бодря́щий; the weath-er is ~ todáy сего́дня свежо́

British ['brıtıʃ] **1.** *a* брита́нский; ~ dele-gation англи́йская делега́ция; ~ súm-mer tíme ле́тнее вре́-мя *(на час вперёди времени по Гринвичу)* **2.** *n* (the ~) *собир.* англича́не

brittle ['brıtl] хру́п-кий, ло́мкий

broad [brɔːd] 1) широ́кий; ~ smile широ́кая улы́бка 2) я́сный; in ~ dáylight среди́ бе́ла дня; ~ hint недвусмы́сленный намёк 3): ~ áccent характе́рный акце́нт ◇ ~ jump *спорт. амер.* прыжо́к (прыж-ки́) в длину́

broadcast ['brɔːdkɑːst] **1.** *n* радиопереда́ча *ж* **2.** *v* передава́ть по ра́дио

broke [brouk] *past от* break 2

broken ['broukən] **1.** *a* 1) разби́тый; сло́ман-ный 2) нару́шенный; ~ prómise нару́шен-ное обеща́ние 3) ло́-маный *(о языке);* in ~ French на ло́-маном францу́зском языке́ **2.** *pp от* break 2

broker ['brouka] ма́-клер *м*

bronchitis [brɔŋ'kai-tıs] бронхи́т *м*

bronze [brɔnz] **1.** *n* бро́нза *ж* **2.** *a* бро́н-зовый

brooch [broutʃ] брошь *ж*

brook [bruk] руче́й *м*

broom [bruːm] ме-тла́ *ж*

broth [brɔθ] бульо́н *м*

brother ['brʌðə] брат *м;* ~hood [-hud] бра́т-ство *с*

brother-in-law [ˈbrʌ-ðərinlɔ:] зять *м (husband of a sister)*; шурин *м (brother of a wife)*

brought [brɔ:t] *past и pp om* bring

brow [brau] 1) бровь *ж*; don't knit your ~s не хмурьтесь 2) лоб *м (forehead)*

brown [braun] коричневый, бурый

bruise [bru:z] синяк *м*; ушиб *м*

brunette [bru:ˈnet] брюнетка *ж*

brush [brʌʃ] 1. *n* щётка *ж* 2. *v* 1) чистить щёткой; please ~ my coat почистите, пожалуйста, моё пальто 2) причёсывать; ~ one's hair причесать волосы; ~ aside отмахнуться, отделаться; ~ up приводить в порядок, „причесать"

brutal [ˈbru:tl] жестокий, грубый

bubble [ˈbʌbl] пузырь *м*

bucket [ˈbʌkit] ведро *с*

buckle [ˈbʌkl] 1. *n* пряжка *ж* 2. *v*: ~ up застегнуть пряжку; пристегнуться

buckwheat [ˈbʌkwi:t] гречиха *ж*

bud [bʌd] 1. *n* 1) почка *ж (of a tree)* 2) бутон *м (of a flower)*

2. *v* давать почки; пускать ростки

Buddhism [ˈbudizm] буддизм *м*

budget [ˈbʌdʒit] бюджет *м*

buffalo [ˈbʌfələu] буйвол *м*

buffet 1) [ˈbufei] буфет *м (refreshment bar)*; ~ luncheon приём „а-ля фуршет", где подаются холодные закуски 2) [ˈbʌfit] буфет *м (sideboard)*; буфетная стойка *(bar)*

bug [bʌg] 1) *(тж.* bed-bug) клоп *м* 2) насекомое *с (insect)* 3) *амер.* жук *м*

bugle [ˈbju:gl] горн *м*, рог *м*, фанфара *ж*

build [bild] (built) строить; ~ in встраивать; ~er [-ə] строитель *м*; ~ing [iŋ] 1) строение *с*, здание *с*; I live in the second ~ing я живу во втором корпусе 2) строительство *с (construction)*

built [bilt] *past, pp om* build; ~-in [-in] встроенный

bulb [bʌlb] 1) луковица *ж* 2) электрическая лампочка; the ~ fused лампочка перегорела

Bulgarian [bʌlˈgɛə-riən] 1. *a* болгарский

58

2. *n* 1) болга́рин *м*, болга́рка *ж* 2) болга́рский язы́к

bulk [bʌlk] (основна́я) ма́сса; the ~ of the population основна́я часть населе́ния; ~y [-ı] большо́й; громо́здкий

bull [bul] бык *м*

bullet [ˈbulıt] пу́ля *ж*

bulletin [ˈbulıtın] бюлле́тень *м (официа́льное сообще́ние)*

bulwark [ˈbulwɔk] 1) вал *м*; бастио́н *м* 2) опло́т *м*: ~ of peace опло́т ми́ра

bump [bʌmp] 1) уда́р *м*, толчо́к *м* 2) ши́шка *ж*; a ~ on the fórehead ши́шка на лбу; ~er [-ə] *авто амер.* ба́мпер *м*

bun [bʌn] бу́лочка *ж*

bunch [bʌntʃ] 1) свя́зка *ж*; a ~ of keys свя́зка ключе́й 2) пучо́к *м*; буке́т *м*; a ~ of flówers буке́т цвето́в; a ~ of grapes *преим. амер.* гроздь виногра́да

bundle [ˈbʌndl] 1) у́зел *м*, паке́т *м (a parcel)* 2) свя́зка *ж*, вяза́нка *ж*; a ~ of wood вяза́нка дров

bungalow [ˈbʌŋgəlou] (одноэта́жная) да́ча, бу́нгало *с*, *нескл.*

burden [ˈbɔːdn] **1** *n*

но́ша *ж*; тя́жесть *ж*; бре́мя *с*; ~ of taxátion нало́говое бре́мя **2.** *v* нагружа́ть; обременя́ть

bureau [ˈbjuərəu] 1) конто́ра *ж*, отде́л *м*; trável ~ туристи́ческое аге́нтство 2) бюро́ *с*, *нескл.*, конто́рка *ж (desk)* 3) бюро́ *с*, *нескл.*, прези́диум *м (конфере́нции)*

bureaucratic [bjuərəu-ˈkrætik] бюрократи́ческий

burglar [ˈbɔːglə] взло́мщик *м*

burial [ˈberiəl] по́хороны *мн.*

Burman [ˈbɔːmən] **1.** *a* бирма́нский **2.** *n* бирма́нец *м*, бирма́нка *ж*

Burmese [bəːˈmiːz] 1) бирма́нец *м*, бирма́нка *ж* 2) бирма́нский язы́к

burn [bɔːn] **1.** *v* (burnt) 1) горе́ть 2) жечь, сжига́ть; do not ~ your steak не сожги́(те) бифште́кс 3) обжига́ть; the mústard ~s my tongue горчи́ца о́чень зла́я **2.** *n* ожо́г *м*; ~ing [-ıŋ] горя́щий; жгу́чий; ~ing quéstion животрепе́щущий (жгу́чий) вопро́с

burnt [bɔːnt] *past и pp от* burn 1

burst [bɔ:st] **1.** *n* взрыв *м*; вспышка *ж*; ~ of appláuse взрыв аплодисмéнтов **2.** *v* (burst) 1) лóпаться; the tíre ~ шúна лóпнула 2) взрывáть(ся) *(explode)*; ~ **into** разразúться; ~ **into** laughter разразúться смéхом; ~ **out** вспыхивать *(о войне, эпидемии)*

bury [ˈberi] 1) хоронúть 2) прятать *(hide away)*

bus [bʌs] автóбус *м (рейсовый, городской)*; go by ~, take the ~ (по)éхать на автóбусе

bush [buʃ] куст *м*, кустáрник *м* ⬦ live in the ~ жить в глушú

bushel [ˈbuʃl] бýшель *м (мера объёма)*

business [ˈbiznis] 1) дéло *с*; ~ suit *амер.* ,,деловóй'' костюм; any óther ~ рáзное *с (пункт повестки дня)* 2) коммéрческое предприятие *(enterprise)* 3) занятие *с*; what's his ~? чем он занимáется?; ~**man** [-mæn] бизнесмéн *м*, делéц *м*

bust [bʌst] бюст *м*

busy [ˈbizi] занятóй; зáнятый; I'm ~ today сегóдня я зáнят; the line is ~ лúния занятá; ~ street шýм-

ная ýлица *(с большим движением)*

but [bʌt] **1.** *cj* а, но, однáко; I want ~ I can't хочý, но не могý **2.** *prep* крóме, за исключéнием; all ~ you все, крóме вас **3.** *adv* тóлько, лишь ⬦ ~ for éсли бы не

butcher [ˈbutʃə] мяснúк *м*

butter [ˈbʌtə] **1.** *n* мáсло *с (сливочное)*; bread and ~ хлеб с мáслом **2.** *v* намázывать мáслом

butterfly [ˈbʌtəflai] 1) бáбочка *ж* 2) *спорт.* баттерфляй *м*

buttermilk [ˈbʌtəmilk] *(обезжиренный)* кефúр *м*

button [ˈbʌtn] **1.** *n* 1) пýговица *ж*; 2) кнóпка *ж*; push the ~! нажмú(те) кнóпку! **2.** *v* (up) застёгивать(ся); ~**hole** [-həul] пéтля *ж*

buy [bai] (bought) покупáть ⬦ come alóng, I'll ~ you a lunch *амер. разг.* пошлú пообéдаем, я угощáю; ~**er** [-ə] покупáтель *м*

buzz [bʌz] жужжáть; гудéть; ~**er** [ˈbʌzə] гудóк *м*, зýммер *м*

by [bai] **1.** *prep* 1) у, при, óколо; by the ráilway státion óколо вокзáла 2) посрéдством; can we get there by rail? туда можно попасть по железной дороге? 3) по; by the rules по правилам 4) by Súnday к воскресéнью ❖ by far намного; by the by (way) кстати, между прочим **2.** *adv* 1) рядом; поблизости; near by поблизости 2) мимо: the bus went by автобус проехал мимо

bye [baɪ]: draw (have) the ~ *спорт.* быть свободным от игры

bye-bye [ˈbaɪˈbaɪ] *разг.* пока, всего *(до свидания)*

by-election [ˈbaɪɪlek-ʃn] дополнительные выборы

Byelorussian [bjelo-ˈrʌʃn] **1.** *a* белорусский **2.** *n* 1) белорус *м*, белоруска *ж*; 2) белорусский язык

bystander [ˈbaɪstæn-də] свидетель *м*, зритель *м*; наблюдатель *м*

bystreet [ˈbaɪstriːt] переулок *м*

C

cab [kæb] 1) наёмный экипаж 2) такси *с (taxi)*

cabbage [ˈkæbɪdʒ] капуста *ж*

cabin [ˈkæbɪn] 1) хижина *ж*; log ~ бревенчатый дом 2) каюта *ж*; please resérve ~ class pássage оставьте (мне, ему *и т. д.*), пожалуйста, билеты второго класса

cabinet [ˈkæbɪnɪt] 1) кабинет *м (правительство)*; the French ~ французское правительство 2) шкаф *м*, шкафчик *м*; сервант *м*; chína ~ горка *ж* 3) корпус *м*; rádio in a wálnut ~ радиоприёмник в корпусе из орехового дерева

cable [ˈkeɪbl] **1.** *n* 1) кабель *м* 2) телеграмма *ж*; send us a ~ when you arríve протелеграфируйте нам по приезде **2.** *v* телеграфировать

cafe [ˈkæfeɪ] кафе *с, нескл.*

cafeteria [kæfɪˈtɪərɪə] кафетерий *м*; закусочная *ж (с самообслуживанием)*

cage [keɪdʒ] клетка *ж*

cajole [kəˈdʒəul] льстить

cake [keɪk] 1) торт *м*, пирожное *с* 2) кусок *м*, брусок *м*; ~ of soap кусок мыла

calculate [ˈkælkjuleɪt] вычислять

calculator [ˈkælkju-
leɪtə]: electrónic (pócket) ~ электрóнный
(кармáнный) калькулятор

calendar [ˈkælɪndə]
1) календáрь м 2)
календáрный план;
the ~ of the competítions прогрáмма спортúвных соревновáний

calf [kɑːf] телёнок м
calico [ˈkælɪkəu] 1)
коленкóр м; миткáль
м 2) амер. сúтец м

call [kɔːl] 1. n 1) зов
м, óклик м 2) (телефóнный) вы́зов; ánswer the ~! подойдúте
к телефóну! 3) визúт
м; pay (retúrn) a ~
нанестú (отдáть) визúт
2. v 1) звать, окликáть;
would you ~ the
pórter for me? бýдьте
добры́, позовúте мне
носúльщика 2) назывáть; what do you
~ this in Rússian?
как э́то назывáется
по-рýсски? 3) созывáть; ~ a méeting
созвáть собрáние 4)
будúть; please call me
at séven o'clóck пожáлуйста, разбудúте меня́ в семь часóв
5) призывáть (appeal); ~ on the next
spéaker предостáвить
слóво слéдующему орáтору; ~ for захо-
дúть за кем-л.; ~
off отменя́ть; ~ on
посещáть; навещáть;
~ up a) звонúть (по
телефóну); б) воен.
призывáть ◇ ~ a méeting to órder откры́ть
собрáние

call-box [ˈkɔːlbɔks]
брит. телефóнная бýдка

callisthenics [kælɪs-
ˈθenɪks] спорт. заря́дка
ж, гимнáстика ж

calm [kɑːm] тúхий;
спокóйный

came [keɪm] past om
come

camel [ˈkæməl] верблю́д м

camera [ˈkæmərə] 1)
фотоаппарáт м; where
can I buy some ~
equípment? где мóжно
купúть фотооборýдование? 2) (тж. móvie-cámera) киноаппарáт м; ~man [-mæn]
кинооперáтор м

Cameroonian [kæmə-
ˈruːnjən] 1. a камерýнский 2. n камерýнец
м, камерýнка ж

camp [kæmp] 1. n
лáгерь м, привáл м 2.
v располагáться лáгерем; ~ out ночевáть в палáтке

campaign [kæmˈpeɪn]
кампáния ж; воен.
похóд м

camper [ˈkæmpə] турúст м

camping ['kæmpɪŋ]: ~ equipment туристские принадлежности

campus ['kæmpəs] *амер.* университетский *или* школьный двор (городок)

can I [kæn] **1.** *n* 1) бидон *м;* канистра *ж* 2) жестяная коробка 3) *амер.* банка консервов *(of fish, etc);* ~ opener *амер.* консервный нож **2.** *v* консервировать; ~ned food консервы *мн.;* ~ned fruit (meat, fish) фруктовые (мясные, рыбные) консервы

can II (could) 1) мочь, быть в состоянии; ~ you do it? вы сможете это сделать?; I can't hear you я вас не слышу; ~ you show me the way..? вы не скажете, как пройти..? 2) уметь; I can't speak Russian я не говорю по-русски; ~ you drive? вы умеете водить машину? 3) мочь, иметь право; you ~ go можете идти

Canadian [kə'neɪdjən] **1.** *a* канадский **2.** *n* 1) канадец *м,* канадка *ж* 2) *спорт. ол.* каноэ *c;* ~ single (double) *(гребля)* каноэ-одиночка *ж* (-двойка *ж*)

canal [kə'næl] канал *м (искусственный)*

cancel ['kænsəl] 1) отменять; аннулировать; ~ an order а) отменить приказ; б) аннулировать заказ 2) погашать; ~ a stamp погасить марку

cancer ['kænsə] *мед.* рак *м*

candid ['kændɪd] откровенный; ~ camera *амер. тлв.* скрытая камера

candidate ['kændɪdɪt] кандидат *м*

candle ['kændl] свеча *ж*

candy ['kændɪ] *амер.* конфета *ж;* ~ box коробка конфет

cane [keɪn] 1) камыш *м,* тростник *м* 2) трость *ж (walking-stick)*

cannon ['kænən] пушка *ж,* орудие *c*

cannot ['kænɔt]: I ~ я не могу

canoe [kə'nu:] 1) чёлн *м* 2) каноэ *c;* ~ing [-ɪŋ] *ол.* гребля на байдарках и каноэ

can't [ka:nt] *разг.* = cannot

cantaloupe ['kæntəlu:p] канталупа *ж (сорт дыни)*

canteen [kæn'ti:n] столовая *ж;* factory

~ заводская столовая

canvas ['kænvəs] 1) парусина *ж;* холст *м* 2) картина *ж*, холст *м (painting)* 3) паруса *мн.;* únder ~ под парусами

cap [kæp] фуражка *ж;* шапка *ж*

capable ['keɪpəbl] способный; she is a ~ týpist она способная машинистка; he is ~ of ánything он способен на всё

capacity [kə'pæsɪtɪ] 1) ёмкость *ж,* вместимость *ж;* filled to ~ заполненный до отказа 2) *mex.* мощность *ж* 3): in the ~ of в качестве *кого-л.;* in my ~ as a díplomat I must... как дипломат я должен...

capo [kɔɪp] *геогр.* мыс *м*

Cape Verdean [keɪp-'və:dɪən] 1. *a* Островов Зелёного Мыса 2. *n* житель, жительница Островов Зелёного Мыса

capital I ['kæpɪtl] 1. *a* 1) главный; ~ létter заглавная буква 2): ~ púnishment смертная казнь 3) *разг.* превосходный 2. *n* столица *ж*

capital II ['kæpɪtl] ка-

питал *м;* monópoly ~ монополистический капитал; **~ism** ['kæpɪtəlɪzm] капитализм *м;* **~ist** ['kæpɪtəlɪst] 1. *n* капиталист *м* 2. *a* капиталистический

captain ['kæptɪn] капитан *м;* ~ of the crew *ав.* командир корабля

capture ['kæptʃə] захватывать

car [ka:] 1) автомобиль *м,* машина *ж* 2) вагон *м (трамвая, амер. тж. железнодорожный);* Púllman ~ пульмановский вагон

carat ['kærət] 1) карат *м* 2): 14-~ (24-~) gold золото 56-й (96-й) пробы

caravan ['kærəvæn] 1) караван *м* 2) *брит.* прицеп-дача *м*

carbon-paper ['ka:-bənpeɪpə] копировальная бумага

card [ka:d] 1) карточка *ж* 2) *карт.* карта *ж* 3) *(тж.* póstcard) открытка *ж* 4) билет *м;* mémbership ~ членский билет; **~board** [-bɔ:d] картон *м*

cardigan ['ka:dɪgən] кардиган *м,* (вязаный) жакет

cardinal ['ka:dɪnl] 1. *a* основной, главный

◇ ~points страны света **2.** n (C.) кардинал м

care [keə] **1.** n забота ж ◇ ~ of (сокр. c/o) для передачи *(на письмах)*; Mr. Ivanóv, c/o Committee of Youth Organizations of the USSR Комитет молодёжных организаций СССР, для передачи г-ну Иванову; take ~ (of) заботиться **2.** v питать интерес (любовь) (for); I don't ~ мне всё равно

career [kə'riə] 1) карьера ж 2) род занятий, профессия ж *(profession)*

careful ['keəful] 1) заботливый (for, of) 2) точный; ~ estimation точная оценка 3) осторожный; be ~! осторожно!

careless ['keəlis] 1) беззаботный 2) небрежный; ~ attitude небрежное отношение

caress [kə'res] **1.** n ласка ж **2.** v ласкать

cargo ['ka:gəu] (корабельный) груз; ~ ship грузовое судно

carnation [ka:'neiʃn] гвоздика ж

carnival ['ka:nivəl] карнавал м

carp [ka:p] карп м

car-park ['ka:pa:k] *брит.* автостоянка ж

carpenter ['ka:pintə] плотник м

carpet ['ka:pit] ковёр м

carriage ['kærid3] 1) экипаж м 2) вагон м; second-class ~ вагон второго класса 3) перевозка ж; ~ of goods перевозка грузов 4) стоимость перевозки (доставки); what is the ~ on it? сколько стоит доставка этого (груза)?; ~-free [-fri:] с бесплатной доставкой

carrier ['kæriə] 1) носильщик м; the expedition had to hire a score of ~s экспедиция была вынуждена нанять двадцать носильщиков 2) перевозчик м, транспортная фирма; "Pan-Am" will be your ~ ваш груз будет доставлен компанией „Пан-Американ"

carrot ['kærət] морковь ж

carry ['kæri] 1) везти, перевозить 2) носить; the porter will ~ your bags ваши чемоданы возьмёт носильщик 3) принимать; the motion is carried предложение принимается; ~ away уносить; ~ on продолжать· ~ out выполнять, осуществлять

cart ka:t] телега *ж;* повозка *ж*

carton [ka:tən] (картонная) коробка; ~ of beer ящик пива; ~ of cigarettes блок сигарет

cartoon [ka:'tu:n] 1) карикатура *ж* 2) мультфильм *м;* ~ist [-ist] карикатурист *м*

cartridge ['ka:tridʒ] 1) патрон *м* 2) кассета *ж (магнитофонная и фото)* 3) звукосниматель *м (в проигрывателе)*

carve [ka:v] 1) резать по дереву или кости *(in stone or bone)* 2) высекать из камня *(chisel)*

car wash ['ka:wɔʃ] мойка *ж (автомобилей)*

case I [keis] 1) случай *м;* in ~ of в случае; in any ~ во всяком случае; (just) in ~ на всякий случай 2) *юр.* (судебное) дело 3) *мед.* больной *м,* пациент *м*

case II 1) ящик *м (box)* 2) футляр *м (for jewels, etc)*

cash [kæʃ] (наличные) деньги

cashier [kæ'ʃiə] кассир *м*

cassette [kæ'set] кас-

сета *ж (магнитофонная и фото);* ~type [-taip]: ~type tape recorder кассетный магнитофон

cast [ka:st] **1.** *v* (cast) 1) бросать; ~ a glance бросить взгляд 2) лить, отливать *(металл);* this statue is ~ in bronze эта статуя отлита из бронзы ◈ ~ing vote решающий голос *(при разделении голосов)* **2.** *n театр.* состав исполнителей

castle ['ka:sl] 1) замок *м* 2) *шахм.* ладья *ж*

casual ['kæʒjuəl] случайный; ~ty ['kæʒjuəlti] несчастный случай, жертва *ж*

cat [kæt] кот *м,* кошка *ж*

catalogue ['kætələg] каталог *м*

catastrophe [kə'tæstrəfi] катастрофа *ж;* несчастье с

catch [kætʃ] (caught) 1) ловить; поймать; схватывать 2) улавливать *(understand)* 3) застать; ~ the train успеть (попасть) на поезд 4) заразиться, схватить; ~ the flu схватить грипп; ~ at ухватиться за *(что-л.);* ~ up (with) догнать

category [ˈkætɪgərɪ] разряд *м*; категория *ж*, класс *м*

cathedral [kəˈθiːdrəl] собор *м*

catholic [ˈkæθəlɪk] 1. *a* католический 2. *n* католик *м*, католичка *ж*

cattle [ˈkætl] (рогатый) скот

Caucasian [kɔːˈkeɪzjən] кавказский

caught [kɔːt] *past u pp om* catch

cauliflower [ˈkɔlɪflauə] цветная капуста

cause [kɔːz] 1. *n* 1) причина *ж* 2) повод *м*; give ~ for complaint дать повод для жалобы 3) дело *с* the ~ of peace дело мира 2. *v* 1) причинять 2) заставлять (make)

caution [ˈkɔːʃn] 1) осторожность *ж*; with ~ осторожно 2) *спорт.* предупреждение *с* ◆ ~! берегись!

cave [keɪv] пещера *ж*

caviar(e) [ˈkævɪaː] икра *ж*

cavity [ˈkævɪtɪ] 1) полость *ж*, пустота *ж* 2) дупло *с* (in a tooth)

cayenne [keɪˈen] красный перец

CBS [ˈsiːˈbiːˈes] (Columbia Broadcasting System) радиовеща-

тельная компания „Си-би-эс“ (*в США*)

cease [siːs] 1. *v* прекращать(ся); приостанавливать(ся) 2. *n*: ~ fire прекращение огня

ceiling [ˈsiːlɪŋ] потолок *м*

celebrate [ˈselɪbreɪt] праздновать

celebration [selɪˈbreɪʃn] праздник *м*

cell [sel] *биол.* клетка *ж*

cellar [ˈselə] 1) подвал *м* 2) (*тж.* wine-cellar) винный погреб

cello [ˈtʃeləu] виолончель *ж*

Celsius [ˈselsjəs]: twelve degrées ~ двенадцать градусов по Цельсию

cement [sɪˈment] 1. *n* цемент *м* 2. *v* цементировать; укреплять

cemetery [ˈsemɪtrɪ] кладбище *с*

censorship [ˈsensəʃɪp] цензура *ж*

census [ˈsensəs] перепись (населения)

cent [sent] цент *м*

centenary [senˈtiːnərɪ] столетие *с*, столетняя годовщина

centigrade [ˈsentɪgreɪd]: thirty degrées ~ тридцать градусов по Цельсию

central [ˈsentrəl] центра́льный; C. Committee Центра́льный Комите́т

centre ['sentə] центр *м*; where's the shópping ~? где здесь торго́вый центр (основны́е магази́ны)?; ~ fórward *спорт.* центра́льный нападáющий; ~ hálf-back *спорт.* центра́льный полузащи́тник

century ['sentʃuri] век *м*, столе́тие *с*

cereal ['siəriəl] 1) *pl* хле́бные зла́ки, зерновы́е *мн.* 2) *амер.* ка́ша *ж*

ceremony ['serɪmənɪ] обря́д *м*; церемо́ния *ж*; withóut ~ за́просто

certain ['sə:tn] 1) определённый 2) увéренный; I am ~ я увéрен 3) нéкоторый, нéкий; a ~ man нéкто ◇ for ~ наверняка́; ~ly [-lɪ] конéчно, непремéнно

certificate [sə'tɪfɪkɪt] свидéтельство *с*, удостоверéние *с*; ~ of birth мéтрика *ж*

chain [tʃeɪn] цепь *ж*; цепóчка *ж*

chair [tʃeə] 1) стул *м*; take a ~, please! сади́тесь, пожа́луйста! 2) кáфедра *ж* (*in a university*) 3) председа́тельское мéсто; take

(leave) the ~ откры́ть (закры́ть) заседа́ние 4): the ~ rules that... председа́тельствующий постанови́л...; ~man [-mən] председа́тель *м*

chalk [tʃɔ:k] мел *м*

challenge ['tʃælɪndʒ] 1) вы́зов *м*; ~ to compéte вы́зов на состяза́ние 2) (слóжная) проблéма, тру́дная зада́ча

chamber ['tʃeɪmbə] 1) пала́та *ж*; C. of Cómmerce торгóвая пала́та 2): ~ músic кáмерная му́зыка

champagne [ʃæm'peɪn] шампáнское *с*

champion ['tʃæmpiən] 1) борéц *м*, побóрник *м*; ~ of peace борéц за мир 2) чемпиóн *м*; world (Européan) ~ чемпиóн ми́ра (Евро́пы); ~ship [-ʃɪp] 1) звáние чемпиóна (*title*) 2) пéрвенство *с*; fóotball (hóckey) world ~ship пéрвенство ми́ра по футбóлу (хоккéю); conténd for the ~ship оспáривать пéрвое мéсто

chance [tʃɑ:ns] 1) возмóжность *ж*; not the least ~ никаки́х шáнсов 2) слу́чай *м*; by ~ случáйно

chancellor ['tʃɑ:nsələ] кáнцлер *м*; C. of the

Exchéquer министр финáнсов (в Англии)

change [tʃeɪndʒ] **1.** n 1) изменéние c, перемéна ж 2) смéна ж; a ~ of clothes смéна бельá 3) пересáдка ж; no ~ for Léningrad до Ленингрáда без пересáдки 4) мéлочь ж (money) ◆ for a ~ для разнообрáзия **2.** v 1) менять(ся) 2) дéлать пересáдку; we have to ~ at the next státion на слéдующей стáнции мы дéлаем пересáдку 3) переодевáться; I must have time to ~ мне нýжно успéть переодéться

channel [ˈtʃænl] 1) пролúв м 2) перен. истóчник м; канáл м 3) радио, тлв. прогрáмма ж

chap [tʃæp] пáрень м, мáлый м

chapel [ˈtʃæpəl] часóвня ж; цéрковь ж (домовая и т. п.)

chapter [ˈtʃæptə] главá ж (книги)

character [ˈkærɪktə] 1) харáктер м 2) óбраз м (in a novel, etc) 3) репутáция ж (reputation) 4) бýква ж, иерóглиф м; Chínése ~s китáйские иерóглифы ◆ ~ dance характéрный тáнец; ~·

istic [kærɪktəˈrɪstɪk] характéрный

charcoal [ˈtʃɑːkəul] 1) древéсный ýголь 2) рисýнок ýглем (drawing)

charge [tʃɑːdʒ] **1.** n 1) попечéние c; be in ~ of а) завéдовать (чем-л.); б) отвечáть за (кого-л., что-л.) 2) юр. обвинéние c; 3) ценá ж: what's the ~? скóлько это стóит? free of ~ бесплáтно **2.** v 1) поручáть; возлагáть на (кого-л.); ~ with a mission давáть поручéние 2) юр. обвинять 3) заряжáть (load) 4) назначáть цéну: why don't you ~ me ánything? почемý вы с меня не берёте дéньги?

charity [ˈtʃærɪtɪ] благотворúтельность ж

charleston [ˈtʃɑːlstən] чарльстóн м (танец)

charm [tʃɑːm] **1.** n обаяние c, очаровáние c **2.** v очарóвывать; ~ing [-ɪŋ] очаровáтельный, прелéстный

charter [ˈtʃɑːtə] устáв м; хáртия ж; United Nátions Ch. Устáв ООН

chase [tʃeɪs] **1.** n погóня ж **2.** v гнáться; ~ out выгонять; ~r [-ə]: a vódka and a beer ~r рюмка водки с пивом

chat [tʃæt] **1.** *n* беседа *ж* **2.** *v* беседовать *(непринуждённо)*

cheap [tʃi:p] **1.** *a* дешёвый; are the rates at the hotel ~? это дешёвая гостиница? **2.** *adv* дёшево

cheat [tʃi:t] обманывать, надувать

check [tʃek] **1.** *n* 1) задержка *ж (delay)* 2) проверка *ж*; a ~ on the results проверка результатов 3) номерок *м (for a coat)* 4) (багажная) квитанция *(for luggage)* 5) шахм. шах *м* 6) *амер.* чек *м* **2.** *v* 1) сдерживать; ~ one's anger сдержать гнев 2) *(тж.* check up) проверять, контролировать 3) шахм. объявлять шах; ~ in а) зарегистрироваться в гостинице, поселиться в гостинице; б) зарегистрироваться и сдать багаж в аэропорту; ~ out выехать из гостиницы ◇ ~ing time контрольное время *(определённый час, от которого ведётся отсчёт суток, прожитых в гостинице)*; ~book [-buk] *амер.* чековая книжка

checkers ['tʃekəz] *pl амер.* шашки *мн.*

check-in ['tʃek'ɪn] регистрация *ж (багажа и билета в аэропорту)*; "~ counter" „регистрация пассажиров" *(надпись)*

checkmate ['tʃekmeɪt] **1.** *n* шах и мат **2.** *v* поставить мат

checkroom ['tʃekru:m] *амер.* гардероб *м (помещение)*

cheek [tʃi:k] щека *ж*; ~bone [-bəun] скула *ж*

cheer [tʃɪə] **1.** *n:* ~! ура!; ◇ three ~s for..! да здравствует ..! **2.** *v* ободрять; ~ up! не вешай носа!

cheerio! ['tʃɪərɪ'əu] *брит.* привет!, пока!

cheese [tʃi:z] сыр *м*

chemical ['kemɪkəl] химический

chemise [ʃə'mi:z] сорочка *ж (женская)*

chemist ['kemɪst] 1) химик *м* 2) *брит.* аптекарь *м*; ~'s (shop) аптека *ж*; ~ry [-rɪ] химия *ж*; agricultural ~ry агрохимия *ж*

cheque [tʃek] *брит.* чек *м*; cash a ~ получить деньги по чеку; draw a ~ выписать чек; ~book [-buk] *брит.* чековая книжка

cherry ['tʃerɪ] 1) вишни *ж* 2) (*тж.* sweet chérry) черёшня *ж*

chess [tʃes] шáхматы *мн.;* ～ tóurnament шáхматный турнúр; ～-board [-bɔ:d] (шáхматная) доскá; ～-man [-mæn] (шáхматная) фигýра; ～-player [-pleiə] шахматúст *м*

chest [tʃest] 1) ящик *м;* ～ of dráwers комóд *м* 2) грудь *ж*, груднáя клéтка; weak ～ слáбые лёгкие

chestnut ['tʃesnʌt] 1. *n* каштáн *м* 2. *a* каштáновый (*о цвете*)

chew [tʃu:] жевáть

chewing-gum ['tʃu:-ɪŋʌm] жевáтельная резúнка

chicken ['tʃikin] 1) цыплёнок *м* 2) кýрица *ж* (*блюдо*); ～ broth курúный бульóн

chief [tʃi:f] 1. *n* руководúтель *м*, начáльник *м*, шеф *м* 2. *a* глáвный; основнóй; ～ly [-li] глáвным óбразом

child [tʃaild] (*pl* chíldren) ребёнок *м;* ～hood [-hud] дéтство *с*

children ['tʃildrən] *pl om* child

Chilean ['tʃiliən] 1. *a* чилúйский 2. *n* чилúец *м*, чилúйка *ж*

chill [tʃil] 1) хóлод

м 2) простýда *ж;* I've caught a ～ я простудúлся

chimney ['tʃimni] трубá *ж* (*дымовая*)

chin [tʃin] подборóдок *м*

china ['tʃainə] 1. *n* фарфóр *м* 2. *a* фарфóровый

Chinese ['tʃai'ni:z] 1. *a* китáйский 2. *n* 1) китáец *м*, китаянка *ж* 2) китáйский язык

chips [tʃips] *pl* жáреный картóфель (*нарезанный соломкой*); fish and ～ рыба с жáреным картóфелем

chocolate ['tʃɔkəlit] 1) шоколáд *м* 2) *pl* шоколáдные конфéты

choice [tʃɔis] выбор *м;* I had no ～ у меня нé было другóго выбора

choir ['kwaiə] хор *м*

choke [tʃəuk] 1. *n авто* подсóс *м* 2. *v* 1) душúть 2) задыхáться (with — от)

choose [tʃu:z] (chose; chósen) 1) выбирáть 2) хотéть; if you ～, you may stay éсли хотúте, оставáйтесь

chop [tʃɔp] 1. *v* рубúть 2. *n* (отбивнáя) котлéта; ～per [-ə] *амер. разг.* вертолёт *м*

chord [kɔ:d] *муз.* аккóрд *м*

choreography [ˌkɔrɪ-ˈɔɡrəfɪ] хореография *ж*

chorus [ˈkɔ:rəs] 1) хор *м*; in ~ хором 2) припев *м (refrain)*

chose [tʃəuz] *past от* choose; ~**n** [-n] *pp от* choose

Christian [ˈkrɪstjən] **1.** *a* христианский ◇ ~ name имя *с (в отличие от фамилии)*; what's your ~ name? как вас зовут? **2.** *n* христианин *м*, христианка *ж*

Christmas [ˈkrɪsməs] рождество *с*; ~-**tree** [-tri:] (рождественская) ёлка

chronic [ˈkrɔnɪk] хронический

church [tʃə:tʃ] церковь *ж*; C. of England (Anglican C.) англиканская церковь; ~**yard** [-ˈja:d] кладбище *с*

cider [ˈsaɪdə] (яблочный) сидр

cigar [sɪˈɡa:] сигара *ж*; ~ store *амер.* табачная лавка

cigarette [sɪɡəˈret] сигарета *ж*; have a ~! закуривайте!; filter-tipped ~ сигарета с фильтром; ~-**lighter** [-laɪtə] зажигалка *ж*

cinder-path [ˈsɪndə-pa:θ] *спорт.* гаревая дорожка

cinema [ˈsɪnəmə] ки-

но *с, нескл.*; three-D ~ стереокино *с, нескл.*

Cingalese [sɪŋɡəˈli:z] **1.** *a* сингальский **2.** *n* 1) сингалец *м*, сингалка *ж* 2) сингальский язык

circle [ˈsə:kl] 1) круг *м*; окружность *ж* 2) круг лиц, кружок *м (group of people)* 3) *театр.* ярус *м*; upper ~ балкон *м*

circuit [ˈsə:kɪt] *эл.*; short ~ короткое замыкание; closed ~ TV внутреннее телевидение

circulate [ˈsə:kjuleɪt] циркулировать, обращаться

circulation [sə:kju-ˈleɪʃn] 1) денежное обращение 2) *(тж.* circulation of the blood) кровообращение *с* 3) распространение *с*; тираж *м*; this paper has a ~ of... эта газета выходит тиражом в...

circumstance [ˈsə:-kəmstəns] обстоятельство *с*; under no ~s ни в коем случае

circus [ˈsə:kəs] цирк *м*

citizen [ˈsɪtɪzn] гражданин *м*, гражданка *ж*; ~**ship** [-ʃɪp] гражданство *с*

city [ˈsɪtɪ] 1) (боль-

шо́й) го́род; С. Cóun-
cil городско́й сове́т,
муниципалите́т *м* 2)
(С.) Си́ти, делово́й
центр Ло́ндона

civil ['sɪvl] 1) граж-
да́нский; ~ rights
гражда́нские права́;
~ sérvant госуда́рст-
венный слу́жащий 2)
ве́жливый; ~ ánswer
ве́жливый отве́т; ~ian
[sɪ'vɪljən] шта́тский;
~ian clothes шта́тская
оде́жда

civilization [sɪvɪlaɪ-
'zeɪʃn] цивилиза́ция *ж*

clad [klæd] *past и pp
от* clothe

claim [kleɪm] 1. *n* 1)
тре́бование *с* 2) иск *м*;
прете́нзия *ж*; have a
~ to... предъяви́ть
прете́нзию на... 2.
v 1) тре́бовать; ~ the
right to speak тре́бо-
вать сло́ва 2) претен-
дова́ть; ~ áuthorship
претендова́ть на áв-
торство 3) утвержда́ть; I ~ that... я
заявля́ю, что...

clam [klæm] „клэм"
*м (съедобный морской
моллюск);* ~ chówder
похлёбка из „кле́мов"
*(суп, популярный в
США)*

clamp [klæmp] *тех.*
зажи́м *м*

clap [klæp] хло́пать;
аплоди́ровать

clarinet [klærɪ'net]
кларне́т *м*

clash [klæʃ] 1. *n*
столкнове́ние *с (col-
lision)* 2. *v* ста́лки-
ваться

clasp [kla:sp] 1) при-
жима́ть, сжима́ть *(в
руках)* 2) застёгивать
(fasten up)

class I [kla:s] 1. *n*
(обще́ственный) класс
2. *a* кла́ссовый

class II 1) класс *м*,
заня́тия *мн.;* a ~ in
Rússian заня́тия по
ру́сскому языку́ 2)
разря́д *м*, катего́рия
ж (category)

class-conscious ness
['kla:s'kɔnʃəsnɪs] кла́с-
совое созна́ние

classic ['klæsɪk] 1.
n кла́ссик *м* 2. *a*
класси́ческий

classify ['klæsɪfaɪ]
классифици́ровать

clause [klɔ:z] статья́
ж, пункт *м*; ~ of
the tréaty статья́ до-
гово́ра

claw [klɔ:] 1) ко́готь
м (of a cat, etc) 2)
клешня́ *ж (of a crab,
etc)*

clay [kleɪ] гли́на *ж*

clean [kli:n] 1. *a* чи́с-
тый; ~ sheet of páper
чи́стый лист бума́ги 2.
v чи́стить; where can I
have my suit ~ed? где
(здесь) мо́жно отда́ть

73

костюм в чистку?; ~
up убирать

clear [klɪə] **1.** *a* 1)
ясный; ~ sky безоблачное небо 2) ясный,
понятный; that's ~!
ясно! 3) светлый, чистый; ~ soup бульон
м 4) чистый, звонкий;
~ voice звонкий голос
2. *v* 1) очищать; ~
one's throat откашливаться 2) *спорт.*: ~
five feet взять высоту
в пять футов, прыгнуть на пять футов
(не задев планки);
~ **up** а) выяснять; ~
up a misunderstanding
выяснить недоразумение; б) прибирать
(tidy); в) проясняться *(о погоде)*

clef [klef] *муз.* ключ *м*

clench [klentʃ] сжимать *(кулаки, зубы)*

clergy ['klə:dʒɪ] духовенство *с*; ~**man**
[-mən] священник *м*

clerk [kla:k] клерк *м*,
конторский служащий

clever ['klevə] 1)
умный; способный 2)
искусный; ~ hands
умелые руки

client ['klaɪənt] клиент *м*; покупатель *м*

cliff [klɪf] утёс *м*,
скала *ж*

climate ['klaɪmɪt] климат *м*; in a friendly
~ в атмосфере дружбы

climb [klaɪm] подниматься; карабкаться;
лазить

cling [klɪŋ] (clung)
цепляться; прилипать

clip [klɪp]: ~ of wool
настриг (шерсти); ~ping [-ɪŋ]: néwspaper
~ping газетная вырезка

cloak [kləuk] плащ
м; ~-**room** [-rum]
брит. 1) гардероб
м, раздевальня *ж*;
leave your coats in
the ~-room разденьтесь в гардеробе 2)
ж.-д. камера хранения *(багажа)*

clock [klɔk] **1.** *n* часы
мн. (стенные, настольные, башенные) **2.**
v спорт. зафиксировать (показать) время; ~**radio** [-reɪdɪəu]
радио-часы *мн.*; радио-будильник *м*; ~**wise** [-waɪz]... по
часовой стрелке

close I [kləuz] **1.** *v*
закрывать(ся); ~ the
discússion закрыть прения; clósing speech
заключительное слово;
~ **down** закрывать
(shut down) **2.** *n*
конец *м*; bring to
a ~ завершить

close II 1) близкий;
~ to the státion недалеко от станции 2) тесный; ~ cóntact тесный

контáкт 3) внимá-
тельный, тщáтельный;
~ examinátion тщá-
тельное изучéние

closet ['klɔzit] (стен-
нóй) шкаф; jam ~ бу-
фéт *м*; walk-ín ~ чу-
лáн *м*; гардерóбная *эж*

close-up ['kləusʌp]
кино крýпный план;
наплы́в *м*

cloth [klɔθ] 1) ткань
эж 2) (*тж.* bróad-
cloth) сукнó *с* 3)
(*тж.* táble-cloth) скá-
терть *эж*

clothe [kləuð] (clóthed,
clad; clad) одевáть,
облекáть

clothes [kləuðz] *pl*
одéжда *эж*, плáтье
с (*dress*); бельё *с*
(*linen, underwear*); ~-
-brush [-brʌʃ] одёж-
ная щётка

cloud [klaud] óблако
с, тýча *эж*

clover ['kləuvə] клé-
вер *м*

club [klʌb] 1) клуб
м; wórkers' ~ ра-
бóчий клуб 2) ду-
бúнка *эж* (*stick*) 3)
спорт. клю́шка *эж*;
golf ~ клю́шка для
гóльфа 4) *pl карт.*
трéфы *мн.*; queen of
~s трéфовая дáма

clue [klu:] ключ *м*
(*к разгáдке*)

clumsy ['klʌmzi] не-
уклю́жий

clung [klʌŋ] *past и
pp от* cling

cluster ['klʌstə] гроздь
эж; ~ of grapes *пре-
им. брит.* гроздь ви-
ногрáда

Co. [kəu] (cómpany):
J. Smith & Co. Дж.
Смит и компáния

c|o *см.* care

coach I [kəutʃ] 1) экипáж *м* 2) автóбус *м*
(*туристский и даль-
него следования*) 3)
вагóн *м* (*railway
car*)

coach II 1. *n спорт.*
трéнер *м*; инструктор *м*
2. *v спорт.* трениро-
вáть

coal [kəul] (кáмен-
ный) ýголь; ~-field
[-fi:ld] каменноугóль-
ный бассéйн

coarse [kɔ:s] грýбый

coast [kəust] 1. *n*
морскóй бéрег, побе-
рéжье *с*; ~ guard
береговáя охрáна (*в
США — морскáя по-
граничная и спаса-
тельная служба*) 2.
v авто двúгаться
накáтом; ~ing [-iŋ]
авто накáт *м*

coat [kəut] 1) (*тж.*
óvercoat) пальтó *с,
нескл.* 2) пиджáк *м*
(*man's*), жакéт *м*
(*lady's*)

cobbler ['kɔblə] са-
пóжник *м*

cobweb ['kɔbweb] паутина *ж*

Coca-Cola ['kəukə-'kəulə] кока-кола *ж*

cock [kɔk] петух *м (fowl)*

cockney ['kɔknɪ] кокни *м (лондонское просторечие)*

cocktail ['kɔkteɪl] коктейль *м*

cocoa ['kəukəu] какао *с*

coconut ['kəukənʌt] кокос *м*

c. o. d. ['siː'ou'diː] (cash on delivery) наложенным платежом

cod [kɔd] треска *ж*

code [kəud] 1) кодекс *м* 2) шифр *м*, код *м*; Morse ~ азбука Морзе

cod-liver ['kɔdlɪvə]: ~ oil рыбий жир

co-ed ['kəu'ed] *амер.* студентка *ж (в колледже совместного обучения)*

co-education ['kəuedjuː'keɪʃn] совместное обучение

coexistence ['kəuɪg-'zɪstəns] сосуществование *с*; the policy of peaceful ~ политика мирного сосуществования

coffee ['kɔfɪ] кофе *м, нескл.*; ~-maker [-meɪkə] кофеварка *ж*; ~-pot [-pɔt] кофейник *м*

coffin ['kɔfɪn] гроб *м*

cognac ['kɔnjæk] коньяк *м*

coin [kɔɪn] монета *ж*; toss a ~ а) бросить жребий; б) *спорт.* разыграть ворота

coincide [kəuɪn'saɪd] совпадать; ~nce [kəu-'ɪnsɪdəns] совпадение *с*

cold [kəuld] 1. *а* 1) холодный; it's ~ холодно; ~ war холодная война 2) неприветливый; ~ reception холодный приём 2. *n* 1) холод *м* 2) насморк *м*, простуда *ж*; a ~ in the head (in the nose) насморк *м*; catch ~ простудиться

collaboration [kəlæbə'reɪʃn] сотрудничество *с*

collapse [kə'læps] 1) обвал *м* 2) крушение *с*; провал *м*; ~ of a plan провал плана 3) *мед.* коллапс *м*; упадок сил

collar ['kɔlə] воротник *м*; воротничок *м*; I want my ~ starched, please накрахмальте мне воротничок, пожалуйста; ~-bone [-bəun] ключица *ж*

colleague ['kɔliːg] коллега *м и ж*; сослуживец *м*

collect [kə'lekt] собира́ть(ся); I ~ stamps я собира́ю почто́вые ма́рки; ~ion [kə'lekʃn] 1) колле́кция ж; ~ion of paintings собра́ние карти́н 2) сбор м; ~ion of signatures сбор по́дписей

collective [kə'lektıv] коллекти́вный; ~ security коллекти́вная безопа́сность; ~ farm колхо́з м; ~ farmer колхо́зник м

college ['kɔlidʒ] колле́дж м; what ~ are you from? где вы у́читесь?

collier ['kɔliə] шахтёр м; ~y ['kɔljəri] (у́гольная) ша́хта, копь ж

collision [kə'liʒn] столкнове́ние с

colloquial [kə'ləukwiəl] разгово́рный; this is a ~ phrase э́то разгово́рное выраже́ние

Colombian [kə'lɔmbiən] 1. a колумби́йский 2. n колумби́ец м, колумби́йка ж

colonel ['kɔ:nl] полко́вник м

colonial [kə'ləunjəl] колониа́льный; ~ist [-ist] колониза́тор м, колониали́ст м

colonize ['kɔlənaiz] колонизи́ровать, засе-

ля́ть; ~r [-ə] колониза́тор м

colony ['kɔləni] коло́ния ж

colour ['kʌlə] 1) цвет м 2) pl знамя с (flag) ◇ ~ film а) кино цветно́й фильм; б) фото цветна́я плёнка; ~ bar „цветно́й барье́р"

colt [kəult] жеребёнок м

column ['kɔləm] коло́нна ж 2) стол-б(ик) м; ~ of mercury ртутный столб; 3) столбе́ц м (in a newspaper); ~ist ['kɔləmnist] амер фельетони́ст м; обозрева́тель м

comb [kəum] 1. n гре́бень м 2. v расчёсывать, причёсывать

combine 1. v [kəm-'bain] 1) объединя́ть(-ся) 2) сочета́ть(ся) 2. n ['kɔmbain] с.-х комба́йн м

come [kʌm] (came; come) 1) приходи́ть; приезжа́ть; ~ and see us приходи́те к нам в го́сти; ~ here пойди́те сюда́ 2) доходи́ть, равня́ться; it ~s all in all to two hundred roubles всё э́то сто́ит две́сти рубле́й; ~ across встре́тить (случа́йно); ~ back верну́ться; ~ in входить; may I ~ in? разрешите войти?; ~ off а) сойти; б) оторваться; the bútton has ~ off пуговица оторвалась; ~ out выходить; появляться (в печати и т. n.); ~ up (to) подойти поближе ◈ ~ into béing возникнуть; ~ to (mæc. come to himsélf, hersélf) прийти в себя; ~ true сбыться

comedy ['kɔmɪdɪ] комедия ж

comfort ['kʌmfət] 1. n 1) утешение с (consolation) 2) pl удобства мн.; ~ státion амер. общественная уборная 2. v утешать; ~able [-əbl] удобный; are you ~able? вам удобно?; ~er [-ə] брит. шерстяной шарф

comic ['kɔmɪk] смешной, комический; ~ strip комикс м; ~s [-s] pl комиксы мн.

command [kə'mɑːnd] 1. v 1) приказывать 2) командовать; ~ a ship командовать кораблём ◈ yours to ~ к вашим услугам 2. n 1) приказ м 2) командование с; be in ~ of командовать; ~er [-ə] командир м, командующий м; ~er-

-in-chief [-ərin'tʃiːf] главнокомандующий м

comment ['kɔment] 1. n примечание с, толкование с 2. v комментировать; ~ator ['kɔmenteitə] комментатор м, обозреватель м

commerce ['kɔmə:s] торговля ж

commercial [kə'mə:ʃəl] 1. a торговый, коммерческий 2. n амер.: rádio (TV) ~ рáдио-реклáма ж (телевизионная реклама)

commission [kə'mɪʃn] 1) комиссия ж; комитет м 2) поручение с; here's a ~ for you вот вам поручение; ~ shop комиссионный магазин

commit [kə'mɪt] 1) совершать (дурное); ~ a crime совершить преступление 2) предавáть (чему-л.) ◈ ~ to páper записáть; ~ onesélf принять на себя обязáтельство; ~ment [-mənt] обязательство с

committee [kə'mɪtɪ] комитет м; комиссия ж

commodity [kə'mɔdɪtɪ] товáр м

common ['kɔmən] 1. a 1) общий; ~ interests общие интересы 2) обыкновен-

ный (ordinary) ❖ ~
sense здра́вый смысл
2. n: have smth in ~
име́ть что-л. о́бщее

Commonwealth [ˈkɔ-
mənwelθ]: ~ (of Na-
tions) Содру́жество
(На́ций) ~ of Aus-
trália Австрали́йский
Сою́з

communicate [kə-
ˈmju:nɪkeɪt] 1) сооб-
ща́ть, передава́ть; ~
news сообщи́ть но́-
вость 2) сообща́ться,
сноси́ться; ~ by lét-
ters перепи́сываться;
communicáting rooms
сме́жные ко́мнаты

communication [kə-
mju:nɪˈkeɪʃn] сообще́-
ние с; связь ж; ráil-
way (road) ~ железно-
доро́жное (автомо-
би́льное) сообще́ние

communism [ˈkɔmju-
nɪzm] коммуни́зм м

communist [ˈkɔmju-
nɪst] 1. a коммунисти́-
ческий; C. Párty ком-
мунисти́ческая па́ртия
2. n коммуни́ст м

community [kəˈmju:-
nɪtɪ] 1) общи́на ж
2) населённый пункт,
микрорайо́н м; жи́-
тели микрорайо́на (resi-
dents); ~ céntre об-
ще́ственный центр, клуб
м (микрорайо́на)

commute [kəˈmju:t]
амер. е́здить ежеднев-

но на рабо́ту в го́-
род, живя́ в при́го-
роде; ~r [-ə амер.
за́городный жи́тель
(ежедне́вно е́здящий в
го́род на рабо́ту)

Comorian [kəˈmɔ:rj-
ən] 1. a комо́рский 2.
n комо́рец м, комо́р-
ка ж

companion [kəmˈpæ-
njən] 1) това́рищ м
2) спу́тник м, по-
пу́тчик м (fellow trav-
eller)

company [ˈkʌmpənɪ]
1) о́бщество с; ком-
па́ния ж; keep ~
соста́вить компа́нию
2) ком. компа́ния ж;
insúrance ~ страхо-
ва́я компа́ния 3) го́сти
мн.; I have ~ tonight
у меня́ ве́чером го́сти
4) театр. тру́ппа ж

comparative [kəmˈpæ-
rətɪv] сравни́тельный;
относи́тель ный

compare [kəmˈpɛə]
сра́внивать

comparison [kəmˈpæ-
rɪsn] сравне́ние с; in
~ with по сравне́нию с

compartment [kəm-
ˈpa:tmənt] 1) отделе́-
ние с 2) ж.-д. купе́ с,
нескл.

compass [ˈkʌmpəs]
(тж. máriner's cóm-
pass) ко́мпас м

compatriot [kəmˈpæ-
trɪət] соотéчественник м

compel [kəm'pel] заставля́ть, вынужда́ть

compensate ['kompenseit] вознагражда́ть; возмеща́ть, компенси́ровать

compete [kəm'pi:t] состяза́ться; конкури́ровать

competition [kompi-'tiʃn] 1) конкуре́нция ж 2) *спорт.* соревнова́ние с 3) *иск.* ко́нкурс м

competitor [kəm'petitə] 1) конкуре́нт м 2) *спорт.* уча́стник соревнова́ний 3) уча́стник худо́жественного ко́нкурса

compile [kəm paɪl] составля́ть *(доклад, словарь)*

complain [kəm'plein] жа́ловаться; ~ of a headache жа́ловаться на головну́ю боль; ~t [-t] жа́лоба ж

complete [kəm'pli:t] 1. *a* по́лный; the ~ works по́лное собра́ние сочине́ний 2. *v* 1) зака́нчивать, заверша́ть 2) пополня́ть; ~ one's collection попо́лнить собра́ние (колле́кцию); ~ly [-li] соверше́нно, по́лностью

complex ['kompleks] сло́жный

complexion [kəm-'plekʃn] цвет лица́

compliance [kəm'plaɪəns]: in ~ with в соотве́тствии с, согла́сно

complicate ['kompli-keit] усложня́ть; ~d [-id] сло́жный

compliment 1. *n* ['kompliment] 1) комплиме́нт *м*; pay a ~ сде́лать комплиме́нт 2) *pl* приве́т *м*; поздравле́ние с; accept my ~s прими́те мои́ поздравле́ния; with ~s с приве́том *(в письме)* 2. *v* ['kompliment] приве́тствовать, поздравля́ть

comply [kəm'plaɪ]: ~ with one's request (wish) исполня́ть про́сьбу (жела́ние)

compose [kəm'pəuz] 1) составля́ть 2) сочиня́ть; ~ music сочиня́ть му́зыку 3): ~ oneself успока́иваться; ~d [-d] споко́йный

composer [kəm'pəuzə] композитор *м*

composition [kompə-'ziʃn] 1) композиция *ж* 2) соста́в *м*; the ~ of the delegation соста́в делега́ции 3) (музыка́льное, литерату́рное) произведе́ние *(in arts)* 4) (шко́льное) сочине́ние *(at school)*

compositor [kəm'pozitə] набо́рщик *м*

compound ['kɔm-paund] составной, сложный

comprehensive [kɔm-pri'hensiv] всесторонний, исчёрпывающий; ~ school *брит.* общеобразовательная школа

compress 1. *n* 'kɔm-pres] *мед.* повязка *ж* (bandage); примочка *ж* (moistened) **2.** *v* [kəm'pres] сжимать

comprise [kəm'praiz] охватывать; заключать (*в себе*)

compromise ['kɔm-prəmaiz] **1.** *n* компромисс *м* **2.** *v* 1) пойти на компромисс 2) компрометировать

compulsory [kəm'pʌl-səri] принудительный, обязательный; ~ education обязательное обучение

computer [kəm'pju:-tə] вычислительная машина; счётно-решающее устройство; ЭВМ

comrade ['kɔmrid] товарищ *м*

conceal [kən'si:l] скрывать; умалчивать

conceive [kən'si:v] 1) постигать; I can't ~ it я этого не понимаю 2) задумывать; ~ a plan задумывать план

concentration [kɔn-sən'treiʃn] сосредоточе-

ние *с*; концентрация *ж*; ~ camp концентрационный лагерь

conception [kən'sep-ʃn] понятие *с*; представление *с*; концепция *ж*

concern [kən'sə:n] **1.** *n* 1) дело *с*, отношение *с* 2) предприятие *с* (firm) 3) беспокойство *с*; огорчение *с*; feel ~ about... чувствовать беспокойство по поводу.. **2.** *v* 1) касаться; as ~s что касается 2) заботиться; be ~ed about one's health заботиться о своём здоровье; ~ed [-d] заинтересованный; ~ing [-iŋ] относительно

concert ['kɔnsət] концерт *м*; give a ~ дать концерт

concerto [kən'tʃɛ:təu] концерт *м* (муз. произведение)

concession [kən'seʃn] 1) уступка *ж*; mutual ~s взаимные уступки 2) *эк.* концессия *ж*

conclude [kən'klu:d] заключать; ~ a treaty заключить договор

conclusion [kən'klu:-ʒn] 1) окончание *с*, заключение *с*; bring to a ~ завершать, заканчивать; in ~ в за-

Англо-русский сл.

ключе́ние 2) вы́вод *м*; come to a ~ прийти́ к вы́воду; draw a ~ сде́лать вы́вод, прийти́ к заключе́нию

concrete I [ˈkɔnkriːt] конкре́тный

concrete II бето́н *м*

condemn [kənˈdem] осужда́ть; приговари́вать

condense [kənˈdens] сгуща́ть(ся); ~d milk сгущённое молоко́

condition [kənˈdiʃn] 1) усло́вие *с* 2) состоя́ние *с*; be in good ~ быть в хоро́шем состоя́нии 3) *pl* обстоя́тельства *мн.*

condolence [kənˈdəuləns] соболе́знование *с*; presént one's ~s (to) вы́разить своё соболе́знование *кому-л.*

conduct 1. *n* [ˈkɔndəkt] поведе́ние *с* **2.** *v* [kənˈdʌkt] 1) вести́; 2) дирижи́ровать; the órchestra ~ed by... орке́стр под управле́нием...; ~or [kənˈdʌktə] 1) *брит.* конду́ктор *м*; *амер. ж.-д.* проводни́к *м* 2) *муз.* дирижёр *м* 3) *физ.* проводни́к *м*

cone [kəun] 1) ко́нус *м*; íce-cream ~ моро́женое (в ва́фельном стака́нчике) 2)

ши́шка *ж*; a fír-tree ~ ело́вая ши́шка

confectionery [kənˈfekʃnəri] 1) конди́терская *ж (shop)* 2) конди́терские изде́лия *(sweet meat)*

confer [kənˈfəː] присужда́ть; ~ a degrée присуди́ть сте́пень

conference [ˈkɔnfərəns] 1) совеща́ние *с*; be in ~ быть на совеща́нии; заседа́ть 2) конфере́нция *ж*; peace ~ ми́рная конфере́нция, конфере́нция сторо́нников ми́ра

confess [kənˈfes] 1) признава́ться, сознава́ться 2) *рел.* испове́доваться; ~ion [kənˈfeʃn] 1) призна́ние *с* 2) *рел.* и́споведь *ж*

confidence [ˈkɔnfidəns] 1) дове́рие *с* (in — к кому-л., чему-либо) 2) уве́ренность *ж (self-reliance)*

confident [ˈkɔnfidənt] уве́ренный; ~ial [kɔnfiˈdenʃəl] конфиденциа́льный, секре́тный

confirm [kənˈfəːm] подтвержда́ть; ~ation [kɔnfəˈmeiʃn] подтвержде́ние *с*

conflict [ˈkɔnflikt] конфли́кт *м*; столкнове́ние *с*

confuse [kənˈfjuːz] 1) сме́шивать, спу́ты-

вать; ~ the names спу-
тать именá 2) смущáть
(abash)

confusion [kənˈfjuːʒn]
1) пýтаница *ж*, бес-
порядок *м* 2) сму-
щéние *с (embarrass-
ment)*

Congolese [kɔŋɡəu-
ˈliːz] 1. *а* конголéвский
2. *п* конголéзец *м*,
конголéзка *ж*

congratulate [kən-
ˈɡrætjuleɪt] поздравлять
(on, upon — с); I
~ you on... поздра-
вляю вас с...

congratulation [kən-
ɡrætjuˈleɪʃn] поздравлé-
ние *с*; my ~s! поздра-
вляю!

congress [ˈkɔŋɡres] 1)
съезд *м*; конгрéсс *м*;
Párty C. съезд пáртии
2) (C.) конгрéсс США

coniferous [kəuˈnɪfə-
rəs] хвóйный

conjurer [ˈkʌndʒərə]
фóкусник *м*

connect [kəˈnekt] со-
единять(ся); свя-
зывать(ся); ~ion [kə-
ˈnekʃn] 1) связь *ж*;
in this ~ion в связи
с этим 2) согласóван-
ное расписáние *(по-
ездов, пароходов)*; the
train makes ~ion
with the boat расписá-
ние пóезда согласó-
вано с расписáнием
парохóда; miss a

~ion опоздáть на
пересáдку

conquer [ˈkɔŋkə] за-
воёвывать, побеждáть;
~or [ˈkɔŋkərə] за-
воевáтель *м*

conquest [ˈkɔŋkwest]
завоевáние *с*

conscience [ˈkɔnʃəns]
сóвесть *ж*

conscientious [kɔnʃɪ-
ˈenʃəs] добросóвестный
◆ ~ objéctor откáзы-
вающийся служить в
áрмии по религиóз-
ным и другим убежде-
ниям

conscious [ˈkɔnʃəs]
1): be ~ of знать, соз-
навáть 2) сознáтель-
ный; class ~ wórkers
передовые рабóчие;
~ness [-nɪs] 1) созна-
ние *с*; lose ~ness по-
терять сознáние; re-
gáin ~ness прийти в
себя 2) сознáтель-
ность *ж*

conscription [kən-
ˈskrɪpʃn] вóинская по-
винность

consent [kənˈsent] 1.
п соглáсие *с*; give
one's ~ дать соглáсие
2. *v* соглашáться

consequence [ˈkɔn-
sɪkwəns] 1) послéд-
ствие *с*; in ~ of вслéд-
ствие 2) значéние *с*;
it's of no ~ это не
имéет значéния, это
невáжно

consequently [ˈkɔn-sɪkwəntlɪ] следовательно, поэтому

conservative [kənˈsə:vətɪv] **1.** *a* консервативный **2.** *n* (C.) консерватор *м*; член консервативной партии

conservatoire [kənˈsə:vətwa:] консерватория *ж*

consider [kənˈsɪdə] **1)** рассматривать; ~ a matter рассмотреть вопрос **2)** считать, полагать *(deem)*; ~able [kənˈsɪdərəbl] значительный; ~ation [kənsɪdəˈreɪʃn] **1)** размышление *с*; рассмотрение *с* **2)** соображение *с*, причина *ж* *(cause)* ◆ take into ~ation принять во внимание

consist [kənˈsɪst] **1)** состоять (of — из) **2)** заключаться (in — в)

consistent [kənˈsɪstənt] последовательный

consolation [kɔnsəˈleɪʃn] утешение *с*; ~ prize утешительный приз

console I [kənˈsəul] утешать

console II [ˈkɔnsəul]: rádio (TV) ~ консольный радио- (телевизионный) приёмник

consolidate [kənˈsɔlɪdeɪt] укреплять(ся); ~ the succéss закрепить успех

conspiracy [kənˈspɪrəsɪ] заговор *м*

conspire [kənˈspaɪə] тайно сговариваться

constant [ˈkɔnstənt] **1)** постоянный **2)** твёрдый

constellation [kɔnstəˈleɪʃn] созвездие *с*

constipation [kɔnstɪˈpeɪʃn] *мед.* запор *м*

constituency [kənˈstɪtjuənsɪ] избирательный округ

constituent [kənˈstɪtjuənt] **1.** *a* **1)** составной; ~ part составная часть **2)** учредительный; ~ assémbly учредительное собрание **2.** *n* избиратель *м* *(elector)*

constitute [ˈkɔnstɪtju:t] составлять, образовывать

constitution [kɔnstɪˈtju:ʃn] конституция *ж*

construct [kənˈstrʌkt] строить; создавать; ~ion [kənˈstrʌkʃn] **1)** строительство *с*; ~ion site строительная площадка, стройка *ж* **2)** здание *с* *(building)*

consul [ˈkɔnsəl] консул *м*; ~ate [ˈkɔnsjulɪt] консульство *с*

84

consult [kən'sʌlt] 1) советоваться; I'd like to ~ you мне хотелось бы посоветоваться с вами; ~ a doctor побывать у врача 2) справляться; ~ a book справиться по книге; ~ation [kɔnsəl'teiʃn] консультация ж; совещание с

consume [kən'sju:m] потреблять; ~r [-ə] потребитель м; ~r(s') goods товары народного потребления

consumption I [kən-'sʌmpʃn] потребление с

consumption II мед. туберкулёз лёгких, чахотка ж

contact ['kɔntækt] (со)прикосновение с; контакт м; personal ~ личное общение

contagious [kən'teidʒəs] заразный, инфекционный

contain [kən'tein] содержать, вмещать; ~er [-ə] 1) (какая-л.) тара; сосуд м (vessel); ящик м (crate) 2) контейнер м (standardized receptacle); ~er ship контейнеровоз м (судно)

contemporary [kən-'tempərəri] 1. a современный 2. n современник м

contempt [kən'tempt] презрение с; ~ of court юр. неуважение к суду

contend [kən'tend] 1) бороться 2) утверждать (affirm)

content [kən'tent] 1. a довольный 2. v удовлетворять; ~ oneself with довольствоваться чем-л.

contents ['kɔntents] pl 1) содержание с 2) содержимое с (of a vessel)

contest 1. n ['kɔntest] состязание с; конкурс м; winners of the ~ победители конкурса 2. v [kən'test] оспаривать

continent ['kɔntinənt] материк м; ~al [kɔnti'nentl] 1) континентальный 2) (западно-)европейский (исключая Англию); ~al breakfast лёгкий завтрак (кофе с булочкой)

continuation [kəntinju'eiʃn] продолжение с

continue [kən'tinju:] продолжать(ся); to be ~d продолжение следует

continuous [kən'tinjuəs] непрерывный

contrabass ['kɔntrə-'beis] контрабас м

contract ['kɔntrækt] договор м, контракт м

contradict [kɔntrə-

'dɪkt] 1) отрицáть, опровергáть *(deny)* 2) возражáть; противорéчить; ~ each óther противорéчить друг дрýгу; ~ion [kɔntrə-'dɪkʃn] противорéчие с *(conflict)*

contralto [kən'træltəu] контрáльто с *и ж, нескл.*

contrary ['kɔntrərɪ] 1. *a* противополóжный; ~ to one's expectátions вопрекú ожидáниям 2. *n:* on the ~ наоборóт

contribute [kən'trɪbjuːt] 1) спосóбствовать 2) жéртвовать *(деньги);* вносúть вклад *(в какое-л. дéло);* ~ to the cause of peace внестú вклад в дéло мúра 3) сотрýдничать *(в газéте и т. п.);* ~ to a magazíne сотрýдничать в журнáле

contribution [kɔntrɪ-'bjuːʃn] вклад *м;* ~ to scíence вклад в наýку

control [kən'trəul] 1. *n* 1) управлéние *с;* púsh-bútton ~s кнóпочное управлéние 2) контрóль *м,* провéрка *ж (supervision)* 2. *v* 1) управлять 2) контролúровать *(check up)* ◇ ~ onesélf владéть собóй

convene [kən'viːn] созывáть

convenience [kən'viːnjəns] 1) удóбство *с;* at your ~ как (когдá) вам бýдет угóдно; 2) *pl* комфóрт *м,* удóбства *мн.*

convenient [kən'viːnjənt] удóбный, подхóдящий; is it ~ for you? вас это устрáивает?

convention [kən'venʃn] съезд *м,* конвéнт *м*

conversation [kɔnvə-'seɪʃn] разговóр *м,* бесéда *ж*

conversion [kən'vəːʃn] превращéние *с* (to — в)

convert [kən'vəːt] превращáть, передéлывать; ~ible [-əbl] 1. *a* 1) обратúмый, изменяемый, со смéнными элемéнтами; ~ible seat откиднóе крéсло 2) *фин.:* ~ible cúrrency обратúмая валюта 2. *n* 1) автомобúль с откиднúм вéрхом 2) дивáн-кровáть *м*

convoy [kən'veɪ] 1) перевозúть *(transport)* 2) выражáть; передавáть *(мысль, звук);* ~ our gréetings (thanks) to ... передáйте наш привéт (благодáрность)...; ~er [-ə] конвéйер *м*

conviction [kən'vɪkʃn] 1) убеждёние с (of, that — в) 2) *юр.* признáние винóвным; осуждéние с

convince [kən'vɪns] убеждáть, убедńть

cook [kuk] 1. *v* стряпать; варńть(ся) 2. *n* кухáрка *ж*, пóвар *м*; be a good ~ хорошó готóвить; ~book [-buk] *амер.* повáренная книга; ~ery-book [-ərɪ-buk] *брит.* повáренная книга

cool [ku:l] 1. *a* 1) прохлáдный, свéжий; it's ~ outside на ýлице прохлáдно 2) хладнокрóвный; keep ~ не волнýйтесь 2. *v* (*тж.* cool down) 1) охлаждáть 2) остывáть (get cool); ~ off остывáть, успокáиваться; a ~ing-off périod is nécessary нýжно какóе-то врéмя, чтóбы стрáсти улеглńсь

co-operate [kəu'ɔpəreɪt] сотрýдничать

co-operation [kəuɔpə'reɪʃn] сотрýдничество с; internátional ~ междунарóдное сотрýдничество

co-operative [kəu'ɔpərətɪv] 1) совмéстный, объединённый 2) кооператńвный; ~ socíety кооператńв *м*

co-ordinate [kəu'ɔ:dneɪt] координńровать; ~d [-ɪd] согласóванный

cope [kəup] справляться; ~ with the task спрáвиться с задáчей

copier ['kɔpɪə] (термо)копировáльная машńна

copper ['kɔpə] медь *ж*

copy ['kɔpɪ] 1. *n* 1) кóпия *ж*; rough ~ черновńк *м* 2) экземпляр *м* (of a book, etc) 3) репродýкция *ж* (of a picture, etc) 2. *v* 1) снимáть кóпию, копńровать 2) подражáть комý-л. (imitate smb); ~book [-buk] тетрáдь с прóписями; ~right [-raɪt] áвторское прáво

cord [kɔ:d] верёвка *ж*; шнур *м*

cordial ['kɔ:djəl] сердéчный; ~ wélcome рáдушный приём

cork [kɔ:k] 1. *n* прóбка *ж* 2. *v* затыкáть прóбкой; ~-screw [-skru:] штóпор *м*

corn I [kɔ:n] 1) зернó с 2) хлебá *мн.*; cut the ~ убирáть хлебá 3) *брит.* пшенńца *ж* 4) *амер.* кукурýза *ж*; майс *м*

corn II мозо́ль *ж*

corner ['kɔ:nə] 1) у́гол *м*; in the ~ в углу́; at the ~ на углу́; round the ~ за угло́м 2) *спорт.* углово́й (уда́р)

corn-flower ['kɔ:nflauə] василёк *м*

corpse [kɔ:ps] труп *м*

correct [kə'rekt] 1. *a* пра́вильный, ве́рный 2. *v* корректи́ровать; исправля́ть; ~ mistákes исправля́ть оши́бки; ~ion [kə'rekʃn] исправле́ние *c*

correspond [kɔris'pɔnd] 1) соотве́тствовать (to — *чему-л.*) 2) перепи́сываться; I ~ with my Rússian friends я перепи́сываюсь со свои́ми ру́сскими друзья́ми; ~ence [-əns] перепи́ска *ж*; ~ence course курс зао́чного обуче́ния; ~ent [-ənt] корреспонде́нт *м*

corridor ['kɔridɔ:] кори́дор *м*

corrupt [kə'rʌpt] 1) по́ртить(ся), развраща́ть(ся) 2) подкупа́ть (*bribe*); ~ion [kə'rʌpʃn] прода́жность *ж*, корру́пция *ж*

corset ['kɔ:sit] 1) *тж. мед.* корсе́т *м* 2) *часто pl* гра́ция *ж*; по́яс *м*

cosmic ['kɔzmik] косми́ческий

cosmonaut ['kɔzmənɔ:t] космона́вт *м*

cost [kɔst] 1. *n* цена́ *ж*; сто́имость *ж*; at ány ~, at all ~s во что́ бы то ни ста́ло 2. *v* (cost) сто́ить; what does it ~? ско́лько э́то сто́ит?

Costa Rican ['kɔstə'ri:kən] 1. *a* коста-рика́нский 2. *n* костарика́нец *м*, костарика́нка *ж*

costume ['kɔstju:m] костю́м *м*; nátional ~ национа́льный костю́м

cosy ['kəuzi] 1. *a* ую́тный 2. *n* (*тж.* tea cósy) стёганый чехо́л, „ба́ба" (на ча́йник)

cot [kɔt] 1) крова́ть *ж*, ко́йка *ж* 2) де́тская крова́тка (*for a child*) 3) раскладу́шка *ж* (*light, folding bed*) 4) спа́льное ме́сто (*on a boat, train, etc*)

cottage ['kɔtidʒ] 1) котте́дж *м* 2) изба́ *ж* (*log cabin*)

cotton ['kɔtn] 1. *n* 1) хло́пок *м* 2) (хлопчато)бума́жная ткань (*cloth*) 3) (*тж.* cótton wool) ва́та *ж* 2. *a* (хлопча́то)бума́жный

couch [kautʃ] куше́тка *ж*; тахта́ *ж*

cough [kɔf] **1.** n ка́-
шель м **2.** v ка́ш-
лять

could [kud] past om
can II

council [ʹkaunsl] со-
ве́т м; the UN Security
C. Сове́т Безопа́сности
ОО́Н

counsel [ʹkaunsəl] **1.**
n 1) сове́т м; give
good ~ дать хоро́ший
сове́т 2) юр. адвока́т м
2. v сове́товать; ~lor
[ʹkaunsələ] 1) сове́т-
ник м 2) амер. юр.
адвока́т м

count [kaunt] счи-
та́ть; please ~ your
change прове́рьте, по-
жа́луйста, сда́чу; ~
on рассчи́тывать на

countdown [ʹkaunt-
daun] косм. отсчёт м

counter [ʹkauntə] при-
ла́вок м; сто́йка ж

counter-clockwise [ʹka-
untəʹklɔkwaiz] ... про́-
тив часово́й стре́лки

country [ʹkʌntri] 1)
страна́ ж; what ~
are you from? из ка-
ко́й вы страны́? 2) де-
ре́вня ж, се́льская
ме́стность (rural com-
munity); ~-**house** [-ʹha-
us] да́ча ж (summer
house); дереве́нский
дом; ~**man** [-mən]
1) се́льский жи́тель
2) соотéчественник м
(compatriot); ~**side**

[-said] (се́льская) ме́ст-
ность

county [ʹkaunti] 1)
гра́фство с (админис-
тративная единица в
Англии) 2) о́круг
м (в США)

coupe [kuːp] авто
купе́ с (тип кузова
легкового автомобиля)

couple [ʹkʌpl] 1)
па́ра ж; a ~ of or-
anges два апельси́на 2)
па́ра ж (two persons)

coupling [ʹkʌpliŋ] 1)
ж.-д. сце́пка ж 2)
косм. стыко́вка ж

courage [ʹkʌridʒ] му́-
жество с, хра́брость
ж; ~**ous** [kəʹreidʒəs]
хра́брый

course [kɔːs] 1) курс
м; what ~s are being
offered at your college?
каки́е предме́ты вы
прохо́дите в ва́шем
колле́дже?; ~ of treat-
ment курс лече́ния
2) ход м, тече́ние с;
~ of events ход со-
бы́тий 3) блю́до с;
dinner of five ~s обе́д
из пяти́ блюд ◇ of
~ коне́чно, разуме́ется

court [kɔːt] **1.** n 1)
двор м (yard) 2) суд
м; decision of the ~
реше́ние суда́ 3) спорт.
площа́дка для игр;
корт м (for tennis) **2.**
v уха́живать (smb —
за кем-л.)

courteous ['kə:tjəs] вежливый, учтивый

courtesy ['kə:tısı] вежливость ж, учтивость ж

cousin ['kʌzn] двоюродный брат; двоюродная сестра

cover ['kʌvə] 1. v 1) закрывать; покрывать 2): ~ a cónference давать (в печати) отчёты о конференции 2. n 1) (по-)крышка ж; чехол м; обложка ж; a hard ~ edítion издание в твёрдом переплёте 2) (обеденный) прибор; ~s were laid for six стол был накрыт на шесть человек

cow [kau] корова ж

coward ['kauəd] трус м; ~ice [-ıs] трусость ж

cow-boy ['kaubɔı] ковбой м

cox [kɔks], **coxwain** ['kɔksn] рулевой м (шлюпки); a pair (four, eight) with (without) ~ см. pair, four, eight

cozy['kəuzı]амер. см. cósy

crab [kræb] краб м; ~meat [-mi:t] крабы мн. (консервы)

crack [kræk] раскалывать(ся); трескаться; ~ nuts щёлкать орехи; ~er [-ə] амер. печенье с (biscuit)

craft [kra:ft] 1) ремесло с (trade) 2) ловкость ж, искусство с (skill) 3) судно с (vessel); судá мн.; ~sman [-smən] ремесленник м

crane [kreın] 1) журавль м 2) тех. подъёмный кран

crash [kræʃ] 1. n 1) треск м, грохот м 2) авария ж (accident) 2. v разбить(ся)

crate [kreıt] (деревянный) ящик; (упаковочная) клеть; контейнер м

crawl [krɔ:l] 1. n (тж. crawl stroke) спорт. кроль м 2. v ползать

crayfish [kreıfıʃ] рак м (речной)

crayon ['kreıən] иск. пастель ж

crazy ['kreızı] 1) сумасшедший 2): be ~ abóut smth увлекáться чем-л.

creak [kri:k] 1. n скрип м 2. v скрипеть

cream [kri:m] (тж. light cream) сливки мн.; крем м; héavy ~ густые сливки; cheese ~ сливочный сыр (-ок)

create [kri:'eıt] творить, создавать

creation [kri:'eıʃn] создание с; (со)творение с

creature ['kri:tʃə] создáние c; живóе существó

crèche [kreiʃ] дéтские я́сли

credentials [krɪ'denʃəlz] pl верительные грáмоты

credit ['kredɪt] 1) довéрие c 2) честь ж (honour) 3) фин. кредúт м; allów (grant) ~ предостáвить кредúт

creed [kri:d] 1) рел. вероучéние c 2) крéдо c (set of principles)

creep [kri:p] (crept) 1) пóлзать 2) крáсться (more stealthily) 3) вúться (of a plant); ~ing Chárlie (Jénnie) вьюнóк м

cremate [krɪ'meɪt] сжигáть, кремúровать

Creole ['kri:əul] креóл м, креóлка ж

crept [krept] past и pp om creep

crew [kru:] экипáж м, комáнда ж (судна)

cricket I ['krɪkɪt] сверчóк м

cricket II спорт. крúкет м

crime [kraim] преступлéние c

criminal ['krimɪnl] 1. a престýпный; уголóвный; ~ code уголóвный кóдекс 2. n престýпник м

crimson ['krimzn] тёмно-крáсный, малúновый

cripple ['krɪpl] калéка м и ж

crisis ['kraisis] (pl crises) крúзис м; cábinet ~ правúтельственный крúзис

critic ['krɪtɪk] крúтик м; ~al [-əl] критúческий; ~ism ['krɪtɪsɪzm] крúтика ж; ~ize ['krɪtɪsaɪz] критиковáть; порицáть

Croatian [krəu'eɪʃən] 1. a хорвáтский 2. n хорвáт м, хорвáтка ж

crocodile ['krɔkədaɪl] крокодúл м ◇ ~ shed tears проливáть крокодúловы слёзы

crooked ['krukid] 1) кривóй 2) нечéстный (dishonest)

crop [krɔp] 1) урожáй м 2) культýра ж; téchnical (indústrial) ~s технúческие культýры

cross [krɔs] 1. n крест м 2. a злой; раздражённый; she is ~ with you онá на вас сéрдится 3. v пересекáть; переезжáть; ~ the street переходúть ýлицу; ~ out вычёркивать

cross‖-bar ['krɔsba:] спорт. 1) плáнка ж (in jumping) 2) штанга (ворот) *(in foot-ball)*; ~-beam [-bi:m] перекладина эс; ~--country [-'kʌntrɪ] *спорт.*:~-cóuntry skiing равнинные лыжи; ~--cóuntry evénts *сл.* гонки по пересечённой местности; ~--cóuntry race кросс *м*

crossing ['krɔsɪŋ] переправа эс; эс.-д. переезд *м*; pedéstrian ~ (пешеходный) переход

cross‖-roads ['krɔs-rəudz] перекрёсток *м*; ~-word [-wəd] *(тж.* cróss-word púzzle) кроссворд *м*

crow [krəu] ворона эс

crowd [kraud] 1. *n* толпа эс 2. *v* толпиться, тесниться

crown [kraun] 1) корона эс 2) макушка эс *(top of the head)* 3) крона эс *(coin)* 4) коронка эс; put a ~ (on a tooth) поставить коронку (на зуб)

crude [kru:d] 1) грубый 2) необработанный; ~ oil сырая нефть

cruel [kruəl] жестокий; ~ty [-tɪ] жестокость эс

crumb [krʌm] крошка эс

crush [krʌʃ] 1. *v* 1) (раздавить) 2) (с)мять; my dress is ~ed у меня измялось платье 2. *n* давка эс

cry [kraɪ] 1) восклицать 2) плакать *(weep)*

crystal ['krɪstl] 1) *мин.* хрусталь *м* 2) хрусталь *м*, хрустальная посуда *(cut--glass)* 3) *хим., мин.* кристалл *м*

cub [kʌb] детёныш *м* *(зверя)*

Cuban ['kju:bən] 1. *a* кубинский 2. *n* кубинец *м*, кубинка эс

cube [kju:b] куб *м*: three ~ три в кубе

cucumber ['kju:kʌmbə] огурец *м*

cuff [kʌf] манжета эс; обшлаг *м*; ~-link [-lɪŋk] запонка эс

cult [kʌlt] культ *м*

cultivate ['kʌltɪveɪt] 1) *с.-х.* возделывать 2) развивать *(strengthen)*

cultural ['kʌltʃərəl] культурный

culture ['kʌltʃə] культура эс; ~d [-d] культурный, развитой ~d pearls культивированный жемчуг

cunning ['kʌnɪŋ] хитрый, коварный

cup [kʌp] 1) чашка эс; will you have a ~ of cóffee? хотите чашку кофе? 2) *спорт.* кубок *м*; ~ tóurnament рóзыгрыш кýбка; ~-board ['kʌbəd] буфéт м, шкаф м

curds [kə:dz] pl твóрóг м

cure [kjuə] 1. v лечúть; вылéчивать 2. n 1) излечéние с (recovery) 2) снáдобье с, лекáрство с (drug)

curfew ['kə:fju:] комендáнтский час

curiosity [kjuərɪ'ɔsɪtɪ] любопытство с

curious ['kjuərɪəs] 1) любопытный 2) любознáтельный; I'm ~ to know... хотéлось бы знать... 3) стрáнный (strange)

curl [kə:l] 1. n 1) лóкон м 2) pl вьющиеся вóлосы 2. v вúться; завивáть(ся); ~y [-ɪ] кудрявый

currant ['kʌrənt] смородина ж; black (red) ~ чёрная (крáсная) смородина

currency ['kʌrənsɪ] фин. 1) (дéнежное) обращéние 2) валюта ж; ~ exchánge обмéн валюты

current ['kʌrənt] 1. a текущий; ~ evénts текущие события; ~ year текущий год 2. n 1) потóк м; течéние с 2) струя ж; ~s of wáter струи водý 3) эл. ток м; diréct (alter-

náting) ~ постоянный (перемéнный) ток

curry ['kʌrɪ] кáрри с, нескл. (род острого соуса)

curse [kə:s] 1. n проклятие с 2. v проклинáть; ругáться

curtail [kə:'teɪl] сокращáть, урéзывать

curtain ['kə:tn] занавéска ж; зáнавес м (тж. театр.); lift (drop) the ~ поднять (опустúть) зáнавес

curve [kə:v] изгибáть (-ся)

cushion ['kuʃən] (дивáнная) подýшка

custom ['kʌstəm] 1) обычай м; lócal ~s мéстные обычаи 2) привычка ж (habit)

customer ['kʌstəmə] покупáтель м; закáзчик м

custom-house ['kʌstəmhaus] тамóжня ж

customs ['kʌstəmz] pl 1) (тж. cústoms dúty) тамóженные пóшлины 2) тамóжня ж; тамóженный контрóль; where do I go through the ~? где бýдет тамóженное оформлéние?; ~ inspéction тамóженный досмóтр

cut [kʌt] 1. v (cut) 1) рéзать, разрезáть 2) порéзать; ~ one's finger порéзать пáлец 3) стричь; have one's hair ~ постричься 4) снизить, понизить; ~ prices снижать цены; ~ down a) (с)рубить; б) сокращать; ~ down the expénses сократить расходы; ~ off разъединить; we were ~ off, now I'm cálling you agáin нас разъединили, звоню вам ещё раз 2. *n* 1) порез *м*, разрез *м* 2) покрой *м*; do you like the ~ of the coat? вам нравится покрой этого пиджака?

cut glass ['kʌt'glɑ:s] **1.** *n* хрусталь *м* **2.** *a* хрустальный

cutlery ['kʌtləri] (кухонные) ножи

cutlet ['kʌtlit] отбивная *ж*

cutter ['kʌtə] *иск.* резчик *м* (*по дереву и т. п.*)

cutthroat ['kʌtθrəut] головорез *м*, убийца *м и ж*; ~ competition жестокая конкуренция

cycle ['saikl] **1.** *n* 1) цикл *м* 2) *разг.* велосипед *м* (*bicycle*) **2.** *v* кататься (ехать) на велосипеде

cycle-track ['saikl-træk] велотрек *м*

cycling ['saikliŋ] *ол.* велоспорт *м*

cyclist ['saiklist] велосипедист *м*

cynic ['sinik] циник *м*

cypress ['saipris] кипарис *м*

Cyprian ['sipriən] **1.** *a* кипрский **2.** *n* см. Cypriot

Cypriote ['sipriəut] киприот *м*; уроженец Кипра; Greek ~ киприот-грек *м*; Túrkish ~ киприот-турок *м*

Czech [tʃek] **1.** *a* чешский **2.** *n* 1) чех *м*, чешка *ж* 2) чешский язык

Czechoslovak ['tʃekəu'sləuvæk] чехословацкий

D

dad [dæd], **daddy** ['dædi] *разг.* папа *м*, папочка *м*

daffodil ['dæfədil] (бледно-жёлтый) нарцисс

daily ['deili] **1.** *a* ежедневный **2.** *adv* ежедневно; the train leaves (arrives) at ten ~ поезд отходит (приходит) ежедневно в десять (часов) **3.** *n* ежедневная газета

dairy ['dɛəri] 1) молочная *ж* (*shop*); ~ próducts молочные продукты 2) (*тж.* dáiry-farm) молочная ферма

daisy ['deɪzɪ] маргарúтка *ж*

dam [dæm] 1. *n* дáмба *ж*, плотúна *ж* 2. *v* запрýживать

damage ['dæmɪdʒ] 1. *n* 1) вред *м*; ущéрб *м* (*loss of value*) 2) *pl* возмещéние убúтков; pay ~э возместúть убытки 2. *v* 1) повреждáть 2) наносúть ущéрб (*inflict loss*)

damn [dæm]: ~ it! чёрт возьмú!

damp [dæmp] сырóй, влáжный

dance [da:ns] 1. *n* 1) тáнец *м*; may I have the next ~? разрешúте пригласúть вас на слéдующий тáнец?; ~ group ансáмбль тáнца 2) тáнцы *мн.*, бал *м* (*party*) 2. *v* танцевáть, плясáть; ~r [-ə] танцóвщик *м*, танцóвщица *ж*

dancing ['da:nsɪŋ] *см.* ice

Dane [deɪn] датчáнин *м*, датчáнка *ж*

danger ['deɪndʒə] опáсность *ж*; ~ous ['deɪndʒrəs] опáсный

Danish ['deɪnɪʃ] 1. *a* дáтский 2. *n* дáтский язык

dare [dɛə] сметь, отвáживаться ◈ I ~ say вероятно, пожáлуй, полагáю

daring ['dɛərɪŋ] 1. *n* отвáга *ж*, дерзáние с 2. *a* смéлый, отвáжный

dark [da:k] 1. *a* 1) тёмный; grow (get) ~ темнéть, смеркáться 2) смýглый; he has a ~ compléxion он смýглый 3) = dárk-haired 2. *n* темнотá *ж*; in the ~ в темнотé; ~haired [-hɛəd]: ~haired man брюнéт *м*

darkness ['da:knɪs] темнотá *ж*

darling ['da:lɪŋ] любúмый; мúлый, дорогóй

darn [da:n] штóпать

dash [dæʃ] 1. *v* рúнуться; промчáться (by) 2. *n спорт.* забéм (*на короткие дистанции*), спринт *м*

data ['deɪtə] *pl* дáнные *мн.*; фáкты *мн.*

date I [deɪt] 1. *n* 1) дáта *ж*; числó с; what's the ~ todáy? какóе сегóдня числó? 2) *разг.* свидáние с; make a ~ назначáть свидáние ◈ out of ~ устарéлый; up to ~ совремéнный 2. *v* датúровать; a létter ~d 5 June... письмó **от** 5 ию́ня...

date II финик *м*

daughter ['dɔ:tə] дочь *ж;* **~-in-law** ['dɔ:tər-ɪnlɔ:] невестка *ж,* сноха *ж (son's wife)*

dawn [dɔ:n] рассвет *м;* at ~ на заре, на рассвете

day [deɪ] день *м;* сутки *мн. (24 hours);* we spent three ~s there мы провели там трое суток; ~ and night круглые сутки; the ~ before yesterday позавчера; the ~ after tomorrow послезавтра; the other ~ на днях *(о прошлом);* in a ~ or two на днях *(о будущем);* some ~ когда-нибудь; ~ off выходной день; **~break** [-breɪk] рассвет *м;* **~light** [-laɪt] дневной свет; **~light sav**-ing time *амер.* летнее время *(на час впереди времени по Гринвичу)*

D.C. ['di:'si:] (direct current) *эл.* постоянный ток

dead [ded] мёртвый ◇ ~ shot меткий стрелок; ~ end тупик *м;* **~lock** [-lɔk] тупик *м,* безвыходное положение

deaf [def] глухой; **~-mute** [-'mju:t] глухонемой *м*

deal [di:l] 1. *n* 1): a

great (good) ~ of много 2) сделка *ж,* дело *с;* make a ~ заключить сделку 2. *v* (dealt) 1) раздавать 2) *карт.* сдавать; ~ in торговать чем-л.; ~ with иметь дело с *(кем-л.);* **~er** [-ə] торговец *м*

dealt [delt] *past и pp* от deal 2

dean [di:n] 1) декан *м;* the ~ of the faculty декан факультета 2) настоятель *м (of a cathedral)*

dear [dɪə] 1. *a* дорогой; ~ friends! дорогие друзья!; my ~ мой милый; D. Sir милостивый государь *(в письмах);* D. Mr. Ivanov уважаемый г-н Иванов *(в письмах)* 2. *adv* дорого

death [deθ] смерть *ж;* **~-rate** [-reɪt] смертность *ж*

debate [dɪ'beɪt] 1. *n* 1) дебаты *мн.,* прения *мн.* 2) спор *м,* полемика *ж (argument)* 2. *v* обсуждать

debt [det] долг *м;* run (get) into ~ влезть в долги; **~or** [-ə] должник *м*

début ['deɪbu:] дебют *м;* make one's ~ дебютировать

decade ['dekeɪd] десятилетие *с*

decanter [dɪ'kæntə] графи́н *м*

decathlon [dɪ'kæθlɔn] *сл.* десятибо́рье *с (track and field)*

decay [dɪ'keɪ] 1. *n* 1) гние́ние *с*; распа́д *м (decomposition)* 2) упа́док *м (decline)* 2. *v* 1) гнить, разлага́ться 2) приходи́ть в упа́док *(decline)*

deceive [dɪ'siːv] обма́нывать

December [dɪ'sembə] декабрь *м*

decent ['diːsnt] 1) прили́чный, поря́дочный 2) скро́мный *(modest)* 3) *амер. разг.* оде́тый; are you ~? May I come in? вы оде́ты? Мо́жно войти́?

deception [dɪ'sepʃn] обма́н *м*

decide [dɪ'saɪd] реша́ть; ~d [dɪ'saɪdɪd] реши́тельный; беспо́рный; ~d advántage реша́ющее преиму́щество

decipher [dɪ'saɪfə] расшифро́вывать

decision [dɪ'sɪʒn] реше́ние *с*

decisive [dɪ'saɪsɪv] 1) реша́ющий; ~ blow реша́ющий уда́р

deck [dek] 1. *n* 1) па́луба *ж*; lówer (úpper) ~ ни́жняя (ве́рхняя) па́луба; on ~

на па́лубе 2) *амер.* коло́да (карт) *(pack of cards)* 2. *v* украша́ть, убира́ть *(adorn)*

declaration [deklə-'reɪʃn] заявле́ние *с*; деклара́ция *ж*

declare [dɪ'kleə] 1) объявля́ть; провозглаша́ть *(formally announce)* 2) заявля́ть; I ~ that... я заявля́ю, что... 3): do I have to ~ these things at the cústoms? до́лжен ли я предъяви́ть э́ти ве́щи на тамо́жне?

decline [dɪ'klaɪn] 1. *v* 1) приходи́ть в упа́док; пошатну́ться *(о здоровье)* 2) отклоня́ть; отка́зывать(ся); ~ an óffer отклони́ть предложе́ние 2. *n* упа́док *м*

decorate ['dekəreɪt] 1) украша́ть 2) награжда́ть (зна́ком отли́чия); ~ with a badge награди́ть значко́м

decoration [dekə'reɪʃn] 1) украше́ние *с* 2) знак отли́чия, о́рден *м (medal, etc)*

decrease 1. *n* ['diːkriːs] уменьше́ние *с*; у́быль *ж* 2. *v* [diː'kriːs] уменьша́ть(ся)

decree [dɪ'kriː] 1. *n* декре́т *м*, ука́з *м* 2. *v* издава́ть декре́т; постановля́ть

7Англо-русский сл.

dedicate ['dedɪkeɪt] посвящать

deduct [dɪ'dʌkt] вычитать, отнимать; ~**ion** [dɪ'dʌkʃn] скидка ж; вычет м

deed [di:d] 1) действие с, поступок м 2) подвиг м; heroic ~ геройский подвиг

deep [di:p] 1. a глубокий; ~ interest глубокий интерес; ~ colours тёмные цвета (тона) 2. adv глубоко; ~ly [-lɪ] глубоко; сильно, очень; I'm ~ly moved я глубоко тронут

deer [dɪə] (pl deer) олень м; лань ж

defeat [dɪ'fi:t] поражение с; спорт. тж. проигрыш м; suffer a ~ потерпеть поражение

defect [dɪ'fekt] 1) недостаток м; недочёт м 2) мед. порок м; ~ive [-ɪv] недостаточный, неполноценный

defence [dɪ'fens] оборона ж; защита ж (тж. спорт. и юр.); in ~ of peace в защиту мира

defend [dɪ'fend] защищать(ся); ~ant [-ɔnt] подсудимый м; подзащитный м (для адвоката)

defensive [dɪ'fensɪv]

1. a оборонительный 2. n оборона ж; be on the ~ защищаться, обороняться

deficiency [dɪ'fɪʃənsɪ] недостаток м; дефицит м

define [dɪ'faɪn] определять, устанавливать

definite ['defɪnɪt] 1) определённый 2) точный, ясный

definition [defɪ'nɪʃn] определение с

defroster [di:'frɔstə] авто стеклообогреватель м, антиобледенитель м

defy [dɪ'faɪ] бросать вызов, не подчиняться; the problem defies solution проблема не поддаётся решению

degrade [dɪ'greɪd] 1) прийти в упадок, деградировать 2) понизить, разжаловать (in rank)

degree [dɪ'gri:] 1) ступень ж, степень ж; to a certain ~ you are right вы до некоторой степени правы; by ~s постепенно 2) градус м; twenty ~s above (below) zero двадцать градусов выше (ниже) нуля 3) учёная степень; hold a ~ иметь (учёную) степень

delay [dɪ'leɪ] **1.** *n* за-
де́ржка *ж*; промедле́-
ние *с*; without ~
без заде́ржки **2.** *v* за-
де́рживать; откла́ды-
вать; ме́длить

delegate **1.** *n* ['delɪ-
ɡɪt] делега́т *м*; ~s
to the cóngress уча́ст-
ники съе́зда **2.** *v* ['de-
lɪɡeɪt] посыла́ть, делеги́-
ровать

delegation [delɪ'ɡeɪʃn]
делега́ция *ж*; on the
~ в соста́ве делега́-
ции; Trade D. торг-
пре́дство *с*

deliberate **1.** *v* [dɪ'lɪ-
bəreɪt] 1) обду́мывать
(think over); 2) сове-
ща́ться *(discuss)* **2.** *a*
[dɪ'lɪbərɪt] обду́манный,
преднаме́ренный

delicacy ['delɪkəsɪ] 1)
делика́тность *ж* 2)
деликате́с *м*, ла́-
комство *с (food)*

delicate ['delɪkɪt] 1)
то́нкий *(fine)* 2) хру́п-
кий, сла́бый; ~ health
сла́бое здоро́вье 3)
щекотли́вый; ~ mát-
ter щекотли́вый во-
про́с

delicatessen [delɪkə-
'tesn] гастроно́мия *ж*;
~ shop гастрономи́-
ческий магази́н

delicious [dɪ'lɪʃəs] 1)
восхити́тельный, пре-
ле́стный *(charming)* 2)
вку́сный *(tasty)*

delight [dɪ'laɪt] **1.** *n*
восхище́ние *с*; вос-
то́рг *м* **2.** *v* приводи́ть
в восто́рг; I'm ~ed with
this trip я в восто́рге
от пое́здки; ~ful [-ful]
преле́стный, восхити́-
тельный

deliver [dɪ'lɪvə] 1)
доставля́ть; ~ the
goods to the hotél,
please доста́вьте, по-
жа́луйста, поку́пки в
гости́ницу 2) осво-
божда́ть; избавля́ть
(set free) 3) де́лать,
произноси́ть; ~ a
speech произнести́ речь;
~y [dɪ'lɪvərɪ] доста́вка
ж, разно́ска *ж*

demand [dɪ'maːnd] **1.**
n 1) тре́бование *с*;
pа́yable on ~ подле-
жи́т опла́те по предъ-
явле́нии 2) спрос *м*;
be in great ~ по́льзо-
ваться больши́м спро́-
сом **2.** *v* 1) тре́бовать,
предъявля́ть тре́бова-
ние 2) нужда́ться
(need) 3) спра́шивать,
задава́ть вопро́с *(ask)*

democracy [dɪ'mɔ-
krəsɪ] демокра́тия *ж*;
sócialist ~ социали-
сти́ческая демокра́тия

democrat ['demәkræt]
1) демокра́т *м* 2) (D.)
член демократи́ческой
па́ртии *(в США)*

democratic [demә-
'krætɪk] демократи́чес-

кий; ~ youth демо-
кратическая молодёжь;
D. Party демократи-
ческая партия (в
США); D. góvernor
губернáтор — член де-
мократической партии
(в США)

demonstrate ['demən-
streɪt] показывать, де-
монстрировать

demonstration [de-
mǝns'treɪʃn] 1) показ
м (display) 2): ~ per-
fórmance спорт. пока-
зáтельное выступле́ние
3) демонстрáция ж
(manifestation, march)

denial [dɪ'naɪǝl] 1) от-
рицáние с; опровер-
жéние с 2) откáз м
(refusal)

denote [dɪ'nǝut] оз-
начáть; обозначáть

denounce [dɪ'nauns]
осуждáть; обличáть

dense [dens] густóй,
плóтный; ~ fog гус-
тóй тумáн; ~ popu-
látion густóе населéние

dentist ['dentɪst] зубнóй врач; the ~'s
зубнóй кабинéт

deny [dɪ'naɪ] 1) отрицáть; ~ the possibility
of отрицáть возмóж-
ность 2) откáзывать-
ся; ~ one's words от-
казáться от своих слов

depart [dɪ'pɑːt] от-
бывáть, уезжáть

department [dɪ'pɑːt-

mǝnt] 1) отдéл м; ~
store универсáльный
магазин 2) факультéт
м (in a college) 3) вé-
домство с (governmen-
tal body) 4) министéр-
ство с; D. of Trade
Министéрство торгóвли
(в Великобритании);
D. of the Interior Ми-
нистéрство внýтренних
дел (США)

departure dɪ'pɑːtʃǝ
отбытие с, отъéзд м;
the ~ is fixed for
Túesday отъéзд назнá-
чен на втóрник

depend [dɪ'pend] 1)
зависеть (on — от) 2)
полагáться (on — на);
can I ~ on him? мóжно
ли на негó положить-
ся? ♦ it all ~s всё
зависит от обстоятель-
ств; ~ant [-ǝnt] иж-
дивéнец м; ~ence [-ǝns]
зависимость ж

depict [dɪ'pɪkt] 1)
рисовáть, изображáть
2) описывать (de-
scribe)

deplorable [dɪ'plɔːrǝbl]
прискóрбный, достóй-
ный осуждéния

deplore [dɪ'plɔː] 1) со-
жалéть 2) осуждáть
(condemn)

deport [dɪ'pɔːt] вы-
сылáть, ссылáть; ~
ation [diːpɔː'teɪʃn] вы-
сылка ж

deposit [dɪ'pɔzɪt] 1. n

1) вклад *м*; place món-
ey on ~ внести вклад
в банк 2) задаток *м*
(sum paid as a pledge)
2. *v* класть *(в банк)*

depot ['depəu] 1) депо́
с, нескл. 2) склад *м*
(storehouse) 3) *амер.*
железнодоро́жная ста́н-
ция

depress [dı'pres] уд-
руча́ть, угнета́ть; ~-
ion [dı'preʃn] 1) уны́-
ние *с* 2) *эк.* депре́ссия
эк; спад *м*

deprive [dı'praıv] ли-
ша́ть

depth [depθ] глубина́
эк; at the ~ of ten
feet на глубине́ десяти́
фу́тов

deputy ['depjutı] 1) де-
пута́т *м,* делега́т *м* 2)
замести́тель *м*; D.
Minister замести́тель
мини́стра

descend [dı'send] 1)
спуска́ться 2) проис-
ходи́ть (from — от)

descent [dı'sent] 1)
спуск *м* 2) склон *м*
(slope) 3) происхожде́-
ние *с (origin)*

describe [dıs'kraıb]
опи́сывать

description [dıs'krıp-
ʃn] описа́ние *с*

desert 1. *n* ['dezət]
пусты́ня *эк* **2.** *v* [dı-
'zə:t] покида́ть, броса́ть

deserve [dı'zə:v] за-
слу́живать

design [dı'zaın] **1.** *n*
1) за́мысел *м* 2)
прое́кт *м,* чертёж *м;* in-
térior ~ проекти́ро-
вание интерье́ра 3)
узо́р *м;* вы́кройка *эк*
(pattern) **2.** *v* 1) замыш-
ля́ть; намерева́ться *(intend)* 2) проекти́ровать
(a house, etc); ~er [-ə]
констру́ктор *м*

desirable [dı'zaıərəbl]
жела́нный

desire [dı'zaıə] **1.** *n*
жела́ние *с* **2.** *v* жела́ть

desk [desk] 1) пись-
менный стол; кон-
то́рка *эк* 2) па́рта *эк*
(at school); ~lamp
[-læmp] насто́льная ла́м-
па

despair [dıs'pɛə] от-
ча́яние *с;* fall into ~
впада́ть в отча́яние

despatch [dıs'pætʃ] =
dispátch

desperate ['despərıt]
отча́янный, безнадёж-
ный

despise [dıs'paız] пре-
зира́ть

despite [dıs'paıt] не-
смотря́ на, вопреки́

despotic [des'pɔtık]
деспоти́ческий

dessert [dı'zə:t] де-
се́рт *м,* сла́дкое *с,*
тре́тье *с;* ~-spoon
[-spu:n] десе́ртная ло́жка

destination [destı'nei-
ʃn] 1) (пред)назначе́ние *с*
2) ме́сто назначе́ния;

101

цель ж (*путешествия*);
when will the train reach
its ~? когда поезд
прибудет к месту на-
значения?

destiny ['destɪnɪ] судьба ж

destroy [dɪs'trɔɪ] разрушать; уничтожать

destruction [dɪs'trʌk-
ʃn] разрушение с,
уничтожение с

detach [dɪ'tætʃ] от-
делять; ~ed house
брит. отдельный дом
(*для одной семьи*);
~ment [-mənt] отряд м

detail ['di:teɪl] под-
робность ж, деталь
ж; in ~ подробно;
go into ~ вдаваться
в подробности

detailed ['di:teɪld] под-
робный

detain [dɪ'teɪn] за-
держивать; sorry to
have ~ed you простите,
что задержал вас

detective [dɪ'tektɪv]
сыщик м; *амер. тж.*
следователь м

détente [deɪ'tɒnt] раз-
рядка (международ-
ной напряжённости)

deter [dɪ'tə:] сдер-
живать, удерживать
(from — от)

detergent [dɪ'tə:dʒənt]
стиральный порошок

determination [dɪtə:-
mɪ'neɪʃn] решимость ж
(*resoluteness*)

determine [dɪ'tə:mɪn]
определять (*define*);
~d [-d] решительный

deterrent [dɪ'terənt]
средство сдерживания;
полит. оружие сдер-
живания

devastate ['devəsteɪt]
опустошать, разорять

develop [dɪ'veləp] 1)
развивать(ся) 2) *фото*
проявлять; I want to
have these films ~ed я
хочу проявить эти плён-
ки; ~ment [-mənt] 1)
развитие с 2) *фото* про-
явление с

device [dɪ'vaɪs] 1)
план м, проект м
2) приспособление с
(*contrivance*)

devil ['devl] дьявол
м, чёрт м

devise [dɪ'vaɪz] при-
думывать; изобретать

devote [dɪ'vəut] пос-
вящать (себя); ~d
[dɪ'vəutɪd] преданный;
~d friend преданный
друг

devotion [dɪ'vəuʃn]
преданность ж

dew [dju:] роса ж

diabet||**es** [daɪə'bi:ti:z]
мед. диабет м; ~**ic**
[daɪə'betɪk] *мед.* диа-
бетический

diagnosis [daɪəg'nəu-
sɪs] диагноз м

diagram ['daɪəgræm]
диаграмма ж; схема
ж

dial ['daɪəl] **1.** n 1) телефо́нный диск 2) цифербла́т м (of a clock, etc); шкала́ ж (graduated disk) **2.** v набира́ть но́мер (по телефо́ну); "In Evént of Fire Dial...", „О пожа́ре звони́ть..." (на́дпись)

dialect ['daɪəlekt] диале́кт м, наре́чие с

dialectic(al) [daɪə'lektɪkəl] диалекти́ческий; ~ matérialism диалекти́ческий материали́зм

diameter [daɪ'æmɪtə] диа́метр м

diamond ['daɪəmənd] 1) алма́з м; бриллиа́нт м (when cut) 2) pl карт. бу́бны мн.

diarrhoea [daɪə'rɪə] мед. поно́с м

diary ['daɪərɪ] дневни́к м; keep a ~ вести́ дневни́к

dictate 1. v [dɪk'teɪt] диктова́ть **2.** n ['dɪkteɪt] дикта́т м

dictation [dɪk'teɪʃn] дикто́вка ж, дикта́нт м

dictatorship [dɪk'teɪtəʃɪp] диктату́ра ж

dictionary ['dɪkʃənrɪ] слова́рь м

did [dɪd] past от do

die [daɪ] умира́ть; ~-hard [-ha:d] полит. твердоло́бый м, консерва́тор м

diet ['daɪət] 1) пи́ща ж, стол м; símple ~ просто́й стол 2) дие́та ж (food regimen)

differ ['dɪfə] 1) отлича́ться 2) расходи́ться во мне́ниях (disagree)

difference ['dɪfrəns] 1) ра́зница ж, разли́чие с; it makes no ~! кака́я ра́зница! 2) разногла́сие с; séttle the ~s ула́дить спор

different ['dɪfrənt] 1) друго́й 2) ра́зный (unlike)

difficult ['dɪfɪkəlt] тру́дный; ~y [-ɪ] тру́дность ж; затрудне́ние с

dig [dɪg] (dug) рыть, копа́ть; (тж. dig out) выка́пывать

digest 1. v [dɪ'dʒest] 1) перева́ривать(ся) 2) перен. усва́ивать **2.** n ['daɪdʒest] кра́ткое изложе́ние с; ~ion [dɪ'dʒestʃn] пищеваре́ние с

dignity ['dɪgnɪtɪ] 1) досто́инство с 2) зва́ние с; сан м (honourable title)

dill [dɪl] укро́п м

dim [dɪm] ту́склый, нея́сный; ~ mémories сму́тные воспомина́ния

dime [daɪm] амер. моне́та в де́сять це́нтов

dimension [dɪ'menʃn] 1) измере́ние с; the third ~ тре́тье изме-

рéние 2) *pl* размéры
мн., величина *ж*

diminish [dɪ'mɪnɪʃ]
уменьшáть(ся)

dimple ['dɪmpl] ямо-
чка *ж (на щеке, под-
бородке)*

dinar ['di:na:] динáр
м (*Yugoslavian, Ira-
nian, etc monetary
unit*)

dine [daɪn] обéдать;
ýжинать; ~ **out** ýжи-
нать вне дóма (*или сво-
егó отéля*); **tonight**
we're dining out сегó-
дня мы ýжинаем не дó-
ма; ~**r** [-ə] *амер.* 1)
вагóн-ресторáн *м* 2)
„дáйнер“ *м*, придо-
рóжное кафé

dining-car ['daɪnɪŋ-
ka:] вагóн-ресторáн *м*;
~**room** [-rum] столó-
вая *ж (комната в
квартире)*

dinner ['dɪnə] (поз-
дний) обéд; diplomatic
~ дипломатический
ýжин

dip [dɪp] 1. *v* оку-
нáть(ся); макáть 2.
n 1) погружéние; to
take a ~ искупáться
2) „дип“ *м*; пáста *ж*
(*кулинарная*)

diploma [dɪ'pləumə]
диплóм *м*, свидéтель-
ство *с*

diplomacy [dɪ'pləu-
məsɪ] дипломáтия *ж*

diplomat ['dɪpləmæt]

дипломáт *м*; ~**ic** [dɪ-
plə'mætɪk] дипломатú-
ческий кóрпус

dire ['daɪə] стрáшный,
зловéщий; ~ conse-
quences ужáсные по-
слéдствия

direct [dɪ'rekt] 1. *a*
прямóй 2. *v* 1) напра-
влять; will you, please,
~ me to the néarest
post-office? скажúте,
пожáлуйста, как прой-
тú к ближáйшему
почтóвому отделéнию?
2) прикáзывать (*or-
der*)

direction [dɪ'rekʃn]
1) направлéние *с* 2):
~s (for use) спóсоб
употреблéния 3) ру-
ковóдство *с* (*guidance*)

directly [dɪ'rektlɪ] 1)
прямо 2) тóтчас; I'll
see you ~! я сейчáс!,
однý минýту!

directory [dɪ'rektərɪ]
áдресная *или* теле-
фóнная кнúга; спрá-
вочник *м*

dirt [də:t] грязь *ж*;
~**y** [-ɪ] грязный

disability [dɪsə'bɪlɪtɪ]
нетрудоспосóбность *ж*;
~ pénsion пéнсия по
инвалúдности

disadvantage [dɪsəd-
'va:ntɪdʒ] неудóбство
с, мúнус *м*; at a ~
в невыгодном поло-
жéнии

disagree [dɪsə'gri:] 1)

не соглашаться 2)
расходиться, противоречить *(be at variance)*

disappear [dɪsə'pɪə]
исчезать

disappoint [dɪsə'pɔɪnt]
разочаровывать

disapprove ['dɪsə-'pruːv] не одобрять,
осуждать

disarm [dɪs'aːm] 1)
обезоруживать 2) разоружать(ся) *(abolish armaments)*: ~ament
[-əmənt] разоружение
с; general and complete ~ament всеобщее и полное разоружение

disaster [dɪ'zaːstə]
несчастье с; бедствие с

disastrous [dɪ'zaːstrəs]
гибельный; катастрофический

discharge [dɪs'tʃaːdʒ]
1) разгружать *(unload)* 2) выстрелить
(of a rifle, etc) 3) освобождать от, увольнять *(from work)*;
выписывать *(from a hospital)*

discipline ['dɪsɪplɪn]
дисциплина ж

discontent ['dɪskən-'tent] недовольство с

discord ['dɪskɔːd] 1)
разногласие с 2) муз.
диссонанс м

discount ['dɪskaunt]
скидка ж; sell at

а ~ продавать со скидкой; ~ price сниженная цена

discourage [dɪs'kʌrɪdʒ]
1) обескураживать 2)
отговаривать *(dissuade)*

discover [dɪs'kʌvə] открывать; обнаруживать; ~y [dɪs'kʌvərɪ]
открытие с

discretion [dɪs'kreʃn]
1) осторожность ж,
сдержанность ж 2):
at your ~ на ваше
усмотрение

discriminate [dɪs'krɪmɪneɪt] 1) различать;
discriminating taste тонкий вкус 2) дискриминировать

discrimination [dɪs-krɪmɪ'neɪʃn] дискриминация ж

discus ['dɪskəs] диск
м; ~ throwing л.т. метание диска

discuss [dɪs'kʌs] обсуждать; ~ion [dɪs-'kʌʃn] обсуждение с;
дискуссия ж; under
~ion обсуждающийся, находящийся на
обсуждении

disease [dɪ'ziːz] болезнь ж

disembark ['dɪsɪm-'baːk] высаживать(ся)
(с судна и самолёта); ~ation [dɪsɪm-baː'keɪʃn] высадка ж

disgrace [dɪs'greɪs] позор м, бесчестье с

disguise [dɪs'gaɪz] 1) маскирова́ть(ся) 2) переоде́ться кем-л. 3) скрыва́ть *(hide)*

disgust [dɪs'gʌst] **1.** *n* отвраще́ние *с* **2.** *v* вызыва́ть отвраще́ние; be ~ed чу́вствовать (испы́тывать) отвраще́ние

dish [dɪʃ] блю́до *с*

dishonest [dɪs'ɔnɪst] нечéстный

dish-washer ['dɪʃwɔʃə] (посу́до)мо́ечная маши́на

disillusion [dɪsɪ'lu:ʒn] разочарова́ние *с*

dislike ['dɪs'laɪk] испы́тывать неприя́знь

dislocate ['dɪsləukeɪt] вы́вихнуть; ~ one's shóulder вы́вихнуть плечо́

dislocation [dɪsləu'keɪʃn] вы́вих *м*

dismiss [dɪs'mɪs] 1) распуска́ть 2) выгоня́ть, увольня́ть *(fire)* 3) отказа́ться *(от мы́сли)*; ~ it from your mind вы́бросьте э́то из головы́

disorder [dɪs'ɔ:də] беспоря́док *м*

dispatch [dɪs'pætʃ] **1.** *v* отправля́ть; посыла́ть **2.** *n* 1) отпра́вка *ж* 2) депе́ша *ж (message)*

dispense [dɪs'pens]: ~ with *smth* обходи́ться без *чего-л.*

disperse [dɪs'pə:s] рассе́ивать(ся)

displace [dɪs'pleɪs] перемеща́ть; ~d pérsons перемещённые ли́ца

display [dɪs'pleɪ] **1.** *n* пока́з *ж*; ~ of flówers вы́ставка цвето́в **2.** *v* 1) выставля́ть; пока́зывать 2) проявля́ть, обнару́живать; ~ cóurage прояви́ть му́жество

disposal [dɪs'pəuzəl]: at your ~ в ва́шем распоряже́нии; к ва́шим услу́гам

dispose [dɪs'pəuz] располага́ть; be ~d *(to smth)* быть располо́женным *(к чему-л.)*; склоня́ться *(к чему-л.)*

dispute [dɪs'pju:t] **1.** *n* 1) спор *м* 2) обсужде́ние *с (debate)* **2.** *v* спо́рить; оспа́ривать; ~ one's right оспа́ривать чьё-л. пра́во

disqualification [dɪskwɔlɪfɪ'keɪʃn] дисквалифика́ция *ж*, лише́ние пра́ва на что-л.

disqualif∥y [dɪs'kwɔlɪfaɪ] дисквалифици́ровать, лиши́ть пра́ва на что-л.; you broke the rules and are ~ied вы дисквалифици́рованы за наруше́ние пра́вил

disregard ['dısrı'ga:d] пренебрегать; не обращать внимания

disrupt [dıs'rʌpt] разрывать, разрушать; подрывать; **~ive** [-ıv] раскольнический; подрывной; **~ive práctices** раскольнические действия

dissatisfaction ['dıssætıs'fækʃn] неудовлетворённость ж, недовольство с

dissatisfy ['dıs'sætısfaı] не удовлетворять

dissent [dı'sent] быть несогласным, иметь своё мнение; **~er** [-ə] 1) брит. человек, всегда имеющий своё особое мнение 2) амер. участник движения протеста (против политики правительства)

dissolution [dısə'lu:ʃn] роспуск м; **~ of an organizátion** роспуск организации

dissolve [dı'zɔlv] 1) растворять(ся) 2) распускать; **~ Párliament** распустить парламент

distance ['dıstəns] 1) расстояние с; **at a ~ of two miles** на расстоянии двух миль; **it's within wálking ~ of the hotél** это близко от гостиницы, до гос-

тиницы можно дойти пешком 2) спорт. дистанция ж; **long (míddle) ~ run** бег на длинную (среднюю) дистанцию ◇ **from a ~** издали; **at a ~** на некотором расстоянии; **in the ~** вдали

distant ['dıstənt] дальний, далёкий; отдалённый; **ten miles ~** отстоящий на десять миль

distinct [dıs'tıŋkt] отчётливый, ясный; **~ion** [dıs'tıŋkʃn] различие с, отличие с; **withóut ány ~ions** без различия, без разбора

distinguish [dıs'tıŋgwıʃ] 1) различать (betwéen) 2) отличать (from); **~ed** [-t] известный, выдающийся; **~ed musícian** известный музыкант; **~ed ládies and géntlemen!** уважаемые дамы и господа!

distort [dıs'tɔ:t] искажать

distract [dıs'trækt] отвлекать; **~ smb's atténtion** отвлечь чьё-л. внимание

distress [dıs'tres] **1.** n 1) горе с 2) бедствие с; **~ sígnal** сигнал бедствия **2.** v огорчать, расстраивать

distribute [dɪs'trɪbjuːt] распределять

distribution [dɪstrɪ'bjuːʃn] 1) распределе́ние с 2) распростране́ние с

district ['dɪstrɪkt] райо́н м; о́круг м; край м

distrust [dɪs'trʌst] 1. n недове́рие с 2. v не доверя́ть (smb — кому́-л.)

disturb [dɪs'təːb] 1) беспоко́ить, меша́ть; I'm sórry to ~ you извини́те за беспоко́йство; "Do not ~!" „Не беспоко́ить!" (надпись) 2) трево́жить (upset)

ditch [dɪtʃ] кана́ва ж

dive [daɪv] 1. v ныря́ть; погружа́ться (submerge) 2. n прыжо́к в во́ду; ~r [-ə] 1) водола́з м 2) спорт. прыгу́н в во́ду

diversity [daɪ'vəːsɪtɪ] разнообра́зие с

divide [dɪ'vaɪd] дели́ть(ся); разделя́ть(ся)

diving ['daɪvɪŋ]: springboard (plátform) ~ спорт. ол. прыжки́ в во́ду с трампли́на (с вы́шки); skin (брит. free) ~ подво́дное пла́вание; déep-séa ~ водола́зные рабо́ты

division [dɪ'vɪʒn] 1) (раз)деле́ние с; ~

of authórity разделе́ние фу́нкций 2) разде́л м, часть ж (section)

divorce [dɪ'vɔːs] 1. n разво́д м 2. v разводи́ться

divorced [dɪ'vɔːst] разведённый, разведённая

Djiboutian [dʒɪ'buːtjən] джибути́ец м, джибути́йка ж

do [duː] (did; done) 1) де́лать; what are you dóing? чем вы занима́етесь?; what are we dóing next? что мы бу́дем де́лать да́льше?; what can I do for you? чем я могу́ быть вам поле́зен?; what shall I do? как мне быть? 2) подходи́ть, годи́ться; this room will do me quite well э́тот но́мер меня́ вполне́ устра́ивает; that won't do! так де́ло не пойдёт!, э́то не годи́тся! 3): do one's room убра́ть ко́мнату; do the díshes вы́мыть посу́ду; do one's léssons сде́лать уро́ки; do one's hair сде́лать причёску; do one's lips накра́сить гу́бы; do one's nails сде́лать маникю́р 4) осма́тривать (достопримеча́тельности); did you do the British Muséum? вы осмотрéли Британский музéй? 5) *служит для образования вопросительных и отрицательных форм:* did not you see me? рáзве вы́ меня́ не ви́дели?; I do not (don't) speak French я не говорю́ по-францу́зски 6) *для усиления:* do come! пожáлуйста, приходи́те!; do without обходи́ться без ◇ how do you do? здрáвствуйте!; that will do! достáточно!; this will do you a lot of good э́то бýдет вам óчень полéзно; do jústice воздáть дóлжное

dock [dɔk] 1) док *м* 2) *амер.* при́стань *ж* 3) *ж.-д.* тупи́к *м*; ~er [-ə] дóкер *м*, портóвый рабóчий

dockyard ['dɔkja:d] верфь *ж*

doctor ['dɔktə] 1) врач *м*, дóктор *м*; will you, please, send for a ~? пошли́те, пожáлуйста, за врачóм! 2) (D.) дóктор *м* (*учёное звание*); D. of Medicine дóктор медици́ны (*медици́нских наýк*)

document ['dɔkjumənt] докумéнт *м*; ~ary [dɔkju'mentəri] документáльный фильм

dodge [dɔdʒ] избегáть, увёртываться (*тж. спорт., особ. амер. футбол, бокс*)

doesn't ['dʌznt] *разг.* = does not

dog [dɔg] собáка *ж*; ~ sled нáрты *мн.*; ~-collar [-kɔlə] ошéйник *м*; ~rose [-rəuz] шипóвник *м*

doll [dɔl] кýкла *ж*

dollar ['dɔlə] дóллар *м*

dome [dəum] кýпол *м*

domestic [dəu'mestik] 1) домáшний 2) *преим. амер.* внýтренний; ~ pólicy внýтренняя поли́тика

dominate ['dɔmineit] преоблáдать; госпóдствовать

Dominican [də'minikən] **1.** *а* доминикáнский **2.** *n* доминикáнец *м*; доминикáнка *ж*

domino ['dɔminəu] 1) домино́ с (*маскарáдный костюм*) 2) *pl* домино́ с (*игра*)

done [dʌn] *pp от* do

don't [dəunt] *разг.* = do not

doom [du:m] **1.** *n* 1) рок *м*, судьбá *ж* 2) (по)ги́бель *ж* (*death*) **2.** *v* осуждáть, обрекáть; ~ed to failure обречённый на провáл

door [dɔ:] дверь *ж*; out of ~s на ýлице;

~-keeper [-ki:pə], ~-man [-mən] швейцáр м
double ['dʌbl] 1. a двойнóй; I want a ~ room мне нýжен двойнóй нóмер; ~ scull сл. (академическая гребля) пáрная двóйка 2. adv вдвойнé 3. v удвáивать 4. n 1) дублёр м (in cinema and theatre) 2) спорт. сл. двóйка ж; káyak (Canádian) ~ см. káyak, Canádian; men's ~ (санный спорт) мужскáя двóйка (luge); ~-bass [-'beɪs] муз. контрабáс м
doubt [daut] 1. n сомнéние с; no ~ несомнéнно, безуслóвно 2. v сомневáться; ~ful [-ful] сомнúтельный; ~less [-lɪs] несомнéнно
dough [dou] тéсто с; ~nut [nʌt] пóнчик м
dove [dʌv] гóлубь м; ~ of peace гóлубь мúра
down [daun] 1. adv 1) вниз; put the súitcase ~ here постáвьте чемодáн сюдá 2) внизý; blinds are ~ штóры спýщены ◇ live ~ South жить на юге; ~ with..! долóй..! 2. prep вниз; no; go ~ the street идтú по улице
downhill ['daun'hɪl] 1. adv вниз, под гóру 2. n спорт. сл. скоростнóй спуск (Alpine skiing)
Downing Street ['daunɪŋstri:t] Дáунинг-стрит м (улица в Лондоне, где помещается резиденция премьер-министра)
downpour ['daunpɔ:] лúвень м
downstairs ['daun'steəz] 1) вниз (по лестнице); go ~ спускáться (по лéстнице) 2) внизý; в нúжнем этажé; he is ~ он внизý
downtown ['daun'taun] 1. n (деловóй) центр (гóрода); he works ~ он рабóтает в цéнтре 2. adv в центр, (по направлéнию) к цéнтру; take the súbway if you are to go ~ éсли вам нýжно в центр, садúтесь на метрó
doze [douz] дремáть
dozen ['dʌzn] дюжина ж ◇ báker's ~ чёртова дюжина
draft [dra:ft] 1. n 1) = draught 1); 2) проéкт м, черновúк м; ~ resolútion проéкт резолюции 2. v набрáсывать (черновúк); составлять (план); ~ a repórt разработать проéкт доклáда

110

drag [dræg] тащить (-ся)

drain [dreɪn] осушать; **~age** [-ɪdʒ] осушение *с;* дренаж *м*

drama [′drɑ:mə] дра́ма *ж;* ~ théatre драматический теа́тр; **~tic** [drə′mætɪk] драматический

drank [dræŋk] *past от* drink 1

drapery [′dreɪpərɪ] 1) тка́ни *мн.* 2) драпиро́вка *ж (draped hangings)* 3) што́ры *мн. (curtains)*

drastic [′dræstɪk] реши́тельный, круто́й; ~ chánges коренны́е измене́ния

draught [drɑ:ft] 1) сквозня́к *м;* there′s a ~ here здесь сквози́т 2) глото́к *м;* drink at a ~ вы́пить за́лпом 3) *pl брит.* ша́шки *мн. (игра)*

draw [drɔ:] **1.** *v* (drew; drawn) 1) тяну́ть, та́щить; ~ near приближа́ться; ~ lots тяну́ть жре́бий 2) привлека́ть *(attract);* 3) черти́ть; рисова́ть; ~ a plan начерти́ть план 4) че́рпать; ~ inspirátion че́рпать вдохнове́ние 5) *спорт.* свести́ вничью́; the game was ~n игра́ зако́нчилась вничью́; ~ **up:** ~ up one′s

pápers офо́рмить докуме́нты 2. *n спорт.* 1) ничья́ *ж;* in a ~ вничью́ 2) жеребьёвка *ж;* win the ~ вы́играть в жеребьёвке

drawback [′drɔ:bæk] недоста́ток *м*

drawer [′drɔ:] я́щик *м (выдвижной);* a chest of ~s комо́д *м;* ~s [-z] *pl* кальсо́ны *мн.*

drawing [′drɔ:ɪŋ] рису́нок *м;* **~-pin** [-pɪn] *брит.* кно́пка *ж (канцеля́рская)*

drawn [drɔ:n] *pp от* draw 1

dread [dred] быть в у́жасе *(smb, smth —* пе́ред кем-л., чем-л.*),* страши́ться *(кого-л., чего-л.);* **~ful** [-ful] ужа́сный, стра́шный

dream [dri:m] **1.** *n* 1) сон *м* 2) мечта́ *ж (reverie)* **2.** *v* (dreamt) 1) ви́деть во сне *(about — что-л.)* 2) мечта́ть *(of — o)*

dreamt [dremt] *past и pp от* dream 2

dress [dres] **1.** *n* пла́тье *с;* оде́жда *ж;* évening ~ вече́рнее пла́тье; ~ circle бельэта́ж *м;* ~ coat фрак *м;* ~ rehéarsal генера́льная репети́ция **2.** *v* 1) одева́ть(ся) 2) перевя́зывать; ~ a wound

перевязать рану; ~
up а) приодеться; б)
надеть маскарадный
костюм (for a fancy-
-dress ball)

dressage ['dresa:ʒ]
спорт. выездка эс;
team (individual Grand
Prix) ~ о.л. (кон-
ный спорт) команд-
ное (личное) первен-
ство по выездке (на
розыгрыш Большого
приза)

dressing ['dresiŋ] 1)
туалет м 2) перевязка
эс (of a wound) 3)
приправа эс, соус м
(sauce); ~-case [-keis]
несессер м; ~-gown
[-gaun] брит. халат м

dressmaker ['dres-
meikə] портниха эс

drew [dru:] past от
draw 1

dribble ['dribl] спорт.
(особ. футбол, баскет-
бол) вести (проводить)
мяч

dried [draid] сушёный
drift [drift] 1) течение
с 2) мор. дрейф м

drill I [dril] 1. n свер-
ло с; electric ~ элек-
трическая дрель 2. v
сверлить

drill II 1. n трени-
ровка эс 2. v трениро-
вать

drink [driŋk] 1. v
(drank; drunk) пить 2.
n питьё с; напиток м;

soft ~ прохладитель-
ные напитки; let's
have a ~ пойдём вы-
пьем

drip [drip] капать

drive [draiv] 1. v
(drove; driven) 1) гнать
2) везти или ехать (в
машине, экипаже);
shall we ~ or walk?
поедем или пойдём
пешком? 3) управлять
(автомобилем); can you
~? вы умеете упра-
влять машиной? 2.
n поездка эс, про-
гулка эс (в машине,
экипаже); let's go for
a ~ поедемте катать-
ся; ~-in [-'in]: ~-in theatre амер. открытый ки-
нотеатр (где можно смо-
треть фильм, не вы-
ходя из автомобиля)

driven ['drivn] pp от
drive 1

driver ['draivə] води-
тель м (of a car)

driving ['draiviŋ]: ~
licence водительские
права

drop [drop] 1. n 1)
капля эс 2) пониже-
ние с; падение с; ~
in temperature пони-
жение температуры 3)
pl мед. капли мн. 2.
v 1) капать 2) ронять
(let fall) 3) опускать,
бросать; ~ the letter,
please опустите, по-
жалуйста, письмо 4)

попыхать(ся) (*go down*);
~ in зайти; I ~ped
in on my friend я
заглянул к своему
другу

drought [draut] засу-
ха *эс*

drove [drəuv] *past om*
drive 1

drown [draun] тонуть;
~ing man утопаю-
щий *м*

drug [drʌg] 1) лекар-
ство *с*; "~s are served
here",,выдача лекарств"
(*надпись*) 2) нар-
котик *м* (*narcotic*); ~
store [-stɔ:] *амер.* ап-
тека *эс*

drum [drʌm] 1. *n* барабан *м* 2. *v* бараба-
нить; стучать

drunk [drʌŋk] 1. *a*
пьяный 2. *pp om* drink 1

dry [drai] 1. *v* 1)
сушить (*make dry*) 2)
сохнуть (*become dry*)
2. *a* сухой; ~ law су-
хой закон; ~cleaner's
[-'kli:nəz] химчистка *эс*

duck I [dʌk] утка *эс*
duck II увернуться;
быстро нагнуться

due [dju:] 1) долж-
ный; in ~ course в
своё время 2) ожидае-
мый; the train is ~
in... minutes поезд
должен уже прибыть
через... минут 3) обус-
ловленный, вызван-
ный (to — чем-л.) ⋄ ~

to благодаря, вслед-
ствие; ~s [-z] *pl* 1)
сборы *мн.*; custom ~s
таможенная пошлина
2) взносы *мн.*; party
~s членские взносы

duet [dju:'et] дуэт *м*

dug [dʌg] *past и pp
om* dig

dull [dʌl] 1) тупой,
глупый 2) тупой, при-
туплённый; ~ pain ту-
пая боль 3) скучный
(*tedious*) 4) тусклый,
пасмурный; ~ day пас-
мурный день

dumb [dʌm] 1) не-
мой; ~ show панто-
мима *эс* 2) *амер.* бес-
толковый; ~bells [-belz]
pl спорт. гантели *мн.*

dumpling ['dʌmpliŋ] 1)
клёцка *эс* 2) (*тж.* ap-
ple dumpling) яблоко,
запечённое в тесте

duplicate ['dju:plikit]
дубликат *м*, копия *эс*;
in ~ в двух экзем-
плярах

durable ['djuərəbl]
прочный; ~ goods то-
вары длительного поль-
зования

during ['djuəriŋ] в течение, в продолжение

dusk [dʌsk] сумерки
мн.

dust [dʌst] пыль *эс*;
~bin [-bin] *брит.* му-
сорный ящик; ~cover
[-kʌvə], ~jacket [-dʒæ-
kit] суперобложка *эс*

dusty ['dʌstɪ] пыльный

Dutch [dʌtʃ] 1. a голландский, нидерландский 2. n нидерландский язык; ~man [-mən] голландец м; ~woman [-wumən] голландка ж

duty ['dju:tɪ] 1) долг м, обязанность ж 2) пошлина ж; is there a ~ on these things? взимается ли с этих вещей пошлина? ◇ be on ~ дежурить; ~-free ['fri:] не облагаемый пошлиной, „сбор не взимается" (надпись); ~-paid [-peɪd] оплаченный пошлиной, пошлина взыскана

dwell [dwel] (dwelt) жить; ~ on распространяться (о чём-л.); ~ing [-ɪŋ] жильё с

dwelt [dwelt] past и pp от dwell

dye [daɪ] 1. n краска ж 2. v красить; I want to have my hair ~d, please пожалуйста, покрасьте мне волосы

dying ['daɪɪŋ] presp от die

E

each [i:tʃ] каждый; ~ other друг друга

eager ['i:gə]: be ~ гореть желанием; ~ness [-nɪs] пыл м, рвение с

eagle ['i:gl] орёл м; the Bald E. амер. „Лысый орёл" (президентская печать США)

ear I [ɪə] 1) ухо с 2) слух м; have an ~ for music иметь (музыкальный) слух

ear II колос м (of corn)

early ['ə:lɪ] 1. a ранний 2. adv рано

earn [ə:n] зарабатывать; how much do you ~ a month? сколько вы зарабатываете в месяц?

earnest ['ə:nɪst] 1. a серьёзный 2. n: in ~ всерьёз

earnings ['ə:nɪŋz] pl заработок м

ear‖-phones ['ɪəfəunz] радио наушники мн.; ~-rings [-rɪŋz] pl серьги мн.

earth [ə:θ] земля ж

earthquake ['ə:θkweɪk] землетрясение с

ease [i:z] покой м; непринуждённость ж; at ~ непринуждённо; ill at ~ неловко ◇ at ~! вольно! (команда)

easel ['i:zl] мольберт м

easily ['i:zɪlɪ] легко, свободно

east [i:st] 1. n вос-

114

ток *м;* the Near (Middle) E. Ближний Восто́к; the Far E. Да́льний Восто́к 2. *a* восто́чный; E. End Ист- -Энд *м (восточный райо́н Ло́ндона)*; E. Side Ист-Са́йд *м (восточная сторона Манхэттена в Нью-Йо́рке)* 3. *adv* на восто́к(е), к восто́ку; in the ~ на восто́ке; to the ~ к восто́ку

Easter ['iːstə] па́сха *ж*
eastern ['iːstən] восто́чный

easy ['iːzɪ] 1) лёгкий, нетру́дный 2) непринуждённый; ~ manners непринуждённые мане́ры

eat [iːt] (ate; eaten) есть; I don't feel like ~ing мне не хо́чется есть; ~en ['iːtn] *pp om* eat

eau-de-Cologne ['əu- dəkə'ləun] одеколо́н *м*

ebb-tide ['eb'taɪd] отли́в *м*

ebony ['ebənɪ] чёрное де́рево

echo ['ekəu] э́хо *с*
eclipse [ɪ'klɪps] затме́ние *с*

economic [iːkə'nɔmɪk] экономи́ческий; ~al [-əl] эконо́мный, бережли́вый; ~s [-s] эконо́мика *ж*

economy [iː'kɔnəmɪ] 1) эконо́мия *ж;* бережли́вость *ж* 2) *(тж.* national economy) наро́дное хозя́йство ◇ political ~ полити́ческая эконо́мия

Ecuadorian [ekwə- 'dɔːrɪən] 1. *a* эквадо́рский 2. *n* эквадо́рец *м,* эквадо́рка *ж*

edge [edʒ] 1) край *м;* кро́мка *ж* 2) остриё *с (of a knife, etc)*

edit ['edɪt] 1) редакти́ровать *(of a book)* 2) *кино* монти́ровать *(of a film);* ~ing [-ɪŋ] *кино* монта́ж *м;* ~ion [ɪ'dɪʃn] изда́ние *с;* ~or [-ə] 1) реда́ктор *м* 2) *кино* монта́жный сто́лик; ~orial [edɪ'tɔː- rɪəl] 1. *a* редакцио́нный; ~orial board редколле́гия *ж;* ~o- rial office реда́кция *ж (помещение);* ~o- rial staff реда́кция *ж (работники)* 2. *n* передова́я статья́

editor-in-chief ['edɪ- tərɪn'tʃiːf] гла́вный реда́ктор

educate ['edjuːkeɪt] дава́ть образова́ние; воспи́тывать

education [edjuː'keɪ- ʃn] образова́ние *с;* primary (secondary, higher) ~ нача́льное (сре́днее, вы́сшее) об-

разова́ние; compúl-
sory ~ обяза́тельное
обуче́ние

effect [ɪˈfekt] 1) результа́т *м* (*result*) 2)
(воз)де́йствие *с*; cárry
into ~ провести́ в
жизнь; ~ive [-ɪv] эффекти́вный, де́йственный

efficiency [ɪˈfɪʃənsɪ] 1)
де́йственность *ж* 2)
тех. коэффицие́нт поле́зного де́йствия

efficient [ɪˈfɪʃənt] 1)
де́йственный, эффекти́вный (*resultative*) 2)
де́льный, толко́вый,
уме́лый (*competent*)

effort [ˈefət] уси́лие
с; напряже́ние *с*; spare
no ~s не щади́ть уси́лий

e. g. [ˈiːˈdʒiː] напр.
(наприме́р)

egg [eg] яйцо́ *с*;
sóft-boiled (hálf-boiled,
hárd-boiled) ~ яйцо́
всмя́тку (,,в мешо́чек'', вкруту́ю); fried
~s (*тж. амер.* eggs
"súnny side up")
(яйчница-)глазу́нья *ж*;
scrámbled ~s яйчница-болту́нья *ж*; ham
and ~s (*тж. амер.*
ham'n-eggs) яйчница с
ветчи́ной; poached ~
брит. яйцо́-пашо́т *с*;
~-plant [-plɑːnt] баклажа́н *м*

Egyptian [ɪˈdʒɪpʃn] 1.

a еги́петский 2. *n*
египтя́нин *м*, египтя́нка
ж

eight [eɪt] 1) во́семь;
~ húndred восемьсо́т
2) *спорт. ол.* (*академическая гребля*)
восьмёрка *ж*; an ~
with cóxswain (распашна́я) восьмёрка с
рулевы́м

eighteen [ˈeɪˈtiːn] восемна́дцать; ~th [-θ]
восемна́дцатый

eighth [eɪtθ] восьмо́й

eightieth [ˈeɪtɪɪθ] восьмидеся́тый

eighty [ˈeɪtɪ] во́семьдесят

either [ˈaɪðə; *амер.*
ˈiːðə] 1. *a, pron* ка́ждый, любо́й (*из двух*)
2. *adv, cj*: ~ ... or
и́ли ... и́ли

elastic [ɪˈlæstɪk] 1. *a*
эласти́чный, упру́гий
2. *n* рези́нка *ж* (*тесьма*)

elbow [ˈelbəu] ло́коть
м

elder [ˈeldə] (*сравн.
ст. от* old) ста́рший;
~ly [-lɪ] пожило́й

eldest [ˈeldɪst] (*превосх. ст. от* old) (са́мый) ста́рший

elect [ɪˈlekt] выбира́ть, избира́ть; ~ion
[ɪˈlekʃn] 1) вы́боры
мн.; géneral ~ion всео́бщие вы́боры 2)
избра́ние *с* (*smb's* —

кого-л.); ~or [-ә] из-
бира́тель *м*; *амер.*
выбо́рщик *м*; ~oral
[-әrәl] вы́борный; ~
oral sýstem избира́-
тельная систе́ма; ~
orate [-әrit] избира́тели
(одного́ о́круга)

electric [ɪ'lektrɪk] элек-
три́ческий; ~ bulb
(rázor, stove) электри́-
ческая ла́мпочка (бри́т-
ва, пли́тка); ~ iron
(torch) электри́ческий
утю́г (фона́рик); ~
train электропо́езд *м*;
~ian [ɪlek'trɪʃən] элек-
тромонтёр *м*; электро-
те́хник *м*; ~ity [ɪlek-
'trɪsɪtɪ] электри́чество *с*

electronic [ɪlek'trɔ-
nɪk] электро́нный; ~
brain „электро́нный
мозг", ЭВМ; ~ cál-
culator электро́нный
калькуля́тор; ~ flash
фото блиц *м*

elegant ['elɪgənt] изя́-
щный

element ['elɪmənt] 1)
элеме́нт *м*; черта́ *ж*
2) стихи́я *ж* (nature)
3) *pl* осно́вы *мн.* (на-
у́ки и т. п.); ~ary
[elɪ'mentərɪ] элемента́р-
ный; (перво)нача́ль-
ный; ~ary school на-
ча́льная шко́ла

elephant ['elɪfənt] слон
м

elevated ['elɪveɪtɪd]:
~ ráilway *брит.*, ~

ráilroad *амер.* над-
зе́мная желе́зная до-
ро́га

elevation [elɪ'veɪʃn] 1)
возвыше́ние *с* 2) воз-
вы́шенность *ж*, при-
го́рок *м* (hill)

elevator ['elɪveɪtə] 1)
амер. лифт *м* 2) эле-
ва́тор *м* (for grain storage)

eleven [ɪ'levn] оди́н-
надцать; ~th [-θ] оди́н-
надцатый

eliminate [ɪ'lɪmɪneɪt]
исключа́ть; устраня́ть ·

elm [elm] вяз *м*

eloquent ['eləukwənt]
красноречи́вый

else [els] 1) ещё; кро́-
ме; what ~ ? что ещё?;
who ~ ? кто ещё?; sóme-
body ~ кто́-нибудь
друго́й; no one ~ ник-
то́ друго́й 2) ина́че;
how ~ can I mánage?
как мне ина́че спра́-
виться?; ~where [-'wεə]
где́-нибудь ещё

embankment [ɪm-
'bæŋkmənt] на́бережная
ж

embargo [em'bɑːgəu]
запре́т *м*, эмба́рго *с*

embark [ɪm'bɑːk] гру-
зи́ться; сади́ться на
кора́бль; ~ation [embɑː-
'keɪʃn] поса́дка *ж*,
погру́зка *ж* (на ко-
рабль, самолёт)

embarrass [ɪm'bærəs]
смуща́ть; ~ment[-mənt]

смущéние *с*, замешá-
тельство *с*
   embassy ['embəsɪ] по-
сóльство *с*
   emblem ['embləm]
эмблéма *эс*, символ *м*
   embodiment [ɪm'bɔ-
dɪmənt] воплощéние *с*
   embrace [ɪm'breɪs] 1)
обнимáть(ся) 2) охвá-
тывать *(include)*
   embroider [ɪm'brɔɪdə]
вышивáть; ~y [ɪm-
'brɔɪdərɪ] вышивка *эс*
   emerge [ɪ'məːdʒ] появляться; выходить
   emergency [ɪ'məːdʒən-
sɪ] критическое поло-
жéние; крáйняя необ-
ходимость; in case of
~ а) в случае крáйнеи
необходимости; б) в
случае авáрии *(in
case of accident)*; ~
brake *эс.-д.* стоп-крáн
м; ~ exit запáсный
выход
   emigrant ['emɪɡrənt]
эмигрáнт *м*
   emigrate ['emɪɡreɪt]
эмигрировать
   emigration [emɪ'ɡreɪ-
ʃn] эмигрáция *эс*
   eminent ['emɪnənt]
выдающийся, знаме-
нитый
   emotion [ɪ'məuʃn] волнéние *с*, возбуждéние
с
   emphasis ['emfəsɪs] 1)
ударéние *с*, эмфáза
эс 2) вáжность *эс*, знá-

чимость *эс*; lay (put)
~ on подчёркивать,
придавáть осóбое знá-
чéние *чему-л.*
   emphasize ['emfəsaɪz]
подчёркивать, прида-
вáть значéние
   empire ['empaɪə] им-
пéрия *эс*
   employ [ɪm'plɔɪ] 1)
применять, использо-
вать *(use)* 2) держáть
на службе; how many
workers are ~ed here?
скóлько здесь рабó-
чих?; ~ee [emplɔɪ'iː]
служащий *м*, рабóчий
м; ~er [-ə] предпри-
нимáтель *м*; ~ment
[-mənt] рабóта *эс*,
служба *эс*; full ~ment
пóлная зáнятость
   empty ['emptɪ] пустóй
   emulation [emju'leɪʃn]
соревновáние *с*
   enable [ɪ'neɪbl] давáть возмóжность
   encircle [ɪn'səːkl] ок-
ружáть
   enclose [ɪn'kləuz] 1)
огорáживать, заклю-
чáть *(surround)* 2)
вклáдывать *(в кон-
верт)*; the photograph
is ~d фотогрáфия при-
лагáется
   encore [ɔŋ'kɔː] 1. *interj* бис 2. *n:* to play
an ~ испóлнить на бис
   encourage [ɪn'kʌrɪdʒ]
ободрять, поощрять

118

encyclop(a)edia [en-saik'ləu'pi:djə] энциклопе́дия *ж*

end [end] **1.** *n* коне́ц *м*; meet me at the ~ of the train встреча́йте меня́ у после́днего ваго́на; put an ~ to положи́ть коне́ц; at the ~ в конце́; to the ~ к концу́ **2.** *v* конча́ть(-ся); when does the perfórmance ~? когда́ конча́ется спекта́кль?

endeavour [in'devə] **1.** *n* попы́тка *ж*, стара́ние *с* **2.** *v* пыта́ться, стара́ться

endurance [in'djuərəns] сто́йкость *ж*, вы́держка *ж*; упо́рство *с*

endure [in'djuə] **1)** выноси́ть, терпе́ть **2)** дли́ться (last)

enemy ['enimi] враг *м*, неприя́тель *м*

energetic [enə'dʒetik] энерги́чный

energy ['enədʒi] эне́ргия *ж*, си́ла *ж*; ~ crísis энергети́ческий кри́зис; save ~ эконо́мить эне́ргию (энергети́ческие ресу́рсы)

engage [in'geidʒ] резерви́ровать; ~ a seat зарезерви́ровать ме́сто; ~d [-d] **1)** за́нятый; ~d! за́нято! (о телефо́не); he is ~d он за́нят **2)** помо́лвленный

(betrothed); ~ment [-mənt] **1)** заня́тие *с*, де́ло *с* (business) **2)** свида́ние *с*, встре́ча *ж* (appointment) **3)** помо́лвка *ж* (betrothal)

engine ['endʒin] **1)** мото́р *м*, дви́гатель *м* **2)** парово́з *м* (locomotive)

engineer [endʒi'niə] **1)** инжене́р *м*; меха́ник *м* (mechanic) **2)** амер. *ж.-д.* машини́ст *м* **3)** амер. разг. те́хник *м*, сле́сарь-эле́ктрик *м* (обслуживающий водопровод, сантехнику и электрическое хозяйство жилого дома или отеля); ~ing [endʒi'niəriŋ] те́хника *ж*; science and ~ing нау́ка и те́хника

English ['iŋgliʃ] **1.** *a* англи́йский **2.** *n* **1)** (the ~) собир. англича́не **2)** англи́йский язы́к; ~man [-mən] англича́нин *м*; ~woman [-wumən] англича́нка *ж*

engrave [in'greiv] гравирова́ть

engraving [in'greiviŋ] гравю́ра *ж*

enjoy [in'dʒɔi] **1)** наслажда́ться; получа́ть удово́льствие; you'll ~ the perfórmance спекта́кль вам понра́вится **2)** облада́ть;

~ the right иметь
право; ~ment [-mənt]
1) удовольствие с,
наслаждение с 2) об-
ладание с (posses-
sion of smth)

enlarge [ın'la:dʒ] 1)
увеличивать(ся) 2)
расширять(ся) (widen);
~ment [-mənt] увели-
ченная фотография

enormous [ı'nɔ:məs]
громадный, огромный

enough [ı'nʌf] доволь-
но, достаточно; that's
~! достаточно!

enquire [ın'kwaıə] =
inquire

enrich [ın'rıtʃ] обо-
гащать

enrol(l) [ın'rəul] ре-
гистрировать; зано-
сить в список

enslave [ın'sleıv] по-
рабощать

ensure [ın'ʃuə] обес-
печивать, гарантиро-
вать

enter ['entə] 1) вхо-
дить; ~ a room войти
в комнату 2) вступить;
~ the party вступить
в партию 3) вносить (в
книгу, в список); who
is ~ed in the race?
кто принимает уча-
стие в беге?; ~ into
а) вступать (в пе-
реговоры, разговор и
т. п.); б) заняться,
приступить

enterprise ['entəpraız]

предприятие с (under-
taking)

entertain [entə'teın]
1) развлекать, прини-
мать гостей 2) пи-
тать (сомнение и т. п.);
~ hope питать на-
дежду; ~ing [-ıŋ] за-
бавный, занима́тель-
ный; ~ment [-mənt]
развлечение с; ~ment
industry зрелищные
предприятия

entire [ın'taıə] пол-
ный; целый; весь;
~ly [-lı] всецело, впол-
не, совершенно

entitle [ın'taıtl] 1)
озаглавливать 2) да-
вать право; be ~d
to… иметь право на…

entrance ['entrəns]
вход м; ~ fee всту-
пительный взнос; "no
~" „входа нет"
(надпись); "staff ~"
„служебный вход"
(надпись)

entrust [ın'trʌst] до-
верять (smth to smb
— что-л. кому-л.)

entry ['entrı] 1)
вход м; вступление
с 2) запись ж (regis-
tration) 3) спорт. за-
явка ж

enumerate [ı'nju:mə-
reıt] перечислять

envelop [ın'veləp] заворачивать; окутывать

envelope ['envələup]
конверт м

environment [in'vaiǝrǝnmǝnt] среда́ ж, окруже́ние с; protéction of ~ защи́та окружа́ющей среды́; ~alist [invaiǝrǝn'mentǝlist] сторо́нник акти́вных мер защи́ты среды́ или сотру́дник о́рганов охра́ны приро́ды

envoy ['envɔi] посла́нник м; E. Extraórdinary and Mínister Plenipoténtiary чрезвыча́йный посла́нник и полномо́чный мини́стр

envy ['envi] **1.** n за́висть ж **2.** v зави́довать

épée ['eipei] спорт. шпа́га ж

epoch ['i:pɔk] эпо́ха ж

equal ['i:kwǝl] ра́вный, одина́ковый; ~ity [i:'kwɔliti] ра́венство с

equator [i'kweitǝ] эква́тор м

equestrian [i'kwestriǝn] **1.** a ко́нный **2.** n 1) вса́дник м (rider) 2) (тж. equéstrian sports) ол. ко́нный спорт

equip [i'kwip] снаряжа́ть; снабжа́ть (with); ~ment [-mǝnt] обору́дование с; снаряже́ние с

equivalent [i'kwivǝlǝnt] равноце́нный, рав-

позначащий; be ~ to равня́ться

eraser [i'reizǝ] рези́нка ж, ла́стик м

erect [i'rekt] **1.** v воздвига́ть, сооружа́ть; ~ a mónument воздви́гнуть па́мятник **2.** a прямо́й

erotic [i'rɔtik] эроти́ческий

errand ['erǝnd] поруче́ние с; run ~s быть на побегу́шках

error ['erǝ] оши́бка ж, заблужде́ние с

escalat‖**e** ['eskǝleit] (особ. полит.) уси́ливать, нара́щивать; ~ the war уси́ливать вое́нные де́йствия, вести́ эскала́цию войны́; ~ion [eskǝ'leiʃn] полит. эскала́ция ж; ~or [-ǝ] эскала́тор м

escape [is'keip] 1) убега́ть 2) избега́ть (avoid)

especially [is'peʃǝli] осо́бенно

essay ['esei] о́черк м, статья́ ж

essence ['esns] 1) су́щность ж, существо́ с (gist) 2) эссе́нция ж

essential [i'senʃǝl] суще́ственный, необходи́мый

establish [is'tæbliʃ] устана́вливать; осно́вывать; ~ment [-mǝnt]

1) основа́ние *с* 2) учрежде́ние *с (institution)* 3): the E. „исте́блишмент", консерва́тивно-бюрократи́ческий аппара́т сохране́ния вла́сти капита́ла

estate [ɪs'teɪt] име́ние *с;* земе́льный уча́сток; indústrial ~ промы́шленная площа́дка *(подгото́вленная для строи́тельства)*

estimate 1. *n* ['estɪmɪt] 1) оце́нка *ж;* prelíminary ~ предвари́тельная оце́нка 2) *фин.* сме́та *ж* **2.** *v* ['estɪmeɪt] оце́нивать

Estonian [es'təunjən] **1.** *a* эсто́нский **2.** *n* 1) эсто́нец *м*, эсто́нка *ж* 2) эсто́нский язы́к

etc. [ɪt'setrə] (et cétera) и т. д., и т. п. (и так да́лее, и тому́ подо́бное)

etching ['etʃɪŋ] гравю́ра *ж;* офо́рт *м*

eternal [i:'tə:nl] ве́чный; ~ flame ве́чный огонь

Ethiopian [i:θɪ'əupjən] **1.** *a* эфио́пский **2.** *n* эфио́п *м*, эфио́пка *ж*

eucalyptus [ju:kə'lɪptəs] эвкали́пт *м*

European [juərə'pi:ən] **1.** *a* европе́йский **2.** *n* европе́ец *м*, европе́йка *ж*

evacuate [ɪ'vækjueɪt] 1) опорожня́ть 2) эвакуи́ровать; ~ chíldren эвакуи́ровать дете́й

eve [i:v] кану́н *м;* on the ~ of накану́не

even I ['i:vən] ро́вный; ~ súrface ро́вная пове́рхность

even II да́же; ~ so всё-таки

evening ['i:vnɪŋ] ве́чер *м;* in the ~ ве́чером; ~ párty вече́ринка *ж*

event [ɪ'vent] 1) собы́тие *с*, происше́ствие *с;* слу́чай *м;* at all ~s во вся́ком слу́чае 2) *спорт.* вид соревнова́ний; *pl* соревнова́ния *мн.;* athlétic ~s спорти́вные соревнова́ния

eventually [ɪ'ventʃuəlɪ] в конце́ концо́в

ever ['evə] когда́-либо; have you ~ been to this cóuntry? вы когда́-нибудь быва́ли в на́шей стране́?; for ~ навсегда́

every ['evrɪ] ка́ждый; ~ óther day че́рез день

every‖body ['evrɪbɔdɪ] ка́ждый; все; ~**day** [-deɪ] ежедне́вный, повседне́вный; ~**one** [-wʌn] ка́ждый; ~**thing** [-θɪŋ] всё; ~**where**

[-wɛə] всюду; from ~where отовсюду

evidence [′evɪdəns] 1) доказательство *с* 2) *юр.* улика *ж*, свидетельское показание

evident [′evɪdənt] очевидный, ясный; ~ly [-lɪ] очевидно

evil [′i:vl] **1.** *n* зло *с* **2.** *a* злой, дурной

ewe [ju:] овца *ж*

ex- [eks-] бывший; экс-

exact [ɪg′zækt] точный; ~ time точное время; ~ly [-lɪ] точно

exaggerate [ɪg′zædʒəreɪt] преувеличивать

exaggeration [ɪgzædʒə′reɪʃn] преувеличение *с*

exam [ɪg′zæm] *разг.* = examination

examination [ɪgzæmɪ′neɪʃn] 1) осмотр *м*; исследование *с*; medical ~ медицинский осмотр 2) экзамен *м*; take an ~ сдавать (держать) экзамен; pass an ~ сдать (выдержать) экзамен

examine [ɪg′zæmɪn] 1) осматривать; исследовать *(scrutinize)* 2) экзаменовать; ~ a student экзаменовать студента

example [ɪg′za:mpl] пример *м*, образец *м*; for ~ например; give

(set) an ~ (по)давать пример

exceed [ɪk′si:d] превышать; превосходить

exceedingly [ɪk′si:dɪŋlɪ] чрезвычайно, очень

excellent [′eksələnt] отличный; превосходный

except [ɪk′sept] исключая, кроме; ~ion [ɪk′sepʃn] исключение *с*; as an ~ion в виде исключения

excess [ɪk′ses] излишек *м*; ~ive [-ɪv] чрезмерный

exchange [ɪks′tʃeɪndʒ] **1.** *n* 1) обмен *м*; размен *м*; in ~ взамен; cultural ~ культурный обмен 2) биржа *ж*; labour ~ биржа труда 3) *(тж.* telephone exchange) телефонная станция; коммутатор *м* **2.** *v* обменивать(ся)

excite [ɪk′saɪt] возбуждать; be ~d волноваться; ~ment [-mənt] возбуждение *с*, волнение *с*

exclaim [ɪks′kleɪm] восклицать

exclude [ɪks′klu:d] исключать; ~ from the team *спорт.* вывести из состава команды

excursion [ɪks′kə:ʃn] экскурсия *ж*; поездка *ж*

excuse 1. *n* [ɪks-
'kju:s] 1) извине́ние *с*
2) (*тж.* good excúse)
оправда́ние *с*; lame
~ неуда́чная отго-
во́рка 2. *v* [ɪks'kju:z]
извиня́ть, проща́ть; ~
me! извини́те!

execute ['eksɪkju:t] 1)
исполня́ть 2) казни́ть
(*put to death*)

execution [eksɪ'kju:-
ʃn] 1) выполне́ние *с*
2) *иск.* исполне́ние *с*
3) казнь *ж* (*capital
punishment*)

executive [ɪg'zekiu-
tɪv] 1. *a* 1) исполни́-
тельный; ~ commit-
tee исполни́тельный ко-
мите́т 2) *амер.* адми-
нистрати́вный; ~ óf-
ficer администра́тор *м*;
чино́вник, возглавля́ю-
щий администрати́в-
ную слу́жбу 2. *n*
исполни́тельный о́рган

exercise ['eksəsaɪz]
1. *n* 1) упражне́ние *с*;
трениро́вка *ж*; floor ~s
сл. (*гимнастика*) во́ль-
ные упражне́ния; take
~ a) соверша́ть про-
гу́лку; б) занима́ться
спо́ртом (*go in for
sports*) 2) *муз.* этю́д
м 2. *v* упражня́ться

exert [ɪg'zə:t] 1)
напряга́ть (*силы*); ~
oneself стара́ться 2)
ока́зывать давле́ние,
влия́ть; ~ ínfluence

upón оказа́ть влия́-
ние на

exhaust [ɪg'zɔ:st] 1.
v исче́рпывать (*use
up*) 2. *n* *тех.* вы́хлоп
м; ~ed [-ɪd] истощён-
ный; изму́ченный;
~ive [-ɪv] исче́рпыва-
ющий; ~ive informá-
tion исче́рпывающие
све́дения

exhibit [ɪg'zɪbɪt] 1.
v 1) пока́зывать, про-
явля́ть 2) выставля́ть
(*at a show*) 2. *n* 1) эк-
спона́т *м* 2) *юр.* веще-
ственное доказа́тель-
ство 3) вы́ставка *ж*
(*show*); ~ion [eksɪ'bɪ-
ʃn] вы́ставка *ж*; In-
dústrial Exhibítion про-
мы́шленная вы́ставка

exile ['eksaɪl] 1. *n*
ссы́лка *ж* 2. *v* ссыла́ть

exist [ɪg'zɪst] суще-
ствова́ть; ~ence [-əns]
существова́ние *с*

exit ['eksɪt] 1. *n* вы́-
ход *м*; "no ~" „вы́-
хода нет" (*надпись*) 2.
v *театр.* выходи́ть,
уходи́ть; ~ Hámlet
Га́млет ухо́дит (*ре-
марка*)

exodus ['eksədəs] ис-
хо́д *м*, ма́ссовое бе́гство

exotic [ɪg'zɔtɪk] эк-
зоти́чный, экзоти́ческий

expand [ɪks'pænd]
расширя́ть(ся)

expect [ɪks'pekt]
ожида́ть; наде́яться;

~ancy [-ənst]: life ~ancy (средняя) продолжительность жизни; ~ation [ekspek-'teɪʃn] ожидание с

expel [ɪks'pel] выгонять, исключать; ~ from the team вывести из состава команды

expenditure [ɪks'penditʃə] трáта ж, расхóд м

expense [ɪks'pens] расхóд м; at the ~ of smb за чей-л. счёт

expensive [ɪks'pensɪv] дорогóй, дорогостóящий

experience [ɪks'pɪərəns] **1.** n óпыт м **2.** v испытывать, знать по óпыту; ~d [-t] óпытный

experiment 1. n [ɪks'perɪmənt] óпыт м, эксперимéнт м **2.** v [ɪks'perɪment] проводить óпыты, экспериментировать; ~al [eksperɪ-'mentl] óпытный, экспериментáльный

expert ['ekspə:t] **1.** n знатóк м, экспéрт м; специалист м **2.** a квалифицированный; ~ mechánic квалифицированный механик

expire [ɪks'paɪə] 1) выдыхáть (breathe out) 2) истекáть; the term ~s tomórrow срок истекáет зáвтра

explain [ɪks'pleɪn] объяснять; will you please, ~ to me..? объясните мне, пожáлуйста...

explanation [eksplə-'neɪʃn] объяснéние с

explode [ɪks'pləud] взрывáть(ся)

exploit [ɪks'plɔɪt] 1) разрабáтывать (natural resources) 2) эксплуатировать; ~ation [eksplɔɪ'teɪʃn] эксплуатáция ж

explore [ɪks'plɔ:] исслéдовать; ~r [ɪks-'plɔ:rə] исслéдователь м

explosion [ɪks'pləuʒn] взрыв м ◈ population ~ демографический взрыв

export 1. n ['ekspɔ:t] экспорт м, вывоз м **2.** v [eks'pɔ:t] экспортировать, вывозить

expose [ɪks'pəuz] 1) выставлять, подвергáть дéйствию (солнца и т. п.) 2) подвергáть (риску и т.п.); ~ to dánger подвéргнуть опáсности 3) разоблачáть (reveal) 4) фото экспонировать; ~d for 1/30 (one thírtieth) of a sécond с вы́держкой в 1/30 (однý тридцáтую) секýнды

express I [ɪks'pres] **1.** a 1) срóчный; ~ télegram срочная телеграмма 2) курьерский; ~ train курьерский поезд, экспресс м 2. n ж.-д. экспресс м

express II [ɪksˈpres] выражать; ~ one's opinion выразить своё мнение; ~ion [ɪksˈpreʃn] выражение c

ext. [ɪksˈtenʃn] = extension 2)

extend [ɪksˈtend] 1) протягивать 2) простираться] (stretch) 3) распространять (spread)

extension [ɪksˈtenʃn] 1) расширение c, распространение c (broadening) 2) добавочный (номер); ~ séven, please добавочный семь, пожалуйста

extensive [ɪksˈtensɪv] обширный

extent [ɪksˈtent] 1) протяжение c 2) степень ж, мера ж; to a great ~ в значительной степени

exterior [eksˈtɪərɪə] внешний

external [eksˈtəːnl] внешний, наружный; "for ~ use only" „наружное" (надпись)

extinguish [ɪksˈtɪŋgwɪʃ] (по)гасить, (по-)тушить; ~er [-ə] огнетушитель м

extra [ˈekstrə] добавочный, дополнительный

extract 1. n [ˈekstrækt] 1) хим. экстракт м 2) отрывок м; выдержка ж (from a book, etc) 2. v [ɪksˈtrækt] удалить, извлекать; ~ one's tooth удалить зуб

extraordinary [ɪksˈtrɔːdnrɪ] 1) необычайный 2) чрезвычайный; ~ séssion чрезвычайная сессия

extreme [ɪksˈtriːm] 1. a крайний 2. n крайность ж

eye [aɪ] глаз м; ~brow [-brau] бровь ж; ~lash [-læʃ] ресница ж; ~lid [-lɪd] веко c; ~sight [-saɪt] зрение c; ~witness [-wɪtnɪs] очевидец м, свидетель м

F

fabric [ˈfæbrɪk] ткань ж, материал м

façade [fəˈsaːd] фасад м

face [feɪs] **1.** n 1) лицо c 2) циферблат м (of a clock, etc) 2. v 1) быть обращённым к; выходить на 2) сталкиваться c; the próblem that ~s us стоящая перед нами проблéма 3) облицóвывать; the státion is ~d with márble стáнция облицóвана мрáмором; ~-guard [-ga:d] *фехт.* мáска для защиты лицá

facility [fə'sɪlɪtɪ] 1) удóбство *с*, лёгкость *ж* 2) *обыкн. pl* срéдства *мн.*; возмóжности *мн.*; sports facilities спортивные сооружéния

fact [fækt] факт *м*; in ~ действительно

factory ['fæktərɪ] фáбрика *ж*; завóд *м*

faculty ['fækəltɪ] 1) дар *м*, спосóбность *ж* (*gift*) 2) профéссорско--преподавáтельский состáв (*in a college*) 3) факультéт *м*; ~ of biólogy биологический факультéт

fade [feɪd] 1) увядáть 2) выгорáть, линять (*lose colour*)

fail [feɪl] 1) недоставáть, не хватáть 2) обманýть ожидáния; не сбыться; if my mémory dóesn't ~ me éсли пáмять мне не изменяет 3) потерпéть неудáчу, не имéть успéха; we ~ed to do it нам не удалóсь áто сдéлать; ~ at an examinátion провалиться на экзáмене

failure ['feɪljə] неудáча *ж*; провáл *м*

faint [feɪnt] слáбый

fair I [fɛə] 1) ярмарка *ж* (*usually in a village*) 2) выставка *ж*; World F. всемирная выставка

fair II [fɛə] 1) прекрáсный, красивый (*beautiful*) 2) чéстный, справедливый; ~ play чéстная игрá 3) белокýрый, свéтлый (*blond*) 4) ясный; ~ wéather ясная погóда; ясно (*в сводке погóды*); ~-haired [-hɛəd] белокýрый; ~-haired man блондин *м*

fairly ['fɛəlɪ] довóльно, достáточно; ~ well довóльно хорошó, неплóхо

faith [feɪθ] вéра *ж*; ~ful [-ful] вéрный, прéданный

fall [fɔ:l **1.** *v* (fell; fállen) 1) пáдать; понижáться 2) наступáть; the night fell настýпила ночь 3) становиться; ~ ill заболéть; ~ asléep заснýть; ~ behind отстáть от, остáться позади **2.** *n* 1) падéние *с* 2) *амер.* óсень *ж* 3) *pl* водопáд *м*; the Níagara Falls Ниагáрский водопáд

fallen ['fɔ:lən] *pp* от fall 1

fall-out ['fɔ:laut] 1) (*тж.* radioáctive fáll-out) радиоактивные осáдки 2): the technológical ~ of the space prógramme использование достижéний космической тéхники на землé

fallow ['fæləu] *с.-х.* пар *м*

false [fɔ:ls] 1) лóжный 2) лживый; фальшивый; ~ coin фальшивая монéта 3) искусственный; ~ tooth искусственный зуб 4): ~ start *спорт.* фальстáрт *м*

fame [feim] слáва *ж*; извéстность *ж*

familiar [fə'miljə] хорошó знакóмый, привычный

family ['fæmili] семья *ж*

famine ['fæmin] гóлод *м*

famous ['feiməs] знаменитый

fan I [fæn] 1) вéер *м* 2) вентилятор *м* (*for ventilation*) 3) вéялка *ж* (*winnow*)

fan II энтузиáст *м*; *разг.* болéльщик *м*; любитель *м*; sóccer ~ болéльщик футбóла; jazz ~ любитель джáза

fancy ['fænsi] 1. *n* 1) воображéние *с*, фантá-

зия *ж* 2) пристрáстие *с*; take a ~ to увлекáться (*чем-л.*) 2. *a* 1) фантастический; причýдливый 2) мóдный; ~ shoes мóдные тýфли 3): ~ dress маскарáдный костюм 3. *v* представлять себé; воображáть; ~ méeting you here! вот уж не ожидáл встрéтить вас здесь!; ~-ball [-'bɔ:l] костюмирóванный бал

fantastic [fæn'tæstik] причýдливый, фантастический

far [fa:] (fárther, fúrther; fárthest, fúrthest) 1. *adv* 1) далекó; ~ awáy, ~ off далекó 2) горáздо; ~ bétter горáздо лýчше; by ~ намнóго, горáздо ◇ as ~ as поскóльку; so ~ до сих пор, покá 2. *a* дáльний, далёкий; is it ~ from here? это далекó отсюда?

fare [fɛə] плáта за проéзд

farewell ['fɛə'wel] прощáние *с*; bid ~ попрощáться

farm [fa:m] 1. *n* крестьянское хозяйство, фéрма *ж* 2. *v* обрабáтывать зéмлю; ~er [-ə] фéрмер *м*

far‖-reaching ['fa:-'ri:tʃiŋ] далекó идýщий; ~-sighted [-'saitid]

128

1) дальнозо́ркий 2) дальнови́дный (far-~seeing)

farther ['fɑ:ðə] (сравн. cm. om far) 1. adv да́льше 2. a бо́лее отдалённый; дальне́йший

fascism ['fæʃizm] фаши́зм м

fascist ['fæʃist] фаши́ст м

fashion ['fæʃn] мо́да ж; ~ show вы́ставка мод; ~able [-əbl] мо́дный; ~able dress мо́дное пла́тье

fast [fɑ:st] 1. a 1) ско́рый, бы́стрый; a ~ train ско́рый по́езд 2): be ~ спеши́ть (о часа́х) 3) про́чный; кре́пкий; hard and ~ rules твёрдые пра́вила 2. adv 1) бы́стро 2) кре́пко; be ~ asléep кре́пко спать

fasten ['fɑ:sn] прикрепля́ть, привя́зывать; скрепля́ть; ~ with a pin заколо́ть була́вкой

fat [fæt] 1. a 1) жи́рный 2) то́лстый, ту́чный (stout) 2. n жир м, са́ло с

fatal ['feitl] смерте́льный, фата́льный

fate [feit] судьба́ ж, рок м

father ['fɑ:ðə] оте́ц м; ~-in-law ['fɑ:ðərinlɔ:] тесть м (wife's father);

свёкор м (husband's father)

fault [fɔ:lt] 1) недоста́ток м 2) оши́бка ж; вина́ ж; sórry, it's my ~ прости́те, э́то моя́ вина́; through no ~ of mine не по мое́й вине́; ~less [-lis] безупре́чный

favour ['feivə] 1) благоскло́нность ж 2) одолже́ние с; do me a ~, please! сде́лайте мне одолже́ние! ◇ in ~ of в по́льзу; who is in ~? кто за? (при голосова́нии); ~able ['feivərəbl] 1) благоприя́тный 2) благоскло́нный (well-disposed)

favourite ['feivərit] 1. a люби́мый; which is your ~ sport? како́й вид спо́рта вы лю́бите бо́льше всего́? 2. n спорт. претенде́нт на пе́рвое ме́сто

fear [fiə] 1. n страх м 2. v боя́ться

feather ['feðə] перо́ с (пти́чье); ~-weight [-weit] спорт. ол. (весова́я катего́рия) полулёгкий вес (бокс — до 57 кг, тяж. атл. — до 60 кг)

feature ['fi:tʃə] 1) осо́бенность ж 2) pl черты́ лица́ 3): ~ film худо́жественный фильм

129

featuring ['fi:tʃəriŋ]: film ~ Charlie Cháplin фильм с учáстием Чáрли Чáплина

February ['februərɪ] феврáль *м*

fed [fed] *past* и *pp om* feed

federal ['fedərəl] федерáльный, союзный

federation [fedə'reɪʃn] федерáция *ж*; World F. of Democrátic Youth Всемирная федерáция демократической молодёжи

federative ['fedərətɪv] федеративный

fee [fi:] 1) гонорáр *м*, вознаграждéние *с (pay)* 2) взнос *м*; éntrance ~вступительный взнос

feed [fi:d] (fed) кормить

feel [fi:l] (felt) 1) чувствовать; I don't ~ véry well я чувствую себя невáжно 2) щупать; прощупывать; ~ the pulse щупать пульс; ~ up to быть в состоянии ◇ ~ like хотéть; I don't ~ like góing... мне не хóчется éхать...; ~ing [-ɪŋ] чувство *с*; ощущéние *с*

feet [fi:t] *pl om* foot

fell [fel] *past om* fall 1

fellow ['felau] 1) пáрень *м*; old ~ дружище *м*; старинá *м* 2)

товáрищ *м*, собрáт *м*; citizen согрáжданин *м* 3) член учёного óбщества *(of an Academic Society)*: ~country-man [-'kʌntrɪmən] соотéчественник *м*, землáк *м*; ~traveller [-'trævlə] спутник *м*, попутчик *м*

felt I [felt] войлок *м*; фетр *м*; ~ hat фéтровая шляпа

felt II *past* и *pp om* feel

female ['fi:meɪl] 1. *a* жéнского пóла, жéнский 2. *n* сáмка *ж*

feminine ['femɪnɪn] жéнский; жéнственный

fence I [fens] 1. *n* изгородь *ж* 2. *v* огорáживать

fence II [fens] фехтовáть; ~r[-ə] фехтовáльщик *м*

fencing ['fensɪŋ] *ол.* фехтовáние *с*; indivídual (team) foil (épée, sábre) ~ личное (комáндное) пéрвенство по фехтовáнию на рапирах (шпáгах, сáблях)

fender ['fendə] *авто* 1) *брит.* бáмпер *м* 2) *амер.* крылó *с*

ferrous ['ferəs]: ~ métals чёрные метáллы

ferry ['ferɪ] 1) перепрáва *ж* 2) = ferry-

-boat; ~boat [-bəut]
паро́м *м*

fertile ['fə:tail] плодоро́дный

fertilizer ['fə:tilaizə]
удобре́ние *с*

festival ['festəvəl] 1)
пра́зднество *с*; 2) фестива́ль *м*; World F. of
Youth and Students Всеми́рный фестива́ль молодёжи и студе́нтов

fetch [fetʃ] 1) приноси́ть; go and ~ the
book пойди́те принеси́те
кни́гу 2) сходи́ть за
(кем-л., чем-л.); I'll
come to ~ you at three
o'clock я зайду́ за ва́ми
в три часа́

fever ['fi:və] жар *м*,
лихора́дка *ж*; ~ish
['fi:vəriʃ] лихора́дочный; he is ~ish у него́
жар

few [fju:] 1) немно́гие;
немно́го, ма́ло; there
are ~ people here здесь
ма́ло наро́ду 2): a
~ не́сколько; in a
~ words в не́скольких
слова́х ◇ quite a ~,
not a ~ нема́ло, поря́дочно

fiancé [fi'a:nsei] жени́х *м*; ~e [fi'a:nsei]
неве́ста *ж*

fiction ['fikʃn] 1)
вы́мысел *м*; this is pure
~ э́то чи́стая вы́думка
2) беллетри́стика *ж*
(belles-lettres); ~science

~ нау́чная фанта́стика

fiddle ['fidl] *разг.* скри́пка *ж (особ. как наро́дный инструме́нт)*;
play first ~ игра́ть пе́рвую скри́пку; ~r [-ə]
скрипа́ч *м (особ. уличный)*

field [fi:ld] 1) по́ле
с 2) сфе́ра *ж*; по́
прище *с*; in the ~ of
science в о́бласти нау́ки

fierce [fiəs] свире́пый,
лю́тый

fife [faif] ду́дка *ж*,
ма́ленькая фле́йта

fifteen ['fif'ti:n] 1)
пятна́дцать 2) кома́нда игроко́в в ре́гби
(in rugby); ~th [-θ]
пятна́дцатый

fifth [fifθ] пя́тый

fiftieth ['fiftiiθ] пятидеся́тый

fifty ['fifti] пятьдеся́т;
~ ~ [-'fifti] пополáм

fig [fig] инжи́р *м*

fight [fait] 1. *v*
(fought) сража́ться; боро́ться 2. *n* 1) бой *м*;
дра́ка *ж* 2) *перен.* борьба́ *ж*; спор *м*; ~er
[-ə] истреби́тель *м (самолёт)*

figure ['figə] 1) фигу́ра *ж*; slim ~ стро́йная фигу́ра 2) ци́фра
ж; facts and ~s ци́
фры и фа́кты; ~-skater
[-'skeitə] *сп.* фигури́ст
м, фигури́стка *ж*;

~**skating** [-'skeɪtɪŋ] *ол.* фигу́рное ката́ние

figurine ['fɪgjuri:n] статуэ́тка *ж*

file [faɪl] **1.** *n* 1) па́пка *ж*, де́ло *с* 2) картоте́ка *ж* **2.** *v* регистри́ровать *(докуме́нты)*

fill [fɪl] 1) наполня́ть (-ся); ~ the glásses напо́лнить бока́лы; ~ it up, please по́лный бак, пожа́луйста *(на бензоколо́нке)* 2) пломбирова́ть; ~ a tooth запломбирова́ть зуб; ~ **in.** ~ **up** заполня́ть; ~ in the form, please запо́лните, пожа́луйста, анке́ту

filling station ['fɪlɪŋ-'steɪʃn] бензоколо́нка *ж*

film [fɪlm] **1.** *n* 1) фильм *м*; ~ star кинозвезда́ *ж*; ~ script киносцена́рий *м* 2) *фото* плёнка *ж*; super-8 ~ плёнка „су́пер-8" **2.** *v* производи́ть киносъёмку; ~**ing** [-ɪŋ] киносъёмка *ж*

filter ['fɪltə] *фото* светофи́льтр *м*

final ['faɪnl] **1.** *a* коне́чный, заключи́тельный; после́дний **2.** *n спорт.* фина́л *м*; ~**ly** ['faɪnəlɪ] наконе́ц

finance [fɪ'næns, *амер.* faɪ'næns] **1.** *n* фина́нсы *мн.* **2.** *v* финанси́ровать

find [faɪnd] (found) 1) находи́ть; обнару́живать; where can I ~ the éditor? где мо́жно найти́ реда́ктора? 2) счита́ть *(consider)*; ~ **out** узнава́ть, обнару́живать; ~ out what the mátter is вы́ясните, в чём де́ло·

fine I [faɪn] **1.** *n* штраф *м* **2.** *v* штрафова́ть

fine II 1) превосхо́дный 2) изя́щный, то́нкий; ~ arts изобрази́тельные иску́сства

finger ['fɪŋgə] па́лец *м*; ~**nail** [-neɪl] но́готь *м*; ~**print** [-prɪnt] отпеча́ток па́льца

finish ['fɪnɪʃ] конча́ть (-ся), заверша́ть(ся)

Finn [fɪn] финн *м*, фи́нка *ж*; ~**ish** [-ɪʃ] **1.** *a* фи́нский **2.** *n* фи́нский язы́к

fir [fɜ:] ель *ж*

fire ['faɪə] **1.** *n* 1) ого́нь *м* 2) пожа́р *м*; catch ~ загоре́ться; ~ depártment *амер.* пожа́рная кома́нда **2.** *v* стреля́ть; ~**-arm** ['faɪəra:m] огнестре́льное ору́жие; ~**-brigade** [-brɪgeɪd] *брит.* пожа́рная кома́нда; ~**-extinguisher** ['faɪərɪks-'tɪŋwɪʃə] огнетуши́тель

м; **~man** [-mən] по-
жа́рный м; **~place**
[-pleɪs] ками́н м;
~proof [-pruːf] огнеу-
по́рный; **~wood** [-wud]
дрова́ мн.; **~work(s)**
[-wəːk(s)] *(pl)* фейер-
ве́рк м

firm I [fəːm] фи́рма ж
firm II тве́рдый,
сто́йкий

first [fəːst] **1.** *a, num*
пе́рвый; **~** aid пер-
вая по́мощь; **~** floor
второ́й эта́ж *(дома)*;
~ name и́мя с; **~** violin пе́рвая скри́пка **2.**
adv снача́ла; at **~** снача́-
ла; **~-night** [-naɪt]
meamp. премье́ра ж;
~-rate [-reɪt] перво-
кла́ссный; **~-year**
[-jəː] пе́рвого ку́рса;
~-year stúdent пер-
вокурсник м

fish [fɪʃ] **1.** *n* ры́ба
ж **2.** *v* лови́ть, уди́ть
ры́бу

fisherman ['fɪʃəmən]
рыба́к м

fist [fɪst] кула́к м
fit I [fɪt] **1)** *мед.* при-
па́док м **2)** поры́в м
(impulse)

fit II 1. *a* **1)** го́дный;
~ to drink го́дный для
питья́ **2)** здоро́вый; I
feel **~** я чу́вствую се-
бя́ здоро́вым **3)** удо́б-
ный; I don't think **~**
to do it я ду́маю, что
э́того де́лать не сле́дует

2. *v* годи́ться; быть
впо́ру; the shoes **~** me
all right э́ти ту́фли мне
как раз впо́ру; the
dress **~**s you véry well
пла́тье хорошо́ на вас
сиди́т; **~** on пример-
я́ть

fitter ['fɪtə] сле́сарь
(-монта́жник) м

fitting ['fɪtɪŋ]: **~** room
приме́рочная ж

five [faɪv] пять; **~**
húndred пятьсо́т

fix [fɪks] **1)** укреп-
ля́ть; устана́вливать
2) исправля́ть, чи-
ни́ть *(put right)* **3)**
назнача́ть; **~** the
day, please назна́чьте,
пожа́луйста, день; **~-**
ed [-t] устано́вленный;
постоя́нный; **~**ed prices
тве́рдые це́ны

flag [flæg] флаг м,
зна́мя с

flakes [fleɪks] *pl* хло́-
пья мн.

flame [fleɪm] пла́мя с
flash [flæʃ] **1.** *v* **1)**
сверка́ть *(flare)* **2)** мель-
ка́ть, промелькну́ть
(dash past) **2.** *n* **1)**
вспы́шка ж, про́блеск
м **2)** *(тж.* electrónic
flash) *фото* блиц м;
~-light [-laɪt] **1)** *фото*
см. flash 2, 2); **2)** элек-
три́ческий фона́рик

flask [flɑːsk] фля́жка
ж

flat I [flæt] **1.** *a* плос-

133

кий ◆ a ~ denial категорйческий откáз 2. n (тж. flat tire) aвтo спущенная шйна; I have a ~ у меня спустйла шйна

flat II брит. квартúра ж; move to a new ~ переéхать на нóвую квартúру

flatter ['flætə] льстить; ~y ['flætəri] лесть ж

flavour ['fleivə] 1. n приятный вкус (of food); букéт м (of wine) 2. v приправлять

flax [flæks] лён м

flea [fli:] блохá ж

fled [fled] past и pp om flee

flee [fli:] (fled) бежáть, спасáться бéгством

fleece [fli:s] рунó с, овéчья шерсть

fleet [fli:t] флот м

Fleet Street ['fli:t-stri:t] Флит-стрит м (улица в Лондоне, центр газетной индустрии)

Flemish ['flemiʃ] 1. a фламáндский 2. n фламáндский язык

flesh [fleʃ] плоть ж; тéло с

flew [flu:] past om fly II

flexible ['fleksəbl] гúбкий

flight [flait] 1) полёт м; ав. рейс м; in ~ в полёте; ~ number нóмер рéйса 2): ~ of stairs марш (лéстницы)

fling [fliŋ] (flung) бросáть(ся); швырять(ся)

flint [flint] кремéнь м

float [fləut] плáвать (на поверхности воды)

flood [flʌd] 1. n наводнéние с 2. v затоплять, заливáть; ~-light [-lait] 1. n прожéктор 2. v освещáть прожéктором (здание и т. п.)

floor [flɔ:] 1) пол м; ~ éxercise вóльные движéния 2) этáж м; first ~ вторóй этáж; ground ~ брит. пéрвый этáж; main (street) ~ амер. пéрвый этáж; 3): give the ~ предостáвить слóво; take the ~ выступáть, брать слóво; may I have the ~? прошу слóва!

flour ['flauə] мукá ж

flourish ['flʌriʃ] 1) расцветáть, цвестú 2) процветáть (prosper)

flow [fləu] 1. v течь 2. n потóк м, струя ж; ebb and ~ of the sea морскúе отлúвы и прилúвы

flower ['flauə] цветок *м;* ~bed [-bed] клумба *ж*

flown [fləun] *pp от* fly II

flu(e) [flu:] *разг.* грипп *м*

fluent ['flu:ənt] беглый, гладкий; ~ speech беглая речь; ~ly [-lɪ] бегло, гладко

flung [flʌŋ] *past и pp от* fling

flush [flʌʃ] (по)краснеть

flute [flu:t] флейта *ж*

flutter ['flʌtə] 1) махать, бить крыльями; перепархивать *(of a bird)* 2) развеваться; колыхаться *(of a flag)*

fly I [flaɪ] муха *ж*

fly II (flew; flown) летать; I'd like to ~ я хотел бы полететь самолётом

flying ['flaɪɪŋ]: ~ boat гидросамолёт *м*, летающая лодка

fly-weight ['flaɪweɪt] *спорт. ол. (весовая категория)* наилегчайший вес *(бокс — до 51 кг, тяж. атл. — до 52 кг);* light ~ первый наилегчайший вес *(бокс — до 48 кг)*

foam [fəum] пена *ж*

f.o.b. ['ef'əu'bi:] (free on board) с бесплатной погрузкой

fodder ['fɔdə] фураж *м;* корм *м*

fog [fɔg] (густой) туман *м*

foil [fɔɪl] *фехт.* рапира *ж*

fold [fəuld] 1. *v* 1) складывать, сгибать; ~ up a newspaper сложить газету; ~ one's arms скрестить руки 2) заворачивать; ~ in paper обернуть бумагой 2. *n* складка *ж;* ~er [-ə] 1) папка *ж,* скоросшиватель *м* 2) буклет *м,* (рекламный *или* туристский) проспект; ~ing [-ɪŋ] складной; ~ing knife складной (перочинный) нож

folk [fəuk] люди *мн.;* ~-custom [-kʌstəm] народный обычай; ~-dance [-da:ns] народный танец; ~-song [-sɔŋ] народная песня

follow ['fɔləu] 1) следовать; ~ the instructions следовать указаниям; ~ an example брать пример 2) следить; ~ the developments следить за развитием событий; ~er [-ə] последователь *м;* ~ing [-ɪŋ] следующий

folly ['fɔlɪ] глупость *ж;* безрассудство *с*

fond [fɔnd] 1): be ~ of любить *(кого-л., что-л.)* 2) нежный,

135

любящий; a ~ móther любящая мать

food [fu:d] пи́ща *ж*; ~ stores гастроно́м *м*, продово́льственный магази́н; ~ shop *амер.* заку́сочная *ж*; ~**stuffs** [-stʌfs] *pl* проду́кты *мн.*, продово́льствие *с*

fool [fu:l] 1. *n* дура́к *м* 2. *v* одура́чивать, обма́нывать; ~**ish** [-iʃ] глу́пый

foot [fut] (*pl* feet) 1) нога́ *ж (ниже щи́колотки)*; on ~ пешко́м 2) фут *м (мера длины)*; two feet long длино́ю в два фу́та; a man five ~ six мужчи́на ро́стом 165 сантиме́тров 3) основа́ние *с*; подно́жие *с (of a hill)*

football ['futbɔ:l] 1) футбо́льный мяч *(ball)* 2) *см.* association 3) *амер.* (америка́нский) футбо́л

foot‖board ['futbɔ:d] подно́жка *ж*; ~**lights** [-laits] *pl театр.* ра́мпа *ж*; ~**note** [-nəut] подстро́чное примеча́ние, сно́ска *ж*; ~**step** [-step] шаг *м*; ~**warmer** [-wɔ:mə] гре́лка *ж (для ног)*; ~**wear** [-wɛə] *собир.* о́бувь *ж*

for [fɔ:] 1. *prep* 1) для; на; ~ me для меня́; "~ men (wómen)" „для мужчи́н

(же́нщин)" *(надпись)*; ~ two men на двои́х 2) за; are you ~ or against it? вы за и́ли про́тив? 3) из-за; ~ lack of... из-за недоста́тка...; ~ fear of из боя́зни 4) на; I've come ~ two weeks я прие́хал на две неде́ли; fix the date ~ six o'clóck назна́чить свида́ние на шесть часо́в 5) в тече́ние; ~ a month в тече́ние ме́сяца 6) ра́ди, за; go out ~ a walk вы́йти погуля́ть; ~ a change для разнообра́зия ◆ ~ one thing пре́жде всего́; ~ the first time впервы́е; ~ the time béing пока́, на вре́мя 2. *cj* и́бо, потому́ что

forbade [fə'bæd] *past от* forbid

forbid [fə'bid] (for-báde; forbídden) запреща́ть

forbidden [fə'bidn] *pp от* forbid

force [fɔ:s] 1. *n* си́ла *ж*; by ~ (of)... в си́лу...; remáin in ~ остава́ться в си́ле; come ínto ~ вступи́ть в си́лу 2. *v* заставля́ть; принужда́ть; ~d [t] вы́нужденный; ~d lánding вы́нужденная поса́дка

forecast ['fɔ:ka:st]

предсказа́ние *c*; wéath-
er ~ прогно́з по-
го́ды

forefinger ['fɔːfɪŋgə]
указа́тельный па́лец

foreground ['fɔːgraund] пере́дний план

forehead ['fɔrɪd] лоб *м*

foreign ['fɔrɪn] ино-
стра́нный; F. and
Commonwealth Óffice
Министе́рство иностра́н-
ных дел и по дела́м
Содру́жества *(в Ан-
глии)*; ~ guests зару-
бе́жные го́сти; ~ lán-
guage иностра́нный
язы́к; do you speak ány
~ languages? вы го-
вори́те на иностра́нных
языка́х?; ~ trade вне́-
шняя торго́вля; ~er
[-ə] иностра́нец *м*, ино-
стра́нка *ж*

foreman ['fɔːmən]
ма́стер *м*; те́хник *м*;
прора́б *м*

foremost ['fɔːməust]
пере́дний, передово́й

foresaw [fɔːˈsɔː] *past
om* foresée

foresee [fɔːˈsiː] (fore-
sáw; foreséen) пред-
ви́деть

foreseen [fɔːˈsiːn] *pp
om* foresée

foresight ['fɔːsaɪt]
предви́дение *c*; пре-
дусмотри́тельность *ж*

forest ['fɔrɪst] лес *м*;
~ry [-rɪ] лесово́дст-
во *c*

foreword ['fɔːwəːd]
предисло́вие *c*

forgave [fəˈgeɪv] *past
om* forgíve

forge [fɔːdʒ] 1. *n* ку́з-
ница *ж* 2. *v* 1) кова́ть
2) подде́лывать '(fab-
ricate); ~ry [fɔː-
dʒərɪ] подде́лка *ж*,
подло́г *м*

forget [fəˈget] (for-
gót; forgótten) забы-
ва́ть; don't ~ не
забу́дьте

forgive [fəˈgɪv] (for-
gáve; forgíven) про-
ща́ть; ~n [-n] *pp om*
forgíve

forgot [fəˈgɔt] *past
om* forgét; ~ten [-n]
pp om forgét

forint ['fɔrɪnt] фо́-
ринт *м* (Hungarian
monetary unit)

fork [fɔːk] 1. *n* 1)
ви́лка *ж*; could I have
a ~ and a knife, please?
да́йте мне, пожа́луйс-
та, ви́лку и нож 2)
с.-х. ви́лы *мн.* 3) раз-
ветвле́ние *c* (of a road,
etc) 2. *v* 1) разветв-
ля́ться *(о доро́ге)* 2):
~ right (left) at the
next interséction на
сле́дующей разви́лке
доро́ги держи́тесь впра́-
во (вле́во)

form [fɔːm] 1. *n* 1
фо́рма *ж* 2) форма́ль-
ность *ж*; it's just a
mátter of ~ э́то про-

стая формальность 3) бланк *м*, анкета *ж* (*questionnaire*) 4) *брит.* класс *м*; the boy is in the sixth ~ этот мальчик учится в шестом классе 5) состояние *с*, готовность *ж*; be in good ~ *спорт.* быть в форме 2. *v* 1) придавать форму 2) образовывать, составлять (*make*)

formal ['fɔːməl] 1) формальный 2) официальный; ~ státement официальное заявление

formality [fɔː'mæliti] формальность *ж*

former ['fɔːmə] 1) прежний 2): the ~ первый (*из упомянутых*); ~ly [-li] прежде, когда-то

forth [fɔːθ] вперёд; ~coming [fɔː'kʌmiŋ] предстоящий, грядущий

fortieth ['fɔːtiiθ] сороковой

fortnight ['fɔːtnait] две недели

fortress ['fɔːtris] крепость *ж*

fortunate ['fɔːtʃnit] счастливый; ~ly [-li] к счастью

fortune ['fɔːtʃən] 1) счастье *с*, удача *ж* 2) судьба *ж* (*destiny*) 3) состояние *с*, богатство *с* (*wealth*)

forty ['fɔːti] сорок

forum ['fɔːrəm] форум *м*, собрание *с*

forward ['fɔːwəd] 1. *adv* вперёд 2. *n спорт.* нападающий *м*; ~s нападение *с* (*часть команды в футболе*) 3. *v* отправлять, пересылать; ~ing [-iŋ]: ~ing addréss адрес для пересылки корреспонденции

forwards ['fɔːwədz] = fórward 1

fought [fɔːt] *past и pp от* fight 1

foul [faul] 1) загрязнённый; грязный 2) бесчестный; ~ blow *спорт.* запрещённый удар; ~ play *спорт.* а) запрещённый приём; б) *перен.* мошенничество *с*

found I [faund] 1) *past и pp от* find 2): Lost and F. *см.* lost 2

found II [faund] основывать; ~ation [faun'deiʃn] 1) основание *с*, фундамент *м* 2) фонд *м* (*fund*)

founder I ['faundə] основатель *м* (*of a society, etc*)

founder II литейщик *м*

foundry ['faundri] литейный цех

fountain ['fauntin] фонтан *м*; ~-pen [-pen] авторучка *ж*

four [fɔ:] 1) четыре; ~ húndred четыреста 2) *спорт.* *(гребля)* четвёрка *ж*; káyak ~ *см.* káyak; ~ with (without) cóxswain *ол.* (распашная) четвёрка с рулевым (без рулевого)

fourteen ['fɔ:'ti:n] четырнадцать; ~th [-θ] четырнадцатый

fourth [fɔ:θ] четвёртый; one ~ четверть *ж*; ~ fínger безымянный палец

fowl [faul] (домашняя) птица

fox [fɔks] лисица *ж*; ~trot [-trɔt] фокстрот *м*

fraction ['frækʃn] 1) *мат.* дробь *ж* 2) частица *ж* *(small part)*

fracture ['fræktʃə] 1. *n* *мед.* перелом *м* 2. *v* сломать *(ногу, руку и т. п.)*

fragile ['frædʒail] хрупкий

fragment ['frægmənt] 1) обломок *м* 2) отрывок *м*; recíte a ~ прочесть отрывок

frail [freil] хрупкий; слабый; уязвимый

frame [freim] 1. *n* 1) рама *ж* 2) *кино* кадр *м* ⋄ ~ of mind настроéние *с* 2. *v* обрамлять; **~-up** [-ʌp] подтасовка

факторов; ~work [-wə:k] 1) каркас *м*; остов *м* 2) структура *ж*; within the ~work of the UN Chárter в рамках устава ООН

franc [fræŋk] франк *м* *(French, Belgian and Swiss monetary unit)*

frank I [fræŋk] искренний, откровенный

frank II *амер. разг.* *(тж.* fránkfurter) сосиска *ж*

fraternal [frə'tə:nl] братский

fraud [frɔ:d] обман *м*

free [fri:] 1. *a* 1) свободный, вольный 2) незанятый; are you ~ tomórrow? вы завтра свободны? 3) бесплатный; éntrance ~ вход бесплатный (свободный) 4) открытый; ~ competítion открытый конкурс 5) *спорт.:* ~ (stánding) éxercises вольные движения 6): ~ throw *спорт.* штрафной бросок 2. *v* освобождать

freedom ['fri:dəm] свобода *ж*; ~ of speech (assémbly, relígion, the press) свобода слова (собраний, совести, печати)

freeze [fri:z] (froze; frózen) 1) замораживать *(make frozen)*

2) замерза́ть, мёрзнуть *(become frozen)*; **~r** [-ə] морози́лка *ж разг. (часть холоди́льника)*

freight [freɪt] груз *м;* ~ **train** това́рный по́езд

French [frentʃ] **1.** *a* францу́зский **2.** *n* **1)** (the ~) *собир.* францу́зы **2)** францу́зский язы́к; **~man** [-mən] францу́з *м;* **~woman** [-wumən] францу́женка *ж*

frequency ['fri:kwənsɪ] частота́ *ж*

frequent 1. *a* ['fri:kwənt] ча́стый **2.** *v* [fri:'kwent] ча́сто посеща́ть; **~ly** ['fri:kwəntlɪ] ча́сто

fresco ['freskəu] *иск.* фре́ска *ж*

fresh [freʃ] све́жий; ~ **water** пре́сная вода́; "~ **paint!**" ,,осторо́жно, окра́шено!" *(надпись)*

freshman ['freʃmən] *амер.* первоку́рсник *м*

Friday ['fraɪdɪ] пя́тница *ж*

friend [frend] друг *м;* подру́га *ж;* това́рищ *м;* **dear ~s!** дороги́е друзья́!; **among ~s** в кругу́ друзе́й; **make ~s** подружи́ться; **~ly** [-lɪ] дру́жеский; дружелю́бный; **~ship** [-ʃɪp] дру́жба *ж;* **international ~ship** дру́жба наро́дов

fright [fraɪt] испу́г *м;* **~en** [-n] пуга́ть; **~ful** [-ful] стра́шный; ужа́сный

fro [frəu]: **to and ~** взад и вперёд

frock [frɔk] пла́тье *с*

frog [frɔg] лягу́шка *ж;* **~man** [-mən] аквалангист *м*

from [frəm] **1)** от, из; ~ **London** из Ло́ндона; **we are fifty miles ~ the town** мы в пяти́десяти ми́лях от го́рода; ~ **belów** сни́зу; ~ **benéath,** ~ **únder** из-под; ~ **here** отсю́да; ~ **outside** извне́; ~ **there** отту́да; ~ **afár** издалека́; ~ **day to day** изо дня́ в де́нь **2)** с; ~ **childhood** с де́тства; **paint ~ náture** рисова́ть с нату́ры **3)** по; **judge ~ appéarances** суди́ть по вне́шности

front [frʌnt] **1)** пере́дняя сторона́; фаса́д *м;* **in ~ of** впереди́; пе́ред **2)** *воен.* фронт *м*

frontier ['frʌntɪə] грани́ца *ж*

frost [frɔst] моро́з *м*

frown [fraun] нахму́риться

140

froze [frəuz] *past om* freeze; **~n** [-n] *pp om* freeze

fruit fru:t] плод *м*; *собир.* фрýкты; ~ sálad компóт *м*; bear ~ приносúть плоды; **~less** [-lɪs] бесплóдный

frustrate [frʌs'treɪt] расстрáивать, срывáть *(плáны)*

fry [fraɪ] жáрить(ся); do you like your eggs fried? как вам приготóвить ййца?; Сдéлать яйчницу?

frying-pan ['fraɪŋ-pæn] сковородá *ж*

fuel [fjuəl] тóпливо *с*; ~ tank *авто* бензобáк *м*

fulfil [ful'fɪl] выполнять, осуществлять

full [ful] 1) пóлный; ~ of life пóлный жúзни; ~ moon полнолýние *с*; ~ powers полномóчия *мн.*; ~ house аншлáг *м*; „все билéты прóданы" *(нáдпись)* 2) ширóкий, свобóдный; ~ skirt ширóкая юбка 3) сытый; thanks, I'm ~! спасúбо, я сыт!; **~time** [-taɪm]: ~-time wórker рабóчий, зáнятый пóлную рабóчую недéлю; штáтный рабóтник; **~y** [-ɪ] вполнé, совершéнно

fun [fʌn] шýтка *ж*; забáва *ж*; весéлье *с*; have ~ веселúться; for ~ в шýтку; make ~ of высмéивать

function ['fʌŋkʃn] 1. *n* фýнкция *ж*, обязанности *мн.* 2. *v* дéйствовать, функционúровать

fund [fʌnd] 1) запáс *м* 2) фонд *м*; relíef ~ фонд пóмощи

fundamental [fʌndə-'mentl] основнóй; кореннóй

funeral ['fju:nərəl] пóхороны *мн.*

funnel ['fʌnl] трубá *ж* *(паровóза, парохóда)*

funny ['fʌnɪ] 1) смешнóй, забáвный 2) стрáнный *(queer)*

fur [fə:] 1) мех *м*; ~ coat (мехóвая) шýба 2) *pl* мехá *мн.*, пушнúна *ж*

furious ['fjuərɪəs] взбешённый

furnace ['fə:nɪs] печь *ж*, тóпка *ж*

furnish ['fə:nɪʃ] 1) снабжáть 2) меблировáть, обставлять; **~ed** rooms меблирóванные кóмнаты

furniture ['fə:nɪtʃə] мéбель *ж*, обстанóвка *ж*; uphólstered ~ мягкая мéбель

further ['fə:ðə] *(срáвн. ст. om* far) 1. *adv*

да́льше 2. *a* 1) бо́лее отдалённый 2) дальне́йший; without ~ árgument без дальне́йших спо́ров

fury ['fjuəri] нейсто́вство *с*, я́рость *ж*

fuse ['fju:z] пла́вить (-ся), сплавля́ть(ся); the bulb ~d ла́мпочка перегоре́ла

fuss [fʌs] 1. *n* суета́ *ж*; make a ~ суети́ться, поднима́ть шум (*вокруг чего-л.*) 2. *v* суети́ться, хлопота́ть

futile ['fju:tail] бесполе́зный, тще́тный

future ['fju:tʃə] 1. *n* бу́дущее *с*; in the (dístant) ~ в (далёком) бу́дущем 2. *a* бу́дущий

G

Gabonese [gæbə'ni:z] 1. *a* габо́нский 2. *n* габо́нец *м*, габо́нка *ж*

gad-fly ['gædflai] о́вод *м*

gadget ['gædʒit] *разг.* приспособле́ние *с*, техни́ческая нови́нка

gain [gein] 1. *n* 1) увеличе́ние *с*; ~ in weight приба́вка в ве́се 2) при́быль *ж*; вы́игрыш *м* (*winnings*) 2. *v* 1) получа́ть; ~

expérience приобрести́ о́пыт 2) достига́ть (*reach*) 3) выи́грывать (*win*)

gait [geit] похо́дка *ж*

gala ['ga:lə] 1. *n* пра́зднество *с* 2. *a* пра́здничный, торже́ственный; ~ cóncert торже́ственный конце́рт

gallant ['gælənt] хра́брый, до́блестный

gallery ['gæləri] галере́я *ж* (*тж. театр.*)

gallon ['gælən] галло́н *м* (*мера объёма*)

gallop ['gæləp] 1. *n* гало́п *м* (*аллюр*) 2. *v* скака́ть гало́пом

galoshes [gə'lɔʃiz] *pl* гало́ши *мн.*

Gambian ['gæmbiən] 1. *a* гамби́йский 2. *n* гамби́ец *м*, гамби́йка *ж*

gamble ['gæmbl] 1) игра́ть (*в азартные игры*) 2) игра́ть (*на скачках и т. п.*) 3) рискова́ть; ~ on де́лать ста́вку (ста́вить) на что-л.

game I [geim] 1) игра́ *ж* 2) *спорт.* па́ртия *ж*; a ~ of chess па́ртия в ша́хматы 3) *pl* состяза́ния *мн.*; и́гры *мн.*

game II дичь *ж*

gang [gæŋ] 1) брига́да *ж* 2) ша́йка *ж*, ба́нда *ж* (*band of rob-*

bers, etc); ~ster [-stə]
бандит *м*, гангстер *м*

gangway ['gæŋweɪ] 1)
сходни *мн.* 2) про-
ход *м (passage)*

gap [gæp] 1) брешь
ж, пролом *м* 2) про-
межуток *м (interval)*
3) пробел *м (blank)*

garage ['gæra:ʒ] га-
раж *м*

garbage ['ga:bɪdʒ]
амер. мусор *м;* ~ can
мусорный ящик

garden ['ga:dn] сад
м; ~er [-ə] садов-
ник *м*

garland ['ga:lənd]
гирлянда *ж*

garlic ['ga:lɪk] чес-
нок *м*

garment ['ga:mənt] 1)
предмет одежды 2) *pl*
одежда *ж*

garter ['ga:tə] (круг-
лая) подвязка; the
Order of the G. орден
Подвязки

gas [gæs] 1) газ *м;*
natural ~ природный
газ 2) *амер. тж.* бен-
зин *м;* ~ station бен-
зоколонка *ж;* ~main
[-meɪn] газопровод *м*

gasolene ['gæsəuli:n]
газолин *м*

gasoline ['gæsəli:n]
амер. бензин *м*

gasp [ga:sp] зады-
хаться

gas-stove ['gæsstəuv]
газовая плита

gate [geɪt] ворота *мн.;*
калитка *ж;* ~money
[-mʌnɪ] входная плата

gather ['gæðə] 1)
собирать(ся) 2) на-
коплять, приобретать
(amass)

gave [geɪv] *past om*
give

gay [geɪ] 1) весёлый;
~ voices весёлые
голоса 2) пёстрый, яр-
кий; ~ colours яркие
цвета

gaze [geɪz] присталь-
но глядеть (at, on —
на)

gear [gɪə] 1) приспо-
собление *с;* принадлеж-
ности *мн.* 2) *тех.* пе-
редача *ж;* привод *м;*
in ~ включённый; out
of ~ выключенный 3)
авто передача *ж,*
скорость *ж;* in bot-
tom ~ *брит.* на пер-
вой скорости; in low
~ *амер.* на первой
скорости

geese [gi:s] *pl om* goose

gem [dʒem] драгоцен-
ный камень

general I ['dʒenərəl]
общий, всеобщий; ге-
неральный; G. Assem-
bly Генеральная Ас-
самблея; in ~ вообще
◈ ~ (post) delivery а)
первая разноска поч-
ты; б) *амер.* (почта)
до востребования

general II генерал *м*

143

generally [ˈdʒenərəlɪ]
1) вообще; ~ spéak-
ing вообще говоря
2) обычно *(usually)*

generation [dʒenə-
ˈreɪʃn] поколе́ние *c;*
~ gap про́пасть, разде-
ля́ющая поколе́ния

generous [ˈdʒenərəs]
1) великоду́шный 2)
ще́дрый; ~ praise
ще́драя похвала́ 3)
плодоро́дный *(о поч-
ве)*

genius [ˈdʒiːnjəs] ге́-
ний *м*

genre [ʒɑːŋr] жанр *м*

gentle [ˈdʒentl] ла́с-
ковый, не́жный; мя́г-
кий

gentleman [ˈdʒentl-
mən] джентльме́н *м,*
господи́н *м*

genuine [ˈdʒenjuɪn] 1)
по́длинный, настоя́щий
2) и́скренний *(sin-
cere)*

geography [dʒɪˈɒgrəfɪ]
геогра́фия *ж*

geology [dʒɪˈɒlədʒɪ]
геоло́гия *ж*

Georgian [ˈdʒɔːdʒjən]
1. *a* грузи́нский 2. *n*
1) грузи́н *м,* грузи́нка
ж 2) грузи́нский язы́к

German [ˈdʒɔːmən]
1. *a* герма́нский, не-
ме́цкий 2. *n* 1) не́мец
м, не́мка *ж* 2) неме́ц-
кий язы́к

gesture [ˈdʒestʃə] жест
м

get [get] (got) 1) по-
луча́ть; достава́ть; can
I still ~ a ticket? мо́ж-
но ещё доста́ть биле́т?
2) попада́ть; доби-
ра́ться; I have to ~
home éarly я до́лжен
ра́но попа́сть домо́й 3)
станови́ться; ~ old
постаре́ть; ~ ángry
рассерди́ться; ~ bét-
ter попра́виться; ~
well вы́здороветь;
hurt ушиби́ться; ~
drunk опьяне́ть; ~
lost заблуди́ться; ~
free вы́рваться; ~
free of the oppónent
спорт. оторва́ться от
проти́вника 4) *разг.*
понима́ть, постига́ть;
I don't ~ you я вас
не понима́ю 5) *выража-
ет долженствование:*
I've got to leave я до́л-
жен уходи́ть 6) *в кон-
струкциях с* have *не
перево́дится:* have you
got a péncil? у вас есть
каранда́ш? 7) : I got my
shoes repáired мне по-
чини́ли боти́нки; he
got his hair cut он по-
стри́гся; ~ down: ~
down to smth взя́ться
за что-л.; ~ in (into)
входи́ть, сади́ться; ~
into a bus (tram) са-
ди́ться на авто́бус (в
трамва́й); ~ off схо-
ди́ть; are you ~ting
off at the next stop?

144

вы гыходите на слéдующей остановке?;
~ on: how are you ~ting on? как делá?, как вы поживáете?; ~ out выходить; ~ together собирáться

Ghanaian [gɑ:'neɪən] 1. *a* гáнский 2. *n* гáнец *м*, гáнка *ж*

giant ['dʒaɪənt] великáн *м*, гигáнт *м*

gift [gɪft] 1) подáрок *м*; дар *м*; birthday ~ подáрок ко дню рождéния 2) талáнт *м (talent)*; ~ed [-ɪd] одарённый

gigantic [dʒaɪ'gæntɪk] гигáнтский

gilt [gɪlt] 1. *n* позолóта *ж* 2. *a* золочёный

gimmick ['gɪmɪk] *амер. разг.* трюк *м*; лóвкое *или* хитроýмное приспособлéние; advertizing ~ надувáтельский реклáмный приём

gin [dʒɪn] джин *м (алкогольный напиток)*; a ~ and tónic джин с тóником *(с тонизирующим хинным напитком)*

ginger ['dʒɪndʒə] имбирь *м*; ~ beer имбирный лимонáд; ~bread [-bred] имбирный пряник

Gipsy ['dʒɪpsɪ] 1. *a* цыгáнский 2. *n* 1) цы-

гáн *м*, цыгáнка *ж* 2) цыгáнский язык

girdle ['gə:dl] пóяс *м*

girl [gə:l] 1) дéвочка *ж (child)* 2) дéвушка *ж*

gist [dʒɪst] суть *ж*, сýщность *ж*; ~ of the mátter сýщность дéла

give [gɪv] (gave; given) 1) давáть; ~ it to me дáйте мне э́то; ~ a dínner дать обéд 2) передавáть; ~ him my best wishes передáйте емý мой наилýчшие пожелáния 3) дарить; he gave me a rádio for my birthday он подарил мне в день рождéния приёмник 4) доставлять, причинять; ~ pléasure доставить удовóльствие; ~ in уступáть; ~ up брóсить, остáвить ◇ ~ way уступáть; подавáться

given ['gɪvn] *pp от* give

glacier ['glæsjə] ледник *м*, глéтчер *м*

glad [glæd] be ~ рáдоваться; I am ~ я рад (довóлен); (I'm) ~ to see you рад вас видеть; ~ to meet you рад с вáми познакóмиться; ~ly [-lɪ] охóтно, с удовóльствием

glance [glɑ:ns] 1. *n*

быстрый взгляд: at a ~ с пе́рвого взгля́да 2. v ме́льком взгляну́ть (at — на)

gland [glænd] железа́ *ж*

glass [gla:s] 1) стекло́ *с* 2) стака́н *м*; бока́л *м*; raise one's ~ (to) подня́ть бока́л (за) 3) (*тж.* lóoking-glass) зе́ркало *с* 4) *pl* очки́ *мн.*

glide [glaɪd] 1) скользи́ть 2) *спорт.* плани́ровать; ~r [-ə] планёр

glitter ['glɪtə] **1.** *n* блеск *м* **2.** *v* блесте́ть, сверка́ть

globe [gləub] 1) земно́й шар 2) гло́бус *м* (*visual aid*)

gloom [glu:m] мрак *м*; ~y [-ɪ] мра́чный; угрю́мый

glorious ['glɔ:rɪəs] сла́вный; ~ víctory сла́вная побе́да

glory ['glɔ:rɪ] сла́ва *ж*

glove [glʌv] перча́тка *ж*

glue [glu:] **1.** *n* клей *м* **2.** *v* кле́ить; приклеивать

go [gəu] **1.** *v* (went; gone) 1) идти́, ходи́ть; let's go! пойдёмте!; are you góing? вы идёте?; go to school ходи́ть в шко́лу 2) е́хать, передвига́ться; go by bus (train) е́хать авто́бусом

(по́ездом); go by air лете́ть самолётом; "go slow" „сни́зить ско́рость" (*на́дпись на шоссе́*) 3) уходи́ть, уезжа́ть; it's time to go пора́ уходи́ть; go! *спорт.* марш! 4) пойти́, отпра́виться; go for a swim пойти́ попла́вать; go cýcling пойти́ поката́ться на велосипе́де 5) *означает* станови́ться, де́латься; *не переводится:* go bad уху́дшаться; go out of date устарева́ть 6): I'm góing to see him tomórrow я уви́жу его́ за́втра; **go ahéad** a) дви́гаться вперёд; go ahéad! де́йствуйте!; б) продолжа́ть; **go in** войти́; **go in for** smth заниматься чем-л.; **go on** продолжа́ть; **go out** вы́йти ◇ it goes without sáying само́ собо́й разуме́ется; let it go at that! пусть бу́дет так! **2.** *n* 1) попы́тка *ж*; let's have a go дава́йте попро́буем 2) сде́лка *ж*; is it a go? идёт?; по рука́м?

goal [gəul] 1) цель *ж*; ме́сто назначе́ния 2) *спорт.* гол *м*; score (kick) a ~ заби́ть гол 3) *спорт.* воро́та *мн.*; the ~ is kept by . . ; в воро́тах стои́т . . .;

-keeper [-ki:pə] вра-
та́рь *м*

goat [gəut] козёл *м*,
коза́ *ж*

goblet ['gɔblit] бо-
ка́л *м*

god [gɔd] бог *м*

gold [gəuld] 1. *n*
зо́лото *с* 2. *a* золото́й,
из зо́лота: ~ cup
золото́й ку́бок; ~en
[-ən] золото́й; золо-
ти́стый

gone [gɔn] *pp от*
go 1

good [gud] 1. *a* (bet-
ter; best) 1) хоро́ший
2) до́брый *(kind)* 3)
го́дный; поле́зный;
I am ~ for another
mile я могу́ пройти́ ещё
ми́лю 4) спосо́бный; ис-
ку́сный; he is ~ at
ténnis он хорошо́ игра́ет
в те́ннис; ~ after-
nóon! до́брый день!;
~ day! до́брый день!;
~ évening до́брый
ве́чер!; ~ mórning!
до́брое у́тро!; ~ night!
споко́йной но́чи!; ~
luck! в до́брый час!;
~ for you! *амер.* мо-
лоде́ц!, бра́во! 2. *n*
по́льза *ж*, добро́ *с*;
it's no ~ беспо́лезно
◇ for ~ навсегда́

good-bye ['gud'bai]
до свида́ния!, про-
ща́йте!

good‖-looking ['gud-
'lukiŋ] краси́вый; ~

-natured [-'neitʃəd] до-
броду́шный

goods [gudz] *pl* то-
ва́ры *мн.*

goodwill ['gud'wil] до́-
брая во́ля; ~ mis-
sion ми́ссия до́брой
во́ли

goose [gu:s] *(pl* geese)
гусь *м*

gooseberry ['guzbəri]
крыжо́вник *м*

gospel ['gɔspəl] ева́н-
гелие *с*

gossip ['gɔsip] 1. *n*
спле́тня *ж* 2. *v* спле́т-
ничать

got [gɔt] *past u pp
om* get

govern ['gʌvən] упра-
вля́ть, пра́вить; ~ment
['gʌvnmənt] прави́тель-
ство *с*; ~or [-ə] губер-
на́тор *м*

gown [gaun] 1) пла́-
тье *с*; évening ~ ве-
че́рнее пла́тье 2) ма́н-
тия *ж*; proféssor's ~
ма́нтия профе́ссора 3)
(тж. dréssing-gown)
хала́т *м*

grace [greis] гра́ция
ж; изя́щество *с*;
~ful [-ful] грацио́зный

grade [greid] 1) ранг
м 2) класс *м* *(тж.
амер.* в шко́ле) 3) ка́-
чество *с*, сорт *м*; best
~ of bútter ма́сло
вы́сшего ка́чества

gradual ['grædjuəl]
постепе́нный

graduate 1. *v* ['græ-dʒueɪt] 1) (at) оканчивать *(высшее учебное заведение)* 2) (from) *амер.* оканчивать *(любое учебное заведение)* **2.** *n* ['grædʒuət] 1) выпускник *м (университета)* 2) *амер.* выпускник *м (любого учебного заведения)*

grain [greɪn] 1) зерно *с (corn)* 2) крупинка *ж (particle)*

gram [græm] = gramme

grammar ['græmə] грамматика *ж;* ~ school *брит.* классическая школа; *амер.* начальная школа

gramme [græm] грамм *м*

gramophone ['græmə-fəun]: ~ record граммофонная пластинка

grand [grænd] 1) величественный *(magnificent)* 2) *разг.* замечательный; that's ~! это замечательно!

grand‖child ['grænt-tʃaɪld] внук *м*, внучка *ж;* ~daughter [-dɔːtə] внучка *ж;* ~father ['grændfɑːðə] дед(ушка) *м*

grandmaster ['grænd-mɑːstə] гроссмейстер *м*

grand‖mother ['græn-

mʌðə] бабушка *ж;* ~son -sʌn] внук *м*

granite ['grænɪt] гранит *м*

grant [grɑːnt] **1.** *n* 1) дар *м* 2) субсидия *ж;* Government ~ правительственная субсидия 3) стипендия *ж (scholarship)* **2.** *v* 1) удовлетворять; ~ a request удовлетворять просьбу 2) давать; жаловать; ~ a pension назначить пенсию ◇ take for ~ed считать само собой разумеющимся

grape [greɪp] виноград *м;* ~fruit [-fruːt] грейпфрут *м*

graphic ['græfɪk] 1) графический; ~ arts изобразительное искусство 2) наглядный, образный *(vivid)*

grasp [grɑːsp] 1) зажимать в руке; схватывать *(clutch)* 2) улавливать смысл; sorry, I didn't ~ the meaning простите, я не понял

grass [grɑːs] трава *ж*

grateful ['greɪtful] благодарный; I'm ~ to you я благодарен вам

gratitude ['grætɪtjuːd] благодарность *ж*

grave I [greɪv] могила *ж*

grave II серьёзный; важный (*serious*)

gravy [′greɪvɪ] подливка *ж*; соус *м* (*мясной*)

gray [greɪ] = grey

great [greɪt] 1) великий; G. Power великая держава 2) огромный, большой; ~ city огромный город; a ~ deal много; ~ly [-lɪ] очень, весьма

greed [gri:d] жадность *ж*; ~y [-ɪ] жадный

Greek [gri:k] 1. *a* греческий 2. *n* 1) грек *м*, гречанка *ж* 2) греческий язык

green [gri:n] зелёный; ~grocery [-grəusərɪ] овощная лавка; ~s [-z] *pl* зелень *ж*, свежие овощи

greet [gri:t] приветствовать; здороваться; ~ing [-ɪŋ] приветствие *с*, поклон *м*

Grenadian [gre′neɪdɪən] 1. *a* гренадский 2. *n* гренадец *м*, гренадка *ж*

grew [gru:] *pas om* grow

grey [greɪ] 1) серый 2) седой; ~ hair седые волосы

grief [gri:f] горе *с*

grievance [′gri:vəns] 1) обида *ж* 2) жалоба *ж*; ~ committee конфликтная комиссия

grill [grɪl] 1. *n* 1) (*тж.* grille) решётка *ж* (*grating*) 2) ,,грилл" *м* (*род мангала*) 3) жаренное (на открытом огне) мясо (*grilled meat*) 2. *v* жарить на открытом огне; ~ed lamb chop баранья отбивная; ~-room [-rum] зал ресторана, где установлен мангал

grin [grɪn] 1. *n* усмешка *ж* 2. *v* ухмыляться

grind [graɪnd] (ground) молоть; толочь; ground coffee молотый кофе

grip [grɪp] 1. *n* пожатие *с*; хватка *ж* 2. *v* схватить (*grasp*)

groan [grəun] 1. *n* стон *м* 2. *v* стонать

grocer [′grəusə] бакалейщик *м*; ~y [′grəusərɪ] 1) бакалейный магазин 2) *pl* бакалея *ж*; a bag of ~ies *амер.* пакет продуктов

grog [grɔg] грог *м*

gross [grəus] 1) грубый; ~ blunder грубая ошибка 2) валовой (*total*); ~ national product *эк.* валовой национальный продукт 3) брутто *с*; ~ weight вес брутто

ground I [graund] 1) земля *ж*, почва *ж* 2) *спорт.* площадка *ж*;

football ~ футбо́льное по́ле 3) основа́ние с, моти́в м (*valid reason*)

ground II *past и pp от* grind

group [gru:p] 1. *n* гру́ппа *ж* 2. *v* группирова́ть(ся)

grove [grəuv] ро́ща *ж*

grow [grəu] (grew; grown) 1) расти́ 2) выра́щивать; разводи́ть; ~ tomatoes выра́щивать помидо́ры; ~ wheat се́ять пшени́цу 3) станови́ться; *часто не переводится;* ~ old старе́ть; ~ rich богате́ть; ~ dark темне́ть; ~ up станови́ться взро́слым

grown [grəun] *pp от* grow; ~-up [-ʌp] взро́слый *м*

growth [grəuθ] рост *м*

gruel [gruəl] жи́дкая (овся́ная) ка́ша

gruelling [ˈgruəliŋ] изнури́тельный, суро́вый; ~ race тяжёлые го́нки

grumble [ˈgrʌmbl] ворча́ть

guarantee [gærənˈti:] 1. *n* гара́нтия *ж*; зало́г *м* (*pledge*); 2. *v* гаранти́ровать; ~d for six months с гара́нтией на шесть ме́сяцев

guard [ga:d] 1. *n* 1) стра́жа *ж*; охра́на *ж*; ~ of honour почётный карау́л; changing of the G. *брит.* сме́на карау́ла (*перед Букингемским дворцом*) 2) сто́рож *м* (*watchman*) 3) *ж.-д.* конду́ктор *м* 4) *pl* гва́рдия *ж* 2. *v* охраня́ть; сторожи́ть

guardian [ˈga:djən] опеку́н *м*

Guatemalan [gwætiˈma:lən] 1. *a* гватема́льский 2. *n* гватема́лец *м*, гватема́лка *ж*

guerilla [gəˈrilə] партиза́н *м*

guess [ges] 1. *n* предположе́ние с; дога́дка *ж*; by ~ наугад 2. *v* 1) уга́дывать; дога́дываться 2) *амер.* счита́ть, полага́ть

guest [gest] гость *м*; ~-house [-haus] ма́ленькая гости́ница

guide [gaid] 1. *n* 1) проводни́к *м*, гид *м* 2) руково́дство с; путеводи́тель *м* (*guide-book*) 2. *v* 1) руководи́ть; руково́дствоваться 2) быть проводнико́м, вести́ (*lead*)

guilt [gilt] вина́ *ж*; ~y [-i] вино́вный (of *smth* — в чём-л.)

guinea [ˈgini] гине́я *ж* (*old British coin = 21 shillings*)

Guinean ['gɪniːən] **1.** *a* гвинейский **2.** *n* гвинеец *м*, гвинейка *ж*

guitar [gɪ'tɑː] гитара *ж*; **eléctric** ~ электрогитара *ж*

gulden ['guldən] гульден *м (Dutch monetary unit)*

gulf [gʌlf] залив *м*

gulp [gʌlp] глоток *м*; **at one** ~ залпом

gum [gʌm] 1) смола *ж*; клей *м (glue)* 2) = chewing-gum

gums [gʌmz] *pl* дёсны *мн.*

gun [gʌn] ружьё *с*, **spórting** ~ охотничье ружьё; **stárting** ~ стартовый пистолет; ~**powder** [-paudə] порох *м*

gutter ['gʌtə] сточная канава

Guyanese [gaɪɑː'niːz] **1.** *a* гайанский **2.** *n* гайанец *м*, гайанка *ж*

gym [dʒɪm], **gymnasium** [dʒɪm'neɪzjəm] спортивный зал

gymnast ['dʒɪmnæst] гимнаст *м*; ~**ic** [dʒɪm'næstɪk] гимнастический; ~**ics** [dʒɪm'næstɪks] *pl* ол. (спортивная) гимнастика

gypsum ['dʒɪpsəm] гипс *м*

Gypsy ['dʒɪpsɪ] = Gípsy

haberdashery ['hæbədæʃərɪ] галантерея *ж*

habit ['hæbɪt] привычка *ж*; обычай *м*; **be in the** ~ **of** иметь обыкновение; ~**ual** [hə'bɪtjuəl] привычный, обычный

had [hæd] *past и pp от* have

hadn't ['hædnt] *разг.* = had not

hail I [heɪl] **1.** *n* град *м* **2.** *v*: **it** ~**s, it is** ~**ing** идёт град

hail II 1) приветствовать 2) окликать; ~ **a táxi** остановить (подозвать) такси

hair [hɛə] волос *м*, волосы *мн.*; **have one's** ~ **done** сделать причёску; ~**brush** [-brʌʃ] щётка для волос; ~**cut** [-kʌt] стрижка *ж* ~**do** [-duː] причёска *ж*; ~**dresser** [-dresə] парикмахер *м*; ~**dresser's** (shop) парикмахерская *ж*; ~**pin** [-pɪn] шпилька *ж*

Haitian ['heɪʃjən] **1.** *a* гаитянский **2.** *n* гаитянец *м*, гаитянка *ж*

half [hɑːf] **1.** *n* 1) половина *ж*; ~ **past two** половина третьего; ~ **an hour** полчаса

м 2) (*тж.* hálf-tíme)
спорт. пери́од *м (половина игры);* тайм
м **2.** *adv* наполови́ну
half ||-back ['ha:f'bæk]
спорт. полузащи́тник
м; ~**penny** ['heɪpnɪ]
полпе́нни *с;* ~**time**
-'taɪm] 1) непо́лный
рабо́чий день; ~**time
wórker** рабо́чий, за́нятый непо́лную неде́лю 2) = half 1, 2)
hall [hɔ:l] 1) зал *м*
2) пере́дняя *ж*, вести́-
бюль *м (vestibule)* ◆
~ of résidence сту-
де́нческое общежи́тие
halt [hɔ:lt] **1.** *n* остано́вка *ж;* прива́л *м* **2.**
v остана́вливать(ся)
ham [hæm] ветчина́
ж, о́корок *м*
hamburger ['hæmbə-
gə] *амер. (тж.* hám-
burger steak) ру́бле-
ный бифште́кс *(под-
жаренный на откры-
том огне)*
hammer ['hæmə] мо́-
лот *м;* молото́к *м;* ~
thrówing *спорт. ол.*
мета́ние мо́лота
hand [hænd] **1.** *n* 1)
рука́ *ж;* shake ~s по-
здоро́ваться за́ руку; at
~ под руко́й; ~ in
~ рука́ об руку; ~s
off! ру́ки прочь! 2) ра-
бо́тник *м;* fáctory ~
фабри́чный рабо́чий 3)
стре́лка часо́в *(point-*

er) ◆ on the one ~...,
on the óther ~... с
одно́й стороны́..., с
друго́й стороны́...; a
good ~ at (in) иску́с-
ный в *(чём-л.);* give
me a ~, please помоги́
мне, пожа́луйста **2.**
v: ~ in вруча́ть; ~
óver передава́ть; ~**bag**
[-bæg] да́мская су́моч-
ка; ~**ball** [-bɔ:l]:
(team) ~ball *спорт.
ол.* ручно́й мяч, ганд-
бо́л *м;* ~**book** [-buk]
спра́вочник *м,* руково́д-
ство *с*
handicap ['hændɪkæp]
спорт. гандика́п *м*
handicraft ['hændɪ-
kra:ft] ремесло́ *с*
handkerchief ['hæŋkə-
tʃɪf] носово́й плато́к
handle ['hændl] **1.**
n ру́чка *ж;* руко-
я́тка *ж* **2.** *v* 1) брать,
де́лать что-л. рука́ми 2)
управля́ть, регули́ро-
вать; ~ the situátion
спра́виться с поло-
же́нием; ~**bar** [-ba:]
руль *м (велосипеда)*
handmade ['hænd-
'meid] ручно́й рабо́ты
handsome ['hænsəm]
краси́вый
handwriting ['hænd-
raitɪŋ] по́черк *м*
handy ['hændɪ] удо́б-
ный; that may come in
~ э́то мо́жет быть весь-
ма́ кста́ти

hang [hæŋ] (hung) 1) висеть 2) вешать; подвешивать; ~ your coat on the peg повесьте пальто на крючок; ~ out вывешивать; ~ up 6) повесить; б) (*тж.* hang up the receiver) повесить телефонную трубку; ~er [-ə] вешалка *ж (плечики)*

happen ['hæpən] 1) случаться 2) случайно оказаться; I ~ed to be there я случайно оказался там

happiness ['hæpɪnɪs] счастье *с*

happy ['hæpɪ] счастливый; are you ~ about everything? вы всем довольны? ~ journey! счастливого пути!; H. New Year! с Новым годом!

harbour ['ha:bə] гавань *ж*

hard [ha:d] 1. *a* 1) твёрдый, жёсткий 2) суровый; ~ winter суровая зима 3) трудный, тяжёлый; ~ work трудная работа 2. *adv* 1) сильно; it's raining ~ идёт сильный дождь ◊ ~ work работать упорно ◊ be ~ pressed for time (money) иметь очень мало времени (денег); ~ly [-lɪ] едва (ли); с тру-

дом; I ~ly think so я сильно сомневаюсь в этом

hardware ['ha:dwɛə]: ~ store *амер.* хозяйственный магазин

hare [hɛə] заяц *м*

Harlem ['ha:ləm] Гарлем *м (негритянское гетто Нью-Йорка)*

harm [ha:m] 1. *n* вред *м*; ущерб *м* 2. *v* вредить; ~ful [-ful] вредный, пагубный; ~less [-lɪs] безвредный, безобидный

harmonica [ha:'mɒnɪkə] *муз.* 1) губная гармошка *(wind instrument)* 2) ксилофон *м (percussion instrument)*

harness ['ha:nɪs] 1. *n* упряжь *ж* 2. *v* запрягать

harp [ha:p] арфа *ж*

harsh [ha:ʃ] 1) жёсткий; грубый 2) суровый, жестокий *(severe)*

harvest ['ha:vɪst] 1. *n* 1) жатва *ж* 2) урожай *м (yield)* 2. *v* убирать урожай; ~er [-ə] 1) жнец *м* 2) уборочная машина, жнейка *ж (machine)*

hash [hæʃ] фарш из варёного мяса

hasn't ['hæznt] *разг.* = has not

haste [heɪst] поспешность *ж;* make ~ торопи́ться; ~n ['heisn] торопи́ть(ся)

hasty ['heistɪ] поспе́шный

hat [hæt] шля́па *ж*

hate [heit] ненави́деть

hatred ['heitrɪd] не́нависть *ж*

hat-stand ['hætstænd] стоя́чая ве́шалка

haul [hɔ:l] тяну́ть, букси́ровать, волочи́ть

hautboy ['əubɔɪ] гобо́й *м*

have [hæv] (had) 1) име́ть, облада́ть; I ~ a family у меня́ есть семья́ 2) получа́ть; ~ a cup of coffee! вы́пейте ча́шку ко́фе!; ~ a nice week-end! жела́ю вам хорошо́ провести́ выходны́е (дни)! 3) *испы́тывать како́е--либо состоя́ние, ощуще́ние:* I had a bad night я пло́хо спал; ~ a pleasant time прия́тно провести́ вре́мя 4) *слу́жит для образова́ния перфе́ктных форм:* he has not done it он э́того не сде́лал; I had not been there я там не́ был 5) *выража́ет долженствова́ние, необходи́мость:* I ~ to go мне ну́жно идти́; you'll ~ to ... вам придётся ... 6) *пока́зывает, что де́йствие*

выполня́ется други́м лицо́м; не перево́дится: I had my photo taken я сфотографи́ровался; ~ one's shoes mended почини́ть боти́нки; ~ a tooth out вы́рвать зуб

hay [hei] се́но *с*

hazard ['hæzəd] опа́сность *ж,* риск *м;* industrial ~s вре́дное произво́дство; ~ warning flasher *авто* 1) проблеско́вый мая́чок *(separate)* 2) мига́ющие подфа́рники *(installed)*

H-bomb ['eitʃbɔm] водоро́дная бо́мба

he [hi:] он

head [hed] **1.** *n* 1) голова́ *ж* 2) голова́ скота́; how many ~ of cattle..? ско́лько голо́в скота́..? 3) глава́ *м и ж;* руководи́тель *м;* ~ of the delegation глава́ делега́ции; at the ~ во главе́; ~ master дире́ктор шко́лы **2.** *v* возглавля́ть *(lead);* ~ache [eik] головна́я боль

head‖light ['hedlait] *авто* фа́ра *ж;* ~line [-lain] заголо́вок *м;* ~phones [-fəunz] *pl радио* нау́шники *мн.*

headquarters ['hed-'kwɔ:təz] 1) штаб *м*

2) главное управле́ние, центр *м;* UN ~ центра́льные учрежде́ния ОÓН

heal [hi:l] 1) изле́чивать 2) зажива́ть (*become sound*)

health [helθ] здоро́вье *с;* ~ contról санита́рный контро́ль; ~ resórt куро́рт *м;* ~ food (*тж.* nátural food) *амер.* диетпроду́кты *мн.,* проду́кты без иску́сственных доба́вок ◇ to drink the ~ of пить за здоро́вье; your ~! (за) Ва́ше здоро́вье!; ~y [-ɪ] здоро́вый

heap [hi:p] 1. *n* ку́ча *ж,* гру́да *ж* 2. *v* нагроможда́ть

hear [hɪə] (heard) 1) слы́шать 2) слу́шать, выслу́шивать (*listen to*) 3) узна́ть, получи́ть изве́стие; let me ~ да́йте мне знать

heard [həːd] *past u pp om* hear

heart [haːt] 1) се́рдце *с;* at ~ в глубине́ души́; ~ attáck серде́чный припа́док 2) *pl карт.* че́рвы *мн.* ◇ by ~ наизу́сть; lose ~ па́дать ду́хом; ~burn [-bəːn] изжо́га *ж*

hearty ['haːtɪ] 1) и́скренний; (чи́сто)серде́чный; ~ wélcome раду́шный приём 2) сы́тный; ~ meal пло́тная еда́

heat [hiːt] 1. *n* 1) тепло́ *с;* жара́ *ж* 2) *перен.* пыл *м* 3) *спорт.* забе́г *м* 2. *v* нагрева́ть(ся); разогрева́ть(ся); ~er [-ə] *авто* подогрева́тель *м,* „пе́чка" *ж, разг.*

heather ['heðə] ве́реск *м*

heating ['hiːtɪŋ] 1) нагрева́ние *с* 2) отопле́ние *с;* céntral ~ центра́льное отопле́ние

heaven ['hevn] не́бо *с,* небеса́ *мн.*

heavy ['hevɪ] тяжё́лый; ~ áthlete тяжелоатле́т *м*

heavy-weight ['hevɪweɪt] *спорт. сл.* (*весовая категория*) 1) тяжё́лый вес (*бокс* — *свыше 81 кг, дзюдо* — *свыше 95 кг*) 2) *тяж. атл.* пе́рвый тяжё́лый вес (*до 110 кг*); light ~ а) полутяжё́лый вес (*бокс* — *до 81 кг, дзюдо* — *до 95 кг*); б) *тяж. атл.* сре́дний вес (*до 82,5 кг*); middle ~ *тяж. атл.* полутяжё́лый вес (*до 90 кг*); súper ~ *тяж. атл.* второ́й тяжё́лый вес (*свыше 110 кг*)

hectare ['hektaː] гекта́р *м*

hedge [hedʒ] живая изгородь

heel [hi:l] 1) пятка ж 2) каблук м; low (médium, high) ~ низкий (средний, высокий) каблук; ~s and toes, please! поставьте, пожалуйста, набойки на каблуки и носки; ~ **tap** [-tæp] набойка ж

height [haɪt] 1) высота ж; вышина ж 2) рост м; of médium ~ среднего роста 3) возвышенность ж (elevation)

heir [ɛə] наследник м

held [held] past и pp om hold

helicopter [ˈhelɪkɔptə] вертолёт м

hell [hel] ад м

he'll [hi:l] разг. = he will

hello [ˈheˈləu]: ~! a) привет! (greeting); б) алло!, слушаю! (over the telephone); ~! Brown spéaking! алло! Браун у телефона!

helm [helm] руль м

helmet [ˈhelmɪt] шлем м, каска ж

helmsman [ˈhelmzmən] рулевой м

help [help] 1. n 1) помощь ж; can I be of ány ~ to you? не могу ли я вам быть чём-либо полезен? 2) амер. работник м,

156

прислуга ж 2. v 1) помогать; may I ~ you? что вам угодно? (стандартное обращение в магазине, учреждении и т. n.) 2): ~ yoursᴇlf, please берите, пожалуйста; угощайтесь 3): I could not ~ smiling (crýing) я не мог сдержать улыбку (слёзы); ~less [-lɪs] беспомощный

hemisphere [ˈhemɪsfɪə] полушарие с

hemp [hemp] 1) конопля ж (plant) 2) пенька ж (fibre)

hen [hen] курица ж

hence [hens] следовательно

her I [hə:] (кос. n. om she) ей, её; give it to ~ отдайте это ей; I saw ~ я видел её

her II её; свой; ~ book её книга

herd [hə:d] стадо с

here [hɪə] 1) здесь, тут; ~ and there кое-где 2) сюда; come ~! идите сюда! ◈ ~ you are! вот, пожалуйста!

hereditary [hɪˈredɪtərɪ] наследственный

heritage [ˈherɪtɪdʒ] наследство с, наследие с

hernia [ˈhə:njə] грыжа ж

hero [ˈhɪərəu] герой м; ~ic [hɪˈrəuɪk] герой-

ческий, геро́йский; ~ic
deed по́двиг *м;* ~ism
['herəuizm] герои́зм *м*

herring ['heriŋ] сельдь
ж ◈ red ~ отвлека́-
ющий манёвр, ма-
нёвр для отво́да глаз

hers [hə:z] её, при-
надлежа́щий ей; this
coat is ~ э́то её пальто́

herself [hə:'self] 1)
себя́; -сь; she hurt
~ она́ уши́блась 2)
(для усиле́ния) сама́;
she did it (by) ~ она́
сде́лала э́то сама́

he's [hi:z] *разг* = he
is, he has

hesitate ['heziteit] ко-
леба́ться

hesitation [hezi'teiʃn]
колеба́ние *с;* нере-
ши́тельность *ж*

hid [hid] *past и pp
от* hide II

hidden ['hidn] *pp от*
hide II

hide I [haid] шку́ра
ж, ко́жа *ж*

hide II (hid; hídden,
hid) пря́тать(ся); скры-
ва́ть(ся)

hi-fi ['hai'fai] 1. *n*
радиоприёмник *или*
про́игрыватель *(с вы-
со́ким ка́чеством вос-
произведе́ния зву́ка)* 2.
a: ~ recórding зву-
коза́пись высо́кого ка́-
чества

high [hai] 1 *a* 1) вы-
со́кий 2) вы́сший; ~
official вы́сший чи-
но́вник ◈ ~ spírits
весёлое настрое́ние; ~
life све́тская жизнь;
~ seas откры́тое мо́ре;
(it is) ~ time давно́
пора́; ~ school *амер.*
сре́дняя шко́ла; jú-
nior ~ school *амер.*
непо́лная сре́дняя шко́-
ла; sénior ~ school
амер. ста́ршие кла́ссы
сре́дней шко́лы 2. *adv*
высоко́

high-altitude ['hai'æl-
titju:d] 1) высо́тный;
~ flight высо́тный по-
лёт 2) высокого́рный;
~ rink высокого́рный
като́к; ~ tráining
трениро́вка на высо-
кого́рных катка́х

highball ['haibɔ:l]
кокте́йль *м (подава́е-
мый в высо́ком ста-
ка́не)*

high-heeled ['hai'hi:ld]:
~ shoes ту́фли на
высо́ком каблуке́

Highlander ['hailəndə]
1) го́рец *м* 2) шотла́н-
дец *м (из го́рной ча́сти
Шотла́ндии),* шотла́нд-
ский го́рец

highlandz ['hailəndz]
pl наго́рье *с,* го́рная
ме́стность

highlight ['hailait]
вы́сшая то́чка; (са́мое)
основно́е; выдаю́щееся
собы́тие

highly ['haɪlɪ] о́чень, весьма́

high-rise ['haɪraɪz] высо́тный дом, ,,ба́шня" *эс, разг.*

highway ['haɪweɪ] шоссе́ *с, нескл.*

hijack ['haɪdʒæk] соверша́ть уго́н *(самолёта, автомобиля и т. п.);* ~**ing** [-ɪŋ] уго́н *м (особ. самолёта);* возду́шное пира́тство

hike [haɪk] **1.** *v* идти́ в тури́стский похо́д, соверша́ть пе́шие перехо́ды **2.** *n* похо́д *м (пеший);* ~**r** [-ə] (пе́ший) тури́ст

hill [hɪl] холм *м;* гора́ *эс*

him [hɪm] *(кос. п. от* he) ему́, его́; give ~ my address да́йте ему́ мой а́дрес; have you seen ~? вы его́ не ви́дели?

himself [hɪm'self] 1) себя́; -ся; he came to ~ он пришёл в себя́ 2) *(для усиления)* сам; he ~ says it он сам э́то говори́т

hinder ['hɪndə] меша́ть, препя́тствовать

Hindi ['hɪndiː] язы́к хи́нди

Hindu ['hɪn'duː] **1.** *a* инду́сский **2.** *n* инду́с *м,* инду́ска *эс;* ~**stani** [hɪnduˈstaːnɪ] язы́к хиндуста́ни

hint [hɪnt] **1.** *n* намёк *м* **2.** *v* намека́ть

hip [hɪp] бедро́ *с*

hippie ['hɪpɪ] хи́ппи *м и эс, нескл.*

hire ['haɪə] **1.** *n* прока́т *м;* on ~, for ~ напрока́т; "cars for ~" ,,прока́т автомоби́лей" *(надпись)* **2.** *v* нанима́ть; ~**d** car (boat) маши́на (ло́дка), взя́тая напрока́т

his [hɪz] его́; свой; ~ answer его́ отве́т

historian [hɪsˈtɔːrɪən] исто́рик *м*

historic [hɪsˈtɔrɪk] истори́ческий, име́ющий истори́ческое значе́ние; ~**al** [-əl] истори́ческий, относя́щийся к исто́рии; ~**al** novel истори́ческий рома́н

history ['hɪstərɪ] исто́рия *эс*

hit [hɪt] **1.** *v* (hit) 1) ударя́ть; ✧ ~ below the belt *бокс* нанести́ уда́р ни́же по́яса 2) попада́ть; ~ the target попа́сть в цель **2.** *n* 1) уда́ча *эс;* ~ of the season гвоздь сезо́на 2) *муз.* мо́дная пе́сенка, ,,хит" *м,* шля́гер *м*

hitch-hike ['hɪtʃhaɪk] путеше́ствовать с по́мощью автосто́па; ~**r** [-ə] тури́ст, путеше́ствующий с по́мощью автосто́па

hitch-hiking ['hitʃhaikiŋ] автостоп *м*

hoarfrost ['hɔː'frɔst] йней *м*

hoarse [hɔːs] хриплый

hobby ['hɔbi] любимое занятие, „конёк" *м*, хобби *с, нескл.*

hockey ['hɔki] *ол.* хоккей *м;* field (grass) ~ травяной хоккей; ice (Rússian) ~ хоккей с шайбой (с мячóм); ~ pláyer хоккейст *м;* ~ stick (team) хоккейная клюшка (команда)

hog [hɔg] свинья *ж,* бóров *м*

hoist [hɔist] поднимать *(флаг, парус)*

hold [həuld] (held) 1) держать; will you ~ it for me? подержите, пожалуйста! 2) владеть, иметь *(possess)* 3) вмещать, содержать *(contain)* 4) сдерживать; ~ one's tongue молчать; ~ on держаться; ~ on to the rail! держитесь за перила!; ~ up задерживать

hole [həul] 1) дыра *ж;* отверстие *с* 2) нора *ж;* ~ of a bádger нора барсука

holiday ['hɔlədi] 1) праздник *м;* National H. национальный праз-

дник 2) выходной день *(day off)* 3) отпуск *м;* be on (a) ~ быть в отпуске 4) *pl* каникулы *мн.*

hollow ['hɔləu] 1. *n* 1) пустота *ж* 2) дупло *с (in a tree)* 2. *a* 1) полый, пустой 2) впалый; ~ cheeks впалые щёки

holly ['hɔli] остролист *м;* a branch of ~ ветка остролиста *(рождественское украшение)*

holy ['həuli] священный, святой

home [həum] 1. *n* жилище *с;* дом *м;* at ~ дома; make yourself at ~ будьте как дома ◇ ~ back ~ на родине 2. *a* 1) домашний; ~ económics домоводство *с* 2) внутренний; H. Óffice Министерство внутренних дел *(в Англии)* 3. *adv* домой; ~land [-lænd] родина *ж;* ~sick [-sik] тоскующий по родине, по дому; ~team [-tiːm] хозяева поля

Honduran [hɔn'djuərən] 1. *a* гондурасский 2. *n* гондурасец *м,* гондураска *ж*

honest ['ɔnist] честный; ~y [-i] честность *ж*

honey ['hʌni] мёд *м;*

~moon [-mu:n] ме-
ло́вый ме́сяц

honour ['ɔnə] 1)
честь ж; in ~ в честь
2) почёт м; ~ tour
(lap) спорт. круг по-
чёта 3) pl по́чести мн.:
military ~s во́инские
по́чести; ~able ['ɔnə-
rəbl] 1) почётный;
~able président по-
чётный председа́тель
2) почте́нный; ~able
colleague уважа́емый
колле́га

hood [hud] 1) капю-
шо́н м 2) амер. авто
капо́т м (двигателя)

hook [huk] 1. n крюк
м 2. v 1) зацепля́ть
2) застёгивать на
крючо́к (fasten)

hooligan ['hu:ligən]
хулига́н м; ~ism
[-izm] хулига́нство с

hoop [hu:p] о́бруч м

hoot [hu:t] гуде́ть,
свисте́ть; авто сигна́-
лить

hop [hɔp] 1. n пры-
жо́к м; ~, step and
jump спорт. тройно́й
прыжо́к 2. v ска-
ка́ть

hope [həup] 1. n на-
де́жда ж 2. v наде́ять-
ся; ~ful [-ful] 1) на-
де́ющийся; оптимисти́-
чески настро́енный 2)
подаю́щий наде́жды
(promising); ~less [-lis]
безнадёжный

horizon [həʹraizn] го-
ризо́нт м

horizontal ˌhɔriʹzɔntl'
горизонта́льный

horn [hɔ:n] 1) рог м
2) муз. труба́ ж, вал-
то́рна ж 3) авто гу-
до́к м, сигна́л м

horrible ['hɔrəbl]
ужа́сный, отврати́тель-
ный

horror ['hɔrə] у́жас м

hors-d'oeuvre [ɔ:ʹdɔ:-
vr] заку́ска ж

horse [hɔ:s] ло́шадь
ж; конь м (тж. гим-
насти́ческий снаря́д);
pommel ~ (гимнас-
тика) а) конь м
(снаряд); б) ол. упра-
жне́ния на коне́ (exer-
cise); ~back [-bæk]:
on ~back верхо́м;
~man [-mən] вса́дник
м; ~shoe ['hɔ:ʃʃu:]
подко́ва ж

hose [həuz] 1) рука́в
м, шланг м 2) ка́-
мера ж (of a bicy-
cle)

hosiery ['həuziəri] чу-
ло́чные изде́лия; три-
кота́ж м

hospitable ['hɔspitəbl]
гостеприи́мный

hospital ['hɔspitl]
больни́ца ж, го́спиталь
м

hospitality [ˌhɔspiʹtæ-
liti] гостеприи́мство с;
show ~ оказа́ть гос-
теприи́мство

host [həust] хозяин
м; play ~ to принимать *кого-л.*

hostage [ˈhɔstɪdʒ] заложник *м*

hostess [ˈhəustɪs] хозяйка *ж*

hostile [ˈhɔstaɪl] враждебный

hostility [hɔsˈtɪlɪtɪ] 1) враждебность *ж* 2) *pl* военные действия

hot [hɔt] 1) горячий; жаркий *(as of water, weather, etc)* 2) острый *(of food);* ~**bed** [-bed]: ~ of war очаг войны

hotel [həuˈtel] гостиница *ж,* отель *м*

hothouse [ˈhɔthaus] оранжерея *ж,* теплица *ж*

hour [ˈauə] час *м;* an ~ and a half полтора часа; in an ~ через час; news every ~ on the ~ (beginning at 6 a. m.) передача новостей ежечасно (начиная с 6 часов утра)

house [haus] 1) дом *м* 2) *(тж.* the House) палата *ж (парламента);* the H. of Commons палата общин; the H. of Lords палата лордов; the H. of Representatives *амер.* палата представителей; ~**maid** [-meid] горничная *ж;* ~**warming** -wɔːmɪŋ] ново-

селье *с (торжество);* ~**wife** [-waif] домашняя хозяйка

housing [ˈhauzɪŋ] 1) помещение *с;* жильё *с;* ~ próblem жилищный вопрос 2) жилищное строительство *(construction)*

hovercraft [ˈhɔuvəkraːft] судно на воздушной подушке

how [hau] как?; каким образом?; ~ do you like..? как вам нравится..?; ~ can I get there? как мне попасть туда?; ~ do you know it? откуда вы это знаете? ◆ ~ much? сколько?; ~ much is it? сколько это стоит?; ~ are you? как вы поживаете?; ~ do you do? здравствуйте!; ~ever [-ˈevə] однако; всё-таки, тем не менее

H. P. [ˈeɪtʃˈpiː] (hórse-power) *тех.* лошадиная сила

huge [hjuːdʒ] огромный, громадный

hullo [ˈhʌˈləu] *см.* helló

human [ˈhjuːmən] человеческий; ~ béing человек *м;* ~**e** [hjuːˈmein] человечный, гуманный; ~**ity** [hjuːˈmænɪtɪ] 1) человечество *с (mankind)* 2) гуманность *ж;*

161

crime against ~ity преступление против человечности

humble ['hʌmbl] 1) скромный (modest) 2) покорный, смиренный; ~ request покорная просьба

humbug ['hʌmbʌg] 1) обман м 2) вздор м; глупость ж (nonsense)

humidity [hju:'mɪdɪtɪ] влажность ж

humiliation [hju:mɪ-lɪ'eɪʃn] унижение с

humour ['hju:mə] 1) юмор м 2) настроение с; be in good ~ быть в хорошем настроении

hundred ['hʌndrəd] сто, сотня ж; a ~ and fifty полтораста; ~th [-θ] сотый

hundredweight ['hʌndrədweɪt] английский центнер (= 50,8 кг)

hung [hʌŋ] past и pp от hang

Hungarian [hʌŋ'geə-rɪən] 1. a венгерский 2. n 1) венгр м, венгерка ж 2) венгерский язык

hunger ['hʌŋgə] голод м

hungry ['hʌŋgrɪ] голодный; are you ~? хотите есть?

hunt [hʌnt] 1. n охота ж 2. v 1) охотиться 2) гнаться (smb —

за кем-л.) (chase); ~er [-ə] охотник м

hurdle ['hə:dl] спорт. барьер м; clear the ~ взять барьер; 400 métres (four hundred métres) ~s ол. бег (забег) на 400 метров (четыреста метров) с барьерами; ~-race [-reɪs] барьерный бег, бег с препятствиями

hurricane ['hʌrɪkən] ураган м

hurry ['hʌrɪ] 1. n спешка ж; be in a ~ торопиться 2. v торопить (-ся); ~ up: ~ up! скорее!

hurt [hə:t] (hurt) 1) причинять боль; ушибать 2) разг. болеть; my hand ~s у меня болит рука

husband ['hʌzbənd] муж м

hush [hʌʃ]: ~! тише! ♦ ~ up замять

hut [hʌt] хижина ж, лачуга ж

Hyde Park ['haɪd-'pa:k] Гайд-парк м (центральный парк в Лондоне)

hydrofoil ['haɪdrəfɔɪl] судно на подводных крыльях

hydrogen ['haɪdrɪdʒən] водород м

hydroplane ['haɪdrə-pleɪn] глиссер м (motor-boat)

hygiene [ˈhaidʒi:n] гигиена ж

hypertension [haipəˈtenʃn] мед. гипертония ж

hypocrisy [hiˈpɔkrəsi] лицемерие с

hysterical [hisˈterikəl] истерический

I

I [ai] я

ice [ais] лёд м; ~ dáncing ол. танцы на льду; ~ hóckey см. hóckey; ~box [-bɔks] амер. холодильник м; ~breaker [-breikə] ледокол м; ~cream [-ˈkri:m] мороженое с

Icelander [ˈaisləndə] исландец м, исландка ж

Icelandic [aisˈlændik] 1. a исландский 2. n исландский язык

I'd [aid] разг. = I had, I should, I would

I. D. [ˈaiˈdi:] (identificátion) удостоверение личности

idea [aiˈdiə] идея ж; мысль ж; I háven't the slíghtest ~ abóut it я не имею об этом ни малейшего представления

ideal [aiˈdiəl] 1. a идеальный 2. n идеал м

identification [aiˌdentifiˈkeiʃn]: ~ card удостоверение личности

identify [aiˈdentifai] 1) отождествлять 2) опознавать; could you ~ your suitcase amóng these? вы можете отыскать здесь свой чемодан?

ideology [aidiˈɔlədʒi] идеология ж

idiom [ˈidiəm] 1) язык м; диалект м; lócal ~ местное наречие 2) идиома ж; ~atic idiəˈmætik] идиоматический; ~atic expréssion идиоматическое выражение

idiot [ˈidiət] идиот м

idle [ˈaidl] 1. a праздный, ленивый 2. v авто работать на холостом ходу

i. e. [ˈaiˈi:] (that is) то есть, а именно

if [if] если; если бы; ли; if póssible если возможно; if ónly если бы; хотя бы; I don't know if he is here я не знаю, здесь ли он; as if как будто

ignorant [ˈignərənt] невежественный (illiterate)

ignore [igˈnɔ:] 1) не знать (smth — чего-л.) 2) пренебрегать (чем-л., кем-л.); игнорировать *(что-л., кого-л.) (refuse to notice)*

ill [ɪl] 1): be ~ быть больны́м; fall ~ заболе́ть 2) плохо́й *(bad)*

illegal [ɪ'li:gəl] незако́нный, нелега́льный

illiterate [ɪ'lɪtərɪt] негра́мотный

illness ['ɪlnɪs] боле́знь ж

illuminate [ɪ'lju:mɪneɪt] освеща́ть; ~d signs светова́я рекла́ма

illumination [ɪlju:mɪ'neɪʃn] 1) освеще́ние с 2) *(тж. pl)* иллюмина́ция ж *(festive lights)*

illustrate ['ɪləstreɪt] иллюстри́ровать; поясня́ть

I'm [aɪm] *разг.* = I am

image ['ɪmɪdʒ] о́браз м; изображе́ние с *(тж. тлв.)*

imagination [ɪmædʒɪ'neɪʃn] воображе́ние с

imagine [ɪ'mædʒɪn] вообража́ть, представля́ть себе́

imitate ['ɪmɪteɪt] подража́ть

imitation [ɪmɪ'teɪʃn] 1) подража́ние с 2) имита́ция ж; in ~ marble под мра́мор; ~ pearls иску́сственный же́мчуг

immediate [ɪ'mi:djət] 1) непосре́дственный,

прямо́й 2) ближа́йший *(nearest)* 3) неме́дленный; ~ reply сро́чный отве́т; ~ly [-lɪ] неме́дленно

immense [ɪ'mens] огро́мный, необъя́тный

immigration [ɪmɪ'greɪʃn] иммигра́ция ж; "~" „па́спортный контро́ль" *(надпись)*; ~ officer иммиграцио́нный чино́вник

immoral [ɪ'mɔrəl] безнра́вственный

immortal [ɪ'mɔ:tl] бессме́ртный; ~ fame ве́чная сла́ва

impartial [ɪm'pɑ:ʃəl] беспристра́стный

impatient [ɪm'peɪʃənt] нетерпели́вый; he's much too ~ уж сли́шком ему́ не те́рпится

imperialism [ɪm'pɪərɪəlɪzm] империали́зм м

imperialist [ɪm'pɪərɪəlɪst] империалисти́ческий

implement 1. n ['ɪmplɪmənt] ору́дие с; инструме́нт м **2.** v ['ɪmplɪment] применя́ть, осуществля́ть; ~ation [ɪmplɪmen'teɪʃn] реализа́ция (пла́нов), проведе́ние в жизнь (реше́ний)

imply [ɪm'plaɪ] 1) означа́ть; подразумева́ть *(entail)* 2) намека́ть *(hint)*

import 1. *n* ['ɪmpɔːt] ѝмпорт *м*, ввоз *м*; ~ dúty ввозная пошлина **2.** *v* [ɪm'pɔːt] импортѝровать, ввозѝть

importance [ɪm'pɔː-təns] важность *ж*, значѝтельность *ж*

important [ɪm'pɔːtənt] важный, значѝтельный

impose [ɪm'pəuz] **1)** налагать; облагать; ~ a dúty обложѝть налогом **2)** навязывать (on, upón *smb — кому-л.*)

impossible [ɪm'pɔsəbl] невозможный; невыполнѝмый

impress [ɪm'pres] производѝть впечатлéние; I was ~ed by ... на меня произвёл впечатлéние ...; ~ion [ɪm-'preʃn] впечатлéние *с*

imprison [ɪm'prɪzn] заключать в тюрьму

improbable [ɪm'prɔ-bəbl] невероятный, неправдоподобный

improve [ɪm'pruːv] улучшать(ся), совершéнствовать(ся); ~ the resúlts улучшить результат; ~ment [-mənt] улучшéние *с*, усовершéнствование *с*

impulse ['ɪmpʌls] толчок *м*, ѝмпульс *м*

in [ɪn] **1.** *prep* **1)** в, во; in Móscow в Москвé; in ninetéen éighty two в тысяча девятьсот восемьдесят втором году; in the army в армии; in disórder в беспорядке; in mémory of ... в память о ... **2)** на; in the South на юге; what street do you live in? на какой улице вы живёте? **3)** чéрез; in two (three) hóurs чéрез два (три) часа **4)** по-; say it in Énglish скажѝте это по-англѝйски **5)** *передаётся тв.*; in péncil карандашом; in wínter зимой ⬦ in órder для того чтобы **2.** *adv* внутрѝ; внутрь

inability [ɪnə'bɪlɪtɪ] неспособность *ж*

inaccurate [ɪn'ækju-rɪt] неточный

inadequate [ɪn'ædɪk-wɪt] не отвечающий трéбованиям; недостаточный

inappropriate [ɪnə-'prəuprɪɪt] неумéстный, неподходящий

inaugural [ɪ'nɔːgju-rəl] вступѝтельный; I. Addréss *амер.* речь президéнта при вступлéнии в должность

inauguration [ɪnɔːgju-'reɪʃn] торжéственное открытие *(памятника, выставки и т. п.)*

incapable [ɪn'keɪpəbl] неспособный (of —к, на)

incentive [in'sentiv] стимул *м*, побуждение *с* *(stimulus)*

inch [intʃ] дюйм *м*

incident ['insidənt] случай *м*, происшествие *с*; ~**al** [insi'dentl] случайный; ~**ally** [insi'dentli] 1) между прочим; ~**ally, I used to know him** между прочим, я знал его раньше 2) случайно *(by chance)*

incite [in'sait] возбуждать; подстрекать

inclination [inkli'neiʃn] склонность *ж* (for, — к)

include [in'klu:d] содержать в себе, включать; ~ **in the delegation (team)** включить в состав делегации (команды); ~**d** [-id] включая, включительно; **Wednesday** ~**d** по среду включительно

including [in'klu:diŋ] включая, в том числе

income ['inkʌm] доход *м*; ~-**tax** ['inkəmtæks] подоходный налог

incomprehensible [in-'kɔmpri'hensəbl] непонятный, непостижимый

inconsistent [inkən-'sistənt] непоследовательный

increase 1. *n* ['inkri:s] возрастание *с*, рост *м*, увеличение *с* 2. *v* [in-'kri:s] увеличивать(ся); усиливать(ся)

incredible [in'kredəbl] невероятный

indecent [in'di:snt] неприличный

indeed [in'di:d] 1) в самом деле, действительно 2) *(для усиления)*: **it's véry cold** ~! ну и холод!

indefinite [in'definit] неопределённый

independence [indi-'pendəns] независимость *ж*

independent [indi'pendənt] независимый (of — от)

index ['indeks] 1) указатель *м*, индекс *м* 2) *(тж.* index finger) указательный палец

Indian ['indjən] 1. *a* 1) индийский *(of India)* 2) индейский *(of American Indians)*; ~ **club** *спорт.* булава *ж*; ~ **corn** *амер.* кукуруза *ж* ◆ ~ **summer** „бабье лето" 2. *n* 1) индиец *м*, индианка *ж* 2) *(тж.* American Indian) индеец *м*, индианка *ж*

indicate ['indikeit] указывать, показывать

indifferent [in'difrənt] равнодушный, безразличный

indignation [ɪndɪg-'neɪʃn] негодование с, возмущение с

indirect [ɪndɪ'rekt] 1) непрямой 2) косвенный; ~ táxes косвенные налоги

individual [ɪndɪ'vɪdjuəl] **1.** a 1) личный, индивидуальный; ~ chámpionship личное первенство; thrée-day ~ ол. (конный спорт) личное первенство в троеборье 2) отдельный (separate) **2.** n человек м

Indonesian [ɪndəu'ni:zjən] **1.** a индонезийский **2.** n 1) индонезиец м, индонезийка ж 2) индонезийский язык

indoor ['ɪndɔ:]: ~ rink летний каток; ~s ['ɪn'dɔ:z] дома, в помещении

indulge [ɪn'dʌldʒ] (тж. indúlge onesélf in) предаваться (излишествам)

industrial [ɪn'dʌstrɪəl] промышленный; ~ áccident несчастный случай на производстве

industrious [ɪn'dʌstrɪəs] трудолюбивый, прилежный

industry ['ɪndəstrɪ] промышленность ж; отрасль ж (промышленности или хо-

зяйства); tóurist ~ туризм м (отрасль)

inevitable [ɪn'evɪtəbl] неизбежный

infection [ɪn'fekʃn] инфекция ж

inferior [ɪn'fɪərɪə] 1) низший (по положению) 2) плохой; худший (по качеству); of ~ quálity низкого качества

inflammation [ɪnflə'meɪʃn] воспаление с

influence ['ɪnfluəns] **1.** n влияние с; únder the ~ of под влиянием **2.** v влиять

influenza [ɪnflu'enzə] грипп м

inform [ɪn'fɔ:m] сообщать, уведомлять; have you been ~ed about it? вас известили об этом?

informal [ɪn'fɔ:ml] неофициальный; ~ vísit неофициальный визит

information [ɪnfə'meɪʃn] сообщение с, сведения мн.; ~ búreau амер. справочное бюро

ingredient [ɪn'gri:djənt] составная часть

inhabitant [ɪn'hæbɪtənt] житель м

inherit [ɪn'herɪt] (у)наследовать; ~ance [-əns] наследство с

inhuman [ɪn'hju:mən]

167

бесчеловечный, жестокий

initial [ɪ'nɪʃəl] **1.** *a* (перво)начальный **2.** *n pl* инициалы *мн.* **3.** *v* визировать (документ); ~ here, please поставьте здесь свой инициалы

initiative [ɪ'nɪʃɪətɪv] инициатива *ж;* on the ~ (of) по инициативе

injection [ɪn'dʒekʃn] укол *м,* инъекция *ж*

injure ['ɪndʒə] 1) повредить; ранить 2) обидеть *(insult)*

injury ['ɪndʒərɪ] 1) повреждение *с,* вред *м* 2) *мед.* травма *ж,* ушиб *м*

ink [ɪŋk] чернила *мн.*

inlay ['ɪnleɪ] инкрустация *ж*

inn [ɪn] гостиница *ж*

inner ['ɪnə] внутренний; ~ tube *(тж.* tube) *авто* камера *ж*

innings ['ɪnɪŋz] *спорт.* подача *ж (особ. в бейсболе и крикете)*

innocent ['ɪnəsnt] 1) невинный 2) *юр.* невиновный

innovation [ɪnəu'veɪʃn] нововведение *с;* новаторство *с*

inoculation [ɪnɔkju'leɪʃn] *мед.* прививка *ж*

inquire [ɪn'kwaɪə] 1)

спрашивать, справляться 2) исследовать; ~ into the matter изучить вопрос

inquiry [ɪn'kwaɪərɪ] запрос *м;* make inquiries наводить справки; ~ office *брит.* справочное бюро

inquisitive [ɪn'kwɪzɪtɪv] любопытный, любознательный

insan‖**e** [ɪn'seɪn] сумасшедший, ненормальный; ~ity [ɪn'sænɪtɪ] сумасшествие *с*

inscription [ɪn'skrɪpʃn] надпись *ж*

insect ['ɪnsekt] насекомое *с*

insert [ɪn'sə:t] вставлять; ~ on page 2 вставка на стр. 2

inside ['ɪn'saɪd] **1.** *n* внутренняя сторона; изнанка *ж;* on the ~ изнутри; turn ~ out вывернуть наизнанку **2.** *adv* внутри, внутрь

insignificant [ɪnsɪg-'nɪfɪkənt] незначительный, пустяковый

insist [ɪn'sɪst] настаивать; ~ent [-ənt] настойчивый; ~ent demands настойчивые требования

inspect [ɪn'spekt] 1) внимательно осматривать *(scrutinize)* 2) инспектировать *(ex-*

amine officially); ~**ion** [in'spekʃn] 1) осмо́тр *м* 2) инспе́кция *ж;* géneral ~ реви́зия *ж*

inspire [in'spaɪə] вдохновля́ть

instalment [in'stɔːl- mənt] 1) очередно́й взнос; by ~s в рас- сро́чку 2) вы́пуск *м,* се́рия *ж (of a book)*

instance ['instəns]: for ~ наприме́р

instant ['instənt] **1.** *n* мгнове́ние *с* **2.** *a:* ~ cóffee (tea) раст- вори́мый ко́фе (чай); ~**ly** [-li] неме́дленно, сейча́с же

instead [in'sted] вме́с- то, взаме́н; ~ of this вме́сто э́того

instep ['instep] подъ- ём *м (ноги́, боти́н- ка)*

institute ['institjuːt] **1.** *n* институ́т *м* **2.** *v* учрежда́ть, устана́вли- вать *(set up)*

institution [insti'tjuː- ʃn] учрежде́ние *с;* ~s of léarning уче́бные заведе́ния

instruct [in'strʌkt] учи́ть, инструкти́ро- вать; ~**ion** [in'strʌkʃn] 1) обуче́ние *с* 2) *pl* инстру́кция *ж,* ука- за́ния *мн.;* ~**or** [-ə] инстру́ктор *м,* препо- дава́тель *м*

instrument ['instru- mənt] 1) инструме́нт *м; перен. тж.* ору́дие *с* 2) прибо́р *м;* pre- císion ~ то́чный при- бо́р

insult 1. *n* ['insʌlt] оскорбле́ние *с* **2.** *v* [in- 'sʌlt] оскорбля́ть

insurance [in'ʃuərəns] страхова́ние *с;* life (próp- erty) ~ страхова́ние жи́зни (иму́щества)

insure [in'ʃuə] стра- хова́ть

integral ['intigrəl] не- отъе́млемый

intellect ['intilekt] ум *м,* интелле́кт *м*

intellectual [inti'lek- tjuəl] **1.** *a* у́мственный, интеллектуа́льный **2.** *n* интеллиге́нт *м*

intelligence [in'teli- dʒəns] 1) ум *м,* ин- телле́кт *м;* artificial ~ иску́сственный ра́зум 2) *(тж.* intélligence sérvice) разве́дка *ж*

intelligentzia [inteli- 'dʒentsiə] интеллиге́н- ция *ж*

intelligible [in'telidʒə- bl] поня́тный, вразу- ми́тельный

intend [in'tend] со- бира́ться, намерева́ть- ся

intensify [in'tensifai] уси́ливать(ся)

intention [in'tenʃn] наме́рение *с;* стрем- ле́ние *с*

intercom ['ɪntəkɔm] селе́ктор *м*

intercontinental ['ɪntə:kɔntɪ'nentl] межконтинента́льный

interest ['ɪntrɪst] 1. *n* 1) интере́с *м*; read with ~ чита́ть с интере́сом 2) проце́нт *м*; five per cent ~ из пяти́ проце́нтов 2. *v* интересова́ть, заинтересо́вывать; be ~ed in интересова́ться *(чем-л.)*; ~ing [-ɪŋ] интере́сный

interfere [ɪntə'fɪə] 1) вме́шиваться (in, with) 2) меша́ть; вреди́ть (with); ~ with one's health вреди́ть здоро́вью; ~nce [ɪntə'fɪərəns] вмеша́тельство *с*

interior [ɪn'tɪərɪə] 1. *a* вну́тренний 2. *n* 1) вну́тренность *ж* 2): Secretary of the I. *амер.* мини́стр вну́тренних дел

intermediary [ɪntə'mi:djərɪ] посре́дник *м*

intermission [ɪntə'mɪʃn] *амер.* антра́кт *м*

internal [ɪn'tə:nl] вну́тренний; ~ affairs вну́тренние дела́

international [ɪntə'næʃənl] междунаро́дный; ~ law междунаро́дное пра́во; I. Women's Day Междунаро́дный же́нский

день; I. Day in Defence of Children Междунаро́дный день защи́ты дете́й; I. Students' Day Междунаро́дный день студе́нтов; I. Union of Students (IUS) Междунаро́дный сою́з студе́нтов (МСС); ~ism [-ɪzm] интернационали́зм *м*

interpret [ɪn'tə:prɪt] 1) объясня́ть, толкова́ть *(explain)* 2) переводи́ть у́стно *(translate)* 3) *иск.* исполня́ть; ~er [-ə] перево́дчик *м* *(у́стный)*; conference ~er синхрони́ст *м*

interrupt [ɪntə'rʌpt] прерыва́ть

intersection [ɪntə'sekʃn] перекрёсток *м*

interval ['ɪntəvəl] 1) промежу́ток *м*, интерва́л *м* 2) переры́в *м* *(break)* 3) *брит. театр.* антра́кт *м*

intervention [ɪntə'venʃn] 1) *воен.* интерве́нция *ж* 2) вмеша́тельство *с* *(interference)* 3) выступле́ние в пре́ниях *(in debate)*

interview ['ɪntəvju:] 1. *n* 1) встре́ча *ж*, бесе́да *ж* 2) интервью́ *с*, *нескл.*; give an ~ дать интервью́ 2. *v* брать интервью́ *(smb — у кого-л.)*

intimate ['ɪntɪmɪt] ин-ти́мный, бли́зкий; ~ friend бли́зкий друг

into ['ɪntu] 1) в, во; come ~ the room войти́ в ко́мнату 2) на; transláte ~ Rússian перево́дить на ру́сский язы́к

Intourist (agency) [ɪn-'tuərɪst ('eɪdʒənsɪ) ,,Ин-тури́ст" м

introduce [ɪntrə'djuːs] 1) вводи́ть 2) представля́ть, знако́мить; allów me to ~ mysélf разреши́те предста́виться; please ~ me to... познако́мьте меня́, пожа́луйста, с...; let me ~ to you... разреши́те предста́вить вам... 3) вноси́ть на обсужде́ние (a bill, etc)

introduction [ɪntrə-'dʌkʃn] 1) представле́ние с, знако́мство с; létter of ~ рекоменда́тельное письмо́ 2) предисло́вие с (to a book)

intrude [ɪn'truːd] вторга́ться; I hope I am not intrúding... наде́юсь, я не помеша́л...

invade [ɪn'veɪd] вторга́ться; ~r [-ə] захва́тчик м, оккупа́нт м

invalid I ['ɪnvəliːd] больно́й м; инвали́д м

invalid II [ɪn'vælɪd] недействи́тельный; the pass is ~ про́пуск недействи́телен

invaluable [ɪn'væljuəbl] неоцени́мый, бесце́нный

invasion [ɪn'veɪʒn] вторже́ние с, наше́ствие с

invent [ɪn'vent] 1) изобрета́ть 2) выду́мывать; ~ an excúse приду́мать оправда́ние; ~ion [ɪn'venʃn] 1) изобрете́ние с 2) вы́думка ж; it's pure ~ion это сплошно́й вы́мысел; ~or [-ə] изобрета́тель м

invest [ɪn'vest] вкла́дывать, помеща́ть (капита́л)

investigate [ɪn'vestɪgeɪt] 1) иссле́довать; ~ a próblem иссле́довать вопро́с 2) рассле́довать (inquire into)

investment [ɪn'vestmənt] капиталовложе́ние с

invisible [ɪn'vɪzəbl] неви́димый

invitation [ɪnvɪ'teɪʃn] приглаше́ние с; on the ~ ... по приглаше́нию ...

invite [ɪn'vaɪt] приглаша́ть; we ~ you to tea (dínner) мы приглаша́ем вас на ча́шку ча́я (на у́жин); let me ~ you разреши́те (позво́льте) пригласи́ть вас

involve [ɪn'vɔlv] во-влекать, вмешивать

iodine ['aɪəudiːn] йод *м*

Iranian [ɪ'reɪnjən] **1.** *а* иранский, персидский **2.** *n* иранец *м*, иранка *ж*

Iraqi [ɪ'raːkɪ] **1.** *а* иракский **2.** *n* житель (жительница) Ирака

Irish ['aɪərɪʃ] **1.** *а* ирландский **2.** *n* 1) (the ~) *собир.* ирландцы 2) ирландский язык; ~**man** [-mən] ирландец *м*; ~**woman** [-wumən] ирландка *ж*

iron ['aɪən] **1.** *n* 1) железо *c*; cast ~ чугун *м* 2) утюг *м* (*implement*) **2.** *а* железный **3.** *v* гладить; would you ~ my dress (shirt)? выгладите мне, пожалуйста, платье (рубашку)

ironic(al) [aɪ'rɔnɪk (-əl)] иронический; it's ~ that... ирония в том, что...

ironmonger ['aɪən-mʌŋgə] ~**'s shop** *брит.* хозяйственный магазин

irresponsible [ɪrɪs'pɔn-səbl] безответственный

irrigation [ɪrɪ'geɪʃn] орошение *c*

irritate ['ɪrɪteɪt] раздражать; злить

is [ɪz] *3 л. ед. наст.* *от* be

Islam ['ɪzlaːm] ислам *м*; мусульманство *c*

island ['aɪlənd] остров *м*

isle [aɪl] остров(ок) *м*

isn't ['ɪznt] *разг.* = is not

Israeli [ɪz'reɪlɪ] **1.** *а* израильский **2.** *n* житель (жительница) Израиля

issue ['ɪʃuː] **1.** *n* 1) исход *м* (*outcome*) 2) издание *c*, выпуск *м*; ~ of stamps выпуск марок 3) номер *м*; today's ~ of the paper сегодняшний номер газеты 4) вопрос *м*; предмет спора; ~ of the day животрепещущий вопрос **2.** *v* издавать; ~ a law издать закон

isthmus ['ɪsməs] перешеек *м*

it [ɪt] 1) он, она, оно 2) это; it is me это я 3) *не переводится*; it's raining (snowing) идёт дождь (снег); it is said говорят; it is winter сейчас зима

Italian [ɪ'tæljən] **1.** *а* итальянский **2.** *n* 1) итальянец *м*, итальянка *ж* 2) итальянский язык

item ['aɪtəm] 1) пункт *м*, параграф *м*; ~ of the agenda пункт по-

вéстки дня 2) предмéт
м (в спúске); the first
~ in the cátalogue пéр-
вый предмéт, укáзан-
ный в катáлоге 3): ~
🌑 the prógram(me) нó-
мер прогрáммы
itinerary [aɪ'tɪnərərɪ]
маршрýт *м*
its [ɪts] егó, её; свой
it's [ɪts] *разг.* = it is
itself [ɪt'self] себя;
-ся; the báby hurt ~
ребёнок ушúбся 2) сам,
самá, самó; in ~ самó
по себé
I've [aɪv] *разг.* = I
have
ivory ['aɪvərɪ] слo-
нóвая кость
ivy ['aɪvɪ] плющ *м*

J

jack [dʒæk] *тех.* дом-
крáт *м*
jacket ['dʒækɪt] жа-
кéт *м (lady's)*; кýртка
ж (man's)
jail [dʒeɪl] тюрьмá *ж*
jam I [dʒæm] **1.** *n*
дáвка *ж*; tráffic ~
прóбка *ж*, затóр *м*
(úличного движéния) **2.**
v 1) зажимáть, сжи-
мáть 2) втúскивать,
впúхивать (ínto)
jam II повúдло *с*,
джем *м*
Jamaican [dʒə'meɪ-

kən] **1.** *a* ямáйский **2.**
n ямáец *м*, ямáйка *ж*
janitor ['dʒænɪtə] 1)
швейцáр *м* 2) = én-
gineer 3
January ['dʒænjuərɪ]
янвáрь *м*
Japanese [dʒæpə'ni:z]
1. *a* япóнский **2.** *n* 1)
япóнец *м*, япóнка *ж*
2) япóнский язык
javelin ['dʒævlɪn] копьё *с*; ~ thrówing
спорт. ол. метáние
копья
jaw [dʒɔ:] чéлюсть *ж*;
lówer (úpper) ~ нúж-
няя (вéрхняя) чéлюсть
jazz [dʒæz] джаз *м*;
~ band джаз-оркéстр
м; ~ músic джáзовая
мýзыка
jealous ['dʒeləs] рев-
нúвый; ~y [-ɪ] рéвность
ж
jeep [dʒi:p] *авто* джип
м
jeer [dʒɪə] **1.** *v* издевáться **2.** *n* издёвка *ж*
jelly ['dʒelɪ] 1) желé
с; ~fish [-fɪʃ] медýза
ж
jerk [dʒə:k] рéзкий
толчóк
jersey ['dʒə:zɪ] 1) фу-
фáйка *ж*, (вязаная)
кóфта, свúтер *м* 2)
джéрси *с, нескл. (три-
котáжная ткань)*
jest [dʒest] шýтка *ж*
jet [dʒet] 1) струя *ж*;
~ éngine реактúвный

173

двигатель 2) (тж. jet plane) реактивный самолёт

Jew [dʒu:] еврей м

jewel ['dʒu:əl] дра-гоценный камень 2) pl драгоценности мн.; ~ler [-ə] ювелир м; ~ry [-rɪ] драгоценности мн.

Jewish ['dʒu:ɪʃ] еврейский

job [dʒɔb] 1) работа ж, дело с 2) место с, служба ж; out of ~ без работы

join [dʒɔɪn] 1) соединять(ся); объединять(ся) 2) вступать (в общество и т. п.); ~ the party вступить в партию; ~er [-ə] столяр м

joint [dʒɔɪnt] 1. n 1) сустав м; put the arm out of ~ вывихнуть руку; put the arm into ~ (again) вправить руку 2) брит. кусок мяса; a cut from the ~ ломтик ростбифа 2. a соединённый; совместный; ~ efforts объединённые усилия

joke [dʒəuk] 1. n шутка ж 2. v шутить

jolly ['dʒɔlɪ] весёлый, праздничный

Jordanian [dʒɔ:'deɪnɪən] 1. a иорданский 2. n иорданец м, иорданка ж

journal ['dʒɔ:nl] периодическое издание (газета, журнал); ~ist [-nəlɪst] журналист м

journey ['dʒɔ:nɪ] путешествие с, поездка ж; did you have a nice ~? как вы доехали?; I wish you a good ~! счастливого пути!

joy [dʒɔɪ] радость ж

jubilee ['dʒu:bɪli:] 1) пятидесятилетний юбилей 2): silver ~ двадцатипятилетний юбилей

judge [dʒʌdʒ] 1. n 1) юр. судья м 2) (the ~s) спорт. судейская коллегия 2. v судить о; ~ment [-mənt] суждение с; мнение с

judo ['dʒu:dəu] спорт. ол. дзюдо с, нескл.

jug [dʒʌg] брит. кувшин м

juggler ['dʒʌglə] жонглёр м; фокусник м

juice [dʒu:s] сок м; grape ~ виноградный сок

juicy ['dʒu:sɪ] сочный

July [dʒu:'laɪ] июль м

jump [dʒʌmp] 1. n 1) прыжок м; running (standing, parachute) ~ прыжок с разбега (с места, с парашютом); broad ~ амер. прыжок в длину 2) ол. (лёгкая ат-

летика): long (high)
~ прыжки в длину
(в высоту); tríple ~
тройной прыжок 2.
v прыгать; ~ down
соскочить, спрыгнуть;
~ up подпрыгивать;
вскакивать

jumper ['dʒʌmpə]
джемпер *м*

jumping ['dʒʌmpɪŋ]
1) *ол.* (*конный спорт*):
individual Grand Prix
~ личное первенство
по преодолению пре-
пятствий на розы-
грыш Большого при-
за; team ~ команд-
ное первенство по
преодолению препятст-
вий 2) *ол.* (*лыжный
спорт.*): ski ~ (90
métres, 70 métres)
прыжки с (девяно-
стометрового, семиде-
сятиметрового) трам-
плина; 15 km (fif-
teen kilométres) cróss-
-cóuntry and ~ лыж-
ное двоеборье

junction ['dʒʌŋkʃn]
1) соединение *с* 2)
ж.-д. узел *м*

June [dʒuːn] июнь *м*

jungle ['dʒʌŋgl]
джунгли *мн.*

junior ['dʒuːnjə] 1.
a младший; ~ párt-
ner младший парт-
нёр; ~ cóllege „млад-
ший" колледж (*типа
техникума*)

2. *n амер.* студент пред-
последнего (*обычно
третьего*) курса

jury ['dʒuərɪ] 1) *юр.*
присяжные *мн.* 2) жю-
ри *с, нескл.*; ~ of the
artístic competítions
жюри художественных
конкурсов; the ~ rests
у жюри вопросов нет

just I [dʒʌst] 1) справедливый 2) обосно-
ванный; ~ rewárd
заслуженная награда

just II 1) точно, как
раз; ~ so! совершенно
верно! 2) только что;
he has ~ left он только
что ушёл

justice ['dʒʌstɪs] 1)
справедливость *ж* 2)
юр. правосудие *с*

justify ['dʒʌstɪfaɪ]
оправдывать

juvenile ['dʒuːvɪnaɪl]
юный, юношеский; ~
delínquent малолетний
преступник

K

kangaroo kæŋgəˈruː]
кенгуру *м*

kayak ['kaɪæk] *спорт.*
байдарка *ж*; ~ sín-
gle (dóuble, four) *ол.
(гребля)* байдарка-
-одиночка *ж* (-двойка
ж, -четвёрка *ж*)

Kazakh [kəˈzɑːh] 1.

a казахский 2. *n* 1) казах *м*, казашка *ж* 2) казахский язык

keen [ki:n] 1) острый; ~ sight острое зрение 2) сильный, резкий; ~ interest живой интерес ◆ be ~ on проявлять живой интерес к (*чему-л.*), увлекаться *чем-л.*

keep [ki:p] 1. *v* (kept) 1) хранить; where do you ~ your tools? где у тебя инструмент?; ~ this seat for me, please сохраните, пожалуйста, это место для меня 2) держать (-ся); ~ together! не расходитесь! 3) содержать; ~ rabbits разводить кроликов 4) соблюдать; ~ quiet! тише!, соблюдайте тишину!; ~ moving! проходите!, не задерживайтесь!; ~ back хранить в секрете; "~ off держаться в стороне; "~ off" ,,вход воспрещён" (*надпись*); "~ off the grass!" ,,по газонам не ходить!" (*надпись*); ~ on (doing *smth*) не прекращать (делать что-л.) ◆ I haven't kept you waiting, have I? надеюсь, я не заставил себя ждать?; ~ shop распоряжаться;

who's ~ing shop here? кто тут командует (парадом)?; ~ records вести протоколы; ~ a secret хранить в тайне 2. *n*: for ~s *разг.* насовсем

keepsake ['ki:pseɪk]: give smth as a ~ подарить что-л. на память

Kenyan ['ki:njən] 1. *a* кенийский 2. *n* кениец *м*, кенийка *ж*

kept [kept] *past и pp от* keep

kettle ['ketl] (металлический) чайник

key [ki:] 1) (to) ключ *м* (от *чего-л.*); *перен.* ключ (к *чему-л.*) 2) *муз.* ключ *м*, тональность *ж* 3) *муз.* клавиша *ж* (of a piano, etc)

kick [kik] 1. *n* 1) пинок *м* 2) *спорт.* удар *м*; corner (free, direct free, penalty) ~ угловой (свободный, штрафной, одиннадцатиметровый) удар 2. *v* лягать, пинать, толкать (*ногой*)

kid [kid] 1) козлёнок *м* 2) (*тж.* kid-skin) лайка *ж* (*кожа*) 3) *разг.* малыш *м*; ~-gloves [-glʌvz] лайковые перчатки

kidnap ['kidnæp] похищать (*насильно или обманом*)

kidney ['kɪdnɪ] *анат.* почка *ж*

kill [kɪl] 1) убивать 2) бить, резать; ~ the cattle резать скот ◇ ~ the ball *спорт.* гасить мяч

kilogram(me) ['kɪləugræm] килограмм *м*

kilometre ['kɪləumi:tə] километр *м*

kind I [kaɪnd] род *м* сорт *м* ◇ a ~ of нечто вроде

kind II добрый; любезный; be so ~ as to ... будьте настолько любезны ...

kindergarten ['kɪndəga:tn] детский сад

kindly ['kaɪndlɪ] ласково; любезно; will you ~ tell me the time? будьте любезны, скажите, который час?

kindness ['kaɪndnɪs] доброта *ж*

king [kɪŋ] король *м* (*тж. шахм. и карт.*); ~dom [-dəm] королевство *с*, царство *с*

kipper ['kɪpə] копчёная селёд(оч)ка (*разрезанная вдоль*)

Kirghiz ['kə:gɪz] 1. *a* киргизский 2. *n* 1) киргиз, киргизка *ж* 2) киргизский язык

kiss [kɪs] 1. *n* поцелуй *м* 2. *v* целовать

kit [kɪt] набор *м*; first-aid ~ домашняя аптечка; plumber's ~ набор слесарных инструментов; do-it-yourself ~ набор деталей „сделай сам"

kitchen ['kɪtʃɪn] кухня *ж*; ~ garden огород *м*; ~ette [kɪtʃɪ'net] „китченет" *м*, шкаф-кухня *м*

knackwurst ['nækwəst] сарделька *ж*

knave [neɪv] *карт.* валет *м*

knee [ni:] колено *с*

knee‖-cap ['ni:kæp], ~-pan [-pæn] коленная чашка

knew [nju:] *past om* know

knife [naɪf] нож *м*

knight [naɪt] 1) рыцарь *м* 2) *шахм.* конь *м*

knit [nɪt] вязать; ~ted [-ɪd] вязаный, трикотажный

knock [nɔk] 1. *n* 1) удар *м* 2) стук *м*; ~ at the door стук в дверь 2. *v* ударять(ся), бить; стучать(ся); ~ down сбивать с ног; *бокс* послать в нокдаун; ~ out a) выбить, выколотить; б) *бокс* нокаутировать; ~-down [-'daun] *бокс* нокдаун *м*; ~-out [-aut] *бокс* нокаут *м*

knot [nɔt] 1. *n* узел *м* 2. *v* завязывать узел;

~ a tie завязáть гáлстук

know [nəu] (knew; known) 1) знать; as far as I ~ наскóлько мне извéстно 2) узнавáть; I'll ~ it tomórrow я узнáю э́то зáвтра 3) умéть; do you ~ how to do it? вы умéете э́то дéлать? ◇ to ~ one's own búsiness не вмéшиваться в чужи́е делá; to ~ a thing or two прекрáсно разбирáться; ~how [-hau] нáвыки мн., знáния мн.; tránsfer the indústrial ~how передавáть техни́ческий óпыт

knowledge ['nɔlidʒ] знáния мн.

known [nəun] 1. a извéстный 2. pp от know

Koran [kɔ'ra:n] корáн м

Korean [kə'riən] 1. a корéйский 2. n 1) корéец м, корéйнка ж 2) корéйский язы́к

Kremlin ['kremlin]: (the ~) Кремль м

Kurd [kə:d] 1. a кýрдский 2. n 1) курд м, кýрдка ж 2) кýрдский язы́к

Kuwaiti [ku'weiti] 1. a кувéйтский 2. n кувéйтец м, кувéйтка ж

L

lab [læb] разг. = labóratory

label ['leibl] 1. n ярлы́к м; этикéтка ж 2. v наклéивать ярлы́к

laboratory [lə'bɔrətəri] лаборатóрия ж

labour ['leibə] 1. n 1) труд м; рабóта ж 2) рабóчие мн.; рабóчий класс; L. Párty лейбори́стская пáртия 2. v труди́ться, рабóтать; ~ite ['leibərait] лейбори́ст м

lace [leis] 1. n 1) кру́жево с 2) (тж. shóe-lace) шнурóк м 2. v: ~ up зашнурóвывать

lack [læk] 1. n отсýтствие с, недостáток м; ~ of cónfidence отсýтствие довéрия; for ~ of time из-за нехвáтки врéмени 2. v недоставáть

lad [læd] пáрень м

ladder ['lædə] 1) лéстница ж (приставнáя) 2) мор. трап м 3) брит. спусти́вшаяся пéтля, дорóжка ж (на чулкé)

lady ['leidi] дáма ж; ládies and géntlemen! дáмы и господá!, лéди и джентльмéны!; ládies' room туалéт м, дáмская комната; ládies' háir-dressing salóon дáмская парикмáхерская

lag [læg] (тж. lag behind) отставáть

laid [leɪd] *past* и *pp от* lay II

lain [leɪn] *pp от* lie II

lake [leɪk] óзеро *с*; Swan L. bállet балéт „Лебедúное óзеро"

lamb [læm] ягнёнок *м*; ~skin [-skɪn] мерлýшка *ж*

lame [leɪm] хромóй ◆ ~ duck „гáдкий утёнок", неудáчник *м*

lamp [læmp] лáмпа *ж*; фонáрь *м*

lampoon [læm'pu:n] сатúра *ж*, памфлéт *м*

lamp‖post ['læmp-pəust] фонáрный столб; ~shade [-ʃeɪd] абажýр *м*

land [lænd] **1.** *n* 1) земля *ж*, сýша *ж* 2) странá *ж*; dístant ~s дáльние стрáны **2.** *v* 1) выcáживаться на бéрег; we ~ed in the port of Odéssa мы вы́садились в одéсском портý 2) *ав.* приземлáться; ~ing [-ɪŋ] 1) (лéстничная) площáдка (*of a staircase*) 2) *ав.* посáдка *ж*; ~ing field посáдочная площáдка

land‖lady ['lænleɪdɪ] хозя́йка *ж* (*дома, гос-* тúницы); ~lord [-lɔ:d] 1) помéщик *м*, лендлóрд *м* (*landowner*) 2) хозя́ин *м* (*дома, гостúницы*); ~owner ['lændəunə] помéщик *м*, землевладéлец *м*

landscape ['lænskeɪp] пейзáж *м*

lane [leɪn] 1) ýзкая дорóга, тропúнка *ж* 2) переýлок *м* (*by-street*) 3) *авто* ряд *м*; right ~ прáвый ряд; four ~ tráffic четырёхрядное движéние 4) *спорт.* (*плавание и лёгкая атлетика*) дорóжка *ж*; ínside (first) ~ внýтренняя (пéрвая) дорóжка; I hope I get the ínside ~ хорошó бы достáлась пéрвая дорóжка; óutside ~ внéшняя дорóжка

language ['læŋgwɪdʒ] язы́к *м* (*речь*)

lantern ['læntən] фонáрь *м*

Lao [lau] **1.** *a* лаóсский **2.** *n* 1) лаотя́нин *м*, лаотя́нка *ж*; the ~ *собир.* лаотя́не *мн.* 2) лаóсский язы́к

lap I [læp] колéни *мн.*; hold *smth* (*smb*) in one's ~ держáть что-л. (*кого-л.*) на колéнях

lap II *спорт.* круг *м*, этáп *м*; do three ~s пройтú три крýга (три этáпа)

large [la:dʒ] 1) большóй, крýпный 2) многочúсленный, значúтельный; ~ majórity значúтельное большинствó ◆ Ambássador at ~ посóл с широкими полномóчиями (выходящими за рамки одной страны); ~ly [-lɪ] в значúтельной стéпени

lark [la:k] жáворонок м

last I [la:st] (превосх. ст. от late) 1. a 1) послéдний 2) прóшлый; ~ time в прóшлый раз 2. adv в послéдний раз; when did you see them ~? когда вы вúдели их в послéдний раз 3. n: at ~ наконéц; to the ~ до концá

last II [la:st] длúться; ~ing [-ɪŋ] длúтельный; прóчный; ~ peace прóчный мир

late [leɪt] 1. a (láter, látter; látest, last) 1) пóздний; keep ~ hóurs пóздно ложúться спать 2): be ~ опáздывать; the train is one hour ~ пóезд опáздывает на час 3) недáвний, послéдний; ~st news послéдние извéстия 4) (the ~) покóйный, умéрший 2. adv (láter; látest, last) пóздно; ~ at night пóздно вéче-

ром; ~ly [-lɪ] недáвно; за послéднее врéмя

lathe [leɪð] (токáрный) станóк

lather ['la:ðə] 1. n мыльная пéна; мыльная пáста (для бритья) 2. v намыливать

latitude ['lætɪtju:d] геогр. широтá ж

latter ['lætə] 1) сравн. ст. от late 1 2) послéдний (из вышеперечúсленных), вторóй

Latvian ['lætvɪən] латвúйский

laugh [la:f] смеяться (at — над); ~ter [-tə] смех м

launch [lɔ:ntʃ] 1) бросáть, метáть; ~ a spear метнýть копьё 2) приступáть; пускáть в ход (initiate) 3) спустúть сýдно нá воду (of a ship) 4) запускáть; ~ a rócket (míssile, etc) запустúть (баллистúческую и т.п.) ракéту; ~ing [-ɪŋ]: ~ing pad стáртовая площáдка (для запуска ракет)

laundromat ['lɔ:ndrəmæt] автоматúческая прáчечная, прáчечная самообслýживания

laundry ['lɔ:ndrɪ] 1) прáчечная ж 2) бельё с (для стирки или из стирки); hasn't the ~ come back yet? бельё ещё не вернулось из стирки?

laureate ['lɔːriit] лауреа́т *м*; Internátional Contest L. лауреа́т междунаро́дного ко́нкурса

laurel ['lɔrəl] 1) лавр *м* 2) *pl перен.* ла́вры *мн.*, по́чести *мн.*

lavatory ['lævətəri] убо́рная *ж*

law [lɔː] 1) зако́н *м* 2) *юр.* пра́во *с*; cústomary (internátional) ~ обы́чное (междунаро́дное) пра́во; **~ful** [-ful] зако́нный

lawn [lɔːn] газо́н *м*; (зелёная) лужа́йка; **~-mower** [-məuə] газонокоси́лка *ж*

lawyer ['lɔːjə] юри́ст *м*; адвока́т *м*

laxative ['læksətiv] слаби́тельное *с*

lay I [lei] *past om* lie II

lay II (laid) 1) класть, положи́ть 2) возлага́ть; ~ a wreath возложи́ть вено́к 3) накрыва́ть, стели́ть; ~ the táble (the cloth) накры́ть на стол; ~ **down** а) укла́дывать; б) закла́дывать; ~ down a mónument заложи́ть па́мятник; ~ **off** откла́дывать *(put aside)*; ~ **out** плани́ровать; ~ out a gárden разби́ть сад

lazy ['leizi] лени́вый

lead I [led] 1) свине́ц *м* 2) гри́фель *м* *(for a pencil)*

lead II [liːd] (led) 1) вести́; ~ the way пока́зывать доро́гу 2) руководи́ть; ~ the chóir дирижи́ровать хо́ром 3) *спорт.* лиди́ровать, быть пе́рвым

leader ['liːdə] 1) руководи́тель *м*; ли́дер *м*; House (Sénate) majority (minórity) ~ *амер. полит.* ли́дер большинства́ (меньшинства́) в пала́те представи́телей (в сена́те) 2) *(тж.* léading árticle) передова́я статья́ *(особ. брит.)* 3) *муз.* дирижёр *м* 4) *муз.* пе́рвая скри́пка *(concertmaster)*; **~ship** [-ʃip] руково́дство *с*

leaf [liːf] лист *м*; **~let** [-lit] листо́вка *ж*

league [liːg] ли́га *ж*, сою́з *м*; ~ fóotball mátches *брит.* встре́чи на пе́рвенство футбо́льной ли́ги

lean I [liːn] (leaned, leant) прислоня́ть(ся); облока́чиваться; "do not ~!" „не облока́чиваться!" *(надпись)*

lean II худоща́вый, то́щий

leant [lent] *past и pp om* lean I

leap [liːp] **1.** *n* прыжо́к *м*; hop, ~ and

jump *брит. спорт.* тройной прыжок 2. *v* (leapt, leaped) прыгать

leapt [lept] *past и pp om* leap 2

leap-year ['li:pjə:] високосный год

learn [lə:n] (learnt, learned) 1) учить(ся) 2) узнавать; when did you ~ that? когда вы об этом узнали?

learnt [lə:nt] *past и pp om* learn

lease [li:s] 1. *n* аренда *ж* 2. *v* 1) сдавать в аренду *(grant)* 2) брать в аренду *(take)*

least [li:st] 1. *a (превосх. ст. om* little) 1) наименьший; малейший 2. *adv (превосх. ст. om* little) 2) наименее 3. *n* (the ~) самое меньшее ◆ at ~ по крайней мере

leather ['leðə] кожа *ж*

leave I [li:v] 1) разрешение *c (permission)* 2) отпуск *м*; sick ~ отпуск по болезни 3): take ~ of прощаться с *(кем-л., чем-л.)*

leave II (left) 1) покидать; оставлять 2) уезжать; I'm leaving tomorrow завтра я уезжаю

Lebanese [lebə'ni:z] 1. *a* ливанский 2. *n* ливанец *м*, ливанка *ж*

lecture ['lektʃə] лек-

ции *ж*; ~r ['lektʃərə] 1) лектор *м*; докладчик *м* 2) *(in a college)* преподаватель высшего учебного заведения (≅ старший преподаватель)

led [led] *past и pp om* lead II

left I [left] *past и pp om* leave II

left II [left] 1. *a* левый 2. *adv* налево, слева: on (to) the ~ (of) слева (от); ~-hand [-hænd] левосторонний; ~-hand traffic левостороннее движение; ~ist [-ist] *полит.* левак *м*; ~-wing [-wiŋ] *полит.* левый

leg [leg] 1) нога *ж* 2) ножка *ж*; ~ of a chair ножка стула ◆ ~ of the journey отрезок пути; ~ of the triangle *мат.* сторона треугольника

legacy ['legəsi] 1) наследство *c* 2) наследие *c*; the ~ of Lenin's ideas идейное наследие Ленина

legal ['li:gəl] 1) юридический 2) законный *(lawful)*

legation [li'geiʃn] *дип.* миссия *ж*

legislation [ledʒis'leiʃn] 1) законодательство *c* 2) законодательный орган *(body)*

legislative ['ledʒɪsleɪtɪv] законода́тельный; ~ bódy законода́тельный о́рган

legitimate [lɪ'dʒɪtɪmɪt] зако́нный

leisure ['leʒə] досу́г *м*; at ~ в свобо́дное вре́мя

lek [lek] лек *м* (*Albanian monetary unit*)

lemon ['lemən] 1) лимо́н *м*; ~ squash лимо́нный напи́ток 2) *амер. разг.* брак *м*, бро́совая вещь; this car is a ~ (э́та) маши́на — барахло́; ~ade [lemə'neɪd] лимона́д *м*

lend [lend] (lent) дава́ть взаймы́

lending-library ['lendɪŋlaɪbrərɪ] библиоте́ка *ж*, абонеме́нт *м*

length [leŋθ] длина́ *ж*; win by a ~ *спорт.* вы́играть на длину́ ло́дки (на ко́рпус ло́шади)

Leninism ['lenɪnɪzm] ленини́зм *м*

lens [lenz] 1) ли́нза *ж* 2) *фото* объекти́в *м*; power of the ~ светоси́ла *ж*; telescópic ~ телеобъекти́в *м*; wíde-ángle ~ широкоуго́льник *м* 3) *авто* опти́ческий элеме́нт (*фары, подфарника*)

lent [lent] *past и pp от* lend

leotard ['li:əta:d] три-

ко́ *с*, гимнасти́ческий костю́м

less [les] 1. *a* (*сравн. ст. от* little 1) ме́ньший 2. *adv* (*сравн. ст. от* little 2) ме́ньше, ме́нее

lesson ['lesn] уро́к *м*

let [let] (let) 1) дава́ть; позволя́ть; пуска́ть; ~ me do it позво́льте, я сде́лаю; ~ me show you the way разреши́те, я провожу́ вас 2) сдава́ть внаём; do you ~ rooms? тут сдаю́тся ко́мнаты? 3) *выражает приглаше́ние, разреше́ние:* ~'s go пойдёмте; ~ me think it óver да́йте мне поду́мать; ~ dowп подвести́; I hope you won't ~ me down наде́юсь, вы меня́ не подведёте; ~ in впуска́ть; ~ out выпуска́ть; ◇ ~ alóne a) оставля́ть в поко́е; б) не говоря́ уже́ о; ~ smb know сообща́ть кому́-л.

lethal ['li:θəl] смерте́льный

Lett [let] латы́ш *м*, латы́шка *ж*

letter ['letə] 1) бу́ква *ж* 2) письмо́ *с*; régistered ~ заказно́е письмо́ ◇ ~ of crédit аккредити́в *м*; ~ of attórney дове́ренность *ж*; ~-box [-bɔks] *брит.* почто́вый я́щик

183

Lettish ['letɪʃ] **1.** *a* латышский **2.** *n* латышский язык

lettuce ['letɪs] салат (кочанный) *(растение)*

leu [leu] лей *м (Rumanian monetary unit)*

lev [lev] лев *м (Bulgarian monetary unit)*

level ['levl] уровень *м;* fiftéen thóusand feet abóve the sea ~ пятнадцать тысяч футов (≅ 4.500 *м*) над уровнем моря

liable ['laɪəbl] подверженный (to); he is ~ to be séasick он подвержен морской болезни

liar ['laɪə] лгун *м*

liberal ['lɪbərəl] **1.** *a* 1) либеральный; L. Párty либеральная партия 2) щедрый *(generous)* 3): ~ (arts) education широкое гуманитарное образование *(без специализации)* **2.** *n* 1) либерал *м* 2) (L.) член либеральной партии

liberate ['lɪbəreɪt] освобождать

liberation [lɪbə'reɪʃn] освобождение *с*

Liberian [laɪ'bɪərɪən] **1.** *a* либерийский **2.** *n* либериец *м,* либерийка *ж*

liberty ['lɪbətɪ] свобода *ж;* at ~ на свободе, свободный

library ['laɪbrərɪ] библиотека *ж;* L. of Cóngress Библиотека конгресса *(крупнейшая библиотека в США);* British L. Британская библиотека *(крупнейшая библиотека в Англии, находится в помещении Британского музея)*

Libyan ['lɪbɪən] **1.** *a* ливийский **2.** *n* ливиец *м,* ливийка *ж*

licence ['laɪsəns] разрешение *с,* лицензия *ж*

lid [lɪd] 1) крышка *ж* 2) *(тж.* éyelid) веко *с*

lie I [laɪ] **1.** *n* ложь *ж;* tell a ~ солгать **2.** *v* лгать

lie II [laɪ] (lay; lain) лежать; быть расположенным; ~ down лониться

lieutenant [lef'tenənt, *амер.* lju:'tenənt] лейтенант *м*

life [laɪf] жизнь *ж;* ~-belt [-belt] *брит.* спасательный круг (пояс); ~-boat [-bəut] спасательная лодка; ~-guard [-ga:d] спасатель *м (дежурный на пляже);* ~-jacket [-dʒækɪt] спасательный жилет; ~-preserver [-prɪzə:və] *амер.* спасательный круг (жилет *и т. д.);* ~-saver [-seɪvə] *амер.* спасатель *м;* ~-size(d)

[-'saɪz(d)] в натуральную величину

lift ['lɪft] 1. *n* брит. лифт *м* ◇ give a ~ to *smb* подвезти (*кого--либо*) 2. *v* поднимать

light I [laɪt] 1. *n* 1) свет *м*; by eléctric ~ при электрическом свете 2) лампа *ж*; фара *ж (headlight)*; báck-up ~s *авто* задние фонари; párking ~s *авто* габаритные огни, подфарники *мн.* ◇ to strike a ~ зажечь спичку; will you give me a ~? позвольте прикурить! 2. *a* светлый; ~ brown светло-коричневый 3. *v* (lit, lighted) зажигать (-ся); освещать(ся); ~ a cigarétte закурить папиросу

light II лёгкий; ~ bréakfast лёгкий завтрак; ~ frost слабый мороз; ~ músic лёгкая музыка

lighthouse ['laɪthaus] маяк *м*

lightning ['laɪtnɪŋ] молния *ж*; ~ rod громоотвод *м*

light-weight ['laɪtweɪt] *спорт. ол. (весовая категория)* лёгкий вес *(бокс — до 60 кг, дзюдо — до 67,5 кг, тяж. атл. — до 67,5 кг)*

like I [laɪk] 1. *a* по-

хожий, подобный; it's just ~ him это на него похоже 2. *adv* похоже, подобно, как

like II нравиться, любить; I ~ it мне, это нравится; I should ~ я хотел бы; as you ~ как хотите

likely ['laɪklɪ] вероятно; he is ~ to come late он, вероятно, опоздает

lilac ['laɪlək] 1. *n* сирень *ж* 2. *a* сиреневый

lily ['lɪlɪ] лилия *ж*

limb [lɪm] *анат.* конечность *ж*

lime I [laɪm] *(тж.* líme-tree) липа *ж*

lime II [laɪm] известь *ж*; ~stone [-stəun] известняк *м*

limit ['lɪmɪt] 1. *n* граница *ж*, предел *м* 2. *v* ограничивать; ~ation [lɪmɪ'teɪʃn] ограничение *с*; ~ed [-ɪd] ограниченный

limp [lɪmp] хромать

line [laɪn] 1. *n* 1) линия *ж*; bus ~ линия автобуса; tube ~брит., súbway ~ амер. линия метро; hold the ~! не вешайте трубку! 2) амер. очередь *ж*; stand in the ~ стоять в очереди 2) строка *ж*; drop me a few ~s черкните мне несколько строк 2.

185

v: ~ **up** *амер.* выстра́ивать(ся) в ряд

linen ['lɪnɪn] 1) полотно́ с 2) бельё с (*clothing*)

linesman ['laɪnzmən] *спорт.* судья́ на ли́нии

lining ['laɪnɪŋ] подкла́дка *ж*

link [lɪŋk] **1.** *n* 1) звено́ с; связь *ж* 2) *pl* у́зы *мн.* **2.** *v* соединя́ть, свя́зывать

link-up ['lɪŋkʌp] стыко́вка *ж (в ко́смосе)*

lion ['laɪən] лев *м*

lip [lɪp] губа́ *ж*; lower (ýpper) ~ ни́жняя (ве́рхняя) губа́; ~stick [-stɪk] губна́я пома́да

liqueur [lɪ'kjuə] ликёр *м*

liquid ['lɪkwɪd] жи́дкость *ж*

liquors ['lɪkəz] (кре́пкие) спиртны́е напи́тки

lira ['lɪərə] ли́ра *ж (Turkish and Italian monetary unit)*

list [lɪst] спи́сок *м*; énter on the ~ внести́ в спи́сок; the last spéaker on the ~ после́дний из записа́вшихся ора́торов

lit [lɪt] *past u pp от* light I, 3

literate ['lɪtərɪt] гра́мотный

literature ['lɪtərɪtʃə] литерату́ра *ж*

Lithuanian [lɪθju:'eɪnjən] **1.** *a* лито́вский **2.** *n* 1) лито́вец *м,* лито́вка *ж* 2) лито́вский язы́к

litre ['li:tə] литр *м*

litter ['lɪtə] сор *м;* ~ box у́рна *ж (для му́сора)*

little ['lɪtl] **1.** *a* (less; least) 1) ма́ленький; ~ finger мизи́нец *м (на руке́);* ~ toe мизи́нец *м (на ноге́)* 2) коро́ткий; it's a ~ while недо́лго; it's a ~ distance from here э́то совсе́м бли́зко **2.** *adv* (less; least) немно́го, ма́ло **3.** *n:* a ~ немно́го

live [lɪv] жить; where do you ~? где вы живёте? ◆ ~ up to the reputátion of... оправда́ть репута́цию...

lively ['laɪvlɪ] живо́й, оживлённый; ~ talk жива́я бесе́да

liver ['lɪvə] пе́чень *ж*

live-stock ['laɪvstɒk] дома́шний скот, поголо́вье с

living ['lɪvɪŋ] **1.** *n* сре́дства к существова́нию; make one's ~ зараба́тывать на жизнь; ~ standard жи́зненный у́ровень *м* **2.** *a* живо́й; живу́щий; ~ being живо́е существо́

living-room ['lɪvɪŋrum] о́бщая ко́мната

lizard [ˈlɪzəd] йщерица ж

load [ləud] **1.** n груз м **2.** v 1) грузить; ~ a ship грузить пароход 2) заряжать; ~ the cámera фото зарядить аппарат

loaf [ləuf] булка ж, батон м

loan [ləun] заём м; interest-free ~s беспроцéнтные займы

lobby [ˈlɔbɪ] 1) вестибюль м; фойé с 2) парл. кулуáры мн. ⬥ powerful ~ полит. мóщная грýппа актúвных сторóнников, мóщное лóбби; ~ist [-ɪst] полит. лоббúст м

lobster [ˈlɔbstə] омáр м

local [ˈləukəl] мéстный; ~ time мéстное врéмя; séven hóurs ~ time семь часóв по мéстному врéмени; ~ branch мéстное отделéние, первúчная организáция; ~ity [ləuˈkælɪtɪ] мéстность ж

lock [lɔk] **1.** n 1) замóк м (in a door) 2) шлюз м (on a canal, etc) **2.** v запирáть(сп)

locust [ˈləukəst] саранчá ж

lodger [ˈlɔdʒə] жилéц м

lodgings [ˈlɔdʒɪŋz] pl квартúра ж; жильё с

logic [ˈlɔdʒɪk] лóгика ж

long [lɔŋ] **1.** a 1) длúнный 2) дóлгий; for a ~ time дóлгое врéмя ⬥ in the ~ run в концé концóв **2.** adv дóлго; how ~ will you stay here? вы надóлго приéхали?; ~ agó давнó ⬥ live..! да здрáвствует..!; ~-distance [-ˈdɪstəns]: ~-distance call междугорóдный разговóр; ~-distance race спорт. бег на длúнную дистáнцию

longitude [ˈlɔndʒɪtjuːd] геогр. долготá ж

long-playing [ˈlɔŋˈpleɪɪŋ]: ~ récord долгоигрáющая пластúнка

long-sighted [ˈlɔŋˈsaɪtɪd] дальнозóркий

look [luk] **1.** n 1) взгляд м (glance); let me have a ~ at it! разрешúте мне взглянýть! 2) вид м (appearance) **2.** v 1) смотрéть; ~ ! смотрúте! 2) выглядеть; you ~ well вы хорошó выглядите; ~ for искáть; what are you ~ing for? что вы úщете?; ~ out: ~ out! берегúтесь!; ~ óver просмотрéть; не замéтить ⬥ ~ here! послýшайте!

looking-glass [ˈlukɪŋglaːs] зéркало с

loom [luːm] ткацкий станок

loop [luːp] 1) петля *ж* 2) *ав.* мёртвая петля

loose [luːs] свободный; неприкреплённый

lord [lɔːd] 1) господин *м*; лорд *м* 2) (L.) лорд *м*, член палаты лордов 3): L. Mayor лорд-мэр *м*

lorry ['lɔrɪ] грузовик *м*

lose [luːz] (lost) 1) терять 2) проигрывать; the team didn't ~ a single game команда идёт без поражений

loss [lɔs] 1) потеря *ж*; убыток *м*; ~ of time потеря времени 2) проигрыш *м* (*failure*) ⋄ be at a ~ быть в затруднении, растеряться

lost [lɔst] 1. *past* и *pp от* lose 2. *a*: L. and Found бюро находок

lot [lɔt] 1) жребий *м*; cast ~s бросить жребий 2) участь *ж*, доля *ж* (*fate*) ⋄ a ~ of множество *с*, масса *ж*

lottery ['lɔtərɪ] лотерея *ж*

loud [laud] 1. *a* 1) громкий 2) шумный; ~ success шумный успех 3) кричащий; ~ colours кричащие цвета 2. *adv* громко; speak

~er! говорите громче!; ~-speaker [-'spiːkə] громкоговоритель *м*

lounge [laundʒ] 1) *брит.* гостиная *ж*, салон *м*; ~ suit ,,деловой костюм" 2) холл *м* (*в гостинице и т.п.*); meet you in the ~ буду ждать вас в холле; ~ dress домашнее платье

love [lʌv] 1. *n* любовь *ж*; be in ~ with быть влюблённым в; fall in ~ with влюбиться в 2. *v* любить; ~ly [-lɪ] прелестный, красивый; ~r [-ə] 1) любовник *м*; возлюбленный *м* 2) любитель *м*; he is a ~r of painting он любитель живописи

low [ləu] 1. *a* 1) низкий 2) тихий; ~ voice тихий голос 3) подавленный; ~ spirits уныние *с* 2. *adv* низко; ~er [-ə] 1. *a* низший; нижний 2. *adv* ниже 3. *v* понижать(ся); ~-heeled [-'hiːld] на низком каблуке

loyal ['lɔɪəl] верный, преданный; ~ty [-tɪ] верность *ж*, преданность *ж*, лояльность *ж*; ~ty test проверка лояльности

luck [lʌk] счастье *с*, удача *ж*; good ~! желáю удáчи!; ~у [-ɪ] счастлúвый, удáчный

luge [luːʒ] *ол.* люж *м*, сáнный спорт

luggage [ˈlʌɡɪdʒ] багáж *м*; pórter, take the ~, please! носúльщик, возьмúте, пожáлуйста, эти вéщи!; ~ tícket багáжная квитáнция; ~ van багáжный вагóн

luminescent [ljuːmɪˈnesnt] люминесцéнтный; ~ lamp лáмпа дневнóго свéта

lump [lʌmp] кусóк *м*, комóк *м*

lunatic [ˈluːnətɪk] **1.** *a* сумасшéдший **2.** *n* сумасшéдший *м*

lunch [lʌntʃ] вторóй зáвтрак; обéд *м (в полдень)*; have a ~ пообéдать; ~-break [-breɪk] обéденный перерыв

luncheon [ˈlʌntʃn] = lunch

lungs [lʌŋʒ] (the ~) *pl анат.* лёгкие *мн.*

luxury [ˈlʌkʃərɪ] рóскошь *ж*

lying [ˈlaɪɪŋ] *presp от* lie I, 2 *и* II

M

M. A. [ˈemˈeɪ] (Master of Arts) магúстр искýсств *(первая научная степень по гуманитарным наукам)*

macadam(ized) [məˈkædəm(aɪzd)]: ~ road дорóга с твёрдым покрытием

machine [məˈʃiːn] машúна *ж*; ~ tool станóк *м*; a 4-track stéreo ~ четырёхдорóжечный стереофонúческий магнитофóн; ~ry [məˈʃiːnərɪ] 1) машúны *мн.*; оборýдование *с* 2) механúзм *м (тж. перен.)*; ~ry for séttling dísputes механúзм разрешéния спóров

mad [mæd] 1) сумасшéдший, безýмный; be ~ abóut smth быть помéшанным на чём-л. 2) *разг.* рассéрженный, взбешённый

madam [ˈmædəm] 1) судáрыня *ж (в официальном обращении, если фамилия неизвестна)* 2) не переводится: excúse me, ~! can you tell me the way..? извинúте, пожáлуйста! вы не скáжете, как пройтú..? 3) госпожá *ж (в официальном обращении, при названии должности)*; M. Cháirman! госпожá председáтель!

made [meɪd] *past и pp от* make

magazine [mæɡəˈziːn]

189

1) журна́л *м* 2) *фото* кассе́та *ж*

magic ['mædʒɪk] волше́бный; **~ian** [mə'dʒɪ-ʃn] 1) волше́бник *м (in a fairy tale)* 2) фо́кусник *м (in a circus)*

Magyar ['mægja:] **1.** *a* венге́рский **2.** *n* 1) венгр *м*, венге́рка *ж* 2) венге́рский язы́к

mahogany [mə'hɔgənɪ] кра́сное де́рево

maid [meɪd] го́рничная *ж*, служа́нка *ж*

mail [meɪl] **1.** *n* по́чта *ж* **2.** *v* посыла́ть по́чтой; **~box** [-bɔks] *амер.* почто́вый я́щик; **~man** [mæn] *амер.* почтальо́н *м*

main [meɪn] гла́вный; **in the** ~ в основно́м; **~land** [-lənd] матери́к *м*; **~ly** [-lɪ] гла́вным о́бразом

maintain [meɪn'teɪn] 1) подде́рживать; ~ friendly relátions подде́рживать дру́жеские отноше́ния 2) содержа́ть *(support)* 3) утвержда́ть *(assert)*

maize [meɪz] *брит.* кукуру́за *ж*

majesty ['mædʒɪstɪ] 1) вели́чественность *ж* 2): **His (Her, Your) M.** Его́ (Её, Ва́ше) Вели́чество

majolica [mə'jɔlɪkə] майо́лика *ж*

major ['meɪdʒə] **1.** *a*

1) гла́вный 2) *муз.* мажо́р(ный) **2.** *n воен.* майо́р *м* **3.** *v амер.* специализи́роваться (in — в чём-л.); he is ~ing in cristallógraphy *(о выпускнике́ вуза)* он специализи́руется в кристаллогра́фии; **~ity** [mə'dʒɔrɪtɪ] большинство́ *с*

make [meɪk] (made) 1) де́лать, производи́ть, соверша́ть; ~ an attémpt сде́лать попы́тку; ~ friends подружи́ться 2) вставля́ть, побужда́ть; he made us understánd он дал нам поня́ть 3) приводи́ть в поря́док; please ~ the bed постели́те, пожа́луйста, посте́ль 4) зараба́тывать *(earn)* 5) *амер. (тж.* make it) успе́ть; ~ out разобра́ть, поня́ть; ~ up а) составля́ть; ~ up a list составля́ть спи́сок; б) компенси́ровать; I'll ~ up the difference я доплачу́; в) выду́мывать *(invent)*; г) *театр.* гримирова́ть(ся); **~up** [-ʌp] грим *м*; косме́тика *ж*; she álways wears a héavy ~up она́ всегда́ си́льно накра́шена; **~up room** *театр.* убо́рная *ж*; **~up man** гримёр *м*

Malagasy [mælə'gæsɪ]

1. *a* малагасийский **2.**
n 1) малагасиец *м*, малагасийка *ж* 2) малагасийский язык

malaria [məˈlɛərɪə] малярия *ж*

Malawian [məˈlɑ:wɪən]
1. *a* малавийский **2.** *n* малавиец *м*, малавийка *ж*

Malay(an) [məˈleɪ(ən)]
1. *a* малайский **2.** *n* 1) малаец *м*, малайка *ж* 2) малайский язык

Malaysian [məˈleɪzɪən]
1. *a* малайзийский **2.** *n* 1) малаец *м*, малайка *ж* 2) малайзиец *м*; малайзийка *ж*

Maldivian [mɔːlˈdɪvɪən]
1. *a* мальдивский **2.** *n* мальдивец *м*, мальдивка *ж*

male [meɪl] **1.** *a* мужской **2.** *n* самец *м*

Malian [ˈmɑːlɪən] **1.** *a* малийский **2.** *n* малиец *м*, малийка *ж*

Maltese [ˈmɔːlˈtiːz] **1.** *a* мальтийский **2.** *n* мальтиец *м*, мальтийка *ж*

man [mæn] (*pl* men)
1) человек *м*; ~ of science учёный *м* 2) мужчина *м*; men's room мужская комната 3) *шахм.* пешка *ж*

manage [ˈmænɪdʒ] 1) руководить, управлять, заведовать (*control*) 2) ухитриться, суметь; I

~d to come in time мне удалось прийти вовремя; ~ment [-mənt] управление *с*, администрация *ж*; ~r [-ə] заведующий *м*, управляющий *м*, директор *м*

mandate [ˈmændeɪt] мандат *м*; полномочия *мн.*

manicure [ˈmænɪkjuə] маникюр *м*

manifesto [mænɪˈfestəu] манифест *м*

mankind [mænˈkaɪnd] человечество *с*

manner [ˈmænə] 1) способ *м* 2) манера *ж* 3) *pl* манеры *мн.*

manpower [ˈmænpauə] рабочая сила

mantel [ˈmæntl] камин *м*

manual [ˈmænjuəl] **1.** *n* руководство *с*, справочник *м* **2.** *a* ручной; ~ labour физический труд; ~ controls ручное управление; ~ transmission *авто* обычная (неавтоматическая) трансмиссия

manufacture [mænjuˈfæktʃə] производить; manufacturing industries обрабатывающая промышленность; ~r [mænjuˈfæktʃərə] промышленник *м*

manuscript [ˈmænjuskrɪpt] рукопись *ж*

many [ˈmenɪ] (more;

most) мно́гие: мно́го;
how ~? ско́лько?

map [mæp] 1) ка́рта
ж (географическая);
road ~ ка́рта автомо-
би́льных доро́г, доро́ж-
ная ка́рта 2) план *м*;
~ of the Nátional His-
tóric Site план мемо-
риа́ла

maple ['meɪpl] клён *м*

mar [ma:] по́ртить

Marathon ['mærəθən]
(тж. Márathon race)
сл. марафо́н *м*, мара-
фо́нский бег

marble ['ma:bl] мра́-
мор *м*

March [ma:tʃ] март *м*

march [ma:tʃ] 1. *n*
марш *м*; демонстра́ция
ж; Áldermaston ~ Ол-
дермáстонский марш 2.
v маршировáть; идти́;
~er [-ə] демонстра́нт *м*;
уча́стник ма́рша

margin ['ma:dʒɪn] 1)
край *м* 2) по́ле *с (стра-
ни́цы)*; don't write on
the ~s! не пиши́те на
поля́х! 3) (небольшо́й)
запа́с *(вре́мени, де́нег
и т. п.)*; we've got
yet a ~ of time у нас
ещё есть вре́мя ◇ by
a ná́rrow ~ с трудо́м,
едва́ не; he escáped by
a ná́rrow ~ он е́ле спас-
ся

marine [mə'ri:n] флот
м; mérchant ~ тор-
го́вый флот

mark I [ma:k] 1. *n*
1) знак *м*; пятно́ *с* 2)
при́знак *м (characteris-
tic feature)* 3) мише́нь
ж; hit the ~ попа́сть
в цель; miss the ~
промахну́ться 4) отме́т-
ка *ж (in school)* ◇
up to the ~ на до́л-
жной высоте́; on your
~! get set! go! *спорт.*
пригото́виться! внима́-
ние! марш! 2. *v* отме-
ча́ть; замеча́ть

mark II [ma:k] ма́рка *ж*
(German monetary unit)

market ['ma:kɪt] ры́-
нок *м*

markka ['ma:kə] ма́р-
ка *ж (Finnish monetary
unit)*

marksman ['ma:ks-
mən] ме́ткий стрело́к

marmalade ['ma:mə-
leɪd] (апельси́новое) ва-
ре́нье

marriage ['mærɪdʒ]
брак *м*; жени́тьба *ж*,
заму́жество *с*

married ['mærɪd] же-
на́тый, заму́жняя; I am
~ я жена́т *(about a
man)*; я за́мужем
(about a woman); get ~
жени́ться *(about a man)*;
выходи́ть за́муж *(about
a woman)*

marry ['mæri] жени́ть-
ся *(about a man)*; вы-
ходи́ть за́муж *(about a
woman)*

marshal ['ma:ʃəl] 1)

192

воен. ма́ршал *м* 2) *амер.* суде́бный исполни́тель *(in courts)* 3) *амер.* нача́льник поли́ции *(head of police department)*

marten ['ma:tɪn] куни́ца *ж*

marvellous ['ma:vələs] удиви́тельный, замеча́тельный

Marxism ['ma:ksɪzm] маркси́зм *м;* ~-**Léninism** [-'lenɪnɪzm] маркси́зм-ленини́зм *м*

Marxist ['ma:ksɪst] **1.** *a* маркси́стский **2.** *n* маркси́ст *м*

mask [ma:sk] ма́ска *ж*

mason ['meɪsn] ка́менщик *м (worker)*

mass [mæs] 1) ма́сса *ж,* мно́жество *с* 2) *pl* наро́дные ма́ссы

mast [ma:st] ма́чта *ж*

master ['ma:stə] **1.** *n* 1) хозя́ин *м* 2) *(тж.* school-master) учи́тель *м* 3) ма́стер *м;* ~ of satire ма́стер сати́ры 4): M. of Arts (Science) маги́стр иску́сств (нау́к) ◇~ of céremonies конферансье́ *м, нескл.;* распоряди́тель *м (бала)* **2.** *v* овладе́ть, изучи́ть: ~piece [-pi:s] шеде́вр *м*

mat [mæt] полови́к *м,* ко́врик *м*

match I [mætʃ] спи́чка *ж*

match II 1. *n* 1) ро-

вня́ *ж и м,* па́ра *ж* 2) брак *м (marriage)* 3) *спорт.* состяза́ние с матч *м;* retúrn ~ рева́нш *м* **2.** *v* подходи́ть друг дру́гу; ~ing [-ɪŋ] в одно́м сти́ле; an árm-cháir and a ~ing lamp кре́сло и ла́мпа одного́ сти́ля

mate I [meɪt] *шахм.* **1.** *n* мат *м* **2.** *v* поста́вить мат

mate II това́рищ *м (companion)*

material [mə'tɪərɪəl] **1.** *n* материа́л *м* **2.** *a* материа́льный; ~ witness ва́жный свиде́тель; ~ism [-ɪzm] материали́зм *м*

maternity [mə'tə:nɪtɪ] матери́нство *с;* ~home (hóspital) роди́льный дом

math [mæθ] *разг.* = mathemátics

mathematician [mæθɪmə'tɪʃn] матема́тик *м*

mathematics [mæθɪ-'mætɪks] матема́тика *ж*

matinée ['mætɪneɪ] дневно́й спекта́кль

matter ['mætə] **1.** *n* 1) *физ. и филос.* мате́рия *ж* 2) де́ло *с,* вопро́с *м;* what's the ~? в чём де́ло?: a ~ of príncipe принципиа́льный вопро́с ◇ as a ~ of course есте́ственно; as a ~ of fact на са́мом де́ле 2. *v* име́ть значе́ние; it doesn't ~ нева́жно, ничего́

mature [mə'tjuə] зре́лый

Mauritanian [mɔ:rɪ'teɪnɪən] 1. *a* маврита́нский 2. *n* маврита́нец *м*, маврита́нка *ж*

Mauritian [mɔ:'rɪʃɪən] 1. *a* маврики́йский 2. *n* маврики́ец *м*, маврики́йка *ж*

May [meɪ] май *м*; M. Day Пе́рвое ма́я

may [meɪ] (might) *выража́ет* 1) *возмо́жность:* it ~ be so возмо́жно э́то так 2) *про́сьбу:* ~ I come in? мо́жно войти́? 3) *разреше́ние:* you ~ go мо́жете идти́; ~be [-bɪ:] мо́жет быть

mayor [mɛə] мэр *м*

me [mi:] (*косв. п. от* I) мне; меня́; give me... да́йте мне...; have you seen me? вы ви́дели меня́?

meadow ['medəu] луг *м*

meal [mi:l] еда́ *ж*; before ~s пе́ред едо́й; three ~s a day трёхра́зовое пита́ние

mean I [mi:n] 1) по́длый, ни́зкий (*base*) 2) скупо́й (*stingy*)

mean II (meant) 1) зна́чить, означа́ть 2) име́ть в виду́; подразу-

мева́ть; what do you ~? что вы хоти́те э́тим сказа́ть? ◇ he ~s business он наме́рен де́йствовать

meaning ['mi:nɪŋ] значе́ние *с*; смысл *м*

means [mi:nz] 1) сре́дство *с*; спо́соб *м*; by ~ of посре́дством; ~ of communication сре́дства свя́зи 2) *pl* сре́дства *мн.*; man of ~ челове́к со сре́дствами ◇ by all ~ во что бы то ни ста́ло; by no ~ ни в ко́ем слу́чае

meant [ment] *past и pp от* mean II

mean‖time ['mi:n'taɪm]: in the ~ ме́жду тем, тем вре́менем; ~while [-'waɪl] тем вре́менем

measure ['meʒə] 1. *n* 1) ме́ра *ж*; take ~s приня́ть ме́ры 2) ме́рка *ж*; take a person's ~ снять ме́рку 3) *муз.* такт *м* 2. *v* измеря́ть; отмеря́ть

meat [mi:t] мя́со *с*

mechanic [mɪ'kænɪk] меха́ник *м*; ~s [-s] меха́ника *ж*

medal ['medl] меда́ль *ж*; gold (silver, bronze) ~ золота́я (сере́бряная, бро́нзовая) меда́ль

media ['mi:djə]: the ~ (*тж.* the mass media of communication) средства (массовой) информации (радио, пресса, телевидение)

medical ['medikəl] медицинский, врачебный

medicine ['medsin] 1) медицина ж 2) лекарство с; can you make up this ~ for me? можно у вас заказать это лекарство?

medium ['mi:djəm] средний; ~ waves радио средние волны; I'd like my steak ~ rare бифштекс, пожалуйста, не слишком прожаривайте

medley ['medli] 1) муз. попурри с, нескл. 2) сп. (плавание): individual ~ личное первенство по комплексному плаванию; ~ relay комбинированная эстафета по плаванию

meet [mi:t] **1.** v (met) 1) встречать(ся); where shall I ~ you? где мы с вами встретимся? 2) собираться; the committee will ~ tomorrow комитет соберётся завтра 3) знакомиться; ~ my friend познакомьтесь, это мой друг; glad to ~ you рад с вами познакомиться. **2.** n спорт. встреча ж, состязание с; ~ing [-ɪŋ] 1) собрание с, митинг м 2) встреча ж; the

~ing was very friendly встреча была дружеской

melody ['melədi] мелодия ж

melon ['melən] 1)(тж. músk-melon) дыня ж 2) тж. (wáter-melon) арбуз м

melt [melt] таять

member ['membə] член м; (club) ~s ónly вход только для членов (клуба); ~ship [-ʃip] членство с; ~ship dues членские взносы

memo ['meməu] 1) = memorandum 2) докладная ж, (докладная) записка

memorandum [memə-'rændəm] меморандум м; памятная записка

memorial [mɪ'mɔ:rɪəl] **1.** a мемориальный; ~ plaque мемориальная доска; Shákespeare M. Théatre Шекспировский (мемориальный) театр **2.** n мемориал м

memory ['meməri] память ж; from ~ по памяти; in ~ of... в память о...

men [men] pl от man

menace ['menəs] **1.** n угроза ж **2.** v угрожать

mend [mend] 1) исправлять, чинить; I want my glásses (coat) ~ed мне надо починить

очки (пиджа́к) 2) што́-
пать *(about knitware)*
mental ['mentl] пси-
хи́ческий; ~ lábour
у́мственный труд
mention ['menʃn 1. *n*
упомина́ние *с* 2. *v* упо-
мина́ть ◇ don't ~ it
не сто́ит благода́рности
menu ['menju:] *(тж.*
ménu card) меню́ *с, нескл.*

merchant ['mə:tʃənt]
купе́ц *м*, торго́вец *м;*
~ ship торго́вое су́дно
mere [mɪə] просто́й;
сплошно́й; it's a ~
guess э́то про́сто до-
га́дка; ~ly [-lɪ] то́лько,
про́сто
meridian [mə'rɪdɪən]
меридиа́н *м*
merit ['merɪt] 1) зас-
лу́га *ж* 2) *pl* досто́ин-
ство *с (excellence)*
merry ['merɪ] весё-
лый
merry-go-round ['me-
rɪgouraund] карусе́ль *ж*
mess [mes] беспоря́-
док *м*, пу́таница *ж;*
in a ~ в беспоря́дке
message ['mesɪdʒ] 1)
сообще́ние *с;* is there
a ~ for me? мне что́-
-нибудь проси́ли пере-
да́ть?; would you leave
a ~ (for him)? что
(ему́) переда́ть? 2) по-
руче́ние *с (errand)* 3):
State of the Union ~
амер. посла́ние прези-

де́нта конгре́ссу о по-
ложе́нии в стране́
messenger ['mesɪndʒə]
посы́льный *м*, курье́р *м*
met [met] *past и pp
от* meet
metal ['metl] мета́лл
м; ~-worker [-wə:kə]
металли́ст *м*
meteorology [mi:tjə'rɔ-
lədʒɪ] метеороло́гия *ж*
meter ['mi:tə] 1) счётчик *м;* what does the
~ say? ско́лько на
счётчике? 2) *амер. (тж.*
párking méter) счётчик
на пла́тной автостоя́нке
*(обычно вдоль тротуа́-
ра);* "2-hour ~ párk-
ing" ,,двухчасова́я
пла́тная сто́янка у счёт-
чика" *(на́дпись)*
method ['meθəd] ме́-
тод *м,* спо́соб *м*
metre ['mi:tə] 1) метр
м 2) разме́р стиха́ *(of
a poem)*
metro ['metrəu] метро́
с, нескл., метрополите́н
*м (в Москве́, в Пари́-
же)*
metropolitan [metrə-
'pɔlɪtən] 1. *n рел.* митро-
поли́т *м* 2. *a* столи́чный;
городско́й *(о кру́пном
го́роде в отли́чие от его́
при́городов);* ~ néws-
papers a) столи́чные га-
зе́т; б) *амер.* нью-йо́рк-
ские газе́ты
Mexican ['meksɪkən]
1. *a* мексика́нский 2. *n*

196

мексикáнец *м*, мексикáнка *ж*

mice [maɪs] *pl от* mouse

microphone ['maɪkrəfəun] микрофóн *м*

microscope ['maɪkrəskəup] микроскóп *м*

midday ['mɪdeɪ] пóлдень *м*

middle ['mɪdl] **1.** *n* середúна *ж* **2.** *a* срéдний; ~ finger срéдний пáлец; ~ class(es) срéднее слоú обществá; ~-aged [-'eɪdʒd] пожилóй

middle-weight ['mɪdlweɪt] *спорт. ол. (весовая категория)* 1) *бокс.* вторóй срéдний вес *(до 75 кг)* 2) *тяж. атл.* полусрéдний вес *(до 75 кг)* 3) *дзюдо* срéдний вес *(до 80 кг)*; light ~ а) *бокс* пéрвый срéдний вес *(до 71 кг)*; б) *дзюдо* полусрéдний вес *(до 70 кг)*

midnight ['mɪdnaɪt] пóлночь *ж*

might I [maɪt] могýщество *с*; сúла *ж*

might II *past от* may

mighty ['maɪtɪ] могýщественный

mike [maɪk] *разг.* = microphone

mild [maɪld] мя́гкий; ~ weather мя́гкая погóда

mile [maɪl] мúля *ж*; 60 ~s an hour 60 миль

в час; ~age [-ɪdʒ] расстоя́ние в мúлях; числó прóйденных миль

military ['mɪlɪtərɪ] воéнный, вóинский

milk [mɪlk] молокó *с*; ~man [-mən] продавéц молокá

mill [mɪl] 1) фáбрика *ж*, завóд *м* *(factory)* 2) мéльница *ж* *(for grinding corn)*

millet ['mɪlɪt] прóсо *с*; пшенó *с*

million ['mɪljən] миллиóн *м*; ~aire [-ɛə] миллионéр *м*

mind [maɪnd] **1.** *n* 1) рáзум *м*; ум *м* 2) мнéние *с*; to my ~ по моемý мнéнию; make up one's ~ приня́ть решéние; change one's ~ передýмать ◇ bear (keep) in ~ пóмнить, имéть в видý **2.** *v* 1) пóмнить, имéть в видý; ~ your promise не забывáйте своегó обещáния 2) возражáть, имéть что-л. прóтив; do you ~ my smoking? мóжно закурúть?; I'll open the window, if you don't ~ разрешúте открыть окнó; 3): ~ the step! осторóжно, ступéнька! ◇ never ~! невáжно!

mine I [maɪn] мой, моя́, моё; he's a friend of ~ он мой друг

197

mine II [maɪn] **1.** *n* шáхта *ж*; руднúк *м* **2.** *v* добывáть (рудý); ~**r** [-ə] горнúк *м*; шахтёр *м*

mineral ['mɪnərəl] **1.** *n* минерáл *м* **2.** *a* минерáльный; ~ wáter минерáльная водá; ~ resóurces полéзные ископáемые

mini ['mɪnɪ] *(тж.* mini skirt) мúни-юбка *ж*

minimum ['mɪnɪməm] мúнимум *м*

minister ['mɪnɪstə] 1) минúстр *м* 2) *дип.* послáнник *м* 3) *рел.* свящéнник *м*

ministry ['mɪnɪstrɪ] министéрство *с*; M. of Cúlture (Fóreign Affáirs, Higher Educátion, Públic Health, Trade) Министéрство культýры (инострáнных дел, вýсшего образовáния, здравоохранéния, торгóвли)

mink [mɪŋk] нóрка *ж* *(мех)*; ~ stole нóрковая накúдка

minor ['maɪnə] **1.** *a* 1) незначúтельный; второстепéнный *(secondary)* 2) млáдший *(junior)* 3) *муз.* минóр(ный) **2.** *n* несовершеннолéтний; no beer served to ~s несовершеннолéтним пúво не подаётся *(объявлéние в бáре)*; ~**ity**

[maɪ'nɔrɪtɪ] меньшинствó *с*

mint [mɪnt] мя́та *ж*

minus ['maɪnəs] мúнус *м*

minute ['mɪnɪt] минýта *ж*; just a ~! однý минýту!

minutes ['mɪnɪts] протокóл *м*; take (keep) the ~ вестú протокóл; take down in the ~ занестú в протокóл

miracle ['mɪrəkl] чýдо *с*

mirror ['mɪrə] зéркало *с*

miscellaneous [mɪsɪ'leɪnjəs] смéшанный, разнообрáзный

mischief ['mɪstʃɪf] 1) зло *с*; бедá *ж* 2) шáлость *ж*, озорствó *с* *(of children)*

miserable ['mɪzərəbl] несчáстный, жáлкий

misery ['mɪzərɪ] 1) несчáстье *с*, гóре *с* 2) нищетá *ж* *(poverty)*

misfortune [mɪs'fɔːtʃn] несчáстье *с*

mislead [mɪs'liːd] (misléd) вводúть в заблуждéние

misled [mɪs'led] *past u pp om* misléad

miss I [mɪs] мисс *ж*, *нескл.*, госпожá *ж* *(при úмени незамýжней жéнщины)*

miss II 1. *v* 1) промахнýться, не попáсть

2) упустить; пропустить; ~ the train опоздать на поезд 3) скучать; I'll ~ you badly я буду очень скучать по вас 2. *n* промах *м*

missile ['mɪsaɪl] *воен.* ракета *ж*, ракетное оружие; ballistic ~ баллистическая ракета; ground-to-air ~ ракета класса „земля — воздух"; ántimissile ~ противоракетное оружие

missing ['mɪsɪŋ] недостающий, отсутствующий

mission ['mɪʃn] 1) миссия *ж*; ~ of friendship миссия дружбы 2) поручение *с*; командировка *ж*; go on a ~ поехать в командировку

mist [mɪst] туман *м*, мгла *ж*

mistake [mɪs'teɪk] 1. *n* ошибка *ж*; make a ~ ошибаться 2. *v* (mistook; mistáken) ошибаться; be ~n ошибаться; ~n [-n] *pp от* mistáke

mistook [mɪs'tuk] *past от* mistáke

misunderstand ['mɪsʌndə'stænd] (mísunderstóod) неправильно понять; ~ing [-ɪŋ] недоразумение *с*

misunderstood ['mɪs-ʌndə'stud] *past и pp от* mísunderstánd

mix [mɪks] смешивать (-ся); ~ up спутать, перепутать; ~ture [-tʃə] смесь *ж*; *мед.* микстура *ж*

mob [mɔb] толпа *ж*, сборище *с*

mobile ['məubaɪl] передвижной; подвижной

mobilization [ˌməubɪlaɪ'zeɪʃn] мобилизация *ж*

mock [mɔk] 1. *v* высмеивать, издеваться (at —над) 2. *a* фиктивный; фальшивый; ~ márriage фиктивный брак; ~ery [-ərɪ] издевательство *с*; ~-up [-ʌp] макет *м*, модель *ж* (*исполненная в масштабе*); a ~-up of a supersónic plane макет сверхзвукового самолёта

mode [məud] способ *м*

model ['mɔdl] 1) образец *м* (*standard of excellence*) 2) модель *ж*; wórking ~ действующая модель 3) *иск.* натурщик *м*, натурщица *ж* 4) манекенщица *ж* (*at fashion shows*)

modern ['mɔdən] современный

modest ['mɔdɪst] скромный; ~y [-ɪ] скромность *ж*

moist [mɔɪst] влажный

199

Moldavian [mɔl'deiv|ən] **1.** *a* молда́вский **2.** *n* 1) молдава́нин *м*, молдава́нка *ж* 2) молда́вский язы́к

moment ['məumənt] миг *м*, моме́нт *м*; at the ~ в да́нную мину́ту

monarch ['mɔnək] мона́рх *м*; ~y [-ɪ] мона́рхия *ж*

monastery ['mɔnəstərɪ] монасты́рь *м (мужско́й)*

Monday ['mʌndɪ] понеде́льник *м*

money ['mʌnɪ] де́ньги *мн.*; ~ order де́нежный перево́д; make ~ *разг.* хорошо́ зараба́тывать

Mongol ['mɔŋgɔl] **1.** *a* монго́льский **2.** *n* монго́л *м*, монго́лка *ж*; ~ian [mɔŋ'gəuljən] **1.** *a* монго́льский **2.** *n* 1) монго́л *м*, монго́лка *ж* 2) монго́льский язы́к

monk [mʌŋk] мона́х *м*

monkey ['mʌŋkɪ] обезья́на *ж* ◆ ~ business надува́тельство *с*

monopoly [mə'nɔpəlɪ] монопо́лия *ж*; ~ cápital монополисти́ческий капита́л

monotonous [mə'nɔtnəs] однообра́зный, моното́нный

month [mʌnθ] ме́сяц

м; ~ly [-lɪ] **1.** *n* ежеме́сячник *м* **2.** *a* (еже-)ме́сячный **3.** *adv* ежеме́сячно

monument ['mɔnjumənt] па́мятник *м*, мону́мент *м*

mood [mu:d] настрое́ние *с*

moon [mu:n] луна́ *ж*; full ~ полнолу́ние *с*; new ~ новолу́ние *с*; ~ lánding вы́садка на Луне́; ~light [-laɪt] **1.** *n* лу́нный свет **2.** *v разг.* име́ть дополни́тельный за́работок; „халту́рить"

moral ['mɔrəl] **1.** *n* 1) мора́ль *ж* (*of a story*) 2) *pl* нра́вы *мн.*; нра́вственность *ж* **2.** *a* мора́льный; нра́вственный

more [mɔ:] **1.** *a (сравн. ст. от* much, mány) бо́льший **2.** *adv (сравн. ст. от* much) бо́льше, бо́лее

morning ['mɔ:nɪŋ] у́тро *с*; this ~ сего́дня у́тром

Moroccan [mə'rɔkən] **1.** *a* марокка́нский **2.** *n* марокка́нец *м*, марокка́нка *ж*

mortal ['mɔ:tl] сме́ртный; ~ity [mɔ:'tælɪtɪ] сме́ртность *ж*; ínfant ~ де́тская сме́ртность

mortgage ['mɔ:gɪdʒ] закладна́я *ж*

mosaic [məu'zeiik] мозаика *ж*

Moslem ['mɔzlem] **1.** *a* мусульманский **2.** *n* мусульманин *м*, мусульманка *ж*

mosque [mɔsk] мечеть *ж*

mosquito [məs'ki:təu] комар *м*; москит *м*

most [məust] **1.** *a* (*превосх. ст. от* much, many) наибольший; for the ~ part в основном, вообще **2.** *adv* (*превосх. ст. от* much) наиболее, больше всего **3.** *n* большинство, большая часть; ~ly [-li] главным образом

motel [məu'tel] мотель *м*

mother ['mʌðə] мать *ж*; ~ tongue родной язык; ~-in-law ['mʌðərinlɔ:] тёща *ж* (*wife's mother*); свекровь *ж* (*husband's mother*)

motion ['məuʃn] 1) движение *с*, ход *м*; ~ picture кинофильм *м* 2) предложение *с* (*на собрании*); the ~ is carried предложение принято

motive ['məutiv] мотив *м*, побуждение *с*, повод *м*

motley ['mɔtli] пёстрый

motor ['məutə] двигатель *м*, мотор *м*; ~

cycle мотоцикл *м*; ~ works автозавод *м*; ~-boat [-bəut] катер *м*; ~-car [-ka:] автомобиль *м*

motto ['mɔtəu] девиз *м*, лозунг *м*

mount [maunt] 1) подниматься, влезать; ~ a horse сесть на коня 2) монтировать (*install*)

mountain ['mauntin] гора *ж*; ~ skiing горнолыжный спорт; ~eer [maunti'niə] *спорт.* альпинист *м*; ~eering [maunti'niəriŋ] альпинизм *м*

mourn [mɔ:n] оплакивать; ~ing [-iŋ] траур *м*

mouse [maus] (*pl* mice) мышь *ж*

moustache [məs'ta:ʃ] усы *мн.*

mouth [mauθ] 1) рот *м* 2) отверстие *с* (*outlet*) 3) устье *с* (*of a river*); ~organ [-ɔ:gən] губная гармоника

move [mu:v] **1.** *v* 1) двигать(ся); will you ~ a little, please подвиньтесь, пожалуйста 2) переезжать; ~ into a new flat переехать на новую квартиру 3) вносить предложение: I ~ that the meeting be adjourned я предлагаю объявить перерыв 4) *шахм.* делать ход **2.**

n 1) движе́ние *с*; переме́на ме́ста 2) ход *м*; ~ of the knight *шахм.* ход конём

movement [ˈmuːvmənt] движе́ние *с*

movie [ˈmuːvɪ] **1.** *n* 1) *разг.* (кино)карти́на *ж* 2) *разг.* (*тж.* móvie-house) кино́ *с* (*кинотеатр*) 3) *pl* кино́ *с*; go to the ~s ходи́ть в кино́ **2.** *a*: ~ cámera кинока́мера *ж*; a Súper-8 ~ cámera кинока́мера „Сýпер-8“

mow [məu] (mowed; mown) коси́ть; ~n [-n] *pp om* mow

Mozambican [mɔzəm-ˈbiːkən] **1.** *a* мозамби́кский **2.** *n* жи́тель (жи́тельница) Мозамби́ка

M. P. [ˈemˈpiː] (Mémber of Párliament) член парла́мента

mpg, m.p.g. [ˈemˈpiːˈdʒiː] (miles per gállon) *авто* миль на галло́н (*о расхо́де то́плива*)

mph, m.p.h. [ˈemˈpiːˈeɪtʃ] (miles per hóur) *авто* миль в час (*ско́рость*)

Mr [ˈmɪstə] (míster) господи́н *м*, ми́стер *м* (*при и́мени*)

Mrs [ˈmɪsɪz] (místress) госпожа́ *ж*; ми́ссис *ж* (*при и́мени*)

Ms [mɪz] госпожа́ *ж*, миз *ж* (*при фами́лии,*

без указа́ния на заму́жество)

much [mʌtʃ] (more; most) **1.** *a* мно́го; ~ time is spent потра́чено мно́го вре́мени **2.** *adv* 1) мно́го; véry ~ о́чень мно́го 2) гора́здо; ~ more (bétter) гора́здо бо́льше (лу́чше)

mud [mʌd] грязь *ж*; ~-guard [-gɑːd] *авто* брит. крыло́ *с*

muffler [ˈmʌflə] 1) кашне́ *с, нескл.* (*scarf*) 2) *авто* глуши́тель *м*

mug [mʌg] кру́жка *ж*

multiplication [mʌltɪplɪˈkeɪʃn] умноже́ние *с*

multiply [ˈmʌltɪplaɪ] 1) увели́чивать(ся) 2) *мат.* умножа́ть

mummy I [ˈmʌmɪ] му́мия *ж*

mummy II ма́мочка *ж*

municipal [mjuːˈnɪsɪpəl] муниципа́льный, городско́й; ~ tránsport городско́й тра́нспорт

murder [ˈmɜːdə] **1.** *n* уби́йство *с* **2.** *v* убива́ть; ~er [ˈmɜːdərə] уби́йца *м*

muscle [ˈmʌsl] му́скул *м*, мы́шца *ж*; ~ pull растяже́ние мы́шцы

museum [mjuːˈzɪəm] музе́й *м*

mushroom [ˈmʌʃrum] **1.** *n* гриб *м* (*особ.* шампиньо́н *м*) **2.** *v амер.*

разраста́ться, распространя́ться

music ['mju:zɪk] 1) му́зыка *ж* 2) но́ты *мн.*; play from ~ игра́ть по но́там; ~**al** [-əl] 1. *a* музыка́льный 2. *n* мю́зикл *м*; ~**ian** [mju:'zɪʃn] музыка́нт *м*

must [mʌst] *выража-ет* 1) *долженствование*: I ~ go я до́лжен идти́ 2) *уверенность или ве-роятность*: it ~ be late now тепе́рь, наве́рное, уже́ по́здно

mustard ['mʌstəd] горчи́ца *ж*; ~**pot** [-pɔt] горчи́чница *ж*

mute [mju:t] немо́й

mutiny ['mju:tɪnɪ] мяте́ж *м*

mutton ['mʌtn] бара́нина *ж*; ~ chop бара́нья отбивна́я

mutual ['mju:tʃuəl] взаи́мный, обою́дный

my [maɪ] мой, моя́, моё, мои́; my friend мой друг; my coat моё пальто́

myself [maɪ'self] 1) себя́; -ся; I've burnt ~ я обжёгся 2) *(для уси-ления)* сам, сама́, само́; I saw it ~ я сам э́то ви́дел

mysterious [mɪs'tɪərɪəs] тайнственный

mystery ['mɪstərɪ] тайна *ж*

myth [mɪθ] миф *м*

N

nail [neɪl] 1. *n* 1) но́готь *м* 2) гвоздь *м* *(iron peg)* 2. *v* прибива́ть; ~**file** [-faɪl] пи́лка для ногте́й

naked ['neɪkɪd] го́лый; обнажённый; with a ~ eye невооружённым гла́зом

name [neɪm] 1. *n* 1) *(тж.* first name) и́мя *с;* *(тж.* súrname) фами́лия *ж*; what's your ~? как вас зову́т?; my ~ is Brown моя́ фами́лия Бра́ун; ~ по и́мени 2) наименова́ние *с,* назва́ние *с;* what's the ~ of this street? как называ́ется э́та у́лица? 2. *v* называ́ть; ~**ly** [-lɪ] и́менно, то есть

nap [næp]: take a ~ вздремну́ть

napkin ['næpkɪn] 1) салфе́тка *ж* 2) *брит.* пелёнка *ж* *(diaper)*

narrow ['nærəu] 1) у́зкий; ~ gauge *ж.-д.* у́зкая коле́й 2) ограни́ченный *(limited)*; ~**-minded** [-'maɪndɪd] ограни́ченный, недалёкий

nasty ['na:stɪ] га́дкий

nation ['neɪʃn] 1) на́ция *ж,* наро́д *м;* all ~s of the world все наро́ды ми́ра 2) госуларство *c*, страна *ж* (*country*); ~al [ˈnæʃənl] национа́льный, наро́дный; госуда́рственный; ~al émblem госуда́рственный герб; ~al liberátion móvement национа́льно - освободи́тельное движе́ние; ~ality [næʃəˈnælɪtɪ] 1) гражда́нство *c*, по́дданство *c*; be of the British ~álity быть по́дданным Великобрита́нии 2) национа́льность *ж*

nationalization [ˈnæʃnəlaɪˈzeɪʃn] национализа́ция *ж*

nation-wide [ˈneɪʃnwaɪd] национа́льный; общенаро́дный

native [ˈneɪtɪv] **1.** *n* уроже́нец *м*, коренно́й жи́тель; a ~ of Móscow коренно́й москви́ч **2.** *a* 1) родно́й; ~ land ро́дина *ж* 2) ме́стный; туэе́мный; ~ cústoms ме́стные обы́чаи; ~-born [-bɔːn]: a ~born Américan урождённый америка́нец

NATO [ˈneɪtəu] (North Atlántic Tréaty Organizátion) НА́ТО

natural [ˈnætʃrəl] есте́ственный, приро́дный; quite ~ вполне́, есте́ственно

naturalize [ˈnætʃrəlaɪz] 1) приня́ть гражда́нство; предоста́вить гра-

жда́нство (*of people*) 2) акклиматизи́роваться (*of animals, plants*)

naturally [ˈnætʃrəlɪ] есте́ственно, коне́чно

nature [ˈneɪtʃə] 1) приро́да *ж*; by ~ от приро́ды 2) нату́ра *ж*; draw from ~ рисова́ть с нату́ры 3) хара́ктер *м*; good ~ доброду́шие *c*

naughty [ˈnɔːtɪ] нехоро́ший; непослу́шный; ~ báby капри́зный ребёнок

navigable [ˈnævɪgəbl] судохо́дный

navigation [nævɪˈgeɪʃn] судохо́дство *c*, пла́вание *c*, навига́ция *ж*

navy [ˈneɪvɪ] вое́нно-морско́й флот

Nazi [ˈnɑːtsɪ] **1.** *n* наци́ст *м*, фаши́ст *м* **2.** *a* наци́стский, фаши́стский

Nazism [ˈnɑːtsɪzm] наци́зм *м*, фаши́зм *м*

N-bomb [ˈenbɔm] (néutron bomb) нейтро́нная бо́мба

near [nɪə] **1.** *prep* о́коло; it's ~ lúnch-time ско́ро обе́д **2.** *adv* бли́зко, о́коло; ~ by ря́дом; come ~er подойди́те побли́же **3.** *a* бли́зкий; where is the ~est táxi stand? где ближа́йшая сто́янка такси́?; ~by [-baɪ] сосе́дний, близкий; ~ly [-lɪ] 1) близко 2) почти; it's ~ly five o'clóck почти пять часов

near-sighted ['nɪə'saɪtɪd] близорукий

neat [ni:t] опрятный, аккуратный

necessary ['nesɪsərɪ] необходимый

necessity [nɪ'sesɪtɪ] необходимость *ж;* потребность *ж;* of ~ по необходимости

neck [nek] 1) шея *ж* 2) горлышко *c (of a bottle)* ◇ ~ and ~ *спорт.* голова в голову; ~lace [-lɪs] ожерелье *c;* ~tie [-taɪ] галстук *м*

need [ni:d] **1.** *n* 1) потребность *ж;* нужда *ж;* be (bádly) in ~ of (óстро) нуждаться в 2) бедность *ж,* нужда *ж (poverty)* **2.** *v* 1) нуждаться; I ~ a rest мне нужно отдохнуть 2) *выражает долженствование:* you ~ not wórry вам незачем беспокоиться

needle ['ni:dl] иголка *ж;* ~'s eye игольное ушко; ~work [-wə:k] шитьё *c*

negative ['negətɪv] **1.** *a* отрицательный **2.** *n* 1): to ánswer in the ~ ответить отрицательно 2) *фото* негатив *м*

neglect [nɪ'glekt] пренебрегать; ~ rules пренебрегать правилами

negligence ['neglɪdʒəns] небрежность *ж*

negotiate [nɪ'gəuʃɪeɪt] вести переговоры

negotiation [nɪgəuʃɪ'eɪʃn] переговоры *мн.*

Negro ['ni:grəu] **1.** *a* негритянский; ~ wóman негритянка *ж* **2.** *n* негр *м*

neighbour ['neɪbə] сосед *м,* соседка *ж;* ~hood [-hud] 1) соседство *c;* in the ~hood of около 2) окрестности *мн.;* héalthy ~hood здоровая местность; ~ing ['neɪbərɪŋ] соседний

neither ['naɪðə; *амер.* 'ni:ðə] **1.** *adv* также не; ~... nor ни... ни **2.** *pron* ни тот, ни другой

Nepalese [nepɔ:'li:z] **1.** *a* непальский **2.** *n* непалец *м,* непалка *ж*

nephew ['nevju:] племянник *м*

nerve [nə:v] 1) нерв *м;* get on one's ~s действовать кому-л. на нервы 2) смелость *ж;* дерзость *ж (impudence)*

nervous ['nə:vəs] нервный; feel ~ нервничать, волноваться

nest [nest] гнездо *c*

net I [net] сетка *ж,* сеть *ж;* vólley-ball (tén-

nis) ~ волейбо́льная
(те́ннисная) се́тка
net II чи́стый; не́тто
(о весе); ~ prófit чи́с-
тая при́быль; ~ weight
чи́стый вес
Netherlander ['neðə-
ləndə] нидерла́ндец *м,*
нидерла́ндка *ж*
network ['netwə:k]
се́тка *ж;* сеть *ж;* ráilway ~ железнодоро́ж-
ная сеть
neutral ['nju:trəl] ней-
тра́льный; ~ity [nju:-
'trælɪtɪ] нейтралите́т *м*
neutron ['nju:trɔn]
физ. нейтро́н *м;* ~
bomb нейтро́нная бо́м-
ба
never ['nevə] никог-
да́; I've ~ been here
befóre я никогда́ здесь
ра́ньше не́ был ◆ ~
mind! ничего́!; пустя-
ки́!
nevertheless [nevəðə-
'les] тем не ме́нее, всё-
-таки, одна́ко
new [nju:] 1) но́вый;
~ fáshions после́дние
мо́ды 2) све́жий; ~
milk парно́е молоко́;
~ potátoes молодо́й
карто́фель; ~ píckles
малосо́льные огурцы́;
~-born [-bɔ:n] новорож-
дённый *м;* ~comer
[-'kʌmə] вновь прибы́в-
ший, прие́зжий *м*
newly ['nju:lɪ] 1) не-
да́вно; ~ márrieds

(weds) новобра́чные *мн.*
2) за́ново, вновь
news [nju:z] но́вость
ж, изве́стия *мн.;* what's
the ~? что но́вого?;
~ ítem (газе́тная, ра́-
дио, телевизио́нная)
хро́ника; látest ~ пос-
ле́дние изве́стия; ~
-boy [-bɔɪ] газе́тчик *м*
(разно́счик газе́т); ~
-man [-mæn] 1) = néws-
boy 2) корреспонде́нт
м, репортёр *м (report-
er)*
newspaper ['nju:spei-
pə] газе́та *ж;* mórning
(évening) ~ у́тренняя
(вече́рняя) газе́та
news‖-reel ['nju:zri:l]
кинохро́ника *ж;* кино-
журна́л *м;* ~stand
['nju:zstænd] *амер.* га-
зе́тный кио́ск
New Zealander [nju:-
'zi:ləndə] новозела́ндец
м, новозела́ндка *ж*
next [nekst] 1. *а* сле́-
дующий *(по поря́дку);*
ближа́йший; the ~ day
на сле́дующий день;
~ time в сле́дующий
раз; ~ door ря́дом;
~ year в бу́дущем го-
ду́ 2. *adv* по́сле э́того;
пото́м; what ~? что
да́льше? 3. *prep* ря́дом,
о́коло 4. *n* сле́дующий
м; ~, pléase! сле́дую-
щий!
Nicaraguan [nɪkə'ræ-
gjuən] 1. *а* никарагуа́н-

ский 2. *n* никарагуанец
м, никарагуанка *ж*

nice [naɪs] хороший,
приятный; have a ~
day! всего хорошего!
(доброго!)

nickel ['nɪkl] 1) никель *м* 2) *амер.* монета в пять центов

nickname ['nɪkneɪm]
прозвище *с*

niece [niːs] племянница *ж*

Nigerian [naɪ'dʒɪərɪən]
1. *а* нигерийский 2. *n*
нигериец *м*, нигерийка
ж

night [naɪt] ночь *ж*;
вечер *м*; in the ~ ночью; at ~ вечером;
last (tomorrow) ~ вчера (завтра) вечером; ~-
fall [-fɔːl] сумерки *мн.*;
at ~fall с наступлением темноты; ~-gown
[-gaun] ночная рубашка
(женская)

nightingale ['naɪtɪŋ-
geɪl] соловей *м*

night-school ['naɪt-
skuːl] вечерняя школа

nine [naɪn] 1) девять;
~ hundred девятьсот
2): the ~ *спорт.* бейсбольная команда

nineteen ['naɪn't:n]
девятнадцать; ~th [-θ]
девятнадцатый

ninetieth ['naɪntɪɪθ] девяностый

ninety ['naɪntɪ] девяносто

ninth [naɪnθ] девятый

nitrogen ['naɪtrədʒən]
азот *м*

no [nəu] 1. *part* нет
2. *adv* 1) не *(при сравн.
ст.)*; no more (better)
не больше (лучше) 2)
нет; no, I can't нет,
не могу 3. *а* никакой;
in no time мгновенно;
"no smoking!" ,,не курить!" *(надпись)*

noble ['nəubl] благородный; великодушный

nobody ['nəubədɪ] никто

nod [nɔd] 1) кивать
головой 2) дремать
(doze)

noise [nɔɪz] шум *м*;
make ~ шуметь; ~less
[-lɪs] бесшумный

noisy ['nɔɪzɪ] шумный

nominate ['nɔmɪneɪt]
1) назначать 2) выставлять кандидатуру *(at
election)*

nomination [nɔmɪ'neɪ-
ʃn] 1) назначение с *(на
должность)* 2) выставление кандидатуры *(at
election)*

none [nʌn] 1. *а* никакой; it's ~ of my
business это не моё дело
2. *pron* ни один, никто; ~ but him никто
кроме него 3. *adv* нисколько, совсем не, вовсе не; ~ the better
(worse) нисколько не

лучше (хуже) ◆ ~ the less тем не менее

non-flying [ˈnɔnˈflaɪŋ] нелётный; ~ wéather нелётная погóда

non‖-interference [ˈnɔnɪntəˈfɪərəns], **~-intervention** [-ɪntəˈvenʃn] невмешáтельство с

nonsense [ˈnɔnsəns] вздор м, бессмыслица ж

non-smoker [ˈnɔnˈsməukə] вагóн для некурящих

noodles [ˈnuːdlz] pl лапшá ж

noon [nuːn] пóлдень м; at ~ в двенáдцать часóв дня

nor [nɔː] см. neither

Nordic [ˈnɔːdɪk] скандинáвский; ~ skiing ол. лыжный спорт

norm [nɔːm] нóрма ж; стандáрт м; ~al [-əl] обычный, нормáльный ◆ ~ school амер. педагогическое училище

north [nɔːθ] 1. n céвер м; Far N. Крáйний Céвер 2. a céверный 3. adv на céвер(е), к céверу; ~ from (of) к céверу (от); it lies ~ and south тянется с céвера на юг; ~ern [ˈnɔːðən] céверный; ~ern lights céверное сияние

Norwegian [nɔːˈwiːdʒən]

1. a норвéжский 2. n 1) норвéжец м, норвéжка ж 2) норвéжский язык

nose [nəuz] нос м

nostril [ˈnɔstrɪl] ноздря ж

not [nɔt] не, нет, ни; ~ yet покá ещё нет; ~ a bit of it! нискóлько!; ~ a few мнóгие ◆ ~ at all a) ничуть; б) не стóит благодáрности (in reply to thanks)

note [nəut] 1. n 1) запúска ж; зáпись ж; make a ~ of записáть, отмéтить; take ~s дéлать замéтки 2) дип., муз. нóта ж 3) брит. банкнóта ж (money) 2. v 1) замечáть; отмечáть 2) запúсывать (put down); ~-book [-buk] записнáя книжка

noted [ˈnəutɪd] извéстный

nothing [ˈnʌθɪŋ] ничтó, ничегó; ~ of the kind! ничегó подóбного!

notice [ˈnəutɪs] 1. n 1) извещéние с; предупреждéние с; повéстка ж; I'll give you a month's ~ я предупрежу вас за мéсяц 2) замéтка ж, объявлéние с; a ~ in the páper замéтка в газéте 3) внимание с; take ~ замечать, наблюдать; 2. *v* замечать; as I could ~ по моим наблюдениям; ~**board** [-bɔːd] доска объявлений

notify [ˈnəutifai] извещать, уведомлять

notion [ˈnəuʃn] 1) понятие с, представление с 2) взгляд м, мнение с *(opinion)*

notorious [nəuˈtɔːriəs] 1) известный 2) пользующийся дурной славой *(ill-famed)*

notwithstanding [nɔtwiθˈstændiŋ] 1. *prep* несмотря на 2. *adv* тем не менее, однако 3. *cj* хотя

nought [nɔːt] 1) ничто с, *нескл.*; for ~ даром, зря; bring to ~ сводить на нет 2) ноль м *(zero)*

nourish [ˈnʌriʃ] питать, кормить

novel [ˈnɔvəl] роман м; ~**ist** [-ist] романист м

November [nəuˈvembə] ноябрь м

now [nau] 1. *adv* 1) теперь, сейчас 2) тотчас же; I'm going ~ я уезжаю немедленно 3): just ~! *брит.* сейчас!; right ~! *амер.* сейчас! ◇ ~ and again (~ and then) время от времени, изредка 2. *cj* когда, раз 3. *n* данный

момент; she ought to be here by ~ она должна бы уже быть здесь

nowhere [ˈnəuwɛə] нигде; никуда; be ~ потерпеть поражение

Nr [niə]: Nr Sheffield близ Шеффилда *(на почтовых отправлениях)*

nuclear [ˈnjuːkliə] ядерный; ~ reactor ядерный реактор

nucleus [ˈnjuːkliəs] ядро с

nude [njuːd] *иск.* обнажённая (натура)

nuisance [ˈnjuːsns] неприятность ж, досада ж; what a ~! какая досада!

numb [nʌm] бесчувственный, омертвевший; my toes are ~ with cold пальцы у меня окоченели ◇ ~ feeling чувство внутренней пустоты

number [ˈnʌmbə] 1. *n* 1) число с; количество с; in great ~s в большом количестве 2) номер м; what's the ~ of your house? какой номер вашего дома? 2. *v* насчитывать *(amount to)*

numerous [ˈnjuːmərəs] многочисленный

nun [nʌn] монахиня ж; ~**nery** [-əri] женский монастырь

209

nurse [nə:s] **1.** *n* 1) ня́ня *ж* 2) сиде́лка *ж*, сестра́ *ж (in hospital)* **2.** *v* 1) ня́нчить 2) уха́живать за больны́м *(look after a sick person)*

nursery ['nə:sərɪ] де́тская *ж*; ~ school де́тский сад

nut [nʌt] оре́х *м*

nutritious [nju:'trɪʃəs] пита́тельный

nylon ['naɪlən] **1.** *n* нейло́н *м* **2.** *a* нейло́новый

O

oak [əuk] дуб *м*

ear [ɔ:] весло́ *с*

oarsman ['ɔ:zmən] гребе́ц *м*

oath [əuθ] кля́тва *ж*; прися́га *ж*; on ~ под прися́гой

oatmeal ['əutmi:l] *амер.* овся́нка *ж*; овся́ная ка́ша

oats [əuts] овёс *м*

obedient [ə'bi:djənt] послу́шный

obey [ə'beɪ] слу́шаться, повинова́ться

object I ['ɔbdʒɪkt] 1) предме́т *м*; вещь *ж* 2) цель *ж (purpose)*

object II [əb'dʒekt] возража́ть; I don't ~ не возража́ю; я бы не

прочь *(I don't mind)*; ~**ion** [əb'dʒekʃn] возраже́ние *с*

objective I [ɔb'dʒektɪv] цель *ж*, зада́ча *ж (aim)*

objective II объекти́вный

obligation [ɔblɪ'geɪʃn] 1) обяза́тельство *с* 2) обя́занность *ж (duty)*

oblige [ə'blaɪdʒ] обя́зывать; де́лать одолже́ние; much ~d о́чень вам благода́рен

oboe ['əubəu] *муз.* гобо́й *м*

observant [əb'zə:vənt] наблюда́тельный *(attentive)*

observation [ɔbzə:'veɪʃn] 1) наблюде́ние *с* 2) замеча́ние *с (remark)*

observatory [əb'zə:vətrɪ] обсервато́рия *ж*

observe [əb'zə:v] 1) наблюда́ть; замеча́ть *(notice)* 2) соблюда́ть; ~ the rules соблюда́йте пра́вила 3 де́лать замеча́ния *(remark)*; ~**r** [-ə] наблюда́тель *м*

obstacle ['ɔbstəkl] препя́тствие *с*; take ~s *спорт.* брать препя́тствия; ~**race** [-reɪs] бег (ска́чки) с препя́тствиями

obstruct [əb'strʌkt] затрудня́ть; прегражда́ть

obtain [əb'teɪn] достава́ть, получа́ть

obvious [′ɔbviəs] очевидный; ясный

occasion [ə′keiʒn] 1) случай м 2) повод м, причина ж (ground); ~al [ə′keiʒənəl] случайный, редкий

occupation [ɔkju′peiʃn] 1) род занятий; what is your ~? кем вы работаете? 2) оккупация ж

occupy [′ɔkjupai] 1) занимать; ~ oneself in (with) smth заниматься чем-л.; I'm occupied now сейчас я занят 2) воен. оккупировать

occur [ə′kə:] 1) случаться (happen) 2) приходить на ум; it ~s to me that ... мне думается, что ...; ~rence [ə′kʌrəns] событие с, случай м

ocean [′əuʃn] океан м

o'clock [ə′klɔk]: at three ~ в три часа

October [ɔk′təubə] октябрь м

oculist [′ɔkjulist] окулист м

odd [ɔd] 1) нечётный; ~ number нечётное число 2) странный, необычный (strange) 3) случайный; ~ job случайная работа 4): three ~ kilometres три с лишним километра

odour [′əudə] запах м; аромат м

of [ɔv] 1) от; I learned it of him я узнал это от него; south of Moscow к югу от Москвы 2) об, о; I never heard of it я об этом никогда не слыхал 3) из; what is it made of? из чего это сделано? 4) передаётся род. п.: the end of the story конец истории ◇ of course конечно, разумеется; of late за последнее время

off [ɔf] 1. prep с, со, от; there's a button ~ your dress у вас оторвалась пуговица 2. adv 1) указывает на удаление, расстояние: be ~ уходить; December is six months ~ до декабря ещё полгода 2) указывает на прекращение, завершение: pay ~ выплатить; drink ~ выпить ◇ ~ and on время от времени; be well ~ быть зажиточным 3. a дальний; ~ street переулок м, боковая улица

offence [ə′fens] 1) обида ж; I meant no ~ я не хотел вас обидеть 2) нарушение с; legal ~ правонарушение с; criminal ~ преступление с

offend [ə′fend] 1) обижать 2) быть неприят-

ным; his voice ~s the
ear у него неприятный
голос

offensive [ə'fensiv] **1.**
a 1) оскорбительный;
~ remárk обидное за-
мечáние 2) *воен.* на-
ступáтельный **2.** *n воен.*
наступлéние *с*

offer ['ofə] **1.** *n* предложéние *с*; make an
~ предлагáть **2.** *v* предлагáть; ~ one's hand
(to) подáть рýку; ~
help предложить (ока-
зáть) пóмощь; may I
~ my congratulátions?
разрешите мне поздрá-
вить вас

off-hand ['o:f'hænd]
сдéланный без подго-
тóвки

office ['ofis] 1) учреж-
дéние *с*; контóра *ж*,
бюрó *с, нескл.* 2) кóм-
ната (в учреждéнии),
кабинéт *м*; the chief's
~ кабинéт начáльника
3) дóлжность *ж* (*posi-
tion*) 4) (O.) Министéр-
ство *с* 5) услýга *ж*;
through your good ~s
благодаря вáшим стá-
раниям

officer ['ofisə] 1) дóлж-
ностнóе лицó, чинóв-
ник *м*; públic ~ госу-
дáрственный служащий
2) *воен.* офицéр *м*

official [ə'fiʃəl] **1.** *n*
должностнóе лицó, чи-
нóвник *м*; góvernment

~s правительственные
чинóвники **2.** *a* офици-
áльный, служéбный

often ['ofn] чáсто

oil [oil] 1) нефть *ж*
2) растительное мáсло;
súnflower ~ подсóлнеч-
ное мáсло; ~cloth
[-kloθ] клеёнка *ж*; ~-
-colour [-kʌlə], ~-paint
[-'peint] мáсляная крáс-
ка; ~-painting [-'pein-
tiŋ] 1) картина мáслом
2) живопись мáсляны-
ми крáсками (*art of
painting*)

ointment ['ointmənt]
мазь *ж*

O.K.! ['əu'kei] лáд-
но!; хорошó!; évery-
thing's ~ всё в по-
рядке

old [əuld] 1) стáрый;
~ age стáрость *ж*;
~ man старик *м*; ~
wóman старýха *ж*; how
~ are you? скóлько
вам лет? 2) *при ука-
зании возраста не пе-
реводится:* ten years ~
десяти лет; ~-fashioned
[-'fæʃənd] старомóдный

olive ['oliv] **1.** *n* оливá
ж, маслина *ж* **2.** *a*
оливковый; ~ oil про-
вáнское мáсло

Olympiad [əu'limpiæd]
1) олимпийское четы-
рёхлéтие (*period bet-
ween games*) 2) олимпи-
áда *ж* (*celebration*)

Olympic [əu'limpik]

олимпийский; ~ games Олимпийские игры; ~ Committee (flag, flame, motto, record, symbol) олимпийский комитет (флаг, огонь, девиз, рекорд, символ); ~ village (oath) олимпийская деревня (клятва)

Olympics [əu'limpiks] олимпийские игры; summer (winter) ~ летние (зимние) олимпийские игры .

Omani [əu'ma:ni:] **1.** *a* оманский **2.** *n* оманец *м*, оманка *ж*

omelet(te) ['ɔmlit] омлет *м*

ominous ['ɔminəs] зловещий

omission [ə'miʃn] пропуск *м*; упущение *с*

omit [ə'mit] опускать; пропускать, упускать

on [ɔn] **1.** *prep* 1) на; on the table на столе; put on the counter положить на прилавок; on the right направо 2) в, по; on Saturday в субботу; on the seventh of November седьмого ноября; on arrival по прибытии 3) о, об; write on music писать о музыке **2.** *adv* дальше, вперёд; and so on и так далее; send one's luggage on отослать багаж заранее ◆ the light is on свет горит; what's on tonight? что идёт сегодня? (*в театре, кино и т. п.*); have you a pencil on you? у вас есть (при себе, с собой) карандаш?

once [wʌns] 1) (один) раз; ~ again ещё раз; not ~ ни разу, никогда 2) однажды, некогда, когда-то; ~ upon a time однажды

one [wʌn] **1.** *num* 1) один; ~ and a half полтора; ~ after another друг за другом 2) первый; chapter ~ глава первая; player No 1 игрок под номером первым **2.** *n* один *м*; единица *ж*; ~ at a time, please пожалуйста, не все сразу **3.** *pron* 1) некто, некий, кто-то; ~ day когда-то 2) *не переводится*: ~ must observe the rules необходимо соблюдать правила 3) *заменяет сущ.*: I don't like this badge, give me another ~ мне не нравится этот значок, дайте мне другой

oneself [wʌn'self] себя, -ся; excuse ~ извиниться

one-sided ['wʌn'saidid] односторонний

one-way ['wʌn'wei]: ~ traffic *авто* одностороннее движение; ~

213

street *авто* у́лица с
односторо́нним движе́нием; ~ tícket *амер.*
биле́т в одну́ сто́рону
onion [ʼʌnjən] лук
м; spring ~s зелёный
лук

onlooker [ʼɔnlukə] зри́тель *м;* (случа́йный)
свиде́тель

only [ʼəunlɪ] **1.** *a* еди́нственный **2.** *adv* то́лько; if ~ е́сли бы то́лько **3.** *cj* но

open [ʼəupən] **1.** *a*
откры́тый; the shop is
~ till eight p. m. мага́зин торгу́ет до восьми́ часо́в ве́чера **2.** *v*
1) открыва́ть(ся); отку́поривать 2) начина́ть
(-ся); ~ a méeting откры́ть собра́ние; ~ up
вскрыва́ть(ся); ~ up
the énvelope вскро́йте
конве́рт

opera [ʼɔpərə] о́пера
ж; ~-glasses [-glɑːsɪz]
pl (театра́льный) бино́кль; ~-house [-haus]
о́перный теа́тр

operate [ʼɔpəreɪt] 1)
де́йствовать (*act*) 2)
управля́ть; ~ a machíne управля́ть маши́ной 3) *мед.* опери́ровать (on *smb* for ... —
кого-л. по по́воду ...)

operation [ɔpəʼreɪʃn] 1)
де́йствие *с;* рабо́та *ж*
(*машины и т. п.*) 2)
мед. опера́ция *ж*

opinion [əʼpɪnjən] мне́ние *с;* in my ~ по
моему́ мне́нию

opponent [əʼpəunənt]
спорт. проти́вник *м*

opportunity [ɔpəʼtjuːnɪtɪ] удо́бный слу́чай;
возмо́жность *ж*

oppose [əʼpəuz] 1) противопоставля́ть (with,
agáinst) 2) проти́виться;
~ the resolútion отклони́ть резолю́цию; who
is ~d? кто про́тив?

opposite [ʼɔpəzɪt] **1.** *n*
противополо́жность *ж*
2. *a* противополо́жный;
in the ~ diréction в обра́тную сто́рону **3.** *prep,*
adv (на)про́тив; the
house ~ дом напро́тив

opposition [ɔpəʼzɪʃn] 1)
сопротивле́ние *с (resistance)* 2) оппози́ция *ж;*
Lábour ~ лейбори́стская оппози́ция

oppress [əʼpres] угнета́ть; ~ion [əʼpreʃn] угнете́ние *с;* ~or [-ə] угнета́тель *м*

or [ɔː] 1) и́ли; húrry
~ we'll be late скоре́е,
а то мы опозда́ем 2)
см. éither

oral [ʼɔːrəl] у́стный

orange [ʼɔrɪndʒ] **1.** *n*
апельси́н *м* **2.** *a* 1)
ора́нжевый 2) апельси́новый; ~ juice апельси́новый сок

oratorio [ɔrəʼtɔːrɪəu]
муз. орато́рия *ж*

orchard ['ɔ:tʃəd] фрукто́вый сад; **chérry ~** вишнёвый сад

orchestra ['ɔ:kistrə] 1) орке́стр *м* 2) (*тж.* órchestra seats): the ~ *амер.* партёр *м*

order ['ɔ:də] **1.** *n* 1) поря́док *м*; ~ of the day пове́стка (поря́док) дня; be out of ~ быть не в поря́дке 2) прика́з *м* (*command*) 3) заказ *м*; ~ cóunter стол заказов; made to ~ сде́ланный на зака́з 4) о́рден *м* (*badge*) ◆ in ~ that с тем чтобы **2.** *v* 1) прика́зывать (*command*) 2) зака́зывать; ~ dínner зака́ать обе́д

ordinary ['ɔ:dnri] обы́чный, заура́дный; просто́й

ore [ɔ:] руда́ *ж*

organ ['ɔ:gən] 1) о́рган *м* 2) *муз.* орга́н *м*; **~ic** [ɔ:'gænik] органи́ческий

organization [ɔ:gənai'zeiʃn] организа́ция *ж*; mass ~ ма́ссовая организа́ция

organize ['ɔ:gənaiz] организо́вывать; основа́ть; **~r** [-ə] организа́тор *м*

Orient ['ɔ:riənt] Восто́к *м*, восто́чные стра́ны

oriental [ɔri'entl] восто́чный

origin ['ɔridʒin] 1) исто́чник *м*, нача́ло с 2) происхожде́ние с (*birth*); **~al** [ə'ridʒənl] **1.** *n* подли́нник *м* **2.** *a* 1) первонача́льный 2) подли́нный; **~al** pícture подли́нная карти́на; 3) оригина́льный; **~al** invéntion оригина́льное изобрете́ние

ornament 1. *n* ['ɔ:nəmənt] украше́ние с, орна́мент *м* **2.** *v* ['ɔ:nəment] украша́ть

orphan ['ɔ:fən] сирота́ *м* и *ж*; **~age** [-idʒ] де́тский дом, прию́т *м*

Oscar ['ɔskə] *амер.* „О́скар" *м* (*золота́я статуэ́тка — ежего́дная пре́мия Америка́нской акаде́мии киноиску́сства*)

other ['ʌðə] **1.** *a* друго́й, ино́й; in ~ words други́ми слова́ми **2.** *pron* друго́й; some day or ~ когда́-нибудь; **~wise** [-waiz] и́наче; в проти́вном слу́чае

ottoman ['ɔtəumən] тахта́ *ж*

ought [ɔ:t] *выража́ет долженствова́ние, вероя́тность*: you ~ to know that ... вам бы сле́довало знать, что...; it ~ to be ready soon наве́рно, это бу́дет ско́ро гото́во

ounce [auns] у́нция *ж*

215

our ['auə] наш, на́ша, на́ше, на́ши; where are ~ seats? где на́ши места́?; ~ friends на́ши друзья́; ~s [-z] наш, на́ша, на́ше; he is a friend of ~s он наш друг

ourselves [auə'selvz] 1) себя́; -ся; we must wash ~ нам на́до умы́ться 2) *(для усиле́ния)* са́ми; we'll go there ~ мы са́ми туда́ пое́дем

out [aut] **1.** *adv* 1) вне, из, нару́жу; he is ~ он вы́шел 2) *показывает завершение чего-либо:* before the week is ~ до конца́ неде́ли 3) *указывает на отклонение от нормы:* ~ of repair не в поря́дке; ~ of time несвоевре́менно 4) *спорт.* вне игры́ ◇ be ~ бастова́ть; have the tickets ~! приготовьте биле́ты! **2.** *prep:* ~ of из; по; ~ of the room из ко́мнаты; ~ of necessity по необходи́мости

outback ['autbæk] *австрал.* неосво́енные зе́мли, глуби́нка *ж*; ~ life жизнь в глуши́

outbid [aut'bid] (outbid) предложи́ть лу́чшие усло́вия *(цену и т. п.)*

мо́tor подвесно́й мото́р

outbreak ['autbreik] 1) взрыв *м* вспы́шка *ж* 2) нача́ло *с (beginning)*

outcome ['autkʌm] результа́т *м*, исхо́д *м*

outdated [aut'deitid] устаре́вший

outdid [aut'did] *past от* outdó

outdo [aut'du:] (outdid; outdóne): ~ smb in smth превзойти́ кого́-либо в чём-л.

outdone [aut'dʌn] *pp от* outdó

outdoors 'aut'dɔ:z] на откры́том во́здухе

outer ['autə] вне́шний, нару́жный; ~space ко́смос *м*, косми́ческое простра́нство

outfit ['autfit] снаряже́ние *с;* обору́дование *с;* ~ for a vóyage снаряже́ние для экспеди́ции

outgrew [aut'gru:] *past от* outgrów

outgrow [aut'grou] (outgréw; outgrówn) 1) вы́расти (из); he outgréw his suit он вы́рос из своего́ костю́ма 2) *(тж. перен.)* перераста́ть; he outgréw his father он переро́с отца́; ~n [-n] *pp от* outgrów

outing ['autiŋ] пое́здка (за́ город)

outlet ['autlet] 1) вы́ход *м;* лазе́йка *ж* 2)

фирменный магазин *(с оптовыми ценами)*

outline ['autlaɪn] набросок *м;* in ~ в общих чертах; ~ history of... очерк истории...

outlive [aut'lɪv] пережить *(outlast);* отживать; ~ their opponents продержаться дольше своих соперников

outlook ['autluk] 1) вид *м,* перспектива *ж* 2) кругозор *м,* мировоззрение *с;* wide ~ широкий кругозор

outmoded ['aut'məudɪd] вышедший из моды

outnumber [aut'nʌmbə] иметь численное превосходство; they ~d us two to one их было вдвое больше нас

out-of-date ['autəv'deɪt] устаревший, устарелый; вышедший из моды

output ['autput] добыча *ж;* выпуск *м;* ~ of coal добыча угля

outrageous [aut'reɪdʒəs] неистовый; возмутительный

outset ['autset] начало *с (beginning)*

outside ['aut'saɪd] **1.** *a* наружный **2.** *adv* снаружи; ~r [-ə] 1) чужак *м* 2) *спорт.* аутсайдер *м*

outskirts ['autskə:ts] *pl*

окраина города *(suburbs)*

outsmart [aut'sma:t] *разг.* перехитрить *(smb — кого-л.)*

outstanding [aut'stændɪŋ] выдающийся, знаменитый

outstrip [aut'strɪp] обгонять, перегонять

outweigh [aut'weɪ] перевешивать, быть более значительным *и т. п.*

oven ['ʌvn] печь *ж,* духовка *ж*

over ['əuvə] **1.** *prep* 1) над; выше; ~ one's head над головой 2) через; за; jump ~ a ditch прыгнуть через канаву 3) по; all ~ the city по всему городу ◇ ~ the signature за подписью **2.** *adv* 1) свыше; ten times ~ более десяти раз 2) повсюду; the world ~ по всему свету 3) *указывает на окончание действия, процесса:* the concert is ~ концерт окончен ◇ ~ there вон там

overall ['əuvərɔ:l] 1) *брит.* (женская) спецодежда 2) *pl* комбинезон *м*

overboard ['əuvəbɔ:d] за бортом

overburden [əuvə'bə:dn] *перен* перегружать

overcame [ˌəuvəˈkeɪm] *past om* overcóme

overcast [ˌəuvəˈkɑːst]: ~ skies нéбо, затя́нутое ту́чами

overcharge [ˈəuvətʃɑːdʒ] назначáть сли́шком высóкую цéну; „ободрáть" *разг.*

overcoat [ˈəuvəkəut] пальтó *с, нескл.*

overcome [ˌəuvəˈkʌm] (overcáme; overcóme) поборóть; преодолéть

overdue [ˈəuvəˈdjuː] запоздáлый, просрóченный; your rent is ~ вы просрóчили платёж за кварти́ру

over-exposure [ˈəuvərɪksˈpəuʒə] *фото* передéржка *ж*

overhead 1. *adv* [ˈəuvəˈhed] наверху́, над головóй **2.** *a* [ˈəuvəhed] 1) вéрхний; ~ railway подвеснáя дорóга 2): ~ charges (expénses) накладны́е расхóды

overhear [ˌəuvəˈhɪə] (overhéard) нечáянно услы́шать; ~d [ˌəuvəˈhɜːd] *past u pp om* overhéar

overkill [ˈəuvəkɪl](*тж.* óverkill capácity) *воен. полит.* спосóбность многокрáтного уничтожéния

overlap [ˈəuvəlæp] части́чно дубли́ровать, перекрывáть (друг дру́га)

overload [ˈəuvələud] **1.** *v* перегрузи́ть **2.** *n косм.* перегрýзки *мн.*

overlook [ˌəuvəˈluk] не замéтить, проглядéть

overnight [ˈəuvəˈnaɪt] **1.** *adv* 1) нá ночь; we want to stay here ~ мы хоти́м переночевáть здесь 2) внезáпно, срáзу; we cánnot do it ~ э́то невозмóжно сдéлать так срáзу **2.** *a* 1) на одну́ ночь; an ~ stop останóвка на одну́ ночь 2) внезáпный; it becáme an ~ sensátion неожи́данно э́то стáло сенсáцией

overpass [ˈəuvəpɑːs] 1) пешехóдный перехóд (*for pedestrians*) 2) путепровóд *м* (*for cars*)

over-production [ˈəuvəprəˈdʌkʃn] перепроизвóдство *с*

overrate [ˈəuvəreɪt] переоцéнивать

oversea(s) [ˈəuvəˈsiː(z)] **1.** *a* замóрский, заокеáнский; ~ trade внéшняя торгóвля **2.** *adv* за мóрем

overshoe [ˈəuvəʃuː] галóша *ж,* бóт(ик) *м*

oversight [ˈəuvəsaɪt] недосмóтр *м;* by (through) ~ по недосмóтру

oversize [ˈəuvəsaɪz] (óчень) большóго размéра

overtake [ˌəuvəˈteɪk]

(overtóok; overtáken) 1)
догнáть *(catch up with)*
2) *брит. авто* пере-
гнáть, обогнáть 3) за-
стúгнуть врасплóх
(come suddenly upon);
~n [-n] *pp om* overtáke
   overthrew [əuvə'θru:]
past om overthrów
   overthrow [əuvə'θrəu]
(overthréw; overthrówn)
1) опрокúдывать 2) сверг-
гáть *(defeat)*; ~n [-n]
pp om overthrów
   overtook ['əuvə'tuk]
past om overtáke
   overture ['əuvətjuə]
муз. увертюра *ж*
   overturn [əuvə'tə:n] 1)
опрокúдывать 2) сверг-
гáть *(defeat)*
   overwhelming [əuvə-
'welmiŋ] подавляющий,
превосходящий; ~ ma-
jórity подавляющее
большинствó
   owe [əu] быть дóл-
жным; быть обязан-
ным; how much do I
~ you? скóлько я вам
дóлжен? ◇ an "I ~
you" долговáя распúска
   owing ['əuiŋ]: ~ to
вслéдствие, благодаря
   owl [aul] совá *ж*
   own [əun] 1. *a* сóб-
ственный 2. *v* 1) облá-
дáть; владéть 2) при-
знавáть(ся) *(admit)*
   owner ['əunə] облá-
дáтель *м*; владéлец *м*;
~ship [-ʃip] владéние *с*

ox [ɔks] *(pl* óxen) вол
м
   oxygen ['ɔksidʒən] ки-
слорóд *м*
   oyster ['ɔistə] ýстрица
ж

P

   pace [peis] 1) шаг *м*
2) темп *м*; at a good
~ быстро; set the ~
задáть темп
   pacific [pə'sifik] 1)
мúрный 2) (P.) *геогр.*
тихоокеáнский
   pack [pæk] 1. *n* 1)
пáчка *ж*, тюк *м*; ~
of cigaréttes *амер.* пáчка сигарéт 2) *брит.
карт.* колóда *ж* 2. *v*
1) упакóвывать 2) за-
полнять; the hall (stá-
dium) is ~ed зал (ста-
диóн) пóлон; ~ up
упакóвываться; ~age
амер. [-idʒ] пакéт *м*,
свёрток *м*
   packet ['pækit] *брит.*
связка *ж*, пáчка *ж*;
~ of cigaréttes пáчка
сигарéт
   pact [pækt] пакт *м*
дóговóр *м*; non-aggréss-
sion ~ дóговóр о не-
нападéнии
   paddle ['pædl] *спорт.*
1. *n* корóткое веслó 2.
v грестú одним вес-
лóм

page [peɪdʒ] страни́ца ж

paid [peɪd] *past и. pp om* pay 1

pail [peɪl] ведро́ с

pain [peɪn] 1) боль ж 2) *pl* стара́ния *мн.*; труды́ *мн.*; take ~s стара́ться; ~ful [-ful] 1) боле́зненный 2) печа́льный; ~ful expérience печа́льный о́пыт

paint [peɪnt] 1. *n* кра́ска ж 2. *v* 1) кра́сить 2) писа́ть кра́сками; ~ in oil писа́ть ма́слом; ~er [-ə] 1) живопи́сец *м*; pórtrait ~er портрети́ст *м* 2) (*тж.* house páinter) маля́р *м*; ~ing [-ɪŋ] 1) жи́вопись ж; ро́спись ж (*стен и т. п.*) 2) карти́на ж (*picture*)

pair [pɛə] 1) па́ра ж; чета́ ж 2) па́ра ж (*чего-л.*); a ~ of shoes па́ра боти́нок 3) *спорт.* (*академическая гребля*) дво́йка ж; ~ with (without) cóxswain (распашна́я) дво́йка с рулевы́м (без рулево́го); ~s *ол.* (*фигурное катание*) па́рное ката́ние

Pakistan [pɑːkɪsˈtɑːn] пакиста́нский; ~i [-ɪ] пакиста́нец, *м*, пакиста́нка ж

pal [pæl] *разг.* прия́тель *м*, това́рищ *м*

palace [ˈpælɪs] дворе́ц *м*

pale [peɪl] бле́дный

palm I [pɑːm] ладо́нь ж

palm II па́льма ж (*tree*)

pamphlet [ˈpæmflɪt] 1) памфле́т *м* 2) брошю́ра ж (*booklet*)

Pan Am [ˈpænˈæm] (Pán-Américan (Áirways) „Пан Американ (Эру-эйз)" (*американская авиакомпания*)

Panamanian [pænəˈmeɪnjən] 1. *a* панам́ский 2. *n* жи́тель (жи́тельница) Пана́мы

Pan-American [ˈpænəˈmerɪkən] панамерика́нский

pancake [ˈpænkeɪk] блин *м*; ола́дья ж

pane [peɪn] око́нное стекло́

panel [ˈpænl] 1) гру́ппа специали́стов, коми́ссия ж; ~ of éxperts эксперт́ная коми́ссия 2) (*тж.* discússion pánel) гру́ппа уча́стников ра́дио- или телевизио́нной диску́ссии

pang [pæŋ] о́страя боль

panic [ˈpænɪk] па́ника ж

pansy [ˈpænzɪ] лютики гла́зки

pantie-girdle [ˈpæntiˈɡəːdl] по́яс-трусы́ *м*

panties ['pæntɪz] pl (женские или детские) трусики

pants [pænts] pl 1) амер. брюки мн.; ~ suit женский брючный костюм 2) брит. кальсоны мн.; трусы мн.

pantyhose ['pæntɪhəuz] (тж. pl) колготки мн.

paper ['peɪpə] 1) бумага ж; photographic ~ фотобумага ж 2) (тж. wallpaper) обои мн. 3) газета ж; where's the morning ~? где утренняя газета? 4) pl документы мн. (documents)◇ ~ streamers серпантин м; ~back [-bæk] 1. n книга в бумажном переплёте 2. a в бумажном переплёте; ~back edition дешёвое издание; ~-weight [-weɪt] пресс-папье с, нескл.

Papuan ['pæpjuən] 1. a папуасский 2. n папуас м, папуаска ж

Papua New Guinean ['pæpjuənju:'gɪnɪən] житель (жительница) (Папуа Новой Гвинеи

parachute ['pærəʃu:t] парашют м

parade [pə'reɪd] парад м

paradise ['pærədaɪs] рай м

paragraph ['pærəgra:f] 1) абзац м 2) пункт м,

параграф м; operative ~ one первый пункт резолютивной части 3) заметка ж (newspaper item)

Paraguayan [pærə'gwaɪən] 1. a парагвайский 2. n парагваец м, парагвайка ж

parallel ['pærəlel] 1. a параллельный 2. n параллель ж

paralyse ['pærəlaɪz] парализовать

parasite ['pærəsaɪt] паразит м

parasol ['pærəsɔl] зонтик от солнца

parcel ['pa:sl] брит. пакет м; посылка ж; send by ~ post послать посылкой

pardon ['pa:dn] 1. n прощение с; I beg your ~ простите меня 2. v прощать

parents ['pɛərənts] pl родители мн.

park [pa:k] 1. n 1) парк м 2) (тж. national park) заповедник м 2. v поставить на стоянку, запарковать (автомашину); "no ~ing" „стоянка запрещена" (надпись); ~ing [-ɪŋ]: ~ing lot амер. (охраняемая) автостоянка; ~ing meter (парковочный) счётчик ◇ ~ing orbit косм. промежуточная орбита

parkway ['pɑ:kweɪ] па́рковое шоссе́ *(обычн. иду́щее в поло́се парко́вых насажде́ний)*

parliament ['pɑ:ləmənt] парла́мент *м*

parlour ['pɑ:lə] гости́ная *ж*

parody ['pærədɪ] паро́дия *ж*

parquet ['pɑ:keɪ] парке́т *м*

parrot ['pærət] попуга́й *м*

part [pɑ:t] **1.** *n* 1) часть *ж*, до́ля *ж* 2): take ~ in *smth* уча́ствовать в чём-л. 3) роль *ж*; play (act) the ~ of игра́ть роль 4) сторона́ *ж (в спо́ре и т.п.);* for my ~ ... что каса́ется меня́ ... 5) *муз.* па́ртия *ж* 6) *pl тех.* ча́сти *мн.*; spare ~s запасны́е ча́сти **2.** *v* 1) разделя́ть(ся), отделя́ть(ся) 2) расстава́ться; let's ~ friends расста́немся друзья́ми 3) де́лать пробо́р *(about hair)*

partial ['pɑ:ʃəl] 1) части́чный 2) пристра́стный *(biased)*

participate [pɑ:'tɪsɪpeɪt] принима́ть уча́стие, уча́ствовать

participation [pɑ:tɪsɪ'peɪʃn] уча́стие *с*

particular [pə'tɪkjulə] **1.** *a* 1) осо́бый; осо-бенный 2) разбо́рчивый; I'm not ~ about food я не тре́бователен в еде́ **2.** *n*: in ~ в ча́стности, в осо́бенности; ~ly [-lɪ] осо́бенно, в ча́стности

parting ['pɑ:tɪŋ] 1) расстава́ние *с*; разлу́ка *ж* 2) пробо́р *м*; middle (side) ~ прямо́й (косо́й) пробо́р

partisan [pɑ:tɪ'zæn] **1.** *n* 1) сторо́нник *м*, приве́рженец *м*; ~ of peace сторо́нник ми́ра 2) партиза́н *м (guerilla)* **2.** *a* предвзя́тый; ~ view предвзя́тое мне́ние

partly ['pɑ:tlɪ] части́чно, отча́сти

partner ['pɑ:tnə] 1) партнёр *м* 2) *ком.* компаньо́н *м*

partridge ['pɑ:trɪdʒ] куропа́тка *ж*

part-time ['pɑ:t'taɪm]: ~ worker рабо́чий, за́нятый непо́лный рабо́чий день; совмести́тель *м*; ~ teacher преподава́тель-почасови́к *м*; ~ student студе́нт-зао́чник *м (studying by correspondence);* студе́нт вече́рнего отделе́ния

party I ['pɑ:tɪ] па́ртия *ж*; the Communist P. of the Soviet Union Коммунисти́ческая па́ртия Сове́тского Сою́за; ~ card парти́йный биле́т; ~ member член па́ртии

party II 1) гру́ппа *ж* 2) приём госте́й; ве́чер *м*; вечери́нка *ж*; dinner ~ зва́ный обе́д 3) *юр.* сторона́ *ж*

pass [pɑ:s] **1.** *v* 1) проходи́ть, проезжа́ть; let me ~ разреши́те пройти́ 2) *амер. авто, спорт.* обгоня́ть 3) прекраща́ться *(stop)* 4) передава́ть; will you ~ the bread, please? переда́йте, пожа́луйста, хлеб 5) приня́ть *(о законе и т. п.)*; ~ the bill одо́брить законопрое́кт; 6) *спорт., карт.* пасова́ть **2.** *n* 1) про́пуск *м*; a ~ to the stádium про́пуск на стадио́н 2) *(обыкн.* free pass) беспла́тный биле́т; контрама́рка *ж* 3) *спорт.* пас *м*

passage ['pæsɪdʒ] прохо́д *м*, прое́зд *м*; book the ~ купи́ть биле́т на парохо́д

passenger ['pæsɪndʒə] пассажи́р *м*

passer-by ['pɑ:sə'baɪ] прохо́жий *м*

passion ['pæʃn] 1) страсть *ж*, пыл *м* 2) гнев *м*, я́рость *ж* *(anger)*; ~ate ['pæʃənɪt] стра́стный

passive ['pæsɪv] пасси́вный, безде́ятельный

passport ['pɑ:spɔ:t] па́спорт *м*

past [pɑ:st] **1.** *n* про́шлое *с*; in the ~ в про́шлом **2.** *a* про́шлый, мину́вший **3.** *adv* ми́мо; walk ~ пройти́ ми́мо **4.** *prep* за, по́сле; ми́мо; ride ~ the house прое́хать ми́мо до́ма

paste [peɪst] кле́ить, скле́ивать

pastel ['pæstel] пасте́ль *ж*

pastor ['pɑ:stə] *рел.* па́стор *м*

pastry ['peɪstrɪ] конди́терские изде́лия; ~ shop конди́терская *ж*

pasture ['pɑ:stʃə] па́стбище *с*

patch [pætʃ] **1.** *v* лата́ть, чини́ть *(mend)* **2.** *n* запла́та *ж*

patent ['peɪtənt] **1.** *a* 1) я́вный *(clear)* 2) патенто́ванный; ~ léather лакиро́ванная ко́жа **2.** *n* пате́нт *м*

path [pɑ:θ] 1) доро́жка *ж*, тропи́нка *ж* 2) путь *м* *(тж. перен.)*

patience ['peɪʃəns] терпе́ние *с*; I have no ~ with him он выво́дит меня́ из терпе́ния

patient ['peɪʃənt] **1.** *a* терпели́вый **2.** *n* пацие́нт *м*, больно́й *м*

patriot ['peɪtrɪət] патрио́т *м*; ~ic [pætrɪ'ɔtɪk] патриоти́ческий

patron ['peɪtrən] 1) покрови́тель *м*; патро́н

м 2) постоя́нный покупа́тель, постоя́нный посети́тель *(client)*

patronymic [pætrə'nɪmɪk] о́тчество с

pattern ['pætən] 1) образе́ц м 2) узо́р м *(design)*

patty ['pætɪ] пирожо́к м

pause ['pɔ:z] 1. n па́уза ж; переды́шка ж 2. v остана́вливать(ся); де́лать па́узу

pave [peɪv] мости́ть; ~ment [-mənt] 1) *брит.* тротуа́р м 2) *амер.* мостова́я ж

pavilion [pə'vɪljən] 1) пала́тка ж 2) павильо́н м; céntral ~ гла́вный павильо́н

paw [pɔ:] ла́па ж

pawn [pɔ:n] *шахм.* пе́шка ж

pay [peɪ] 1. v (paid) 1) плати́ть; опла́чивать; ~ (in) cash плати́ть нали́чными 2) ока́зывать *(внимание и т. п.)*; де́лать *(комплимент и т. п.)*; we paid him a vísit мы его́ навести́ли 3) окупа́ться; it dóesn't ~ to go there туда́ не сто́ит идти́ 2. n 1) пла́та ж 2) жа́лованье с; what's your ~? ско́лько вы получа́ете?; ~-box [-bɔks], ~-desk [-desk] ка́сса ж

payload ['peɪləud] (поле́зная) нагру́зка

payment ['peɪmənt] пла́та ж, упла́та ж, платёж м

pea [p:] горо́х м; green ~s зелёный горо́шек

peace [pi:s] 1) мир м; work for ~ боро́ться за мир; P. Cóngress конгре́сс сторо́нников ми́ра; ~ suppórters (ádvocates, chámpions) сторо́нники ми́ра; ~ móvement движе́ние за мир 2) поко́й м, тишина́ ж *(tranquillity)*; ~!ul [-ful] ми́рный, споко́йный

peace-loving ['pi:slʌvɪŋ] миролюби́вый; ~ nátions миролюби́вые наро́ды

peach [p:tʃ] пе́рсик м

peacock ['pi:kɔk] павли́н м

peak [pi:k] 1) пик м, верши́на ж 2) вы́сшая то́чка *(the highest point)*

peanut ['pi:nʌt] земляно́й оре́х, ара́хис м

pear [pɛə] гру́ша ж

pearl [pə:l] жёмчуг м

peasant ['pezənt] крестья́нин м

peat [pi:t] торф м

pebble ['pebl] га́лька ж

peculiar [pɪ'kju:ljə] 1) осо́бенный *(special)*; ~

to свойственный 2) странный *(strange)*; ~ity [pɪkjuːlɪˈærɪtɪ] особенность *ж*

pedestrian [pɪˈdestrɪən] пешеход *м*; ~ crossing пешеходный переход

peel [piːl] 1. *n* кожура *ж*; корка *ж*; orange ~ апельсиновая корка 2. *v* чистить *(картофель и т. п.)*

peer [pɪə] пэр *м*, лорд *м (lord)*

peg [peg] вешалка *ж*; hat ~ вешалка для шляп

pen [pen] перо *с (писчее)*, ручка *ж*

penalize [ˈpiːnəlaɪz] 1) наказывать 2) *спорт.* штрафовать

penalty [ˈpenltɪ] 1) наказание *с*; death ~ смертный приговор 2) *спорт.* штраф *м*; ~ area штрафная площадка; ~ throw штрафной бросок; ~ point штрафное очко; ~ shot штрафной бросок

pencil [ˈpensl] карандаш *м*, in ~ (написанный) карандашом

penetrate [ˈpenɪtreɪt] проникать внутрь

peninsula [pɪˈnɪnsjulə] полуостров *м*

penknife [ˈpennaɪf] перочинный нож

penny [ˈpenɪ] 1) пенни *с, нескл.* 2) *амер.*

разг. центик *м (одн/центовая монета)*

pension [ˈpenʃn] пенсия *ж*

Pentagon [ˈpentəgən] Пентагон *м (военное министерство США)*

pentathlon [penˈtæθlən] *спорт. ол.* пятиборье *с (track and field)*; modern ~ современное пятиборье

people [ˈpiːpl] 1) народ *м*; нация *ж* 2) люди *мн.*; население *с*; young ~ молодёжь *ж*

pepper [ˈpepə] перец *м*; ~box [-bɔks] перечница *ж*

per [pəː]: ~ ánnum в год; ~ cápita production производство на душу населения

perceive [pəˈsiːv] 1) воспринимать *(apprehend)* 2) ощущать *(feel)*

per cent [pəˈsent] процент *м*

percussion [pəˈkʌʃn]: ~ instruments *муз.* ударные инструменты; ~ist [-ɪst] *муз.* ударник *м*

perennial [pəˈrenjəl] 1) вечный *(unceasing)* 2) *бот.* многолетний

perfect [ˈpəːfɪkt] совершённый; he speaks ~ English он свободно говорит по-английски

perform [pəˈfɔːm] исполнять, выполнять; ~

ed by... в исполне́-
нии...; ~ance [-əns]
1) исполне́ние с 2)
театр. представле́ние с
    perfume   [ʹpəːfjuːm]
духи́ *мн.;* ~ry [pəʹfjuː-
məri] парфюме́рия *ж*
    perhaps [pəʹhæps] мо́-
жет быть, возмо́жно
    period [ʹpɪərɪəd] пери́-
од *м;* промежу́ток вре́-
мени *(space of time)*
    perish [ʹperɪʃ] ги́бнуть,
погиба́ть
    permanent   [ʹpəːmə-
nənt] постоя́нный
    permission [pəʹmɪʃn]
позволе́ние с, разреше́-
ние с; with your ~ с
ва́шего позволе́ния
    permit 1. *v* [pəʹmɪt]
разреша́ть, позволя́ть 2.
n [ʹpəːmɪt] про́пуск *м,*
разреше́ние с *(доку-
мент);* learner's   ~
амер. авто учени́ческие
права́
    perpendicular [pəːpən-
ʹdɪkjulə] перпендику-
ля́рный
    perplex [pəʹpleks] ста́-
вить в тупи́к, озада́чи-
вать
    persecute [ʹpəːsɪkjuːt]
пресле́довать, подвер-
га́ть гоне́ниям
    Persian [ʹpəːʃən] 1. *a*
перси́дский 2. *n* 1) перс
м, персия́нка *ж* 2) пер-
си́дский язы́к
    persist [pəʹsɪst] упо́р-
ствовать, наста́ивать

    person [ʹpəːsn] чело-
ве́к *м;* in ~ ли́чно;
~al [-əl] ли́чный; ~
ally [-əlɪ] ли́чно
    perspire [pəsʹpaɪə] по-
те́ть
    persuade   [pəʹsweɪd]
убежда́ть (of ~ в чём-
-либо)
    Peruvian [pəʹruːvjən]
1. *a* перуа́нский 2. *n*
перуа́нец *м,* перуа́нка
ж
    pet [pet] 1. *n* люби́-
мец *м (favourite)* 2. *v*
балова́ть
    petal [ʹpetl] лепесто́к
м
    petition [pɪʹtɪʃn] пе-
ти́ция *ж,* проше́ние с
    petrol [ʹpetrəl] бен-
зи́н *м;* ~station [-ʹsteɪ-
ʃn] бензоколо́нка *ж*
    petticoat   [ʹpetɪkəut]
ни́жняя ю́бка
    petty [ʹpetɪ] ме́лкий;
ме́лочный; ~ bourgeoi-
sie ме́лкая буржуази́я
    Ph. D.   [ʹpiːʹeɪtʃʹdiː]
(Doctor of Philosophy)
до́ктор филосо́фии *(учё-
ная степень по гума-
нитарным наукам, со-
ответствует званию
кандидата наук в
СССР)*
    philharmonic [fɪlɑː-
ʹmɔnɪk]: ~ society фи-
лармо́ния *ж*
    Philipino [fɪlɪʹpiːnəu]
филиппи́нец *м,* филип-
пи́нка *ж*

Philippine ['fɪlɪpi:n] филиппи́нский

philology [fɪ'lɔlədʒɪ] филоло́гия ж

philosopher [fɪ'lɔsəfə] фило́соф м

philosophy [fɪ'lɔsəfɪ] филосо́фия ж

phone [fəun] **1.** n телефо́н м; by (óver) the ~ по телефо́ну **2.** v звони́ть по телефо́ну; I ~d you twice я вам звони́л два́жды

photograph ['fəutə-graːf] **1.** n фотогра́фия ж, сни́мок м **2.** v фотографи́ровать; ~er [fə-'tɔgrəfə] фото́граф м; press ~er фоторепортёр м; ~er's фотогра́фия ж (ателье́)

phrase [freiz] фра́за ж; выраже́ние с; ~-book [-buk] разгово́рник м

physical ['fɪzɪkəl] физи́ческий; ~ culture физкульту́ра ж

physician [fɪ'zɪʃn] врач м

physicist ['fɪzɪsɪst] физик м

physics ['fɪzɪks] физика ж

pianist ['pɪənɪst] пиани́ст м

piano [pɪ'ænəu] (тж. úpright piáno) пиани́но с, нескл.; grand ~ роя́ль м; play the ~ игра́ть на роя́ле

pick [pɪk] 1) выбира́ть; сортирова́ть 2) рвать, собира́ть (gather); ~ up a) поднима́ть; подбира́ть; б): I'll ~ you up at three я зае́ду за ва́ми в три часа́

pickles ['pɪklz] соле́нье с, марина́д м; пи́кули мн.; new ~ малосо́льные огурцы́

picnic ['pɪknɪk] пикни́к м

picture ['pɪktʃə] 1) карти́на ж 2) иллюстра́ция ж; ~ magazíne иллюстри́рованный журна́л 3) фотогра́фия ж (photograph); ~-gallery [-gæləri] карти́нная галере́я

pie [paɪ] пиро́г м

piece [piːs] 1) кусо́к м 2) произведе́ние с; ~ of art произведе́ние иску́сства 3) шахм. фигу́ра ж; loss of a ~ поте́ря фигу́ры; exchánge of ~s разме́н фигу́р; ~-work [-wəːk] сде́льная рабо́та

pier [pɪə] 1) при́стань ж (landing stage) 2) мол м (breakwater)

pig [pɪg] свинья́ ж; поросёнок м

pigeon ['pɪdʒɪn] го́лубь м

pike [paɪk] щу́ка ж

pile [paɪl] ку́ча ж, гру́да ж, ки́па ж

pill [pɪl] пилю́ля ж

◆ the ~ *разг.* противозачаточная таблетка

pillar ['pɪlə] колонна *ж;* столб *м;* ~-box [-bɔks] почтовый ящик

pillow ['pɪləu] подушка *ж;* ~-case [-keɪs] наволочка *ж*

pilot ['paɪlət] **1.** *n* 1) лоцман *м (on a ship)* 2) пилот *м;* лётчик *м (on a plane)* **2.** *v* 1) вести, управлять 2) пилотировать *(a plane)* **3.** *a:* ~ plant опытная (полузаводская) установка

pimple ['pɪmpl] прыщ(ик) *м;* угорь *м*

pin [pɪn] **1.** *n* булавка *ж;* bobby ~ шпилька *ж* **2.** *v* прикалывать (to, on — к)

pince-nez ['pænsneɪ] пенсне *с, нескл.*

pincers ['pɪnsəz] *pl* клещи *мн.;* щипцы *мн.*

pinch [pɪntʃ] 1) щипать 2) жать; my new shoes ~ мои новые туфли жмут

pine [paɪn] сосна *ж*

pine-apple ['paɪnæpl] ананас *м*

ping-pong ['pɪŋpɔŋ] настольный теннис, пинг-понг *м*

pink [pɪŋk] розовый

pint [paɪnt] пинта *ж (мера объёма)* ◆ a ~ of bitter, please *брит.*

кружку 'горького (пива), пожалуйста

pioneer [paɪə'nɪə] пионер *м;* ~ing work новаторская работа

pious ['paɪəs] набожный

pipe [paɪp] 1) труба *ж* 2) (курительная) трубка; fill the ~ набить трубку 3) *муз.* свирель *ж;* дудка *ж;* ~line [-laɪn] трубопровод *м;* нефтепровод *м*

pistol ['pɪstl] пистолет *м;* револьвер *м (revolver);* rapid-fire ~ *сп.* скоростная стрельба из пистолета; free ~ *сп.* стрельба из произвольного пистолета

pit [pɪt] 1) яма *ж* 2) шахта *ж (mine)* 3) *брит. театр.* задние ряды партера 4) *амер. театр.* оркестровая яма

pitch [pɪtʃ] 1) *мор.* килевая качка 2) *спорт.* подача мяча *(манера подачи);* he has an excellent ~ у него отличная подача 3) *муз.* высота *ж (тона, звука и т. п.)*

pitcher ['pɪtʃə] *амер.* кувшин *м;* графин *м*

pity ['pɪtɪ] жалость *ж;* what a ~! какая жалость!

pizza ['piːtsə] *(тж. pizza-pie) а.мер.* пицца

ж (открытый пирог с сыром и томатным соусом, а также с грибами, сосисками и т. п.)

place [pleɪs] **1.** *n* 1) ме́сто *с*; give ~ to уступи́ть ме́сто; in ~ of вме́сто; in the first (second) ~ во-пе́рвых (во--вторы́х); out of ~ неуме́стный 2) ме́стность *ж*; cóuntry ~ да́чная ме́стность 3) до́лжность *ж*, слу́жба *ж* *(employment)* 4) *спорт.* одно́ из пе́рвых мест *(в состяза́нии)* ◇ take ~ происходи́ть **2.** *v* 1) помеща́ть; ста́вить; класть *(put)* 2) *спорт.*: be ~d прийти́ к фи́нишу в числе́ пе́рвых

plaid [plæd] 1) плед *м* *(шотла́ндский)* 2) *текст.* шотла́ндка *ж*

plain I [pleɪn] 1) я́сный 2) просто́й; in ~ words про́сто, без оби́няков

plain II равни́на *ж*

plan [plæn] **1.** *n* план *м*; за́мысел *м* **2.** *v* составля́ть план, плани́ровать; cóuntries with céntrally ~ned ecónomics *ж.* стра́ны с пла́новой эконо́микой, социалисти́ческие стра́ны; fámily ~ning *ж.* плани́рование семьи́

plane [pleɪn] 1) са-молёт *м* *(aircraft)* 2) пло́скость *ж* 3) *геогр.* равни́на *ж*

planet ['plænɪt] плане́та *ж*

plant [pla:nt] **1.** *n* 1) расте́ние *с* 2) заво́д *м*, фа́брика *ж* *(works)*; **2.** *v* 1) сажа́ть 2) насажда́ть *(implant)*

plantation [plæn'teɪʃn] 1) насажде́ние *с* 2) планта́ция *ж*; cóffee ~ кофе́йная планта́ция

planter ['pla:ntə] планта́тор *м*

plaster ['pla:stə] **1.** *n* 1) *мед.* пла́стырь *м* 2) штукату́рка *ж*; Páris ~ гипс *м* **2.** *v* 1) *мед.* накла́дывать пла́стырь 2) штукату́рить *(in building)*; ~er ['pla:stərə] штукату́р *м*

plastic ['plæstɪk] **1.** *a* 1) пласти́ческий 2) скульпту́рный; лепно́й; ~ skill иску́сство вая́ния 3) пла́стиковый, пластма́ссовый; a ~ bag пла́стиковая су́мка **2.** *n* 1) пла́стика *ж* 2) пластма́сса *ж* *(material)*

plate [pleɪt] 1) пласти́нка *ж* 2) таре́лка *ж*; a ~ of soup таре́лка су́пу 3) гравю́ра *ж*, эста́мп *м* *(print)*

platform ['plætfɔ:m] 1) платфо́рма *ж*, перро́н *м*; wait for me on the

~ подождите меня на
перроне 2) *полит.* плат-
форма *ж* 3) помост *м*,
сцена *ж* (*stage*) 4)
спорт. вышка *ж* (*для
прыжков в воду*)
platinum ['plætɪnəm]
платина *ж*

play ['pleɪ] **1.** *n* 1)
игра *ж* 2) пьеса *ж*;
go to see the ~ пойти
в театр **2.** *v* 1) играть;
~ football (tennis)
играть в футбол (тен-
нис); ~ the guitar (the
violin) играть на ги-
таре (на скрипке) 2)
сделать ход (*в игре*);
~ the pawn *шахм.* пой-
ти пешкой 3) проигры-
вать (*пластинку*); ~
this tape поставьте эту
запись; ~-back [-bæk]
воспроизведение *с* (*звука*)

playbill ['pleɪbɪl] афиша *ж*

player ['pleɪə] 1)
спорт. игрок *м* 2)
театр. актёр *м*

play‖goer ['pleɪˌɡəuə]
театрал *м*; ~ground
[-ɡraund] площадка *ж*
(*для игр*); ~house
[-haus] театр *м* (*драматический*)

playing-cards ['pleɪ-
ɪŋkɑːdz] *pl* игральные
карты

playmate ['pleɪmeɪt]
партнёр *м* (*в играх*)

play-off ['pleɪɔːf]

спорт. 1) финальная
игра, реванш *м* 2) ро-
зыгрыш первенства
(кубка)

playwright ['pleɪraɪt]
драматург *м*

plead [pliːd] (pleaded,
pled) 1) просить, умо-
лять (for — о) 2) *юр.*:
~ (not) guilty (не)
признать себя винов-
ным

pleasant ['pleznt] приятный; милый, славный

please [pliːz] 1) нравиться; as you ~ как
хотите 2) доставлять
удовольствие; be ~d
быть довольным 3): ~!
пожалуйста!

pleasure ['pleʒə] удовольствие *с*

pleat [pliːt] **1.** *n* складка *ж* (*на платье*) **2.**
v: ~ed skirt плисси-
рованная юбка

pled [pled] *pp от* plead

plenty ['plentɪ] (из-)
обилие *с*; множество *с*;
~ of time много вре-
мени

plight [plaɪt] (трудное)
положение; be in a sor-
ry (sad) ~ быть в пла-
чевном состоянии

plot [plɔt] 1) заговор
м 2) фабула *ж*, сюжет
м (*as in a novel, etc*)
3) участок земли (*of
land*)

plough [plau] **1.** *n* плуг
м **2.** *v* пахать

230

pluck [plʌk] срыва́ть, собира́ть *(цветы)*

plug [plʌg] 1) заты́чка *ж;* про́бка *ж* 2) эл. штéпсель *м;* патро́н *м;* штéпсельная ви́лка

plum [plʌm] сли́ва *ж*

plump [plʌmp] пу́хлый, по́лный

plunge [plʌndʒ] окуна́ть(ся), погружа́ть(ся)

plus [plʌs] плюс *м*

ply [plaɪ] *мор.* курси́ровать

plywood [ˈplaɪwud] фанéра *ж*

p.m. [ˈpiːˈem] (post meridiem) по́сле полу́дня

pneumatic [njuːˈmætɪk] пневмати́ческий; ~ boat надувна́я ло́дка

pocket [ˈpɔkɪt] 1) карма́н *м* 2) *(тж.* air-pocket) *ав.* возду́шная я́ма; ~-**book** [-buk] 1) бума́жник *м* 2) записна́я кни́жка *(note-book)*

poem [ˈpəuɪm] поэ́ма *ж,* стихотворéние *с*

poet [ˈpəuɪt] поэ́т *м;* ~**ry** [-rɪ] поэ́зия *ж;* стихи́ *мн.*

point [pɔɪnt] **1.** *n* 1) то́чка *ж;* пункт *м;* делéние шкалы́; three ~ one (3.1) три и одна́ деся́тая (3,1); the temperature went up nine ~s температу́ра повы́силась на 9 гра́дусов 2) пункт *м;* момéнт *м;*

вопро́с *м;* ~ of view то́чка зрéния; ~ of information сло́во для спра́вки; ~ of order! к поря́дку ведéния! 3) *спорт.* очко́ *с* 4) гла́вное *с,* суть *ж;* it's just the ~ в э́том-то и дéло ⋄ to (off) the ~ кста́ти (некста́ти) **2.** *v* 1) пока́зывать па́льцем 2) (за)остри́ть, (за)точи́ть *(sharpen);* ~ out ука́зывать

poison [ˈpɔɪzn] яд *м;* ~**ous** [-əs] ядови́тый

polar [ˈpəulə] поля́рный; ~ fox песéц *м;* ~ bear бéлый медвéдь

Pole [pəul] поля́к *м,* по́лька *ж*

pole I [pəul] по́люс *м;* North (South) P. сéверный (ю́жный) по́люс

pole II 1) шест *м;* ~ vault *сп. (лёгкая атлéтика)* прыжо́к с шесто́м 2) столб *м;* telegraph ~ телегра́фный столб

police [pəˈliːs] поли́ция *ж;* ~**man** [-mən] полицéйский *м;* ~-**station** [-steɪʃn] полицéйский уча́сток

policy I [ˈpɔlɪsɪ] поли́тика *ж;* peace ~ ми́рная поли́тика

policy II страхово́й по́лис

Polish [ˈpəulɪʃ] **1.** *a*

231

польский 2. *n* польский
язык

polish ['pɔliʃ] **1.** *n* 1)
полировка *эс;* shoe ~
брит. гуталин *м* 2) лоск
м, глянец *м (lustre)* **2.**
v 1) полировать, шлифовать 2) *брит.* чистить *(обувь);* I want
my shoes ~ed мне нужно почистить ботинки

polite [pə'lait] вежливый, любезный: ~ness
[-nis] вежливость *эс*

political [pə'litikəl] политический

politician [pɔli'tiʃn]
политический деятель:
амер. тж. политикан *м*

politics ['pɔlitiks] политика *эс*

poll [pɔul] **1.** *n* 1) голосование *c (voting)* 2)
pl амер. избирательный
пункт 3) *(тж.* public
opinion poll) опрос (общественного мнения) **2.**
v голосовать

polling-booth ['pɔuliŋ-
buːð] кабина для голосования

pollut|e [pə'luːt] загрязнять: ~ed air загрязнённый воздух;
~ion [pə'luːʃn] загрязнение   (окружающей
среды)

polo ['pɔuləu]: water
~ *спорт. ол.* водное
поло; water ~ player
ватерполист *м,* ватерполистка *эс*

pomegranate ['pɔm-
grænit] *бот.* гранат *м*

pompous ['pɔmpəs] напыщенный

pond [pɔnd] пруд *м*

pony ['pɔuni] пони *м,*
нескл.

pool I [puːl] 1) лужа
эс 2) *(тж.* swimming-
-pool)   (плавательный)
бассейн; covered (indoor) ~ закрытый (зимний) бассейн; open-air
(outdoor) ~ открытый
(летний)   бассейн

pool II 1) объединённый фонд *(foundation)* 2) объединение *c:*
typing ~ машбюро *c*

poor [puə] 1) бедный
2) плохой, скудный: in
a ~ condition в плохом   состоянии; of ~
quality плохого качества

pope [pɔup] папа (римский)

poplar ['pɔplə] тополь
м

poppy ['pɔpi] мак *м*

popular ['pɔpjulə] 1)
народный; P. Front народный фронт 2) популярный; ~ singer популярный певец; ~ity
[pɔpju'læriti] популярность *эс*

population [pɔpju'leiʃn]
население *c*

porcelain ['pɔːsəlin]
фарфор *м*

porch [pɔːtʃ] 1) крыль-

232

нб с 2) *амер.* веранда
ж; терраса *ж*

pork [pɔ:k] свинина
ж

porridge ['pɔridʒ]
брит. (овсяная) каша

port [pɔ:t] 1) порт *м,*
гавань *ж* 2) портвейн
м (wine)

porter I ['pɔ:tə] 1) носильщик *м* 2) *амер.*
проводник *м (спально-
го вагона)*

porter II швейцар *м,*
привратник *м (door-
-keeper)*

portion ['pɔ:ʃn] часть
ж, доля *ж*

portrait ['pɔ:trit] пор-
трет *м*

Portuguese [pɔ:tju'gi:z]
1. *a* португальский
2. *n* 1) португалец *м,*
португалка *ж* 2) пор-
тугальский язык

position [pə'ziʃn] 1) положение *с;* место *с* 2)
позиция *ж (attitude)*
◇ be in a ~ to do
мочь, быть в состоянии
сделать *(что-л.)*

positive ['pɔzətiv] 1)
положительный 2) уве-
ренный; I'm quite ~
я совершенно уверен

possess [pə'zes] вла-
деть, обладать; ~ion
[pə'zeʃn] владение *с,*
обладание *с*

possibility [pɔsə'biliti]
возможность *ж*

possible ['pɔsəbl] воз-

можный; ~ winner ве-
роятный победитель

post I [pəust] столб *м*

post II *воен.* пост *м*

post III [pəust] 1. *n*
почта *ж;* by return of
~ обратной почтой 2.
с брит. отправлять поч-
той; ~age [-idʒ] поч-
товые расходы; ~al [-əl]
почтовый

postcard ['pəustka:d]
открытка *ж*

poster ['pəustə] афиша
ж, объявление *с,* пла-
кат *м (placard)*

poste restante ['pəust-
'resta:nt] до востребо-
вания

post-graduate ['pəust-
'grædjuit] аспирант *м*

post‖man ['pəustmən]
брит. почтальон *м;* ~
mark [-ma:k] почтовый
штемпель; ~**office** [-ɔ-
fis] почта *ж;* почтовое
отделение *ж;* P.-Office General Главный почтамт

postpone [pəust'pəun]
откладывать, отсрочи-
вать

pot [pɔt] горшок *м*
◇ to smoke ~ *амер.
разг.* курить марихуану

potage [pɔ'ta:ʒ] суп-
-пюре *м*

potato [pə'teitəu] 1)
картошка *ж,* картофе-
лина *ж;* ~ chips *амер.,*
~ crisps *брит.* хрустя-
щий картофель 2) (~es)
pl картофель *м, собир.;*

mashed ~es картóфельное пюрé

potential [pəu'tenʃəl] потенциáл *м;* возмóжности *мн.;* economic ~ экономи́ческий потенциáл

pot-pourri [pəu'puri:] попуррú *с, нескл.*

poultry ['pəultri] 1) домáшняя пти́ца *собир.* 2) *(тж.* poultry ráising) птицевóдство *с*

pound [paund] 1) фунт *м* 2) *(тж.* pound stérling) фунт (стéрлингов)

pour [pɔ:] лить(ся); it's ~ing дождь льёт как из ведрá; ~ out наливáть

poverty ['pɔvəti] бéдность *ж*

powder ['paudə] **1.** *n* 1) порошóк *м* 2) пýдра *ж (cosmetic)* **2.** *v* пýдрить(ся); ~ one's face попýдриться; ~-case [-keis] пýдреница *ж*

power ['pauə] 1) спосóбность *ж;* возмóжность *ж;* I'll do éverything in my ~ я сдéлаю всё, что в мои́х си́лах 2) энéргия *ж,* мóщность *ж;* eléctric ~ электроэнéргия *ж;* ~ brákes (stéering) *авто* тормозá (рулевóе управлéние) с гидроусили́телем 3) власть *ж;* Sóviet P. Совéтская

власть 4) держáва *ж;* the Great Pówers вели́кие держáвы; ~ful [-ful] могýщественный, си́льный, мóщный

practical ['præktikəl] 1) практи́ческий 2) практи́чный; целесообрáзный; ~ advíce дéльный совéт; ~ly ['præktikəli] практи́чески; факти́чески; ~ly spéaking в сýщности; ~ly éverything is done практи́чески (в сýщности) всё сдéлано

practice ['præktis] 1) прáктика *ж;* in ~ на дéле; put into ~ осуществля́ть 2) упражнéние *с,* трениро́вка *ж;* I am out of ~ я давнó не упражня́лся

practise ['præktis] 1) упражня́ть(ся) 2) рабóтать *(о враче, юристе);* he ~s médicine он рабóтает врачóм

practitioner [præk'tiʃnə]: géneral ~ врач óбщей прáктики

praise [preiz] **1.** *n* (по)хвалá *ж* **2.** *v* хвали́ть

pram [præm] *брит.* дéтская коля́ска

pray [prei] 1) моли́ться 2) проси́ть; ~! пожáлуйста!; ~er [preə] 1) моли́тва *ж* 2) прóсьба *ж (request)*

preach [pri:tʃ] проповéдовать

precaution [prɪˈkɔːʃn] предосторожность *ж*

precede [priːˈsiːd] предшествовать

preceding [priːˈsiːdɪŋ] предшествующий

precious [ˈpreʃəs] драгоценный; ~ **stones** (métals) драгоценные камни (металлы)

precipice [ˈpresɪpɪs] пропасть *ж*; обрыв *м*

precise [prɪˈsaɪs] точный

precision [prɪˈsɪʒn] точность *ж*; ~ **bálance** точные весы

predecessor [ˈpriːdɪsesə] 1) предшественник *м* 2) предок *м* (ancestor)

predicament [prɪˈdɪkəmənt] затруднительное положение; what a ~! ну и переплёт! *разг.*

predict [prɪˈdɪkt] предсказывать

prefabricate [priːˈfæbrɪkeɪt] изготовлять заранее; ~d house сборный дом

preface [ˈprefɪs] предисловие *с*

prefer [prɪˈfəː] предпочитать; ~ence [ˈprefərəns] 1) предпочтение *с* 2) преимущество *с*; impérial ~ences имперские преференции

pregnant [ˈpregnənt] беременная

prejudice [ˈpredʒudɪs] 1) предрассудок *м* 2)

предубеждение *с* (partiality)

preliminary [prɪˈlɪmɪnərɪ] предварительный

premises [ˈpremɪsɪz] *pl* помещение *с*

premium [ˈpriːmjəm] 1) (страховая) премия 2) награда *ж* (prize)

preparation [prepəˈreɪʃn] приготовление *с*; подготовка *ж*

prepare [prɪˈpɛə] приготавливать(ся), подготавливать(ся)

pre-recorded [ˈpriːrɪˈkɔːdɪd] в записи; the cóncert was ~ концерт передаётся в (звуко)записи; the show was ~ спектакль был передан в видеозаписи

pre-school [ˈpriːˈskuːl] дошкольный

prescription [prɪsˈkrɪpʃn] 1) предписание *с* 2) *мед.* рецепт *м*

presence [ˈprezns] присутствие *с*; ~ of mind присутствие духа, хладнокровие *с*

present I [ˈpreznt] **1.** *a* 1) присутствующий 2) теперешний, настоящий; ~ situation нынешнее положение **2.** *n* настоящее время; at ~ теперь, в данное время; for the ~ пока

present II 1. *n* [ˈpreznt] подарок *м* **2.** *v* [prɪˈzent] 1) представлять

235

(introduce) 2) преподносить, дарить; may I ~... to you разрешите вручить вам...

presently ['prezntlɪ] 1) вскоре 2) теперь, сейчас *(now)*

preserve [prɪ'zə:v] 1) сохранять 2) консервировать *(tin)*

preside [prɪ'zaid] председательствовать (at, óver — на)

president ['prezɪdənt] 1) председатель *м (chairman)* 2) президент *м;* US ~ президент США

presidium [prɪ'sɪdɪəm] президиум *м*

press [pres] **1.** *n* 1) *тех.* пресс *м;* тиски *мн.* 2) печать *ж;* пресса *ж;* ~ campaign газетная кампания 3) *спорт.* жим *м* **2.** *v* 1) нажимать; выжимать 2) *спорт.* выжимать штангу; ~ by one hand (two hands) выжимать одной рукой (двумя руками) 3) гладить; where can I get my suit ~ed? куда можно отдать погладить костюм? 4) настаивать *(insist);* ~-conference [-kɔnfərəns] пресс-конференция *ж*

pressing ['presɪŋ] 1) неотложный, спешный 2) настоятельный *(insistent)*

pressman ['presmən] журналист *м*

pressure ['preʃə] давление *с;* нажим *м;* put ~ upón оказывать давление на

presume [prɪ'zju:m] (пред)полагать *(suppose)*

pretend [prɪ'tend] 1) притворяться, делать вид 2) претендовать (to — на что-л.)

pretext ['pri:tekst] предлог *м,* отговорка *ж*

pretty ['prɪtɪ] хорошенький, привлекательный

prevail [prɪ'veɪl] 1) преобладать; господствовать 2) одолевать; торжествовать (óver — над)

prevent [prɪ'vent] 1) предотвращать 2) мешать *(hinder)*

preview ['pri:vju:] **1.** *n* (предварительный) просмотр *(фильма, спектакля)* **2.** *v* просматривать *(фильм, спектакль)*

previous ['pri:vjəs] предыдущий, предшествующий

pre-war ['pri:'wɔ:] довоенный; ~ lével довоенный уровень

prey [preɪ] добыча *ж;* жертва *ж*

price [praɪs] цена *ж;* redúction снижение

цен; ~ tag *амер.* этикётка *ж* (*с указанием цены*)

pride [praid] гóрдость *ж*; take ~ in гордиться (*чем-л.*)

priest [pri:st] свящéнник *м*

prime [praim]: P. Minister премьéр-минúстр *м*

primitive ['primitiv] примитúвный; первобы́тный

principal ['prinsəpəl] **1.** *a* глáвный, основнóй **2.** *n* главá *ж и м*; рéктор *м* (*of a university*); дирéктор *м* (*of a college, school*)

principle ['prinsəpl] прúнцип *м*; прáвило *с*; in ~ в прúнципе; on ~ из прúнципа, принципиáльно

print [print] **1.** *n* 1) печáть *ж* 2) шрифт *м*; small (large) ~ мéлкий (крýпный) шрифт 3) *текст.* набивнáя ткань 4) гравю́ра *ж*, эстáмп *м* (*picture*) **2.** *v* 1) печáтать; ~ed matter бандерóль *ж* 2) писáть печáтными бýквами; ~, please пишúте (заполнáйте) печáтными бýквами (*в анкете*)

priority [prai'oriti] 1) приоритéт *м* 2) порáдок очерёдности; of first ~

первоочереднóй; неотлóжный

prison ['prizn] тюрьмá *ж*; ~er [-ə] 1) заключённый *м* 2) (*тж.* prisoner of war) военноплённый *м*

private ['praivit] **1.** *a* чáстный; лúчный; ~ próperty чáстная сóбственность **2.** *n* рядовóй *м*

privilege ['privilidʒ] привилéгия *ж*, преимýщество *с*; ~d [-d] привилегирóванный

prize [praiz] прéмия *ж*, награ́да *ж*; приз *м*; the Lénin P. Лéнинская прéмия; the Nobél P. Нóбелевская прéмия

probability [probə'biliti] вероя́тность *ж*; in all ~ по всей вероя́тности

probable ['probəbl] вероя́тный

probably ['probəbli] вероя́тно

probe [proub] автоматúческая наýчно-исслéдовательская стáнция; зонд *м*; lúnar (Vénus) ~ автоматúческая стáнция, исслéдующая Лунý (Венéру)

problem ['probləm] проблéма *ж*, задáча *ж*

proceed [prə'si:d] продолжáть; please ~ продолжáйте, пожáлуйста

process ['prəuses] 1) процесс м 2) движение с, течение с *(course)*

procession [prə'seʃn] процессия ж

proclaim [prə'kleɪm] провозглашать; объявлять

procure [prə'kjuə] доставать, добывать

produce [prə'dju:s] 1) производить; ~ an impréssion производить впечатление 2) предъявлять; ~ a ticket предъявить билет 3): ~ a play поставить пьесу; ~r [-ə] *кино* продюсер м

product ['prɔdəkt] продукт м; изделие с; ~ion [prə'dʌkʃn] 1) продукция ж 2) производство с *(manufacturing)*

profession [prə'feʃn] профессия ж; ~al [prə-'feʃənl] 1. *a* профессиональный 2. *n* профессионал м; специалист м

professor [prə'fesə] профессор м

profit ['prɔfɪt] 1) выгода ж, польза ж 2) *(чаще pl)* прибыль ж; net ~(s) чистая прибыль; ~able [-əbl] 1) прибыльный; выгодный 2) полезный *(useful)*

profound [prə'faund] глубокий

program(me) ['prəu-græm] программа ж; план м

progress 1. *n* ['prəu-gres] развитие с, прогресс м 2. *v* [prəu'gres] продвигаться; делать успехи; ~ive [prəu'gre-sɪv] 1. *a* прогрессивный 2. *n* прогрессивный человек (деятель)

prohibit [prə'hɪbɪt] запрещать; ~ion [prəu-ı'bɪʃn] запрещение с

project 1. *n* ['prɔdʒekt] 1) проект м *(plan)*; программа ж; Apóllo —Sóyuz ~ программа „Союз“ — „Аполлон“ *(совместный советско--американский космический полёт)* 2) объект м, стройка ж 2. *v* [prə'dʒekt] проектировать

proletarian [prəulɪ'tɛə-rɪən] 1. *a* пролетарский 2. *n* пролетарий м

proletariat(e) [prəulɪ-'tɛərɪət] пролетариат м

prolong [prəu'lɔŋ] продлевать

prominent ['prɔmɪ-nənt] выдающийся, видный

promise ['prɔmɪs] 1. *n* обещание с; keep (break) one's ~ сдержать (нарушить) обещание 2. *v* обещать

promote [prə'məut] 1) повышать *(в должнос-*

ти) 2) содействовать *(assist)*

promotion [prə'məuʃn] 1) повышение с *(в должности)* 2) содействие с *(assistance)*

prompt I [prɔmpt] быстрый, немедленный; а ~ reply скорый ответ

prompt II [prɔmpt] 1) подсказывать 2) *театр.* суфлировать; ~er [-ə] суфлёр *м*

pronounce [prə'nauns] 1) объявлять *(declare)* 2) произносить; how do you ~ this word? как произносится это слово?

pronunciation [prənʌnsi'eiʃn] произношение с

proof [pru:f] доказательство с

prop [prɔp] **1.** *n* подпорка *ж* **2.** *v* подпирать

propaganda [prɔpə'gændə] пропаганда *ж*; агитация *ж*

proper ['prɔpə] 1) присущий, свойственный 2) правильный, надлежащий *(correct)*; ~ly [-li] как следует

property ['prɔpəti] 1) собственность *ж*; имущество с; national ~ национальное достояние, государственная собственность 2) свойство с *(quality)*

prophet ['prɔfit] пророк *м*

proportion [prə'pɔ:ʃn] пропорция *ж*; отношение с

proposal [prə'pəuzəl] предложение с

propose [prə'pəuz] 1) предлагать 2) делать предложение *(о браке;* to) 3) предполагать; do you ~ to go there? вы предполагаете отправиться туда?

prose [prəuz] проза *ж*

prosecute ['prɔsikju:t] подвергнуть судебному преследованию

prospect ['prɔspekt] 1) перспектива *ж* 2) вид *м (view)*

prosper ['prɔspə] процветать, преуспевать; ~ity [prɔs'periti] процветание с; ~ous ['prɔspərəs] процветающий

protect [prə'tekt] защищать; ~ion [prə'tekʃn] защита *ж*

protein ['prəuti:n] *биол.* белок *м*, протеин *м*

protest 1. *n* ['prəutest] протест *м*; make (lodge) а ~ заявить протест **2.** *v* [prə'test] протестовать; ~ а decision опротестовать решение

Protestant ['prɔtistənt] **1.** *a* протестантский **2.** *n* протестант *м*, протестантка *ж*

proud [praud] го́рдый; be ~ of горди́ться

prove [pru:v] 1) дока́зывать 2) оказыва́ться *(кем-л., чем-л.)*; the play ~d excellent пье́са оказа́лась превосхо́дной

proverb ['prɔvə:b] посло́вица *ж*

provide [prə'vaid] снабжа́ть, обеспе́чивать; I'll ~ tickets я доста́ну биле́ты; ~d [prə'vaidid] е́сли, при усло́вии

province ['prɔvins] 1) прови́нция *ж*; о́бласть *ж* 2) сфе́ра де́ятельности *(sphere of activity)*

provision [prə'viʒn] 1) обеспе́чение с, снабже́ние с 2) *pl* прови́зия *ж (food)* 3) положе́ние с, усло́вие с; ~s of a treaty положе́ния догово́ра

provocation [prɔvə'keiʃn] провока́ция *ж*

provoke [prə'vouk] 1) вызыва́ть; ~ doubt вызвать сомне́ние 2) провоци́ровать *(instigate)*

proxy ['prɔksi] дове́ренность *ж*; by ~ по дове́ренности

prudent ['pru:dənt] осторо́жный, благоразу́мный

prune [pru:n] черносли́в *м*

pub [pʌb] пивна́я *ж*, каба́чок *м*

public ['pʌblik] 1. *a* публи́чный, обще́ственный; ~ library публи́чная библиоте́ка; ~ education наро́дное образова́ние; ~ figure обще́ственный де́ятель; ~ health здравоохране́ние с; ~ opinion обще́ственное мне́ние; ~ telephone телефо́н-автома́т *м*; ~ utilities коммуна́льные услу́ги; ~ address system радиотрансля́ция *ж (система и установка)* 2. *n*: the ~ пу́блика *ж*; in ~ публи́чно, на лю́дях

publication [pʌbli'keiʃn] 1) опубликова́ние с; публика́ция *ж* 2) изда́ние с *(issuing)*

publicity [pʌb'lisiti] 1) гла́сность *ж* 2) рекла́ма *ж*

publish ['pʌbliʃ] изда́вать; ~er [-ə] изда́тель *м*; the ~ers изда́тельство с; ~ing [-iŋ]: ~ing house изда́тельство с

puck [pʌk] *спорт.* ша́йба *ж*

pudding ['pudiŋ] пу́динг *м*

Puerto Rican ['pwə:təu'ri:kən] 1. *a* пуэрторика́нский 2. *n* пуэрторика́нец *м*, пуэрторика́нка *ж*

pull [pul] 1) тяну́ть; тащи́ть 2) дёргать; ~

a bell звонить 3) *спорт.*
растягивать; ~ a múscle растянуть мышцу 4)
(*тж.* pull out) вытаскивать; I must have my
tooth ~ed out мне нужно удалить зуб; ~
down а) опускать; ~
down the shades, please
опустите, пожалуйста,
шторы; б) сносить (*destroy*); ~ out = pull
4) ◇ ~ oneself togéther
взять себя в руки

pull-over ['puləuvə]
джемпер *м*, свитер *м*,
пуловер *м*

pulse [pʌls] пульс *м*

pulverizer ['pʌlvəraizə]
пульверизатор *м*

pump [pʌmp] 1. *n* насос *м* 2. *v* качать, выкачивать

pumpkin ['pʌmpkin]
тыква *ж*

pumps [pʌmps] *pl* лодочки *мн.* (*туфли*);
туфли-галошки *мн.*

punch I [pʌntʃ] 1) *ж.д.*
компостировать 2)
перфорировать; ~ed
card перфокарта *ж*

punch II пунш *м*
(*drink*)

punctual ['pʌŋktjuəl]
пунктуальный, точный

punish ['pʌniʃ] 1) наказывать 2) *спорт.*
штрафовать; ~ment
[-mənt] наказание *с*

pupil I ['pju:pl] ученик *м*

pupil II зрачок *м* (*of an eye*)

puppet ['pʌpit] марионетка *ж*; ~show [-ʃəu]
кукольный театр

purchase ['pə:tʃəs] 1. *n*
покупка *ж*; I have a
few ~s to make мне
нужно кое-что купить
2. *v* покупать; púrchasing power покупательная способность

pure [pjuə] 1) чистый
2) полнейший; чистейший; ~ imagination
чистейшая выдумка

purple ['pə:pl] пурпурный; лиловый

purpose ['pə:pəs] цель
ж, намерение *с* (*intention*); on ~ нарочно

purse [pə:s] кошелёк
м; *амер.* дамская сумочка

pursue [pə'sju:] преследовать

pursuit [pə'sju:t] преследование *с*; individual
(team) ~ (race) *ол.* (*велоспорт*) индивидуальная (командная) гонка
преследования

push [puʃ] 1. *n* толчок *м*; удар *м*; give
a ~ толкать, подталкивать 2. *v* толкать
(-ся), проталкиваться

put [put] (put) 1)
класть, ставить; ~ to
bed уложить спать 2):
~ a question задать вопрос 3) приводить (*в оп-*

241

ределённое состояние); ~ in órder приводи́ть в поря́док 4) броса́ть, мета́ть; ~ shot *спорт.* толка́ть ядро́; ~ down запи́сывать; ~ on надева́ть; ~ out туши́ть; ~ up: ~ up at остана́вливаться в *(гости́нице и т. п.)*

puzzle ['pʌzl] **1.** *v* озада́чивать, ста́вить в тупи́к **2.** *n:* cróss-word ~ кроссво́рд *м*

pyjamas [pə'dʒɑːməz] *pl* пижа́ма *ж*

Q

quadruple ['kwɔdrupl]: ~ scull *ол. (академи́ческая гребля́)* па́рная четвёрка

quake [kweɪk] дрожа́ть, трясти́сь

Quaker ['kweɪkə] ква́кер *м*

qualification [kwɔlɪfɪ'keɪʃn] 1) квалифика́ция *ж* 2) огово́рка *ж*; ограниче́ние *с (reservation)*

qualify ['kwɔlɪfaɪ] *спорт.* пройти́ отбо́рочные соревнова́ния, получи́ть пра́во на уча́стие; he failed to ~ for the final он не попа́л в фина́л; ~ing

heat предвари́-ельный забе́г; зачётная попы́тка

quality ['kwɔlɪtɪ] ка́чество *с*; of h gh ~ высо́кого ка́чества

quantity ['kwɔntɪtɪ] коли́чество *с*

quarantine ['kwɔrənti:n] каранти́н *м*

quarrel ['kwɔrəl] **1.** *n* ссо́ра *ж* **2.** *v* ссо́риться

quarter ['kwɔːtə] 1) че́тверть *ж*; a ~ of an hóur че́тверть ча́са; a ~ past two че́тверть тре́тьего; a ~ to three без че́тверти три 2) кварта́л *м (го́да, го́рода и т. п.);* in the sécond ~ (of the year) во вто́ром кварта́ле (го́да); the residéntial ~s of the city жилы́е кварта́лы го́рода 3) *амер. разг.* ,,четверта́к" *м*, моне́та в два́дцать пять це́нтов 4) *pl* помеще́ние *с*

quartet(te) [kwɔː'tet] *муз.* кварте́т *м*

quay [kiː] прича́л *м*; на́бережная *ж*

queen [kwiːn] 1) коро́ле́ва *ж* 2) *шахм.* ферзь *м* 3) *карт.* да́ма *ж*

queer [kwɪə] стра́нный, эксцентри́чный

quench [kwentʃ]: ~ one's thirst утоля́ть жа́жду

question ['kwestʃn] 1) вопрос м; may I ask you a ~? можно задать (вам) вопрос? 2) проблема ж, дело с; the ~ is... дело в том...; it's out of the ~ об этом не может быть и речи 3) сомнение с; without ~ несомненно

questionnaire [kwestiə'nɛə] вопросник м, анкета ж

queue [kju:] 1. n брит. очередь ж 2. v брит. стоять в очереди; ~ (up) for smth стоять в очереди за чем-л., становиться в очередь за чем-л.

quick [kwik] 1. a быстрый 2. adv быстро; come ~! торопитесь! ♦ **quicksilver** ['kwiksil-və] ртуть ж

quiet ['kwaiət] спокойный, тихий; keep ~! не шумите!

quilt [kwilt] стёганое одеяло

quinsy ['kwinzi] ангина ж

quintet(te) [kwin'tet] муз. квинтет м

quit [kwit] 1) оставлять, покидать; выбывать; ~ wo..k бросить работу 2) перестать; ~ it! перестаньте! ♦ ~s! квиты!

quite [kwait] совершенно, вполне, совсем;

~ right, ~ so совершенно верно

quiver ['kwivə] дрожать, трепетать

quotation [kwəu'teiʃn] цитата ж

quote [kwəut] цитировать

R

rabbit ['ræbit] кролик м

race I [reis] 1. n 1) гонка ж; motor (motorcycle) ~ автомобильные (мотоциклетные) гонки; individual road ~ сп. (велоспорт) личное первенство в шоссейных гонках; ~ car (bicycle) гоночный автомобиль (велосипед); armaments ~ гонка вооружений 2) pl бега мн., скачки мн. 3) (за-)бег м; пробег м; one hundred metre ~ бег на сто метров 2. v состязаться в скорости; мчаться

race II раса ж; ~ discrimination расовая дискриминация

race||course ['reiskɔ:s] брит. ипподром м; ~ horse [-hɔ:s] скаковая лошадь

racer ['reisə] 1) гонщик м 2) гоночный автомобиль (велосипед *и т. п.) (racing car, bicycle, etc)*

racetrack [ˈreɪstræk] *амер.* = rácecourse

racket [ˈrækɪt] *спорт.* ракетка *ж*

racoon [rəˈkuːn] енот *м*

radiator [ˈreɪdɪeɪtə] 1) батарея *ж (heating device)* 2) *авто* радиатор *м*

radical [ˈrædɪkəl] коренной, основной; радикальный

radio [ˈreɪdɪəu] 1) радио *с, нескл.;* ~ valve *брит.,* ~ tube *амер.* радиолампа *ж;* by ~ по радио; lísten to the ~ слушать радио; accórding to Lóndon ~ как сообщает лондонское радио 2) радиоприёмник *м (radio set)*

radish [ˈrædɪʃ] редиска *ж*

rag [ræg] тряпка *ж*

rage [reɪdʒ] ярость *ж;* гнев *м*

raid [reɪd] налёт *м*

rail [reɪl] 1) перила *мн. (banisters)* 2) перекладина *ж (bar)* 3) рельс *м;* go by ~ éхать поездом; ~ing [-ɪŋ] ограда *ж (fence)*

rail‖road [ˈreɪlrəud] *амер.* железная дорога; ~way [-weɪ] *брит.* железная дорога; ~way

man железнодорожник *м;* ~way guide железнодорожный справочник

rain [reɪn] 1. *n* дождь *м* 2. *v*: it ~s (it is ~ing) идёт дождь

rain‖bow [ˈreɪnbəu] радуга *ж;* ~coat [-kəut] плащ *м*

rainy [ˈreɪnɪ] дождливый

raise [reɪz] 1. *v* 1) поднимать; ~ a quéstion поднять вопрос 2) выращивать *(breed, produce)* 3) воздвигать; ~ a mónument воздвигнуть памятник 4) повышать; ~ wáges повышать заработную плату 2. *n амер.* повышение *с;* ~ in wáges повышение заработной платы

raisin [ˈreɪzn] изюм *м*

rake [reɪk] грабли *мн.*

rally [ˈrælɪ] слёт *м,* собрание *с,* (массовый) митинг *(meeting)*

ram [ræm] баран *м*

ramp [ræmp] *авто* наклонный въезд, пандус *м*

ran [ræn] *past от* run 1

ranch [rɑːntʃ] *амер.* ранчо *с, нескл.,* скотоводческая ферма

random [ˈrændəm]: at ~ наугад, наобум

rang [ræŋ] *past om* ring II, 1

range [reɪndʒ] 1) ряд *м*, линия *ж (row)* 2) область распространения; the ~ of hearing предел слышимости 3) размах *м*; диапазон *м*; ~ of interests круг интересов 4) (*тж.* rifle--range, shooting-range) тир *м*; стрельбище *с*

rank [ræŋk] 1. *n* 1) ряд *м*, шеренга *ж*; fall into ~ построиться 2) чин *м*, ранг *м (grade)* ◈ ~ and file рядовые *мн.* 2. *v* 1) выстраивать(ся) в ряд (в линию) 2) классифицировать; занимать место; he ~s high as a sprinter он видный спринтер

rapid ['ræpɪd] 1. *a* быстрый, скорый 2. *n pl* пороги *мн. (реки)*

rapier ['reɪpjə] *спорт.* рапира *ж*

rapporteur [ræpɔː'tɜː] докладчик (комиссии, комитета)

rare [rɛə] 1) редкий, необыкновенный 2) *амер.*: a ~ steak бифштекс ,,с кровью"

rash I [ræʃ] сыпь *ж*

rash II поспешный; опрометчивый

raspberry ['raːzbərɪ] малина *ж*

rat [ræt] крыса *ж*

rate [reɪt] 1) норма *ж*; расценка *ж*; ставка *ж*; ~ of exchange *фин.* обменный курс 2) темп *м*; скорость *ж*; at the ~ of one hundred miles per hour со скоростью сто миль в час 3) сорт *м (sort)* 4) процент *м*; степень *ж*; birth (death) ~ рождаемость *ж* (смертность *ж*) ◈ at any ~ во всяком случае

rather ['raːðə] 1) скорее, лучше 2) слегка, несколько; I'm ~ tired я немного устал 3) *разг.* конечно, да; ещё бы; would you like to go there? — ~! вы хотите туда пойти? — Ещё бы!

ratification [rætɪfɪ'keɪʃn] ратификация *ж*; ~ instruments ратификационные грамоты

ratify ['rætɪfaɪ] ратифицировать

ration ['ræʃn] паёк *м*

rational ['ræʃənl] разумный, рациональный

rattle ['rætl] трещать, греметь, грохотать

raven ['reɪvn] ворон *м*

raw [rɔː] сырой; необработанный; ~ material сырьё *с*

ray [reɪ] луч *м*

rayon ['reɪən] искусственный шёлк, вискоза *ж*

razor ['reɪzə] бритва
ж; sáfety ~ безопа́с-
ная бри́тва

reach [ri:tʃ] 1) дости-
га́ть, доходи́ть, дое-
жа́ть 2) достава́ть, до-
тя́гиваться; will you
kíndly ~ me the salt
переда́йте, пожа́луйста,
соль 3) простира́ться
(extend)

react [ri:'ækt] реаги́-
ровать

reaction [ri:'ækʃn] 1)
реа́кция ж; реаги́ро-
вание с 2) полит. реа́к-
ция ж; ~ary [-ərɪ] 1.
a реакцио́нный 2. n
реакционе́р м

read [ri:d] (read [red])
1) чита́ть; I ~ Rússian
я чита́ю по-ру́сски 2)
гласи́ть; пока́зывать;
the thermómeter ~s...
термо́метр пока́зывает
...; ~er [-ə] 1) чи-
та́тель м 2) хрестома́-
тия ж (book); ~ing
[-ɪŋ] чте́ние с

reading-room ['ri:dɪŋ-
rum] чита́льный зал

ready ['redɪ] гото́-
вый; dinner is ~ обе́д
гото́в; ~ móney на-
ли́чные мн.; ~made
[-'meɪd]: ~máde clothes
гото́вое пла́тье

real [rɪəl] действи́тель-
ный, настоя́щий

realism ['rɪəlɪzm] реа-
ли́зм м

reality [ri:'ælɪtɪ] дей-

стви́тельность ж; in ~
на са́мом де́ле

realize ['rɪəlaɪz] 1)
осуществля́ть 2) пони-
ма́ть, представля́ть себе́
(understand)

really ['rɪəlɪ] действи́-
тельно, в са́мом де́ле

reap [ri:p] с.-х. жать

rear I [rɪə] тыл м

rear II 1) поднима́ть,
воздвига́ть 2) воспи́ты-
вать, выра́щивать (bring
up)

reason ['ri:zn] 1. n 1)
ра́зум м; благоразу́мие
с 2) причи́на ж, осно-
ва́ние с; до́вод м; for
some ~ or óther за-
чём-то, почему́-то 2. v
рассужда́ть; ~able
[-əbl] 1) разу́мный 2)
прие́млемый; ~able
price уме́ренная цена́

rebel 1. n ['rebl] пов-
ста́нец м; мяте́жник м
2. v [rɪ'bel] восстава́ть

recall [rɪ'kɔ:l] 1) от-
зыва́ть 2) отменя́ть; ~
an órder отмени́ть при-
ка́з 3) вспомина́ть (rec-
ollect)

receipt [rɪ'si:t] 1) по-
луче́ние с 2) распи́ска
ж, квита́нция ж; may
I have a ~, please
да́йте, пожа́луйста, кви-
та́нцию

receive [rɪ'si:v] 1) по-
луча́ть; ~ an invitá-
tion получи́ть пригла-
ше́ние 2) принима́ть

(entertain); ~r [-ə] (телефонная) тру́бка *(ear--piece)*

recent ['ri:snt] неда́вний, но́вый, све́жий; ~ly [-lɪ] неда́вно

reception [rɪ'sepʃn] приём *м*

recess [rɪ'ses] 1) переры́в *м*; an hour's ~ часово́й переры́в 2) кани́кулы *мн. (vacation)*

recital [rɪ'saɪtl] 1) деклама́ция *ж*; худо́жественное чте́ние 2) *муз.* со́льный конце́рт; конце́рт из произведе́ний одного́ компози́тора

recite [rɪ'saɪt] чита́ть, деклами́ровать

reckless ['reklɪs] отча́янный, безрассу́дный

reckon ['rekən] 1) счита́ть, подсчи́тывать 2) ду́мать, предполага́ть *(suppose)*

reclaim [rɪ'kleɪm] осва́ивать; ~ arable land from the jungle расчища́ть джу́нгли под па́шню

recognition [rekəg'nɪʃn] призна́ние *с*

recognize ['rekəgnaɪz] 1) узнава́ть 2) признава́ть; ~ a government призна́ть прави́тельство

recollect [rekə'lekt] припомина́ть *(remember)*

recommend [rekə'mend] рекомендова́ть,

сове́товать; ~ation [rekəmen'deɪʃn] рекоменда́ция *ж*; follow the doctor's ~ation выполня́йте предписа́ния врача́

reconcile ['rekənsaɪl] примиря́ть (with, to — с)

reconstruct ['ri:kəns'trʌkt] перестра́ивать; ~ion ['ri:kəns'trʌkʃn] перестро́йка *ж*, реконстру́кция *ж*

record 1. *n* ['rekɔ:d] 1) за́пись *ж*; протоко́л *м*; on ~ занесённый в протоко́л, зарегистри́рованный; официа́льный, объя́вленный публи́чно 2) (граммофо́нная) пласти́нка *(for a gramophone)* 3) реко́рд *м*; break (set) a ~ поби́ть (установи́ть) реко́рд ◆ bad (good) ~ плоха́я (хоро́шая) репута́ция; off the ~ не для протоко́ла; ме́жду на́ми 2. *v* [rɪ'kɔ:d] 1) запи́сывать, регистри́ровать 2) осуществля́ть звукоза́пись; вести́ за́пись зву́ка *или* изображе́ния на магни́тную ле́нту; their songs were ~ed их пе́сни (бы́ли) запи́саны (на магнитофо́не); the show was ~ed on video tape конце́рт запи́сан на видеомагнитофо́не; ~holder [-həuldə] *спорт.* реко́рдсмён *м;* ~ing [rɪˈkɔːdɪŋ](магнитная) запись; ~player [-pleɪə] проигрыватель *м*

recover [rɪˈkʌvə] 1) возвращать; получать назад; ~ a lost thing получить назад потерянную вещь 2) выздоравливать, поправляться *(from illness)* ◈ ~ oneself (cónsciousness) приходить в себя; ~y [rɪˈkʌvərɪ] 1) выздоровление *с (after illness)* 2) восстановление *с (restoration)*

recreation [rekrɪˈeɪʃn] отдых *м,* развлечение *с;* ~ ground площадка для игр

recruit [rɪˈkruːt] вербовать

red [red] 1) красный; ~ flag красный флаг; R.Cross Красный Крест; R. Créscent Красный Полумесяц 2) рыжий; ~ hair рыжие волосы

reduce [rɪˈdjuːs] уменьшать, понижать; ~ prices снижать цены; ~ speed сбавить скорость

reduction [rɪˈdʌkʃn] снижение *с;* скидка *ж;* уменьшение *с;* ~ of ármaments сокращение вооружений

reed [riːd] тростник *м;* камыш *м*

reel [riːl] 1) катушка *ж* 2) *(тж.* tape reel) (магнитофонная) кассета 3) *тех.* барабан *м* 4) *кино* часть *ж*

refer [rɪˈfəː] 1) ссылаться (to — на) 2) направлять, отсылать; I can ~ you to a good library я могу порекомендовать вам хорошую библиотеку 3) иметь отношение, относиться; this rule ~s ónly to children это положение относится лишь к детям; ~ee [refəˈriː] *спорт.* судья *м;* ~ence [ˈrefrəns] 1) ссылка *ж,* упоминание *с;* cross ~ence перекрёстная ссылка; make ~ence to smth упоминать что-л. 2) справка *ж;* ~ence book справочник *м* 3) рекомендация *ж;* he has véry good ~ences у него отличные рекомендации (отличная характеристика)

refine [rɪˈfain] 1) очищать 2) *перен.* делать изящным, утончённым; ~ry [rɪˈfainərɪ] нефтеперегонный завод

reflect [rɪˈflekt] 1) отражать(ся) 2) размышлять *(ponder)*

reform [rɪˈfɔːm] **1.** *n* реформа *ж;* agrárian ~ аграрная реформа **2.**

v исправля́ть, перевос-
пи́тывать; ~ juvenile
delínquents перевоспи́-
тывать малоле́тних пре-
сту́пников

refrain [rɪ'freɪn] при-
пе́в *м*

refresh [rɪ'freʃ] осве-
жа́ть; ~ oneself *разг.*
подкрепи́ться; ~ment
[-mənt] 1) подкрепле́-
ние *с (сил и т. п.)* 2)
(тж. pl) заку́ски и на-
пи́тки; ~ment room
буфе́т *м*

refrigerator [rɪ'frɪdʒə-
reɪtə] холоди́льник *м*

refuge ['refjuːdʒ] убе́-
жище *с*; take ~ спа-
са́ться; ~e [refjuː'dʒiː]
бе́женец *м*

refusal [rɪ'fjuːzəl] от-
ка́з *м*

refuse [rɪ'fjuːz] отка́-
зывать(ся); ~ póint-
blank наотре́з отказа́ть-
ся

refute [rɪ'fjuːt] опро-
верга́ть

regain [rɪ'geɪn] полу-
чи́ть обра́тно; ~ one's
health попра́виться

regard [rɪ'gɑːd] **1.** *n*
1) внима́ние *с*; уваже́-
ние *с (respect)* 2) *pl*
покло́н *м*, приве́т *м*;
give him my best ~s
переда́йте ему́ серде́ч-
ный приве́т 3) отноше́-
ние *с*; in (with) ~
to относи́тельно **2.** *v*
1) смотре́ть на кого́-л.,

что-л. 2) счита́ть, рас-
сма́тривать *(consider)* 3)
каса́ться; as ~s что
каса́ется; ~ing [-ɪŋ] от-
носи́тельно

regatta [rɪ'gætə] ре-
га́та *ж*, па́русные (греб-
ны́е) го́нки

regime [reɪ'ʒiːm] ре-
жи́м *м*; строй *м*

region ['riːdʒən] 1) о́б-
ласть *ж* 2) зо́на *ж*,
регио́н *м*, (географи́чес-
кий *или* экономи́чес-
кий) райо́н *м*; the Sóuth-
-East Ásia R. райо́н
(зо́на) Юго-Восто́чной
А́зии; ~al [-əl] регио-
на́льный; UN ~al eco-
nómic commissions ре-
гиона́льные экономи́-
ческие коми́ссии ОО́Н

register ['redʒɪstə] **1.**
n журна́л *м (записей)*:
have you signed the ~?
вы расписа́лись в кни́ге
посети́телей? **2.** *v* ре-
гистри́ровать; ~ one's
lúggage сдать ве́щи в
бага́ж; they're ~ed in
the same hotel они́ оста-
нови́лись в той же гос-
ти́нице; ~ed [-d]: ~ed
létter заказно́е письмо́

registration [redʒɪs-
'treɪʃn] регистра́ция *ж*

registry ['redʒɪstrɪ] 1)
регистрату́ра *ж* 2) (the
R., *тж.* Régistry Óf-
fice) отде́л за́писи а́к-
тов гражда́нского сос-
тоя́ния (загс)

regret [rɪ'gret] **1.** *n* сожале́ние *с*; to my ~ к сожале́нию **2.** *v* 1) сожале́ть 2) раска́иваться

regular ['regjulə] 1) пра́вильный *(correct)* 2) обы́чный; ~ procédure обы́чная процеду́ра 3) *разг.* настоя́щий; ~ guy *амер.* молоде́ц *м* 4) регуля́рный; ~ ármy регуля́рная а́рмия

regulate ['regjuleɪt] 1) регули́ровать 2) приспоса́бливать *(adjust)*

regulation [regju'leɪʃn] 1) регули́рование *с* 2) *(обыкн. pl)* пра́вила *мн.*; регла́мент *м*; keep to the ~s соблюда́йте пра́вила

rehearsal [rɪ'hə:səl] репети́ция *ж*

reign [reɪn] 1) ца́рствовать 2) *перен.* госпо́дствовать

reinforce [ri:ɪn'fɔ:s] уси́ливать, подкрепля́ть; ~d cóncrete железобето́н *м*

reins [reɪnz] *pl* пово́дья *мн.*, во́жжи *мн.*

reject [ri:'dʒekt] отверга́ть, отклоня́ть

rejoice [rɪ'dʒɔɪs] ра́довать(ся); ~ in (at) ра́доваться *чему-л.*

relate [rɪ'leɪt] 1) расска́зывать 2) устана́вливать связь ме́жду чем-л. *(establish connections)* 3) находи́ться в род-

стве́; we are clósely ~d мы бли́зкие ро́дственники

relation [rɪ'leɪʃn] 1) отноше́ние *с*; связь *ж*; búsiness (friendly) ~s деловы́е (дру́жеские) отноше́ния; in ~ to что каса́ется 2) ро́дственник *м* *(relative)*

relative ['relətɪv] **1.** *n* ро́дственник *м* **2.** *a* относи́тельный; име́ющий отноше́ние

relax [rɪ'læks] ослабля́ть; ~ one's atténtion (éfforts) осла́бить внима́ние (уси́лия) ◊ ~! *амер.* споко́йно!; передохни́!, приди́ в себя́!; ~ation [ri:læk'seɪʃn] 1) ослабле́ние *с*; ~ation of internátional ténsion(s) смягче́ние междунаро́дной напряжённости 2) о́тдых *м*, переды́шка *ж* *(respite)*

relay [ri:'leɪ] 1) *радио, тлв.* (ре)трансля́ция *ж*; ~ státion ретрансляцио́нная ста́нция 2) *спорт. ол.* эстафе́та *ж*; ...-metre ~ эстафе́та в бе́ге на... ме́тров; médley ~ *см.* médley; fréestyle ~ *(плавание)* эстафе́та по пла́ванию во́льным сти́лем; 40-km (fórty kilométres) cróss-cóuntry ~ *(лыжи)* эстафе́та 4 × 10 км (четы́ре на де́сять киломе́тров); biáthlon ~ *см.* biáthlon

release [rɪ'liːs] 1) освобожда́ть 2) (от)пуска́ть; ~ an árrow пусти́ть стрелу́ 3) выпуска́ть (*из печати и т.п.*); ~ the news опубликова́ть сообще́ние

reliable [rɪ'laɪəbl] надёжный; ~ informátion достове́рные све́дения

relief I [rɪ'liːf] 1) облегче́ние *с* 2) по́мощь *ж;* посо́бие *с;* ~ fund фонд по́мощи

relief II релье́ф *м*

relieve [rɪ'liːv] 1) облегча́ть; ~ one's pain облегча́ть боль 2) ока́зывать по́мощь (*help*) 3) заменя́ть, подменя́ть; will you ~ me for a mínute? пожа́луйста, замени́те меня́ на мину́тку

religion [rɪ'lɪdʒn] рели́гия *ж*

religious [rɪ'lɪdʒəs] религио́зный

relish ['relɪʃ] 1) (при-)вкус *м*, за́пах *м* 2) со́ус *м*, припра́ва *ж*

reluctant [rɪ'lʌktənt] сопротивля́ющийся; неохо́тный

rely [rɪ'laɪ] полага́ться; you may ~ on (upón) me вы мо́жете положи́ться на меня́

remain [rɪ'meɪn] оставаться; ~der [-də] оста́ток *м*

remark [rɪ'maːk] **1.** *n* замеча́ние *с;* límit your ~s to five mínutes у вас пять мину́т для выступле́ния **2.** *v* 1) замеча́ть (*notice*) 2) вы́сказать замеча́ние; he ~ed that he heard it for the first time он заме́тил, что слы́шит э́то впервы́е; ~able [-əbl] замеча́тельный

remedy ['remɪdɪ] 1) сре́дство *с* 2) лека́рство *с* (*medicine*)

remember [rɪ'membə] по́мнить, вспомина́ть; ~ me to her кла́няйтесь ей от меня́

remind [rɪ'maɪnd] напомина́ть; please ~ me of it напо́мните мне об э́том, пожа́луйста

reminiscence [remɪ'nɪsns] воспомина́ние *с*

remit [rɪ'mɪt]: ~ móney перевести́ де́ньги; ~tance [-əns] перево́д де́нег

remnant ['remnənt] оста́ток *м*

remote [rɪ'məut] 1) да́льний; отдалённый 2) маловероя́тный; a véry ~ possibílity маловероя́тное собы́тие; оди́н шанс из ты́сячи

remove [rɪ'muːv] удаля́ть; устраня́ть; убира́ть; ~ stains выводи́ть пятна

Renaissance [rə'neɪsəns] эпо́ха Возрожде́ния, Ренесса́нс *м*

render ['rendə] 1) возлага́ть; ока́зывать; ~ aid ока́зывать по́мощь 2) представля́ть; ~ an account предста́вить счёт 3) приводи́ть в определённое состоя́ние, превраща́ть во что-л.; ~ him happy осчастли́вить его́ 4) переводи́ть *(translate)*

renew [rɪ'nju:] 1) обновля́ть 2) возобновля́ть; ~ correspondence возобнови́ть перепи́ску

rent [rent] *особ. амер.* **1.** *n* 1) аре́нда *ж;* apartments for ~ сдаю́тся кварти́ры *(объявление)* 2) аре́ндная пла́та *(for land, machinery, etc)* 3) кварти́рная пла́та *(for a flat)*; what's your ~? ско́лько вы пла́тите за кварти́ру? **2.** *v* 1) нанима́ть; they ~ an apartment они́ снима́ют кварти́ру 2) сдава́ть в аре́нду *(let)*

repair [rɪ'peə] **1.** *n* 1) почи́нка *ж*, ремо́нт *м;* minor ~(s) ме́лкий ремо́нт; under ~ в ремо́нте; "~s done while you wait" „ремо́нт произво́дится в прису́тствии зака́зчика" *(над-*

пись) 2): in good ~ в хоро́шем состоя́нии, в испра́вности **2.** *v* ремонти́ровать; ~ shoes (a road) ремонти́ровать боти́нки (доро́гу)

repeat [rɪ'pi:t] повторя́ть

repertoire ['repətwa:] репертуа́р *м*

repetition [repɪ'tɪʃn] повторе́ние *с*

replace [rɪ'pleɪs] 1) положи́ть обра́тно 2) заменя́ть; замеща́ть *(substitute for)*; impossible to ~ незамени́мый

replay 1. *n* ['ri:pleɪ] *спорт.* переигро́вка *ж* **2.** *v* ['ri:'pleɪ] переигра́ть *(матч, игру)*

reply [rɪ'plaɪ] **1.** *n* отве́т *м;* sound ~ разу́мный отве́т **2.** *v* отвеча́ть; he replied yes он отве́тил утверди́тельно; ~-paid [-peɪd] с опла́ченным отве́том

report [rɪ'pɔ:t] **1.** *n* докла́д *м;* ра́порт *м;* отчёт *м:* a newspaper ~ газе́тный отчёт **2.** *v* сообща́ть; докла́дывать; it's ~ed that ... сообща́ется, что...; ~er [-ə] репортёр *м (journalist)*; ~ing [-ɪŋ] репорта́ж *м*

represent [reprɪ'zent] 1) представля́ть 2) изобража́ть; what does the picture ~? что изобра-

жено на этой картине?;
~ative [-ətɪv] представитель м

repression [rɪ'preʃn] подавление с, репрессия ж

reprint ['ri:'prɪnt] переиздавать, перепечатывать

reproach [rɪ'prəutʃ] 1. и упрёк м; осуждение с 2. v упрекать (with smth — в чём-л.)

reproduction [ri:prə'dʌkʃn] воспроизведение с, репродукция ж, копия ж

republic[rɪ'pʌblɪk]республика ж; ~an [-ən] 1. а республиканский 2.n (R.) республиканец м, член республиканской партии (в США); the Republican Administration правительство республиканцев

reputation [repju-'teɪʃn] репутация ж; доброе имя

request [rɪ'kwest] 1. n просьба ж; written ~ письменное заявление 2. v просить

require [rɪ'kwaɪə] 1) требовать; if circumstances — в случае необходимости 2) нуждаться в чём-л. (need); ~ment [-mənt] требование с; потребность ж; meet the ~ments отвечать требованиям,

уловлетворять потребности

rescue ['reskju:] 1. n спасение с; come to the ~ прийти на помощь 2. v спасать с. a: ~ team спасательная команда

research [rɪ'sə:tʃ] (научное) исследование; ~ centre научно-исследовательский центр (институт); ~ worker научный работник; исследователь м

resemblance [rɪ'zembləns] сходство с (between, to — между, с)

resemble[rɪ'zembl]походить на (кого-л.); иметь сходство с (кем-либо)

reservation [rezə'veɪʃn] 1) оговорка ж; without ~ безоговорочно; make a ~ сделать оговорку 2) резервация ж (for the Indians)

reserve [rɪ'zə:v] 1. n 1) запас м, резерв м; in ~ в запасе 2) сдержанность ж (self-restraint) 3) спорт. запасной игрок 2. v 1) сберегать; запасать; ~ your strength берегите силы 2) откладывать (решение и т. д.); резервировать; I ~ my position я выскажу по этому вопросу позже 3) брони́ровать, резерви́ровать; ~ a room in a hotel забронировать но́мер в гости́нице; ~d [-d] 1) скры́тный, сде́ржанный 2): ~d seat а) нумеро́ванное ме́сто; б) плацка́рта ж *(on a railway)*; в) биле́т в теа́тр *(ку́пленный зара́нее на нумеро́ванное ме́сто)*; all seats ~d *театр., кино* все места́ нумеро́ванные *(объявле́ние)*

reservoir ['rezəvwa:] резервуа́р м; водохрани́лище с

reside [rɪ'zaɪd] прожива́ть; ~nce ['rezɪdəns] местожи́тельство с, рези́денция ж; ~nt ['rezɪdənt] постоя́нный жи́тель *(inhabitant)*

resign [rɪ'zaɪn] *полит.* уходи́ть в отста́вку; ~ation [rezɪg'neɪʃn] отста́вка ж

resist [rɪ'zɪst] 1) сопротивля́ться 2) сде́рживаться; I can't ~ the temptation (of) не могу́ удержа́ться от искуше́ния; ~ance [-əns] сопротивле́ние с; ~ance movement движе́ние сопротивле́ния, освободи́тельное движе́ние

resolute ['rezəlu:t] твёрдый, реши́тельный

resolution [rezə'lu:ʃn] 1) реше́ние с, резолю́-

ция ж 2) реши́мость ж *(determination)*

resolve [rɪ'zəlv] реша́ть(ся)

resort [rɪ'zɔ:t] **1.** *n* 1): summer ~ да́чное ме́сто 2) *(тж.* health resort) куро́рт м **2.** *v* прибега́ть (to — к чему́-л.)

resources [rɪ'sɔ:sɪz] *pl* ресу́рсы мн., сре́дства мн.; natural (mineral) ~ приро́дные ресу́рсы (поле́зные ископа́емые)

respect [rɪs'pekt] **1.** *n* 1) уваже́ние с 2): in ~ to что каса́ется **2.** *v* уважа́ть; ~able [-əbl] почте́нный; представи́тельный; ~fully [-fulɪ]: ~fully yours и́скренне уважа́ющий вас *(в письме́)*; ~ive [-ɪv] соотве́тственный; each went to his ~ive home все разошли́сь по дома́м

respite ['respaɪt] переды́шка ж

respond [rɪs'pɔnd] 1) отвеча́ть; отзыва́ться 2) реаги́ровать *(react to)*

response [rɪs'pɔns] отве́т м; о́тклик м; in ~ to в отве́т на

responsibility [rɪspɔnsə'bɪlɪtɪ] 1) отве́тственность ж 2) обя́занность ж *(duty)*

responsible [rɪs'pɔnsəbl] отве́тственный

rest I [rest] **1.** *n* от-

дых *м*, покóй *м*; let's
have a ~ давáйте от-
дохнём ◆ ~ room
амер. обще́ственная
убóрная 2. *v* 1) отды-
хáть; ~ well хорошó
отдохнýть 2) опирáться
(*lean on*)

rest II 1. *n*: the ~
остальнóе *с*; остальны́е
мн. 2. *v* 1) оставáться;
~ assúred that... бýдь-
те увéрены, что ...
2): it ~s with you to
decíde за вáми прáво
реше́ния

restaurant ['restərɔ:ŋ]
ресторáн *м*

rest-house ['resthaus]
(придорóжная) гости́ни-
ца

restless ['restlis] бес-
покóйный, неугомóн-
ный

restoration [restə'reiʃn]
восстановле́ние *с*, рес-
таврáция *ж*

restore [ris'tɔ:] восстанáвливать, реста-
ври́ровать

restrain   [ris'trein]
сде́рживать

restriction [ris'trikʃn]
ограниче́ние *с*; withóut
~s без ограниче́ний

result [ri'zʌlt] 1. *n*
результáт *м*, слéдствие
с 2. *v* (*in smth*) приво-
ди́ть   к   (*чему-л.*),
окáнчиваться (*чем-л.*)

resume [ri'zju:m] во-
зобновля́ть

retail 1. *n* ['ri:teil]
рóзничная продáжа 2.
adv ['ri:teil] в рóзницу
3. *v* [ri:'teil] продавáть
(-ся) в рóзницу

retire [ri'taiə] 1) уда-
ля́ться (*withdraw*) 2)
уходи́ть в отстáвку (*re-
sign*)

retreat [ri'tri:t] отсту-
пáть

return [ri'tə:n] 1. *n*
1) возвраще́ние *с*; on
one's ~ по возвраще́-
нии 2) возмеще́ние *с*;
in ~ в отвéт; в обмéн
3) *ком.* оборóт *м*; до-
хóд *м* ◆ mány háppy
~s of the day! (по-
здравля́ю) с днём рож-
де́ния! 2. *v* 1) возвра-
щáть(ся); when will you
~? когдá вы вернё-
тесь?; ~ a ball *спорт.*
отби́ть мяч 2) избирáть
(*в парлáмент и т. п.*);
be ~ed to Cóngress
амер. быть и́збранным
в конгрéсс

Reuter ['rɔitə] Рéйтер
(*телегрáфное агентст-
во*)

reveal [ri'vi:l] откры-
вáть, обнарýживать; ~
a sécret вы́дать секрéт;
~ itsélf появи́ться, об-
нарýжиться

revenge [ri'vendʒ] 1.
n месть *ж*; take one's
~ а) отомсти́ть; б)
спорт. взять ревáнш 2.
v мсти́ть

reverence ['revərəns] почте́ние *c;* благогове́ние *c*

reverse [rɪ'vəːs] 1. *a* обра́тный, противополо́жный 2. *n* 1) противополо́жное *c;* обра́тное *c;* quite the ~! совсе́м наоборо́т! 2) за́дний ход; put the car in ~ включи́ть за́дний ход

review [rɪ'vjuː] 1. *n* 1) обзо́р *м (survey)* 2) *театр.* обозре́ние *c,* ревю́ *c, нескл.* 3) реце́нзия *ж;* ~ of a book реце́нзия на кни́гу 2. *v* 1) пересма́тривать; ~ the plans пересма́тривать пла́ны 2) повторя́ть; ~ a lésson повтори́ть уро́к

revise [rɪ'vaɪz] исправля́ть, пересма́тривать

revive [rɪ'vaɪv] 1) ожива́ть, оживля́ть 2) восстана́вливать; возобновля́ть; ~ a play возобнови́ть постано́вку

revolt [rɪ'vəult] 1. *n* восста́ние *c;* мяте́ж *м* 2. *v* восстава́ть

revolution I [revə'luːʃn] револю́ция *ж;* the Great Octóber Sócialist R. Вели́кая Октя́брьская социалисти́ческая револю́ция

revolution II оборо́т *м;* the spáceship is compléting its fífth ~

around the Moon косми́ческий кора́бль заверша́ет пя́тый вито́к (оборо́т) вокру́г Луны́

revolutionary [revə'luːʃnərɪ] 1. *a* революцио́нный 2. *n* революционе́р *м*

revolve [rɪ'vɔlv] враща́ть(ся)

reward [rɪ'wɔːd] 1. *n* вознагражде́ние *c;* компенса́ция *ж;* 2. *v* награжда́ть

rheumatism ['ruːmətɪzm] ревмати́зм *м*

rhyme [raɪm] ри́фма *ж*

rhythm ['rɪðəm] ритм *м*

rib [rɪb] ребро́ *c*

ribbon ['rɪbən] ле́нт(оч)ка *ж*

rice [raɪs] рис *м*

rich [rɪtʃ] 1) бога́тый 2) плодоро́дный; ~ soil плодоро́дная по́чва 3) жи́рный *(о пище);* ~ milk густо́е молоко́

rid [rɪd] (rid) освобожда́ть, избавля́ть; get ~ of отде́лываться; избавля́ться

ridden ['rɪdn] *pp от* ride 1

riddle ['rɪdl] зага́дка *ж*

ride [raɪd] 1. *v* (rode; rídden) е́хать; ~ a race уча́ствовать в ска́чках 2. *n* 1) езда́ *ж* 2) прогу́лка *ж;* go for a bike ~ соверши́ть прогу́лку на велосипе́де; ~r [-ə] нае́здник *м*, вса́дник *м*

ridiculous [rɪ'dɪkjuləs] смехотво́рный, неле́пый

riding ['raɪdɪŋ] 1. *n* ко́нный спорт 2. *a* верхово́й; ~ horse верхова́я ло́шадь; ~ school (academy) шко́ла верхово́й езды́; ~-house [-haus] мане́ж *м*

rifle ['raɪfl] 1) винто́вка *ж*; smallbore ~ мелкокали́берная винто́вка 2) *о.т. (виды соревнова́ний)*: smallbore ~ prone (three positions) стрельба́ из мелкокали́берной винто́вки из положе́ния лёжа (из трёх положе́ний); ~man [-mən] стрело́к *м*; ~range [-reɪndʒ] стре́льбище *с*

right [raɪt] 1. *n* 1) пра́во *с*; it's your ~ э́то ва́ше пра́во 2) пра́вая сторона́; turn to the ~ поверни́те напра́во 2. *a* 1) пра́вильный, ве́рный; you are ~! вы пра́вы!, пра́вильно!; the ~ thing to do как раз то, что ну́жно 2) пра́вый; ~ hand пра́вая рука́ 3. *adv* 1) пра́вильно 2) напра́во; turn ~ поверни́те напра́во 3) то́чно, как раз; ~ in the middle как раз в середи́не; go, ~ to the end иди́те

до са́мого конца́ ❖ ~ away (off) *амер.* то́тчас, неме́дленно; ~ here *амер.* как раз здесь; ~ now! *амер.* сейча́с!; в э́ту мину́ту; ~hand [-hænd]: ~-hand traffic правосторо́ннее движе́ние; ~-of-way [-ɔv'weɪ] *авто* преиму́щественное пра́во прое́зда; ~-side [-saɪd] = ~-hand; ~-wing [-wɪŋ] *полит.* пра́вый

rigid ['rɪdʒɪd] 1) засты́вший; негну́щийся 2) жёсткий; стро́гий; ~ rule твёрдое пра́вило

rim [rɪm] о́бод *м*, ободо́к *м*; ~less [-lɪs]: ~less glasses пенсне́ *с*, не́скл.

rind [raɪnd] кожура́ *ж*, ко́рка *ж*

ring I [rɪŋ] 1. *n* 1) круг *м* 2) кольцо́ *с*; wedding ~ обруча́льное кольцо́ 3) ринг *м*; аре́на *ж*; boxing ~ (боксёрский) ринг 4) *pl* спорт. ко́льца *мн.*; упражне́ния на ко́льцах 2. *v* окружа́ть *(surround)*

ring II 1. *v* (rang; rung) 1) звони́ть 2) звене́ть, звуча́ть; ~ in one's ears звуча́ть в уша́х; ~ off дава́ть отбо́й; ~ up звони́ть (по телефо́ну) 2. *n* звон *м*; звоно́к *м*; give me

257

a ~ tomorrow позвоните мне завтра

ring-finger ['rɪŋfɪŋɡə] безымянный палец

rink [rɪŋk] n (тж. skating-rink) каток м

rinse [rɪns] полоскать

ripe [raɪp] спелый; созревший; ~n [-ən] зреть, созревать

rise [raɪz] **1.** v (rose; risen) 1) вставать; ~ early рано вставать 2) подниматься; when will the curtain ~? когда начнут спектакль? 3) увеличиваться; the temperature rose температура повысилась ◆ ~ in applause встречать овацией **2.** n 1) подъём м 2): give ~ to порождать 3) брит. увеличение с; ~ in wages рост заработной платы

risen ['rɪzn] pp от rise 1

risk [rɪsk] **1.** n риск м; run a ~ рисковать **2.** v рисковать (чем-л.); I'd ~ my life головой ручаюсь

rite [raɪt] обряд м, церемония ж; the ~s of hospitality обычаи гостеприимства

rival ['raɪvəl] **1.** n соперник м; конкурент м; ~s in sports соперники в спорте; without a ~ вне конкуренции **2.** a соперничающий; конкурирующий; we beat the ~ team мы победили команду противника **3.** v соперничать; конкурировать

river ['rɪvə] река ж

road [rəud] дорога ж; ~ sign дорожный знак; ~ transport автотранспорт м; ~-book [-buk] атлас автодорог; ~-map [-mæp] карта автодорог

roadster ['rəudstə] брит. 1) дорожный велосипед (bicycle) 2) амер. спортивный двухместный автомобиль с открытым верхом (car)

roar [rɔː] реветь; ~ with laughter покатываться со смеху

roast [rəust] **1.** v жарить(ся); ~ meat жарить мясо **2.** a жареный; ~ beef ростбиф м **3.** n жаркое с; амер. ростбиф м

rob [rɔb] грабить, обворовывать

robbery ['rɔbəri] ограбление с; грабёж м

robust [rəu'bʌst, 'rəubʌst] крепкий, дюжий

rock I [rɔk] скала ж; ~ on the ~s со льдом (о напитках)

rock II качать(ся); ~ing chair кресло-качалка с

rocket ['rɔkɪt] ракёта
ж; launch a ~ запус-
кáть ракёту

rock'n'roll ['rɔkən-
'rəul] (тж. rock and
roll) рок-н-рóлл м

rod [rɔd] 1) прут м;
стёржень м 2) (тж.
fishing-rod) ýдочка ж

rode [rəud] past om
ride 1

role [rəul] роль ж;
play the leading (title)
~ игрáть ведýщую
(главную) роль

roll [rəul] 1. n 1) свёрток м; рулóн м 2) спú-
сок м (list) 3) бýлочка
ж; a sweet ~ слáдкая
бýлочка 4) мор. бор-
товáя кáчка 2. v 1)
катúть(ся); вертéть(ся)
2) свёртывать(ся) 3) ка-
чáть(ся); the ship ~ed
heavily парохóд сúльно
качáло; ~ up скáты-
вать, свёртывать; ~-call
[-kɔːl] переклúчка ж;
~-call vote поимённое
голосовáние

roller-coaster ['rəulə-
'kəustə] амер. американ-
ские гóрки (аттрак-
цион)

rollers ['rəuləz] pl би-
гудú мн., нескл.

roller-skates ['rəulə-
skeits] pl рóлики мн.,
рóликовые конькú

Roman ['rəumən] 1)
древнерúмский 2) ро-
мáнский (as of a lan-

guage) ◈ ~ Catholic ка-
тóлик м

romance [rəu'mæns] 1)
ромáнтика ж 2) муз.
ромáнс м

Romanian [rɔ'meinɪ-
ən] 1. a румúнский 2.
n 1) румúн м, румúнка
ж 2) румúнский язúк

roof [ruːf] крúша ж;
кров м

rook I [ruk] грач м

rook II шахм. ладьú
ж

room [ruːm] 1) кóм-
ната ж; ~ and board
пóлный пансиóн 2) нó-
мер м (гостиницы);
the ~ is reserved for ...
нóмер забронúрован
для ... 3) мéсто с;
прострáнство с; plenty
of ~ простóрно; мнóго
мéста; ample ~ for...
есть мéсто для ...

room-mate ['ruːm-
meit] сосéд (сосéдка) по
кóмнате

root [ruːt] 1. n кóрень
м; ~ beer амер. „рýт
бир" м (безалкогóльный
напиток) 2. v: ~ out
искоренúть

rope [rəup] верёвка
ж, канáт м

rose I [rəuz] рóза ж

rose II past om rise 1

rostrum ['rɔstrəm]
трибýна ж, кáфедра ж

rosy ['rəuzi] румúный;
with ~ cheeks румú-
ный, розовощёкий

rot [rɔt] **1.** *n* 1) гниéние *с*; гниль *ж* 2) чепухá *ж*; talk ~ молóть вздор **2.** *v* гнить

rotation [rəu'teiʃn] 1) вращéние *с* 2) чередовáние *с*; in ~ попеременно

rotten ['rɔtn] гнилóй

rouble ['ru:bl] рубль *м*

rouge [ru:ʒ] румя́на *мн.*

rough [rʌf] 1) грýбый; ~ play *спорт.* грýбая игрá; by ~ calculátion по предварительным подсчётам 2) бýйный, бýрный; ~ sea бýрное мóре 3) неотдéланный; ~ сópу черновик *м*; ~ly [-li] приблизительно, в óбщих чертáх

Roumanian [ru'meiniən] *см.* Románian

round [raund] **1.** *a* 1) крýглый; ~ trip *амер.* поéздка тудá и обрáтно 2) пóлный, округлый; ~ cheeks пóлные щёки **2.** *n* 1) *бокс* рáунд *м* 2) *шахм.* тур *м* **3.** *adv* обрáтно; кругóм, вокрýг; the whole world ~ весь мир; long way ~ крýжным путём **4.** *prep* вокрýг, кругóм; ~ the córner за углóм; ~ the world вокрýг свéта

route [ru:t] маршрýт *м*; bus ~ автóбусный

маршрýт; en ~ по пути, по дорóге

routine [ru:'ti:n] установившаяся прáктика; ~ repáirs текýщий ремóнт; ~ procédure обычная процедýра

row I [rəu] ряд *м*

row II [rəu] грести; ~er [-ə] гребéц *м*; ~ing [-iŋ] грéбля *ж*; *ол.* академическая грéбля

royal ['rɔiəl] королéвский

rub [rʌb] 1) терéть(ся); ~ one's hands потирáть рýки 2) натирáть; my foot is ~bed sore я натёр себé нóгу; ~ out стерéть

rubber ['rʌbə] 1) резина *ж*; каучýк *м* 2) *pl* галóши *мн.*

ruby ['ru:bi] рубин *м*

rudder ['rʌdə] руль *м*

rude [ru:d] грýбый, невéжливый

rug [rʌg] 1) кóврик *м*; ковёр *м* (*floor-mat*) 2) плед *м* (*plaid*)

Rugby ['rʌgbi] *спорт.* рéгби *с, нескл.*

ruin ['ruin] **1.** *n* 1) гибель *ж*, крушéние *с* 2) (*чаще pl*) развáлины *мн.*; руины *мн.* **2.** *v* (по)губить; разрушáть; разорять; ~ one's health подорвáть здорóвье; ~ onesélf разориться

260

rule [ru:l] **1.** *n* 1) пра́вило *с*; ~ of the road пра́вила движе́ния; as a ~ обы́чно; ~s of procédure пра́вила процеду́ры 2) правле́ние *с*, госпо́дство *с*; fóreign (colónial) ~ иноземное (колониальное) госпо́дство **2.** *v* 1) пра́вить, управля́ть 2) постановля́ть, реша́ть *(устно)*; the cháirman ~d that... председа́тель постано́вил, что...; ~ smb out of órder лиши́ть кого́-л. сло́ва; ~ out исключа́ть; ~r [-ə] 1) прави́тель *м* 2) лине́йка *ж*

rumour [ˈruːmə] слух *м*, молва́ *ж*

run [rʌn] **1.** *v* (ran; run) 1) бе́гать, бежа́ть 2) идти́ *(о поезде, маши́не и т. п.);* are the búses ~ning? автобусы хо́дят? 3) течь *(flow)* 4) вести́ *(дело, предприя́тие);* управля́ть *(маши́ной);* ~ a hotél содержа́ть гости́ницу 5) идти́ *(о пьесе, кинофи́льме и т. п.)* 6) выставля́ть кандидату́ру на вы́борах; ~ for président баллоти́роваться на пост президе́нта; ~ acróss встре́тить; ~ awáy убежа́ть; ~ out конча́ться ⟡ ~ dry пересыха́ть; иссяка́ть; ~ short конча́ться **2.**

n 1) бег *м*; cróss-cóuntry ~ бег по пересечённой ме́стности, кросс *м* 2) тече́ние *с*, продолже́ние *с (course)* 3) *спорт.* забе́г *м* 4) *амер.* спусти́вшаяся петля́; there's a~ in the stócking на чулке́ спусти́лась петля́ 5): the play has a ~ of three húndred nights пье́са прошла́ три́ста раз ⟡ at a ~ подря́д; in the long ~ в конце́ концо́в

rung [rʌŋ] *pp от* ring II 1

runner [ˈrʌnə] бегу́н *м*; ~-up [ˈrʌnərˈʌp] фини́ширующий вторы́м

running [ˈrʌnɪŋ] 1) бегу́щий; ~ wáter водопрово́д *м (в кварти́ре)* 2) бегово́й; ~ track бегова́я доро́жка 3) после́довательный; three times (days) ~ три ра́за (дня) подря́д; ~ cómmentary репорта́ж *м*

run-up [ˈrʌnʌp] разбе́г *м*

runway [ˈrʌnweɪ] 1) *ав.* взлётная полоса́ 2) *спорт.* доро́жка для разбе́га

rural [ˈruərəl] се́льский, дереве́нский

rush [rʌʃ] **1.** *n* спе́шка *ж*; what's the ~? почему́ така́я спе́шка?; ~ hóurs часы́ „пик"; ~ órder сро́чный за-

каз; ~ séason горячая
пора 2. *v* мчаться;
"rush" ,,срочно" (*по-
метка на документе*)
Russian ['rʌʃən] 1. *a*
русский; I want a ~
text-book, please дайте
мне, пожалуйста, учеб-
ник русского языка 2.
n 1) русский *м*, русская
ж 2) русский язык
   rustle ['rʌsl] 1. *n* ше-
лест *м*; шорох *м* 2. *v*
шелестеть
   rusty ['rʌstɪ] ржавый
   Rwandese ['rwɑːndiːz]
1. *a* руандийский 2.
n руандиец *м*, руан-
дийка *ж*
   rye [raɪ] рожь *ж*;
~ bread ржаной хлеб

S

sable ['seɪbl] соболь *м*
sabre ['seɪbə] сабля
ж; ~ dance танец с
саблями; individual ~
ол. фехт. личное пер-
венство по фехтованию
на саблях
   sack [sæk] мешок *м*
   sacred ['seɪkrɪd] священный
   sacrifice ['sækrɪfaɪs] 1.
n жертва *ж* 2. *v* при-
носить в жертву, жерт-
вовать
   sad [sæd] печальный
   saddle ['sædl] 1. *n* се-

дло с 2. *v* седлать;
~**horse** [-hɔːs] верхо-
вая лошадь
   safe [seɪf] 1. *a* 1) не-
вредимый; ~ and sound
цел и невредим 2)
безопасный; ~ place
безопасное место 3)
надёжный (*reliable*) ◆
~ journey! счастливого
пути! 2. *n* сейф *м*
   safeguard ['seɪfgɑːd]
1. *n* гарантия *ж*; пре-
досторожность *ж* 2. *v*
охранять
   safely ['seɪflɪ] безо-
пасно, благополучно
   safety ['seɪftɪ] безопасность *ж*; ~ mea-
sures техника безопас-
ности; ~**pin** [-pɪn] бе-
зопасная булавка
   said [sed] *past и pp
от* say 1
   sail [seɪl] 1. *n* 1) парус *м* 2) плавание с
(*на корабле*); set ~
отправиться в плавание
2. *v* плавать (*на ко-
рабле*); when do we ~?
когда мы отплываем?;
~**or** [-ə] моряк *м*; ма-
трос *м* ◆ he is a bad
~or он плохо пере-
носит качку
   saint [seɪnt] святой
   sake [seɪk]: for the
~ of ради; do it for
her ~ сделайте это ради
неё
   salad ['sæləd] салат
м; egg (salmon) ~ са-

лат из яйц (из лососи́ны); Rússian ~ винегре́т *м*; ~-dressing [-'dresiŋ] припра́ва (для сала́та)

salame [sə'la:mi] копчёная колбаса́, саля́ми *ж, нескл.*

salary ['sæləri] жа́лованье *с*, окла́д *м*

sale [seil] 1) *брит.* прода́жа *ж*; on ~ в прода́же 2) *амер.* прода́жа уценённых товаров, распрода́жа *ж (at reduced prices)*

sales|**girl** ['seilzgə:l] продавщи́ца *ж*; ~man [-mən] продаве́ц *м*; ~woman [-wumən] продавщи́ца *ж*

salmon ['sæmən] лосо́сь *м*; сёмга *ж*; pink (húmpback) ~ горбу́ша *ж*; chum (dog) ~ кета́ *ж*; red (sóckeye) ~ не́рка *ж*

saloon [sə'lu:n] 1) *амер.* бар *м (tavern)* 2) *брит.* а́вто лимузи́н *м*

salt [sɔ:lt] 1. *n* соль *ж* 2. *v* соли́ть; ~cellar [-selə] соло́нка *ж*; ~y [-i] солёный

salute [sə'lu:t] 1. *n* 1) приве́тствие *с (greeting)* 2) салю́т *м*; ~ of twénty one guns салю́т из двадцати́ одного́ ору́дия 2. *v* приве́тствовать; салютова́ть

Salvadorian [sælvə'dɔ:riən] 1. *a* сальвадо́рский 2. *n* сальвадо́рец *м*, сальвадо́рка *ж*

same [seim] (the ~) тот же, одина́ковый; all the ~ всё равно́

Samoan [sə'məuən] 1. *a* самоа́нский 2. *n* самоа́нец *м*, самоа́нка *ж*

sample ['sa:mpl] образе́ц *м*; обра́зчик *м (specimen)*

sanction ['sæŋkʃn] 1. *n* са́нкция *ж*; разреше́ние *с* 2. *v* санкциони́ровать

sand [sænd] песо́к *м*

sandal ['sændl] санда́лия *ж*; open-toe ~s босоно́жки *мн.*

sandwich ['sænwidʒ] са́ндвич *м*, бутербро́д *м*; ham ~ бутербро́д с ветчино́й

sane [sein] норма́льный; здра́вый; ~ views здра́вые сужде́ния

sang [sæŋ] *past om* sing

sanitary ['sænitəri] санита́рный, гигиени́ческий; ~ nápkin гигиени́ческая салфе́тка; ~ pánties гигиени́ческие трусы́

sank [sæŋk] *past om* sink II

Santa Claus [sæntə'klɔ:z] Дед Моро́з *м*

sardine [sa:'di:n]: a tin of ~s ба́нка сарди́н

263

sat [sæt] *past и pp*
от sit

satellite ['sætəlait] 1)
сателлит *м* 2) город-
-спутник *м* (*suburban
area*) 3) *астр.* спутник
м; artificial ~ искус-
ственный спутник

satin ['sætin] атлас *м*

satire ['sætaiə] сатира *ж*

satirical [sə'tirikəl]
сатирический

satisfaction [sætis-
'fækʃn] удовлетворе-
ние *с*

satisfactory [sætis-
'fæktəri] удовлетвори-
тельный

satisfied ['sætisfaid]:
be ~ (with) быть до-
вольным

satisfy ['sætisfai] 1)
удовлетворять 2) уто-
лять; ~ hunger уто-
лять голод

Saturday ['sætədi] суб-
бота *ж*

sauce [sɔːs] соус *м*;
~pan [-pən] кастрюля
ж

saucer ['sɔːsə] блюд-
це *с*

sausage ['sɔsidʒ] 1)
колбаса *ж*; а ~ круг
(„палка“,„батон“) кол-
басы 2) (*тж.* sausage-
-meat) колбасный фарш
3) колбаска *ж*, *реже*
сосиска *ж*, сарделька
ж

savage ['sævidʒ] 1) дикий 2) свирепый, же-
стокий (*cruel*)

save [seiv] 1) спасать
2) экономить, беречь
(*spare*) 3) откладывать:
~ it for me отложите
это для меня; ~ up
делать сбережения

saving ['seiviŋ] эконо-
мия *ж*

savings ['seiviŋz] *pl*
сбережения *мн.*; ~
-bank [-bæŋk] сберега-
тельная касса

saw I [sɔː] *past от*
see

saw II [sɔː] пила *ж*;
~mill [-mil] лесопиль-
ный завод

saxophone ['sæksə-
fəun] саксофон *м*

say [sei] **1.** *v* (said)
говорить, сказать; I ~
(по)слушайте; they ~
говорят ◇ you don't
~ so! неужели? **2.** *n*
слово *с*, мнение *с*; have
one's ~ высказаться;
~ing [-iŋ] поговорка
ж

scaffolding ['skæfəl-
diŋ] леса *мн.* (*строи-
тельные*)

scale [skeil] 1) шкала
ж 2) масштаб *м*; on
a large ~ в большом
масштабе; built to ~
сделанный в масштабе

scales [skeilz] *pl* весы *мн.*

scandal ['skændl] 1)
позор *м*; публичный

скандáл 2) злословие с; сплéтни мн. *(gossip)*

Scandinavian [skændɪ′neɪvjən] **1.** *a* скандинáвский **2.** *n* 1) жи́тель Скандинáвии 2) скандинáвские языки́

scar [ska:] шрам *м*, рубéц *м*

scare [skɛə] пугáть

scarf [ska:f] шарф *м*, косы́нка *ж*

scarlet [′ska:lɪt] áлый; ~ féver скарлати́на *ж*

scatter [′skætə] 1) разбрáсывать; рассыпáть 2) рассéивать, разгонять; the police ~ed the márchers поли́ция разогнáла учáстников демонстрáции

scene [si:n] 1) *театр.* сцéна *ж*, явлéние *с* (*в пьесе*) 2) скандáл *м*; make a ~ устрáивать скандáл (сцéну) ◇ behind the ~s за кули́сами; ~ry [′si:nərɪ] 1) пейзáж *м*; móuntain ~ry гóрный пейзáж 2) *театр.* декорáции мн.

scent [sent] 1) зáпах *м* 2) духи́ мн. *(perfume)*

schedule [′ʃedju:l, *амер.* ′skedju:l] расписáние *с*, грáфик *м*; the train is behind ~ пóезд опáздывает

scheme [ski:m] схéма *ж*; план *м* *(plan)*

scholar [′skɔlə] учё-

ный *м*; ~ship [-ʃɪp] 1) эруди́ция *ж* 2) стипéндия *ж* *(allowance)*

school [sku:l] шкóла *ж* *(тж. в живописи и т. п.)*; go to ~ учи́ться в шкóле; ~-book [-buk] учéбник *м*; ~-boy [-bɔɪ] шкóльник *м*; ~-girl [-gə:l] шкóльница *ж*; ~-master [-ma:stə] учи́тель *м*; ~-mistress [-mɪstrɪs] учи́тельница *ж*; ~-room [-rum] класс *м*; ~-teacher [-ti:tʃə] учи́тель *м*

science [′saɪəns] 1) наýка *ж* 2) тóчная наýка *(mathematics, etc)*

scientific [saɪən′tɪfɪk] наýчный

scientist [′saɪəntɪst] учёный *м*

scissors [′sɪzəz] *pl* нóжницы мн.

scold [skəuld] брани́ть, ругáть

scooter [′sku:tə] 1) *спорт.* скýтер *м* 2) моторóллер *м* *(type of motor cycle)*

scope [skəup] 1) кругозóр *м*; охвáт *м*; it's beyónd my ~ э́то вне моéй компетéнции 2) размáх *м*; ~ of work размáх рабóт

score [skɔ:] **1.** *n* 1) счёт *м*; the ~ being 3:1 со счётом 3:1; on that ~ на э́тот счёт 2) два деся́тка *(twenty)*

3) *муз.* партиту́ра *ж*
2. *v* 1) де́лать отме́тки
2) *спорт.* вести́ счёт 3)
выи́грывать *(win)*; **~-
board** [-bɔ:d] *спорт.* табло́ *с, нескл.*; a new
~board has been installed at the stádium
на стадио́не устано́влено но́вое табло́
scorn [skɔ:n] 1. *n* презре́ние *с* 2. *v* презира́ть
Scotch [skɔtʃ] 1. *a*
шотла́ндский 2. *n* 1)
(the ~) *собир.* шотла́ндцы 2) *(тж.* Scotch whisky) (шотла́ндское) ви́ски; ~ and sóda ви́ски
с со́довой *(виски, разбавленное содовой водой,
со льдом)*
scotch [skɔtʃ] 1) (шотла́ндское) ви́ски 2): ~
tape кле́йкая ле́нта,
скотч *м*
Scotch‖man [ˈskɔtʃmən] шотла́ндец *м*; ~-
woman [-wumən] шотла́ндка *ж*
scoundrel [ˈskaundrəl]
негодя́й *м*
scout [skaut] 1) разве́дчик *м* 2) *(тж.* boy
scout) бойска́ут *м*
scramble [ˈskræmbl] 1)
кара́бкаться 2) боро́ться
за *(for)*
scrap [skræp] клочо́к
м, лоскуто́к *м*; ~s of
páper клочки́ бума́ги
scratch [skrætʃ] 1. *v*
1) цара́пать(ся) 2) че-

ca̋ть(ся) *(to relieve itching)* 2. *n* цара́пина
ж ◇ from ~ на пусто́м ме́сте; из ничего́
scream [skri:m] пронзи́тельно крича́ть
screen [skri:n] 1. *n*
1) ши́рма *ж* 2) *кино*
экра́н *м*; ~ áctor (áctress) киноактёр *м* (киноактри́са *ж*); ~ cómedy кинокоме́дия *ж*
2. *v* 1) загора́живать,
защища́ть, укрыва́ть 2)
производи́ть киносъёмку; ~ a film ста́вить
кинофи́льм
screw [skru:] 1. *n* винт
м 2. *v* зави́нчивать;
~-driver [-draivə] 1) отвёртка *ж* 2) кокте́йль
,,скрудра́йвер" *(водка,
разбавленная апельсиновым соком, со льдом)*
script [skript] 1) ру́копись *ж* 2) *кино* сцена́рий *м*
scrupulous [ˈskru:pjuləs] 1) щепети́льный 2)
тща́тельный *(most careful)*
scull [skʌl] па́рное
(кормово́е) весло́; síngle (dóuble, quádruple)
~ *см.* síngle, dóuble,
quádruple
sculptor [ˈskʌlptə]
ску́льптор *м*
sculpture [ˈskʌlptʃə]
скульпту́ра *ж*
sea [si:] мо́ре *с*; at
~ в мо́ре; by ~ мо́-

рем; ~-gull [-ɡʌl] чáй-
ка *ж*

seal I [si:l] **1.** *n* печáть *ж* **2.** *v* 1) скре-
плять печáтью 2) запе-
чáтывать; ~ a létter
запечáтать письмó

seal II тюлéнь *м*

sealskin ['si:lskɪn] кó-
тик *м* *(мех)*

seam [si:m] шов *м*

seaman ['si:mən] мо-
ряк *м*; матрóс *м*

search [sə:tʃ] **1.** *v* 1)
искáть 2) обыскивать
(examine) **2.** *n* пóиски
мн.; a ~ párty поискó-
вая пáртия; be in ~
of искáть; ~light [-laɪt]
прожéктор *м*

sea‖shore ['si:ʃɔ:] морскóй бéрег, побéрéжье
с; ~sick [-sɪk]: be ~-
sick страдáть морскóй
болéзнью; ~sickness
[-sɪknɪs] морскáя бо-
лéзнь; ~side [-'saɪd]
морскóй бéрег, побé-
рéжье *с*; ~side resórt
морскóй курóрт

season ['si:zn] врéмя
гóда; сезóн *м*; ~ed [-d]
1) выдержанный *(о сы-
ре, дереве и т. п.)*; ~ed
wine выдержанное ви-
нó; 2) приправленный,
с приправами; ~ed
with приправленный
чем-л.

season-ticket ['si:zn-
tɪkɪt] проезднóй (се-
зóнный) билéт; абоне-

мéнт *м (на концерты
и т. п.)*

seat [si:t] **1.** *n* си-
дéнье *с*, мéсто *с*; take
a ~! садитесь!; take
your ~s! *брит. ж.-д.*
посáдка закóнчена! **2.**
v усадить, посадить

second I ['sekənd] **1.**
a вторóй; вторичный **2.**
v поддéрживать *(пред-
ложение)*; I ~ your
mótion я поддéрживаю
вáше предложéние

second II секýнда *ж*;
just a ~! однý секýн-
ду!

secondary ['sekəndərɪ]
второстепéнный **;**
school срéдняя шкóла

second‖-class ['se-
kənd'kla:s] 1) второсóрт-
ный 2) вторóго клáсса;
~ car вагóн вторóго
клáсса; ~hand [-'hænd]
подéржанный; ~hand
shop комиссиóнный ма-
газин

secret ['si:krɪt] секрéт
м, тáйна *ж*; in ~
тáйно

secretary ['sekrətrɪ] 1)
секретáрь *м*; ~ géner-
al генерáльный секре-
тáрь 2) министр *м*; Fór-
eign S. министр инo-
стрáнных дел *(в Анг-
лии)*; S. of State госу-
дáрственный секретáрь,
министр инострáнных
дел *(в США)*

section ['sekʃn] 1) сéк-

ция *ж;* часть *ж* 2)
часть *ж (of a book, etc)*
secure [sɪ'kjuə] **1.** *a*
надёжный; обеспечен-
ный; feel ~ abóut smth
быть спокойным за
что-л. **2.** *v* обеспéчи-
вать, гарантировать
  security [sɪ'kjuərɪtɪ] 1)
безопасность *ж;* S.
Council Совéт Безопáс-
ности 2) гарáнтия *ж,*
обеспéчение *с (guaran-
tee);* ~ competítions
спорт. зачётные сорев-
новáния
  sedan [sɪ'dæn] *авто*
седáн *м (тип кузова)*
  sedative ['sedətɪv] *мед.*
1) успокáивающее *с
(tranquilizer)* 2) болеу-
толя́ющее *с (pain-kil-
ler)*
  see [si:] (saw; seen)
1) вúдеть; I háven't ~n
you for áges я не вú-
дел вас цéлую вéчность;
~ you agáin! до скó-
рого свидáния! 2) ос-
мáтривать; let me ~
the book дáйте пос-
мотрéть э́ту кнúгу 3)
знать, понимáть; I ~!
поня́тно!, я́сно!; you
~... знáете ли...,
дéло в том...; let me
~ дáйте подýмать; ◊ ~
off провожáть ◈ ~
smb home проводúть
когó-л. домóй; I'll ~
to it я об э́том поза-
бóчусь

seed [si:d] сéмя *с*
  seek [si:k] (sought) 1)
искáть 2) пытáться, ста-
рáться *(try);* ~ to
do... стремúться сдé-
лать...
  seem [si:m] казáться;
it ~s (that) кáжется
(что), по-вúдимому; ~
to be казáться, вы́гля-
деть
  seen [si:n] *pp от* see
  segregation [segrɪ'geɪ-
ʃn] *(тж.* rácial segre-
gátion) (рáсовая) сегре-
гáция
  seize [si:z] 1) схвáтывать 2) захвáтывать
(capture)
  seldom ['seldəm] рéдко
  select [sɪ'lekt] **1.** *v*
выбирáть **2.** *a* отбóр-
ный, úзбранный
  selection [sɪ'lekʃn] 1)
вы́бор *м* 2) *биол.* от-
бóр *м*
  self-confident ['self-
'kɔnfɪdənt] самоувéрен-
ный; ~-control [-kən-
'trɔul] самооблáдание *с;*
~-determination [-dɪtə:-
mɪ'neɪʃn] самоопределé-
ние *с;* ~-government
[-'gʌvnmənt] самоуправ-
лéние *с*
  selfish ['selfɪʃ] эгоис-
тúчный
  self-service ['self'sə:-
vɪs] самообслýжива-
ние *с*
  sell [sel] (sold) прода-
вáть(ся); ~er [-ə] 1)

268

продавец *м* 2) (*тж.*
best séller) ходкая кни-
га; ходкий товар

semi-detached ['semi-
dɪ'tæt∫t]: ~ house *брит.*
двухквартирный дом

semi-final ['semi-
'faɪnl] *спорт.* полуфи-
нал *м*

senate ['senɪt] 1) се-
нат *м* 2) (*тж.* Univér-
sity Sénate) совет уни-
верситета

senator ['senətə] се-
натор *м*

send [send] (sent) 1)
посылать, отправлять;
~ a létter отправить
письмо 2) *спорт.* бро-
сать, посылать (*мяч*);
~ for вызывать, посы-
лать за; ~er [-ə] от-
правитель *м*

Senegalese ['senɪgə-
'li:z] 1. *a* сенегальский
2. *n* сенегалец *м*, сене-
галка *ж*

senior ['si:njə] 1. *a*
старший; ~ cítizen
амер. пенсионер *м*, пен-
сионерка *ж* 2. *n амер.*
студент старшего (чет-
вёртого) курса

sensation [sen'seɪ∫n] 1)
ощущение *с*, чувство *с*
2) сенсация *ж*; the
news caused a ~ но-
вость вызвала сенса́-
цию

sense [sens] 1) чув-
ство *с*; ~ of húmour
чувство юмора 2) соз-

нание *с*; have ~ enóugh
to ... быть достаточно
разумным, чтобы ... 3)
смысл *м*; no ~ at all
бессмысленно, нет смы́-
сла; ~less [-lɪs] бес-
смысленный

sensible ['sensəbl]
(благо)разумный

sensitive ['sensɪtɪv]
чувствительный

sent [sent] *past и pp*
от send

sentence ['sentəns] 1.
n 1) фраза *ж*, предло-
жение *с* 2) приговор *м*;
pass ~ upón выноси́ть
приговор *кому-л.* 2. *v*
осуждать, приговари-
вать

sentiment ['sentɪmənt]
чувство *с*

separate 1. *a* ['seprɪt]
1) отдельный; ~ room
отдельный номер 2)
особый; ~ opínion осо-
бое мнение 2. *v* ['sepə-
reɪt] 1) отделять(ся);
разделять(ся) 2) разлу-
чать(ся) (*part*)

separated ['sepəreɪtɪd]
живущий раздельно (*о
супругах*); he (she) is
~ он (она) не живёт
с женой (мужем)

September [səp'tembə]
сентябрь *м*

sequence ['si:kwəns]
последовательность *ж*;
ряд *м*

Serbian ['sə:bjən] 1.
a сербский 2. *n* 1) серб

.м, сербка *ж* 2) сербский язык

series ['sɪəriːz] серия *ж*; ряд *м*

serious ['sɪərɪəs] серьёзный; важный; ~ matter важное дело

sermon ['səːmən] проповедь *ж*

servant ['səːvənt] слуга *м*; прислуга *ж*

serve [səːv] 1. *v* 1) служить; ~ in the army служить в армии 2) подавать *(на стол)*; ~ dinner подавать обед 3) обслуживать покупателей; are you being ~d? вас обслуживают? 4) *спорт.*: ~ the ball подавать мяч ◇ it ~s you right! так вам и надо! 2. *n спорт.* подача *ж*; your ~! ваша подача!

service ['səːvɪs] 1) служба *ж (тж. рел.)*; military ~ военная служба; air ~ воздушное сообщение 2) обслуживание *с*, сервис *м*; ~ station станция обслуживания автомобилей 3) услуга *ж*; do one a ~ оказать услугу кому-л.; at your ~ к вашим услугам 4) сервиз *м*; coffee (tea) ~ кофейный (чайный) сервиз

serviette [səːvɪ'et] салфетка *ж*

session ['seʃn] 1) сессия *ж* 2) заседание *с*; be in ~ заседать

set I ['set] (set) 1) ставить; класть; устанавливать; ~ the table накрывать на стол; ~ the world record установить мировой рекорд 2) приводить в определённое состояние; ~ free освобождать; ~ on fire поджигать; ~ in motion приводить в движение; ~ a fast (slow) pace задать быстрый (медленный) темп 3) садиться, заходить *(о солнце)*; the sun is ~ting солнце садится 4) назначать; ~ the time (the price, *etc*) назначить время (цену *и т. п.*); ~ aside отложить; ~ out отправляться; ~ up учреждать, основывать

set II 1) набор *м*, комплект *м*; tea (dinner) ~ чайный (обеденный) сервиз 2) прибор *м*, аппарат *м*; radio (T.V.) ~ радиоприёмник *м* (телевизор *м*)

setback ['setbæk] препятствие *с*; неудача *ж*; suffer a ~ потерпеть неудачу

setting ['setɪŋ] 1) оправа *ж (камня)* 2) *театр.* оформление спектакля

settle ['setl] 1) поселить(ся), устроить(ся); where did he ~? где он поселился? 2) улаживать(ся): устанавливать(ся); ~ difficulties (affairs) улаживать трудности (дела) 3) решать; ~ problems решать вопросы; ~ment [-mənt] 1) поселение c; колония ж 2) урегулирование c, соглашение c; peaceful ~ment мирное урегулирование

seven ['sevn] семь; ~ hundred семьсот

seventeen ['sevn'ti:n] семнадцать; ~th [-θ] семнадцатый

seventh ['sevnθ] седьмой

seventieth ['sevntɪiθ] семидесятый

seventy ['sevntɪ] семьдесят

several ['sevrəl] несколько

severe [sɪ'vɪə] суровый; строгий; ~ winter суровая зима

sew [səu] (sewed; sewed, sewn) шить

sewerage ['sjuərɪdʒ] канализация ж

sewing ['səuɪŋ] шитьё c; ~-machine [-məʃi:n] швейная машина

sewn [səun] pp от sew

sex [seks] 1) биол. пол м 2) секс м; чувственность ж; ~ appeal (женская) физичес-

кая привлекательность, ,,изюминка'' ж

shabby ['ʃæbɪ] потрёпанный, поношенный

shade [ʃeɪd] 1. n 1) тень ж 2) оттенок м; ~ of meaning оттенок значения 3) амер. штора ж 2. v заслонять (от света), затемнять

shadow ['ʃædəu] тень ж

shady ['ʃeɪdɪ] тенистый; ~ tree раскидистое дерево

shake [ʃeɪk] (shook; shaken) 1) трясти, встряхивать; ~ hands обмениваться рукопожатием; "~ well before use" ,,перед употреблением взбалтывать'' (надпись) 2) дрожать; ~ with fear (cold) дрожать от страха (от холода); ~n [-ən] pp от shake

shall [ʃæl] (should) 1) в 1 л. ед. и мн. ч. образует будущее время: I ~ be glad to see you я буду рад вас видеть 2) во 2 и 3 л. ед. и мн. ч. выражает приказание, уверенность: you ~ do it вы должны это сделать

shallow ['ʃæləu] 1. a мелкий, неглубокий; in ~ waters на мелководье 2. n (от)мель ж

shame [ʃeɪm] стыд м, позор м; ~ful [-ful] по-

271

зорный; ~less [-lɪs] бес-
стыдный

shampoo [ʃæm'puː] 1.
v мыть (голову) 2. *n*
1) мытьё головы; I want
a ~, please помойте
мне, пожалуйста, голо-
ву 2) шампунь *м*, жид-
кое мыло

shape [ʃeɪp] форма *ж*;
очертание *с*; ~less [-lɪs]
бесформенный

share [ʃeə] 1. *n* 1)
часть *ж*, доля *ж* 2)
ком. пай *м*; акция *ж*
2. *v* 1) делить(ся) 2)
разделять; ~ the plea-
sure разделять удоволь-
ствие; ~holder [-həuldə]
держатель акций; пай-
щик *м*

shark [ʃaːk] акула *ж*

sharp [ʃaːp] 1) острый
2) резкий; ~ wind рез-
кий ветер; ~en [-ən]
точить, заострять; ~
ener [-nə]: pencil ~ener
точилка (для каранда-
шей)

shatter ['ʃætə] разбить
(-ся) вдребезги

shave [ʃeɪv] 1. *v* (shaved; shaved, shaven)
брить(ся) 2. *n* бритьё
с; I want a ~, please
побрейте меня, пожа-
луйста; ~n [-n] *pp от*
shave 1; ~r [-ə] (*тж.*
eléctric sháver) электро-
бритва *ж*

shaving ['ʃeɪvɪŋ] бритьё *с*; ~ things брит-

венные принадлежнос-
ти; ~brush [-brʌʃ] кис-
точка для бритья; ~
-set [-set] бритвенный
прибор

shawl [ʃɔːl] платок *м*,
шаль *ж*

she [ʃiː] она

shed I [ʃed] (shed) 1)
ронять, терять 2) про-
ливать, лить (*слёзы и
т. n.*); ~ blood проли-
вать кровь

shed II сарай *м*; на-
вес *м*; cow ~ коров-
ник *м*

sheep [ʃiːp] (*pl* heep)
овца *ж*

sheer [ʃɪə] явный, абсолютный

sheet [ʃiːt] 1) простыня *ж*; will you change
the ~s, please? сме-
ните, пожалуйста, прос-
тыни 2) лист *м*; ~
of páper лист бумаги

shelf [ʃelf] полка *ж*

shell [ʃel] 1) скорлупа
ж 2) раковина *ж*; sea
~ морская ракушка 3)
воен. снаряд *м*

shelter ['ʃeltə] 1. *n*
кров *м*; приют *м*, убе-
жище *с* 2. *v* приютить
(-ся), укрыть(ся)

shepherd ['ʃepəd] пас-
тух *м*

shield [ʃiːld] 1. *n* щит
м 2. *v* защищать; при-
крывать

shift [ʃɪft] 1. *v* ме-
нять(ся); перемещать

(-ся) 2. *n* смéна *ж*; night ~ ночнáя смéна

shilling ['ʃɪlɪŋ] шúл-линг *м*

shine [ʃaɪn] (shone) 1) сиять; светúть(ся) 2) блестéть (*glitter*) 3) *амер.* чúстить óбувь (*about footwear*)

ship [ʃɪp] 1. *n* корáбль *м*, сýдно *с* 2. *v* (по-)грузúть (*на пароход*); отправлять (*пароходом*); ~ment [-mənt] 1) погрýзка *ж* 2) груз *м* (*consignment*)

shipping ['ʃɪpɪŋ] 1) флот *м*, судá *мн*. 2) перевóзка грýзов; ~ industry торгóвое судохóдство

ship‖wreck ['ʃɪprek] кораблекрушéние *с*; ~yard [-jɑːd] верфь *ж*

shirt [ʃəːt] (мужскáя) рубáшка

shiver ['ʃɪvə] дро-жáть

shock [ʃɔk] 1. *n* удáр *м*, толчóк *м* 2. *v* потрясáть; шокúровать; ~ing [-ɪŋ] возмутú-тельный, ужáсный

shoe [ʃuː] (полу)ботú-нок *м*, тýфля *ж*; ~black [-blæk] чистúль-щик óбуви; ~maker [-meɪkə] сапóжник *м*; ~shine [-ʃaɪn] чúстка óбуви

shone [ʃɔn] *past и pp от* shine

shook [ʃuk] *past от* shake

shoot [ʃuːt] (shot) 1) стрелять 2) застрелúть (*kill*) 3) *фото* дéлать снúмки; 4) *спорт.*: ~ a goal забúть гол; ~ the puck забрóсить шáй-бу; ~ing[-ɪŋ]1) стрель-бá *ж* 2) *спорт. ол.* со-ревновáния по стрельбé

shooting-range ['ʃuː-tɪŋreɪndʒ] тир *м*

shop [ʃɔp] 1. *n брит.* 1) магазúн *м*, лáвка *ж*; ~ window витрúна *ж*; ~ assistant продавéц *м*, продавщúца *ж*; ~ girl продавщúца *ж* 2) цех *м* (*of a factory*) ◇ ~ talk ~ говорúть о своéй рабóте 2. *v*: go ~ping, do the ~ping дéлать покýпки

shore [ʃɔː] бéрег *м* (*моря*)

· **short** [ʃɔːt] 1) корóт-кий; низкорóслый; 2): be ~ of smth испúты-вать недостáток в чём--либо; I'm ~ of money у меня мáло дéнег; in a ~ time скóро, вскó-ре; in ~ корóче го-воря; run ~ подходúть к концý, иссякáть; ~ circuit *эл.* корóткое за-мыкáние

shortage ['ʃɔːtɪdʒ] не-достáток *м*, нехвáтка *ж* (*в чём-л.*)

shortcoming [ʃɔːt'kʌtiŋ] недостáток *м*, изъя́н *м*

shorthand ['ʃɔːthænd] стенограф́ия *ж*

shortly ['ʃɔːtli] 1) незадóлго; ~ before незадóлго до 2) вскóре; ~ after вскóре пóсле

shorts [ʃɔːts] *pl* трусы́ *мн.;* шóрты *мн.*

short-sighted ['ʃɔːt-'saitid] 1) близорýкий 2) недальнов́идный; ~ policy недальнов́идная пол́итика

shot I [ʃɔt] 1) вы́стрел *м;* good ~ а) мéткий вы́стрел б) хорóший удáр *(in games)* 2) *(тж.* bird shot) дробь *ж* 3) стрелóк *м;* he's a good ~ он хорóший стрелóк 4) *кино* кадр *м (на экрáне)* 5) *фото* сн́имок *м* 6) *спорт.* ядрó *с;* ~ put(ting) толкáние ядрá

shot II *past и pp от* shoot

should [ʃud] *(past от* shall) 1) *в 1 л. ед. и мн. ч. образует* а) *будущее в прошедшем:* I told him I ~ not do it я сказáл емý, что я не бýду дéлать э́того; б) *условное накл.:* ~ I be free tomorrow, I'll come éсли я бýду свобóден зáвтра, то я приéду; в) *сослагáтельное*

накл. *(во всех лицáх):* I ~ like to leave early я бы хотéл вы́ехать порáньше 2) *выражáет долженствовáние, некоторую неувéренность:* you ~ be more careful вы должны́ быть бóлее осторóжны; I ~ hardly go there вряд ли я поéду тудá

shoulder ['ʃəuldə] плечó *с;* ~-blade [-bleid] *анат.* лопáтка *ж*

shout [ʃaut] **1.** *v* кричáть **2.** *n* крик *м*

shovel ['ʃʌvl] лопáта *ж;* совóк *м*

show [ʃəu] **1.** *v* (showed; shown) 1) покáзывать, проявля́ть; демонстр́ировать 2) докáзывать *(prove);* ~ in ввестú *(в дом, в кóмнату)* **2.** *n* 1) вы́ставка *ж;* flower ~ вы́ставка цветóв 2) спектáкль *м (performance)*

shower ['ʃauə] 1) лúвень *м,* дождь *м* 2) душ *м;* take a ~ приня́ть душ

shown [ʃəun] *pp от* show 1

show‖room ['ʃəurum] выставочный зал; ~-window [-windəu] витрúна *ж*

shrank [ʃræŋk] *past от* shrink

shrewd [ʃruːd] проницáтельный; хúтрый

shriek [ʃriːk] кричать, вопить

shrink [ʃrɪŋk] (shrank; shrunk) 1) отпрянуть 2) сжиматься; садиться (о материи); the material ~s in the wash при стирке эта материя садится

shrubbery [ˈʃrʌbərɪ] кустарник м

shrug [ʃrʌg]: ~ one's shoulders пожимать плечами

shrunk [ʃrʌŋk] pp от shrink

shudder [ˈʃʌdə] вздрагивать; содрогаться

shut [ʃʌt] (shut) закрывать(ся)

shy [ʃaɪ] робкий, застенчивый; be ~ стесняться, робеть

sick [sɪk] больной ◊ I am ~ and tired of it мне это страшно надоело

sickle [ˈsɪkl] серп м

sick-leave [ˈsɪkliːv] отпуск по болезни; ~-list [-list]: be on the ~-list быть на бюллетене

sickness [ˈsɪknɪs] 1) болезнь ж 2) тошнота ж, рвота ж (vomiting)

side [saɪd] 1) сторона ж; take somebody's ~ встать на чью-л. сторону 2) бок м; ~ by ~ бок о бок, рядом; ~-show [-ʃou] вставные

номера, дополнительная программа; ~-walk [-wɔːk] амер. тротуар м

Sierra Leonean [ˈsɪərɔliˈɔuniən] 1. a сьерра-леонский 2. n сьерра-леонец м, сьерралеонка ж

sieve [sɪv] решето с, сито с

sigh [saɪ] 1. v вздыхать 2. n вздох м

sight [saɪt] 1) зрение с 2) взгляд м; at first ~ с первого взгляда 3) вид м, зрелище с; catch ~ of увидеть; you look a perfect ~! ну и вид же у вас! 4) pl достопримечательности мн.; ~seeing[-siːiŋ] осмотр достопримечательностей; go ~seeing осматривать достопримечательности; ~seeing tour экскурсия ж, осмотр достопримечательностей

sign [saɪn] 1. n 1) знак м; признак м 2) вывеска ж, надпись ж; the ~ reads... надпись (вывеска) гласит... 2. v подписывать(ся), расписываться

signal [ˈsɪgnl] 1. n сигнал м, знак м; turn ~s авто указатели поворота 2. v сигнализировать

signature ['sɪgnɪtʃə] по́дпись ж

sign-board ['saɪnbɔ:d] вы́веска ж

significance [sɪg'nɪfɪkəns] значе́ние с

significant [sɪg'nɪfɪkənt] (мно́го)значи́тельный, ва́жный

signify ['sɪgnɪfaɪ] зна́чить, означа́ть

silence ['saɪləns] 1. *n* молча́ние с, тишина́ ж; ~! ти́ше!; keep (break) ~ соблюда́ть (нару-ша́ть) тишину́ 2. *v* заста́вить замолча́ть

silent ['saɪlənt] безмо́лвный, молчали́вый; ти́хий

silk [sɪlk] шёлк м

sill [sɪl] подоко́нник м

silly ['sɪlɪ] глу́пый

silver ['sɪlvə] 1. *n* серебро́ с 2. *a* сере́бряный

similar ['sɪmɪlə] схо́дный, подо́бный

simple ['sɪmpl] просто́й, несло́жный

simultaneous [sɪml'teɪnjəs] одновре́ме́нный; ~ interpretátion синхро́нный перево́д

sin [sɪn] грех м

since [sɪns] 1. *prep* с; I've been here ~ three p. m. я здесь с трёх часо́в дня 2. *cj* 1) с тех пор как; two years passed ~ I saw you

last с тех пор, как мы ви́делись в после́дний раз, прошло́ два го́да 2) так как; ~ you are tíred I'll do it mysélf так как вы уста́ли, я сде́лаю э́то сам 3. *adv* с тех пор; I háven't been here ~ я здесь не́ был с тех пор

sincere [sɪn'sɪə] и́скренний; ~ly [-lɪ] и́скренне; ~ yours и́скренне ваш, с и́скренним уваже́нием *(в письме́)*

sincerity [sɪn'serɪtɪ] и́скренность ж

sing [sɪŋ] (sang; sung) петь; ~er [-ə] певе́ц м, певи́ца ж

Singaporean [sɪŋgə-'pɔ:rɪən] 1. *a* сингапу́рский 2. *n* сингапу́рец м, сингапу́рка ж

single ['sɪŋgl] 1. *a* 1) еди́нственный 2) отде́льный; ~ room но́мер на одного́; ~ bed односпа́льная крова́ть 3) холосто́й, незаму́жняя *(unmarried)* 4) спорт.: ~ scull ол. *(академи́ческая гребля́)* па́рная одино́чка *в спорт.* одино́чка ж; káyak (Canádian) ~ см. káyak, Canádian; men's (wómen's) ~s ол. а) *(фигу́рное ката́ние)* мужско́е (же́нское) одино́чное ката́ние; б) *(са́нный спорт)* мужские (же́нские) одино́чки

sink I [sɪŋk] ра́ковина *ж (водопрово́дная)*

sink II (sank; sunk) 1) тону́ть, погружа́ться 2) опуска́ться; оседа́ть; the básement sank фунда́мент осе́л

sir [sə:] сэр *м,* су́дарь *м;* dear ~ ми́лостивый госуда́рь *(в письме)*

sister [ˈsɪstə] сестра́ *ж;* ~-in-law [ˈsɪstərɪnlɔ:] неве́стка *ж (brother's wife);* золо́вка *ж (husband's sister)*

sit [sɪt] (sat) 1) сиде́ть 2) заседа́ть; the commíttee ~s from nine to six комите́т заседа́ет с девяти́ до шести́; ~ down сади́ться; ~ up сиде́ть (сади́ться) пря́мо; children, will you ~ up straight, please! де́ти, си́дьте пря́мо!

site [saɪt] местоположе́ние *с;* местопребыва́ние *с*

sitting-room [ˈsɪtɪŋru:m] гости́ная *ж*

situated [ˈsɪtjueɪtɪd] располо́женный

situation [sɪtjuˈeɪʃn] 1) обстоя́тельства *мн.,* ситуа́ция *ж,* положе́ние *с;* internátional ~ междунаро́дное положе́ние 2) местоположе́ние *с (site)*

six [sɪks] шесть; ~ húndred шестьсо́т

sixteen [ˈsɪksˈti:n] шестна́дцать; ~th [-θ] шестна́дцатый

sixth [sɪksθ] шесто́й

sixtieth [ˈsɪkstɪɪθ] шестидеся́тый

sixty [ˈsɪkstɪ] шестьдеся́т

size [saɪz] разме́р *м;* величина́ *ж;* try this ~ а э́тот разме́р вам не подойдёт?

skate [skeɪt] ката́ться на конька́х; ~s [-s] *pl* коньки́ *мн.*

skating-rink [ˈskeɪtɪŋrɪŋk] като́к *м*

skeet shooting [ˈski:tʃu:tɪŋ] *сп.* стрельба́ (на кру́глом стенде́)

skeleton [ˈskelɪtn] скеле́т *м;* о́стов *м*

sketch [sketʃ] **1.** *n* 1) эски́з *м,* набро́сок *м,* этю́д *м* 2) скетч *м (a short play)* **2.** *v* набра́сывать *(план, эскиз и т. п.)*

ski [ski:] **1.** *n* лы́жа *ж;* лы́жи *мн.;* ~ lift подъёмник *м (на лыжной базе)* **2.** *v* (ski'd) ходи́ть на лы́жах

ski'd [ski:d] *past и pp от* ski 2

skier [ˈski:ə] лы́жник *м*

skiing [ˈski:ɪŋ] *спорт.* см. Álpine, cróss-cóuntry, Nórdic

skilful ['skɪlful] иску́с-
ный, уме́лый

skill [skɪl] иску́сство
c, мастерство́ *c*; ~ed
[-d] квалифици́рован-
ный, иску́сный; ~ed
wórker квалифици́ро-
ванный рабо́чий

skin [skɪn] 1) ко́жа
ж; шку́ра *ж* 2) ко-
жура́ *ж*; banána ~
кожура́ бана́на ◇ wet
to the ~ промо́кший
до ни́тки

skip [skɪp] пры́гать;
перепры́гивать *(тж.
перен.)*; hop, ~ and
jump *амер. спорт.* трой-
но́й прыжо́к

skipper ['skɪpə] шки́-
пер *м*; капита́н *м (не-
большо́го су́дна)*

skirt [skəːt] ю́бка *ж*

skull [skʌl] че́реп *м*

sky [skaɪ] не́бо *с*

skylark ['skaɪlɑːk] жа́-
воронок *м*

sky-scraper ['skaɪ-
skreɪpə] небоскрёб *м*

slalom ['sleɪləm]
спорт. сла́лом *м*; giant
~ гига́нтский сла́лом;
~ rácer слаломи́ст *м*

slander ['slɑːndə] 1. *n*
клевета́ *ж* 2. *v* клеве-
та́ть

slang [slæŋ] жарго́н
м, сленг *м*

slaughter ['slɔːtə] 1)
резня́ *ж (of people)*
2) убо́й *м (of cattle)*

Slav [slɑːv] 1. *a* сла-
вя́нский 2. *n* славяни́н
м, славя́нка *ж*

slave [sleɪv] раб *м*;
~ry ['sleɪvərɪ] ра́бство *с*

sledge [sledʒ] са́ни *мн.*

sleep [sliːp] 1. *v* (slept)
спать 2. *n* сон *м*; go
to ~ ложи́ться спать;
~er [-ə] спа́льный ва-
го́н

sleeping-car ['sliːpɪŋ-
kɑː] спа́льный ваго́н

sleepy ['sliːpɪ] со́нный;
I am ~ я хочу́ спать

sleeve [sliːv] рука́в *м*;
roll up one's ~s за-
суча́ть рукава́

slender ['slendə] то́н-
кий, стро́йный

slept [slept] *past и pp
от* sleep 1

slice [slaɪs] 1. *n* лом-
ти́к *м*; a ~ of bread
ло́мтик хле́ба 2. *v* 1)
нареза́ть ло́мтиками 2):
~ the ball *спорт.* сре́-
зать мяч

slid [slɪd] *past и pp
от* slide

slide [slaɪd] (slid)
скользи́ть

slight [slaɪt] лёгкий,
незначи́тельный; ~ dif-
ference незначи́тельная
ра́зница; ~ly [-lɪ] слег-
ка́, едва́

slim [slɪm] то́нкий,
стро́йный

slip [slɪp] 1. *v* сколь-
зну́ть; поскользну́ться
2. *n* 1) скольже́ние *с*
2) оши́бка *ж*, про́мах

м; ~ of the pen описка *ж;* ~ of the tongue оговóрка *ж* 3) комбинáция *ж (бельё)*; нижняя юбка *(petticoat)* 4): ~ of páper бумáжка *ж,* клочóк бумáги

slippers ['slɪpəz] *pl* домáшние тýфли; шлёпанцы *мн.*

slippery ['slɪpərɪ] скóльзкий

slogan ['sləugən] лóзунг *м*

slope [sləup] откóс *м,* склон *м*

slot-machine ['slɔtməʃiːn] (торгóвый) автомáт *м*

Slovak ['sləuvæk] **1.** *a* словáцкий **2.** *n* 1) словáк *м,* словáчка *ж* 2) словáцкий язык

slow [sləu] **1.** *a* мéдленный; медлúтельный ♦ my watch is five minutes ~ мой часы отстают на пять минýт **2.** *v:* ~ down замедлять(ся)

sly [slaɪ] хúтрый

small [smɔːl] мáленький; незначúтельный; ~ farmer мéлкий фéрмер ♦ ~ hours первые часы пóсле полýночи

smallpox ['smɔːlpɔks] *мед.* óспа *ж;* certificate of vaccination against ~ свидéтельство о привúвке прóтив óспы

smart [smaːt] 1) нарядный, шикáрный *(dressy)* 2) остроýмный; ýмный *(clever)*

smash [smæʃ] 1) разбивáть(ся) вдрéбезги 2) разгромúть *(rout)*

smell [smel] **1.** *n* 1) зáпах *м* 2) обоняние *с;* keen ~ óстрое обоняние **2.** *v* (smelt) 1) пáхнуть; the perfume ~s good духú хорошó пáхнут 2) обоня́ть; (по)нюхать; I don't ~ anything никакóго зáпаха нет

smelt I [smelt] плáвить

smelt II *past* и *pp* от smell 2

smile [smaɪl] **1.** *n* улыбка *ж* **2.** *v* улыбáться

smog [smɔg] смог *м (смесь тумáна с городскúми дымáми)*

smoke [sməuk] **1.** *n* дым *м* **2.** *v* 1) дымúть (-ся) 2) курúть; "no smoking!" „не курúть" *(нáдпись)*

smoking-car ['sməukɪ ŋkaː] вагóн для курящих; ~room [-rum] курúтельная кóмната

smooth [smuːð] 1) глáдкий, рóвный; ~ face чúсто выбритое лицó 2) плáвный, спокóйный; ~ sea спокóйное мóре

snack [snæk] закýска·

жс; have a ~ закуси́ть,
„замори́ть червячка́";
~-bar [-ba:] закýсочная
жс; буфéт м
   snake [sneik] змей жс
   snapshot ['snæpʃot] моментáльный снимок
   snatch [snætʃ] хватáть(ся); схвати́ть(ся)
(seize)
   sneakers ['sni:kəz] pl
амер. полукéды мн.
   sneer [sniə] 1. n насмéшка жс; усмéшка жс
2. v насмехáться, издевáться
   sneeze [sni:z] чихáть
   snore [snɔ:] храпéть
   snow [snəu] 1. n снег
м 2. v: it ~s, it is
~ing идёт снег
   snow‖ball ['snəubɔ:l]
снежóк м; ~-flake
[-fleik] снежи́нка жс;
~-man [-mæn] снеговик м; ~mobile [-məu-
bail] снегохóд м; ~-
-storm [-stɔ:m] метéль жс
   snug [snʌg] уютный
   so [səu] 1. adv 1)
так; таки́м óбразом;
just so и́менно так; and
so on и так далее 2)
тáкже, тóже; I have
seen him. — So have
I я его ви́дел. — И я
тóже 3) итáк; and so
you agrée итáк вы соглáсны ◇ fifty or so
пятьдесят и́ли óколо
э́того; so far до сих
пор, покá; so far as

поскóльку; so long!
амер. покá!, до свидáния! 2. pron э́то; так;
I should think so! полáгаю, что так!
   soak [səuk] 1) намáчивать, пропи́тывать
(steep) 2) промóкнуть
(drench)
   soap [səup] 1. n мы́ло
с; ~ opera „мы́льная
óпера" (многосерийная
радио- или телевизионная постановка сентиментального характера
на семейные темы) 2.
v намы́ливать; ~y [-i]
мы́льный
   sob [sɔb]   рыдáть,
всхли́пывать
   sober ['səubə]   (тж.
перен.) трéзвый
   soccer ['sɔkə] pl. футбóл м; ~ player футболи́ст м
   sociable ['səuʃəbl] общи́тельный
   social ['səuʃəl] общéственный; социáльный;
~ system общéственный
строй; ~ welfare социáльное обеспéчение; ~
worker рабóтник патронáжа (при муниципалитете или фирме);
~ism [-izm] социали́зм
м; ~ist [-ist] 1. a социалисти́ческий 2. n социали́ст м
   society [sə'saiəti] óбщество с
   sock [sɔk] носóк м

socker ['sɔkə] = **sóccer**

sofa ['səufə] дива́н *м*, софа́ *ж*

soft [sɔft] 1) мя́гкий; a ~ light мя́гкий свет 2) не́жный *(gentle)*

soil I [sɔil] земля́ *ж*, по́чва *ж*

soil II па́чкать(ся), грязни́ть(ся)

sold [səuld] *past и pp от* sell

soldier ['səuldʒə] солда́т *м*, во́ин *м*

sole I [səul] подо́шва *ж*; подмётка *ж*; I want new ~s on the shoes, please поста́вьте, пожа́луйста, но́вые подмётки на э́ти боти́нки

sole II еди́нственный; for the ~ púrpose с еди́нственной це́лью

solemn ['sɔləm] торже́ственный

solicitor [sə'lisitə] *юр.* стря́пчий *м*, пове́ренный *м*

solid ['sɔlid] 1) твёрдый 2) про́чный, кре́пкий; основа́тельный; ~ árgument ве́ский до́вод

solitary ['sɔlitəri] одино́кий; уединённый

solo ['səuləu] со́ло *с*, *нескл.*; ~ist [-ist] соли́ст *м*, соли́стка *ж*

solution [sə'luːʃn] 1) реше́ние *с* 2) *хим.* раство́р *м*

solve [sɔlv] реша́ть, разреша́ть *(проблему и т. п.)*

Somali [səu'maːli] 1) сомали́ец *м*, сомали́йка *ж*; the ~(s) *собир.* сомали́йцы *мн.* 2) язы́к сома́ли

Somalian [səu'maːliən] сомали́йский

some [sʌm] 1. *a* 1) како́й-л., како́й-нибудь; find ~ way найди́те како́й-нибудь вы́ход 2) не́сколько; there are ~ books here тут есть не́сколько книг 3) не́который, не́кий; како́й-то; ~ man asked you како́й-то челове́к вас спра́шивал 2. *pron* 1) не́которые; ~ of us не́которые из нас 2) не́которое коли́чество *(часто не переводится)*; I want ~ wáter да́йте мне воды́ ◇ this is ~ play! *разг.* вот э́то пье́са!

some||body ['sʌmbədi] кто́-то; не́кто; ~**how** [-hau] ка́к-нибудь; ~**one** [-wʌn] = sómebody

somersault ['sʌməsɔːlt] са́льто *с*, *нескл.*

some||thing ['sʌmθiŋ] что́-то, ко́е-что́, не́что; ~**times** [-taimz] иногда́; ~**what** [-wɔt] не́сколько, до не́которой сте́пени; ~**where** [-wɛə] где́-нибудь; куда́-нибудь

son [sʌn] сын *м*

song [sɔŋ] песня *ж*

son-in-law ['sʌninlɔ:] зять *м*

soon [su:n] вскоре, скоро; as ~ as póssible как можно скорее; no ~er than как только

soothe [su:ð] 1) успокаивать, утешать 2) облегчать боль *(allay)*

sophomore ['sɔfəmɔ:] *амер.* второкурсник *м (в колледже с четырёхлетним обучением)*

soprano [sə'pra:nəu] сопрано *с и ж, нескл.*

sore [sɔ:] 1. *a* чувствительный, болезненный; I have a ~ throat у меня болит горло 2. *n* болячка *ж*, рана *ж*

sorrow ['sɔrəu] горе *с*, печаль *ж*; скорбь *ж*

sorry ['sɔri]: be ~ жалеть, быть огорчённым; ~! виноват!; I'm (so) ~! простите!

sort [sɔ:t] сорт *м*, род *м*, вид *м*; nothing of the ~ ничего подобного; what ~ of a man is he? что он за человек?

SOS ['es'əu'es] СОС *(сигнал бедствия)*

sought [sɔ:t] *past и pp om* seek

soul [səul] душа *ж*

sound I [saund] 1. *n* звук *м*; ~ system сте-реофоническая звуко-воспроизводящая система 2. *v* звучать

sound II 1) здоровый, крепкий; ~ sleep здоровый сон 2) здравый, правильный; ~ advice разумный совет

soup [su:p] суп *м*; cup (bowl) of ~ *амер.* чашка (миска) супа *(соответствует пропорции и целой порции)*; ~plate [-pleit] глубокая тарелка

sour ['sauə] кислый; ~ cream сметана *ж*

source [sɔ:s] 1) источник *м* 2) начало *с*

south [sauθ] 1. *n* юг *м*; in the ~ на юге; to the ~ к югу 2. *a* южный 3. *adv* на юг(е), к югу

South African ['sauθ-'æfrikən] 1. *a* южноафриканский 2. *n* южноафриканец *м*, южноафриканка *ж*

southern ['sʌðən] южный

souvenir ['su:vəniə] сувенир *м*

sovereign ['sɔvrin] 1. *n* 1) монарх *м (king, etc)* 2) соверен *м (золотая монета в 1 фунт стерлингов)* 2. *a* 1) верховный; ~ power верховная власть 2) суверенный, независимый; ~ state суверенное госудáрство; ~ty ['sɔvrənti] суверенитéт *м*

Soviet ['səuviet] **1.** *n* совéт *м (орган власти в СССР);* the Suprême ~ of the USSR Верхóвный Совéт СССР; the ~ of the Union Совéт Союза; the ~ of Nationálities Совéт Национáльностей **2.** *a* совéтский; the ~ Union Совéтский Союз

sow [səu] (sowed; sown, sowed) сéять, засевáть; ~n [-n] *pp от* sow

space [speɪs] 1) прострáнство *с;* (óuter) ~ кóсмос *м,* космúческое прострáнство 2) расстоя́ние *с;* промежýток *м;* a ~ of ten feet расстоя́ние в дéсять фýтов; ~man [-mæn] космонáвт *м;* ~ship [-ʃip] космúческий корáбль

spade [speid] 1) лопáта *ж* 2) *pl карт.* пúки *мн.*

spaghetti [spə'geti] спагéтти *с, нескл.*

span [spæn] *past от* spin

Spaniard ['spænjəd] испáнец *м,* испáнка *ж*

Spanish ['spæniʃ] **1.** *a* испáнский **2.** *n* испáнский язык

spare [spɛə] **1.** *v* 1) эконóмить; жалéть 2) щадúть, берéчь; ~

one's feelings щадúть чьи-л. чýвства 3) уделя́ть; can you ~ a mínute? удилúте мне минýтку (врéмени)! **2.** *a* 1) запаснóй, запáсный, лúшний; ~ time досýг *м* **3.** *n (тж.* spare tíre) *авто разг.* запáска *ж*

spark [spa:k] úскра *ж,* вспы́шка *ж;* ~ plug *авто* свечá *ж*

sparkle ['spa:kl] сверкáть, úскриться

sparrow ['spærəu] воробéй *м*

sparse [spa:s] рéдкий; разбрóсанный

spat [spæt] *past и pp от* spit

speak [spi:k] (spoke; spóken) говорúть; разговáривать; ~ Rússian говорúть по-рýсски; ~ for выступáть от úмени; ~ out вы́сказаться; ~er [-ə] 1) орáтор *м* 2) (the S.) спúкер *м (в парламенте)* 3) *тех.* динáмик *м*

spear [spiə] дрóтик *м,* копьё *с*

special ['speʃəl] 1) специáльный; ~ tráining специáльная подготóвка 2) осóбый; ~ réason осóбая причúна 3) э́кстренный; ~ íssue э́кстренный вы́пуск

specific [spi'sifik] 1) характéрный; осóбый;

специфи́ческий; ~ fea-ture специфи́ческая черта́ 2) определённый, конкре́тный; ~ aim определённая цель

specify ['spesifai] то́чно определя́ть, уточня́ть

specimen ['spesimin] образе́ц *м*, образчик *м*; экземпля́р *м*

spectacle ['spektəkl] зре́лище *с*

spectacles ['spektəklz] *pl* очки́ *мн.*

spectator [spek'teitə] зри́тель *м*

speculate ['spekjuleit] 1) размышля́ть, раздумывать 2) спекули́ровать *(in shares, etc)*

sped [sped] *past и pp от* speed 2

speech [spi:tʃ] речь *ж*

speed [spi:d] **1.** *n* ско́рость *ж*, быстрота́ *ж*; at a ~ of fifty miles со ско́ростью пятьдеся́т миль; at full ~ по́лным хо́дом; ~ limit ограниче́ние ско́рости **2.** *v* (sped) спеши́ть; бы́стро е́хать; ~ up ускоря́ть **3.** *a* ско́ростно́й; беговой; ~ skates беговы́е коньки́; ~er [-ə] лиха́ч *м*; "~ers lose their licences" „лихачи́ лиша́ются прав" *(на́дпись)*; ~ing [-iŋ] *авто* превыше́ние ско́рости

speed-skating ['spi:d-skeitiŋ] *сл.* скоростно́й бег на конька́х

spell I [spel] 1) пери́од *м*; срок *м*; a dry ~ пора́ сухо́й пого́ды; breathing ~ передышка *эс* 2) при́ступ *м*; a coughing ~ при́ступ ка́шля

spell II [spel] (spelt) писа́ть (произноси́ть) сло́во по бу́квам; how do you ~ it? как э́то пи́шется?, произнеси́те по бу́квам; ~ing [-iŋ] правописа́ние *с*

spelt [spelt] *past и pp от* spell II

spend [spend] (spent) 1) тра́тить, расхо́довать; ~ money тра́тить де́ньги 2) проводи́ть *(время)*; ~ a night переночева́ть

spent [spent] *past и pp от* spend

sphere [sfiə] 1) шар *м* 2) сфе́ра *ж*, по́ле де́ятельности *(province)*

spider ['spaidə] пау́к *м*

spill [spil] (spilt) пролива́ть(ся); рассыпа́ть(ся); ~ milk проли́ть молоко́; ~ sugar рассы́пать са́хар; ~ out выплёскивать; ~ over a) расплеска́ть (по чему́-л.); б) вы́йти за преде́лы, перепо́лниться: the city is ~ing over its old boundaries

го́род выхо́дит за пре-
де́лы свои́х грани́ц

spilt [spɪlt] *past и pp
от* spill

spin [spɪn] (span,
spun; spun) прясть

spinach [ˈspɪnɪdʒ] шпи-
на́т *м*

spine [spaɪn] *анат.*
позвоно́чный столб

spinster [ˈspɪnstə] ста́-
рая де́ва

spire [ˈspaɪə] шпиль *м*

spirit I [ˈspɪrɪt] 1) дух
м 2) *pl* настрое́ние *с*;
high (low) ~s хоро́шее
(плохо́е) настрое́ние

spirit II 1) спирт *м*
2) *pl* спиртны́е напи́тки

spiritual [ˈspɪrɪtjuəl] 1.
a духо́вный 2. *n амер.*
спири́чуэл, негритя́нс-
кая религио́зная пе́сня

spit [spɪt] (spat) пле-
ва́ть(ся)

spite [spaɪt] злость *ж*,
зло́ба *ж* ◆ in ~ of
несмотря́ на

splash [splæʃ] 1) бры́з-
гать(ся); забры́згать 2)
плеска́ть(ся); ~ in wá-
ter плеска́ться в воде́

splendid [ˈsplendɪd]
великоле́пный; рос-
ко́шный

splinter [ˈsplɪntə] 1)
ще́пка *ж* 2) оско́лок *м*
(*of glass, etc*) 3) зано́за
ж; a ~ in one's finger
зано́за в па́льце

split [splɪt] 1. *v* (split)
раска́лывать(ся); раз-

дели́ть(ся); my head is
~ting у меня́ голова́
трещи́т 2. *n* 1) тре́щина
ж 2) *полит.* раско́л *м*

spoil [spɔɪl] (spoilt) 1)
по́ртить(ся) 2) балова́ть;
~ the child балова́ть
ребёнка; ~t [-t] *past
и pp от* spoil

spoke [spəuk] *past от*
speak; ~n [-ən] *pp от*
speak

sponge [spʌndʒ] гу́бка
ж; ~-cake [-keɪk] бис-
кви́т *м*

spontaneous [spɔn-
ˈteɪnjəs] непосре́дствен-
ный; непринуждённый
(*unconstrained*)

spool [spuːl] кату́ш-
ка *ж*

spoon [spuːn] ло́жка *ж*

sport [spɔːt] спорт *м*:
~s club спортклу́б *м*;
~s equipment спорти́в-
ный инвента́рь; ~s
ground спорти́вная пло-
ща́дка; ~ shoes (спор-
ти́вные) та́почки; ~s
car спорти́вный авто-
моби́ль

sporting [ˈspɔːtɪŋ]
амер. спорти́вный; ~
goods спорти́вные то-
ва́ры

sports‖man [ˈspɔːts-
mən] спортсме́н *м*; ~-
woman [-wumən] спорт-
сме́нка *ж*

spot [spɔt] 1) пятно́
с; ~s of ink черни́ль-
ные пя́тна 2) ме́сто *с*

(place) ◈ on the ~
на ме́сте, сра́зу, неме́-
дленно

sprang [spræŋ] *past
om* spring II 1

spray [spreɪ] аэрозо́ль
м

spread [spred] (spread)
1) расстила́ть 2) рас-
пространя́ть(ся);   ~
knówledge распростра-
ня́ть зна́ния 3) прости-
ра́ться,   расстила́ться
(cover a surface)

spring I [sprɪŋ] весна́
ж; ~ corn яровы́е
хлеба́

spring II 1. *v* (sprang;
sprung) пры́гать; вска́-
кивать; ~ to one's feet
вскочи́ть на́ ноги **2.** *n*
1) прыжо́к *м* 2) пру-
жи́на *ж (of a watch,
etc)* 3) исто́чник *м
(source)*

sprint [sprɪnt] *спорт.*
спринт *м;* match ~
ол. (велоспорт) спри́н-
терская го́нка с вы-
быва́нием;   ~er [-ə]
спорт. спри́нтер *м,* бе-
гу́н на коро́ткую дис-
та́нцию

sprung [sprʌŋ] *pp om*
spring II 1

spun [spʌn] *past u pp
om* spin

spur [spə:] **1.** *n* шпо́ра
ж **2.** *v* 1) пришпо́ривать
2) подстрека́ть *(excite)*

spy [spaɪ] **1.** *n* шпио́н
м **2.** *v* шпио́нить

square [skwɛə] **1.** *n*
1) квадра́т *м* 2) *шахм.*
по́ле *с;* white (black)
~ бе́лое (чёрное) по́ле
3) пло́щадь *ж;* Trafál-
gar S. Трафальга́рская
пло́щадь **2.** *a* квадра́т-
ный ◈ ~ refúsal кате-
гори́ческий отка́з

squash I [skwɔʃ] *амер.*
кабачо́к *м*

squash II *брит.:*
orange ~ оранжа́д *м*

squeeze [skwi:z] 1) вы-
жима́ть; ~ a lémon
выжима́ть лимо́н 2)
сжима́ть; дави́ть; ~
one's hand сжима́ть
ру́ку

squire ['skwaɪə] сквайр
м, поме́щик *м*

squirrel ['skwɪrəl] бе́л-
ка *ж*

Sri Lankan ['ʃri:'læn-
kən] **1.** *a* шри-ланки́й-
ский **2.** *n* жи́тель (жи́-
тельница) Шри Ла́нки́

SST ['es'es'ti:] (supersónic tránsport) сверх-
звуково́й самолёт

St. [sənt] (Saint) свя-
то́й *(в названиях)*

stability [stæ'bɪlɪtɪ]
усто́йчивость *ж,* про́ч-
ность *ж;* ~ of cúrrency
усто́йчивость валю́ты

stable I ['steɪbl] усто́й-
чивый; про́чный; ~
peace про́чный мир

stable II коню́шня *ж*

stadium ['steɪdjəm]
стадио́н *м*

staff [sta:f] 1) штат *м*, персонал *м*; médical ~ медицинский персонал; on the ~ в штате; ~ mémber (штатный) сотрудник 2) *воен.* штаб *м*

stage I [steidʒ] 1. *n* сцена *ж* 2. *v* инсценировать; ставить (*пьесу*)

stage II фаза *ж*, стадия *ж*; the first ~ начальная стадия

stagnation [stæg'neiʃn] застой *м*

stain [stein] пятно *м*; take out ~s выводить пятна; ~less [-lis]: ~less steel нержавеющая сталь

stair [stɛə] 1) ступенька *ж* 2) *pl* лестница *ж*; ~case [-keis] лестница *ж*

stake [steik] ставка *ж*, заклад *м* (*в пари*)

stale [steil] 1) чёрствый; ~ bread чёрствый хлеб 2) затхлый; ~ air затхлый воздух

stalemate ['steil'meit] *шахм.* пат *м*

stalk [stɔ:k] стебель *м*

stall [stɔ:l] 1) стойло *с* 2) ларёк *м* (*for sale of goods*) 3) *театр.* кресло в партере

stallion ['stæljən] жеребец *м*

stamina ['stæminə] выдержка *ж*, стойкость

ж; he has a lot of ~ он обладает большим упорством

stammer ['stæmə] заикаться; запинаться

stamp [stæmp] 1. *n* 1) почтовая марка 2) штамп *м*, штемпель *м*; bear the ~ of ... иметь штамп... 2. *v* 1) накладывать штамп (*a document*) 2) наклеивать марку (*a letter*); ~collector [-kəlektə] филателист *м*

stand [stænd] 1. *v* (stood) 1) стоять 2) выдерживать, выносить; I can't ~such músic я не выношу такой музыки 3) *авто* останавливаться на короткое время; "no ~ing" *амер.* „стоянка (*даже краткая*) запрещена" (*надпись*); ~ by дежурить (*be at hand*); ~ out выделяться; ~ up вставать 2. *n* 1) остановка *ж*, стойнка *ж* 2) стойка *ж*; стенд *м*; киоск *м* (*stall*) 3) позиция *ж* (*position*) 4) трибуна *ж*; the ~s were filled with chéering fans трибуны были заполнены ревущими болельщиками

standard ['stændəd] 1. *n* 1) знамя *с* (*flag*) 2) мерило *с*, стандарт *м* 2. *a* стандартный;

287

~-bearer [-bɛərə] знаменóсец *м*

standpoint ['stændpɔint] тóчка зрéния

staple 1 ['steɪpl]: ~ food повседнéвная пища, основнóй продýкт питáния

staple II скобá *ж (для сшивания бумаг)*

star [staː. **1.** *n* 1) звездá *ж*; Stars and Stripes звёздно-полосáтый флаг *(государственный флаг США)* 2) *театр., кино* звездá *ж* 2. *v театр., кино* игрáть глáвную роль

starch [staːtʃ] **1.** *n* крахмáл *м* 2. *v* крахмáлить; **~ed** collar крахмáльный воротничóк

stare [stɛə] пристáльно смотрéть

start [staːt] **1.** *v* 1) начинáть; ~ a mótor заводить мотóр 2) отправляться; ~ for the trip отпрáвиться в путь **2.** *n* 1) начáло *c* 2) *спорт.* старт *м*

startle ['staːtl] 1) испугáть *(frighten)* 2) поражáть *(surprise)*

starvation [staːˈveɪʃn] гóлод *м*; истощéние *c*

starve [staːv] голодáть; I'm simply stárving я прóсто умирáю с гóлода

state I [steɪt] **1.** *n* 1) госудáрство с 2) штат *м (territorial unit);* ... S. University *амер.* университéт штáта... **2.** *a* госудáрственный; S. Depártment госудáрственный депáртамент, министéрство инострáнных дел *(в США)*

state II 1. *n* состоя́ние *c*; in a good (bad) ~ в хорóшем (плохóм) состоя́нии **2.** *v* заявля́ть, формули́ровать

statement ['steɪtmənt] заявлéние *c*, утверждéние *c*

statesman ['steɪtsmən] госудáрственный дéятель

station ['steɪʃn] *(тж.* ráilway státion) стáнция *ж*, вокзáл *м*; **~wagon** [-ˈwægən] *амер.* автомобиль с кýзовом „универсáл"

stationery ['steɪʃnərɪ] канцеля́рские принадлéжности ◇ write on official ~ писáть на блáнках

statistics [stəˈtɪstɪks] статистика *ж*

statue ['stætʃuː] стáтуя *ж*

statute ['stætjuːt] 1) закóн *м (law)* 2) устáв *м (charter)*

stay [steɪ] **1.** *v* 1) оставáться 2) останáвливаться; гости́ть (with smb — у когó-л.);

288

~ at a hotel останавливаться в гости́нице 2. *n* пребыва́ние с

steady ['stedɪ] 1) кре́пкий, про́чный, усто́йчивый *(firm)* 2) постоя́нный; ~ prógress неукло́нное движе́ние вперёд ◇ go ~ ,,дружи́ть'' *(о мальчике и девочке — в школе)*

steak [steɪk] стейк *м,* натура́льный бифште́кс

steal [sti:l] (stole; stólen) красть, ворова́ть

steam [sti:m] пар *м;* ~er [-ə] парохо́д *м*

steel [sti:l] сталь *ж*

steep [sti:p] круто́й

steeplechase ['sti:pltʃeɪs] *спорт. ол.* 1) бег с препя́тствиями *(track)* 2) ска́чки с препя́тствиями *(equestrian)*

steer [stɪə] 1) пра́вить рулём; управля́ть *(машиной)* 2) направля́ть, вести́ *(guide);* ~ing-wheel ['stɪərɪŋwi:l] *авто* руль *м*

stein [staɪn] *амер.* (пивна́я) кру́жка; a ~ of láger (beer), please кру́жку све́тлого (пи́ва), пожа́луйста

stem [stem] 1) ствол *м (of a tree)* 2) сте́бель *м (of a flower)*

step [step] 1. *n* 1) шаг *м;* in ~ в но́гу; ~ by ~ шаг за ша́гом, постепе́нно 2): take ~s принима́ть ме́ры 3) ступе́нька *ж (of a staircase)* 2. *v* ступа́ть, шага́ть; ~ aside отойти́ в сто́рону, посторони́ться

step‖child ['steptʃaɪld] па́сынок *м,* па́дчерица *ж;* ~daughter [-dɔ:tə] па́дчерица *ж;* ~father [-fa:ðə] о́тчим *м;* ~mother [-mʌðə] ма́чеха *ж;* ~son [-sʌn] па́сынок *м*

stereo ['stɪərɪəu] 1. *a (тж.* stereophónic) стереофони́ческий; ~ récord стереофони́ческая пласти́нка; ~ récord-pláyer (tápe-recórder) стереофони́ческий прои́грыватель (магнитофо́н) 2. *n* 1) стереофони́я *ж* 2) стереофони́ческая звуковоспроизводя́щая систе́ма *(sound system)*

sterling ['stə:lɪŋ] *n* сте́рлинг *м;* ~ área сте́рлинговая зо́на ◇ ~ silver серебро́ устано́вленной про́бы

stern I [stə:n] суро́вый, стро́гий

stern II *мор.* корма́ *ж;* in the ~ на корме́

stew [stju:] 1. *v* туши́ть *(мясо и т. п.);* ~ed fruit компо́т *м* 2. *n* тушёное мя́со

steward ['stjuəd] официа́нт *м (on a ship);* ~ess [-ɪs] 1) бортпроводни́ца *ж*, стюарде́сса *ж* *(on an airliner)* 2) го́рничная *ж* *(on a ship)*

stick I [stɪk] па́лка *ж*; трость *ж*; hóckey ~ хокке́йная клю́шка

stick II [stɪk] (stuck) 1) втыка́ть *(thrust)* 2) приклéивать(ся); the énvelope won't ~ конве́рт не заклéивается; ~ out высо́вывать(ся); ~ to быть ве́рным; ~y [-ɪ] ли́пкий, клéйкий

stiff [stɪf] негну́щийся *(rigid)*; ~en [-n] (о)кочене́ть; (о)деревене́ть

still I [stɪl] ти́хий; неподви́жный, споко́йный

still II 1) до сих пор; всё ещё; he's ~ asléep он всё ещё спит 2) ещё *(в сравнении)*; ~ bétter ещё лу́чше

still III *кино* кадр *м* *(фотореклама)*

still-life ['stɪllaɪf] натюрмо́рт *м*

stimulate ['stɪmjuleɪt] побужда́ть, стимули́ровать

sting [stɪŋ] (stung) жа́лить

stingy ['stɪndʒɪ] скупо́й, скáредный

stir [stə:] 1) шевели́ть(ся); don't ~! не шевели́тесь! 2) размéшивать; ~ one's tea помеша́ть чай 3) возбужда́ть *(excite)*

stitch [stɪtʃ] стежо́к *м*

stock [stɔk] 1) *биол.* род *м*, поро́да *ж*; cows of pédigree ~ поро́дистые коро́вы 2) запа́с *м*; lay in ~ де́лать запа́с 3) а́кция *ж*; S. Exchánge (фо́ндовая) би́ржа *(в Ло́ндоне)*; ~-breeding [-briːdɪŋ] животново́дство с

stocking ['stɔkɪŋ] чуло́к *м*

stole [stəul] *past от* steal; ~n [-ən] *pp от* steal

stomach ['stʌmək] желу́док *м*; on an émpty ~ натоща́к

stone [stəun] 1) ка́мень *м* 2) ко́сточка *ж* *(плода)*; chérry ~s вишнёвые ко́сточки

stood [stud] *past и pp от* stand 1

stool [stuːl] табуре́тка *ж*; bar ~ табуре́т у сто́йки ба́ра; piáno ~ табуре́т для ро́яля

stoop [stuːp] наклоня́ть(ся), нагиба́ть(ся)

stop [stɔp] 1. *v* 1) остана́вливать(ся); "no ~ping" *амер. авто* „остано́вка запрещена́" *(надпись)* 2) прекраща́ть(ся); ~ tálking! переста́ньте разгова́ривать! 3) затыка́ть, задéлывать; ~ a hole задéлать отве́рстие; ~ a tooth пломбирова́ть зуб

290

2. *n* остановка *ж;* the train goes through without ~s поезд идёт без остановок; ~**over** [-əuvə] перерыв в поездке; I'll make a ~over in Moscow я сделаю остановку в Москве

stopper ['stɔpə] пробка *ж;* затычка *ж*

stop-watch ['stɔpwɔtʃ] секундомер *м*

storage ['stɔ:ridʒ] хранение *с;* ~ fee плата за хранение; keep in cold ~ держать на холоде

store [stɔ:] **1.** *n* 1) запас *м;* in ~ в запасе 2) склад *м (storehouse)* 3) *амер.* магазин *м* 4) *pl* универсальный магазин **2.** *v (тж.* store up) запасать; хранить ◆ what does tomorrow keep in ~ for us? что нас ожидает завтра?

storey ['stɔ:ri] этаж *м*

storm [stɔ:m] буря *ж;* шторм *м;* ~ of applause бурные аплодисменты

story ['stɔ:ri] рассказ *м,* повесть *ж;* a short ~ (короткий) рассказ; новелла *ж* ◆ tell stories рассказывать небылицы

stout [staut] толстый, полный *(bulky)*

stove [stəuv] печь *ж,* плита *ж;* electric (gas)

~ электрическая (газовая) плита

straight [streit] **1.** *a* прямой **2.** *adv* прямо ◆ ~ away! *брит.* сейчас!; ~ away тотчас **3.** *n спорт.:* the ~ *брит.* финишная прямая; ~en [-n] выпрямлять(ся)

strain [strein] **1.** *v* 1) натягивать 2) растянуть; ~ a tendon растянуть связку 3) напрягать(ся); ~ every muscle напрягать все силы **2.** *n* напряжение *с;* ~ed [-d] напряжённый

strait [streit] пролив *м*

strange [streindʒ] 1) странный 2) чужой, незнакомый *(unknown);* ~r [-ə] 1) чужой *м;* незнакомец *м* 2) иностранец *м (foreigner)*

strap [stræp] ремень *м*

straw [strɔ:] солома *ж;* соломинка *ж*

strawberry ['strɔ:bəri] 1) клубника *ж* 2) *(тж.* wild strawberry) земляника *ж*

stray [strei] заблудившийся

stream [stri:m] **1.** *n* 1) поток *м;* ручей *м;* ~ of cars поток автомобилей 2) течение *с;* with the ~ по течению; against the ~ против течения **2.** *v* 1)

течь, струиться (along)
2) развеваться (in)

streamline(d) ['stri:m-
lain(d)] обтекаемый

street [stri:t] улица
ж; ~ floor *амер.* пер-
вый этаж; in the ~
на улице; ~**car** [-ka:]
амер. трамвай *м*

strength [streŋθ] сила
ж; the ~ of his will
его большая сила воли;
~**en** [-эn] усиливать
(-ся); крепить

stress [stres] **1.** *n* 1)
нажим *м,* давление *с*
2) ударение *с (accent)*
2. *v* подчёркивать

stretch [stretʃ] **1.** *v*
1) протягивать; ~ a
hand протянуть руку
2) растягивать(ся); the
shoes want ~ing бо-
тинки надо растянуть
3) тянуться, простирать-
ся *(extend)* **2.** *a* эла-
стичный; ~ socks
(pants) эластичные но-
ски (брюки) **3.** *n спорт.:*
the ~ *амер.* финишная
прямая

stretcher ['stretʃə] *мед.*
носилки *мн.*

strict [strikt] 1) строгий 2) точный *(exact)*

strike I [straik] (struck)
1) ударять(ся); ~ a
chord взять аккорд 2):
~ a match зажечь
спичку 3) поражать
(produce impression) 4)
бить *(о часах);* the

clock struck three часы
пробили три (часа) ·:·
~ a bargain прийти к
соглашению

strike II [straik] **1.**
n забастовка *ж;* go
on ~ бастовать **2.** *v*
(struck) бастовать; ~-
-**b r e a k e r** [-breikə]
штрейкбрехер *м;* ~**r**
[-ə] забастовщик *м*

string [striŋ] 1) ве-
рёвка *ж,* бечёвка *ж*
(cord); тесёмка *ж,*
шнурок *м* 2) нитка *ж*
(бус); ~ of pearls
нитка жемчуга 3) *муз.*
струна *ж;* ~s [-z] *pl*
(the ~s) *муз.* 1) смыч-
ковые *мн.* 2) смычко-
вая группа *(in an or-
chestra)*

strip [strip] **1.** *v* 1)
обдирать *(peel)* 2) раз-
девать(ся) *(undress)* **2.**
n лоскут *м;* полоска *ж;*
~ of land клочок земли

stripe [straip] 1) полоса *ж* 2) нашивка *ж,*
шеврон *м (on a sleeve);*
~**d** [-t] полосатый

strip-tease ['stripti:z]
стриптиз *м*

strive [straiv] (strove;
striven) 1) стараться;
~ and do smth ста-
раться сделать что-л.
2) бороться (for — за
что-л.); стремиться к
(чему-л.); ~ for peace
бороться за мир; ~**n**
['strivn] *pp om* strive

stroke [strəuk] **1.** *n*
1) удáр *м* 2) взмах *м*
(of an oar, etc) **2.** *v*
глáдить, поглáживать

stroll [strəul] бродить;
прогýливаться

strong [strɔŋ] 1) сильный 2) крéпкий; ~
tea крéпкий чай

stronghold ['strɔŋhəuld] оплóт *м*, твердыня
эк; ~ of fréedom оплóт
свобóды

strove [strəuv] *past om*
strive

struck [strʌk] *past и
pp om* strike I, II, 2

structure ['strʌktʃə] 1)
строéние *с*, структýра *эк*
2) пострóйка *эк*, здáние *с (building)*

struggle ['strʌgl] **1.** *n*
борьбá *эк*; ~ for peace
and independence борьбá за мир и независимость **2.** *v* борóться

stub [stʌb] 1) пень *м
(of a tree)* 2) окýрок
м (of a cigarette)

stubborn ['stʌbən]
упóрный, упрямый

stuck [stʌk] *past и pp
om* stick II

student ['stju:dənt] 1)
студéнт *м*; учáщийся *м*
2) изучáющий что-л.;
a ~ of literature человéк, занимáющийся литератýрой

study ['stʌdi] **1.** *n* 1)
изучéние *с* 2) кабинéт
м (room) **2.** *v* 1) изу-

чáть; ~ history изучáть истóрию 2) учиться, занимáться; ~ at
a cóllege учиться в коллéдже

stuff [stʌf] 1) веществó
с, материáл *м* 2) матéрия *эк (textile fabric)*

stuffy ['stʌfi] дýшный

stumble ['stʌmbl] спотыкáться: занимáться

stumbling-block ['stʌmbliŋblɔk] кáмень преткновéния

stun [stʌn] оглушáть,
ошеломлять

stung [stʌŋ] *past и
pp om* sting

stupid ['stju:pid] глýпый, тупóй

sty(e) [stai] ячмéнь *м
(на глазý)*

style [stail] 1) стиль
м; манéра *эк* 2) мóда
эк; фасóн *м*; the ~s
of the séason мóды сезóна

stylish ['stailiʃ] мóдный, элегáнтный

subdue [səb'dju:] подчинять

subject 1. *n* ['sʌbdʒikt]
1) пóдданный *м* 2)
предмéт *м*, тéма *эк*;
~ of a play тéма пьéсы
2. *v* [səb'dʒekt] 1) подчинять 2) подвергáть
(действию чего-л.); ~
to punishment подвéргнуть наказáнию

submarine [sʌbmə'ri:n]
подвóдная лóдка

submerge [səb'mə:dʒ] погружа́ть(ся) в во́ду

submit [səb'mɪt] представля́ть на рассмотре́ние; ~ a repórt предста́вить докла́д

subordinate [sə'bɔ:dnɪt] подчинённый

subscribe [səb'skraɪb] подпи́сываться; ~ to a magazíne подписа́ться на журна́л; ~r [-ə] подпи́счик м

subsequent ['sʌbsɪkwənt] после́дующий; ~ly [-lɪ] впосле́дствии, пото́м

subside [səb'saɪd] 1) па́дать, убыва́ть; the féver has ~d жар спал 2) утиха́ть (abate)

substance ['sʌbstəns] 1) вещество́ с 2) су́щность ж; in ~ по существу́

substitute ['sʌbstɪtju:t] 1. n 1) замеща́ющий м (a person) 2) замени́тель м (a thing) 3) спорт. запасно́й игро́к 2. v заменя́ть; замеща́ть

subtle ['sʌtl] то́нкий, неулови́мый; ~ ódour то́нкий за́пах

suburb ['sʌbə:b] 1) при́город м 2) pl предме́стья мн., окре́стности мн.; ~an [sə'bə:bən] при́городный; ~ an train при́городный по́езд

294

subway ['sʌbweɪ] 1) брит. тонне́ль м 2) амер. метрополите́н м

succeed [sək'si:d] 1) сле́довать за (чем-л.) 2) удава́ться; име́ть успе́х; our plan ~ed наш план уда́лся; I ~ed in dóing it мне удало́сь э́то сде́лать

success [sək'ses] успе́х м; ~ful [-ful] уда́чный

succession [sək'seʃn] 1) после́довательность ж; ~ of evénts после́довательность собы́тий 2) непреры́вный ряд; in ~ подря́д

successive [sək'sesɪv] сле́дующий оди́н за други́м, после́довательный; ~ly [-lɪ] после́довательно, по поря́дку

such [sʌtʃ] тако́й; ~ as как наприме́р; don't be in ~ a húrry! не спеши́те так!

suck [sʌk] соса́ть

Sudanese [su:də'ni:z] 1. a суда́нский 2. n суда́нец м, суда́нка ж; the ~ собир. суда́нцы мн.

sudden ['sʌdn] внеза́пный ◇ all of a ~ вдруг, внеза́пно; ~ly [-lɪ] вдруг, внеза́пно

suffer ['sʌfə] страда́ть; ~ing ['sʌfərɪŋ] страда́ние с

sufficient [sə'fɪʃənt] доста́точный

suffrage ['sʌfridʒ] гó-
лос *м*, прáво гóлоса;
избирáтельное прáво;
univérsal ~ всеóбщее
избирáтельное прáво

sugar ['ʃugə] сáхар *м*;
gránulated ~ сáхарный
песóк; ~ bowl *амер.*
сáхарница *ж*; ~-basin
[-beisn] *брит.* сáхарни-
ца *ж*; ~-beet [-bi:t]
сáхарная свёкла; ~-
-cane [-kein] сáхарный
тростнúк

suggest [sə'dʒest] 1)
предлагáть 2) наводúть
на мысль, намекáть
(imply); ~ion [sə'dʒe-
stʃn] предложéние *с*;
move a ~ion выдви-
нуть предложéние

suicide ['sjuisaid] са-
моубúйство *с*

suit I [sju:t] 1) про-
шéние *с* 2) *юр.* иск *м*

suit II *n* 1) *(тж.*
suit of clothes) костю́м
м; wet ~ костю́м для
подвóдного плáвания
2) *карт.* масть *ж* **2.** *v*
1) подходúть; will this
time ~ you? это врéмя
вас устрáивает?; ~
yoursélf дéлайте как хо-
тúте 2) быть к лицу́;
the hat ~s her э́та
шля́па .ей идёт

suitable ['sju:təbl]
подходя́щий, соотвéтст-
вующий, гóдный

suitcase ['sju:tkeis]
чемодáн *м*

suite [swi:t] 1) свúта
ж; queen's ~ свúта
королéвы 2) набóр *м*;
комплéкт *м*; ~ of fúr-
niture гарнитýр мéбели
3) *(тж.* suite of rooms)
нóмер-люкс *м* (в гостú-
нице) 4) *муз.* сюúта *ж*

sum [sʌm] **1.** *n* 1)
сýмма *ж* 2) *(тж.* sum
tótal) итóг *м* **2.** *v*: ~
up подводúть итóг

summary ['sʌməri]
крáткое изложéние, ре-
зюмé *с*, *нескл.*, свóд-
ка *ж*

summer ['sʌmə] лéто
с; ~ cóttage (house)
дáча *ж*; ~ time лéтнее
врéмя *(на час впередú
поясного)*

summit ['sʌmit] вер-
шúна *ж*; ~ cónference
совещáние на вы́сшем
ýровне

summon ['sʌmən] 1)
вызывáть *(в суд)* 2)
созывáть *(convoke)*

sun [sʌn] сóлнце *с*;
~beam [-bi:m] сóлнеч-
ный луч; ~burn [-bə:n]
1. *n* загáр *м* **2.** *v* загорáть; ~burnt [-bə:nt]
загорéлый

Sunday ['sʌndi] вос-
кресéнье *с*; ~ school
воскрéсная шкóла

sunflower ['sʌnflauə]
подсóлнечник *м*; ~ oil
подсóлнечное мáсло

sung [sʌŋ] *pp от* sing

sun-helmet ['sʌnhel-

mlt] пробковый шлем
sunk [sʌŋk] *pp* *от*
sink II
sunlight [ˈsʌnlaɪt] солнечный свет
sunny [ˈsʌnɪ] солнечный; ~ wéather солнечная погода
sun‖rise [ˈsʌnraɪz] восход солнца; ~set [-set] заход солнца, закат *м*; ~shade [-ʃeɪd] зонтик от солнца; ~shine [-ʃaɪn] солнечный свет; ~stroke [-strouk] солнечный удар
superficial [sju:pəˈfɪʃəl] поверхностный, внешний
superfluous [sju:ˈpə:fluəs] излишний, чрезмерный
superhighway [sju:pəˈhaɪweɪ] *амер.* автострада *ж*
superintend [sju:pərɪnˈtend] управлять, надзирать; ~ent [-ənt] 1) управляющий *м*, заведующий *м* 2) *амер.* (*тж. разг.* súper) управдом *м*
superior [sju:ˈpɪərɪə] 1. *а* 1) высший, превосходящий 2) лучший; ~ grade of cóffee лучший сорт кофе 2. *n* старший *м*, начальник *м*; he is my ~ он мой начальник; ~ity [sju:pɪərɪˈɔrɪtɪ] превосходство *с*

supermarket [ˈsju:pəma:kɪt] универсам *м*
supersonic [ˈsju:pəˈsɔnɪk]: ~air líner сверхзвуковой пассажирский самолёт
superstition [sju:pəˈstɪʃn] 1) суеверие *с* 2) *pl* предрассудки *мн.*
supervision [sju:pəˈvɪʒn] надзор *м*, наблюдение *с*; únder the ~ of в ведении, под руководством
supper [ˈsʌpə] ужин *м*
supplement [ˈsʌplɪmənt] дополнение *с*, приложение *с*
supply [səˈplaɪ] 1. *v* снабжать; поставлять 2. *n* снабжение *с*; поставки *мн.*
support [səˈpɔ:t] 1. *v* 1) поддерживать 2) содержать; ~ one's fámily содержать семью 2. *n* поддержка *ж*; in ~ в подтверждение; ~er [-ə] сторонник *м*, приверженец *м*
suppose [səˈpouz] предполагать; полагать; I ~ you're right я полагаю, вы правы
suppress [səˈpres] 1) подавлять 2) запрещать (*газету и т. п.*); ~ a book запретить книгу; ~ion [səˈpreʃn] 1) подавление *с* 2) запрещение *с* (*газеты и т. п.*)

296

supreme [sju:'pri:m]
1) вы́сший 2) верхо́вный; S. Court Верхо́вный Суд

sure [ʃuə] **1.** *a* уве́ренный; несомне́нный; be ~ быть уве́ренным; for ~ обяза́тельно; make ~ а) убеди́ться; б) обеспе́чить *(secure)* **2.** *adv* несомне́нно, наверняка́; ~ly [-lɪ] несомне́нно, ве́рно

surface ['sə:fɪs] пове́рхность *ж*

surgeon ['sə:dʒn] хиру́рг *м*

surgery ['sə:dʒərɪ] хирурги́я *ж*

Surinamese ['su:rɪnə-'mi:z] **1.** *a* сурина́мский **2.** *n* сурина́мец *м*, сурина́мка *ж*

surname ['sə:neɪm] фами́лия *ж*

surpass [sə'pa:s] превосходи́ть

surplus ['sə:pləs] **1.** *n* изли́шек *м* **2.** *a* изли́шний; ~ food продово́льственные изли́шки

surprise [sə'praɪz] **1.** *n* 1) удивле́ние *с*; no ~ неудиви́тельно 2) неожи́данность *ж*, сюрпри́з *м*; take smb by ~ захвати́ть кого́-л. враспло́х **2.** *v* удивля́ть; it ~d me э́то меня́ удиви́ло; be ~d удивля́ться

surrender [sə'rendə] **1.**
n сда́ча *ж*, капитуля́ция *ж*; unconditional ~ безоговоро́рочная капитуля́ция **2.** *v* сдава́ть(ся), капитули́ровать

surround [sə'raund] окружа́ть

survey 1. *n* ['sə:veɪ] обозре́ние *с*; осмо́тр *м*; ~ of events обзо́р собы́тий **2.** *v* [sə:'veɪ] обозрева́ть, осма́тривать; ~ the situation ознако́миться с обстано́вкой

survive [sə'vaɪv] 1) пережи́ть 2) вы́жить; оста́ться в живы́х; ~ an áccident (a shípwreck) оста́ться в живы́х по́сле ава́рии (кораблекруше́ния)

suspect 1. *n* ['sʌspekt] подозрева́емый *м* **2.** *v* [səs'pekt] подозрева́ть

suspend [səs'pend] 1) подве́шивать *(hang up)* 2) отсро́чивать; ~ páyments отсро́чить платежи́

suspenders [səs'pendəz] *pl* 1) *брит.* подвя́зки *мн.* 2) *амер.* подтя́жки *мн.* *(braces)*

suspension [səs'penʃn] *авто* подве́ска *ж*

suspicion [səs'pɪʃn] подозре́ние *с*

suspicious [səs'pɪʃəs] подозри́тельный

swallow I ['swɔləu] ла́сточка *ж*

297

swallow II глота́ть

swam [swæm] *past om*
swim 1

swamp [swɔmp] бо-
ло́то *с*, топь *ж*

swan [swɔn] ле́бедь *м*

Swazi ['swa:zi] 1. *a*
свазиле́ндский 2. *n* сва-
зиле́ндец *м*, свазиле́нд-
ка *ж*

swear [swɛə] (swore;
sworn) 1) кля́сться; при-
сяга́ть 2) руга́ться
(curse)

sweat [swet] 1. *n* пот
м 2. *v* поте́ть *(pers-
pire)*

sweater ['swetə] сви́-
тер *м*

Swede [swi:d] швед *м*,
шве́дка *ж*

Swedish ['swi:diʃ] 1.
a шве́дский 2. *n* шве́д-
ский язы́к

sweep [swi:p] (swept)
1) мести́, вымета́ть; ~
the floor подмета́ть пол
2) смета́ть; the bridge
was swept away мост
снесло́

sweet [swi:t] 1. *a* сла́д-
кий; is the milk still
~? молоко́ ещё не ски́с-
ло? 2. *n* 1) сла́дкое *с*
2) *pl брит.* конфе́ты
мн., сла́сти *мн. (sweetmeat)*

sweetheart ['swi:tha:t]
возлю́бленный *м*, воз-
лю́бленная *ж*

sweetmeat ['swi:tmi:t]
брит. конфе́ты *мн.*;

сла́сти *мн.*; ~ box ко-
ро́бка конфе́т

swell [swel] 1. *v* (swel-
led; swóllen) распуха́ть,
вздува́ться 2. *a разг.*
шика́рный; that's ~!
здо́рово!, о́чень хоро-
шо́!

swept [swept] *past и*
pp om sweep

swift [swift] ско́рый,
бы́стрый

swim [swim] 1. *v*
(swam; swum) плыть,
пла́вать 2. *n* 1) пла́ва-
ние *с*; let's have a ~!
дава́йте (пойдём) иску-
па́емся! 2) *спорт.* за-
плы́в *м*; ...-métre fréestyle (bréaststroke, bút-
terfly, báckstroke) ~
заплы́в во́льным сти́-
лем (сти́лем брасс, бат-
терфля́й, на спине́) на...
ме́тров

swimmer ['swimə] пло-
ве́ц *м*

swimming ['swimiŋ]
спорт. пла́вание *с*;
fréestyle (bréaststroke,
bútterfly, báckstroke)
~ ол. пла́вание во́ль-
ным сти́лем (сти́лем
брасс, баттерфля́й, на
спине́)

swing [swiŋ] 1. *v*
(swung) 1) кача́ть(ся)
2) разма́хивать; ~ one's
arms разма́хивать ру-
ка́ми 2. *n* 1) разма́х *м*;
in full ~ в по́лном
разга́ре 2) *pl* каче́ли *мн.*

Swiss [swɪs] **1.** *a* швейца́рский **2.** *n* швейца́рец *м*, швейца́рка *ж*

switch [swɪtʃ] **1.** *n* 1) *ж.-д.* стре́лка *ж* 2) *эл.* выключа́тель *м* **2.** *v* переключа́ть; ~ **off** выключа́ть; ~ **on** включа́ть

swollen [ˈswəʊlən] *pp om* swell 1

sword [sɔːd] меч *м*; шпа́га *ж*; са́бля *ж*

swore [swɔː] *past om* swear

sworn [swɔːn] *pp om* swear

swum [swʌm] *pp om* swim 1

swung [swʌŋ] *past u pp om* swing 1

symbol [ˈsɪmbəl] си́мвол *м*

symbolic [sɪmˈbɔlɪk] символи́ческий

sympathize [ˈsɪmpəθaɪz] сочу́вствовать (**with** *smb*, *smth* — кому́-л., чему́-л.)

sympathy [ˈsɪmpəθɪ] сочу́вствие *c*; **feel** ~ **for** *smb* сочу́вствовать кому́-л.

symphonic [sɪmˈfɔnɪk] симфони́ческий

symphony [ˈsɪmfənɪ] симфо́ния *ж*; ~ **orchestra** симфони́ческий орке́стр

synagogue [ˈsɪnəgɔg] синаго́га *ж*

synopsis [sɪˈnɔpsɪs] (*pl* synopses) конспе́кт *м*, кра́ткий обзо́р

Syrian [ˈsɪrɪən] **1.** *a* сири́йский **2.** *n* сири́ец *м*, сири́йка *ж*

syrup [ˈsɪrəp] сиро́п *м*

system [ˈsɪstɪm] систе́ма *ж*; **the metric** ~ метри́ческая систе́ма; ~ **of education** систе́ма образова́ния

T

tab [tæb] ве́шалка *ж* (*у одежды*); **the** ~ **of my coat is torn off** у моего́ пальто́ оторва́лась ве́шалка

table [ˈteɪbl] 1) стол *м*; **at the** ~ за столо́м; ~ **tennis** насто́льный те́ннис 2) табли́ца *ж*; **statistical** ~ статисти́ческая табли́ца; ~-**cloth** [-klɔːθ] ска́терть *ж*; ~-**spoon** [-spuːn] столо́вая ло́жка

tact [tækt] такт *м* (*тж. муз.*); ~**less** [-lɪs] беста́ктный

Tadjik [taːˈdʒɪk] **1.** *a* таджи́кский **2.** *n* 1) таджи́к *м*, таджи́чка *ж* 2) таджи́кский язы́к

tail [teɪl] хвост *м* ◇ **head or** ~**s** орёл и́ли ре́шка; ~-**coat** [-kəut] фрак *м*; ~**gate** [-geɪt] *амер. авто* „висе́ть на

хвосте́"; "do not ~
gate" ,,соблюда́й ди-
ста́нцию" *(на́дпись)*;
~-lights [-laɪts] *pl* авто
за́дние фонари́

tailor [ˈteɪlə] портно́й
м

take [teɪk] (took; táken) 1) брать; ~ sóme-
body's arm взять ко-
го́-л. под ру́ку 2) при-
нима́ть; ~ a médicine
приня́ть лека́рство 3)
занима́ть *(место, вре-
мя)*; it won't ~ much
time э́то займёт нем-
но́го вре́мени; ~ a seat
сади́ться; take a train
(a ship) сесть в по́езд
(на парохо́д) 4) доста-
вля́ть; ~ the létter to
the post, please отне-
си́те, пожа́луйста, пись-
мо́ на по́чту; ~ down
запи́сывать; ~ off сни-
ма́ть; ~ off your coat,
please сними́те, пожа́-
луйста, пальто́; ~ out:
sándwich to ~ out
са́ндвич ,,на вы́нос" ◇
~ it éasy! не волну́й-
тесь!; what size in shoe
(coat) do you ~? ка-
ко́й вы но́сите разме́р
о́буви (пальто́)?; **~n**
[-ən] *pp от* take

tale [teɪl] расска́з *м*,
по́весть *ж*

talent [ˈtælənt] тала́нт
м, дарова́ние *с*; **~ed**
[-ɪd] тала́нтливый, ода-
рённый

talk [tɔːk] **1.** *n* 1) раз-
гово́р *м*; free and éasy
~ непринуждённая бе-
се́да 2) *pl* перегово́ры
мн.; peace ~s ми́рные
перегово́ры **2.** *v* гово-
ри́ть, разгова́ривать;
what are you ~ing
abóut? о чём речь?; ~
into: ~ into dóing smth
уговори́ть что-л. сде́-
лать; ~ **out:** ~ out
of dóing smth отгово-
ри́ть от чего́-л.

tall [tɔːl] высо́кий

tame [teɪm] **1.** *a* руч-
но́й **2.** *v* прируча́ть;
укроща́ть; **~r** [-ə] укро-
ти́тель *м*

tangerine [tændʒəˈriːn]
мандари́н *м (плод)*

tank [tæŋk] 1) бак *м*,
цисте́рна *ж* 2) *воен.*
танк *м*

tap I [tæp] кран *м*
(водопрово́дный и т. п.)

tap II [tæp] (по)сту-
ча́ть (ти́хо), (по)хло́пать
(по плечу́); **~-dance**
[-dɑːns] чечётка *ж*

tape [teɪp] 1) тесьма́
ж 2) (магни́тная) лён-
та; vídeo ~ ле́нта для
магни́тной за́писи изо-
браже́ния; ~ deck маг-
нитофо́нная приста́вка
(де́ка); **~-recorder** [-rɪ-
kɔːdə] магнитофо́н *м*

tapestry [ˈtæpɪstrɪ]
гобеле́н *м*

taproom [ˈtæpruːm]
пивно́й бар

tar [ta:] вар *м*, дёготь *м*

target ['ta:gɪt] мишéнь *ж*, цель *ж*; móving ~ а) движущаяся мишéнь; б) *ол.* стрельбá по бегýщему олéню

tariff [ˈtærɪf] тарúф *м*

tarpaulin [ta:ˈpɔ:lɪn] брезéнт *м*

tart [ta:t] торт *м*; сладкий пирóг

tartan [ˈta:tən] *спорт.* тартáновый; ~ track тартáновая дорóжка

task [ta:sk] задáние *с*; задáча *ж*

TASS [ta:s] (Télegraph Ágency of the Sóviet Únion) ТАСС *м* (Телегрáфное агéнтство Совéтского Союза)

taste [teɪst] **1.** *n* 1) вкус *м* 2) вкус *м*, склóнность *ж*; ~s differ о вкýсах не спóрят **2.** *v* 1) прóбовать 2) имéть (при)вкус; ~ bitter быть гóрьким на вкус; ~less [-lɪs] безвкýсный

tasty [ˈteɪstɪ] вкýсный

taught [tɔ:t] *past и pp om* teach

tax [tæks] налóг *м*

taxi [ˈtæksɪ] таксú *с*, *нескл.*; ~ stand стоя́нка таксú; let's take a ~ поéдем на таксú; call a ~ вы́звать таксú

tea [ti:] чай *м*; strong (weak) ~ крéпкий (слáбый) чай

teach [ti:tʃ] (taught) учúть, обучáть; I ~ English (mathemátics) я преподаю́ англúйский язы́к (математику); T. Yourself Book самоучúтель *м*; ~er [-ə] учúтель *м*

team [ti:m] **1.** *n* 1) бригáда *ж* (brigade) 2) *спорт.* комáнда *ж*; USSR National Football T. сбóрная футбóльная комáнда СССР **2.** *a спорт.* комáндный; ~ championship комáндное пéрвенство; 100 km (húndred kílometres) ~ (race) *ол.* (велоспорт) комáндная гóнка на 100 км (сто киломéтров); thrée-day ~ event *ол. (конный спорт)* комáндное пéрвенство в троебóрье

tea-pot [ˈti:pɔt] чáйник *м* (для заварки)

tear I [tɪə] слезá *ж*; ~ gas слезоточúвый газ

tear II [tɛə] (tore; torn) рвать(ся); отрывáть; раздирáть; ~ off оборвáть

tease [ti:z] дразнúть

tea-spoon [ˈti:spu:n] чáйная лóжка

technical [ˈteknɪkəl] технúческий; ~ educátion технúческое образовáние

technique [tekˈni:k]

техника *ж*; the ~ of translation техника перевода

tedious ['ti:djəs] нудный, скучный, утомительный

teen-ager ['ti:neɪdʒə] подросток *м*

teens [ti:nz]: she's still in her ~ ей ещё нет двадцати лет

teeth [ti:θ] *pl от* tooth

telegram ['telɪgræm] телеграмма *ж*

telegraph ['telɪgra:f] 1. *n* телеграф *м*; ~ ágency телеграфное агентство 2. *v* телеграфировать

telephone ['telɪfəun] телефон *м*; ~ diréctory телефонная книга; ~ booth *амер.* телефонная будка

teletype ['telɪtaɪp] телетайп *м*

television ['telɪvɪʒn] телевидение *с*; ~ set телевизор *м*

tell [tel] (told) 1) сказать, говорить; ~ me (us), please ... скажите, пожалуйста ...; ~ the truth говорить правду 2) рассказывать *(narrate)* 3) отличать, различать (from — от) 4) отражаться, сказываться; ~ on one's health сказываться на здоровье; ~er [-ə] 1) счётчик *м (подсчиты*

вающий голоса) 2) *амер.* кассир *(в банке)*

temper ['tempə] 1) характер *м (человека)* 2) настроение *с*; lose one's ~ выйти из себя

temperature ['temprɪtʃə] температура *ж*; what is the ~ today? сколько сегодня градусов?; take ~ измерить температуру; have (run) a ~ иметь повышенную температуру

temple I ['templ] храм *м (church)*

temple II висок *м*

tempo ['tempəu] *муз.* темп *м*

temporary ['tempərərɪ] временный

temptation [temp'teɪʃn] искушение *с*, соблазн *м*

ten [ten] 1) десять 2) десяток *м*

tenant ['tenənt] 1) квартиросъёмщик *м*, жилец *м* 2) *(тж.* ténant fármer) арендатор *м*

tendency ['tendənsɪ] наклонность *ж*, тенденция *ж*

tender ['tendə] нежный; чувствительный

tennis ['tenɪs] теннис *м*; play ~ играть в теннис; ~court [-kɔ:t] (теннисный) корт; ~-player[-pleɪə] теннисист *м* tenor ['tenə] *муз.* тéнор *м*

tension ['tenʃn] 1) напряжённость *ж:* international ~(s) междунарóдная напряжённость 2) *тех.* напряжéние *с*

tent [tent] палáтка *ж*

tenth [tenθ] десятый

term [tə:m] 1) срок *м;* ~ of óffice срок полномóчий 2) семéстр *м (in a college)* 3) тéрмин *м;* выражéние *с;* botánical ~s ботанические тéрмины 4) *pl* услóвия *мн.;* come to ~s with ... прийти к соглашéнию с ... 5) *pl* отношéния *мн.;* be on friendly ~s быть в дрýжеских отношéниях

terminal [tə:minl] *амер.* вокзáл *м;* bus ~ автовокзáл *м*

termination [tə:mi'neiʃn] конéц *м;* окончáние *с*

terminus ['tə:minəs] *брит.* конéчная стáнция; ráilway ~ железнодорóжный вокзáл

terrible ['terəbl] стрáшный, ужáсный

terrify ['terifai] ужасáть

territory ['teritəri] территóрия *ж*

terror ['terə] 1) ýжас *м (fear)* 2) *полит.* террóр *м*

test [test] **1.** *n* 1) испытáние *с;* stand the ~ выдержать испытáние 2) *тех.* прóба *ж* **2.** *v* подвергáть испытáнию, испытывать

testify ['testifai] свидéтельствовать, давáть показáния (to — в пóльзу; against — прóтив)

text [tekst] текст *м;* ~book [-buk] учéбник *м,* руковóдство *с*

textile ['tekstail] **1.** *n (часто pl)* ткань *ж;* мануфактýра *ж* **2.** *a* текстильный; ~ mill текстильная фáбрика

Thai [tai] **1.** *a* 1) тáйский 2) таилáндский **2.** *n* 1) тáец *м,* таянка *ж* 2) таилáндец *м,* таилáндка *ж* 3) тáйский язык

than [ðæn] нéжели; чем; it's cólder here in Lóndon здесь холоднéе, чем в Лóндоне

thank [θæŋk] благодарить; ~ you véry much óчень вам благодáрен; ~ful [-ful] благодáрный; ~s [-s] благодáрность *ж;* ~s! спасибо!; ~s to благодаря *(чему-л., кому-л.)*

Thanksgiving ['θæŋksgivɪŋ]: ~ Day *амер.* день благодарéния *(национáльный прáздник, отмечáемый в четвёртый четверг ноября в*

303

*США и во второй поне-
дельник октября в Ка-
наде)*

that [ðæt] **1.** *pron demonstr* (*pl* those) тот,
та, то, те; ~ hotél is
beyónd the park та гос-
тиница за парком ◆
and all ~ и тому подоб-
ное; by ~ тем самым;
like ~ таким образом
2. *pron relat* (*pl* those)
который, кто; the tóur-
ists ~ have alréady
arrived те туристы, ко-
торые уже приехали **3.**
cj что; he said ~ he
would not come он ска-
зал, что не придёт ◆
~ is а именно; so ~
с тем чтобы

thaw [θɔ:] **1.** *n* оттепель *ж* **2.** *v* таять

the [ði:] **1.** *определённый артикль (не пере-
водится)* **2.** *adv*: ~
sóoner ~ bétter чем
быстрее, тем лучше

theatre [ˈθɪətə] 1) театр
м 2) *амер. (тж.* móvie-
-theatre) кино(театр) *м*

theft [θeft] кража *ж*

their [ðɛə] их; свой,
свой; ~ child их ре-
бёнок; ~s [-z] их; this
car is ~s это их авто-
машина

them [ðem] (*косв. п.
от* they) им, их; tell
~ that ... скажите им,
что ...

theme [θi:m] тема *ж*

themselves [ðəmˈselvz]
1) себя, -ся 2) *(для
усиления)* сами; they
bought the tickets ~
они сами достали би-
леты

then [ðen] **1.** *adv* 1)
тогда; ~ I'll be áble
to decíde тогда я смогу
решить 2) потом; I'll
finish the work and ~
I'll go я закончу ра-
боту, а потом пойду
3) в таком случае (*in
that case*) **2.** *n* то время;
by ~ к тому време-
ни; since ~ с того вре-
мени

theory [ˈθɪərɪ] теория
ж

therapeutist [θerə-
ˈpju:tɪst] терапевт *м*

there [ðɛə] 1) там 2)
туда; will you go ~?
вы туда пойдёте? 3):
~ is, ~ are есть, имé-
ются; ~ is no time
времени нет ◆ are you
~? вы слушаете? (*по
телефону*)

therefore [ˈðɛəfɔ:] поэтому, следовательно

thermometer [θəˈmɔ-
mɪtə] градусник *м*,
термометр *м*

these [ði:z] (*pl от
this*) эти

thesis [ˈθi:sɪs] (*pl thé-
ses*) 1) тезис *м* 2) дис-
сертация *ж* (*disserta-
tion*)

they [ðeɪ] они

thick [θɪk] 1) толстый; плотный; ~ cloth драп *м*; a foot ~ в фут толщиной 2) густой; ~ soup густой суп, суп-пюре *м*; ~ hair густые волосы

thief [θi:f] вор *м*

thigh [θaɪ] бедро *с*

thimble ['θɪmbl] на-пёрсток *м*

thin [θɪn] 1) тонкий 2) худой *(lean)* 3) ред-кий: ~ hair жидкие волосы

thing [θɪŋ] 1) вещь *ж*, предмет *м* 2) дело *с*, факт *м*; ~s look prom-ising положение об-надёживающее 3) *pl* вещи *мн.*; багаж *м*; where are my ~s? где лежат мои вещи?

think [θɪŋk] (thought) 1) думать 2) считать, полагать *(consider)*; ~ **over** обдумать

third [θə:d] третий

thirst [θə:st] жажда *ж*; quench one's ~ уто-лить жажду; ~**y** [-ɪ]: I'm ~**y** я хочу пить

thirteen ['θə:'ti:n] три-надцать; ~**th** [-θ] три-надцатый

thirtieth ['θə:tɪɪθ] три-дцатый

thirty ['θə:tɪ] три-дцать

this [ðɪs] *(pl* these) тот, эта, это; данный;

~ afternoon сегодня днём; post ~ letter отошлите это письмо

thorn ['θɔ:n] шип *м*; колючка *ж*

thorough ['θʌrə] пол-ный, совершённый; тща-тельный

thoroughfare ['θʌrə-fɛə]: "no ~" ,,проезд закрыт" *(надпись)*

those [ðəuz] *(pl* от that 1 *и* 2) те; ~ seats are vacant те места сво-бодны; ~ who want желающие *мн.*

though [ðəu] **1.** *cj* хо-тя; as ~ как будто бы **2.** *adv* однако

thought I [θɔ:t] мысль *ж*; размышление *с*; on second ~ по зрелом размышлении

thought II *past и pp* от think

thousand ['θauzənd] тысяча; ~**th** ['θauzəntθ] тысячный

thrash [θræʃ] 1) бить 2) *спорт.* победить 3) = thresh

thread [θred] **1.** *n* нить *ж*, нитка *ж* **2.** *v* 1): ~ the needle, please вденьте, пожалуйста, нитку в иголку 2): ~ the tape заправить маг-нитную ленту

threat [θret] угроза *ж*; ~**en** [-n] угрожать

three [θri:] три; ~ hundred триста

355

THB

THU

threefold ['θri:fəuld]
1. *a* тройной 2. *adv*
втройне

thresh [θreʃ] молотить;
~er [-ə] молотилка ж
(machine)

threshold ['θreʃhəuld]
порог *м*

threw [θru:] *past om*
throw 1

thrill [θril] 1. *n* волнение *c*; трепет *м* 2.
v сильно взволновать
(-ся); **~er** [-ə] фильм
ужасов

thrive [θraiv] (throve;
thriven) процветать; she
~s on compliments она
жить не может без комплиментов; **~n** ['θrivn]
pp om thrive

throat [θrəut] горло *c*;
глотка ж

throb [θrɔb] сильно
биться; пульсировать

throne [θrəun] трон *м*

throttle ['θrɔtl] 1. *n*
mex. (дроссельная) заслонка 2. *v*: **~ down**
авто сбросить газ

through [θru:] 1. *prep*
1) через, сквозь; по;
~ the forest через лес;
I heard of you **~ the**
radio я слышал о вас
по радио 2) в продолжение; **~ the night** всю
ночь 2. *adv* от начала
до конца, насквозь;
all day **~** весь день;
I'm wet **~** я промок
до нитки ◆ be **~**

(with) покончить (с чем-л.), окончить (что-л.)
3. *a* прямой, беспересадочный; **~ ticket**
транзитный билет; **~
train** прямой поезд; "**~
traffic**" „сквозное движение" *(надпись)*

throughout [θru:'aut]
1. *adv* повсюду, везде;
the day **~** весь день
2. *prep* через, по всему;
~ one's life всю жизнь

throve [θrəuv] *past om*
thrive

throw [θrəu] 1. *v*
(threw; thrown) 1) бросать, кидать 2) *спорт.*
метать; **~ the** javelin
(discus, hammer) метать
копьё (диск, молот);
~ off сбросить; **~ open**
распахивать; **~ out** выбросить 2. *n спорт.*
бросок; **~ing** [-iŋ]
спорт. метание *c*; javelin **~ing** *ол.* метание
копья

thrown [θrəun] *pp om*
throw 1

thrust [θrʌst] (thrust)
1) толкать; **~ one's
way** пробивать себе дорогу 2) вонзать *(pierce)*

thumb [θʌm] большой
палец *(руки)*; **~tack**
[-tæk] *амер.* кнопка ж
(канцелярская)

thunder ['θʌndə] 1. *n*
гром *м* 2. *v* греметь;
it **~s** гремит гром; **~
storm** [-stɔ:m] гроза ж

306

Thursday ['θə:zdɪ] четве́рг *м*

thus [ðʌs] так, таки́м о́бразом

ticket ['tɪkɪt] 1) биле́т *м;* entrance ~ входно́й биле́т; single ~ *брит.* биле́т в оди́н коне́ц; return ~ *брит.* обра́тный биле́т; open-date ~ некомпости́рованный биле́т; ~ collector *ж.-д., театр.* контролёр *м;* ~ office *амер.* биле́тная ка́сса 2) ярлы́к *м;* price ~ этике́тка *ж (с ценой)*

tickle ['tɪkl] щекота́ть

tide [taɪd]: high ~ прили́в *м;* low ~ отли́в *м*

tidy ['taɪdɪ] 1. *a* аккура́тный, опря́тный 2. *v* убира́ть, приводи́ть в поря́док

tie [taɪ] 1. *n* 1) связь *ж* 2) *pl перен.* у́зы *мн.;* ~s of friendship у́зы дру́жбы 3) *(тж.* necktie) га́лстук *м* 4) *(тж.* tie up) *амер. спорт.* ничья́ *ж* 2. *v* 1) свя́зывать; привя́зывать; ~ it up, please завяжи́те, пожа́луйста 2) *(тж.* tie up) *спорт.* сыгра́ть вничью́; име́ть ра́вное число́ очко́в; these teams are ~d for the lead веду́щие кома́нды име́ют ра́вное число́ очко́в

tier [tɪə] *театр.* я́рус *м*

tiger ['taɪgə] тигр *м*

tight [taɪt] 1) туго́й; ~ knot туго́й у́зел 2) те́сный; my shoes are ~ ту́фли мне жмут; ~s [-s] *pl* (бале́тное) трико́

till [tɪl] 1. *prep* до; ~ now до сих пор; wait ~ tomorrow подожди́те до за́втра 2. *cj* до тех пор пока́, пока́ не; sit here ~ I come back посиди́те здесь, пока́ я не верну́сь

timber ['tɪmbə] строево́й лес

time [taɪm] 1. *n* 1) вре́мя *с;* what's the ~? кото́рый час?; at ~s времена́ми; from ~ to ~ вре́мя от вре́мени; have a good ~ хорошо́ провести́ вре́мя; in ~ во́время; at the same ~ в то же вре́мя, вме́сте с тем; for the ~ being на вре́мя, пока́; ~ trouble *шахм.* цейтно́т *м* 2) пери́од *м* пора́ *ж;* summer ~ ле́то *с;* they were tied up in the second ~ второ́й пери́од око́нчился вничью́ 3) срок *м;* the ~ is up срок исте́к 4 раз *м;* how many ~s..? ско́лько раз ..? 5) *муз.* темп *м;*

такт *м* ♣ in no ~ мо́-
ме́нтально; take your
~! не спеши́те! **2.** *v*
хронометри́ровать, за-
се́нять вре́мя; **~-table**
[-teibl] расписа́ние *с*;
accórding to the ~-ta-
ble по расписа́нию

timid ['timid] ро́бкий,
засте́нчивый

tin [tin] 1) о́лово *с*;
жесть *ж* 2) *брит.* ба́н-
ка *ж (консервов)*; ~-
-**opener** [-əupnə] *брит.*
консе́рвный нож

tiny ['taini] кро́шеч-
ный

tip [tip] **1.** *n* 1) ко-
не́ц *м*, ко́нчик *м* 2)
ча́сто *мн.* (money) 3)
намёк *м (hint)* **2.** *v*
дава́ть „на чай"

tiptoe ['tiptəu]: on ~
на цы́почках

tire ['taiə] ши́на *ж*;
pump up (infláte) a ~
нанака́ть ши́ну; túbe-
less ~ *авто* бескáмер-
ная ши́на; púnctured
~ проко́л ши́ны

tired ['taiəd] уста́лый,
утомлённый; are you
~? вы не уста́ли?

tiresome ['taiəsəm] 1)
утоми́тельный 2) надо-
е́дливый, ску́чный (dull)

title ['taitl] 1) загла́-
вие *с*, назва́ние *с*;
what's the ~ of the
book? как называ́ется
э́та кни́га? 2) ти́тул *м*,
зва́ние *с (rank)* 3)

спорт. зва́ние чемпи-
о́на; he won the ~
in... он стал чемпи-
о́ном по...

to [tu:] **1.** *prep* 1) к,
в, на; the way to Mós-
cow доро́га, веду́щая в
Москву́; I'll go to the
sea я пое́ду на мо́ре
2) *передается дат. п.*:
a létter to my friend
письмо́ моему́ дру́гу 3)
до; from three to six
от трёх до шести́; to
the end до конца́ 4):
to the sécond (third) de-
grée *мат.* в квадра́те
(в тре́тьей сте́пени) **2.**
*частица при инфини-
тиве (не переводится)*:
he wants to leave он
хо́чет уе́хать

toast I [təust] тост *м*
*(подсушенный ломтик
хлеба)*; гренóк *м*

toast II тост *м*; annóunce (propóse) a ~
провозгласи́ть тост

toaster ['təustə] тóс-
тер *м*

tobacco [tə'bækəu] та-
ба́к *м*; ~**nist's** [tə'bæ-
kənists] таба́чный киóск

toboggan [tə'bɔgən]
спорт. **1.** *n* тобóгган
м (сани) **2.** *v* ката́ться
на саня́х *(с горы)*

today [tə'dei] сего́дня

toe [təu] па́лец ноги́

together [tə'geðə] вме́-
сте

Togolese [təugəu'li:z]

1. *a* тоголёвский **2.** *n* тоголёзец *м*, тоголёзка *ж*

toilet ['tɔilit] туалёт *м*; ~ soap туалётное мыло

token ['təukən] знак *м*; in ~ of friendship в знак дружбы

told [təuld] *past и pp om* tell

tolerant ['tɔlərənt] терпимый

tolerate ['tɔləreit] терпёть

toll [təul] 1) *авто* пла́та за проёзд (*по мосту или дороге*) 2): death ~ потёри убитыми; ~-**booth** [-buːθ] будка сборщика пла́ты (за проёзд); ~**bridge** [-bridʒ] пла́тный мост

tomato [tə'maːtəu] помидор *м*, томат *м*; ~ juice томатный сок

tomb [tuːm] надгробный памятник, мавзолёй *м*

tomorrow [tə'mɔrəu] завтра

ton [tʌn] тонна *ж*

tone [təun] тон *м*

tongs [tɔgz] *pl* шипцы *мн.*; клёщи *мн.*

tongue [tʌg] язык *м* (*тж. кушанье*)

tonic ['tɔnik] 1) тонизирующее срёдство 2) „тоник" *м* (*тонизирующий хинный напиток*)

tonight [tə'nait] сегодня вёчером (*реже* ночью)

tonsil ['tɔnsl] (*обыкн. pl*) *анат.* миндалина *ж*; ~**lectomy** [tɔnsi'lektəmi] *мед.* удалёние миндалин; ~**litis** [tɔnsi'laitis] *мед.* тонзиллит *м*

too [tuː] 1) та́кже, то́же; I'll go there ~ я та́кже пойду туда 2) слишком, чересчур; it's ~ expénsive это слишком дорого 3) очень; ~ bad очень плохо

took [tuk] *past om* take

tool [tuːl] инструмёнт *м*, орудие *с*

tooth [tuːθ] (*pl* teeth) зуб *м*; ~**ache** [-eik] зубная боль; ~**brush** [-brʌʃ] зубная щётка; ~**paste** [-peist] зубная паста; ~**pick** [-pik] зубочистка *ж*; ~**powder** [-paudə] зубной порошок

top [tɔp] **1.** *n* 1) верх *м*; крышка *ж*; folding ~ откидной верх (автомобиля); at the ~ вверху 2) вершина *ж* (of a mountain) 3) макушка *ж* (of a head) **2.** *a* вёрхний; высший; at ~ speed на предёльной скорости

topaz ['təupæz] топа́з *м*

309

topic ['tɔpɪk] предмéт м, тéма ж

torch [tɔ:tʃ] 1) фáкел м 2) электрúческий фонáрик

tore [tɔ:] past om tear II

torn [tɔ:n] pp om tear II

torture ['tɔ:tʃə] 1. n пытка ж 2. v пытáть

Tory ['tɔ:rɪ] тóри м, нескл., консервáтор м

toss [tɔs] 1) качáть (-ся) 2) подбрáсывать, швырять; ~ a coin брóсить монéту

total ['tɔutl] 1) весь (entire) 2) пóлный, абсолютный (complete)

touch [tʌtʃ] 1. v 1) трóгать, притрáгиваться, (при)касáться 2) касáться, затрáгивать (тему и т. п.); ~ upon the problem затрóнуть вопрóс 3) трóгать, волновáть; how does it ~ me? какóе это имéет отношéние ко мне? 2. n 1) осязáние с; soft to the ~ мягкий на óщупь 2) прикосновéние с; at a ~ при прикосновéнии 3) общéние с; in ~ with... в контáкте с...; to get in ~ with smb связáться с кéм-л.

tough [tʌf] 1) жёсткий; ~ policy жёсткая полúтика 2) выносли-

вый (strong) 3) разг. трýдный; a ~ job тяжёлая рабóта

tour [tuə] 1) путешéствие с 2) театр. гастрóли мн. 3) экскýрсия ж; make a ~ of the city совершúть экскýрсию по гóроду; ~ist ['tuərɪst] турúст м; ~ist ágency туристúческое бюрó; ~ist class tícket билéт турúстского клáсса

towards [tə'wɔ:dz] 1) (по направлéнию) к; ~ the sea к мóрю 2) по отношéнию к; my áttitude ~ it is known моё отношéние к этому извéстно 3) óколо; ~ the end под конéц

towel ['tauəl] полотéнце с

tower ['tauə] бáшня ж; вышка ж

town [taun] гóрод м; ~ hall рáтуша ж

toy [tɔɪ] игрýшка ж

trace [treɪs] след м

track [træk] 1) след м 2) ж.-д. колей ж 3) тропúнка ж, дорóга ж (path) 4) спорт. трек м; ~ and field (events) ол. лёгкая атлéтика; ~ and field áthlete легкоатлéт м

tractor ['træktə] трáктор м; ~ driver тракторúст м

trade [treɪd] 1. n 1)

торговля *ж;* ~ mark фабричное клеймо 2) ремесло *с,* профессия *ж (profession);* ~ únion профсоюз *м* 2. *v* торговать; ~unionist [-'ju:njənɪst] член профсоюза; деятель профсоюзного движения

tradition [trə'dɪʃn] традиция *ж*

traffic ['træfɪk] уличное движение; транспорт *м;* héavy (light) ~ большое (небольшое) движение; lights (sígnals) светофор *м;* ~ regulátions правила уличного движения

tragedy ['trædʒɪdɪ] трагедия *ж*

trail [treɪl] волочить (-ся), тащить(ся) *(drag along);* ~er [-ə] 1) (грузовой) прицеп 2) *амер.* прицеп-дача *м*

train I [treɪn] поезд *м;* there's a ~ évery third hóur поезда ходят через каждые два часа; ~ sérvice железнодорожное сообщение; fast (expréss, pássenger, goods) ~ скорый (курьерский, пассажирский, товарный) поезд; by ~ поездом

train II [treɪn] 1) обучать, воспитывать 2) *спорт.* тренировать; ~ oneсélf тренироваться 3)

дрессировать *(animals);* ~er [-ə] 1) тренер *м;* инструктор *м* 2) дрессировщик *м (of animals)*

trait [treɪ, *амер.* treɪt] черта *ж;* ~s of cháracter черты характера

traitor ['treɪtə] изменник *м,* предатель *м*

tram [træm] трамвай *м;* take the ~ поехать трамваем

tranquil ['træŋkwɪl] спокойный; ~lity [træŋ'kwɪlɪtɪ] спокойствие *с;* ~lizer [-aɪzə] успокаивающее (средство), транквилизатор *м*

transaction [træn-'zækʃn] 1) дело *с,* сделка *ж (business)* 2) ведение *с;* ~ of affáirs ведение дел 3) *pl* труды *мн.;* ~ протоколы *мн. (общества);* учёные записки

transfer [træns'fə:] 1) перемещать, переносить 2) передавать] *(hand over)*

transform [træns'fɔ:m] превращать

transistor [træn'sɪstə] ~ rádio транзисторный приёмник

transit ['trænsɪt] транзит *м,* перевозка *ж*

translate [træns'leɪt] переводить; ~, please! переведите, пожалуйс-

311

та!; ~ áccurately тóчно переводи́ть; ~ from Énglish ínto Rússian переводи́ть с англи́йского на ру́сский

translation [træns-ˈleiʃn] перево́д *м*

translator [trænsˈleitə] перево́дчик *м (письменный)*

transmission [trænzˈmiʃn] 1) переда́ча *ж* 2) радиопереда́ча *ж (broadcast)* 3) *авто* трансми́ссия *ж*; automátic ~ автомати́ческая трансми́ссия; mánual ~ обы́чная трансми́ссия (сцепле́ние и коро́бка переме́ны переда́ч)

transparent [trænsˈpɛərənt] прозра́чный

transport 1. *n* [ˈtrænspɔːt] 1) перево́зка *ж* 2) тра́нспорт *м (means)* **2.** *v* [trænsˈpɔːt] перевози́ть

trap [træp] западня́ *ж*, лову́шка *ж*; капка́н *м*

trap-shooting [ˈtræpʃuːtiŋ] *спорт. ол.* стрельба́ (на транше́йном сте́нде)

travel [ˈtrævl] **1.** *n (обыкн. pl)* путеше́ствие *с* **2.** *v* путеше́ствовать; ~ **bureau** [-bjuərəu] бюро́ путеше́ствий

traveller [ˈtrævlə] путеше́ственник *м*

travelling [ˈtrævliŋ] доро́жный; ~**dress** [-dres] доро́жный костю́м

tray [trei] подно́с *м*

treacherous [ˈtretʃərəs] преда́тельский

treachery [ˈtretʃəri] преда́тельство *с*

treason [ˈtriːzn] *(тж.* high tréason) (госуда́рственная) изме́на

treasure [ˈtreʒə] сокро́вище *с*; ~s of art сокро́вища иску́сства; ~**r** [ˈtreʒərə] казначе́й *м*

treat [triːt] 1) обраща́ться, относи́ться 2) угоща́ть (to — *чем-л.*) 3) лечи́ть *(cure)*; ~**ment** [-mənt] 1) обраще́ние *с*; bad (kind) ~ment скве́рное (ла́сковое) обраще́ние 2) лече́ние *с*; ухо́д *м*; hóspital ~ment больни́чное лече́ние

treaty [ˈtriːti] догово́р *м*; peace ~ ми́рный догово́р

treble [ˈtrebl] *муз.* высо́кие тона́

tree [triː] де́рево *с*

tremble [ˈtrembl] дрожа́ть; трепета́ть

tremendous [triˈmendəs] огро́мный

trench [trentʃ] ров *м*; кана́ва *ж*

trend [trend] тенде́нция *ж*

trial [ˈtraiəl] 1) испытание с (*test*) 2) *юр.* суд *м*, судебное разбирательство 3) *спорт.* попытка *ж*; предварительный забег; first (second) ~ первая (вторая) попытка; válid (nón-válid) ~ удачная (неудачная) попытка; 1000-métres (thóusand-métres) time ~ *ол. (трековая велогонка)* гит на 1 км (один километр)

tribe [traib] племя *с*

tribune ['tribju:n] помост *м*, трибуна *ж*

tributary ['tribjutəri] *геогр.* приток *м*

tribute ['tribju:t] дань *ж*; pay a ~ *перен.* отдавать дань

trick [trik] 1) хитрость *ж*; уловка *ж* 2) фокус *м*, трюк *м* (*a piece of jugglery*)

trifle ['traifl] пустяк *м*; I'm tired a ~ я слегка устал

trimming ['trimiŋ] отделка *ж* (*на платье*)

trio ['tri:ou] *муз.* трио *с*, *нескл.*

trip [trip] 1. *n* 1) путешествие *с*, поездка *ж*; экскурсия *ж* 2) *спорт.* подножка *ж* 2. *v*: ~ (the pláyer) дать (игроку) подножку

triumph ['traiəmf] 1. *n* торжество *с* 2. *v* (вос)торжествовать; ~-

ant [trai'ʌmfənt] победоносный

trolley ['trɔli] (*тж.* trólley-bus) троллейбус *м*

trombone [trɔm'bəun] *муз.* тромбон *м*

troops [tru:ps] *pl* войска *мн.*

trophy ['trəufi] *спорт.* приз *м*

tropic ['trɔpik] 1) тропик *м* 2) (the ~s) *pl* тропики *мн.*; ~al [-əl] тропический

trot [trɔt] 1. *n* рысь *ж* (*аллюр*) 2. *v* идти рысью

trouble ['trʌbl] 1. *n* 1) беспокойство *с*, забота *ж*, хлопоты *мн.*; thank you for all your ~ благодарю вас за все ваши хлопоты 2) неприятности *мн.*; беда *ж*; get into ~ попасть в беду 3) болезнь *ж*; heart ~ болезнь сердца ♦ shoot the ~ а) *тех.* устранить неисправность; б) *полит.* уладить конфликт 2. *v* 1) беспокоить(ся) 2) просить; затруднять; I'm sórry to ~ you! простите за беспокойство! ~-maker [-meikə] нарушитель (порядка); смутьян *м*; ~-shooter [-ʃu:tə] специалист по улаживанию конфликтов

313

troupe [tru:p] тру́ппа ж

trousers ['trauzəz] pl брю́ки мн.

trout [traut] форе́ль ж

truce [tru:s] переми́рие с

truck [trʌk] амер. грузови́к м (lorry)

true [tru:] 1) и́стинный, настоя́щий, по́длинный; it's not ~ э́то непра́вда; come ~ сбыва́ться 2) ве́рный, пра́вильный; правди́вый; a ~ story правди́вый расска́з 3) ве́рный, пре́данный (faithful) 4) то́чный; a ~ сору то́чная ко́пия

truly ['tru:lɪ]: yours ~ пре́данный вам (в письме)

trumpet ['trʌmpɪt] муз. труба́ ж, фанфа́ра ж

trunk [trʌŋk] 1) ствол м 2) ту́ловище с, ко́рпус м (body) 3) чемода́н м, сунду́к м (box) 4) хо́бот м (of an elephant) 5) авто бага́жник м; ~-call [-kɔ:l] междугоро́дный вы́зов

trust [trʌst] 1. n 1) дове́рие с 2) эк. трест м 2. v ве́рить

truth [tru:θ] пра́вда ж; и́стина ж; ~ful [-ful] правди́вый

try [traɪ] 1) пыта́ться; стара́ться 2) про́бовать, испы́тывать

(test) 3) юр. суди́ть; ~ on примеря́ть (пла́тье); ~ on this suit приме́рьте э́тот костю́м

trying-on ['traɪɪŋ'ɔn] приме́рка ж

tuba ['tju:bə] муз. ту́ба ж

tube [tju:b] 1) тру́бка ж 2) тю́бик м; a ~ of paint тю́бик кра́ски 3): the ~ метрополите́н м (в Ло́ндоне) 4) амер. тех. радиола́мпа ж

Tuesday ['tju:zdɪ] вто́рник м

tulip ['tju:lɪp] тюльпа́н м

tune [tju:n] 1. n мело́дия ж; to the ~ of... на моти́в... 2. v настра́ивать (инструме́нт); ~ in: ~ in the radio настро́ить приёмник (на ну́жную во́лну); ~r [-ə] радио приёмник м (без усили́теля и дина́миков)

Tunisian [tju:'ni:zɪən] 1. a туни́сский 2. n туни́сец м, туни́ска ж

tunnel ['tʌnl] тунне́ль м

Turk [tə:k] ту́рок м, турча́нка ж

turkey ['tə:kɪ] индю́к м, индю́шка ж

Turkish ['tə:kɪʃ] 1. a туре́цкий ❖ ~ towel мохна́тое полоте́нце; ~ bath туре́цкая ба́ня;

парильня *ж* **2.** *n* турецкий язык

Turkoman ['tə:kəmən] **1.** *a* туркменский **2.** *n* 1) туркмен *м*, туркменка *ж* 2) туркменский язык

turn [tə:n] **1.** *v* 1) вращать(ся), вертеть(ся) 2) поворачивать(ся); ~ the córner повернуть за угол 3) направлять, сосредоточивать; ~ one's éfforts to направить усилия на *что-л.* 4) делаться, становиться; ~ red покраснеть; ~ pale побледнеть; ~ **off** а) закрыть кран *(tap)*; б) выключить свет *(light)*; ~ **on** а) открыть кран *(tap)*; б) включить свет *(light)* **2.** *n* 1) оборот *м (колеса и т. п.)* 2) поворот *м*; "no right ~!" ,,правый поворот запрещён!" *(надпись)* 3) очередь *ж*; in ~, by ~s по очереди 4) услуга *ж*; do one a good ~ оказать хорошую услугу

turner ['tə:nə] токарь *м*

turnip ['tə:nɪp] репа *ж*

turntable ['tə:nteɪbl] пройгрыватель *м*

turtle ['tə:tl] черепаха *ж*

tussore ['tʌsə] чесуча *ж*

tutu ['tu:tu:] пачка *ж (балерины)*

tuxedo [tʌk'si:dəu] *амер.* смокинг *м*

T. V. ['ti:'vi:] = **television**

twelfth [twelfθ] двенадцатый

twelve [twelv] двенадцать

twentieth ['twentɪɪθ] двадцатый

twenty ['twentɪ] двадцать

twice [twaɪs] дважды; ~ as much вдвое больше

twilight ['twaɪlaɪt] сумерки *мн.*

twin [twɪn] **1.** *a* парный, одинаковый; would you like a room with a double bed or ~ beds? вам дать номер с двуспальной кроватью или с двумя односпальными? **2.** *n* близнец *м*

twine [twaɪn] шпагат *м*, бечёвка *ж*

twist [twɪst] **1.** *v* 1) крутить; скручивать(ся) 2) искажать *(distort)* **2.** *n* твист *м (танец)*

two [tu:] два; ~ húndred двести; the ~ of us (them, you) мы (они, вы) вдвоём

twofold ['tu:fəuld] **1.** *a* двойной **2.** *adv* вдвое

type [taɪp] **1.** *n* тип *м*

2. *v* (*тж.* týpewrite)
печáтать на машńнке;
~writer [-raɪtə] пńшу-
щая машńнка

typical ['tɪpɪkəl] ти-
пńчный, характéрный
(of)

typist ['taɪpɪst] маши-
нńстка *ж*

tyre ['taɪə] = tire

U

Ugandan [ju:'gændən]
1. *a* угандńйский **2.** *n*
угáндец *м*, угáндка
ж

ugly ['ʌglɪ] безобрáз-
ный; гáдкий

Ukrainian [ju:'kreɪnj-
ən] **1.** *a* украńнский **2.**
n 1) украńнец *м*, укра-
ńнка *ж* 2) украńнский
язык

ukulele [ju:kə'leɪlɪ] га-
вáйская гитáра

ultimate ['ʌltɪmɪt]
окончáтельный; пре-
дéльный, вы́сший

ultimatum [ʌltɪ'meɪ-
təm] ультимáтум *м*

umbrella [ʌm'brelə]
зóнт(ик) *м*

umpire ['ʌmpaɪə]
спорт. судья́ *м*

UN ['ju:'en] (United
Nations) ООН (Органи-
зáция Объединённых
Нáций): UN Secretáriat
секретариáт ООН

unable ['ʌn'eɪbl] нес-
посóбный; be ~ быть
не в состоя́нии

unanimous [ju:'nænɪ-
məs] единодýшным,
единоглáсный

unbutton ['ʌn'bʌtn]
расстёгивать (*пуговú-
цы*)

uncertain [ʌn'sə:tn]
1) неопределённый 2)
неувéренный (not sure
of)

uncle ['ʌŋkl] дя́дя *м*

uncomfortable [ʌn-
'kʌmfətəbl] неудóбный;
feel ~ чýвствовать себя́
нелóвко

uncommon [ʌn'kɔ-
mən] необыкновéнный,
рéдкий

unconscious [ʌn'kɔn-
ʃəs] 1) бессознáтельн и
2): be ~ of не созна-
вáть 3) невóльный; ~
smile невóльная улы́б-
ка

uncork ['ʌn'kɔ:k] от-
кýпорить

undeniable [ʌndɪ'naɪ-
əbl] неоспорńмый; не-
сомнéнный; я́вный; ~
truth неоспорńмая ńс-
тина

under ['ʌndə] 1) под;
~ the ground под зем-
лёй 2) при, по, со-
глáсно, в соотвéтствии;
~ módern conditions
при совремéнных услó-
виях 3) в; ~ contról
в вéдении 4) мéньше

(чем); ниже *(о стои-
мости)*

underclothes [ˈʌndə-
kləuðz] *pl* (нижнее) бе-
льё

underdone [ˈʌndə-
ˈdʌn]: an ~ steak стейк
(мясо) „с кровью"

underemployment[ˈʌn-
dərimˈplɔimənt] непол-
ная занятость; час-
тичная безработица

underestimate [ˈʌndər-
ˈestimeit] недооцени-
вать

undergo [ʌndəˈgəu]
(underwént; undergóne)
испытывать; подвер-
гаться; ~ an opera-
tion подвергнуться опе-
рации; ~ne [ʌndəˈgɔn]
pp от undergó

undergraduate [ʌndə-
ˈgrædjuit] студент *м*

underground [ˈʌndə-
graund] **1.** *a* 1) подзем-
ный 2) подпольный; ~
activity подпольная
деятельность **2.** *n* (the
~) метрополитен *м*

underline [ʌndəˈlain]
подчёркивать

undermine [ʌndə-
ˈmain] подрывать, под-
капывать(ся)

underpass [ˈʌndəpɑːs,
амер. ˈʌndəpɑːs] 1) ав-
то туннель *м* 2) под-
земный переход *(for pe-
destrians)*

undershirt [ˈʌndəʃəːt]
нижняя рубашка; ~-

skirt [-skəːt] нижняя
юбка

understand [ʌndə-
ˈstænd](understóod) по-
нимать; make oneself
understóod уметь объ-
ясниться; ~ing [-iŋ] по-
нимание *с*: come to an
~ing найти общий
язык; mútual~ing вза-
имопонимание *с*

understood [ʌndə-
ˈstud] *past и pp* от un-
derstánd

understudy [ˈʌndəstʌ-
di] *театр.* дублёр *м*

undertake [ʌndəˈteik]
(undertóok: undertáken)
1) взяться; ~ a task
взять на себя задачу;
~ to do smth взяться
сделать что-л. 2) пред-
принимать; ~ a jour-
ney предпринять поезд-
ку; ~n [-n] *pp* от un-
dertáke

undertaking [ʌndə-
ˈteikiŋ] 1) предприятие
с 2) обязательство *с*
(obligation)

undertook [ʌndəˈtuk]
past от undertáke

underwear [ˈʌndəwɛə]
нижнее бельё

underwent [ʌndə-
ˈwent] *past* от under-
gó

undesirable [ˈʌndi-
ˈzaiərəbl] 1) нежелатель-
ный 2) неподходящий;
неудобный; ~ móment
неподходящий момент

undid [ˈʌnˈdɪd] *past
от* úndó

undo [ˈʌnˈdu:] (úndíd;
úndóne) развя́зывать;
расстёгивать; ~ a páck-
age развяза́ть паке́т; ~
ne [ˈʌnˈdʌn] *pp от*
úndó

undress [ˈʌnˈdres] разде-
ва́ть(ся)

undying [ʌnˈdaɪɪŋ] бес-
сме́ртный; ве́чный; ~
másterpiece бессме́рт-
ное творе́ние

uneasy [ʌnˈi:zɪ] 1)
встрево́женный; I feel
~ abóut... я беспо-
ко́юсь о... 2) нело́в-
кий *(awkward)*

unemployed [ˈʌnɪm-
ˈplɔɪd] безрабо́тный *м*

unemployment [ˈʌn-
ɪmˈplɔɪmənt] безрабо́-
тица *ж*; ~ bénefit по-
со́бие по безрабо́тице

unequal [ˈʌnˈi:kwəl]
нера́вный

UNESCO [ju:ˈneskəu]
(United Nátions Educá-
tional, Scientífic and Cúltural   Organizátion)
ЮНЕ́СКО (Организа́-
ция Объединённых На́-
ций по вопро́сам прос-
веще́ния, нау́ки и куль-
ту́ры)

unexpected [ˈʌnɪks-
ˈpektɪd] неожи́данный,
внеза́пный

unfamiliar [ˈʌnfəˈmɪ-
ljə] незнако́мый

unfasten [ˈʌnˈfɑ:sn]

отстёгивать,   отвя́зы-
вать

unforeseen [ˈʌnfɔ:ˈsi:n]
непредви́денный

unfortunate [ʌnˈfɔ:-
tʃnɪt] 1) несча́стный;
несчастли́вый 2) неу-
да́чный; I find it véry
~ that... мне о́чень
неприя́тно, что...; ~ly
[-lɪ] к несча́стью, к со-
жале́нию

unhappy [ʌnˈhæpɪ] 1)
несча́стный, несчастли́-
вый 2) неудо́бный; ~
choice неуда́чный вы́-
бор

unhealthy [ʌnˈhelθɪ]
нездоро́вый; ~ clímate
вре́дный кли́мат

uniform [ˈju:nɪfɔ:m]
1. *n* фо́рма *ж*; фо́рмен-
ная оде́жда **2.** *a* оди-
на́ковый

unintentional [ˈʌnɪn-
ˈtenʃənl] неча́янный;
~ly [ˈʌnɪnˈtenʃənəlɪ] не-
ча́янно

union [ˈju:njən] сою́з
м; объедине́ние *с*; in
~ with... в сою́зе
с...; the U. Jack бри-
та́нский флаг

unit [ˈju:nɪt] 1) еди-
ни́ца *ж*; це́лое *с* 2)
едини́ца измере́ния; a
~ of length (weight)
едини́ца длины́ (ве́-
са)

unite [ju:ˈnaɪt] 1) сое-
диня́ть(ся)   2) ●объе-
диня́ть(ся); wórkers of

318

the world, ~! пролетарии всех стран, соединяйтесь!

united [ju:'naɪtɪd] объединённый, единый; the U. Nátions (реже U. Nátions Organizátion) Организация Объединённых Наций

United Press Internátional [ju:'naɪtɪd'presɪntə:'næʃənl] Юнайтед Пресс Интернэшнл (телеграфное агентство)

unity ['ju:nɪtɪ] единство с; ~ of áctions единство действий

universal [ju:nɪ'və:səl] универсальный, всеобщий; ~ peace мир во всём мире

universe ['ju:nɪvə:s] мир м, вселённая ж

university [ju:nɪ'və:sɪtɪ] университет м

unknown ['ʌn'nəun] неизвестный

unless [ən'les] если не; ~ he phones, don't leave не уезжайте без его звонка

unlikely ['ʌn'laɪklɪ] 1. a маловероятный 2. adv вряд ли

unlimited [ʌn'lɪmɪtɪd] неограниченный

unload ['ʌn'ləud] 1) разгружать(ся) 2) воен. разряжать (оружие)

unlucky [ʌn'lʌkɪ] несчастливый; неудачный

unnatural [ʌn'nætʃrəl] неестественный; противоестественный

unnecessary [ʌn'nesɪsərɪ] ненужный, излишний

unpleasant [ʌn'pleznt] неприятный

unpopular ['ʌn'pɔpjulə] непопулярный (with)

unprotected ['ʌnprə'tektɪd] беззащитный; незащищённый

unreasonable [ʌn'ri:znəbl] 1) неразумный 2) непомерно высокий; ~ price чрезмерно высокая цена

unrestricted ['ʌnrɪs'trɪktɪd] неограниченный

unsettled ['ʌn'setld] нерешённый; ~ próblem нерешённый вопрос

unskilled ['ʌn'skɪld] неквалифицированный; ~ wórker неквалифицированный рабочий

unsuccessful ['ʌnsək'sesful] неудачный; ~ tríal (attémpt) неудачная попытка

untie ['ʌn'taɪ] отвязываться, развязываться

until [ən'tɪl] = till

untimely [ʌn'taɪmlɪ] несвоевременный

unusual [ʌn'ju:ʒuəl] необыкновенный, необычный; in ~ círcum-

stances в исключи́тель-
ных обстоя́тельствах

unwell [ʌn'wel] не-
здоро́вый; I'm ~ мне
нездоро́вится

unwilling [ʌn'wɪlɪŋ]
несклóнный, нерасно-
лóженный; be ~ не
хотéть

unzip [ʌn'zɪp] расстег-
ну́ть мóлнию

up [ʌp] **1.** *adv выражает* 1) *подъём, увели-
чение:* age twénty one
up от двадцати одногó
гóда и стáрше; cótton
is up хлóпок подоро-
жáл 2) *приближение:*
he came up он подо-
шёл 3) *истечение, за-
вершение, результат:*
the time is up врéмя
вы́шло; eat up съесть
◈ up and abóut на
ногáх; what are you
up to? что вы замы-
шля́ете?; what's up here
что тут происхóдит?;
it's up to you to decíde
слóво за вáми; up to
date совремéнный **2.**
prep вверх по; up the
ríver (stairs) вверх по
рекé (лéстнице)

upbringing ['ʌpbrɪŋɪŋ]
воспитáние *с*

UPI ['juː'piː'aɪ] (Unít-
ed Press Internátional)
ЮПИ (Юнáйтед Пресс
Интернáшнл) *(теле-
грáфное агентство)*

upon [ə'pɔn] = on 1

upper ['ʌpə] вéрхний,
вы́сший; the U. House
вéрхняя палáта; ~
floor вéрхний этáж; ~
circle *театр.* балкóн *м*
◈ get the ~ hand
взять верх

uproar ['ʌprɔː] шум
м, волнéние *с*

upset [ʌp'set] (upset)
1) опроки́дывать(ся) 2)
огорчáть, расстрáивать
(distress)

upside-down ['ʌpsaɪd-
'daun] вверх дном

upstairs ['ʌp'stɛəz]
вверх (по лéстнице);
навéрх, наверхý; go ~
подниматься вверх;
he's ~ он наверхý

upsurge ['ʌpsəːdʒ] подъём *м*

uptown ['ʌp'taun] **1.**
n жильé квартáлы
(удалённые от центра);
an ~ train пóезд, иду́-
щий от цéнтра *(в ме-
тро)* **2.** *adv* (по направлéнию) от цéнтра;
go ~ направля́ться в
жилýю часть гóрода

upwards ['ʌpwədz] **1)**
вверх 2) свы́ше

uranium [ju'reɪnjəm]
урáн *м*

urban ['əːbən] городскóй; ~ devélopment
городскóе строи́тель-
ство

Urdu ['uəduː] язы́к
урдý

urge [əːdʒ] 1) понуждать 2) убеждать, настаивать на *(exhort)*

urgent ['ɔ:dʒənt] срочный, важный; настойтельный; ~ request настойчивая просьба

urn [ə:n] урна *ж*

Uruguayan [uru'gwaiən] 1. *a* уругвайский 2. *n* уругваец *м*, уругвайка *ж*

us [ʌs] *(косв. п. от* we) нас, нам, нами; is it for us? это для нас?; let's go with us пойдёмте с нами

usage ['ju:zidʒ] употребление *с*

use 1. *n* [ju:s] 1) пользование *с*, употребление *с*; in ~ в употреблении; be out of ~ выйти из употребления 2) польза *ж*: no ~ to go there туда идти незачем; is there any ~? стоит ли?; 2. *v* [ju:z] 1) употреблять; пользоваться; may I ~ your telephone? можно позвонить от вас? 2): he ~d to... он имел обыкновение...; I ~d to play the piano раньше я играл на рояле; ~ up использовать, истратить

used [ju:st] привыкший; he is ~ to us он привык к нам; get ~ to smth привыкнуть к чему-л.

useful ['ju:sful] полезный; пригодный

useless ['ju:slis] бесполезный

user ['ju:zə] потребитель *м*; пользующийся *м* (of — чем-л.); the ~ of the dictionary читатель словаря

usher ['ʌʃə] 1. *n* билетёр *м* *(in a theatre)* 2. *v*: ~ in проводить; вводить

usual ['ju:ʒuəl] обычный, обыкновенный; as ~ как обычно; it's the ~ thing here здесь это принято; ~ly ['ju:ʒuəli] обычно, обыкновенно

utilize ['ju:tilaiz] использовать

utmost ['ʌtmoust] 1. *a* крайний, предельный; this is of ~ importance это крайне важно 2. *n* самое большее; try one's ~ сделать всё возможное

utter I ['ʌtə] 1) издавать *(звуки)*; ~ a cry вскрикнуть 2) произнести, вымолвить; don't ~ a word! молчите!, ни слова!

utter II полный; полнейший; крайний; ~ surprise полнейшая неожиданность

Uzbek ['uzbek] 1. *a* узбекский 2. *n* 1) узбек *м*, узбечка *ж* 2) узбекский язык

321

V

vacancy ['veɪkənsɪ]
1) пустота́ *ж* 2) ва-
ка́нсия *ж* *(unoccupied
post)*

vacant ['veɪkənt] не-
за́нятый, свобо́дный;
вака́нтный; is the seat
~? э́то ме́сто свобо́д-
но?

vacation [və'keɪʃn] 1)
кани́кулы *мн.*; winter
(summer) ~ зи́мние
(ле́тние) кани́кулы 2)
амер. о́тпуск *м*

vaccinate ['væksɪneɪt]
де́лать приви́вку; при-
вива́ть о́спу

vacuum ['vækjuəm]:
~ cleaner пылесо́с *м*;
~ flask те́рмос *м*

vade-mecum ['veɪdɪ-
'miːkəm] карма́нный
справочник

vague [veɪg] сму́тный,
нея́сный, неопределён-
ный; ~ resemblance от-
далённое схо́дство

vain [veɪn] тще́тный;
in ~ напра́сно, зря

valid ['vælɪd] 1) дей-
стви́тельный, име́ющий
си́лу; ~ document до-
куме́нт, име́ющий си́лу
2) ве́ский, обосно́ван-
ный; ~ reason ве́ское
основа́ние 3): ~ com-
petitions *спорт.* зачёт-
ные соревнова́ния

valise [və'liːz, *амер.*
vɔ'liːs] сакво́яж *м*

valley ['vælɪ] доли-
на *ж*

valuable ['væljuəbl] 1.
a це́нный 2. *n pl* дра-
гоце́нности *мн.*

value ['vælju:] 1. *n*
1) це́нность *ж*; do you
have anything of ~
to declare? у вас есть
це́нные ве́щи, подлежа-
щие по́шлине? 2) *эк.*
сто́имость *ж* 2. *v* оце́-
нивать

van I [væn] 1) фур-
го́н *м* 2) *ж.-д.* бага́ж-
ный (това́рный) ваго́н

van II = vanguard

vandal ['vændəl] ван-
да́л *м*, ва́рвар *м*; ~
ism [-ɪzm] вандали́зм *м*,
ва́рварство *с*

vanguard ['vænga:d]
аванга́рд *м*

vanish ['vænɪʃ] исче-
за́ть

vanity ['vænɪtɪ] тщес-
ла́вие *с*

variant ['vɛərɪənt] ва-
риа́нт *м*

variety [və'raɪətɪ] 1)
разнообра́зие *с* 2) эс-
тра́да *ж*; варьете́ *с*,
нескл.; ~ show а) варье-
те́ *с*, *нескл.*; б) эстра́д-
ный конце́рт *(concert)*;
~ actor арти́ст эстра́-
ды (варьете́); ~ art
эстра́да *ж* *(вид ис-
кусства)*

various ['vɛərɪəs] различный, разный, разнообразный

vary ['vεǝrɪ] 1) (из-)меняться 2) расходиться *(во вкусах и т. п.)*; our tastes ~ мы расходимся во вкусах

vase [va:z] ва́за *ж*

vaseline ['væsɪli:n] вазели́н *м*

vast [va:st] обши́рный, грома́дный

vault [vɔ:lt] 1. *n* ол. *(гимнастика)* (опо́рный) прыжо́к; pole ~ *(лёгкая атлетика)* прыжо́к с шесто́м 2. *v* пры́гать с упо́ром; ~ on a horse вольтижи́ровать

veal [vi:l] теля́тина *ж*

vegetable ['vedʒɪtǝbl] 1. *n* о́вощ *м* 2. *a* расти́тельный

vegetarian [vedʒɪ'tεǝrɪǝn] 1. *n* вегетариа́нец *м* 2. *a* вегетариа́нский; ~ réstaurant вегетариа́нская столо́вая

vegetation [vedʒɪ'teɪʃn] расти́тельность *ж*; there's much ~ aróund here здесь мно́го зе́лени

vehicle ['vi:ɪkl] экипа́ж *м*, пово́зка *ж (carriage)*

veil [veɪl] 1. *n* вуа́ль *ж* 2. *v* завуали́ровать

vein [veɪn] ве́на *ж*

velvet ['velvɪt] *(тж.* silk vélvet) ба́рхат *м*

venerable ['venǝrǝbl] почтённый; ~ age глубо́кая ста́рость

Venezuelan [vene'zweɪǝn] 1. *a* венесуэ́льский 2. *n* венесуэ́лец *м*, венесуэ́лка *ж*

vengeance ['vendʒǝns] месть *ж*, мще́ние *с*

ventilate ['ventɪleɪt] прове́тривать, вентили́ровать

ventilation [ventɪ'leɪʃn] вентиля́ция *ж*

venture ['ventʃǝ] рискова́ть; отва́житься

veranda(h) [vǝ'rændǝ] вера́нда *ж*, терра́са *ж*

verbatim [vǝ:'beɪtɪm] 1. *adv* досло́вно; quote ~ цити́ровать досло́вно 2. *a*: ~ récords стеногра́мма *ж*

verdict ['vǝ:dɪkt] верди́кт *м*, реше́ние прися́жных заседа́телей

verge [vǝ:dʒ] 1. *n* 1) край *м* 2) *перен.* грань *ж*; on the ~ на гра́ни 2. *v*: ~ on грани́чить

verify ['verɪfaɪ] проверя́ть

vermicelli [vǝ:mɪ'selɪ] вермише́ль *ж*

verse [vǝ:s] стихи́ *мн.*

vertical ['vǝ:tɪkǝl] вертика́льный

very ['verɪ] 1. *adv* о́чень; весьма́; he is ~ much pleased он

о́чень дово́лен **2.** *a:*
the ~ (тот) са́мый

vessel ['vesl] 1) сосу́д
м 2) кора́бль *м*, су́дно
с (ship)

vest [vest] 1) *брит.*
ни́жняя руба́шка 2)
амер. жиле́т *м*; ~ed suit
костю́м-тро́йка *м*

veteran ['vetərən] 1)
ветера́н *м* 2) уча́стник
войны́; sécond world
war ~s уча́стники вто-
ро́й мирово́й войны́

veterinary ['vetərinə-
ri] **1.** *n* ветерина́р *м* **2.**
a ветерина́рный

veto ['vi:təu] **1.** *n* ве́то
с, нескл. **2.** *v* налага́ть
ве́то

via ['vaiə] че́рез; ~
Móscow че́рез Москву́

vibrate [vai'breit] ви-
бри́ровать;　дрожа́ть
(with — от)

vice [vais] поро́к *м*

vice- [vais-] ви́це-, за-
мести́тель *м*

vice-president ['vais-
'prezidənt] ви́це-прези-
де́нт *м*

vice versa ['vaisi'və:sə]
наоборо́т

vicinity [vi'siniti] 1)
окре́стности *мн.*; окру́га
ж 2) бли́зость *ж*; in
the ~ of thírty о́коло
тридцати́

victim ['viktim] же́рт-
ва *ж*

victor ['viktə] побе-
ди́тель *м*; ~ious [vik-

'tɔ:riəs] победоно́сный;
~y ['viktəri] побе́да *ж*

video ['vidiəu]: ~ tape
recórding *тлв.* видеоза́-
пись *ж*

Vietnamese [vjetnə-
'mi:z] **1.** *a* вьетна́мский
2. *n* 1) вьетна́мец *м*,
вьетна́мка *ж* 2) вьет-
на́мский язы́к

view [vju:] 1) вид *м*;
пейза́ж *м* 2) по́ле зре́-
ния; he is not yet in
~ его́ ещё не ви́дно
3) взгляд *м*, мне́ние *с*;
point of ~ то́чка зре́-
ния; have in ~ име́ть
в виду́; ~-finder [-fain-
də] *фото* видоиска́тель
м

vigilance ['vidʒiləns]
бди́тельность *ж*

vigorous ['vigərəs]
си́льный, энерги́чный

village ['vilidʒ] дере́в-
ня *ж*, село́ *с*

villain ['vilən] злоде́й
м, негодя́й *м*

vine [vain] виногра́д-
ная лоза́

vinegar ['vinigə] у́к-
сус *м*

vineyard ['vinjəd] ви-
ногра́дник

viola [vi'əulə] *муз.*
альт *м (инструме́нт)*

violate ['vaiəleit] на-
руша́ть, попира́ть; ~
the rules of the game
наруша́ть пра́вила иг-
ры́

violation [vaiə'leiʃn]

нарушéние *с (правил и т. п.)*

violence ['vaɪələns] 1) сила *ж;* нейстовство *с* 2) насилие *с (forcible act)*

violent ['vaɪələnt] сильный, нейстовый; ~ struggle ожесточённая борьбá

violet ['vaɪəlɪt] 1. *n* фиáлка *ж* 2. *a* фиолéтовый

violin [vaɪə'lɪn] скрипка *ж;* ~ist ['vaɪəlɪnɪst] скрипáч *м*

violoncello [vaɪələn-'tʃeləu] виолончéль *ж*

virgin ['və:dʒɪn] дéвственный, нетрóнутый; ~ land (soil) целинá *ж*

virtue ['və:tju:] 1) добродéтель *ж* 2) достóинство *с (merit)*

visa ['vi:zə], **visé** ['vi:zeɪ] визá *ж;* éntrance (éxit) ~ визá на въезд (на выезд); through (tránsit) ~ транзитная визá; grant a ~ выдать визу; get a ~ получить визу

visibility [vɪzɪ'bɪlɪtɪ] видимость *ж;* éxcellent ~ прекрáсная видимость

visible ['vɪzəbl] видимый, очевидный

vision ['vɪʒn] зрéние *с*

visit ['vɪzɪt] 1. *n* визит *м,* посещéние *с;* cóurtesy ~ визит вéж-

ливости; pay (retúrn) a ~ нанести (отдáть) визит; be on a ~ (to) быть в гостях (у) 2. *v* посещáть; навещáть

visiting‖-book ['vɪzɪtɪŋbuk] книга посетителей; ~-card [-ka:d] визитная кáрточка

visitor ['vɪzɪtə] посетитель *м;* гость *м*

visual ['vɪzjuəl] 1) зрительный; ~ mémory зрительная пáмять 2) нагляднный; ~ aids нагляднные посóбия

vital ['vaɪtl] жизненно вáжный; насýщный; ~ próblem важнéйший вопрóс

viva ['vi:və]: ~! да здрáвствует!

vivid ['vɪvɪd] живóй, яркий

vocabulary [vəu'kæbjulərɪ] словáрь *м,* запáс слов

vocal ['vəukəl] 1) голосовóй; ~ chords голосовые связки 2) вокáльный; ~ duét вокáльный дуэт

vocation [vəu'keɪʃn] призвáние *с;* ~al [vəu-'keɪʃənl]: ~al school шкóла произвóдственного обучéния; ~al guidance пóмощь в выборе профéссии

vodka ['vɔdkə] вóдка *ж*

vogue [vəug]: be in ~ быть в мо́де

voice [vɔis] го́лос м

volcano [vɔl'keinəu] вулка́н м

volleyball ['vɔlibɔ:l] сп. волейбо́л м; ~ pláyer волейболи́ст м, волейболи́стка ж; ~ team волейбо́льная кома́нда

volt [vəult] эл. вольт м; ~age [-idʒ] напряже́ние с (тока)

volume ['vɔljum] 1) том м 2) объём м; ~ of work объём рабо́т

voluntary ['vɔləntəri] доброво́льный

volunteer [vɔlən'tiə] 1. n доброво́лец м 2. v вы́зваться (что-л. сде́лать)

vomit ['vɔmit] тошни́ть, рвать; I feel like ~ing меня́ тошни́т

vote [vəut] 1. n 1) го́лос м (на выборах) 2) голосова́ние с; unánimous ~ единоду́шное голосова́ние 2. v голосова́ть; ~ for (against) голосова́ть за (про́тив); ~ on the mótion голосова́ть предложе́ние; ~ down отве́ргнуть большинство́м голосо́в; ~r [-ə] избира́тель м

voting ['vəutiŋ] голосова́ние с; ~-paper

[-peipə] избира́тельный бюллете́нь

vouch [vautʃ] руча́ться

vow [vau] 1. n обе́т м, кля́тва ж; make (take) a ~ дать кля́тву 2. v дава́ть обе́т, кля́сться (в чём-л.)

voyage ['vɔidʒ] путеше́ствие с (по воде)

vulgar ['vʌlgə] вульга́рный, по́шлый

vulnerable ['vʌlnərəbl] уязви́мый; рани́мый

W

waffle ['wɔfl] ва́фля ж

wage I [weidʒ] (чаще pl) за́работная пла́та; mónthly básic ~ ме́сячный окла́д; real ~s реа́льная за́работная пла́та; living ~ прожи́точный ми́нимум

wage II вести́ (войну); ~ war воева́ть

waist [weist] та́лия ж; ~coat [-kəut] брит. жиле́т м

wait [weit] 1) ждать; I'm sórry to keep you ~ing извини́те, что я заставля́ю вас ждать 2) прислу́живать (за столо́м); where's the girl who ~s on this table? где де́вушка, кото́рая обслу́живает э́тот стол?; ~er [-ə] официа́нт *м*

waiting-room ['weitiŋrum] 1) приёмная *ж*; 2) *ж.-д.* зал ожида́ния

waitress ['weitris] официа́нтка *ж*

wake [weik] (woke; waked; waked, wóken) буди́ть; пробужда́ть (-ся); ~ **up** разбуди́ть

walk [wɔ:k] **1.** *n* 1) ходьба́ *ж* (*тж. спорт. ол.*) 2) прогу́лка *ж*; go for (take) a ~ идти́ гуля́ть **2.** *v* 1) идти́ пешко́м; гуля́ть; ~ abóut the city гуля́ть по го́роду 2): ~ him to the hotél проводи́те его́ до гости́ницы

wall [wɔ:l] стена́ *ж*

wallet ['wɔlit] бума́жник *м*

wall‖-painting ['wɔ:l-peintiŋ] ро́спись стен; ~**paper** [-peipə] обо́и *мн.*

Wall Street ['wɔl-'stri:t] Уо́лл-стрит *м* (*улица в Нью-Йорке, финансовый центр США*)

walnut ['wɔ:lnʌt] 1) гре́цкий оре́х 2) оре́ховое де́рево (*tree*)

waltz [wɔ:ls] вальс *м*

wander ['wɔndə] броди́ть, стра́нствовать; блужда́ть

want [wɔnt] 1) жела́ть, хоте́ть; as much as I ~ при всём жела́нии; we ~ two tíckets (this book) да́йте нам два биле́та (э́ту кни́гу) 2) тре́бовать; you are ~ed (on the phone) вас зову́т (к телефо́ну)

war [wɔ:] война́ *ж*; at ~ в состоя́нии войны́

ward [wɔ:d] (*тж.* hóspital ward) больни́чная пала́та; ~ atténdant санита́р *м*, сани-та́рка *ж*; сиде́лка *ж*, ня́ня *ж*

wardrobe ['wɔ:drəub] гардеро́б *м*

ware [wɛə] 1) изде́лия *мн.* 2) *pl* това́ры *мн.* (*goods*); ~**house** [-haus] склад *м*; пакга́уз *м*

warm [wɔ:m] **1.** *a* тёплый; ~ wélcome горя́чий (серде́чный) приём **2.** *v* греть(ся), нагрева́ть(ся); ~ **up** а) подогрева́ть; б) *спорт.* де́лать размину́; ~**er** [-ə] гре́лка *ж*

warmonger ['wɔ:mʌŋgə] поджига́тель войны́

warn [wɔ:n] преду-прежда́ть, предостере-га́ть; ~**ing** [-iŋ] преду-прежде́ние *с*; предосте-реже́ние *с*; make a ~ing сде́лать предупрежде́ние

warrant ['wɔrənt] руча́ться, гаранти́ровать (*guarantee*); ~**y** [-i] гара́нтия *ж*

327

warship [ˈwɔːʃip] военный корабль

wary [ˈwɛəri] настороженный; be ~ быть начеку; остерегаться

was [wɔz] *ед. ч. прош. от* be

wash [wɔʃ] 1) мыть (-ся); ~ one's hands (face) мыть руки (лицо); I want to ~ я хочу умыться 2) стирать *(бельё)*; ~ off смывать; ~er [-ə] *(тж.* windshield washer) *авто* опрыскиватель ветрового стекла

washing [ˈwɔʃiŋ]: ~ machine стиральная машина

wasp [wɔsp] оса *ж*

waste [weist] 1. *n* 1) отбросы *мн. (useless remains)* 2) излишняя трата; ~ of time потеря времени; ~ of money выброшенные деньги 2. *v* тратить, терять *(время, силы и т. п.)*

watch I [wɔtʃ] 1) следить, наблюдать 2) сторожить *(guard)* ◇ ~ your step! осторожнее!; ~ out! берегись!

watch II [wɔtʃ] часы *мн.*; the ~ doesn't keep good time часы плохо ходят; ~-maker [-mei-kə] часовщик *м*

watchman [ˈwɔtʃmən] (ночной) сторож

water [ˈwɔːtə] вода *ж*;

boiled (mineral, drinking) ~ кипячёная (минеральная, питьевая) вода; by ~ по воде; ~ transport водный транспорт; ~-colour [-kʌlə] акварель *ж*; ~fall [-fɔːl] водопад *м*

water-power [ˈwɔːtə-pauə] гидроэнергия *ж*; ~ station гидростанция *ж*

waterproof [ˈwɔːtə-pruːf] 1. *a* непромокаемый; водонепроницаемый 2. *n* непромокаемый плащ

water-skiing [ˈwɔːtə-skiːiŋ] *спорт.* водные лыжи *(вид спорта)*

water-supply [ˈwɔːtə-səplai] водоснабжение *с*; водопровод *м*

watt [wɔt] *эл.* ватт *м*; this lamp uses 120 ~s эта лампа на 120 свечей

wave [weiv] 1. *n* 1) волна *ж* 2) завивка *ж*; finger ~ холодная завивка 3) *радио* волна *ж*; long (short, middle) ~s длинные (короткие, средние) волны 2. *v* 1) колыхаться, развеваться 2) махать; ~ good-bye махнуть рукой на прощание 3) завивать; have one's hair ~d завиться *(у парикмахера)*; ~length [-leŋθ] *радио* длина волны

wax [wæks] **1.** *n* воск
м; ski ~ лыжная мазь
2. *v:* ~ the floor натирать пол

way [wei] 1) дорога
ж, путь *м*; can you
tell me the ~..? как
добраться до..?; not
that ~! а) не туда!;
б) не так!; a long ~
off далеко; on the ~
back на обратном пути;
we're góing the same
~ нам по дороге 2)
манера *ж*, способ *м*;
in what ~? каким образом?; in such a ~ таким путём; ~ of life
образ жизни ◆ ~ out
выход *м* (*из положения*); be in smb's ~
мешать кому-л.; by the
~ между прочим

way-bill ['weibil] список пассажиров

W. C. ['dʌblju:'si:]
(wáter-closet) уборная
ж

we [wi:] мы

weak [wi:k] слабый;
~ cóffee жидкий кофе;
~ness [-nis] слабость *ж*

wealth [welθ] богатство *с*; ~y [-i] богатый

weapon ['wepən] оружие *с*

wear [wɛə] **1.** *v* (wore;
worn) носить (*одежду*); ~ out изнашивать(ся) **2.** *n* одежда
ж; children's ~ детская одежда

weary ['wiəri] 1) усталый 2) утомительный;
the trip was ~ поездка
была утомительной

weather ['weðə] погода *ж*; flying ~ лётная
погода

weave [wi:v] (wove;
wóven) ткать; ~r [-ə]
ткач *м*, ткачиха *ж*

we'd [wi:d] *разг.* 1)
= we had 2) = we
should 3) = we would

wedding ['wediŋ]
свадьба *ж*

Wednesday ['wenzdi]
среда *ж*

weed [wi:d] сорняк *м*

week [wi:k] неделя
ж; in a ~ (in two ~s)
через неделю (через две
недели); a ~ agó неделю тому назад; two
(three) times a ~ два
(три) раза в неделю;
~day [-dei] будний
день; ~end [-'end]
уик-энд *м*, время отдыха с пятницы до понедельника

weekly ['wi:kli] **1.** *a*
еженедельный **2.** *n* еженедельник *м* **3.** *adv* еженедельно

weep [wi:p] (wept)
плакать

weigh [wei] 1) весить
2) взвешивать(ся); ~
out two pounds of sweets
взвесьте два фунта конфет

weight [weit] 1) вес

м; тя́жесть *ж* 2) *спорт.* штáнга *ж*; clear the ~ взять штáнгу 3) ги́ря *ж*; a pound ~ фунто́вая ги́ря; ~-lifter [-'lıftə] штанги́ст *м*; ~-lifting [-'lıftıŋ] *ол.* подня́тие тя́жестей

welcome ['welkəm] 1. *n* приве́тствие *с* 2. *interj*: ~! добро́ пожáловать!; с прие́здом!; ми́лости про́сим! 3. *a*: "thanks." — "You're ~", ,,спаси́бо." —,,Пожáлуйста (Не сто́ит благодáрности)." 4. *v* приве́тствовать

welfare ['welfɛə] благосостоя́ние *с*; благополу́чие *с*; child's ~ cе́нтre де́тская консультáция

well I [wel] колóдец *м*

well II 1. *adv* (bétter; best) хорошо́; благополу́чно; ~ done! молоде́ц!; прекрáсно!; ~ done meat хорошо́ прожáренное мя́со 2. *a* (bétter; best): be ~ чу́вствовать себя́ хорошо́; I am quite ~! я вполне́ здоро́в! 3. *interj*: ~? ну?; ну что же!; ~, I'm réady я уже́ гото́в

we'll [wi:l] *разг.* 1) = we shall 2) = we will

well-being ['wel'bı:ıŋ] благосостоя́ние *с*, благополу́чие *с*

well‖-disposed ['weldıs'pəuzd] доброжелáтельный; ~-grounded [-'graundıd] хорошо́ обоснóванный; ~-known [-'nəun] изве́стный, знáтный; знамени́тый; be ~-known пóльзоваться изве́стностью; ~-paid [-peıd] хорошо́ оплáчиваемый; ~-paid job высóко оплáчиваемая рабóта

well-to-do ['weltə'du:] обеспе́ченный, состоя́тельный

welter-weight ['weltəweıt] *спорт. ол. (весовáя категóрия)* бокс вторóй полусре́дний вес *(до 67 кг)*; light ~ пе́рвый полусре́дний вес *(до 63,5 кг)*

went [went] *past от* go 1

wept [wept] *past и pp от* weep

were [wə:] *мн. ч. прош. от* be

we're [wıə] *разг.* = we are

weren't [wə:nt] *разг.* = were not

west [west] 1. *n* зáпад *м* 2. *a* зáпадный; W. End Уэст-Энд *м (зáпадный рáйон Лóндона)*; W. Side Уэст-Сáйд *м (зáпадная сторонá Манхэттена в Нью-Йóрке)* 3. *adv* на зáпад(е), к зáпаду; sail

~ плыть на за́пад; ~ of к за́паду от, за́паднее; ~ern [-ən] 1. *a* за́падный 2. *n* кино ве́стерн *м*, ковбо́йский фильм

wet [wet] мо́крый; "~ paint!" ,,осторо́жно, окра́шено!" *(надпись)*; get ~ промо́кнуть

whale [weil] кит *м*

what [wɔt] 1. *pron interrog* что?; како́й?; ~ is your name? как вас зову́т?; ~ time is it? кото́рый час?; ~ is this? что э́то тако́е?; ~ is it for? для чего́ э́то?; ~ do you want? что вам ну́жно?; ~ are you dóing? чем вы за́няты?; ~ shall we do? что мы бу́дем де́лать?; ~ did you say? что вы сказа́ли?; ~ are you? кем вы рабо́таете? 2. *pron conjunct* како́й; что; ско́лько; I'll do ~ I can я сде́лаю, что могу́; I don't know ~ the price is я не зна́ю, ско́лько э́то сто́ит

whatever [wɔt'evə] всё что; что бы ни

wheat [wi:t] пшени́ца *ж*

wheel [wi:l] 1) колесо́ *с* 2) *(тж.* **steering-wheel)** руль *м*, штурва́л *м*

when [wen] когда́; ~ is the beginning? когда́ нача́ло?

whenever [wen'evə] вся́кий раз как; когда́ бы ни; ~ you want когда́ уго́дно

where [wɛə] где; куда́; ~ have you been? где вы бы́ли?; ~ is the Post-Office Géneral? где гла́вный почта́мт?; ~ is the néarest réstaurant? где здесь ближа́йший рестора́н?; ~ is my coat? где моё пальто́?; ~ shall we go? куда́ мы пойдём?; ~ do you come from? отку́да вы прие́хали?

whereabouts ['wɛərəbauts]: do you know her ~? (вы зна́ете) где она́ нахо́дится?

wherever [wɛər'evə] где бы ни, куда́ бы ни

whether ['weðə] ли; и́ли; I don't know ~ he is at home я не зна́ю, до́ма ли он

which [witʃ] 1. *pron interrog* кто?; кото́рый?; како́й?; ~ is the right way? каки́м путём лу́чше всего́ пройти́? 2. *pron relat and conjunct* кото́рый; что; this is the watch ~ I chose вот часы́, кото́рые я вы́брал

while [wail] 1. *n* вре́мя *с*, промежу́ток вре́мени; for a ~ не́которое вре́мя; can you

331

stay here for a ~? вы
мо́жете побы́ть здесь
немно́го? 2. cj пока́;
в то вре́мя как

whip [wɪp] 1. n кнут
м; хлыст м 2. v хлес-
та́ть, сечь (beat); ~ up
подстёгивать, подгоня́ть

whirlwind ['wɔːlwɪnd]
вихрь м, урага́н м

whiskers ['wɪskəz] pl
1) баке́нба́рды мн. 2)
усы́ мн. (у живот-
ных)

whisk(e)y ['wɪskɪ] ви́с-
ки с; a shot of ~
рю́мка ви́ски

whisper ['wɪspə] 1. n
шёпот м; in ~ шёпо-
том 2. v шепта́ть

whistle ['wɪsl] 1. n
1) свист м 2) свисто́к м
(instrument) 2. v сви-
сте́ть

white [waɪt] 1. a 1)
бе́лый 2) бле́дный; turn
~ побледне́ть 2. n бе́-
лый (челове́к); ~ mi-
nórity rule госпо́дство
бе́лого меньшинства́

White House ['waɪt-
'haus] Бе́лый дом (ре-
зиде́нция президе́нта
США)

whitewall ['waɪtwɔːl]
(тж. whitewall tire) ав-
то ши́на с бе́лым обо́-
дом

who [huː] 1. pron in-
terrog кто?; ~ is he
(she)? кто э́то?; ~'s
there? кто тут? 2. pron

relat and conjunct ко-
то́рый; кто

whoever [huːˈevə] кто
бы ни; кото́рый бы ни

whole [houl] 1. a весь;
це́лый; the ~ day весь
день 2. n це́лое с; as
a ~ в це́лом; on the
~ в о́бщем

whole-hearted ['houl-
'haːtɪd] и́скренний, от
всего́ се́рдца

wholesale ['houlseɪl] 1.
n опто́вая торго́вля 2.
a опто́вый; ~ prices
опто́вые це́ны

wholesome ['houlsəm]
поле́зный, здоро́вый

wholly ['houlɪ] цели-
ко́м, вполне́

whom [huːm] (косв. п.
от who) кого́, кому́;
~ are you writing? ко-
му́ вы пи́шете?

whose [huːz] чей; ~
parcel is it? чей э́то
свёрток?

why [waɪ] 1. adv по-
чему́; ~ did you miss
the concert? почему́ вы
не́ были на конце́рте?
2. interj да, ведь!; ~
not! ну что же!; лад-
но!; хорошо́!

wicked ['wɪkɪd] злой,
плохо́й

wide [waɪd] 1. a ши-
ро́кий; обши́рный 2.
adv широко́; open the
window ~! распахни́те
окно́ на́стежь!

wide-body ['waɪd'bo-

dt]: ~ plane широко-
фюзеляжный самолёт
   wide-spread ['waid-
spred] широко распрост-
ранённый
   widow ['widəu] вдовá
ж; ~er [-ə] вдовéц *м*
   width [widθ] ширинá
ж, широтá *ж*
   wife [waif] женá *эс*
   wig [wig] парик *м*
   wild [waild] дикий
   will I [wil] 1) вóля
ж; желáние *с;* at ~
по желáнию; of one's
own free ~ по своéй
вóле 2) завещáние *с*
(document)
   will II (would) 1) *во
2 и 3 л. ед. и мн. ч.
образует будущее вре-
мя:* he ~ do it он сдé-
лает это 2) *в 1 л. ед.
и мн. ч. выражает обе-
щание, намерение, же-
лание:* I ~ let you
know я непремéнно из-
вещу вас; of course, I
~ come конéчно, я
приду 3): ~ you
have a cup of tea? хо-
тите чáю?
   willing ['wiliŋ]: he is
~ он соглáсен, он го-
тóв; ~ly [-li] охóтно
   willow ['wiləu] ива
ж
   win [win] (won) выи́-
грывать; одéрживать
побéду; ~ the cham-
pionship занять пéрвое
мéсто; ~ a quarter fi-

nal вы́йти в полуфи-
нáл
   wind I [wind] вéтер
м; fair ~ попýтный
вéтер; head ~ встрéч-
ный вéтер
   wind II [waind] (wound)
1) заводить *(часы и
т.п.);* ~ one's watch за-
вести́ часы 2) виться *(о
реке, дороге и т. п.);*
~ing stáircase вин-
товáя лéстница
   wind-instruments
['windinstrumənts] ду-
ховы́е инструмéнты
   window ['windəu] окнó *с;* ~-pane [-pein]
окóнное стеклó
   windscreen ['wind-
skri:n] *брит. авто* вет-
ровóе стеклó
   windshield ['windfi:ld]
амер. авто ветровóе стеклó
   windy ['windi] вéтреный
   wine [wain] **1.** *n* винó
с; white (red, dry, grape)
~ бéлое (крáсное, су-
хóе, виногрáдное) винó
2. *v:* ~ and dine уго-
щáть; ~glass [-gla:s] бо-
кáл *м,* рю́мка *ж;* ~
-list [-list] кáрта вин;
~-making [-meikiŋ] ви-
нодéлие *с*
   wing [wiŋ] 1) крылó
с 2) *pl театр.* кули́сы
мн.
   wink [wiŋk] моргáть,
мигáть

winner ['wɪnə] победи́тель м (в соревнова́нии); prize ~ лауреа́т м, призёр м

winter ['wɪntə] зима́ ж; last (next) ~ про́шлой (бу́дущей) зимо́й; ~ coat зи́мнее пальто́; ~ séason зи́мний сезо́н; ~ sports зи́мний спорт; ~ crops ози́мые хлеба́

wipe [waɪp] вытира́ть, стира́ть; ~ your feet on the mat! вытира́йте но́ги!; ~ out вытира́ть, стира́ть

wiper ['waɪpə] (тж. windscreen-wíper брит., windshield-wíper амер.) а́вто стеклоочисти́тель м, „дво́рник" м

wire ['waɪə] 1. n 1) про́волока ж; про́вод м 2) разг. телегра́мма ж; send a ~ телеграфи́ровать 2. v телеграфи́ровать; ~less [-lɪs] 1. a беспро́волочный 2. n ра́дио с; ~less óperator ради́ст м; ~less méssage радиогра́мма ж; ~less set радиоприёмник м

wisdom ['wɪzdəm] му́дрость ж

wise [waɪz] му́дрый, благоразу́мный

wish [wɪʃ] 1. n жела́ние с; with best ~es с наилу́чшими пожела́ниями, жму ва́шу ру́ку (в письме́) 2. v жела́ть; I ~ you joy жела́ю сча́стья

wit [wɪt] ум м; quick ~ сообрази́тельность ж

with [wɪð] 1) с, вме́сте с; cóffee ~ milk ко́фе с молоко́м; beginning ~ next week со сле́дующей неде́ли; ~ the sun по со́лнцу; ~ each óther друг с дру́гом; "hándle ~ care!" „осторо́жно!" (на́дпись) 2) передаётся тв. п.: a knife ножо́м 3) от (по причи́не); shiver ~ cold дрожа́ть от хо́лода 4) у, при; he lives ~ his rélatives он живёт у ро́дственников

withdraw [wɪð'drɔː] (withdréw; withdráwn) 1) отдёргивать 2) брать наза́д; отзыва́ть; ~ troops отозва́ть войска́ 3) удаля́ться, уходи́ть (go away); ~n [-n] pp om withdráw

withdrew [wɪð'druː] past om withdráw

within [wɪ'ðɪn] внутри́; в преде́лах; from ~ изнутри́

without [wɪ'ðaut] без; ~ permíssion без разреше́ния

witness ['wɪtnɪs] 1. n свиде́тель м (тж. юр.); очеви́дец м 2. v быть свиде́телем, ви́деть

witty ['wɪtɪ] остроумный

woke [wəuk] *past om* wake; ~**n** ['wəukən] *pp om* wake

wolf [wulf] волк *м*

woman ['wumən] (*pl* wómen) жéнщина *ж*

women ['wɪmɪn] *pl om* wóman

won [wʌn] *past u pp om* win

wonder ['wʌndə] **1.** *n* 1) удивлéние *с*; no ~ не удивúтельно 2) чýдо *с* (*miracle*) **2.** *v* удивля́ться ◆ I ~... хотéл бы я знать...; ~**ful** [-ful] замечáтельный, удивúтельный

won't [wəunt] *разг.* = will not

wood [wud] 1) лес *м* 2) дéрево *с* (*материал*); this is made of ~ это сдéлано из дéрева 3) (*тж.* firewood) дровá *мн.*

wooden ['wudn] деревя́нный

wool [wul] 1) шерсть *ж* 2) шерстяна́я ткань (*fabric of wool*)

woollen ['wulən] шерстяно́й

word [wə:d] **1.** *n* слóво *с*; give one's ~ давáть слóво; ~ of hónour чéстное слóво; in a ~ однúм слóвом; ~ for ~ (*translátion*) дослóвный (перевóд); write

me a few ~s черкнúте мне нéсколько строк **2.** *v* формулúровать; ~**ing** [-ɪŋ] формулирóвка *ж*, редáкция *ж*

wore [wɔ:] *past om* wear 1

work [wə:k] **1.** *n* 1) рабóта *ж*; труд *м* 2) произведéние *с*: ~ of art произведéние искýсства **2.** *v* рабóтать; дéйствовать, функционúровать; where do you ~? где вы рабóтаете?; what are you ~ing at? над чем вы рабóтаете?

worker ['wə:kə] рабóчий *м*; трудя́щийся *м*

working ['wə:kɪŋ] рабóчий; ~ class рабóчий класс

works [wə:ks] завóд *м*; комбинáт *м*

workshop ['wə:kʃɔp] мастерскáя *ж*

world [wə:ld] мир *м*, свет *м*; all óver the ~ во всём мúре; всемúрный; W. Peace Cóngress Всемúрный конгрéсс сторóнников мúра; W. Youth Day Всемúрный день молодёжи; ~ récord *спорт.* мировóе достижéние; ~ récord hólder рекордсмéн мúра; ~**-ranking** [-'ræŋkɪŋ]: he is a ~-ránking spórtsman он спортсмéн мировóго

класса; ~wide [-waid]
всемирный

worm [wə:m] червь м

worn [wɔ:n] pp от
wear 1

worry ['wʌrɪ] 1. v бес-
покоить(ся); you don't
have to ~ вы напрасно
беспокоитесь 2. n бес-
покойство с, тревога ж;
забота ж

worse [wə:s] 1. a
(сравн. ст. от bad) худ-
ший 2. adv (сравн. ст.
от badly) хуже; he is
~ ему хуже; so much
the ~ тем хуже

worship ['wə:ʃɪp] по-
клонение с

worst [wə:st] 1. a (пре-
восх. ст. от bad) наи-
худший 2. adv (превосх.
ст. от badly) хуже
всего; 3. n самое пло-
хое; at the ~ в худ-
шем случае

worth [wə:θ] стоящий;
be ~ стоить; заслужи-
вать; ~less [-lɪs] ничего
не стоящий

worth-while ['wə:θ-
waɪl] стоящий

worthy ['wə:ðɪ] дос-
тойный; ~ opponent
достойный противник

would [wud] (past от
will II) 1) во 2 и 3 л.
ед. и мн. ч. образует
а) будущее в прошед-
шем: he told us he ~
come он сказал нам,
что приедет; б) услов-

ное накл.: it ~ be bet-
ter было бы лучше 2)
выражает желание:
come when you ~ при-
ходите, когда захотите
3): ~ you mind a walk?
давайте пройдёмся

wound I [wu:nd] 1.
n рана ж 2. v ранить

wound II [waund] past
и pp от wind II

wove [wəuv] past от
weave; ~n [-n] pp от
weave

wrap [ræp] завёрты-
вать; ~ it up, please
заверните это, пожа-
луйста

wrapper ['ræpə] су-
перобложка ж (of a
book)

wrath [rɔ:θ] гнев м,
ярость ж

wreath [ri:θ] венок м;
place a ~ возложить
венок

wrestle ['resl] спорт.
бороться; ~r [-ə] спорт.
борец м

wrestling ['reslɪŋ]
спорт. борьба ж; ~
competition соревнова-
ние по борьбе; freestyle
~ ол. вольная борьба;
Gréco-Róman ~ ол.
классическая борьба

wring [rɪŋ] (wrung) 1)
скручивать 2) выжи-
мать (clothes)

wrinkle ['rɪŋkl] 1. n
морщина ж 2. v мор-
щить(ся)

wrist [rɪst] запястье
с; ~ watch ручные
часы

write [raɪt] (wrote,
written) писать: let's
~ to each other да-
вайте переписываться;
~ down записывать;
~r [-ə] писатель *м*

writing ['raɪtɪŋ]: in
~ в письменной фор-
ме; ~materials *pl* пись-
менные принадлежнос-
ти

written ['rɪtn] *pp* от
write

wrong [rɔŋ] **1.** *a* не-
правильный, ошибоч-
ный; ~ impréssion не-
верное представление;
something is ~ with
the télephone телефон
не в порядке **2.** *adv*
неправильно

wrote [rəut] *past* от
write

wrung [rʌŋ] *past* и *pp*
от wring

X

xerography [ze'rɔgra-
fi] ксерография *ж* (спо-
соб электрофотогра-
фии)

Xerox ['zɪərɔks] **1.** *n*
ксерокс *м* **2.** *v* сни-
мать копию, копиро-
вать фотоэлектричес-
ким способом

Xmas ['krɪsməs] рож-
дество с

X-ray ['eks'reɪ] **1.** *n*
pl рентгеновы лучи **2.**
v просвечивать рентге-
новыми лучами; ~
room рентгеновский ка-
бинет

xylograph ['zaɪləgra:f]
гравюра на дереве

xylophone ['zaɪləfəun]
муз. ксилофон *м*

Y

yacht [jɔt] яхта *ж*;
Sóling (Témpest, Flýing
Dútchman, 470, Torná-
do, Finn) class — *ол.*
яхта класса „Солинг"
(„Темпест", „Летучий
голландец", „470",
„Торнадо", „Финн");
~-club [-klʌb] яхт-клуб
м; ~ing [-ɪŋ] *ол.* па-
русный спорт

yachtsman ['jɔtsmən]
яхтсмен *м*

Yankee ['jæŋkɪ] янки
м, нескл.

yard I [ja:d] ярд *м*
(мера длины)

yard II (*тж.* cóurt-
yard) двор *м*

yawn [jɔ:n] зевать

Y.C.L. ['waɪ'si:'el]
(Young Cómmunist
League) комсомол *м*
(Коммунистический Со-
юз Молодёжи)

year [jə:] год *м;* a ~ agó год тому наза́д; this ~ теку́щий год; в э́том году́; in a ~ (in two ~s) че́рез год (че́рез два го́да); all the ~ round кру́глый год; I am twénty ~s old мне два́дцать лет; ~ly [-lɪ] **1.** *a* ежего́дный **2.** *adv* ежего́дно

yeast [ji:st] дро́жжи *мн.*

yellow ['jeləu] жёлтый

Yemeni ['jeməni] йе́менец *м,* йе́менка *ж*

Yemenite ['jemənait] йе́менский

yen [jen] йе́на *ж (Japanese monetary unit)*

yes [jes] да

yesterday ['jestədɪ] вчера́; ~ mórning (áfternóon) вчера́ у́тром (днём)

yet [jet] **1.** *adv* ещё; всё ещё; not ~ ещё не(т); he has not come ~ он ещё не прие́хал **2.** *cj* одна́ко, несмотря́ на э́то

yield [ji:ld] **1.** *n* 1) урожа́й *м* 2) коли́чество выпуска́емого проду́кта *(amount produced)* **2.** *v* 1) приноси́ть *(урожа́й);* производи́ть; ~ good resúlts приноси́ть хоро́шие плоды́ 2) уступа́ть *(give way)*

yoghurt ['jɔgə:t] *(тж.* yógurt, yóghourt) йогу́рт *м,* простоква́ша *ж*

yoke [jəuk] иго *с,* ярмо́ *с*

you [ju:] вы, ты; glad to see ~ рад вас ви́деть

young [jʌŋ] молодо́й, ю́ный; ~ man молодо́й челове́к; ~ girl де́вушка *ж;* ~ wórkers рабо́чая молодёжь; ~ péople ю́ношество *с;* ~er [-ə] мла́дший *(по возрасту)*

your [jɔ:] ваш, твой; ва́ши, твои́; ~ friends ва́ши друзья́; ~s [-z] I met an acquáintance of ~s я встре́тил ва́шего знако́мого

yourself [jɔ:'self] 1) себя́; -ся, -сь; keep it to ~ держи́те э́то про себя́ 2) *(для усиления)* сам; са́ми; did you do it ~? вы э́то са́ми сде́лали?

youth [ju:θ] 1) мо́лодость *ж,* ю́ность *ж* 2) молодёжь *ж (young people)* 3) ю́ноша *м (young man);* ~ful[-ful] ю́ный, ю́ношеский

yuan [ju:'a:n] юа́нь *м (Chinese monetary unit)*

Yugoslav ['ju:gəu'sla:v] югосла́в *м,* югосла́вка *ж*

Yugoslavian ['ju:gəu'sla:vjən] югосла́вский

338

Z

Zairian [zə'i:rɪən] 1. *a* зайрский 2. *n* зайрец *м*, зайрка *ж*

Zambian ['zæmbɪən] 1. *a* замбийский 2. *n* замбиец *м*, замбийка *ж*

zeal [zi:l] усердие *с*, рвение *с*; ~ous ['zeləs] усердный, ревностный

zebra ['zi:brə] зебра *ж*

zenith ['zenɪθ] зенит *м*

zero ['zɪərəu] нуль *м*, ничто *с*

zest [zest] 1) ,,изюминка" *ж* (*piquancy*) 2) *разг.* интерес *м*; play with ~ играть с жаром

zip I [zɪp] 1. *n разг.* = zipper 2. *v* застёгивать на молнию

zip II (*часто* ZIP): ~ code *амер.* почтовый индекс

zipper ['zɪpə] застёжка-молния *ж*

zither(n) ['zɪðə(n)] *муз.* цитра *ж*

zone [zəun] зона *ж*, пояс *м*; полоса *ж*; район *м*; ~ time поясное время

Zoo [zu:] зоопарк *м*

zoology [zəu'ɔlədʒɪ] зоология *ж*

22*

ГЕОГРАФИЧЕСКИЕ НАЗВАНИЯ

Abidjan [æbɪˈdʒaːn] г. Абиджан *(capital of Ivory Coast)*

Abu Dhabi [aːˈbuːˈdaːbɪ] г. Абу-Даби *(capital of United Arab Emirates)*

Accra [əˈkraː] г. Аккра *(capital of Ghana)*

Addis Ababa [ˈædɪsˈæbəbə] г. Аддис-Абеба *(capital of Ethiopia)*

Aden [ˈeɪdn] г. Аден *(capital of People's Democratic Republic of Yemen)*

Adriatic Sea [eɪdrɪˈætɪkˈsiː] Адриатическое море

Afghanistan [æfˈɡænɪstæn] Афганистан

Africa [ˈæfrɪkə] Африка

Albania [ælˈbeɪnjə] Албания; **People's Socialist Republic of Albánia** Народная Социалистическая Республика Албания

Algeria [ælˈdʒɪərɪə] Алжир

Al-Jezair [ældʒæˈzæ'ɪr] г. Аль-Джазаир *(capital of Algeria)*

Al Kuwait [ælkuˈweɪt] г. Эль-Кувейт *(capital of Kuwait)*

Alma-Ata [ˈaːlmaːˈtaː] г. Алма-Ата *(capital of Kazakh S.S.R.)*

Amazon [ˈæməzən] р. Амазонка

America [əˈmerɪkə] Америка

Amman [əˈmaːn] г. Амман *(capital of Jordan)*

Amsterdam [ˈæmstəˈdæm] г. Амстердам

Andes [ˈændiːz] Анды

Angola [æŋˈɡəulə] Ангола; **People's Repúblic of Angóla** Народная Республика Ангола

Ankara [ˈæŋkərə] г. Анкара

Antananarivo [ˈæntənænəˈtiːvəu] г. Антананаряву *(capital of Ma-daguscar)*

Antarctic ænt'a:ktɪk],
Antarctic Continent [ænt'a:ktɪk'kɔntɪnənt] Антарктида

Apennines ['æpɪnaɪnz] Апеннины

Apia [a:'pi:a:] *г.* Апиа *(capital of Western Samoa)*

Appalachian Mountains [æpə'leɪtʃjən'mauntɪnz] Аппалачские горы

Archangel ['a:keɪndʒəl] = Arkhángelsk

Arctic Ocean ['a:ktɪk'əuʃn] Северный Ледовитый океан

Argentina [a:dʒən'ti:nə] Аргентина

Arkhangelsk[ɑr'kha:ngəlsk] *г.* Архангельск

Armenia [a:'mi:njə] Армения; **Armenian Sóviet Sócialist Repúblic** Армянская Советская Социалистическая Республика

Ashkhabad [a:ʃka:'ba:d] *г.* Ашхабад *(capital of Turkmen S.S.R.)*

Asia ['eɪʃə] Азия; ~ **Mínor** Малая Азия

Asuncion [əsunsɪ'əun] *г.* Асунсьон *(capital of Paraguay)*

Athens ['æθɪnz] *г.* Афины

Atlantic Ocean[ət'læntɪk'əuʃn] Атлантический океан

Australia [ɔs'treɪljə] Австралия

Austria ['ɔstrɪə] Австрия

Azerbaijan [a:zəbaɪ'dʒa:n] Азербайджан; **Azerbaiján Sóviet Sócialist Repúblic** Азербайджанская Советская Социалистическая Республика

Bab el Mandeb ['bæbel'mændeb] Баб-эль-Мандебский пролив

Bag(h)dad [bæg'dæd] *г.* Багдад *(capital of Iraq)*

Bahamas, the [bə'ha:məz] Багамские острова

Bahrain [bə'reɪn] Бахрейн

Baikal [baɪ'ka:l] *оз.* Байкал

Baku [ba:'ku] *г.* Баку *(capital of Azerbaijan S.S.R.)*

Balkans ['bɔ:lkənz] Балканы

Baltic Sea ['bɔ:ltɪk'si:] Балтийское море

Bamako [ba:ma:'kəu] *г.* Бамако *(capital of Mali)*

Bangkok [bæŋ'kɔk] *г.* Бангкок *(capital of Thailand)*

Bangladesh [bæŋlə'deʃ] Бангладеш

Bangui [ba:ŋ'gi:] *г.*

341

Бангú (capital of Central African Republic)

Banjul [bæn'dʒu:l] г. Бан(д)жýл (capital of Gambia)

Barbados [ba:'beidəuz] Барбáдос

Beirut [bei'ru:t] г. Бейрýт (capital of Lebanon)

Belgium ['beldʒəm] Бéльгия

Belgrade [bel'greid] г. Белгрáд

Bengal, Bay of ['beiəvbeŋ'gɔ:l] Бенгáльский залив

Benin [be'nin] Бенин

Berlin [bə:'lin] г. Берлин (capital of German Democratic Republic)

Bern(e) [bə:n] г. Берн

Bhutan [bu'ta:n] Бутáн

Birmingham ['bə:miŋəm] г. Бирмингем

Bissau [bi'sau] г. Бисáу (capital of Guinea-Bissau)

Black Sea ['blæk'si:] Чёрное мóре

Bogota [bɔgəu'ta:] г. Боготá (capital of Colombia)

Bolivia [bə'liviə] Боливия

Bombay [bɔm'bei] г. Бомбéй

Bonn [bɔn] г. Бонн (capital of Federal Republic of Germany)

Bosporus ['bɔspɔrəs] Босфóр

Botswana [bɔ'tswa:nə] Ботсвáна

Brasilia [brə'ziljə] г. Бразилиа (capital of Brazil)

Brazil [brə'zil] Бразилия

Brazzaville ['bræzəvil] г. Браззавиль (capital of the People's Republic of the Congo)

Bridgetown ['bridʒtaun] г. Бриджтаун (capital of Barbados)

Britain ['britn] см. Great Britain

Brussels ['brʌslz] г. Брюссéль

Bucharest [bju:kə'rest] г. Бухарéст

Budapest ['bju:də'pest] г. Будапéшт

Buenos Aires ['bwenəs'aiɔriz] г. Буэнос-Áйрес

Bujumbura [bu:dʒəm'burə] г. Бужумбýра (capital of Burundi)

Bulgaria [bʌl'gɛəriə] Болгáрия; People's Republic of Bulgária Нарóдная Респýблика Болгáрия

Burma ['bə:mə] Бирма

Burundi [bu'rundi] Бурýнди

Byelorussia [bjelə'rʌʃə] Белорýссия; Byelorússian Sóvlet Sócialist Repúblic Белорýсская Совéтская Социалистúческая Респýблика

Cairo ['kaɪərəu] г. Кайр

Calcutta [kæl'kʌtə] г. Калькýтта

Cambridge ['keɪmbrɪdʒ] ♠ Кéмбридж

Cameroon ['kæməru:n] Камерýн

Canada ['kænədə] Канáда

Canberra ['kænbərə] г. Кáнберра

Cape Verde ['keɪp'vɔ:d] Островá Зелёного Мыса; the Repúblic of Cape Verde Респýблика Островóв Зелёного Мыса

Caracas [kə'rækəs] г. Карáкас *(capital of Venezuela)*

Caribbean Sea [kærɪ-'bi:ən'si:] Карúбское мóре

Carpathians [ka:'peɪθjənz] Карпáты

Cascade Range [kæs-'keɪd'reɪndʒ] Каскáдные гóры

Caspian Sea ['kæspɪən'si:] Каспúйское мóре

Caucasus ['kɔ:kəsəs] Кавкáз

Central African Repúblic ['sentrəl'æfrɪkənrɪ'pʌblɪk] Центрáльноафрикáнская Респýблика

Chad [tʃæd] Чад

Chicago [ʃɪ'ka:gəu] г. Чикáго

Chile ['tʃɪlɪ] Чúли

China ['tʃaɪnə] Китáй; **Chinése Péople's Repúblic** Китáйская Нарóдная Респýблика

Colombia [kə'lɔmbɪə] Колýмбия

Colombo [kə'lʌmbəu] г. Колóмбо *(capital of Sri Lanka)*

Colorado [kɔlə'ra:dəu] р. Колорáдо

Comoros, the ['kɔməurəuz] Комóрские островá

Conakry ['kɔnəkrɪ] г. Кóнакри *(capital of Guinea)*

Congo ['kɔŋgəu] 1. р. Кóнго 2.: the **Péople's Repúblic of the Cóngo** Нарóдная Респýблика Кóнго

Copenhagen [kəupn-'heɪgən] г. Копенгáген

Costa Rica ['kɔstə'ri:kə] Кóста-Рúка

Coventry ['kɔvəntrɪ] г. Кóвентри

Crete [kri:t] о-в Крит

Crimea [kraɪ'mɪə] Крым

Cuba ['kju:bə] Кýба

Cyprus ['saɪprəs] Кипр

Czechoslovakia ['tʃekəuslɔu'vækɪə] Чехословáкия; **Czéchoslovák Sócialist Repúblic** Чехословáцкая Социалистúческая Респýблика

343

Dacca ['dækə] *г.* Да́кка *(capital of Bangladesh)*

Dakar ['dækə] *г.* Дака́р *(capital of Senegal)*

Damascus [də'ma:skəs] *г.* Дама́ск *(capital of Syria)*

Danube ['dænju:b] *р.* Дуна́й

Dardanelles [da:də-'nelz] Дарданне́ллы, Дарданне́лльский пролив

Dar es Salaam, Daressalam ['da:ressə'la:m] *г.* Дар-эс-Сала́м *(capital of Tanzania)*

Delhi ['deli] *г.* Де́ли

Denmark ['denma:k] Да́ния

Detroit [də'trɔit] *г.* Детро́йт

Djakarta [dʒə'ka:tɔ] *г.* Джака́рта *(capital of Indonesia)*

Djibouti [dʒi'bu:ti] Джибу́ти *(state and capital)*

Dnieper ['dni:pə] *р.* Днепр

Doha ['dəuhə] *г.* До́ха *(capital of Qatar)*

Dominican Republic [də'minikənri'pʌblik] Доминика́нская Респу́блика

Dover, Strait of ['streitəv'dəuvə] Па-де-Кале́ (Ду́врский пролив)

Dublin ['dʌblin] *г.*

Ду́блин *(capital of Republic of Ireland)*

Dyushambe [dju:'ʃa:mbə] *г.* Душанбе́ *(capital of Tadjik S.S.R.)*

Ecuador [ekwə'dɔ:] Экуадо́р

Egypt ['i:dʒipt] Еги́пет; **Árab Repúblic of Égypt** Ара́бская Респу́блика Еги́пет

El Salvador [el'sælvədɔ:] Сальвадо́р

England ['iŋglənd] А́нглия

English Channel ['iŋgliʃ'tʃænl] Ла-Ма́нш

Equatorial Guinea [ekwə'tɔ:riəl'gini] Эквато́риальная Гвине́я

Erie, Lake ['leik'iəri] *оз.* Э́ри

Estonia [es'təunjə] Эсто́ния; **Estónian Sóviet Sócialist Repúblic** Эсто́нская Сове́тская Социалисти́ческая Респу́блика

Ethiopia [i:θi'əupjə] Эфио́пия

Europe ['juərəp] Евро́па

Federal Repúblic of Germany ['fedərəlri'pʌblikəv'dʒə:məni] Федерати́вная Респу́блика Герма́нии

Fiji [fi:'dʒi:] Фи́джи

Finland ['finlənd] Финля́ндия

France [fra:ns] Фрáн-
ция
Freetown ['fri:taun]
г. Фритáун (capital of
Sierra Leone)
Frunze ['fru:nzə] г.
Фрýнзе (capital of Kirg-
hiz S.S.R.)

Gabon [ga:'bɔ:ŋ] Га-
бóн
Gaborone [gæbə'rəu-
nə] г. Габорóне (capi-
tal of Botswana)
Gambia ['gæmbɪə]
Гáмбия
Ganges ['gændʒi:z]
p. Ганг
Geneva [dʒɪ'ni:və] г.
Жснéва
Georgetown ['dʒɔ:dʒ-
taun] г. Джóрджтаун
(capital of Guyana)
Georgia ['dʒɔ:dʒɪə]
Грýзия; Geórgian Só-
viet Sócialist Repúblic
Грузинская Совéтская
Социалистúческая Рес-
пýблика
German Democratic
Republic ['dʒə:mənde-
mə'krætɪkrɪ'pʌblɪk]Гер-
мáнская Демократúчес-
кая Респýблика
Ghana ['ga:nə] Гáна
Gibraltar [dʒɪ'brɔ:ltə]
Гибралтáр, Гибралтáр-
ский пролúв
Glasgow ['gla:sgəu]
г. Глáзго
Great Britain ['greit-
'britn] Великобритáния

Greece [gri:s] Грéция
Greenland ['gri:n-
lənd] Гренлáндия
Greenwich ['grinɪdʒ]
г. Грúнвич
Grenada [gre'neidə]
Гренáда
Guadeloupe [gwa:-
də'lu:p] Гваделýпа
Guatemala [gwæti-
'ma:lə] Гватемáла (state
and capital)
Guinea ['gɪnɪ] Гвинéя
Guinea-Bissau ['gɪnɪ-
bɪ'sau] Гвинéя-Бисáу
Guyana [gai'a:nə]
Гайáна

Hague [heig] г. Гááга
Haiti ['heiti] Гайти
Hanoi [hæ'nɔi] г. Ха-
нóй
Havana [hə'vænə] г.
Гавáна (capital of Cu-
ba)
Hawaiian Islands
[ha:'waiiən'ailəndz] Га-
вáйские островá
Hebrides ['hebridi:z]
Гебрúдские островá
Helsinki ['helsɪŋki]
г. Хéльсинки
Himalaya(s) [hɪmə-
'leiə(z)] Гималáи
Holland ['hɔlənd] см.
Netherland
Honduras [hɔn'djuə-
rəs] Гондурáс
Hudson ['hʌdsn] p.
Гудзóн
Hudson Bay ['hʌdsn-
'bei] Гудзóнов залúв

345

Hungary ['hʌŋgərɪ] Ве́нгрия; **Hungárian Péople's Repúblic** Венге́рская Наро́дная Респу́блика

Huron, Lake ['leɪk-'hjuərən] оз. Гуро́н

Hwang Ho [hwæŋ-'həu] р. Хуанхэ́

Iceland ['aɪslənd] Исла́ндия

India ['ɪndjə] Йндия

Indian Ocean ['ɪndjən'əuʃn] Инди́йский океа́н

Indonesia [ɪndəu'ni:zjə] Индоне́зия

Indus ['ɪndəs] р. Инд

Iran [ɪ'ra:n] Ира́н

Iraq [ɪ'ra:k] Ира́к

Ireland ['aɪələnd] Ирла́ндия

Islamabad [ɪs'la:məba:d] г. Исламаба́д (capital of Pakistan)

Israel ['ɪzreɪəl] Изра́иль

Istanbul [ɪstæn'bu:l] г. Стамбу́л

Italy ['ɪtəlɪ] Ита́лия

Ivory Coast ['aɪvərɪ-'kəust] Бе́рег Слоно́вой Ко́сти

Jamaica [dʒə'meɪkə] Яма́йка

Japan [dʒə'pæn] Япо́ния

Japan, Sea of ['si:əv-dʒə'pæn] Япо́нское мо́ре

Java ['dʒa:və] о-в Я́ва

Jerusalem [dʒə'ru:-sələm] г. Иерусали́м

Jordan ['dʒɔ:dn] Иорда́ния

Kabul ['kɔ:bl] г. Ка́бул

Kampuchea [kəm-'pu:tʃɪə] Кампучи́я

Katmandu ['ka:tma:n-'du:] г. Катманду́ (capital of Nepal)

Kazakhstan [ka:za:h-'sta:n] Казахста́н; **Kazákh Sóviet Sócialist Repúblic** Каза́хская Сове́тская Социалисти́ческая Респу́блика

Kenya ['ki:njə, 'kenjə] Ке́ния

Khart(o)um [ka:'tu:m] г. Харту́м (capital of Sudan)

Kiev ['ki:ev] г. Ки́ев (capital of Ukrainian S.S.R.)

Kigali [kɪ'ga:lɪ] г. Кига́ли (capital of Rwanda)

Kingston ['kɪŋstən] г. Ки́нгстон (capital of Jamaica)

Kinshasa [kɪn'ʃa:sə] г. Кинша́са (capital of Zaire)

Kirghizia [kə:'gɪ:zjə] Кирги́зия; **Kírghiz Sóviet Sócialist Repúblic** Кирги́зская Сове́тская Социалисти́ческая Респу́блика

Kishinev [kiʃi'njɔːv] г. Кишинёв *(capital of Moldavian S.S.R.)*

Korea [kə'riə] Корея

Korean People's Democratic Republic [kə'riɔn'piː pizdemə'krætik-ˈрʌblik] Корейская Народно-Демократическая Республика

Kuala Lumpur ['kwaː-lə'lumpuə] г. Куала--Лумпур *(capital of Malaysia)*

Kuwait [ku'weit] 1) Кувейт 2) — Al Kuwäit

Lagos ['leigɔs] г. Лáгос *(capital of Nigeria)*

Laos [lauz] Лаóс

La Paz [la:'pæz] г. Ла-Пáс *(capital of Bolivia); см. тж.* Súcre)

Latvia ['lætviə] Лáтвия; Látvian Sóvlet Sócialist Repúblic Латвийская Совéтская Социалистическая Респýблика

Lebanon ['lebənən] Ливáн

Leipzig ['laipzig] г. Лéйпциг

Leningrad ['leniŋgræd] г. Ленингрáд

Lesotho [lə'səutəu] Лесóто

Liberia [lai'biəriə] Либéрия

Libreville [liːbrə'viːl]

г. Либревиль *(capital of Gabon)*

Libya ['libiə] Ливия

Liechtenstein ['liktənstain] Лихтенштейн

Lilongwe [li'lɔŋwi] г. Лилóнгве *(capital of Malawi)*

Lima ['liːmə] г. Лима *(capital of Peru)*

Lisbon ['lizbən] г. Лиcaбóн

Lithuania [liθju:'einjə] Литвá; Lithuánian Sóvlet Sócialist Repúblic Литóвская Совéтская Социалистическая Респýблика

Liverpool ['livəpuːl] г. Ливерпýль

Lomé [lɔ:'mei] г. Ломé *(capital of Togo)*

London ['lʌndən] г. Лóндон

Los Angeles [lɔs'ændʒiliːz] г. Лос-Áнджелес

Luanda [lu:'ændə] г. Луáнда *(capital of Angola)*

Lusaka [lu:'saːkə] г. Лусáка *(capital of Zambia)*

Luxemburg ['lʌksəm-bə:g] Люксембýрг

Madagascar [mædə-'gæskə] Мадагаскáр; the Democrátic Repúblic of Madagáscar Демократическая Респýблика Мадагаскáр

347

Madrid [mə'drɪd] *г.* Мадрид

Magellan, Strait of ['streɪtəvmə'gelən] Магелланов пролив

Malabo [mə'la:bəu] *г.* Малабо *(capital of Equatorial Guinea)*

Malawi [mə'la:wɪ] Малави

Malaysia [mə'leɪzɪə] Малайзия

Maldives ['mɔ:ldɪvz] Мальдивские острова

Male ['ma:leɪ] *г.* Мале *(capital of Maldives)*

Mali ['ma:lɪ] Мали

Malta ['mɔ:ltə] Мальта

Managua [ma:'na:gwa:] *г.* Манагуа *(capital of Nicaragua)*

Manama [mə'næmə] *г.* Манама *(capital of Bahrain)*

Manchester ['mæntʃɪstə] *г.* Манчестер

Manila [mə'nɪlə] *г.* Манила *(capital of Philippines)*

Maputo [mə'pu:təu] *г.* Мапуту *(capital of Mozambique)*

Maseru ['mæzəru:] *г.* Масеру *(capital of Lesotho)*

Mauritania [mɔrɪ'teɪnjəl] Мавритания

Mauritius [mə'rɪʃəs] Маврикий

Mbabane [mba:'ba:nɪ] *г.* Мбабане *(capital of Swaziland)*

Mediterranean (Sea) [medɪtə'reɪnjən('si:)] Средиземное море

Melbourne ['melbən] *г.* Мельбурн

Mexico ['meksɪkəu] Мексика

Mexico (City) ['meksɪkəu('sɪtɪ)] *г.* Мехико *(capital of Mexico)*

Mexico, Gulf of ['gʌlfəv'meksɪkəu] Мексиканский залив

Michigan, Lake ['leɪk'mɪʃɪgən] *оз.* Мичиган

Minsk [mɪnsk] *г.* Минск *(capital of Byelorussian S.S.R.)*

Mississippi [mɪsɪ'sɪpɪ] *р.* Миссисипи

Missouri [mɪ'zuərɪ] *р.* Миссури

Mogadishu [mɔgə'diːʃu:] *г.* Могадишо *(capital of Somalia)*

Moldavia [mɔl'deɪvjə] Молдавия; **Moldavian Sóviet Sócialist Repúblic** Молдавская Советская Социалистическая Республика

Monaco ['mɔnəkəu] Монако *(state and capital)*

Mongolia [mɔŋ'gəuljə] Монголия; **Mongólian Péople's Repúblic** Монгольская Народная Республика

Monrovia [mən'rəuvɪə] *г.* Монровия *(capital of Liberia)*

Montevideo [mɔntɪvɪ-ˈdeɪəu] г. Монтевидео (capital of Uruguay)

Montreal [mɔntrɪˈɔ:l] г. Монреаль

Morocco [məˈrɔkəu] Марокко

Moroni [məˈrəunɪ] г. Морони (capital of the Comoros)

Moscow [ˈmɔskəu] г. Москва

Moskva [mʌsˈkva:] р. Москва

Mozambique [məu-zəmˈbi:k] Мозамбик

Murmansk [məuˈmɔ:nsk] г. Мурманск

Muscat [ˈmʌskæt] г. Маскат (capital of Oman)

Nairobi [naɪəˈrəubɪ] г. Найроби (capital of Kenya)

Namibia [nəˈmɪbɪə] Намибия

Nassau [ˈnæsɔ:] г. Нассау (capital of the Bahamas)

N'Djamena [ndʒa:-ˈmeɪə] г. Нджамена (capital of Chad)

Nepal [nɪˈpɔ:l] Непал

Netherlands [ˈneðə-ləndz] Нидерланды

Newfoundland [nju:-fənd'lænd] о-в Ньюфаундленд

New Guinea [ˈnju:-ˈgɪnɪ] о-в Новая Гвинея

New York [ˈnju:ˈjɔ:k] г. Нью-Йорк

New Zealand [nju:ˈzi:-lənd] Новая Зеландия

Niamey [nja:ˈmeɪ] г. Ниамей (capital of Niger)

Nicaragua [nɪkəˈræ-gjuə] Никарагуа

Nicosia [nɪkənˈsi:ə] г. Никосия (capital of Cyprus)

Niger [ˈnaɪdʒə] Нигер

Nigeria [naɪˈdʒɪərɪə] Нигерия

Nile [naɪl] р. Нил

North Sea [ˈnɔ:θˈsi:] Северное море

Norway [ˈnɔ:weɪ] Норвегия

Nouakchott [nwa:k-ˈʃɔt] г. Нуакшот (capital of Mauritania)

Oder [ˈəudə] р. Одер

Odessa [əuˈdesə] г. Одесса

Oman [əuˈma:n] Оман

Ontario, Lake [ˈleɪk-ɔnˈtɛərɪəu] оз. Онтарио

Oslo [ˈɔzləu] г. Осло

Ottawa [ˈɔtəwə] г. Оттава

Ouagadougou [wa:gə-ˈdu:gu:] г. Уагадугу (capital of Upper Volta)

Oxford [ˈɔksfəd] г. Оксфорд

Pacific Ocean [pəˈsɪ-fɪkˈəuʃn] Тихий океан

349

Pakistan [pa:kɪs'ta:n] Пакистан

Pamirs [pə'mɪəz] Памир

Panama [pænə'ma:] Панама *(state and capital)*

Panama Canal [pænə'ma:kə'næl] Панамский канал

Papua New Guinea ['pæpjuə'nju:'ɡɪnɪ] Папуа Новая Гвинея

Paraguay ['pærəgwaɪ] Парагвай

Paris ['pærɪs] г. Париж

Pekin(g) [pi:'kɪn (pi:-'kɪŋ)] г. Пекин

Peru [pə'ru:] Перу

Philadelphia [fɪlə'delfjə] г. Филадельфия

Philippines ['fɪlɪpi:nz] Филиппины

Pnompenh, Pnom-Penh [nɔm'pen] г. Пномпень *(capital of Kampuchea)*

Poland ['pəulənd] Польша; Polish People's Republic Польская Народная Республика

Port-au-Prince [pɔ:-təu'prɪns] г. Порт-о-Пренс *(capital of Haiti)*

Port Louis ['pɔ:t'lu:ɪs] г. Порт-Луй *(capital of Mauritius)*

Port Moresby ['pɔ:t-'mɔ:zbɪ] г. Порт-Морсби *(capital of Papua New Guinea)*

Port-of-Spain ['pɔ:t-əv'speɪn] г. Порт-оф-Спейн *(capital of Trinidad and Tobago)*

Porto-Novo ['pɔ:təu-'nəuvəu] г. Порто-Ново *(capital of Benin)*

Port Said [pɔ:t'saɪd] г. Порт-Сайд

Portugal ['pɔ:tjugəl] Португалия

Prague [pra:ɡ] г. Прага

Praia ['praɪə] г. Прая *(capital of Cape Verde)*

Pretoria [prɪ'tɔ:rɪə] г. Претория *(capital of Republic of South Africa)*

Puerto Rico ['pwə:-təu'rɪ:kəu] Пуэрто-Рико

Pyongyang ['pjɔ:ɡ-'ja:ŋ] г. Пхеньян

Pyrenees [pɪrə'ni:z] Пиренеи

Qatar [kæ'ta:] Катар

Quito ['ki:təu] г. Кито *(capital of Ecuador)*

Rabat [rə'ba:t] г. Рабат *(capital of Morocco)*

Rangoon [ræn'ɡu:n] г. Рангун *(capital of Burma)*

Red Sea ['red'si:] Красное море

Republic of South Africa [rɪ'pʌblɪkəv'sauθ-'æfrɪkə] Южно-Африканская Республика

Reykjavik ['reɪkjəvi:k] г. Рейкьявик

Riga ['ri:gə] г. Рига *(capital of Latvian S.S.R.)*

Rio de Janeiro ['ri:əudədʒə'niərəu] г. Рио-де--Жанейро

Riyadh [ri'ja:d] г. Эр-Рияд *(capital of Saudi Arabia)*

Rockies ['rɔkɪz], **Rocky Mountains** ['rɔkɪ'mauntɪnz] Скалистые горы

Rome [rəum] г. Рим

Ro(u)mania [ru:'meɪnjə] Румыния; **Socialist Republic of Ro(u)mania** Социалистическая Республика Румыния

Russia ['rʌʃə] Россия

Russian Soviet Federative Socialist Republic ['rʌʃən'souviet'fedərətɪv-'səuʃəlistri'pʌblɪk] (RSFSR) Российская Советская Федеративная Социалистическая Республика (РСФСР)

Rwanda [ru:'ændə] Руанда

Saint George's [seint-'dʒɔ:dʒiz] г. Сент--Джорджес *(capital of Grenada)*

Salisbury ['sɔ:lzbəri] г. Солсбери *(Zimbabwe)*

Sana [sa:'na:] г. Сана *(capital of Yemen)*

San Francisco [sæn-frən'siskəu] г. Сан--Франциско

San José [sænhəu-'zeɪ] г. Сан-Хосе *(capital of Costa Rica)*

San Juan [sæn'hwa:n] г. Сан-Хуан *(Puerto Rico)*

San Marino [sænmə-'ri:nəu] Сан-Марино

San Salvador [sæn-'sælvədɔ:] г. Сан-Сальвадóр *(capital of El Salvador)*

Santiago [sæntɪ'a:gəu] г. Сантьяго *(capital of Chile)*

Santo Domingo ['sæntəudɔ'mɪŋgəu] г. Санто--Доминго *(capital of Dominican Republic)*

São Tomé [səuŋtu:-'me] г. Сан-Томé *(capital of São Tomé and Principe)*

São Tomé and Principe [səuŋtu:'meænd'pri:nsi:pɪ] Сан-Томé и Принсипи

Saudi Arabia ['sa:udɪə'reɪbjə] Саудовская Аравия

Scotland ['skɔtlənd] Шотландия

Senegal [senɪ'gɔ:l] Сенегал

Seychelles [seɪ'ʃelz] Сейшельские острова

Sheffield ['ʃefi:ld] г. Шéффилд

Siberia [saɪ'bɪərɪə] Сибирь

Sierra Leone ['sɪərəlɪ-'əun] Сьерра-Леоне

Singapore [sɪŋɡə'pɔː] Сингапур *(state and capital)*

Sofia ['səufjə] г. София

Somalia [səu'maːlɪə] Сомали

Southern Rhodesia ['sʌðənrou'diːzjə] Южная Родезия

South-West Africa ['sauθ west'æfrɪkə] Юго-Западная Африка *(то же что Namibia)*

Spain [speɪn] Испания

Sri Lanka [srɪ'læŋkə] Шри Ланка

Stockholm ['stɔkhəum] г. Стокгольм

Sucre ['suːkrə] г. Сукре *(capital of Bolivia); см. тж.* La Paz

Sudan [suː'daːn] Судан

Suez Canal ['suːɪzkə-'næl] Суэцкий канал

Superior, Lake ['leɪk-sjuː'pɪərɪə] оз. Верхнее

Suva ['suːvə] г. Сува *(capital of Fiji)*

Swaziland ['swaːzɪ-lænd] Свазиленд

Sweden ['swiːdn] Швеция

Switzerland ['swɪtsə-lənd] Швейцария

Sydney ['sɪdnɪ] г. Сидней

Syria ['sɪrɪə] Сирия

Tadjikistan [taːdʒɪkɪ-'staːn] Таджикистан; **Tadjik Soviet Socialist Republic** Таджикская Советская Социалистическая Республика

Taiwan [taɪ'wæn] о-в Тайвань

Tallin(n) ['taːlɪn] г. Таллин *(capital of Estonian S.S.R.)*

Tanganyika [tæŋɡə-'njiːkə] оз. Танганьика

Tanzania [tænzə'nɪə] Танзания

Tashkent [tæʃ'kent] г. Ташкент *(capital of Uzbek S.S.R.)*

Tbilisi [tbɪ'liːsɪ] г. Тбилиси *(capital of Georgian S.S.R.)*

Tegucigalpa [təɡuːsɪ-'ɡaːlpaː] г. Тегусигальпа *(capital of Honduras)*

Teh(e)ran [tɪə'raːn] г. Тегеран

Tel Aviv ['tela'viːv] г. Тель-Авив

Thailand ['taɪlænd] Таиланд

Thames [temz] р. Темза

Thimphu ['θɪmpuː] г. Тхимпху *(capital of Bhutan)*

Tien Shan ['tɪən'ʃaːn] Тянь-Шань

Tirana [tɪ'raːnə] г. Тирана *(capital of Albania)*

Togo [ˈtəugəu] Тóго

Tokyo [ˈtəukjəu] г. Тóкио

Trinidad and Tobago [ˈtrinidædəndtəuˈbeigəu] Тринидáд и Тобáго

Tripoli [ˈtripəli] г. Трѝполи *(capital of Libya)*

Tunis [ˈtjuːnis] г. Тунѝс *(capital of Tunisia)*

Tunisia [tjuːˈnizə] Тунѝс

Turkey [ˈtəːki] Тýрция

Turkmenistan [təːkmeniˈstaːn] Туркменистáн; **Túrkmen Sóviet Sócialist Repúblic** Туркмéнская Совéтская Социалистѝческая Респýблика

Uganda [juːˈgændə] Угáнда

Ukraine [juːˈkrein] Украѝна; **Ukráinian Sóviet Sócialist Repúblic** Украѝнская Совéтская Социалистѝческая Респýблика

Ulan Bator [ˈuːlaːnˈbaːtɔː] г. Улáн-Бáтор *(capital of Mongolian People's Republic)*

Union of Soviet Socialist Republics [ˈjuːnjənəvˈsəuvietˈsəuʃəlistriˈpʌbliks] (USSR) Соȣз Совéтских Социалистѝческих Респýблик (СССР)

United Arab Emirates [juːˈnaitidˈærəbeˈmiərits]

Объединённые Арáбские Эмирáты

United Kingdom of Great Britain and Northern Ireland [juːˈnaitidˈkiŋdəməvˈgreitˈbritnəndˈnɔːðənˈaiələnd] Соединённое Королéвство Великобритáнии и Сéверной Ирлáндии

United States of America [juːˈnaitidˈsteitsəvəˈmerikə] (USA) Соединённые Штáты Амéрики (США)

Upper Volta [ˈʌpəˈvɔltə] Вéрхняя Вóльта

Urals [ˈjuərəlz] Урáл

Uruguay [ˈurugwai] Уругвáй

Uzbekistan [uzbekiˈstaːn] Узбекистáн; **Uzbék Sóviet Sócialist Repúblic** Узбéкская Совéтская Социалистѝческая Респýблика

Vaduz [vəˈduːts] г. Вадýц *(capital of Liechtenstein)*

Valletta [vəˈletə] г. Валлéта *(capital of Malta)*

Venezuela [veneˈzweilə] Венесуэ́ла

Victoria [vikˈtɔːriə] г. Виктóрия *(capital of Seychelles)*

Vienna [viˈenə] г. Вéна

Vientiane [vjænˈtjaːn] г. Вьентья́н *(capital of Laos)*

353

Viet Nam ['vjet'næm] Вьетнám; the Sócialist Repúblic of Víet Nám Социалистúческая Республика Вьетнám

Vilnius ['vɪlnɪəs] *г.* Вúльнюс *(capital of Lithuanian S.S.R.)*

Vistula ['vɪstjulə] *p.* Вúсла

Volga ['vɔlgə] *p.* Вóлга

Volgograd [vɔlgə-'græd] *г.* Волгогрáд

Wales [weɪlz] Уэльс

Warsaw ['wɔ:sɔ:] *г.* Варшáва

Washington ['wɔʃɪŋ-tən] *г.* Вашингтóн

Wellington ['welɪŋ-tən] *г.* Вéллингтон *(capital of New Zealand)*

West Berlin ['west-bə:'li:n] Зáпадный Берлúн

Western Samoa ['wes-tənsə'məuə] Зáпадное Самóа

Windhoek ['vɪnthu:k] *г.* Вúндхук *(Namibia)*

Yangtze (Kiang) ['jæntsɪ('kjæŋ)] *p.* Янцзы́(цзян)

. Yaoundé [ja:u:n'deɪ] *г.* Яундé *(capital of Cameroon)*

Yemen ['jemən] Пéмен; Péople's Democrátic Repúblic of Yémen Нарóдная Демократúческая Респýблика Йéмен; Yémen Árab Repúblic Пéменская Арáбская Респýблика

Yerevan [jerə'va:n] *г.* Еревáн *(capital of Armenian S.S.R.)*

Yugoslavia ['ju:gəu-'sla:vjə] Югослáвия; Sócialist Féderal Repúblic of Yugoslávia Социалистúческая Федератúвная Респýблика Югослáвия

Zaire [zə'i:rə] Зайр

Zambia ['zæmbɪə] Зáмбия

Zimbabwe [zɪm'ba:-bwɪ] Зимбáбве *(то же что Sóuthern Rhodésia)*

354

Measures and Weights
Measures of Length

Таблица мер и весов
Меры длины

English	inch In.	foot Ft	yard	mile	centimetre	metre	kilometre
Russian	дюйм	фут	ярд	миля	сантиметр см	метр м	километр км
1 inch =					2,54		
1 foot =	12				30,5	0,3	
1 yard =	36	3			91	0,9	
1 mile =			1760			1609	1,6
1 centimetre =	0,39						
1 metre =	39,4	3,28	1,09		100		
1 kilometre =			1094	0,6		1 000	

Weights. Меры веса

English	ounce Oz.	pound Lb.	gram	kilogram	tonne
Russian	унция	фунт	грамм г	килограмм кг	тонна т
1 ounce =			28,3		
1 pound =	16		454	0,45	
1 gram =	0,035				
1 kilogram =		2,2	1 000		
1 tonne =		2 204,6		1 000	

Measures of Capacity, Liquid
Меры ёмкости жидких тел

English	pint	gallon Gal.	litre
Russian	пинта	галлон	литр л
1 pint =			0,57
1 gallon =	8		4,54
1 litre =	1,76	0,22	

Thermometer Scale
Шкала температур

a) t° Fahrenheit to t° Centigrade (Celsius) — Перевод шкалы t° Фаренгейта в шкалу t° Цельсия

$$C° = \frac{5}{9}(F° - 32)$$

b) t° Centigrade (Celsius) to t° Fahrenheit — Перевод шкалы t° Цельсия в шкалу t° Фаренгейта

$$F° = \frac{9}{5}C° + 32$$

Fuel Consumption
Расход бензина

a) mpg to litres per 100 км — мили на галлон в литры на 100 км

$$л/100 \text{ км} = \frac{258}{X \text{ mpg}}$$

б) litres per 100 km to mpg — литры на 100 км в мили на галлон

$$mpg = \frac{258}{X(л/100 \text{ км})}$$

Most Important Measures

Важнейшие единицы мер

a) Square Measures

English	acre
Russian	акр
1 acre =	
1 hectare =	2,47

b) Corn (Wheat) Measures

English	bushel	pound Lb.
Russian	бушель	фунт
1 bushel =		60
1 tonne =	36,9	2214
1 pood =	0,6	36

used in Agriculture

применяемых в сельском хозяйстве

Меры площади

hectare	square metre
гектар га	кв. метр кв. м
0,4	4 000
	10 000

Единицы измерения пшеницы

tonne	pood	kilogram
тонна (т)	пуд	кг
0,027	1,66	27,2
	62,5	1 000
0,016		16